ЖАН-МІШЕЛЬ ҐЕНАССІЯ

КЛУБ
НЕВИПРАВНИХ ОПТИМІСТІВ

JEAN-MICHEL GUENASSIA

LE CLUB DES INCORRIGIBLES OPTIMISTES

Жан-Мішель Ґенассія

Клуб невиправних оптимістів

Харків

Vivat
видавництво

2017

УДК 821.133.1
ББК 84(4Фра)
Ґ34

Перекладено за виданням:
Guenassia J.-M. Le Club Des Incorrigibles Optimistes /
Jean-Michel Guenassia. — Paris : Albin Michel, 2009. — 765 p.

Переклад з французької *Анастасії Шведик*

Ґенассія Ж.-М.
Ґ34 Клуб невиправних оптимістів / Жан-Мішель Ґенассія ; пер. з фр. А. Шведик. — Х. : Віват, 2017. — 640 с.
ISBN 978-966-942-117-3 (укр.)
ISBN 978-2-226-19392-6 (фр.)

Париж кінця 1950 — початку 1960-х років, епоха рок-н-ролу й Алжирської війни. Героєві дванадцять — вік, коли все: навчання в ліцеї, розлучення батьків, узагалі життя — дається досить важко. Тож Мішель Маріні переймається не так навчанням, як грою в кікер, музикою, фотографією та читанням. Завдяки таланту забивати голи маленьким червоним м'ячиком він став завсідником бістро «Бальто». Там, у прихованій кімнаті, прозваній Клубом невиправних оптимістів, він знайшов прихисток і друзів — інтелектуалів, які, щоб урятувати своє життя, перетнули залізну завісу. Ця зустріч раз і назавжди змінила життя Мішеля. Бо всі ці люди були невиправними оптимістами.

УДК 821.133.1
ББК 84(4Фра)

ISBN 978-966-942-117-3 (укр.)
ISBN 978-2-226-19392-6 (фр.)

Присвячується Домінік та Андре

Клуб, – у, ч. Від англійського «kloeb». Гурток, у якому збираються побалакати, почитати, пограти; спільнота друзів.

Краще я проживу все життя оптимістом, що помиляється, аніж буду завжди песимістом, що має рацію.

Анонімний автор

Квітень 1980 року

Сьогодні ховають письменника. Наче остання маніфестація. Небувалий натовп; натовп мовчазний, шанобливий, анархічний; натовп блокує вулиці й бульвари довкола кладовища Монпарнас. Скільки їх? Тридцять тисяч? П'ятдесят? Менше? Більше? Важливо те, щоб на його похороні обов'язково були люди. Якби йому сказали, що довкола нього буде така штовханина, він не повірив би. Це його насмішило б. Він особливо не переймався темою похорону, адже очікував, що буде похований наспіх, оплакуваний дванадцятьма прихильниками, аж ніяк не з почестями Гюґо чи Толстого. Ще ніколи за ці півсторіччя не збиралося стільки люду, щоб віддати шану інтелектуалові. Так, ніби він був знаковим чи загальновизнаним. Для чого вони тут, усі вони? Уже з того, що про нього відомо, вони не мали б приходити. Що за абсурд — ушановувати людину, яка помилялася практично-таки в усьому; чоловіка, що повсякчас сходив на манівці й упевнено змарнував талант на переконаний захист невиправдовуваного. Їм би доречніше піти на похорони тих, хто не помилявся й кого він зневажав і невтомно критикував. До них ніхто не прийшов.

Так, за його промахами ховалося щось іще, було щось дивовижне в цьому чоловічкові: несамовита жага перебороти долю силою духу, рухатися вперед усупереч будь-якій логіці, не відступати попри очевидну поразку, долати перешкоди як у виграшних справах, так і в напевно приреченій боротьбі; жага споконвічного, невідступного та неспинного боріння. До кладовища не потрапиш: люд затоптує могили, видирається на пам'ятники й перекидає стели, аби наблизитися й бодай глянути на труну. Скидається на похорон суперзірки чи святого. Ні, то не покійника ховають. Це старий світогляд погребають разом із ним. Нічого не зміниться, і ми це знаємо. Кращим наш світ уже не стане. Хочете вірте, хочете ні. Наразі наші загиблі сподівання та втрачені ілюзії однією ногою в могилі — разом із ним. Сьогоднішнє збіговище — свого роду відпущення гріхів, спокута помилок на славу ідеалу.

Для жертв уже нічого не зміниться: жодного виправдання, відшкодування або першокласного похорону. Чи буває щось гірше, ніж заподіяти зло, коли прагнув творити добро? Ми ховаємо всю минулу епоху. Нелегко жити у світі без надії.

Наразі вже не ведеться рахунок. Не підсумовується результат. Тут усі рівні, бо кожен помиляється. Я прийшов не заради мислителя. Я ніколи не розумів його філософії, його театр вважав «неїстівним», а романи — я їх уже забув. Я прийшов за давніми спогадами. Натовп мені нагадав, ким він був. Неможливо оплакувати героя, який підтримував карателів. Я розвертаюсь. Потім поховаю його в якомусь закутку розуму.

Існують квартали з недоброю славою, що відкинуть вас у власне минуле і де бажано не вештатися. Думаєш: не згадуєш — отже, усе забув; але пройдешнє завше напоготові. Я уникав Монпарнасу. Там блукали фантоми — перед ними я безпорадний. Одного з них я й помітив перед собою на бічній алеї бульвару Распай. Я впізнав його незрівнянне пальто зі світлими шевронами а-ля Гамфрі Боґарт п'ятдесятих. Деяких людей упізнаєш за їхнім кроком. Павло Цибулька — ортодокс, король грандіозних ідеологічних розбіжностей і низькосортних жартів, неквапливо наближався своєю зарозумілою й пихатою ходою. Я випередив його. Він погладшав та вже не міг застебнути пальто. Через сиве скуйовджене волосся він скидався на якогось художника.

— Павле.

Він зупинився, глянув на мене, пригадуючи, де ж бачив це обличчя.

Здається, я викликав тривожний невиразний спогад. Він заперечно мотнув головою — не впізнав.

— Це я... Мішель. Пригадуєш?

Він кинув на мене недовірливий погляд — підозрілий, як завжди.

— Мішель?.. Малий Мішелю?

— Стривай, тепер я став більшим за тебе.

— Малий Мішелю!.. То це вже скільки часу минуло?

— Саме тут ми бачилися востаннє, стосовно Саші. Минуло п'ятнадцять років.

Ми стояли мовчки, охоплені спогадами. За мить міцно обійнялись. Він сильно притис мене до себе.

— Я б тебе не впізнав.

— А от ти зовсім не змінився.

— Не глузуй з мене. Я набрав добру сотню. Це все дієти.

— Радий знову тебе бачити. Решта не з тобою? Ти прийшов сам?

— Та йду на роботу. Ще не на пенсії.

Його протяжний богемський акцент став досить жвавим. Ми пішли до «Селекту» — брасерії, де, здається, усі його знали. Заледве ми сіли, офіціант одразу приніс йому міцної кави та скляночку холодного молока, а тоді прийняв моє замовлення. Павло потягнувся й поцупив із сусіднього столика кошик круасанів та солодко глитнув аж три, не припиняючи розмови, до того ж говорив украй виразно, попри набитий рот. Близько тридцяти років тому Павло втік із Чехословаччини й жив у Франції на пташиних правах. Йому поталанило уникнути чистки, яка зачепила Сланського[1],

[1] Рудольф Сланський (1901–1952) — генеральний секретар ЦК Комуністичної партії Чехословаччини (1945–1951). Був заарештований за сфабрикованим звинуваченням в антипартійній діяльності й державній зраді та страчений. (*Тут і далі прим. ред., якщо не зазначено інше.*)

колишнього генсека компартії, та Клементіса[1], міністра закордонних справ, близького соратника першого. Колишній посол у Болгарії, автор довідкового видання «Берестейський мир: дипломатія і революція», за яке не брався жоден паризький видавець, Павло був нічним сторожем готелю в Сен-Жермен-де-Пре, у кімнатці на горішньому поверсі якого й жив. Він сподівався відшукати старшого брата, який наприкінці війни дістався США, а поки чекав на візу, у якій відмовляли через його минуле.

— Вони не дадуть мені візи, і я не побачусь більше з братом.

— Я знаю одного аташе з посольства. Можу з ним поговорити.

— Не забивай собі голову. На мене досьє завбільшки з мене самого. Я ж там співзасновник КПЧ[2].

— Це правда?

Він знизав плечима, наче вже змирився.

— Коли ти студент у Празі тридцятих років — вибір очевидний. Ти або за гнобителів, або за пригноблених. Я не вибирав табір. Я в ньому народився. Я був молодим і переконаним у нашій правоті, був упевненим, що для країни альтернативи немає. Це правда: я був партійним працівником. У мене був диплом юриста. Я вірив, що масові електрифікація та освіта породять нову людину. Годі було й уявити, що незабаром комунізм перетравить нас усіх. Щодо капіталізму сумнівів не було. Під час війни вибір явний: ти за комуністів чи за фашистів. Гірше було тим, хто не вибрав, на чиєму він боці. Ми впевнено рухалися вперед. Вагань у мене не виникало. Але після звільнення все пішло не за планом. Сьогодні, коли моїх друзів повісили, сім'ю шантажували, аж доки вони мене не зреклися, їм на це начхати. Їм не потрібен старий комуняка, отож я вирішив

---

1 Володимир Клементіс (1902–1952) — міністр закордонних справ Чехословаччини в уряді Рудольфа Сланського. Звинувачений за участь в антидержавному заколоті («Справа Сланського»), страчений.

2 КПЧ — Комуністична партія Чехословаччини.

бодай понабридати. Щороку я подаю заявку на візу. Щороку відмова. Отже, я подаю знову.

— То ти більше не комуніст?

— Був і буду!

— Це цілковите фіаско. Комунізм повсюди здає позиції.

— Комунізм — чудова ідея, Мішелю. Слово «товариш» наділене особливим сенсом. То в самих людях проблема. Якби Дубчеку[1] та Свóбоді[2] дали більше часу, вони б досягли того самого комунізму. До речі, моя справа набирає обертів.

— З чого ти взяв?

— Уяви, я написав Сайрусу Венсу, держсекретарю США при Джиммі Картері. І він мені відповів. Розумієш?

Павло дбайливо дістав із гаманця листа, ще в оригінальному конверті, і дав мені прочитати. У листі Сайруса Венса від 11 січня 1979 року зазначено, що його клопотання було передано до відповідної інстанції.

— Що скажеш?

— Стандартне формулювання. Особливо не сподівайся.

— Оце перша відповідь за двадцять п'ять років. Це знак. Сайрус Венс демократ, а не якийсь там республіканець.

— А до того жодної реакції?

— Я був дурнем: писав напряму американському президентові. У нього ж немає часу відповідати всім, хто йому пише. Звернутися до держсекретаря мені порадив Імре.

— Здається, ти постукав у правильні двері. Що робитимеш, якщо чергова відмова?

— Я вже не чех і не француз — я апатрид[3]. А це найгірший варіант. Тебе наче немає. У мені ще жевріє крихітна надія побачити брата. От він американець. Ми здзвонюємось раз

---

[1] Александер Дубчек (1921–1992) — чехословацький державний і суспільний діяч, перший секретар ЦК Комуністичної партії Чехословаччини (1968–1969). Ініціатор курсу реформ, відомих як «Празька весна».

[2] Людвік Свóбода (1895–1979) — чехословацький військовий і державний діяч, Президент Чехословаччини (1968–1975).

[3] Апатрид — особа без громадянства.

на рік, щоб побажати щасливого Різдва. Він бригадир на будівництві, має сім'ю, наче все добре. У нього немає коштів приїхати в Європу. Я подаватиму на візу наступного року. І через рік.

Брасерію потроху заповнює натовп — люди прийшли відпочити після похорону. Одна з компаній наближається до нашого столика. Якась мадам захотіла всістися за нашу банкетку.

— Біля вас вільно?

— Зайнято!

Жінка, здивована такою грубістю, відступилась. Компанія пішла геть.

— Уявити тільки! Поглянь на цю зграю телепнів... Припхалися сюди заради того йолопа. Що за лайно в їхніх головах?

— То прояв віри.

— Я от піду й помочуся на його могилу. Іншого він не заслужив. Там немає чим пишатися.

— Він не міг зрадити свої переконання.

— Він знав. Ще з часів Жида й Руссе[1]. Я розповів йому про Сланскі та Клементіса. Він нічого не відповів. Йому було відомо про Кравченка[2] — він засудив Кравченка. Можеш це якось пояснити? Завивав, як собака в зграї. Жертв зневажав. Правду заперечував. Такий самий співучасник, хіба ні? От падлюка!

---

[1] Андре Жид (1869—1951) — французький письменник; Давид Руссе (1912—1997) — французький письменник, колишній в'язень «Бухенвальда», відомий своїми працями про концентраційні табори різних країн, першим увів термін «ГУЛАГ» у французьку пресу.

[2] Віктор Кравченко (1905—1966) — радянський урядовець. «Неповерненець» — перебуваючи у відрядженні в США, попрохав політичного притулку. У книзі «I Chose Freedom» («Я вибрав волю») описав колективізацію та голод в СРСР, викрив комуністичний режим. У рамках міжнародної кампанії з дискредитації В. Кравченка, організованої Міністерством держбезпеки СРСР, Ж.-П. Сартр написав п'єсу, у якій зобразив його агентом Центрального розвідувального управління США. Загинув В. Кравченко 1966 року за підозрілих обставин.

Павло замислився, на обличчі читалося занепокоєння.

— Я не в тій ситуації, щоб когось повчати. Не слід було цього казати.

— Не зрозумів...

— Щонайменше варто бути вдячним за їжу. Ми жили за їхній рахунок. Без них ми б так не розкошували.

— За чий рахунок?

Він глянув на мене скоса, наче я придурююсь. Але зрозумів, що я серйозно.

— Обох: Кесселя і Сартра[1]. Вони підкидали нам переклади, дрібний підробіток. Вони знали багацько народу. Рекомендували нас головним редакторам журналів і газет. Ми могли втерти носа будь-кому. Коли ми були на мілині, саме вони платили домовласникам чи судовим виконавцям. Куди тут подінешся? Ми були без гроша, втратили все. Без їхньої допомоги ми жили б під мостом. Важче стало, як він осліп і більше з дому не виходив. Два роки тому він допоміг Володимиру, пам'ятаєш такого?

— Так, наче бачились учора.

— У нього неприємності.

Йому кортіло все мені розповісти. Я згадав, як Володимир Горенко розносив страви в глибині бістро «Бальто».

— Що сталося з Володимиром?

— Перед переїздом на Захід він керував нафтовим комплексом в Одесі. Приїхавши сюди, набув статусу політичного біженця. Роботи так і не знайшов. Жодне нафтове підприємство не наймало його. Навіть знайомі, з якими він раніше вів бізнес. Ніхто й пальцем не поворухнув, щоб допомогти йому. А знаєш чому? Усі вони боялися Москви. Якби вони його працевлаштували, то зіпсували б стосунки з «тими».

[1] Жозеф Кессель (1898–1979) – французький письменник, активний учасник руху Опору; Жан-Поль Шарль Емар Сартр (1905–1980) – французький філософ, письменник; лауреат Нобелівської премії з літератури (1964), від якої відмовився через небажання бути чимось зобов'язаним будь-якій соціальній інституції.

Вони виступали проти комуняк і все одно співпрацювали з ними. Пригадуєш Маркюзо, власника бістро? Так от, цей добрий дядько знайшов нещасному кімнатку для прислуги в м'ясника з вулиці Даґер. Володимир вів його бухгалтерію.

— М'ясник платив харчами: ковбасами, напівфабрикатами. Хоча платив — то гучно сказано. Володимир жалівся, що той віддавав йому недогризки, які й без того повикидали б.

— Але ж ми цим користались. Він ділився з усіма нами. Згодом й інші торговці попросили вести їхню бухгалтерію. Поволі він утворив собі клієнтуру. Усе налагодилось. Але це не сподобалось іншим бухгалтерам кварталу, і вони написали доповідну. Володимир мав багато хороших якостей, але диплома політеху серед них не було. Він же вважав, що правда кругом на його боці. Не зовсім дипломатичний підхід, якщо розумієш, про що я. Тому коли зненацька нагрянула поліція, замість удати дурника й сидіти тихенько, він обурився і зухвало видав: «Я не побоявся КДБ, пережив Сталінград, вам мене не залякати. Я працюю і сплачую податки. Плював я на вас!» Він нічого не чув та правив своє, не зважаючи на попередження. Не повіриш, але вони закинули його в буцегарню. За нелегальну діяльність експерта-бухгалтера. На додачу він вилаяв слідчого, за що й дістав чотири місяці попереднього ув'язнення. Уявляєш собі? Індивід, що знає шість чи сім мов. Його робоче місто опечатали. Це кінець. І хто йому допоміг, по-твоєму? Кессель сходив до слідчого, а Сартр виплатив штраф.

— А що він тепер робить?

— Гарує в бухгалтера, що доніс на нього; повернув клієнтуру. Він не має права отримати диплом.

— Саша згадував його двічі-тричі. Я не знав, що вони вам допомагали.

— А я не знав, що ти дружив із Сашею. Думав, ти з Ігорем дружив. Сашу ніхто не любив. Він же...

Я так поглянув, що Павло змовк. Ми мовчки сиділи в гамірному оточенні, охоплені докучливими спогадами.

— Я дружив з обома.

— З обома дружити неможливо.

— Для мене можливо. Якось Саша розповів, що Кессель заплатив за його кімнатку для прислуги. Він знову прострочив платіж, але сам звернутися по допомогу не наважився.

— Кессель був великодушний. Він нам запомагав аж до своєї смерті минулого року. Бачиш, я теж іще та паскуда. Не варто ні на кого сподіватися. Ти зробиш добро, а тобі плюнуть в обличчя. Це сильніше за мене: ніколи не забуду, що сказав Сартр, що він дав на здогад, а особливо те, про що він змовчав. Тому я його так не любив. Це був негідник, салонний революціонер, але він був щедрий. Хоча гроші головного й не замінять.

— Усі ці роки я був молодим і сліпим. Тоді мені здавалось, що Сартр тебе цінував.

— Я розповідав йому всілякі жарти — вони його забавляли. У нього була чудова пам'ять, але анекдоти він не запам'ятовував ніколи, тому й просив мене їх переповідати.

— Пригадую Леоніда та його анекдот про Сталіна і Сонце.

— Давай, розкажи, я б хотів почути його знову.

— Стривай, дай-но я згадаю. «Одного прекрасного сонячного ранку Сталін прокидається і звертається до Сонця: "Скажи мені, ясне Сонце, хто на світі наймиліший, наймудріший, найсильніший?" Сонце без вагань відповідає: "Ти, о Сталіне, світоч усього людства!" Опівдні Сталін знов питає: "Скажи мені, ясне Сонце, хто на світі найгідніша, найталановитіша та найвидатніша людина всіх часів та народів?" Сонце стверджує: "Ти, о всеосяжний Сталіне!" Перед вечерею Сталін не може відмовити собі в задоволенні перепитати Сонце, хто ж найкращий комуніст на світі. А Сонце йому: "Ти якийсь хворий, Сталіне, навіжений безумець, психопат! Плювало я тепер на тебе — я вже на Заході!"»

Павло зареготав так, ніби вперше його почув.

— Поганенький із тебе оповідач. Французи нікудишні в цьому. Ось у виконанні Леоніда вистава тривала годину.

— Що правда, то правда. Це було легендарно. Ти реально віриш, що він розповідав цей анекдот самому Сталіну?

— Принаймні він так стверджував. Леонід не хвалько. Скажи, ти з ним дружив, якщо мене не зраджує пам'ять?

— Близько дружив. Хотів би його знову побачити.

— І все ж він ненавидів Сашу.

— То вже позавчорашні історії, які сьогодні давно нікого не цікавлять і не мають жодного значення.

Він нічого не відповів і нерішуче знизав плечима. Потім ухопив ще один круасан.

— Пригощаєш?

— До речі, твій трактат про Берестейський мир уже надруковано?

— Та ну! Я його ще раз переклав, переписав, відредагував та скоротив. Досконалості немає меж. Знайшов одного молодого видавця. Він захотів, щоб я стиснув свої 965 сторінок іще на 250. Я відмовився.

— Павле, розкажи ще якийсь анекдот.

— Яка різниця між рублем і доларом?

Я чув раніше цей дурнуватий жарт. Цілком можливо, що саме він мені й розповідав його п'ятнадцять років тому. Але я вже призабув.

— Я не знаю.

— У долар!

Він зайшовся сміхом.

— Що сталося, Мішелю? Якось я чув про тебе, а потім ти просто зник.

— Після смерті Саші я й далі спілкувався з Ігорем і Вернером. А ти бачишся з рештою?

— З усіма, крім тебе.

Жовтень 1959 – грудень 1960 року

1

Це був єдиний раз за все моє життя, що обидві родини зібралися разом. Точніше кажучи, якась частина — людей зо двадцять. То був мій день народження, і передчуття в мене були не найліпші. Якась дивна занепокоєність — я не міг її пояснити. Уже згодом постеріг певні сигнали, які мали б кинутися мені в очі. Але я був надто юним, щоб усе те зрозуміти. Натомість був більше зацікавлений святом і подарунками. У всіх моїх друзів була одна-єдина сім'я; у мене ж було дві, ще й різні. До всього вони між собою не спілкувалися. Маріні та Делоне: сім'я батька та сім'я матері. Саме того дня я усвідомив, що вони ненавидять одне одного. Лише мій тато радісно обходив обидва клани з тацею з фруктовим соком та промовляв голосом Ґабена чи Жуве[1]:

— Скляночку апельсинового соку? Не повірите, але його вичавлено з фруктів.

Маріні реготали. Делоне закочували очі.

— Полю, припини, це не смішно! — Мама не зносила його приколи.

Вона сиділа й розмовляла зі своїм братом Морісом, якого не бачила, відколи той після війни переїхав до Алжиру. Тато його не любив. А ось я любив, бо він постійно жартував. Моріс називав мене Каллаґаном, не знаю чому. Щойно він мене помічав, одразу ж казав: «How do you do

[1] Жан Ґабен (1904–1976), Луї Жуве (1887–1951) — французькі актори театру і кіно.

Callaghan?»[1], – на що я мав відповідати: «Very good!»[2] Коли ми прощались, я міг почути: «Bye-bye Callaghan!»[3], – що супроводжувалось удаваним ударом кулака по підборіддю. Моріс приїжджав до Парижа раз на рік, щоб відвідати американський семінар з управління. Для нього було справою честі першим застосувати новинки в роботі. Це називалось менеджментом. Він нашпигував свій словник американізмами, але ніхто тих словечок не розумів, хоча й взнаки не давав. Він захопився черговим семінаром «Як стати переможцем», принципи якого й переповідав мамі, що не пропускала жодного слова. Тато був переконаний, що це справжнісінькe шахрайство, тому не втратив нагоди сказонути голосом де Ґолля:

– Та ви б мене бодай попередили. Я відправив би генералів французької армії на це стажування.

Він розсміявся, а заразом й усі Маріні. На жаль, загального градусу це не понизило. Моріс і далі заангажовував маму, наче нічого й не сталося. Вийшовши на пенсію, дідусь Філіпп передав стерна правління дочці. Вони десять років пропрацювали пліч-о-пліч, а тепер він усіляко підтримував маму в самовдосконаленні. За рекомендацією Моріса він відправив її на американські інтенсивні курси «Стати сучасним менеджером». Отож мама поїхала на два тижні до Брюсселя. Після чого повернулася із цілою колекцією якихось альманахів й оселила їх у домашній бібліотеці. Вона ними пишалася, бо то були свідчення й докази її компетентності. Там стояли від «Підкорити проблемних клієнтів» до «Вибудувати мережу продуктивних зв'язків» або «Розвинути свій потенціал, щоб стати рішучим». Щороку мама відвідувала триденний семінар у розкішному центрі на авеню Ош, відтак додавала до колекції чергову книжку в червоній палітурці. Минулого року вони з Морісом побували на семінарі «Як заводити друзів?», який її дещо змінив. Відтоді вона не знімає незмінну усмішку –

---

[1] Як справи, Каллаґане? (*англ.*)

[2] Пречудово! (*англ.*)

[3] Бувай, Каллаґане! (*англ.*)

ключ до наявних і потенційних перемог. Її жести стали спокійними — ознака внутрішньої гармонії, а голос приємно поставленим — доказ сили особистості, бо, за словами автора семінарів Дейла Карнеґі, вони змінять її життя. Тато не йняв тому всьому віри: він уважав це марнуванням часу та грошей.

— Як не крути, а з першерона скакуна не буде, — він не втримався трохи поглузувати з Моріса.

Тиждень тому я попрохав маму запросити Маріні.

— Зазвичай ми їх не запрошуємо. Ми святкуємо в сімейному колі.

Я наполягав, допоки її нова усмішка не згасла. Я ж не поступався, навпаки: без них свята не буде. Вона лише кинула похмурий погляд, але думку не змінила. Врешті я змирився. А коли тато із каверзною посмішкою оголосив, що Маріні таки запросили, я не тямився від радощів, бо був переконаний, що завдяки мені нарешті відбудеться родинне примирення. Я не хотів її силувати, а вона, у свою чергу, просто їх ігнорувала. Справді чужими на цьому зборищі були мій єдиний друг Ніколя Мейєр, який смертельно нудьгував в очікуванні торта; наша іспанська служниця Марія, що підходила від одних до других із тацею з оранжадом та глінтвейном; і мій смугасто-рудий кіт Нерон, який бігав за нею хвостиком. Колись я вважав, що мені пощастило мати дві родини, і навіть користався з цього. Ті, хто сім'ї не має взагалі, подумають, що я розбещене хлопчисько, яке не уявляє, як йому поталанило. Але мати дві сім'ї — гірше, аніж не мати жодної.

Маріні згуртувалися довкола дідуся Енцо у своїй частині кімнати. Вони чекали. Мій брат Франк вибрав собі табір: він тихо розмовляв із дядьком Батистом та бабусею Жанною. І тут з'явився тато, несучи здоровенний шоколадний торт, ще й приспівуючи: «З днем народження, Мішелю». Маріні одразу ж підхопили всі хором. Така вже була в них традиція: коли всі разом, вони співають. Ба більше, кожен мав репертуар на свій смак. Тобто, коли вся сім'я збиралася, виходив такий собі співочий гурток. Мама дивилася на мене із ніжною усмішкою, але не співала. Я задув дванадцять свічок, правда, лише з другої спроби. Філіпп, мамин батько, аплодував. Він не співав, як і Моріс, як і жоден з Делоне. Вони аплодували, а Маріні співали: «З днем народження, Мішелю, наші найщиріші вітання...» І що гучніше Маріні співали, то дужче Делоне аплодували. Моя молодша сестра Жульєтт аплодувала, а Франк і Ніколя співали. Цієї самої миті мене охопило оте неприємне відчуття. Нічого не розуміючи, я просто дивився на них усіх, благо гамір перекривав мою тривогу. Вочевидь, моя фобія сімейних зборів зародилася саме того дня.

Я отримав три подарунки. Делоне подарували двошвидкісний електропрогравач «Теппаз» на тридцять три і сорок п'ять обертів на хвилину. З автоматичним завантажувачем платівок на сорок п'ять обертів. Це був солідний подарунок, і Філіпп не полінувався нагадати, який крихкий тонарм і як важливо сумлінно дотримуватися інструкції.

— Мама не хотіла б, щоб ви з братом знову сварилися.

Енцо Маріні подарував мені здоровенну книгу «Скарби Лувра». Він відпрацював усе життя на Національну компанію французьких залізниць, а тепер за пільговим білетом бабусі Жанни вони раз на рік приїжджають до Парижа. Вона не втрачає нагоди побачити батькового старшого брата Батиста, який сам виховує двійко дітей. На жаль, його дружина загинула в автокатастрофі два роки тому. Батист працює машиністом автомотриса сполученням Париж — Мо. Колись він був досить жвавим і балакучим. А нині батьки говорять про нього з незрозумілою двозначністю. Бо, коли я їх розпитую, вони ухиляються від відповіді, і оце їхнє відмовчування гірше за мовчанку самого Батиста.

Енцо часто водив мене в Лувр. У його рідному Лансі, як і в Ліллі, не було на що дивитися. Не уявляю, звідки в нього такі знання. Попри скромний атестат середньої школи, він чудово знався на полотнах і художниках, серед яких найбільше захоплювався італійським Відродженням. Ми годинами блукали помпезними коридорами до самого зачинення. Я обожнював дні, проведені з ним. Енцо розмовляв зі мною не як із внуком, а як із другом. Я часто розпитував про його молодість — він не любив її згадувати. Злидні примусили його батька покинути Фонтанеллато, що в околицях Парми. Отож із двома молодшими братами він покинув родинну ферму на старшого брата й емігрував на Північ, де й залишився працювати на шахті. Енцо був перший у сім'ї, хто народився у Франції. Його батько доклав усіх зусиль, щоб стати справжнім французом: заборонив розмовляти вдома італійською, обірвав усі італійські зв'язки та врешті втратив контакт із родиною. Енцо одружився з уродженкою Пікардії. Він був французом і пишався цим. Коли якийсь недоумок глузував із нього, називаючи італійчиком чи макаронником, він завжди усміхнено відповідав: «Дуже приємно, а я лейтенант Вінченцо Маріні з Ланса, що в Па-де-Кале».

Мій батько розповідав, що Енцо часом доводилося домагатися визнання кулаками. Для нього Італія — то взагалі закордон, де він жодного разу не бував. Саме тому ми були шоковані, коли того святкового дня він оголосив, що почав відвідувати курси італійської.

Лувр наділений беззаперечною освітньою силою. Енцо навчив мене розпізнавати художників, різнити стилі й епохи. Він наче й справді вірив, що моя зацікавленість оголеними жіночими постатями була зумовлена саме досконалістю ліній Канови чи Бартоліні[1]. Наскільки тато міг проігнорувати програвач від Філіппа, настільки ж він був у захваті від книги. Він захоплювався точністю репродукцій і гортав сторінки, видаючи лише з його характерною

[1] Антоніо Канова (1757—1822), Лоренцо Бартоліні (1777—1850) — італійські скульптори.

надмірністю постійні «ох!» та «о-ля-ля!». Його погляд привабив «Іван Хреститель» руки да Вінчі: палець, що показує «вгору», в'юнке волосся, таїна усмішки, у якій так мало святості.

— Я не назвав би його святим.

— Чому ти не ходиш з нами до Лувру? — поцікавився Енцо.

— Ой, знаєш, я і музеї...

Тато завжди славився своїми витівками. От і цього разу він виставив на стіл квадратну коробку в глянцевій темно-синій обгортці, перев'язану червоною стрічкою. Але спершу я мусив угадати, що ж там. Ні, це не книжка. Та батько б такого й не купив.

— Іграшка?

— Ти вже виріс з іграшок.

Аж ніяк не настільна гра. Усі заходилися вгадувати. Лише мама всміхалася обіч. Це не збірний грузовик, не літак, не корабель, не потяг, не мініатюра автомобіля, не мікроскоп, не годинник, не бінокль, не краватка, не парфуми, не колекція олов'яних солдатиків, не чорнильна ручка. Це не можна з'їсти, неможливо випити, це навіть не хом'ячок і не декоративний кролик.

— Як ти міг подумати, що я закрию живу тваринку в коробці?.. І ні, це не опудало.

Фантазія вичерпалась. Переконаний, що не бачити мені тепер подарунка, я завмер в очікуванні.

— Відкрити? — запропонував тато.

Я швидко розірвав глянцевий папір, і в мене по тілу пробігли мурахи, бо побачив коробку із напівпрозорого пластику. Справжній «Брауні Кодак»[1]! Я не міг повірити, що тато здатен на такий подарунок. Двома тижнями раніше ми проходили вулицею Суффло і я прилип до вітрини, пере-

[1] «Брауні Кодак» («Kodak Brownie») — простенька недорога фотокамера, вироблена компанією «Eastman Kodak».

лічуючи всі викрутаси моделі. Тато був здивований моєю обізнаністю у фотосправі. Насправді я просто напускав туману, бо він знав ще менше за мене. Я міцно обійняв його за шию й подякував добру сотню разів.

— Залиш трохи для мами, бо це вона за ним ходила.

За якусь мить я схвильовано вклав фотоплівку до апарата. Далі щільно згрупував родину навпроти вікна; так само поводився фотограф, який робив щорічні знімки ліцеїстів.

— Дідусю, усміхайся. Дядечко Морісе, стань позаду мами. Усміхайтеся, чорт забирай, усміхайтеся!

Спалах — і одразу кадр для підстрахування. Це ж практично поклик небес: згодом я вирішив стати фотографом, бо ця професія здавалася престижною та зрозумілою. Батько мене підтримав:

— Так, синку, бути фотографом, здається, справа прибуткова.

Ну якщо я навіть дістав батьківське благословення, то переді мною відкритий стовповий шлях. Але Франк, як завше, примудрився притримати мій ентузіазм:

— Якщо хочеш стати фотографом, доведеться підтягти математику.

Та що він узагалі розуміє? Тепер завдяки Франкові дискусія набула небезпечного відтінку. Одні були переконані, що фотографія — це мистецтво і математика в ньому зайва, а інші стверджували, що обов'язково розбиратися в перспективі, оптиці, емульсіях та інших технічних складових. Обидві думки здавалися слушними. Усі наводили одне одному безліч аргументів і водночас нікого не слухали. Я почувався ні в сих ні в тих. І взагалі заплутався, бо не розумів, як то всі водночас мають рацію. Думаю, Франк просто мені заздрив. Адже, коли був у моєму віці, таких чудових подарунків він не отримував. Фотографія не наука, а річ випадкова. Ця унікальна історична світлина, на якій зібрана вся родина, урочисто простояла на буфеті аж три роки. І зникла з міркувань, зовсім не пов'язаних з її художньою цінністю.

Довго я був цілком необізнаним з історією своєї сім'ї. Для мене все було пречудово, мало не як у казці. Дітям не розповідають, що було до них. Спершу ми замалі, щоб усе зрозуміти, далі вже задорослі, щоб слухати батьків, потім на все це немає часу, і врешті стає запізно. Отак у родинах і ведеться. Живуть під боком, наче й знають із ким, але насправді навіть не уявляють, що то за люди. Усі покладаються на чудеса кровної спорідненості: апокрифічна гармонія, неподільне щиросердя, одностайна єдність. А в результаті задовольняються брехнею, виправданою родинними зв'язками. Певно, я сам винуватий — забагато хотів. Усе, що я знаю, мені розповів Франк. Після подій, що сталися в день відкриття магазину і схвилювали нашу родину, він відкрив мені очі на все.

У нас із братом сім років різниці. Він 40-го року. Його історія — це, по суті, історія нашої сім'ї, з усіма її випадковостями та маловідомими фактами. Без нього не було б і мене. Наша доля була розіграна в перші місяці війни. У той час Філіпп керував власною майстернею, що займалася водопровідними, газопровідними та цинкувальними роботами. До війни вони встигли запустити продаж санвузлів і кухонних плит. Хоча він у житті не торкався поцинкованої труби чи паяльника, обходився лише керівною роботою, але все одно запевняв, що то дуже важко. Філіпп успадкував сімейний бізнес від батька і вправлявся досить результативно. Усі його проблеми беруть початок від 3 лютого 1936 року, коли він найняв підручним Поля Маріні. Батькові на той час було сімнадцять, і він аж ніяк не планував продовжувати славну сімейну традицію залізничників із покоління в покоління. Його приваблювало столичне життя. Того безславного дня, коли його найняли, він вразив дідуся Делоне своїм бездоганним олов'яним паяним швом, ще й у рекордний термін. Три наступні роки Філіпп не міг натішитися, що найняв мого батька, бо той зачарував усіх і кожного своєю усмішкою, привітністю, готовністю допомогти й компетентністю. Сам того не розуміючи, він завів вовка до вівчарні. Його дочка Елен по самі вуха закохалася в чарівного юнака з оксамитовим поглядом, хвилястим волоссям і витонченою ямочкою на підборідді, що безупинно вальсував і невтомно смішив її своїм наслідуванням Моріса Шевальє чи Ремю[1]. Ці роки, напевне, були найпрекраснішими в житті батьків. Їм було по сімнадцять-вісімнадцять років, і зустрічалися вони таємно, так, що нікому б і на думку не спало, що вони разом. За тих часів донька патрона не мала права зустрічатися з простим робітником, до всього сином італійського іммігранта. Це було щось нечуване. Треба знати своє місце. Вірогідно, з часом усе б налагодилось, якби не наближення війни. А що для юних закоханих може бути гірше за розлуку через військову службу. Можу собі уявити, який розпач розставання їм довелося пережити. Батька змобілізували на «Дивну війну»[2] кудись у нетрі Арденн просто перед поразкою французів. Саме тоді мама півроку приховувала свою вагітність від батьків. Сімейний лікар діагностував апластичну анемію. Правда відкрилася, лише коли їй погіршало. Вона навідріз відмовилася видати батька, а сина охрестила Франком. Тато чотири роки провів військовополоненим у концтаборі Померанії, навіть не уявляючи, що відбувається вдома. Він узагалі був переконаний, що мама його давно забула, і дізнався правду вже після повернення до Франції. До війни безтурботна та жвава, тепер дівчина стала дорослою жінкою. Вони обоє змінилися й заледве впізнали одне одного.

---

1 Моріс Шевальє (1888–1972) – французький естрадний співак і кіноактор; Жуль-Мірер Ремю (1883–1946) – французький актор театру й кіно.

2 «Дивна війна» – період Другої світової війни (від 3 вересня 1939 року до 10 травня 1940 року) на Західному фронті, коли уряди Франції та Великої Британії не вели активних бойових дій.

Якби не Франк, вони б і не зустрілися та вже не були б разом. Отож вони наче відновили стосунки, а їхній секретний роман залишився давнім юнацьким спогадом. Та й той уже зітерся з пам'яті. Якби не Франк, батьки не одружилися б і мене теж не було б. Але Франку вже п'ять, і з цим треба було щось робити. Батьки змирилися зі своєю участю й нашвидкуруч розписалися в мерії П'ятого округу. У ранок весілля, в останній момент, наречені заїхали до нотаріуса сім'ї Делоне і, навіть не читаючи, підписали шлюбний контракт про розподіл майна. Отже, Поль Маріні, може, і здобув дівчину, але не грошики. Бабуся Аліса того ранку підхопила «дипломатичну гарячку» і, через те що Філіпп не схотів залишати її саму, батьків на весіллі дочки не було. Можливо, якби мій батько був гнучкішим, йому б удалося залагодити ситуацію. Але він відмовився вінчатися, прикриваючись атеїзмом. Така позиція лишень погіршила його стосунки з родиною Делоне, у яких споконвіку було зарезервовано лавочку в церкві Сен-Етьєн-дю-Мон. На чорно-білому весільному фото молодята стоять на східцях мерії в оточенні тільки сім'ї Маріні. Вони навіть не тримаються за руки, а між ними малий Франк. Прекрасним день весілля батьків не назвеш: ближче до вечора надійшла звістка, що Даніеля Делоне було вбито в Страсбурзі. Скромну вечерю, заплановану Маріні, довелося скасувати. Жалоба тривала рік. Аліса забула про «гарячку» і надалі розповідала всім, що пропустила весілля дочки через героїчну смерть сина на війні. І взагалі в родині Делоне цей день став днем пам'яті Даніеля. Відповідно, батьки ніколи не святкували річницю весілля.

2

Ліцей мене абсолютно не цікавив. Я більше любив вештатися Люксембурзьким садом, майданом Контрескарп чи Латинським кварталом. Якусь частину життя я «заскакував в останній вагон». Але лише задля переходу в старший клас. Я заледве перейшов у шостий клас ліцею Генріха IV. Дідусь Делоне навіть розщедрився на візит до директора, давнього друга сім'ї. Франк теж там навчався. Попри старомодний інтер'єр і затхлий запах, Генріх IV таки мав низку переваг. Ліцеїстам надавалася відносна свобода, вони вільно приходили та покидали заклад. Мені пощастило дружити з найкращим учнем класу. Але я не просто сліпо списував у Ніколя всі домашні завдання з математики, а примудрявся їх «прикрашати». Я робив відступи, свідомо припускався дрібних помилок. Тож за своє перефразовування я, траплялося, отримував оцінки навіть вищі за його. З часом я закинув просте списування, як-от книжка на колінах під час написання твору, і вдався до серйозних конструкцій із непомітних шпаргалок. Чесно кажучи, за згаяний на них час я би швидше сам вивчив. Мене жодного разу не спіймали на гарячому. А от з історії та географії шпаргалки не були потрібні. Варто було раз прочитати, як я вже все запам'ятовував. Це давало мені шанс віддячувати Ніколя. Він із цих предметів був не дуже. Отак нам таланило бути одними з кращих. Особливо не напружуючись, я роками залишався хорошим хлопчиком. І постійно намагався видавати себе за старшого, ніж насправді, що мені без проблем удавалось. Просто я мав сто сімдесят три сантиметри на зріст і, навчаючись у четвертому класі, скидався на другокласника[1]. Тому, окрім Ніколя, я й не мав друзів серед ровесників. Я водився із друзями Франка, які зависали по бістро на майдані Мобер і розважалися лише балачками на кшталт «як змінити цей світ».

То була бурхлива епоха. Після тривалого перетину пустелі де Ґолль урешті повернувся до справи порятунку

---

[1] У французькій системі освіти класи лічаться у зворотному порядку: навчання починається із шостого класу, а перший клас — випускний.

французького Алжиру від тамтешніх терористів. Раптом усі почали вживати незрозумілі мені слова: «деколонізація», «втрата імперії», «Алжирська війна», «Куба», «неприєднані» та «холодна війна». Мене ці політичні нововведення мало цікавили. Але Франкові друзі лише про них і теревенили, а я мовчки слухав і вдавав, що все розумію. Приєднувався я лише на слові «рок-н-рол». Він звалився нам як сніг на голову буквально кількома місяцями раніше. Того дня ми мимоволі слухали радіо. Я занурився в книжку, розвалившись у кріслі, а Франк невтомно навчався. Раптом із приймача линула невідома досі музика. Ми водночас підхопились і недовірливо переглянулись, підійшли до радіо, і Франк додав гучності. Білл Гейлі[1] нараз змінив наше життя. Одного прекрасного дня ця музика стала нашою музикою, замістивши заїжджені мелодії. Дорослі обурювалися, а тато ні — він сам любив джаз. Це ж музика дикунів, яка зробить нас глухими і ще тупішими. Їм цього не зрозуміти, та й нам було не до них. Франк із друзями відкрили чимало американських музикантів — Елвіс, Бадді Голлі, Літл Річард, Чак Беррі та Джеррі Лі Льюїс стали нашими нерозлучними супутниками.

Бурхливою була не лише епоха, вирував і Латинський квартал. Жан-Марі Ле Пен, депутат-пужадист[2] від П'ятого округу, обраний дрібними торговцями і консьєржами, ліз у бійку з «червоними», тобто з тими, хто не розділяв його погляди. Але справжні баталії розгорталися між студентськими ворожими таборами довкола Сорбонни та бульвару Сен-Мішель. Традиційний розподіл на лівих і правих підірвала Алжирська війна, яка щоденно залишала по собі

---

[1] Білл Гейлі (Вільям Джон Кліфтон Гейлі; 1925—1981) — американський музикант, один із перших виконавців рок-н-ролу.

[2] Пужадисти — прихильники П'єра Пужада, лідера руху із захисту власників крамниць і ремісників, що переріс у повстання проти капіталістів та аристократів на захист «маленької людини».

кривавий відбиток. Надалі ти або за, або проти французького Алжиру. Багато соціалістів були за, чимало правих — проти, були й такі, що кидалися туди-сюди.

Франк підтримував незалежність. Він був членом Комуністичного союзу молоді й недавно вступив до партії, в ідеали якої свято вірував. Разом з Енцо та Батистом відвідував кожне свято газети «Юманіте», що перетворювало його на справжнього Маріні. Дідусь Делоне не проминав нагоди його висміяти й продемонструвати свою антипатію. Саме ця маленька прихована війна пояснювала нестерпне бажання Франка якнайскоріше закінчити економічний факультет і покинути цей дім. Натомість тато перебував між двох вогнів. Якби він назвав себе комуністом, Філіпп негайно викинув би його на вулицю. На щастя, тато відчував межу, яку не слід було переступати. Було прийнятно, коли він вважався радикальним соціалістом. Батькові було важливіше відстояти свою незалежність у власній родині. Він докладав чималих зусиль, щоб згладити гострі кути в стосунках зі свекром і щоб той його врешті визнав. Тато був соціалістом не більш як на словах. У буденному житті цього й не помітиш. А от Франк, навпаки, намагався жити, ідучи за відповідними ідеалами. Вечері в нашій сім'ї були значно жвавішими, ніж у решти. Мама забороняла порушувати актуальні теми за столом, і це було непросто. Як казав Франк, усі теми політизовані.

Для Делоне Алжир був французьким. Але керувалися вони мотивами далекими від політичних. Де-факто справа в Морісі: після завершення війни він перебрався до Алжиру, бо одружився із Луїзою Шевальє, справжньою «чорноногою»[1]. До всього, її родина була казково багата і володіла десятками об'єктів в Алжирі та Орані. Моріс керував статками дружини та невтомно примножував майно, щороку скуповуючи нерухомість. Саме тому слово «незалежність» було нереальним

[1] «Чорноногі» — алжирці європейського походження

і безглуздим. Філіпп і мама стояли горою за Моріса, а заспокоїлися лише з приходом до влади де Ґолля. Із нашим видатним державним мужем Алжир залишатиметься французьким. Зграйці жалюгідних терористів не впоратися з третьою у світі армією. Фелахи[1] не більш як банда кровожерливих невдячних дегенератів на американському повідку. Якщо Делоне і припускали, що місцеві троглодити ще можуть помилятися, просто перебуваючи в глухому куті, то аж ніяк не глибоко ненависні французи, що зрадили батьківщину, співвітчизників і підтримали повстання. Так от, між Франком і Морісом було щось більше за ворожнечу: кожен свято стояв на своєму, для кожного то була справа честі — захистити власні позиції, спровокувати суперника й оточити його глибокою зневагою. Тому їх намагалися не зводити разом. А коли вже така біда ставалася, мама забороняла зачіпати політику й уживати такі слова: «Алжир», «війна», «замах», «самовизначення», «референдум», «генерали», «полковники», «Африка», «легіонери», «армія»; також були під табу на час аперитивів та обідів «честь», «занепокоєність», «майбутнє», «негідник», «катування», «злюка», «свобода», «комуняка», «нафта», «погано для економіки». Це значно звужувало коло розмов, зате принаймні дозволяло спокійно доїсти свою баранину з квасолею.

Щоб я не пішов слідами Франка, Філіпп і мама організували такий собі санітарний кордон між мною та батьковою сім'єю, до всього не дозволили йти з ними на свято «Юманіте». Тривалий час від згадки про Маріні вони корчили такі зарозумілі гримаси зі стиснутими губами, що я вже був домислював, які ж бридкі й непристойні неподобства там коються. І все ж заборонити мені ходити з Енцо до Лувру мама не змогла. Але він і не намагався мене в чомусь переконувати чи то перетягти до свого табору. Це все тому, що, до того як стати справжнім комуністом, він був фаталістом. А ці

[1] Фелах — алжирський партизан.

поняття досить тотожні. Якщо ти народився простим робітником — тобі в комуністи, а якщо народився в буржуазній родині — тобі праворуч. У жодному разі не навпаки. Для нього компрометування — це соціалізм. Він докоряв батькові за перехід на ворожий бік і зраду робочого класу. Ми ж не маємо права виходити зі свого соціального прошарку. Усе просто: якби я був сином буржуа, то мав стати таким самим буржуа. Але, якщо чесно, усі їхні історії, переконання, сварки я мав за ніщо. Я не підтримував жодну зі сторін. Їхні ідеї мене не цікавили і взагалі були мені чужі, а їхні лайки мене не обходили. Єдине, що мене приваблювало в цьому житті, це рок-н-рол, література, фотографія та кікер.

3

Ми з Ніколя були однією з кращих пар гравців у кікер. Він стояв на захисті, а я був нападником. Нас було складно обіграти. Коли нам хотілося спокійної гри, ми йшли на майдан Контрескарп. Там нашими суперниками були студенти з кварталу чи з сусідньої Вищої політехнічної школи, які багато із себе ламали, а грали паскудно. Ми не соромилися брати їх на кпини. Не всім подобалося, що якісь на десять років молодші хлопчаки дають їм прочухана. Та ми наслідували Самі: насміхалися, навіть не обертаючись.

— Наступний!

Спершу ми тріумфували, демонструючи нашу втіху. Згодом тішилися мовчки. Ігноруючи всіх, ми зосереджувалися лише на грі, на білому м'ячику та маленьких синіх і червоних футболістах. Хто ставав з нами за стіл, знав, що нас не переможе. Ігнорування принизливіше за зневагу. Щоб ушануватися нашим поглядом, треба було створити небезпечний момент, лідирувати чи довести до матчболу. Охочих до гри не бракувало, тому в разі програшу доводилося вкрай довго чекати реваншу. Та рано чи пізно, після багатьох партій поспіль, починаєш утомлюватися, як наслідок втрачаєш хватку, у якийсь момент капітулюєш і, урешті передавши повноваження наступному, відходиш у куток. До слова, траплялися й сильні гравці, що могли протриматися по п'ять-шість безперервних партій, але більшість постійно програвала.

Коли ми були в належній формі, ладні землю під ногами гризти й рознести все довкола, то ходили до великого бістро на майдані Данфер-Рошро. У «Бальто» було два кікери. Ми грали з дорослими, і вони нас поважали. Ми навіть не думали грати у пінбол поруч із футболом, хай би той стояв порожнем чи гравці пропонували розіграти партію. Ми берегли свої сили для нездар із південного передмістя. Найсильнішим гравцем був Самі. Він самотужки грав проти двох супротивників, ще й з легкістю перемагав. Він дозволяв собі кидати гру, коли йому набридне чи коли наставав час іти на роботу. Самі ночами гарував у ринкового торговця: тягав тонни фруктів та овочів. Це був справжній рокер із коком і бачками, м'язистий амбал зі шкіряними браслетами на обох зап'ястях, явно не з тих, кому бракує поваги оточення. Він грав із такою швидкістю, що ми тетеріли, та відбивав кожен м'яч із неймовірною силою. Тих, кому вдалося його переграти, можна було перелічити на пальцях однієї руки. І я був серед них. Правда, усього тричі, та й то заледве. Він же перемагав мене десятки разів. Самі абсолютно не зважав на студентів та буржуа. Він називав усіх одним-єдиним словом: йолоп; так він зневажав нас із висоти свого показного зросту. Розмовляв лише з такими, як сам, і невеликою групою наближених, серед яких був Жакі — офіціант із «Бальто», його приятель та сусід по району передмістя. Про Самі ширилося чимало пліток, але передавали їх пошепки та в нього за спиною. Одні казали, що він лише дрібний розбишака, інші взагалі вважали його справжнім злочинцем. Та ніхто не міг назвати причину дурної слави: чи то погані манери та «чорна куртка», чи якась провинність, що таки була за ним. До мене він ставився прихильно, відколи я вибрав «Come On

Everybody»[1] на музичному автоматі «Бальто» — здоровенному «Вурлітцері»[2], що поблискував поміж двома пінболами. Тоді він дружньо поплескав мене по спині, і я був щасливий побачити проблиск симпатії на його обличчі. Коли час від часу траплялась пара сильних гравців і Самі вже не міг виступати сам, то він ставив на захист мене. Я намагався бути гідним такої честі, тому завжди забивав два-три голи завдяки одному удару, який важко було парирувати і яким лише я орудував. За винятком отаких рідкісних проявів симпатії, я був не кращим за решту. Він ушановував мене зневагою, називаючи «справжнім йолопом», і взагалі збивав з пантелику такою частою зміною ставлення. Коли я назбирував трохи монет, то ставив рок-платівку. Із першими чіткими гітарними акордами Самі полегшено зітхав та кивком голови запрошував мене в захист. Разом ми не програли жодної партії.

«Бальто» було справжнє овернське бістро. Після війни родина Маркюзо переїхала в Париж із Канталя та фактично жила в цій невеликій кав'ярні. Вони запросто працювали сім днів на тиждень, від шостої ранку аж до півночі. Дядечко Альбер вправно керував своєю справою та демонстрував комерційний успіх фірмовими англійськими метеликами, яких він, до речі, колекціонував і невтомно поправляв за кожної нагоди глянути в дзеркало. А коли був добрий виторг, він вдоволено поплескував руками по видатному черевцю.

— А ось де грошики, і ніхто в мене їх не відбере.

Якщо слово «бонвіван»[3] і мало якийсь сенс, то це було точно про дядечка Маркюзо. Він час від часу повторював, що повернеться до рідного краю та відкриє свою справу

---

1 «Come On Everybody» (1958) — хіт американського співака Едді Кокрана (1938–1960).

2 «Вурлітцер» («Wurlitzer») — автомати для програвання музичних композицій, які були дуже популярні в барах і кав'ярнях.

3 Бонвіван (*фр.* bon vivant — той, хто живе добре) — людина, яка марнує свої сили, гроші на втіхи, розваги, гульбища тощо.

в Орійяку чи Сен-Флурі. Але Мадлен, його огрядна дружина, не мала ані найменшого бажання туди повертатися. До того ж троє їхніх дітей уже облаштувалися в паризькому регіоні.

— Ми ще вдосталь нанудьгуємося на кладовищі, не варто хоронити себе живцем. Цілком достатньо їздити туди у відпустку.

До Маркюзо практично все надходило з Канталя. Їхній знаменитий трюфад[1], до якого подавали ковбаски з Керсі, був до того щедрий, що ви наїлися б щонайменше дні на два. А антрекот із яловичини по-салерськи приваблював відвідувачів аж із віддалених околиць. Тітонька Маркюзо була чудова господиня. Страви дня в неї завжди смакували по-домашньому. А заманливий запах з її кухні спокушав вас зайти. Навіть ресторанні критики присвятили закладу цілих три статті, що надалі красувалися в золотавій рамочці поруч із меню. Про уродженців Оверні шириться дурна слава, але подружжя Маркюзо було винятково добродушне. Вони не вираховували порції та заборгованості; якщо ж останні накопичувалися за цілий місяць, то беззастережно мали бути погашені на початку наступного, щоб відвідувач не втратив право ласувати в бістро. Горе ж було тим порушникам порядку, які до всього ще й замислили змінити заклад, бо овернський бездротовий телеграф хутко нагадував їм про знехтувані зобов'язання.

За баром починались володіння Маркюзо. А ось залом із терасою завідував Жакі. Він гасав з ранку до ночі, приймаючи замовлення; на ходу закидав їх на приготування дядечкові Маркюзо; укладав на тацю купи тарілок, склянок і пляшок, при цьому жодної не розбивши; бездоганно накривав на столи; безпомилково вів рахунки в голові; завжди усміхнений, завжди уважний, і це приносило йому солідні чайові. Жакі мав у житті лише одну пристрасть — футбол. Усім серцем вболі-

---

[1] Трюфад — картопля, обсмажена з беконом, посипана тертим сиром, петрушкою, часником.

ваючи за команду «Стад де Реймс», він автоматично ненавидів «Рейсінґ Клуб де Франс»[1], що його величав «клубом гомиків» — найсильнішим, на його думку, образливим висловом. І весь світ обертався довкола цього протистояння, що розділяло людей на два табори. Фонтен, П'янтоні та Копа[2] («зрада» останнього нелегко далась Жакі) були його героями, і жартувати з них не вартувало. Коли улюблена команда програвала «Рейсінґу» чи мадридському «Реалу», то був справжній день скорботи: ніхто не смів і словом прохопитися, навіть уболівальники злощасного «Рейсінґу», які, до речі, були в більшості. Самі розділяв пристрасть свого друзяки до «Реймсу». Саме тому він і грав у настільний футбол «червоними», а коли з легкістю вигравав, мовчки, зневажаючи невдах, брав із попільнички монету у двадцять сантимів і кидав її до розмінного автомату, щоб повернути собі франки. А коли він був не в гуморі й до виграшу доводилося докладати зусиль, то підкреслював перемогу вигуком «"Реймс" вас усіх порве!».

«Бальто» було величезним бістро на розі двох бульварів. На авеню Данфер-Рошро виходили прилавок із тютюном, столи з кікером, пінболи та музичний автомат, а на бульвар Распай — ресторан на шістдесят персон. Одного разу я помітив, що поміж дальніми столиками за зеленою оксамитовою портьєрою приховано двері. У тому пасажі періодично зникали немолоді чоловіки... і ніхто ніколи звідти не виходив. Це мене неабияк заінтригувало. Я часто запитував себе, що б то все могло означати. Але заглянути туди не наважувався. Жоден із гравців у кікер нічого не знав. Довго я цим не надто переймався і, коли бістро було досить залюдненим, нічого не замовляючи, з книжкою влаштовувався на сонячній

---

1 «Стад де Реймс» («Stade de Reims») — французький футбольний клуб з міста Реймс; «Рейсінґ Клуб де Франс» («Racing Club de France») — французький спортивний клуб різних видів спорту, заснований у Парижі.

2 Жуст Фонтен (нар. 1933), Роже П'янтоні (нар. 1931) и Раймон Копа (нар. 1931) — знамениті французькі футболісти, які свого часу грали за «Стад де Реймс». Р. Копа 1956 року пішов із «Реймсу» в команду «Реал Мадрид» («Real Madrid Club de Fútbol»), хоча 1959 року повернувся.

терасі. Жакі мене не чіпав. Якось він помітив моє розчарування програшем «Реймсу» у фінальному матчі з «Реалом». З того самого дня він став більше цінувати мене як клієнта. На той момент «Бальто», родина Маркюзо, Ніколя, Самі, Жакі та завсідники бістро стали мені другою родиною. Я проводив там достобіса часу. Проте додому слід було повертатися до повернення мами з роботи. Щовечора я прибігав заледве перед сьомою, щоб устигнути порозкидати на столі підручники й зошити. А коли вони з татом приходили, мама заставала мене по вуха в навчанні. На жаль, траплялося, що вона поверталася раніше за мене. І тут доводилося запевняти її, що я чесно працював у Ніколя. Брехав я так майстерно, що й сам у це вірив.

Я повсюди тягав за собою мій «Брауні» й намагався фотографувати все довкола. Зізнаюсь, виходило так собі. Персонажі губилися в кадрі та стовбичили, мов вимуштрувані вояки, облич і взагалі не розбереш. Фотографії були ніякі. Крім того, я фотографував заблизько. Час від часу мені таки вдавалось уловити якийсь вираз чи почуття. Та як можна фотографувати непоміченим? До всього, треба було тримати на мушці непередбачуваного ворога: Жульєтт. Люба сестричка була молодша на три роки, і їй не треба було обирати між таборами. То була чистокровна, аж до кінчиків пальців, Делоне. Справжня кокетка, чия шафа була вщерть набита ганчір'ям. І вона ще плакалась, що не має чого вдягти. Цілими днями Жульєтт сушила голову над тим, у чому ж вийти. Сама невинність, вона витягувала з батьків усе, чого бажала. Наївне та щиросердне личко було звичайною маскою. Мама цілковито їй довіряла й часто запитувала, чи я дійсно прийшов у названий час. І тут янголятко безжалісно мене здавало одним лише непомітним кивком.

Це неабияке невиправне базікало могло теревенити годинами, аж до того, що всі вже забували, про що йшлося на початку. Вона цілковито окупувала все поле розмов: тут не місце конкурентам. І слова не докинеш — можна лише капітулювати. Жульєтт накривала опонентів безперервним градом слів, які безупинно вилітали з її рота. Усі з неї насміхались. Дідусь Філіпп звичайно звеличував її до небес, але водночас називав «моя гарненька цокотуха». Він не соромився забороняти розтуляти рота за його присутності, бо вона його втомлювала. А Енцо говорив, що в неї в животі поселилася стара буркотуха.

— Ти справжня chiacchierona[1], точнісінько як моя кузена Ліа з Парми.

Отак прізвисько і прижилося. Жульєтт його ненавиділа. Коли хотілось дошкулити, її називали chiacchierona — це затуляло їй рота. Траплялося, що вона починала теревенити ще на початку вечері й не припиняла свого настирливого монологу. Тоді батько ляскав долонею по столу.

— Жульєтт, досить! Ми вже ситі по горло! Яка ж балаклива ця мала!

Вона одразу завзято заперечувала:

— Я не балаклива! Ніхто мене не слухає.

4

Я страх як не любив гаяти час. Єдиним гідним заняттям для мене було читання. Але в нашій сім'ї ніхто по-справжньому й не читав. Мама, до прикладу, цілий рік воювала з «Книгою року»[2], що дозволяло цим вихвалятися й робило її серйозним книгоїдом. А тато пишався тим, що взагалі не читав.

У Франка в кімнаті були суто політичні трактати. Дідусь Філіпп поважав лише Поля Бурже[3], чиї романи обожнював ще замолоду.

---

1 Базіка (*італ.*).

2 «Книга року» («Livre de l'année») — перелік переможців щорічної літературної премії «Найкращі книжки року».

3 Поль Бурже (1852–1935) — французький критик і романіст, відомий насамперед своїми психологічними романами.

— Хоч як крути, а довоєнна література — то геть інша штука.

Він скуповував цілі книжкові колекції в книгарнях вулиці Одеон. Ні, він їх не читав, просто складав домашню бібліотеку. А я був непоборним читачем. Можна сказати, читав за всю родину. Спросоння я вмикав світло, хапав книжку і більше не випускав із рук. Маму чисто бісило, що я буквально не висував носа з книжки.

— Тобі що, більше нема чим зайнятись?

Вона не зносила, коли я не слухав, що вона до мене зверталася. Після низки невдалих спроб дістати від мене бодай якусь відповідь вона сама видирала книжку з рук. А ще мама вигадала дієвий спосіб догукатися мене вечеряти: вона вимикала просто з кухні світло в моїй кімнаті, тож мені залишалося човгати до них. Хоча я читав і за столом, чим дратував уже тата. Я читав, чистячи зуби у ванній. Їм доводилося тарабанити у двері, щоб я поступився місцем. Читав на ходу. Дорога до ліцею забирала п'ятнадцять хвилин. Ця чверть години читання розтягувалася на добрих тридцять хвилин, а то й довше. Тому я виходив заздалегідь. І все одно запізнювався, за що мене безперестанку залишали після уроків за кожні три запізнення без вагомої причини. Я навіть не пояснював цим кретинам, які начебто нас чогось навчали, що мої запізнення були обґрунтовані та неминучі. Маю визнати: мій янгол-охоронець таки захищав мене та скеровував. Бо я жодного разу не вдарявся в стовп та не потрапляв під машину, переходячи вулицю із книжкою в зубах. Я оминав собачі какавельки, які псували паризькі тротуари. Я нічого не чув. Нікого не бачив. Просуваючись як у тумані, дивом я неушкодженим добирався до школи. Не покидав читати практично на всіх уроках, ховаючи розгорнуті книжки на колінах. Жоден учитель мене так і не застукав. Я вчергове запізнювався, коли кілька захопливих сторінок сковували мене на невизначений час простісінько посеред тротуару. Найгірше було із пішохідними переходами: я невиправно не встигав, аж доводилося мені сигналити.

Урешті я виокремив дві категорії письменників: ті, що дозволяли приходити вчасно, і такі, що змушували спізнюватися. Скажімо, російські автори мені подарували силу-силенну відбувань. А коли зачинався дощ, я вмощувався під першим-ліпшим парапетом, де можна було спокійно дочитати. Період Толстого був справжнім «чорним місяцем». Бородінська битва вартувала трьох годин після уроків. А коли кілька днів по тому я пояснив класному керівнику-дисертанту, що запізнився через суїцид Анни Кареніної, він вирішив, що я знущаюсь. Ще гірше я вчинив, коли зізнався, що достеменно не вловив мотив її самогубства, тож змушений був перегорнути назад, щоб нарешті збагнути причину. Він залишив мене аж на два четверги[1]: перший — за вже «надцяте» запізнення, а другий — бо ця ідіотка не заслуговувала ані на крихту уваги. Але я не образився. Бо так дістав нагоду дочитати «Пані Боварі». Якщо я брався за автора, то до самого кінця не закидав, навіть якщо той виявлявся складним. У горах чи на морі — всюди я доводив батьків до відчаю: цілісінькими днями читав, нехтуючи їхніми розвагами. Бібліотекарки муніципальної бібліотеки, що навпроти Пантеону, завжди недовірливо приймали в мене книжки, які я повертав, нещодавно взявши. Вони проводжали мене недовірливим поглядом. Але я на них не зважав — мене цікавила тільки полиця з автором, якого я наразі читав. Я ковтав класиків, вибраних за власними літературними критеріями. Я не просто читав романіста. Спершу я знайомився з біографією, відповідно, я не міг уподобати твір, якщо автор був мені неприємний, бо сама людина завжди важливіша од книжки. Якщо вона прожила славне та героїчне життя, то й романи я обожнював, а якщо це був посередній та огидний тип — такі твори мені давались нелегко.

---

[1] У французьких ліцеях четвер — день, вільний від занять.

Сент-Екзюпері, Золя та Лермонтов не лише за самі романи були моїми улюбленцями. Так само я любив Рембо за його блискуче життя та Кафку — за скромне й тихе. А що його робити, якщо обожнюєш Жуля Верна, Мопассана, Достоєвського, Флобера, Сіменона і ще багатьох, які значилися тими ще поганцями? Мені варто їх забути, ігнорувати й до рук більше не брати? Удавати, що їх узагалі не існує, тоді чому їхні романи мене так і ваблять? Як же їм удалося створити такі виняткові речі, адже були вони такими відразливими суб'єктами? Коли я запитував про це своїх товаришів, вони дивилися на мене як на ірокеза. Ніколя запевняв, що і без них є безліч авторів, гідних моєї уваги, тому я можу не гаяти час на тих, хто зрадив свою творчість. Але це було не так. Нудотні трупи спочивають у кожній шафі. Коли я підійшов із тим самим запитанням до вчителя французької, то почув, що всякий автор із підручника «Леґард і Мішард»[1] заслуговує на вивчення; і взагалі, якщо вже всіх рівняти згідно з мораллю та громадянським обов'язком, доведеться вилучити з підручника щонайменше 90 % письменників. Не слід піддавати анафемі геть усіх, лише в найкритичніших випадках. Саме останні не «легардимішардовані», бо не гідні шкільної програми.

Думка дідуся Енцо стала для мене вирішальною. Однієї неділі ми бродили коридорами Лувру і я розповів, у яку втрапив халепу. Напередодні я саме дізнався, що Жуль Верн був упертим антикомуністом, ще й затятим антисемітом. Він знизав плечима і показав мені на найближчі полотна. А що я взагалі знаю про митців, роботами яких захоплююсь? Якби я близько знав Боттічеллі, Ель Греко, Енґра чи Деґа, чи заплющив би очі, щоб більше не бачити

---

[1] «Леґард і Мішард» («Lagarde et Michard») — ілюстрований підручник, антологія, що містить біографії та вибрані тексти французьких авторів, а також замітки, коментарі й запитання для студентів; став основою для викладання французької мови у Франції та інших франкомовних країнах.

їхніх творінь? Чи варто мені затуляти вуха, щоб надалі не слухати більшість композиторів чи рок-співаків, яких так сильно люблю? Як наслідок, я був би приречений жити в утопії, конаючи від нудьги. Хоча в поблажливості його не звинуватиш: моя дилема перед ним не стояла — тільки витвори мистецтва мали значення. Мені не зашкодить судити людей за їхньою працею, а не за життєвим шляхом. Коли Енцо побачив, що не цілком мене переконав, він додав:

— Прочитати й полюбити роман такого собі покидька — ще не злочин, це не зобов'язує поділяти його життєві переконання й не робить тебе спільником, це означає тільки, що ти визнаєш його талант, аж ніяк не моральні принципи та ідеали. До прикладу, я не потис би руки Ерже, але все одно люблю Тентена[1]. До того ж ми з тобою теж не святі.

5

У бістро «Нарвал» на майдані Мобер також грали в кікер. Ніколя жив поряд, тому ми ходили туди після школи. А тягтися на Данфер для нього було задалеко. Хоча рівень гри тут був нижчий за бальтовський, зате, завдяки студентам Сорбонни та Ліцею Людовика Великого, атмосфера та що треба. До нас ставилися злегка настороженo. Що й не дивно: ми били всі рекорди з витривалості, поринаючи в гру на добрих кілька годин. Деякі глядачі зовсім не грали, лише закладалися на нашу перемогу, а потім нас пригощали. «Нарвал» був лігвом Франка та його друзяк. І тільки-но він мене помічав, хутко відправляв сідати за уроки. Досить довго я беззаперечно слухався. Я його послав лише трохи перегодом по моєму дванадцятиріччю. Досі не втямлю, як це я тоді насмілився. Коли наставала наша черга, ми грали «синіми». На цьому кікері це давало свого роду гандикап,

---

1 Ерже, Жорж Проспер Ремі (1907–1983) — бельгійський франкомовний художник і журналіст, автор коміксів. Тентен — головний герой коміксів Ерже.

бо передня штанга досить туго йшла. Але мені і з нею вдався удар «туди-назад»[1], стук від якого здійняв ще той лемент і викликав гучні вітання глядачів. Один із них не придумав нічого розумнішого, як кинути Франкові, що сидів у глибині залу з компанією:

— Ану глянь, твій брат поклав усіх одним ударом.

Я вже знав, що буде далі: Франк підійде, обіпреться рукою об край столу і рявкне на мене перед усіма. А поки я й далі забивав голи, не підводячи голови. Він був поруч, зиркав на мене, перебираючи пальцями. Від цього я грав із небувалою силою. Тільки м'ячики стукали в тиші — цінителі затамували дух. Завдяки блискавичному підкату під правого нападника я виграв усуху. Я вже готувався був завалити наступного, коли Франк схопив мене за руку.

— Мішелю, іди додому!

Деякі глумливо посміхнулися, переконані, що хлоп'я послухається старшого брата і, як завше, повернеться до батьківської домівки. Раптом я різко вигукнув:

— Нізащо!

Він був вражений реакцією:

— Ти не почув? Махом!

І тут я загорланив:

— І що, вдариш мене?... Настукаєш батькам?

Франк такого аж ніяк не очікував. Він утупився в мене поглядом, але так нічого й не второпав. Крім того, що я не відступлюсь, звичайно. Тоді він знизав плечима і повернувся до кола друзів. Час від часу я крадькома на нього поглядав, але він мене ігнорував. Наше місце окупувала команда новачків, які вже почувалися там чемпіонами. Ніколя кортіло повернути першість. Проте в мене закінчилися монети, і він із прикрістю мусив повзти додому. А я приєднався до гулянки

---

[1] «Туди-назад» — метод удару в кікері: дуже швидко гойднути фігурку футболіста вперед, відтак назад і знову вперед. Гравця, який устигав виконати такий маневр, вважають асом.

Франка. Брат розмовляв так, наче то не я сидів поруч. Я хотів був іти, коли він невимушено спитав:

— Що питимеш?

Я зовсім не сподівався на таку пропозицію і намагався знайти якоїсь каверзи.

— У мене немає грошей.

Тут утрутився П'єр Вермон, що сидів навпроти:

— Я пригощаю, дурнику. Замовляй, що хочеш.

Отож я замовив лимонадне пиво і підніс тост за здоров'я П'єра, який святкував від'їзд до Алжиру. Нещодавно закінчилося відтермінування, і він радів, що пройшов медкомісію, бо боявся, що можуть звільнити від призову. П'єр працював класним вихователем старших класів у ліцеї Генріха IV. Цей здоровань був іще й нападником команди регбі Паризького університетського клубу. Практично завжди він звертався до учнів словом «дурник» — таку вже мав манеру розмови; попервах це навіть звучало дикувато. Ми бачилися щодня впродовж двох місяців перед його зачисленням до частини. Отак ми стали друзями. До слова, я був вражений, що, попри нашу різницю у віці, він ставиться до мене з такою повагою. Тільки я зважав на нього, бо завжди вмів слухати інших. Закінчивши Інститут політичних досліджень, він двічі провалився на конкурсі до Національної школи адміністрації: двічі успішно склав письмовий іспит та двічі завалив «великий усний»[1]. Мабуть, він єдиний у своєму роді. П'єр не здавав радикальних позицій, тож вирішив присвятити життя революції. Він мав довге волосся, непоказну борідку і носив невмирущий чорний оксамитовий піджак поверх пуловера із суканої шотландської шерсті, з V-подібним вирізом. Так от, досі незрозуміло, як директор Бейнет, що славився своєю педантичністю щодо поведінки учнів, найняв того вихователем. П'єр навідріз відмовився від кар'єри чиновника вищого

---

[1] «Великий усний» — сорокап'ятихвилинний диспут, частина вступного іспиту, упродовж якого іспитнику можуть поставити будь-яке запитання, зокрема про його погляди, вподобання й особисте життя.

рангу: мудрована система його витурила. Як наслідок у ньому жевріла глибинна злопомність до всілякої організованої структури. Хай то сім'я, система освіти, робітничі профспілки, політичні партії, преса, банки, армія, поліція чи колоніалізм. На його погляд, усіх дурнів уже давно слід було перебити. І під словом «перебити» він саме це й мав на думці: знешкодити, замочити їх по-дорослому. То й що, як доведеться вирізати масу народу, — таким він не переймався. Його ненависть до релігії та священнослужителів не знала меж — то був бездонний гнів.

— З ними занадто панькаються, з усіма цими поклонами та кривляннями. Щось їм казати — як горохом об стінку. Їхні святості вигадані, а душі буремні. Тому треба викоренити релігію з усіма її служниками. І не розповідайте мені, які «добрі справи» вони творять. Щоб бути добропорядною людиною, Ісусові заповіді на підтвердження не потрібні.

Але найдужче він ненавидів абсолютного ворога роду людського — почуття. А ще гірше — прояв почуттів.

— Якщо викажеш свої почуття — вважай пропав. Ніхто не має знати, що ти відчуваєш.

Коли він зачинав, зупинити його було неможливо. Нікому не таланило вклинити своє аргументоване заперечення. Розмовляв доволі швидко, перескакував з одного на інше, починав думку, не знаючи, чим її закінчити, вдавався до неочікуваних відступів і все одно таки викручувався. Люди припускали, що він просто любив себе слухати, але насправді в П'єра було чудове почуття гумору: він ніщо й нікого не сприймав серйозно, навіть самого себе. Натомість я ніяк не розумів ненависті до «Тур де Франс».

П'єр був найліпшим другом Франка. І водночас його найзатятішим політичним опонентом. Вони весь час сперечалися, гризлися, зачіпали один одного та мирилися. Вони атакували з неймовірною словесною силою. Могли до смерті розсваритися, а за мить разом над чимось сміятися. Я не міг збагнути, чому комуністи ненавидять троцькістів і навпаки, адже вони захищають одних і тих самих людей. П'єр горланив, що він більше не троцькіст і взагалі їх не зносить не менше від Франка. Віднині він вільний, незалежний революціонер. Я був присутній на цих дебатах двох глухих, однак не наважувався втручатися. Насправді мені було трохи некомфортно перебувати у вирі такого запеклого протистояння. Але я мав пройти власний шлях. Я міг слухати П'єра годинами. З-поміж усього, я був згоден, що це гниле суспільство час знищити, а потім відбудувати на «здорових» засадах, хоча чимало деконструктивних та реконструктивних аспектів перебудови так і залишалися невідомими. Я слухав його з неймовірним задоволенням. Він говорив зрозуміло та переконливо. А коли я вклинював своє запитання на кшталт: «Чому ця війна зветься "холодною"?» — він нервово відповідав:

— Надто довго пояснювати, дурнику.

Отак я й залишався в невіданні й сумнівах. Але найбільша частка ненависті присвячувалася шлюбу.

— Цю оману давно час викоренити, вона мусить щезнути.

Він собі вирішив, що ніякі його любовні стосунки не триватимуть понад місяць-два, щонайбільше три, ну, окрім так званих винятків. Я довго не наважувався попросити мені розжувати.

— Усе залежить від дівчини. Одного дня сам усе зрозумієш. Я ніколи не заходив за тримісячну межу, бо тоді вже тебе віддрючать.

Він кидав своїх пасій задля їхнього ж блага.

— Це аморально, розумієш? Зводимо стіни власних казематів.

У П'єра під ногами завжди плуталися дві-три дівки, що слухали його як месію. До мене не одразу дійшло, що то його колишні. Може, вони сподівалися, що він передумає? Здається, вони не ревнували до нової жертви, а та немов не помічала, що її час спливає й зовсім скоро вона теж опиниться по той бік веселощів. Його послухати, так кохання — то безглуздя, шлюб — безчестя, діти — бридота. На щастя, у Китаї зачинялася епохальна революція, яка ось-ось мала б змінити вектор розвитку всього людства ліквідацією диктаторських законів ринку й пагубних стосунків «чоловік — жінка». Там нарешті розпочалось викорінення почуттів, таке собі «пересівання закоханих». Незабаром ми скинемо кайдани споконвічної тиранії шлюбу. Але хай там як заперечував П'єр, думаю, жінок він любив значно дужче за революцію.

Він був переконаний, що практично всім людям слід заборонити розмножуватися, бо результати аж надто катастрофічні. Зараз він покладав чималі сподівання на прогрес науки в цілому та біології зокрема. Адже саме вони можуть покласти край анархічному розмноженню темних мас. Даний аспект його теорії ще потребував доопрацювання. Але назву він уже підібрав. Вона називатиметься «сенжустизм» — на честь відповідного революціонера[1] та його знаменитого «жодної свободи ворогам свободи». Згідно з його гарячковими поясненнями, усі наші біди — від демократії, а злочини — від виборчого права, яке зважає на голос кожного ідіота. Тож він планував замінити республіку мас республікою мудреців. А також замінити індивідуальні свободи колективним ладом, за якого долю суспільства вирішували б найкомпетентніші та найосвіченіші його представники. П'єр сподівався, що в Алжирі він матиме вдосталь вільного часу для написання основної та фундаментальної праці на цю тему. А внутрішні духовні резерви допоможуть йому віднайти альтернативу фізичному винищенню опозиціонерів. Потроху П'єр відчував, що буде дещо проблематично досягти поставленої мети, не ставши другим Сталіним.

— Припустімо, для більшості можна буде знайти інакший спосіб навернення, але бодай частини вже точно доведеться позбутися. Ну так, для залякування.

---

[1] Ідеться про Луї Антуана Сен-Жуста (1767–1794) — видатного діяча Великої французької революції.

П'єрова колекція рок-н-рольних платівок була безумовно унікальна: в нього були альбоми всіх американських виконавців. Абсолютно всіх. І хоча коштували вони шалених грошей, він позичав їх радо і без вагань. Він мав над нами перевагу, бо розумів тексти пісень. Ми ж могли вловити то тут, то там по кілька слів. Тож нам залишалося насолоджуватися тільки музикою та ритмом. А змісту ми не розбирали, та й нам було начхати. Він перекладав нам слова на ходу. Часом ми не надто вірили в почуте:

— Ти впевнений, що він співає про свої сині замшеві черевики[1]?

Коротко кажучи, текстами ми були розчаровані. Тому попросили більше нам не перекладати. Якось він похвалився свіжим альбомом обожнюваного ним Джеррі Лі Льюїса, і ми пішли до нього по платівку, бо я захотів її переписати. Зізнаюсь, очікував потрапити до якоїсь кімнатки для прислуги на сьомому поверсі без ліфта. А опинився в гігантських апартаментах на набережній Ґран-Оґюстен із видом на Нотр-Дам. Одна лише вітальня була завбільшки з усю нашу квартиру. П'єр завиграшки маневрував лабіринтом коридорів. А на моє захоплення умеблюванням відповів:

— Вона не моя, дурнику, це квартира батьків.

До всього, у них був рояль від «Шиммель», на якому він грав просто незрівнянно. П'єр ставив платівку і, втішений, віртуозно відтворював усі викрутаси Джеррі Лі, з тією ж швидкістю та вправністю, але співав гірше від автора. У нього було багато видатних якостей, окрім однієї: він не вмів грати в кікер, тому прагнув цього навчитися. Того злощасного вечора, коли він пригостив мене лимонадним пивом після сутички з Франком, він захотів розіграти партію. Отак я опинився поруч із братом. Ми вперше грали разом. І це було помилкою — П'єр славився як досить бешкетний

---

[1] Ідеться про композицію «Blue Suede Shoes» («Сині замшеві черевики»; 1956) у виконанні Карла Перкінза (1932—1998).

гравець. Якщо хотілося його заблокувати, треба було рухатися якомога менше. Франк свято додержувався правил. П'єр витівав чортзна-що. Навіть використовував штангу, щоб вийшов кручений м'яч, а це було заборонено. А він ще й реготав на повну. Що більше я просив припинити, то шаленіше він правив далі, що сильніше я дратувався, то дужче він запалювався. Гравець із нього хирний.

Напередодні зачислення до частини П'єр організував гулянку для друзів. Коли він мене запросив, Франк натомість відповів:

— Батьки не пустять.

Я для галочки щось бовкнув у відповідь. Але ввечері таки ризикнув. Глянувши на мене, мама обурено кинула:

— Мішелю, тобі дванадцять!

Придалися класичні аргументи: я повернуся з Франком, до ранку, до півночі, до одинадцятої, до десятої, тільки туди і назад. Зазвичай тато мене підтримував, а тут зробив тільки гірше. От йому дозволили гуляти лише з вісімнадцяти. Вони з Батистом тоді вже працювали. Помітивши, що я засмутився, він додав:

— Зачекай іще трохи, доки підростеш.

Я більше не наполягав. Після вечері всі пішли дивитися телевізор. Я вдавав, що теж насолоджуюсь якоюсь дурнуватою програмою вар'єте. Франк пішов о дев'ятій, вислухавши мамине «не повертайся дуже пізно». А я пішов спати, наче й не я. Нерон солодко скрутився калачиком у мене в ногах. Мама зайшла побажати солодких снів і побачила на столі «Провину абата Муре»[1]. Я почав був жваво ділитися враженнями, але вона втомилася й узагалі навіть не пригадувала, чи читала роман. Словом, сказала, щоб я вже спав. Я слухняно вимкнув світло. Вона ніжно мене поцілувала й вийшла. Трохи зачекавши в темряві, я перевдягнувся й знову ліг, при-

---

[1] «Провина абата Муре» («La faute de l'abbé Mouret»; 1875) — роман Еміля Золя (1840–1902).

слухаючись до всякого звуку. І ось нарешті запала тиша. Нерон дивився на мене загадковим поглядом. Я нашорошено підвівся. Батьки вже спали. З їхньої кімнати в кінці коридору долинало батькове хропіння. Навшпиньки я пройшов кухню, украй обережно відчинив затильні двері та замкнув за собою. Взувся вже на сходовому майданчику, спустився темними сходами, перебіг порожній двір, мов кішка, прослизнув через вестибюль, не привертаючи уваги консьєржів, відчинив вхідні двері, завмер на мить і побіг не оглядаючись.

Париж. Ніч. Оце життя! Почувався старшим років на десять і легким мов ластівка. Я не очікував такого натовпу на вулицях і в кафе. Бульвар Сен-Мішель наче роївся. Здавалося, люди просто насолоджуються життям. Спершу я боявся, щоб мене не викрили. Але ніхто й не глянув на мене, бо я мав значно старший вигляд і скидався на пересічного студента. Я запхав руки до кишень та відкотив комір куртки. Десь із глибини тротуару набережної Ґран-Оґюстен долинала музика. То Карл Перкінс виривав з обіймів сну тих, хто встиг так рано лягти. Я подзвонив у двері. Їх відчинила молода незнайомка. Струнка, пропорційні риси обличчя, досить коротке чорняве волосся, здивовані карі очі та злегка глумлива посмішка. Вона відступилася, щоб дати мені пройти. Заледве я переступив поріг, як прибіг П'єр і взявся нас знайомити:

— Знайомий із моєю сестрою, дурнику?

Я щось пробурмотів у відповідь.

— Сесіль, знайомся, це Мішель — найкращий гравець у кікер на всьому лівому березі. Він зовсім як ти. Ніколи не випускає з рук книжки. Сесіль пише дипломну з філології. І вона обожнює Араґона, уявляєш? Араґона!

На її обличчі промайнула посмішка. Вона миттю розвернулась і злилася з юрбою, що танцювала рок під «Hound Dog»[1].

---

[1] «Hound Dog» (1952) — пісня Джеррі Лейбера (1933–2011) і Майка Столлера (нар. 1933).

— Не знав, що в тебе є сестра.

П'єр поклав руку на моє плече та почав з усіма знайомити, розповідаючи, що я його найкращий друг. А за ним навздогін носилися дві колишні, ще й новенька. Від нього тхнуло алкоголем і куривом — дим від кубинської сигари, купленої в Женеві, він пускав мені просто в обличчя. П'єр запропонував велику сигару та склянку віскі. Я відмовився. Одна з його колишніх тримала напоготові пляшку, щоб підлити за нагоди. Він серйозно на мене подивився:

— Я радий, що тобі вдалося прийти, Мішелю. Чи можу я попрохати тебе про послугу?

Я миттєво запевнив, що він може просити про що завгодно. П'єр їде до Алжиру надовго і не знає, коли взагалі повернеться. Щонайменше за рік, то точно, а може, пізніше. Службову відпустку в метрополію скасовано. Словом, він хотів довірити мені справжній скарб. Він стверджував, що я єдиний зможу про нього гідно подбати до повернення власника. Я був проти: відповідальність надто значна. Але П'єр обірвав мої відмовляння й поклав руку на дві коробки рок-платівок. П'ятдесят дев'ять, якщо бути точним. Дорогоцінні американські надбання. Я так і закляк із роззявленим ротом.

— Шкода, якщо ніхто ними не насолоджуватиметься. Я не буду бавитися в героя війни, лише напишу рукопис і за першої ж нагоди миттю звільнюся зі служби! А за півроку вже буду тут. Є в мене одна ідейка.

Я запропонував скласти список довірених мені альбомів, але в цьому не було потреби. П'єр знав їх напам'ять.

— Я зможу позичати їх Франкові?

Він затягнувся, знизав плечима і зібрався був іти. Але я не відступив.

— Та мені пофіг!

Я підбіг і запевнив, що він може цілковито на мене покластися.

— До речі, любиш наукову фантастику, дурнику?

Він заскочив мене зненацька. Я не розумів, до чого це він. І заперечно мотнув головою.

— Знаєш Бредбері?

Мені довелось зізнатися у власному невігластві. Тоді П'єр хапнув книжку й запхав мені до кишені.

— Найкращий роман, який мені коли-небудь доводилося читати. Серйозно.

Тільки-но я взяв книжку до рук, як миттю закляк: між солодкими парочками під сопливу мелодію «The Platters»[1] Сесіль танцювала в обіймах Франка. До всього вони ще й палко цілувалися. Я перевів погляд на П'єра в очікуванні його нападу з подальшим побиттям Франка. Але його це, здається, навіть тішило. Отут я запанікував:

— П'єре, не сердься на нього.

Він наче не почув і гукнув того хлопця, що тримав платівку:

— Досить уже слоуфоксів!

Потім суворо наставив на мене пальця:

— У новому світі страчуватимуть тих, хто не танцює рок!

Жвавий рок розпорошив ватний шарм моменту. Раптом мене помітив Франк. Він одразу до нас кинувся, схопив мене за руку й неабияк затряс:

— Що ти тут робиш, чорт забирай!

П'єр безцеремонно втрутився:

— Дай йому спокій! Сьогодні в нас свято.

Франк був розлючений, але відступив. Підійшла стривожена Сесіль. П'єр і далі нас знайомив. Вона глянула на Франка:

— Не знала, що в тебе є брат.

Він схопив її за руку та потягнув танцювати. Тим часом П'єр спорожнив склянку і крізь туман в очах пробурмотів:

— Сьогодні всі щось говорять, але зовсім не думають.

На своїй першій вечірці я почувався ентомологом, що досліджує колонію досі не відомих мурашок. Я просиджував

---

[1] «The Platters» — вокальна група з Лос-Анджелеса, утворена 1953 року.

штани, п'ючи горілку з апельсиновим соком, від якої в мене запаморочилося в голові. Сусід запропонував свої «Буаяр Маїс»[1], і я викурив одну. На жаль, я закашлявся від першої ж затяжки. Франк мене проігнорував. Сесіль часом мені всміхалася. Близько півночі я вирішив, що час додому. П'єр валявся на канапі п'яний як чіп. Мені досі варто брати його альбоми? Він пішов на такий жест добряче напідпитку. Коли отямиться, то, вірогідно, передумає. Тож я зник так, що ніхто й не помітив.

Я повернувся тією самою дорогою. І з такою ж обачністю відчинив затильні двері, так само сторожко піднявся сходами. Удома було тихо, батьки спали. Я увійшов до кухні, освітленої єдиним місячним променем, що пробивався крізь кватирку. Тримаючи взуття в руках, я безшумно замкнув двері на ключ і вже був розвернувся, щоб хутко піти до себе, коли раптом увімкнулося світло. Мама стояла простісінько переді мною. Заледве я встиг поворухнутися, як вона дала мені такого дужого ляпасу, що я аж крутнувся довкола себе. Вона щосили повалила мене на долівку. І тут я дістав найбільшої прочуханки за все життя. Вона била так сильно, як сильно за мене боялася. Вона кричала і при цьому лупцювала мене руками та навіть ногами. Я скрутився й намагався не рипатись. Але вона не спинялась. Я думав, віддам Богу душу, так сильно вона гатила мене по голові. Дісталося і батькові, який намагався її відтягти. Йому знадобилася вся сила, щоб завадити їй мене покалічити. Врешті татові вдалося її приборкати та відвести вбік. Раптом у неї почалась істерика.

— Сусіди почують! — надривався тато.

Це її вгамувало. Він буквально заштовхнув мене до кімнати та грюкнув дверима. Далі я чув, як мама жалілася на невдячність чоловіків загалом і власних синів зокрема. Тато невпинно товк, що нічого страшного не сталося. У дім повернулася тиша. Моє серце невпинно калатало, щоки пашіли,

---

[1] «Буаяр Маїс» («Boyard mais») — сорт сигарет, у виготовленні яких використовують кукурудзяний папір; їх дуже полюбляв Ж.-П. Сартр.

п'ята точка боліла. Я просто сидів у темряві, відновлюючи дихання. Я чекав на сон, а той усе не приходив. Попри прочуханку й покарання, я не шкодував про жодну мить моєї вилазки. Тут я відчув у кишені П'єрову книжку. Увімкнувши нічничок, я побачив роман Бредбері «451 градус за Фаренгейтом». Книжка виявилась невеликою. Якраз вона не постраждала від материнського гніву. Багато уривків були підкреслені рукою П'єра. Я взявся читати перший-ліпший шматок:

Дев'ять днів з десяти діти в школі. Зі мною вони лише тричі на місяць, коли приходять додому. Та й це не так уже страшно. Я їх заганяю до «вітальні», вмикаю стіни — і все. Як при пранні білизни — ви вкладаєте білизну в машину й закриваєте кришку... Ліпше все зберігати в голові, де ніхто нічого не побачить, нічого не запідозрить... У штаті Меріленд є містечко, що налічує всього двадцять дев'ять чоловік; навряд чи на те містечко коли-небудь кидатимуть бомби; там зберігається повне зібрання творів Бертрана Рассела...[1]

Біля деяких абзаців були маргіналії. Його каракулі практично нечитабельні, за винятком примітки внизу третього розділу: «Усі ми Монтеґи[2]?!»

6

Наступні тижні виявилися нестерпними. Я перетворився на такого собі зачумленого, на якого всі показують пальцем. Родина й сусіди дивилися на мене скоса, як на малолітнього хулігана. Завжди привітна Марія зміряла поглядом так, наче я плюнув на розп'яття. Тітонька Бардон, консьєржка нашого будинку, проводила мене розчарованим поглядом.

---

[1] Цит. за: Бредбері Рей. «451 ° за Фаренгейтом» / Пер. з англ. Є. Д. Крижевича. – К.: Веселка, 1985. – 367 с.

[2] Ґай Монтеґ — головний герой антиутопічного роману Рея Бредбері «451 ° за Фаренгейтом».

А її чоловік, якась дрібнота при Паризькій мерії, у присутності моєї мами дозволяв собі зауваження на кшталт:

— Вам би не завадило витирати черевики об килимок, юначе. Слід поважати працю ближнього.

І тут мама заходилася:

— Мосьє Бардон має рацію, Мішелю. Ти нічого не шануєш.

Але мене більше розсердили шпильки цього пужадиста, аніж обмеження, що спали на мою голову. І я помстився. Щоразу як я помічав собаче лайно, то вляпувався простісінько в нього, а потім солодко втирав його ногами в їхній килимок. А ще мене позбавили телевізора по четвергах і я був змушений невилазно працювати у своїй кімнаті. Коли я виявляв хоч найменший натяк на непокору порядкам, Марія мала за настанову негайно телефонувати моїй мамі. Це коштувало мені регулярних прочуханок. Я тільки погіршував своє становище: відмовлявся визнавати провину й сидіти тихо. Щезла навіть та незначна кількість відвойованих свобод. Я знову перетворився на дитину, яку мама відводить до ліцею та забирає звідти. У паніці я шукав татового порятунку від маминого виховання. Тато довго вагався і змінював думку, врешті майже впевнено видав:

— Буде так і не інакше.

Мама твердо вирішила докрутити всі гайки самостійно. Вона замислила знову допомагати мені з навчанням — лише цей процес потребує спільних дій обох сторін. Я ж заповзявся не брати в цьому участі. Якось тато запропонував забирати мене зі школи, усе одно він часто звільняється раніше від мами. На що дістав категоричну відмову, відтак більше не наполягав. Навіть Франк намагався мене захистити, але вона швидко поставила його на місце. Мама вбачала в усьому частку його гріха, зокрема винуватила Франкових дружків. На публіці ховаючись за усмішкою, вона керувала домом, як підприємством Делоне: енергійна жінка, яка звикла, що її всі слухаються. Якось я був понадіявся, що режим роботи завадить їй забирати мене після занять. Але вона домоглася від директора дозволу щовечора залишати мене в ліцеї до сьомої. От і скінчився футбол із друзями. Більше я від того працювати не став — використовував цей час на читання. Під тиском обставин я був змушений відмовитися від скарбів муніципальної бібліотеки, натомість ходити до вбогої шкільної, яку наповнювали суто твори, подаровані учням у винагороду за успішне закінчення навчального року.

П'єрова книжка мене цілком полонила. Написане Бредбері надихнуло мене вдатися до конфронтації. Слід уміти опиратися, не здаватися та не поступатися, а сприймати перевагу в силі як належне. Тому я легко вирішив очевидне. Я захищатимусь так, як можу: я більше не розмовлятиму. Ні з ким. Отаке вам від мене покарання. Я обволікся захисною мовчанкою — відповідав лише невиразним бурчанням. Коли я ввечері виходив із Генріха IV, мама вже чекала в машині. Я сидів, ігноруючи її запитання про те, як минув мій день. Коротку подорож переповнювало незручне й кумедне мовчання. За столом я втуплювався у свою тарілку та насолоджувався ніяковою атмосферою, далі без попереджень ішов з-за столу до своєї кімнати й більше не висовувався.

Вони навіть не здогадувалися, що я з ними просто бавився. Цікаво, скільки часу можна прожити, не розмовляючи з батьками? Я відчував у собі сили затягти цю маленьку гру надовго. Вони були переді мною безпорадні. Я більше не розмовляв. І тішився від відкриття досі невідомого важеля впливу. Я й не припускав, що тиша — то так бентежно. А ось Нерон страждав від моїх розваг. Йому бракувало уваги, і він мене покинув задля нового прихистку в кімнаті Жульєтт. Сестра ж була тільки рада. Отак спливло півмісяця, я почав відчувати втому. Батьки постійно через мене сварилися, правда, ніколи в моїй присутності. Мене втішали їхні крики. Мама виявилася неготовою до такої підривної кампанії. Я ігнорував усілякі спроби примирення чи натяки на це. І спостерігав, як вони метушаться, позаочі мене обговорюють, ще й так, неначе я взагалі хворий. Запитання: «А якщо в нього якась невидима нам проблема?» — спричинило потребу в консультації спеціаліста. Обіграти мені не вдалось лише Франка. Він вимагав, щоб я припинив корчити дурня.

Одного недільного дня дідусь Делоне запросив свого друга, професора медицини за сумісництвом, до нас на обід. Він аускультував[1] мене заочно дві години. Опісля я дізнався від Жульєтт, що він вирішив, що я втомлений та подавлений, і прописав заняття спортом та курс вітамінів. Щоранку я отримував свою законну склянку свіжовичавленого апельсинного соку. А ось до футбольної команди мене так і не записали. На кожне поставлене запитання я, трохи вичекавши, нерішуче знизував плечима і врешті повертався до своєї кімнати — читати.

Кілька разів до мене навідувалася Жульєтт. Вона вмощувалася на краю ліжка. Нерон улаштовувався між нами. Вона розповідала, як їй живеться. У всіх деталях. Я не відривався від книжки. Я її не слухав. Скидалося на те, що з нею був лише Нерон. За годину-другу я не витримував:

— Жульєтто, іди вже спати.

Вона змовкала, приязно дивилася на мене, потім цілувала:

— Як чудово час від часу отак між собою погомоніти.

Якогось чудового вечора ми вечеряли, аж раптом мама запропонувала в неділю по обіді сходити в кіно на розрекламований «Форт Аламо» Джона Вейна[2]. Мене розривало від бажання його подивитися. Ще за багато місяців до виходу картини я верещав від захоплення Деві Крокеттом[3]. Тоді батько навіть

---

[1] Аускультація — метод дослідження, що полягає у вислухуванні звукових явищ, які виникають в організмі людини чи тварини.

[2] «Форт Аламо» («The Alamo»; 1960) — американський фільм про битву за форт Аламо часів Техаської революції (1836). Джон Вейн (1907–1979) — режисер і продюсер цієї кінострічки, а також виконавець однієї з головних ролей.

[3] Деві Крокетт (1786–1836) — американський мандрівник, військовий і політик.

подарував мені шапку зі штучним лисячим хвостом. Мама добре знала, що мені буде важко встояти. Тато вдав, що вперше про це чує, і вигукнув: «Який фантастичний намір!» На додачу він запропонував після сеансу повечеряти в «Ґран Контуар». Він хотів піти в кінотеатр на бульварах: велетенський екран дарує незабутні враження від перегляду. Усі дивилися на мене в очікуванні відповіді. Але її не було. Я мовчки підвівся з-за столу. Переступаючи поріг, завагався. Обернувся, розтулив був рота... І повернувся назад, розтягуючи задоволення від моменту. Одне моє «так» поставило б крапку в холодній війні, і життя пішло б своїм звичаєм. Дістав би ще й неймовірний фільм на додачу. Але ж я так прилюбився до мазохізму та провокацій. Тож я забив останній цвях:

— З наступного року я хотів би навчатися в пансіоні.

Тато аж розгубився. Мама так і сиділа із роззявленим ротом. Франк наче теж був здивований. Я нічого не пояснив. Мені було начхати на їхню відповідь поза тим, буде вона позитивною чи негативною. Якби вони миттю погодилися, для мене б це багато не важило. Не знаючи, що сказати, вони розгублено ззиралися. Урешті мама запитала:

— Чому?

Я витримав театральну паузу:

— Щоби більше вас не бачити.

І ефектно покинув їдальню. Ця сцена мені коштувала «Форту Аламо» на панорамному екрані. Мені раптом стало млосно. За єдину втіху я мав той факт, що вони також пропустять фільм. Я сидів у себе, вагаючись, бо був за крок від публічного каяття та саме збирався здати позиції. Прилипнувши до міжкімнатної стіни, я почув відгомін сварки батьків, дужчої, ніж зазвичай. Оце вперше тато вийшов, неабияк грюкнувши дверима. Мама зайшла в мою кімнату. Я удав, що дико захоплений «Умовами людського існування»[1]. У мене пішли

---

[1] «Умови людського існування» («La condition humaine»; 1933) — роман французького письменника Андре Мальро (1901–1976).

щоки. Стукотіло серце. Я намагався не виказувати паніки. Вона сіла на краю ліжка. Мама спокійно дивилася на мене. Я вчепився руками в книжку, але не міг нічого прочитати.

— Мішелю, нам треба поговорити.

Я опустив книжку.

— Ви що, не в кіно?

Вона пильно на мене глянула, очікуючи на пояснення. А як їй це вдасться, якщо я сам чиню не думаючи? Відчувалося її збентеження. Я удав, що й далі читаю.

— Ти мене лякаєш. Якщо й далі поводитимешся в такому дусі — ступиш на пропащу стежку. І зовсім скоро занапастиш собі життя. Тоді я вже нічим не допоможу.

Я вистромив носа із книжки, ще й так здивовано, ніби нічого не чув.

— Пансіон? Ти це серйозно?

Я відповів, що саме цього я й хочу. Мама захитала головою:

— Що з тобою, Мішелю?

Я міг би зареготати й сказати, що то не більш як злий жарт, бо насправді я так не думаю. Але щось мене силувало зсередини:

— Віддам перевагу пансіону. Так буде краще, хіба ні?

Я повернувся до неї спиною і став читати далі. Я відчув, як вона підвелася. Але не чув, щоб вийшла з кімнати. Вона чекала. Я обернувся. Вона глянула на мене. Ми дивилися одне на одного. Я підсвідомо відчував, що програ́є той, хто заговорить першим. Я глядів на неї без зарозумілості й нахабства. У їдальні задзвонив телефон. Ніхто не знімав слухавки. Усі вже пішли. Ми залишились удвох. Безупинний дзвін не вщухав. Ми безмовно завмерли. Дзвін стих. До оселі повернулася тиша й осіла поруч із нами. Ось мама підвела руку. Та, злегка тремтлива, заклякла в повітрі. Я не рухався. Мама неабияк вдарила. Постраждав Мальро. Моя книжка шугонула до стіни. Мама взялась за ручку й вийшла з кімнати. Грюкнули вхідні двері. Я залишився наодинці в порожній квартирі. Телефон знову задзвонив. То нехай. Цього вечора Нерон вирішив, що наша розлука затягнулася. Він повернувся до моєї кімнати й улігся на звичному місці, у ногах ліжка.

Наступного ранку Марія повідомила, що я йду в ліцей сам. Мама за мною більше не прийде. Пополудні мене викликав наш головний наглядач Шерлок. Це був сухий вайлуватий чоловік, наділений природною владністю. Усі замовкали від одного його вигляду, припиняли гасати коридорами, потуплювали очі, проходячи повз. Було щось таке в його погляді, що робило з вас винуватого. А втім, він ніколи не підвищував тон, ніколи не накидався на учнів. А ось П'єр Вермон його обожнював, навіть запевняв, що це один із найосвіченіших людей, яких бачив світ; філософ, що відмовився від викладання на користь адміністративної роботи. Шерлок попросив мій пропуск і підозріло його перечитав. Моя особова справа лежала розгорненою на столі. Він кидав погляд то на папери, то на мене, і це злегка бентежило.

— Маріні, у вас невисока успішність. Особливо з математики. Буде так і надалі — залишитеся на наступний рік. Маєте на реабілітацію останній триместр. У вас в запасі рік, було би шкода його втрачати.

Він порвав жовту картку, замінив світло-зеленою, яку підписав, відчепив моє фото, приколов зверху і клацнув штемпелем. Зелена картка означала вільний вихід після занять. Він подав мені пропуск. А коли я його взяв, сказав:

— І щоб я більше не чув, що ви тиняєтеся по бістро. Зрозуміло?

О п'ятій я чекав, що за мною хтось прийде, але нікого. На якусь мить мене охопило бажання побігти до мами в магазин, перепросити й зізнатись, як мені шкода. Але я передумав і вирішив повернутися додому. Ніколя першим дізнався про мою маленьку зміну пріоритетів, коли я відмовився піти з ним у «Бальто» чи «Нарваль». Я не розповів йому про Шерлока. Мені треба братися до уроків, інакше... Ніколя був істинним реалістом та говорив, що думає, просто в очі:

— Ти і математика — речі несумісні. Не переймайся, у багатьох професіях обходяться і без неї.

Якщо Бог є, то він свідок — я старався. Чесно, я намагався. Я витратив на це шалену кількість часу. Як і Франк. Він усе перепробував, аби втовкмачити мені ту бісову програму. У моїй голові стояло щось гірше за протиматематичну стіну — суцільна порожнеча. Ось мені здавалося, що я нарешті починаю розуміти, що крига скресла. Але щойно Франк мене відпускав, я падав. А він далі:

— Це не складно. Не хвилюйся. Будь-який ідіот зможе розв'язати ці задачі. У тебе має все вийти — тож вийде.

Отак збігали вечори, суботи, неділі, усі канікули. Нічого не виходило. Коли він пояснював теорему, усе здавалося зрозумілим, але самому її відтворити було нереально. Навіть два його товариші спробували допомогти. Не змогли.

— Не гарячкуй, це питання часу та докладених зусиль.

Настав день, коли здався навіть Франк: то був час готуватися до іспитів. Більше я його не турбував. Він і так зробив усе, що міг зробити брат для брата. Ми з математикою попросту не ладнали. Тому тут усі безсилі. Так уже влаштований цей світ: це не перша нез'ясовна річ і вже точно не остання. Отож я намагався не думати про можливість залишитися на другий рік. Я поклав підручник з математики на полицю та приєднався до Ніколя. Або пан, або пропав. Нарешті ми знову грали в кікер. Програвали і відплачували. Таке життя.

Одного погідного вечора Ніколя захотілось змінити оточення. Він наполіг на «Нарвалі» на Мобер. П'єр поїхав три місяці тому, і відтоді я туди ще не приходив. Мені не хотілось наштовхнутися на Франка, бо той був переконаний, що я штурмую Евкліда в дружній компанії відношення чотирьох прямих пучка та рівнянь другого порядку. Коли він мене таки постеріг за грою в кікер з Ніколя, то стримано пробурмотів щось на кшталт «Усе зрозуміло». Я удав, що нічого не чув, і зірвав свій зіпсований настрій на супротивниках, яким урешті добряче дісталось. Довкола столу зібралося чимало глядачів. Зміна команди дала мені нагоду кинути оком на стіл Франка: він покинув бістро, навіть не попрощавшись. Раптом я відчув чиюсь руку на плечі, обернувся і побачив усмішку Сесіль.

— Куди це ти зник?

Було зрозуміло, що Франк не посвятив її в сімейні чвари. Я теж вирішив цього не робити, тому нейтрально відповів:

— Та я... мав багато роботи.

Її очі заіскрились. І тут я розтанув та вкрився потом. Уперше в житті я пропустив свою чергу в кікер. Приголомшено-здивований погляд Ніколя, який щойно успадкував нового форварда, тільки примножив мій дискомфорт.

— Що питимеш?

Ми якось опинилися біля барної стійки. Я продублював її каву з молоком.

— Знаєш, що П'єр залишив на тебе платівки? Сама я їх до тебе не тягтиму.

Даремно я намагався протестувати й захищатись аргументами — усе безнадійно. Нарешті я пообіцяв прийти за ними в суботу. До всього вона поцілувала мене на прощання, і я відчув її цитрусові парфуми. Тієї ночі я погано спав. Марія порадила не пити більше так пізно кави з молоком.

7

У якийсь момент я зрозумів, що не завадить нашорошити вуха. Мама, здавалось, десь дуже далеко. Сімейне підприємство перевіряла податкова, інспектор ставив каверзні запитання, на які в неї не було відповідей. Її усмішка кудись поділася. Вона витрачала шалену кількість часу на ліквідацію проривів та боялася суворих санкцій. Тоді як тато, який був постійним комерційним директором, анічогісінько не тямив в управлінні. Вона годинами вислуховувала по телефону корисні поради Моріса. На свято Матері тато приніс величезний букет із тридцяти дев'яти червоних троянд та забронював столик у «Ля Куполь». Коли маму десь під обід занесло додому, я привітав її зі святом і показав здоровецький букет. Вона навіть не глянула, натомість квапливо кинула, що повертається до магазину, щоб урегулювати з аудитором деталі завтрашньої зустрічі з податківцем. Поспіхом нас поцілувавши, мама хутко побігла назад, навіть не подякувавши за квіти, які залишилися лежати на столі. Тато удав, що нічого не сталося, лише прокляв чиновників-недолюдків, які змушують матерів сімейств працювати по неділях. Він спокійно поставив квіти в кришталеву вазу, так і не знявши обгортки. Отож ми пішли вечеряти без неї. Мамина відсутність зовсім перебила нам апетит. А коли ввечері вона повернулася, то знов-таки не торкнулася букета, загорнутого в целофан. За два дні він зав'янув. Марія його викинула.

З нагоди свята мені хотілося похвалитись мамі своїм переходом у четвертий клас; певна річ, замовчуючи скромний вклад Ніколя. Хоча я не тішив себе ілюзіями, та все ж повторював собі, що важливий сам результат. Я так з нею і не поговорив. Ні того дня, ані наступного. Та вона й не цікавилась. Для неї це зрозуміло само собою. Зате ось тато, який мав тільки свідоцтво про закінчення середньої школи, справді пишався мною та був щасливий. Першому-ліпшому знайомому він урочисто оголошував новину, та ще й з такою радістю, начебто я закінчив Політехнічну школу. З такої нагоди тато запросив нас у кіно. Ми з Жульєтт хотіли подивитися «Подорож на повітряній кулі». А тато не хотів, йому кортіло на «Бен-Гура». На нашу втіху, на нього не залишилося білетів. Тому ми стали на «Подорожі». До кінотеатру черга стояла аж на вулицю. Тато спробував пролізти поза чергою. Попри батькове вміння легко та невимушено приживатися серед людей, його таки випхали невдоволені горлодери. У результаті ми просто тинялися бульварами і врешті натрапили на кінозал, де саме показували «На останньому подиху»[1]. Якось Франк розповідав нам про нього ще з тим завзяттям. Черги не було. Зате касирка спробувала нас відмовити: цей фільм не для дітей. Але тато все ж загнав нас до залу. Його та Жульєтт фільм розчарував. Ми вийшли, не дочекавшись кінця. Тато вилаявся:

— Як Франкові взагалі може подобатися такий непотріб?

Я прикинувся дурнем, проте в глибині душі розумів, чому Франк так уподобав картину. Бо мені вона сподобалася через те саме, що і йому.

Після складання іспиту на бакалавра про ліцей можна було забути. Тепер ми з Ніколя цілісінькі дні проводили в Люксембурзькому саду: читали, гуляли, рятували потонулі у водоймі кораблики. Надвечір ми йшли зіграти в кікер у «Бальто». Я знову зауважив «ті двері» за зеленою оксамитовою портьєрою, поміж дальніми столиками, позаду місць для закоханих. Таємна кімната, куди стороннім зась. Дивакуватого вигляду чоловіки (і жодної жінки) приходили до «Бальто», щоб зникнути за «тими дверима». Партнери по грі не могли цього пояснити. А дядечко Маркюзо пригнітив своїм «Тобі зарано». Там постійно зникав із замовленнями Жакі. Але на мої допити тільки знизував плечима. Ніколя мене практично послав:

— Якого дідька тобі треба знати, що за тими дверима?

— Агов, йолопи, ви граєте чи ґав ловите? — самовпевнено кидав Самі, і життя поверталося у звичне річище.

---

1 «На останньому подиху» («À bout de souffle»; 1960) — дебютний повнометражний фільм Жана-Люка Ґодара (нар. 1930). Одна з найвідоміших картин «французької нової хвилі» — напряму французького кінематографу 1950–1960 років, позначеного впливом італійського неореалізму та класичного голлівудського кіно з притаманним йому різким відходом від панівного на той час стилю знімання та передбачуваного розвитку подій на екрані.

8

Наприкінці червня сталося те, чого я так боявся. Мені назустріч бульваром Сен-Мішель підіймалася Сесіль. Спіткання було неминуче. Вона йшла простісінько на мене. Була збуджена й говорила уривчастими фразами. Така ж несамовита манера розмови, що й у брата. Безапеляційним тоном вона попросила провести її до Сорбонни та, не чекаючи згоди, вхопила мене під руку й потягла на факультет. Я був здивований безперервними лавами студентів, що підіймалися і спускалися сходами, відшукували одне одного в какофонії, яка змушувала кричати, щоби було чутно. Сесіль вагалася, панікувала, була готова навіть утекти, від чого дужче стисла мою руку. Ми піднялися на другий поверх. Вона була напружена й мертвотно-бліда, але проштовхувалася крізь щільну масу студентів із високо задертою головою.

— Мішелю, благаю, іди глянь, — жалісним голосом сказала вона.

Я обернувся й побачив, скільки студентів буквально приклеїлися до стендів із результатами іспитів. Деякі переможно здіймали руку, інші занепадали духом чи взагалі плакали. Між них мені довелося буквально прокладати собі шлях до довжелезних списків, щоб знайти серед них її прізвище. Неочікувана штовханина відкинула мене на добрий метр. Для перестрахування я пробивався ліктями та плечима та ще й з такою впевненістю, немовбито це я для себе. Нарешті знайшов її ім'я: «Сесіль Вермон: прийнята, оцінка "достатньо добре"». Я заледве випхався. Вона стояла із заплющеними очима. Я прокричав:

— Сесіль, ти вступила!

Я підбіг до неї, і ми обійнялися. Вона мене мало не задушила. Я відчував її стан, її уривисте дихання на моїй шиї, її запах, тремтіння її тіла. Здавалось, обійми тривали вічність. У мене запаморочилася голова. Кілька секунд ми отак і стояли, аж поки на неї не накотилася хвиля радості.

Я притиснувся до неї з ніжністю та насолодою. Вона охопила моє обличчя долонями та промуркотіла:

— Дякую, братику, спасибі.

Це вперше Сесіль мене так назвала, і нова близькість піднесла мене до небес. А коли вона ще й поцілувала в щоку, моє серце мало не вискочило. Вона радісно потягла мене назад через факультет. Окрилена Сесіль сміялася, підстрибувала, обіймала всіх підряд та підбадьорювала тих, хто не пройшов. Наче це була звична річ, вона мене з усіма знайомила, представляючи лише по імені. Відповідно, багато студентів здивовано на мене витріщалися. Я просто-таки спиною відчував ці погляди. Попри все, мене переповнювало відчуття полегкості, начебто я горобчик. Якоїсь миті ми опинилися на майдані Сорбонни в оточенні студентів, що обговорювали власні результати. Сесіль потроху отямилася, до неї повернувся природній спокій. Вона помітила Франка раніше, ніж він її. Щойно він побачив її радісне обличчя — усе второпав, обійняв її та закружляв. Вони так довго простояли. Франк запропонував піти на каву до переповненої кав'ярні. Сесіль узялася розповідати про іспити й пастки, яких їй пощастило уникнути. Спинити її було неможливо. Та ми й не намагались. Коротка стрижка, хлоп'яча зовнішність — вона була живим утіленням Джин Сіберг[1]: настільки ж вродлива, настільки ж сяйлива, з такою самою грацією, з таким самим ніжним магнетизмом; от тільки наша Сесіль була брюнетка з карими очима.

Раптом вона схотіла, аби ми забрали П'єрові платівки. Наші відмовки не приймались. І ось ми опинилися в розлогих апартаментах на набережній Ґран-Оґюстен. Квартира здалась би понурою, якби там не царював відрадний гармидер. З часу П'єрового від'їзду Сесіль і пальцем нічого не торкнулась: порожні алкогольні пляшки, книжкові кучугури, переповнені попільнички, порожні тарілки, картини на підлозі.

---

[1] Джин Сіберґ (1938—1979) — американська кіноактриса, яка стала одним із символів «французької нової хвилі».

Усе це напрочуд оживляло спорожнілу оселю, і без того завелику для однієї людини. Вона звільнила нам місце на дивані, змахнувши на підлогу навали одягу, і зникла в пошуках платівок. Ми чули, як вона рилася в шафах, клянучи триклятий розгардіяш. Вона то з'являлась, то зникала. Франк поклав руку на моє плече.

— Здається, вам не сподобався «На останньому подиху»?

— Мені сподобався. А татові з Жульєтт ні. Вони не зрозуміли, що ти взагалі в ньому знайшов.

Франк замріявся: «...Я люблю дівчину з прегарною потилицею, прегарними грудьми, прегарним голосом, прегарними зап'ястями, прегарним чолом, з прегарними колінами...»

Очі в нього зволожніли, а на вустах завмерла легка усмішка. Сесіль повернулася до кімнати, несучи коробку платівок. А їх було чимало, і мені стало незручно брати. Вона уточнила братів намір:

— П'єр не віддає їх тобі, тільки позичає.

А що я мав не зовсім переконливий вигляд, вона вхопила пакет із перетягнутими резиночкою листами та зачитала нам останнього:

Люба Сесіль,
у мене триває відпустка. Погода чудова. Щоправда вночі мерзну. Я незмінно на посту в Сук-Архасі. Лінія Моріса виявилися дірявою, як сито, тому її продублювали лінією Шаля. Ото вже важка артилерія! По всій протяжності огорожа під напругою в п'ять тисяч вольт, а в деяких місцях і всі тридцять тисяч. До неї краще не наближатися. Я працюю з хлопчиною з «Елекрісіти де Франс», він-бо вже знається на напрузі, тому, якщо я зі своїм військовим стажем не прилаштуюся в якійсь адмінустанові, то перепрофілююся на електрика. Хай би яким неймовірним це здавалось, французька армія таки чогось навчилася на своїх помилках. Нарешті покладено край легендарним нездоланним важким укріпленням

у дусі лінії Мажино: лінія Шаля — то звичайна загорожа, що дозволяє виявляти прориви, і в цьому вона до чорта ефективна. Така система дозволяє визначити, де саме стався розрив, та негайно відрядити туди наші підрозділи, які вже попередять та завадять проникненню з території Тунісу. Щойно надходить сигнал тривоги, ми пускаємо освітлювальні снаряди. Завдяки радарам та сітці з колючого дроту район оборони став аж надто спокійним. Тут тижнями нічого не відбувається. Відчуваю себе лейтенантом Дрого з «Пустелі Тартарі»[1]*. З єдиною відмінністю в тому, що мені нема з ким бодай про щось поговорити. А світ Буццаті уявний та взагалі утопічний: у його форту надмірна густота інтелектуалів на квадратний метр. У мене ж тут реальне життя: концентрація кретинів. Ми тільки те й робимо, що видивляємось, що ж там по той бік. А вони там. У зворотному напрямку. Нам хіба вгадувати, де саме. За фактом, там самі кущі та щебінь. Можливо, вони деінде. Отак ми щодня сидимо і, вмираючи від нудьги, чекаємо на типів з НВА*[2]*. Я годинами спостерігаю за ехо-сигналами радару. Щоразу, як лунає тривога, це виявляється вепр, що втрапив у капкан. Ну що ж, бодай збагачуємо раціон. Але найбільше мене бісить, що я тут щоразу змінюю думку. Я був переконаний, що ми ще ті поганці, народ проти нас, за незалежність. Кожен намагається виголосити власну жалюгідну теорію з висоти своєї трибуни. А що коїться в глушині... то треба бачити. Армія невпинно працює, тому не вір чуткам. Тепер я починаю все розуміти. Нам доводиться вибирати між одним поганим вирішенням та іншим. Мало хто наплів стільки дурниць, як я. Хіба, мабуть, Франк. Але то було в Парижі. Тут усе інакше. Це вам не в бістро язиками плескати, тут руки по лікті в лайні.*

---

1 «Пустеля Тартарі» («Il deserto dei Tartari»; 1940) — роман Діно Буццаті (1906–1972). Лейтенант Джованні Дрого — головний герой роману.

2 Національна визвольна армія (НВА) (*фр.* L'Armée de libération nationale — ALN) — військова організація часів війни проти французької колоніальної присутності в Алжирі, створена 1954 року.

Відчуваю, голова як гіроскоп: я надто часто змінюю позицію. Часом запитую себе, якого ми тут забули, і одразу усвідомлюю: якщо ми відступимо, то тут запанує триклятий хаос. Вони не сміються нашим в обличчя. Але й не прискіпуються до дрібниць. Знають, що ми добре озброєні, тому не наважуються на фронтову атаку.

Сенжустизм набуває форми. Перші кроки дались непросто, але зараз я списав два зошити, що їх знайшов у сусідній школі, учнів якої евакуювали понад рік тому. Я дедалі дужче переконуюсь у тому, що демократія — шахрайство, вигадане буржуазією для невідлучного керування системою. Тому знищити треба абсолютно все, не зважаючи на протести. Особисті свободи — лише принади й химери. До чого та свобода слова, якщо в тебе паскудна зарплата і живеш ти як собака? Ти самовиявляєшся, наділений так званими фундаментальними свободами псевдодемократії, а життя все одно нікчемне. Затіваються революції, навіть війни. Повалюють уряди. Але нічого не змінюється. Багаті залишаються багатими, а бідні стабільно бідують. Експлуатують завжди одних і тих самих. Громадян потрібно наділити єдиною свободою — економічною. Варто повернутися до фундаментального «від кожного — за здібностями, кожному — за потребами». Нині як ніколи єдиною реальною владою є влада економічна, от її ж бо нам і треба повернути. Звісно, не за згодою, це буде насильно. Тим паче якщо знову доведеться винищувати поборників попереднього режиму. Допоки ми не зачнемо нової революції, не стратимо узурпаторів економічної влади, ми просто кидаємо слова на вітер. Вибори — мишоловка для дурнів.

Мені кортить дізнатися про результати твоїх іспитів. Навіть не сумніваюся, що ти все складеш із легкої руки. Як завжди. Тобі час навчитися вірити в себе. Повідом мене відразу, як матимеш результат. Той дурник Мішель приходив за платівками? Не розумію, на що він чекає. Не хоче їх брати — йому ж гірше. Я не позичаю їх нікому, окрім Франка. Дивись мені. Я їх не віддаю, а позичаю...

Сесіль вирішила мене заспокоїти:

— Знаєш, коли П'єр називає тебе дурником — це з любов'ю.

Забирати всі платівки я не схотів. А вибрав тридцять дев'ять. Сесіль відмовилася складати список.

— Не мороч голови, ти береш їх із поверненням. Це тобі не подарунок.

Отже, шістнадцять я залишив. Якби захотів, то зміг би їх поміняти. Франк, як завжди, взявся мене повчати. У нього був поганий настрій — мабуть, лист П'єра вивів його з рівноваги.

— Ти б краще зубрив математику, ніж слухав рок. Куди поділися всі твої добрі наміри? Щезли? Уже капітулював? Залишишся на повторний рік — шкодуватимеш усе життя. П'єр не помиляється: ти просто малий дурник.

Я вже ладен був накинутися на нього. Але тут на мій захист стала Сесіль. У нас було дещо спільне: алергія на математику. Непереборна блокада та фундаментальне несприйняття. П'єр бився над цим роками. Він перепробував усе, аби до неї дійшло. Він кричав. Тряс її як грушу. Марно. У неї з'явився шанс викрутитися, подавшись на філолога. Франк не упустив нагоди додати:

— Чудово! То от що ти хочеш? Диплом філолога?

Сесіль кинула на нього понурий погляд. Вона не оцінила. Через мене, математику й диплом філолога вони посварилися. Тон розмови стрімко підвищувався, ставав дедалі різкішим. Урешті, вони лаялися, як сторожові пси. Він пішов, грюкнувши дверима. Сесіль була розгнівана. Я також. Ми так і сиділи мовчки на канапі. Думали, Франк повернеться. Він не повернувся.

— За що нам таке? — пробурмотіла вона.

— Не злись на нього, насправді він зовсім не злий. Просто не думає, що говорить.

— Я про математику, братку. Ми нічогісінько в ній не тямимо. Це ненормально.

— Така вже наша природа. Тут нічого соромитися. І взагалі, математики нульові в гуманітарних науках і пишаються цим.

Пояснювати я ніколи не вмів, відповідно, нічого й не домігся. Відчуття, немов на мене суне гора, і що ближче вона підступає, то меншим я здаюсь. Зрештою я відступив. Проблему треба було вирішити. А що вона одна на двох, нам варто об'єднатися. Якщо здібному до математики не вдалось навчити тупого, то може двом дурням удасться чогось разом навчитися. Отака була її пропозиція. Вона не хотіла миритися з поразкою. Я не поділяв її міркувань. Із низькорослого кульги на милицях спринтера не вийде. Але мені не стало духу з нею тягатись. Тому я пристав на пропозицію спільно займатися математикою з долею лицемірства та вдаваною серйозністю.

— Чудова ідея.

Коли я приніс платівки додому, зчинився добрячий галас. Мамі треба було знати, звідки вони, хто мені їх дав і чому, бо їй ніхто ніколи отак нічого не давав — ані платівок, ані чогось іще. На щастя, Франкові вдалося її заспокоїти. Зважаючи на сусідів, вона наказала слухати музику тихенько; стосовно рок-н-ролу це просто знущання. Тому я постійно тягав за собою програвач і платівки до Ніколя, бо він жив у сучасному будинку. Ми слухали Елвіса і Джеррі Лі Льюїса так гучно, що аж у вухах дзвеніло. Попри наполегливі прохання Ніколя, я не міг позичити йому платівки. Аж раптом наші сусіди знизу переїхали. Багато місяців їхня квартира стояла порожнем. Я підкрутив звук. І так, допоки мама не повернеться додому, тоді я спускав його до домовленого рівня. Ковток кисню з вікна монастиря. Отак і жили. Я міг годинами пролежати на ліжку, слухаючи платівки на повну, і то нічого, що текстів я не розумів, — я все одно знав їх як отченаш. Марії було начхати. Жульєтт була би не вона, якби не вставила свої п'ять копійок. Вона завжди була палкою фанаткою вар'єте та мліла від Жильбера Беко. Урешті вона пожертвувала ними на користь рок-н-ролу. Рок впливав на неї якнайдивніше: вона замовкала. Я збільшував звук. Власне, саме так годиться слухати рок: на граничній гучності програвача. Задзвонили у двері. Я вимкнув музику. Сусідці з п'ятого кортіло рознюхати, чи не від нас, бува, так... але не було ані звуку.

Жульєтт відкрилася мені в неочікуваному світлі. Виявляється, вона брехала навіть краще за мене, а я ще той майстер. Вроджена наївність не дозволяла запідозрити її ані в найменшому грішку. Вона робила круглі оченята, розгублене личко, роззявляла ротика й жалілася на той страшний інфернальний звук. Поглянувши на невинне дитя, жодна людина на цім світі не завагалась би в кришталевості правди янголятка. Я ж не відмовив собі в задоволенні шпигонути її. Щонеділі вона відвідувала месу, а щочетверга сповідалася й мала прихильність кюре:

— Що ти кажеш отцеві Страно? Ти зізнаєшся у своїй брехні?

Вона кидала мені дволику посмішку. Із часом подружжя Бардонів і купка сусідів стали в мені сумніватися. У Жульєтт виникла незрівнянна ідея. Хитрість підштовхнула її увімкнути програвача за моєї відсутності. Вона постаралася на славу. За той час я спустився сходами й довірливо виплакався Бардонам на страшний гамір, що заважає мені працювати.

— Спокою навіть удома немає! Просто нечувано!

Вона сотню разів попереджала мене про неочікуваний прихід мами. Наші фокуси тривали довго. Здавалось, цей незначний епізод мав нас зблизити — парадоксально, але це нас іще дужче віддалило. Мій обман не мав наслідків. Робочі моменти були життєвою потребою, засобами виживання чоловіка. Але щоб неповнолітня дівчинка, взірець земної чистоти, настільки самовпевнено брехала... Це відкрило мені жахливі спроможності людської душі. Якщо вона була ладна так сердешно обманювати, що я сам мало не вірив, то як же знати, коли вона говорить правду? Кому взагалі можна довіряти? Відтоді я не вірив більше нікому. Кошмарне відкриття.

9

У «Бальто» було залюднено. Людей із десять оточили кікер. Того дня я був у блискучій формі. Знесилені супротивники змінювали один одного. Не зраджуючи звичці, ми не підводили очей. Саме тому спершу ми помітили шкіряні браслети, а вже потім почули охриплий голос:

— Привіт, йолопи. Кажуть, ви подужчали?

Самі самовдоволено кинув монетку на скатертину. Ми з Ніколя швидко обмінялися поглядами, рішуче налаштовані рознести його вщент. Ризикував тут не він, а ми. Бо планували скористатися більшістю. Самі піддав мені жару на півзахисті. Ніколя зіграв кращу партію в житті. Без зайвої метушні, трохи вирівнявши центральний захист, він відбивав практично всі удари, що добряче розлютило Самі. Ніколя забив чотири голи з дальньої позиції та чотири від борту. А от я грав паскудно. Тільки на початку гри мені вдалося перехопити м'яча, а далі Самі передбачав і блокував усі мої удари. Я забив один нещасний гол, ще коли він заледве взявся за штангу. Це було на межі фолу, але великодушний мосьє Самі не сперечався. За матчболу він водив нас туди-сюди, хутко вирівняв позиції та швидким пасом «туди-назад» забив білу кульку у ворота — ми й незчулися. Після металічного кліку ми зачули лише «Бувайте, йолопи!». Звичайно, Ніколя на мене розлютився. У попільничці було сім монет. Він витягнув одну. Тепер доведеться чекати три чверті години, аби відігратися перед Самі. Ніколя запропонував зіграти в пінбол на Ліберті Бель. Але поки він грав, я вмостився почитати на терасі. Я неабияк утомився.

З-за банкеток з глибини ресторану простісінько на мене дивилися «ті самі двері» за зеленою портьєрою. Жакі вийшов звідти із тацею порожніх склянок. Я забився в куток. Він пройшов повз і навіть не помітив. Погано поголений чоловік у зношеному брудному непромокальному плащі зник за портьєрою. Чого це він так одягнений цієї пори року? Я не пригадую дощу вже багато тижнів. Цікавість змусила мене відхилити завісу. На дверях був напис неоковирним почерком: «Клуб невиправних оптимістів». Моє серце миттю заколотилося, і я обережно ступив уперед. Це було найбільше здивування мого життя. Я потрапив до шахового клубу. З десяток чоловіків захоплено грали в шахи. Півдюжини спостерігали — хто стоячи, хто сидячи. Решта тихо розмовляла. Неонові лампи освітлювали кімнату, що виходила вікнами на бульвар Распай. То було складське приміщення дядечка Маркюзо: він скидав туди круглі столики на одній ніжці, складані стільці, сонячні парасольки, протерті банкетки, навіть коробки зі склянками. Двоє чоловіків всілися на крісла, аби почитати закордонні газети. Ніхто на мене й не глянув.

Мене вразив зовсім не шаховий клуб як такий. Я був здивований, побачивши в прокуреній затильній кімнатці популярного бістро за шахівницею Жана-Поля Сартра та Жозефа Кесселя. Я бачив їх по телевізору: справжні знаменитості. Я стояв загіпнотизований. Вони сміялися як школярі. З часом я часто запитував себе, що ж могло тоді так розсмішити Сартра і Кесселя? Відповіді я так і не знайшов. Імре, один зі стовпів Клубу, стверджував, що Сартр грав мов справжній селюк, і це всіх забавляло. Не знаю, скільки я простовбичив у «тих дверях». Ніхто мене так і не помітив. Аж доки мене не знайшов Ніколя:

— Наша черга.

Він не знав про існування шахового клубу, і взагалі йому було начхати. А імена Кесселя чи Сартра ні про що йому не говорили. Телевізора в Ніколя не було, читанням він не захоплювався.

— Я більше не хочу грати.

Він недовірливо на мене глянув:

— Здурів?

— Я йду додому.

Я не втримався й розповів про цей прикол Франкові та Сесіль. Краще б я цього не робив. З моєї легкої руки вони знову посварилися. Спершу я їх трохи заінтригував. Вони заходилися вгадувати знаменитостей. Франк вирахував, що це інтелектуали-шахісти, і спинив вибір на Сартрі. Він не повірив, що я дійсно його бачив. Кесселя вони не відгадали: їм не вірилося, що ці двоє могли разом грати й сміятися. Власне, проблема полягала в такому: Франк буквально молився на Сартра, але аж ніяк не Сесіль. Вона обожнювала Камю[1]. Франк же його не зносив. Тоді я ще не знав, що це було як з «Реймсом» чи «Рейсінґ Клубом», «Рено» чи «Пежо», бордо чи божоле, росіянами чи американцями — словом, табір обирали раз і назавжди. Мабуть, між письменниками панувало сакральне протистояння, бо тон суперечки стрімко набирав висоти. Щоправда, деякі тонкощі антагонізму від мене вислизнули. Вони по черзі використовували одне проти одного ті самі аргументи. Весь простір заполонили слова «обмежений», «історія», «спільник», «сліпий», «ясність розуму», «зловмисність», «ницість», «мораль», «залучення» та «свідомість». Урешті, Сесіль узяла гору. Можливо, її кулеметна черга слів і неабияке завзяття завадили Франку вставити хоч слівце. Злегка розклеївшись, він кинув наостанок:

---

[1] Альбер Камю (1913–1960) — французький письменник і філософ, один із лідерів екзистенціалізму.

— Ти завжди залишатимешся дрібною буржуазною моралісткою. Як твій Камю.

Сесіль ураз вибухнула. Проте відповіла врівноважено:

— А ти довіку будеш претензійним придурком. Як і Сартр.

Франк вийшов, грюкнувши дверима. Нам із Сесіль залишалося чекати. Він так і не повернувся. Вона не злилася на мене. Я спробував її втішити й захистити Франкову честь. Але для неї то була справа принципу. Щось життєво важливе, щось одвічне. Щоправда, суті я так і не вловив. Вона відповіла:

— Досить уже. Він помиляється — і крапка.

Вона витягла книжку з купи навалених у вітальні та простягла її мені:

— «Бунтівна людина» Альбера Камю.

— Боюсь, я не зрозумію.

Вона розгорнула книжку. Я прочитав перший рядок: «Хто така бунтівна людина? Це людина, яка каже “ні”». Що ж, це не здалось мені складним. Я навіть зацікавився. Отже, я бунтівний?

— Прочитай, і сам побачиш. Їх дратує читабельність Камю. І його ясний розум. Це не про Сартра. Вони ненавидять першого, бо той має рацію. Хоча я сама не в усьому з ним згодна. Як на мене, у ньому дещо забагато гуманізму. Часом слід бути радикальнішим. Розумієш?

За вечерею я знову не втримався:

— А вгадайте, кого я заскочив за грою в шахи?

Франк окинув мене запеклим поглядом. Я удав, що не помітив. Тато був приголомшений і побачив необхідність пояснити мамі, що Сартр — відомий філософ-комуніст.

— Він не комуніст. Сартр екзистенціаліст.

Але ця незначна відмінність вислизнула від батька.

— Це те саме.

— Аж ніяк!

Питання розв'язав Франк:

— Йому близький комунізм. Але партквитка в нього немає. Сартр насамперед інтелектуал.

Коротше, тато вирішив не ходити мінним полем. Попри постійні фіаско на користь Енцо, тато мав себе за гідного шахіста, отож-бо вирішив пояснити першому всі тонкощі гри, але Енцо відказав йому:

— Пригадую, що в нашій останній партії я поставив тобі мат.

— Ой, це було ще до війни. Напевне, якогось дня зазирну до цього клубу.

Мама поглядом дала зрозуміти, що не бажає, щоб тато гаяв час у шаховому клубі. Я відчув, як назріває чвара.

— А ти що робив у тому бістро? Я сто разів тобі казала: не хочу, щоб ти тинявся десь після уроків! Ти бачив свої оцінки з математики? Я забороняю тобі туди ходити. Зрозуміло?

Мама підвелася з-за столу. Франк начепив усмішку аж до вух. А тато спробував мене розрадити:

— Буде так і не інакше.

Ось так я за один день відкрив для себе Кесселя, Сартра й Камю.

10

Ясна річ, я туди повернувся. Я відчинив «ті двері». І мало-помалу познайомився із членами Клубу. Практично всі були вихідці зі Східної Європи: угорці, поляки, румуни, німці з НДР, югослави, чехословаки, росіяни — о, пардон — радянські громадяни; були також китаєць і грек. Переважна більшість розділяла пристрасть до шахів. Двійко-трійко їх не любили і не грали, однак усе одно щодня приходили. Більше їм було нікуди піти. Угорці грали в карти, і правила гри були відомі тільки їм. Якщо ти не угорець, то не зрозумієш, навіть якщо вони тобі пояснять. У кутку стояв круглий столик із шашками. У них грали лише Вернер та дядечко Маркюзо. Коли комусь із членів Клубу хотілося поглузувати з партнера по грі, то він показував на круглий столик і примовляв:

– Шахи для тебе надто складні. Тобі краще б грати в шашки.

У цих людей було багато спільного. Усі вони покинули батьківщину за драматичних обставин чи взагалі, у стилі Рокамболя[1], потрапили на Захід завдяки робочому або дипломатичному відрядженню. Деякі серед них не визнавали комунізм, тому роками приховували власну позицію. Інші ж ступили на комуністичний шлях ще на його початках і десь глибоко в душі були переконані, що робили все на благо людства, але з часом відкрили увесь підспідок системи й усвідомили, що втрапили до своєї ж пастки. Були й такі, що, попри вищезгадане, залишалися комуністами. Хоча рідна партія їх зреклася і позбулася, а ФКП[2] зрадники ні до чого. Франк узагалі прозвав їх справжніми ренегатами. Отож ці самі «ренегати» вели безкінечні дискусії, шукали собі виправдань та порушували питання, відповідей на які не було: «Чому так склалось?» «Де ми помилилися?» «Невже Троцький мав рацію?» «Це особиста помилка Сталіна чи ми таки співучасники?» Інакше кажучи: «Ми що, монстри?» «Ми несемо відповідальність?» І апогей: «Нас і справді врятує соціал-демократія?» Оце тут і вибухали пожвавлені, напружені, ненависні та пристрасні баталії. На щастя, вони часто згасали через брак словникового запасу. Ігор, один із двох фундаторів Клубу, проголосив французьку мову інтернаціональною. Для нього це було принципово, тому він безперестанку повторював:

---

1 Рокамболь – персонаж циклу авантюрних романів XIX століття французького письменника Понсона дю Террайя (1829–1871); загальне ім'я для авантюриста.

2 ФКП – Французька комуністична партія.

– Ми у Франції, тож розмовляймо французькою. Хочеться поговорити польською – вали до Польщі. Я от росіянин, і я хочу розуміти, що ти кажеш.

В ім'я свободи вони пожертвували дружинами, дітьми, сім'ями та друзями. Саме тому в Клубі не було жінок. Вони покинули їх удома. Тепер вони не більше ніж тіні, парії без засобів існування та з невизнаваними дипломами. Дружини, діти, батьківщина залишилися хіба в закутках їхнього розуму, десь у глибинах їхніх сердець. Навіть тут вони залишалися їм вірними. Минуле вони практично не згадували, перш за все треба було якось заробляти на життя, а ще врешті знайти йому бодай якесь обґрунтування. Перекочувавши на Захід, вони відмовилися від зручних помешкань і високих посад. Тоді вони й уявити собі не могли, наскільки сутужним може видатися день прийдешній. Деякі за лічені години скотилися від звання чиновника вищого рангу під дипломатичним захистом чи від ситної посади керівника держпідприємства до того, кому ніде ночувати. І це падіння було таким же нестерпним, як сама самотність чи ностальгія, що їх догризала. Отак, часто після тривалих поневірянь світом, вони опинялися у Франції, яка надавала їм політичний притулок. Усе ж краще, ніж у країні, яка від них відмовилася. До того ж тут була батьківщина прав людини, за умови якщо ти, звісно, не висовувався та не просив забагато. У них не було нічого, вони були ніким, але вони все ще лишалися живими. Вони мали навіть такий собі лейтмотив із цього приводу: «Ми вижили, і ми вільні». Як сказав мені одного дня Саша: «Різниця між нами та рештою в тому, що вони живі, а ми вцілілі. Коли ти вже вцілів, то не маєш права нарікати на долю – це буде несправедливо стосовно тих, хто залишився там».

У Клубі можна було нічого не пояснювати і не виправдовуватися. Тут усі були вигнанцями і для міжусобного розуміння слова були зайвими. Павло стверджував, що їм слід пишатися жаданою успішною реалізацією комуністичного ідеалу: загальною рівністю.

— Чого ще прагнути, мій милий?

Першим до мене заговорив Віржиль — румун, чий розлогий співочий акцент змусив мене посміхнутися. Це була ще одна спільна риса. Через дивацтва акценту вони «з'їдали» добру половину слів, вживали дієслова в інфінітиві, ставили їх на початку речення, ковтали займенники, плутали омоніми, ігнорували роди чи вживали їх із хтозна-якими словами. Часом хтось усіх виправляв і брався давати начинену авторськими помилками лекцію з французької граматики. Невпинні й безглузді дискусії тривали, а вимова та граматика з плином часу так і не покращувалися. Найцікавіше, що всі між собою розумілися, ба більше, примудрялися лаятися французькою, особливо коли обговорювали політику чи свіжі новини, — а тільки це вони й робили.

— Я можу залишитися?

— Якщо ти мовчати, дозволено, кібітцер[1].

Він помітив, що до мене не дійшло.

— Дивитись гру не говорити. Не встрявати.

Тиша була невіддільною складовою Клубу. Де-факто вони шукали не так тиші, як спокою. Можна було розчути ходи фігур шахівницею, дихання та глибокі зітхання, приглушені перешіптування, хрускіт пальців, переможні усмішки, шелест газетних сторінок, а час від часу ще й рівномірне хропіння гравця, що заснув. Вони розмовляли мало не впритул до бесідника. Лише зведена до мінімуму міміка обличчя та уважне дослухування виявляло розмову. Дехто не відмовляв собі у звичці затуляти рота долонею, аби замаскувати бесіду. До таких повадок треба було призвичаїтися, бо попервах це видавало їх за справжніх

---

[1] Від *идиш* kibitz — стежити за грою (у карти, шахи), напоумляючи гравців; утручатися в чужі справи, надокучати порадами, яких ніхто не питав. Тут: уболівати, бути вболівальником.

змовників. Ігор пояснив, що то була звичка, набута на іншому краю світу, де найменше слово могло запроторити вас до в'язниці чи на кладовище, де не варто було довіряти найліпшому другові, рідному братові, власній тіні. Коли хтось ненавмисне забувався і брався розмовляти по-людськи, це викликало загальне здивування. За якусь мить вони пригадували, що в Парижі, та розмовляли досить чутно й у темпі алегро. Ескалація тону стихала так само швидко, як і виникала. Мимохіть я набув звички плавно прослизати між столиками, залишатися непомітним у своєму кутку, тихенько розмовляти, висловлювати думки поглядом, бровами, зрештою віями.

Траплялись вечори, коли короткі періоди тиші змінював руйнівний сміх. Ігор, Павло, Володимир, Імре та Леонід були ще тими веселунами. Вони нічого не сприймали серйозно, кепкували геть-чисто з усього, насамперед із себе самих. Це вони завжди кпинили буркотунів, які наполягали на сакральній тиші. У них був незліченний арсенал комуністичних анекдотів, які достобіса їх смішили. Я не одразу зрозумів, що їхні, здавалося б, абсурдні жарти, насправді недалеко втекли від правди. Попри скрутні будні, вони не знали ні суму, ні меланхолії. Навпаки, виявляли незмінний гумор та здавалися безтурботними, неначе жоден спогад їх жодного разу не тривожив. Тому, хто журився і непокоївся, обов'язково нагадували: «Ти дістав нас своїми проблемами. Ти вцілілий, тож користайся цим, щоб жити».

З ними відчував себе або в едемі, або в геєні. Ніяких півтонів. Раптом між ненависниками системи й тими, хто вірив у світле майбутнє людства, щось вибухало. Двоє-троє підвищували тон. Вони нехтували французькою на користь рідної мови, порушуючи правило, продиктоване Ігорем. До зграйки хутко приєднувалися навіть ті, хто й не уявляв, про що тут мова. Хвилин на десять це перетворювалося на вавилонський Капернаум. Вони сварилися, мало не кидалися один на одного, лаялися чим могли, кидали в обличчя всілякі мерзенності. А коли я просив Ігоря перекласти, він із посмішкою відповідав: «Не варто. Там нічого хорошого. Нічого не вдієш: ми або перекроєні системою, або геть з неї вирізані».

Якось Ігор мені пояснив візантійський принцип, що розділяв членів Клубу на два непримиренних табори. Одні журилися, бо довелось обірвати усякий зв'язок із соціалізмом, а інші завжди залишалися йому вірними, розв'язуючи нерозв'язні дилеми. Болючі рани досі не загоїлися. Сварки були брутальними, мов буревій, що знищує все на своєму шляху, але й минає він так само швидко, як налітає, не залишивши по собі збитків. То прорізаються атавістичні конфлікти, древні обрáзи Центральної Європи. Поляки ненавиділи росіян, які ними гидували; болгари кляли угорців, які їх ігнорували; німці не зносили чехів, що зневажали румунів, яким узагалі було начхати. Але тут усі однаково були апатридами — на всіх одна біда. Спорожнивши словниковий запас, забіяки дивним чином утихомирювалися та й далі провадили призупинену партію в шахи. Від суперечки не залишалось і сліду. А за якихось п'ять хвилин усі гуртом сміялися без усілякої потаємної думки. Пили вони непроглядно. І не важливо, новина хороша чи погана — перший-ліпший привід виправдовував розпивання кількох фляжок. На той час горілка була дорогезна, тому вони відкрили для себе продукцію місцевого виробництва, причастившись до кальвадосу, арманьяку та коньяку. Вони як раз плюнути перехиляли по «сто другому» (подвійний «Пастіс-51»[1]) і легко знову повторювали. Коли свого часу Леонід Кривошеїн переїхав до Парижа, він

[1] «Пастіс-51» («Pastis-51») — анісова настоянка, ароматизована локрицею та карамеллю, назва якої пов'язана із 1951 роком, коли, через кілька років по війні, у Франції знову було дозволено виробництво алкоголю з анісом міцністю 40 °.

зовсім не знав французької і саме тоді видав легендарну фразу, яку в подальшому вподобали члени Клубу. Тоді ще він не вмів сказати: «Запрошую тебе пропустити по чарочці», — тому видавав: «Упустим пляшку?» Саме відтоді вони «впускають пляшки». Усі одностайно стверджували, що Леонід був іще той п'яничка. Водночас ніхто не бачив, щоби він бодай хитався. Навіть коли пропускав один чи два 204-х.

Після того як удома їм було дозволено виписувати одну-єдину газету, тут вони високо цінували право вибору преси за власним смаком і насолоджувалися ним. Тому й читали буквально все, що трапиться під руку, дивуючись, як це журналіст, що критикує міністра, ще не ув'язнений чи не розстріляний, або ж як то, що газета, яка ставить під сумнів слова уряду, досі не заборонена. Середа — то був день газети «Канар аншене»[1]. Володимир, Імре чи Павло вголос читали статтю Морвана Лебеска[2], якого вони возвеличували до небес за його завзяття, невичерпний бунт та «задирливу поезію». Вони схвалювали його полемістичну хроніку та літературні баталії.

— Цього фрукта вартувало б визнати загальноцілющим, — стверджував Вернер.

Тепер я можу впевнено заявити, що виживали вони завдяки грошам Кесселя та Сартра. Останні були багатими, знаменитими, щедрими та вміли зберігати таємниці. Отак ці двоє рекомендували своїх друзяк Ґастону Ґаллімару та іншим видавцям, щоб вони зрідка виконували переклади. Я роками жив серед них, нічого не підозрюючи. А дізнався правду випадково, за п'ятнадцять років після закриття Клубу, зустрівши Павла на похоронах Сартра.

---

[1] «Канар аншене» («Le Canard enchaîné») — французька сатирично-політична щотижнева газета, одне з найстаріших, найпопулярніших і найвпливовіших видань.

[2] Морван Лебеск (1911–1970) — французький журналіст.

Я більше не спілкувався з друзями по кікеру. Став наймолодшим членом Клубу. І здружився з Ігорем Маркішем, російським лікарем, який навчив мене шахів. У Ленінграді в нього залишився син мого віку. Він представив мене своєму приятелю Кесселю, з яким вони розмовляли російською. Я так само познайомився і з Сартром. Мої спогади про нього суперечать усім наявним біографіям. Сартр узагалі був кумедний, жартував, махлював у шахах: цупив фігури й реготав, коли Кессель здогадувався, дивуючись, куди подівся його кінь на f5. Він нечасто бував у Клубі. Сартр відчував ворожість багатьох його членів, що дорікали його комуністичним симпатіям, але радо приймали від нього грошики. Траплялося, після полудня він писав: на стосі паперу, не підводячи очей, весь у роботі, докурюючи сигарету аж до фільтра, — і ніхто не наважувався його тривожити. На нього дивилися здалека, почасти боязко, немов були почесними свідками роботи генія. Навіть ті, хто його недолюблював, не гребували відстояти тишу:

— Давайте тихіше. Сартр працює.

11

Кінець року видався сльотавий, Париж полонило безбарвне небо та полярна стужа. Ми вперше не святкували Різдво в родинному колі. Зникло щось, що нас згуртовувало. Франк готувався вступати до Вищої школи офіцерів запасу — його призвали на місяць. Тому він здійснював маршкидок десь на теренах засніженої Німеччини. Алжиром ширилися безглузді та суперечливі домисли. Отож дідусь Філіпп вирішив податися просто в епіцентр подій, щоб сформувати власну думку. Між людьми чулося, що всі місцеві газети підкуплені й вірити їм у жодному разі не можна. За винятком хіба «Орор», і то не факт. Попри роботу в магазині, мама поїхала з ним, бо страх як хотіла побачити любого брата, а заразом бодай десь насолодитися блакитним небом. Жульєтт поїхала за компанію. А я з ними не хотів. Тому прикрився невідкладним навчанням.

— Як знаєш, — відповіла мама й більше не наполягала.

Отак ми з татом залишилися двома холостяками. Я дбав про нього, ходив за покупками, а вечорами підходив на авеню Ґобеленів, де він курував чимале будівництво, що от-от цілком переформатує сімейне підприємство. Я ходив із ним в овернське бістро на вулиці Фоси-Сен-Жак, де тато був завсідником. Він заходив до затильної кімнати — там його друзяки грали у французьке таро[1]. Попервах мені не давались хитромудрі правила гри. Але якоїсь миті все стало на свої місця. Я сидів за татом, і коли він, бува, не знав, як ходити далі, радився зі мною поглядом, щоб знати, чи йому заявити «пріз» або «гарде», чи, може, піти Малим[2] для «петіт о бу». Партнери по грі частенько закидали дрібні образи:

— Маріні грають усією родиною.

Попри все, ми нерідко вигравали отак, разом. І йшли геть. Тато обожнював китайську кухню. Щовечора ми вечеряли в ресторанчику на вулиці Місьє-ле-Пренс.

Оце ми вперше пропустили різдвяну месу в Сен-Етьєн-дю-Мон. Майдан Пантеон перетворився на справжнісінький каток. Ми провели вечір за телевізором, водночас об'їдаючись різдвяним «поліном», просоченим лікером «Ґран Марньє», шоколадом від Мюрата і каштанами в глазурі, та реготали, уявляючи, як у знайомих і сусідів із кварталу померзнуть ноги, коли вони вийдуть з опівнічної меси. Гаразд, насміхатися із ревних католиків — не зовсім по-християнськи. Але це так приємно.

— Мамі скажемо, що ми ходили на месу. Вірян прийшло так багато, що ми сиділи в глибині церкви.

---

[1] Французьке таро — розповсюджена у Франції та франкомовній Канаді картярська гра зі взятками для чотирьох гравців із використанням традиційної колоди таро на 78 карт.

[2] Ідеться про одну з карт таро.

— Чому не сказати правду?

— Так ми уникнемо повчань.

— Тоді можемо сказати, що я прихворів, а ти про мене піклувався. Епідемія грипу якраз нам на руку.

Незабаром після Різдва тато зробив собі найкращий з подарунків: «Сітроен DS 19 Престиж». Весь рік за нього тільки й розмов. Щоправда, мамі машина не подобалася, вона взагалі хотіла «Пежо 403». Але тато пішов проти маминого вето. Одного зимового вечора він спокійним тоном оголосив, що таки купив її.

— Буде так і не інакше.

Тато доклав максимум зусиль, щоб пришвидшити доставку, і врешті отримав машину на три місяці раніше від заявленого терміну. Так от, ми пішли забрати автомобіль за концесією на бульвар Араґо. Священний обряд довкола передання ключів змушував замислитися над доцільністю слова «машина» — священнослужителі, що прославляють Святе причастя, не вдаються до такої фанфаронади. Вона була там одна: сяйлива, дзеркально глянцева, елегантна, жива. Щоби виграти час на усвідомлення ситуації, ми обходили її знову і знову, не наважуючись торкнутися. Директор салону пояснив що до чого. Тато невпинно перепитував та повторював для кращого розуміння. Безліч якихось кнопок, стереоавтомагнітола, сидіння м'якенькі, мов домашні крісла. Спершу освоїти її було непросто. Тато все не міг упоратися із важелем перемикання швидкостей на щитку приладів за кермом. Машина їхала з перебоями, як той кінь, що стає дибки і не дається осідлати. Мотор заглухав, тато нервував. А потім він уторопав, і DS поїхав. Автомобіль сам кермував, пришвидшувався, гальмував, обганяв. Татові залишалося хіба не заважати. Ми доїхали до бульвару Маршалів. Перехожі проводжали нас поглядом. Через Італійські ворота ми виїхали на національну трасу. DS мчав вільно, наче птаха. Жодній іншій машині не вдавалося із ним тягатися. Він з легкістю обганяв абсолютно всіх. У той момент тато здавався найщасливішим чоловіком на світі. Він узявся глузувати з дідуся Філіппа, достобіса влучно наслідуючи його ґабенський акцент. Я розсміявся, і що більше я тішився, то дужче він розходився. Незабаром я мав честь насолодитися добіркою пародій на П'єра Френе, Мішеля Сімона та Тіно Россі[1]. У мене аж засльозилися очі. Зрештою тато ввімкнув радіо. Там саме крутили Брассанса[2]. І тут ми почали: «Закохані, що цілуються на міських лавочках, міських лавочках, міських лавочках, о, які в них милі личка».

На різдвяний вечір тато підготував мені сюрприз: білети в Паризьку національну оперу. А що він узяв їх буквально в останній момент, то заплатив у касу скажені гроші. Він вирядився як на бал, а коли вийшов я у своєму вбогому костюмчику, тато розгублено на мене глянув:

— Іншого в тебе немає? Ми ж ідемо в оперу.

— Тільки цей.

— Треба сказати мамі, щоби прикупила тобі речей. Гаразд, ходімо, бо ще спізнимось.

Наші місця були на боковому балконі другого ярусу. Попри татові відмовки, я поступився йому кріслом, а сам умостився на відкидному стільці. Щоб бачити авансцену, доводилося добряче витягати шию. Зал просто-таки роївся глядачами: жінки у вечірніх туалетах, чоловіки у смокінгах. Довкола буяв піднесе́ний настрій. Пафосною була навіть програма вечора.

— Твій дід застрелився б, аби лишень потрапити на «Ріґолетто».

Погасло світло. Ледь чутні покашлювання порушували тишу. Оперу урочисто відкрив оркестр. Залом розлилася незрівнянна музика. Але на сцені нічого не відбувалося. Нарешті відкрилася куліса й цілковита темрява поступилася декораціям палацу герцога Мантуанського. Якби я попередньо

---

[1] П'єр Френе (1897–1975), Мішель Сімон (1895–1975) – актори театру та кіно; Тіно Россі (1906–1983) – співак і кіноактор.

[2] Жорж Брассанс (1921–1981) – французький поет, автор і виконавець пісень.

не прочитав лібрето, точно нічого б не второпав. Актори співали італійською. І, здавалось, усі глядачі їх розуміють. Окрилений тато не відривав очей від сцени. Я помітив, як він тихенько наспівував партію герцога. На жаль, дочитати програму в півтемряві мені не вдалось. Отож я мовчки сидів та конав від нудьги. Якась безкінечна опера.

— Тату, а ще довго?

— Насолоджуйся, синку, просто насолоджуйся. Слухай, зараз буде розкішний пасаж.

Проблема полягала в тому, що я не розумів, чим там можна було насолоджуватися. У результаті я заплутався в персонажах, які встигли прорости корінням у сцену, слухаючи вокалізи інших, а потім із неймовірною серйозністю перехоплювали естафету. Я совався в кріслі, наче в мене було шило в одному місці, чим заробив «Цить!» обуреної сусідки. Тато нахилився і сказав мені на вушко:

— Заплющ очі, Мішелю. Злийся з музикою.

Він таки мав рацію. Із заплющеними очима виявилося набагато краще. Я опинився у салоні DS, який кудись мене віз. Я прокинувся, не розуміючи, як я взагалі тут опинився.

— Тобі сподобалося?

— Дуже. Щоправда злегка затягнуто. Особливо наприкінці.

— Як на мене, то хоч би всю ніч тривало.

Першого дня нового року ми планували погостювати в дідуся Енцо в Лансі. Проте за два дні до того він скасував візит: бабуся Жанна занедужала і їй був потрібен відпочинок. Тато засмутився. Але не лише через самопочуття бабусі. Направду кажучи, він згорав від бажання покрасуватися перед батьком новеньким DS і навіть проклав маршрут. Також йому кортіло об'їздити машиною давніх друзів. А тепер усі плани скасовано. Аж раптом зателефонував Батист, а я підняв слухавку, бо думав, що то мама. Я був здивований, бо він ніколи нам не телефонував. Вони з татом не особливо ладнали.

З переляку тато пристав на неочікувану пропозицію. Дядькова справа запропонувати — батькова справа погодитися. Батист був старший усього на рік, а здавався, я б сказав, старіший. Побачивши їх разом, ніхто не вгадував у них братів — стільки відмінностей. Отже, тато накупив подарунків для племінників та розкішну вересову різьблену люльку для брата. Дядько ж не подбав про подарунки. Натомість він докоряв батькові за бажання його принизити. Подарунків не схотів та ще й заборонив дітям розпаковувати свої.

— Міг бодай попередити. Я б теж щось купив. Ти ж нічого не сказав.

Тато зумів стриматися. Кузени згорали від бажання розгорнути обгортку, але смиренно чекали батькового дозволу.

— Батисте, не будемо псувати святковий день.

— Полю, ти ж знаєш, що в мене немає грошей. Ти хотів зачепити мене за живе.

— Це для дітей. Не можна відмовляти їм у подарунках.

— Ти нам отруюєш життя своїми подачками. Без них обійдемося. Що ти намагаєшся довести? Що ти багатий? Гаразд, твоя взяла! Бачу, тобі нема куди подіти бабло.

— Ти верзеш казна-що.

— Твоя проблема в тому, що ти забув, звідки ти родом, Полю.

— Я живу в ногу з часом. Користаюсь доступними благами та намагаюся забезпечити ними близьких. Я хочу, щоб вони були щасливі. Що в цьому поганого?

— Ти перейшов на темний бік. Справжній буржуй!

Батько збагрянів. Стис кулаки. Я був злякався, що він накинеться на дядька.

— По-твоєму, щоб бути хорошою людиною, треба отримувати гімняну зарплату, пітніти на ненависній роботі і...

На щастя, він не закінчив речення: ми винюхали підозрілий запах. Протягом їхньої словесної перепалки індичка запікалася. Смолистий дим умить повернув нам відчуття реальності. Тато кинувся відчиняти вікно. Батист обпікся, рятуючи страву з духовки. Птиця згоріла. Запечені каштани скидалися на кошонети для гри в петанк. Індичка обвуглилася сантиметрів на п'ять. Відрізавши краї, Батист видобув тоненькі сіруваті неїстівні шматочки.

— Якби ти по-людськи прийняв подарунки й не каламутив воду через кожну дурницю, ми могли б спокійно поїсти. Мені вже осточортіли ваші копійчані моралі. З мене досить!

— Якби ти залишився таким, як і ми, нічого цього не було б.

Тато жував неподатливий каштан, у результаті виплюнув його в тарілку.

— Не я змінився — світ змінився! Чи твій жалюгідний комуністичний розумець не здатен цього осягнути? Усе, годі з мене, забираємося звідси!

Тато підвівся, жбурнув на стіл серветку, стягнув куртку зі стільця та пішов не озираючись. Батист поквапився навздогін і схопив його за руку:

— Стій, Паоло, я приготую спагеті.

— Більше ніколи не називай мене Паоло! Чуєш? Мене звуть Поль! Паоло покладено край! Ти зіпсував мені апетит! Малі, подарунки... Не хочете — то викиньте їх на смітник! Це востаннє моя нога ступила на твій поріг.

Розгніваний батько покинув квартиру. Я пішов слідом. Батист теж побіг сходами, а кузени за ним.

— Та ну, Полю, не мели дурниць.

Але тато не слухав. Ми вийшли на вулицю. Він поспішав. Я благав його отямитись. За нами біг Батист, марно намагаючись привселюдно розкаятися. Тато якийсь час шукав ключі, а потім довго не міг відчинити дверцята.

— Що за корито?

— Та ось хотів похвалитися, а тепер мені стає соромно.

— Знаєш, скільки мені треба працювати, щоб заробити на таку машину? Щонайменше півдесятиліття.

— А мені от вистачило трьох місяців. Саме в цьому різниця між нами. А якби ти побачив іще й магазин, який я саме перебудовую, то взагалі луснув би від заздрощів.

Ми сіли до машини. Тато грюкнув дверцятами. Він рушив, зупинився навпроти Батиста, відчинив вікно та кинув наостанок:

— Це не корито, а DS. Якщо ти не здатен цього второпати, так до скону і залишишся жалюгідним пролетарієм!

Тато гайнув на повну й усю дорогу їхав на високій швидкості. Вигляд у нього був невдоволений. Ми повечеряли в китайському ресторанчику на Місьє-ле-Пренс. За вечерею він навіть не розтулив рота. Тільки під кінець поцікавився:

— Мішелю, хіба я помилявся?

— Кузенам вони сподобалися, подарунки.

— Бідні малі. Батист завжди вмів зіпсувати момент. Нарешті я починаю розуміти що до чого.

— Про що ти?

— Давня історія. Краще не згадувати.

— Розкажи.

— Як підростеш. До речі, чим плануєш займатися, коли виростеш? Майбутнє за телебаченням і побутовою технікою. Подумай над цим.

У вечір татових іменин Батист зателефонував його привітати. Коли Жульєтт узяла слухавку і схотіла передати батькові, він відповів достатньо гучно, щоб було чути по телефону:

— Скажи йому, що мене немає вдома. Може більше не дзвонити!

Тато не запросив його на відкриття магазину. Побачилися вони вже на похоронах бабусі, та навіть того скорботного дня уникали зустрічі.

12

Я не хотів їхати з Парижа. Щоб залишитися із Сесіль. Франк кинув її, щоб стати офіцером. А що вона була сама, я запросив її до нас на вечерю. Вона не хотіла знайомитися з нашим батьком. Я все одно наполіг. Але вона навідріз відмовилася афішувати стосунки з Франком. Вона надавала перевагу роботі над дипломною, бо хотіла її представити вже наступного року. Самотність її не хвилювала, навпаки. Вона не висовувала носа на вулицю всенькі дні. Тому це я ходив за покупками, приносив молоко, каву в зернах, грюєр[1], пряники, яблука та шоколад «Пулен». Не уявляю, як їй вдається так ним напихатися, щоби потім не нудило він самого лише погляду на шоколад. Я неодноразово намагався витягти її на люди, скажімо в кіно. Але там так холодно, і взагалі їй не хочеться вилазити з дому. Отож вона дала мені ключі від квартири. Але я жодного разу ними не скористався. Натомість намагався не приходити надто рано. Мені часто доводилося подовгу дзвонити у двері. Врешті вона відчиняла: заспана, одягнута в плетеного светра із білої шотландської вовни, який належав П'єрові, тому діставав їй до середини стегна, та досі закутана в покривало.

— Котра година, братику?

— Одинадцята.

— Не може бути!

Вона приймала душ, коли я готував сніданок. Протягом усього дня вона жадібно пила каву з молоком. А щовечора складала список потрібних продуктів, давала на них гроші й відмовлялася забирати решту. Вона була мерзлячка. Тому ми запалювали піч і проводили решту дня у велетенській вітальні-їдальні з краєвидом на Палац юстиції. Час до часу вона вручала невідому мені книжку, бо її конче цікавила моя думка. Коли за два-три дні я ділився враженнями, вона зовсім її не пам'ятала або більше не мала часу. Отже, мені залишалося розвалитися в кріслі із книжкою в руках. З першим-ліпшим сонячним промінчиком Сесіль уже не сиділося на місці. Ми тинялися містом. Вона

---

1 Грюєр — традиційний швейцарський твердий жовтий сир без дірок.

полювала на раритетні й маловідомі видання букіністичними крамничками. Ми швендяли туди-сюди набережними Сени, балакаючи ні про що, або ж блукали територією Люксембурзького саду. Їй там було наче медом помазано. Ми вмощувалися під платанами біля фонтану Медічі. То був її притулок. Місце, де вона полюбляла таїтися і працювати. Ми вибрали місцину осторонь, уздовж водойми, бажано праворуч, щоб уловити сонце. На її думку, то був мало не найдивовижніший пам'ятник Парижа. Вона довго могла отак вдивлятися у фонтан, неначе шукала невловиму таємницю. Для мене то був просто красивий фонтан. Вона замріяно промуркотіла:

— Цей фонтан — незбагненне видиво, вигадане водою, каменем та світлом. Він — насолода для очей. Можна пройти зовсім поруч, не помітивши його. Але щойно відкриєш його для себе — ти в полоні. Це флорентійська богиня зачарує та скорить тебе. Її пропорції ідеальні, перспектива бездоганна. Вона відкриє в тобі романтика, навіть якщо ти ним ніколи не був. Поглянь на Акіда й Галатею: розлучені коханці, їм більше не стати одним цілим. Це мов маяк для закоханих і поетів, мовчазний страж таїн і нетлінних обітниць. Настане день, коли ти приведеш сюди свою кохану, щоб прочитати їй поему.

— Не думаю.

— Було б шкода, якби не привів.

— Тільки не кажи, що Франк читав тобі поему.

Вона загадково відмовчалась.

— Він написав тобі вірша? Та ну, не вірю. Тільки не Франк.

— Не забудь, цей фонтан сповнений особливої сили. Він робить нас кращими.

Я фотографував фонтан. Зблизька, здалека. Деталі. Колони. Скульптури. Наробив чортзна-скільки знімків. Це задоволення вилилось у чималеньку суму. І все марно. Мені ніяк не вдавалось уловити перспективу водойми. Чомусь вона виходила сплюснутою.

Працюючи над дипломом, вона читала цілі купи книжок, щось виписувала. Траплялись дні, які кожен із нас проводив мовчки у своєму кутку. Більшість часу я споглядав за її роботою, не випускаючи анінайменшого жесту. Щойно вона рухалась — я хутко втуплювався носом у книжку. Я фантазував, що ж вона може читати, про що думає, а що там напише. Вона легко могла всю другу половину дня провести, зарившись у свої записи. Часом вона замислено підводила голівку, неначе щойно помітила мою присутність, та ніжно всміхалась.

— Як щодо кави з молоком?

Щодня вона із нетерпінням чекала пошти. Ключик від скриньки був у мене. Власне, це перше, що я робив щоранку. Щось надійшло? П'єр писав раз на тиждень. Франк за кілька місяців надіслав чорно-білу листівку з краєвидом Рейну, що в Майнці, та підписав на звороті: «Цілую, Франк».

— Він точно не заморочувався.

— Франк ненавидить писати.

Вона приховала зніяковілість за усмішкою.

— Може, займемося математикою?

— Думаєш?

Отож ми поринули в «Додаткові задачі з алгебри й геометрії» Лебоси та Емері. Ми чесно намагалися щось розв'язати. Цей дует живодерів наділений невичерпною уявою. Сесіль мала власні критерії відбору. Серед низки запропонованих завдань вона вибрала задачку про велосипедиста.

— Відчуємо себе однією ногою в селі.

— Я думав, ти не любиш село.

— Звучить непогано, що скажеш? Ванна, що протікає, мене пригнічує, а потяги, які прямують назустріч один одному, цікаві хіба тому, хто працює в Національній компанії французьких залізниць. Поглянь, зовсім не складно: «Велосипедист долає шлях у 36 км рівниною, а також 24 підйоми та 48 спусків. На підйомах його швидкість знижується до 12 км/год; на спусках зростає до 15 км/год. Протяжність рівнинної дороги становить третину від загальної протяжності шляху, окружність колеса — 83 см. 1) Яка швидкість велосипедиста на рівнині? 2) Яка загальна протяжність шляху, середня швидкість руху та число обертів колеса?»

Ми злегка запанікували. У нас не вказано ані вік велосипедиста, ані година від'їзду, ані наявність тришвидкісного перемикача передач і чи крутив він педалі на спусках.

— Можливо, нам допоможе карта Мішлен.

Ми взялися до роботи: виписували цифри, думали, зважували всі за та проти. Урешті дійшли консенсусу щодо методики. І були собою задоволені. Цей дурнуватий велосипедист не завдасть нам клопоту. Ми впораємось із завданням і станемо справжніми математиками. Сесіль довірила мені множення і ділення. Я був сильним у підрахунках, тому з легкістю їх розв'язав.

— Він їде зі швидкістю... 4645 км/год!

— Певне, ти забув поділити на 100. Десь тут було правило трьох.

Ми взялися шукати. Так і не знайшли. Перерахували. Без змін. Вона сама взялася до цифр. Вийшло 4316 км/год. Тоді я запропонував переставити кому. Вона відмовилася. Я не вважав за доцільне виправляти помилку. Вірогідно, що клятий велосипедист рухався зі швидкістю 46,45 км/год навіть на підйомах, що свідчить про його виняткові атлетичні здібності та свого роду математичну дикість.

— Ніхто не дізнається.

— Я знатиму!

— Важливий сам результат.

— Важливо знайти правильний розв'язок!

— Це одне і те саме.

— Це зовсім різне!

Я дійсно не бачив різниці. А для неї різниця була, і чимала. Сесіль здавалася занепокоєною:

— Ось у чому різниця між чоловіками й жінками, розумієш, братику: по-різному мислимо.

Традиційні методи вичерпали себе, тому Сесіль вирішила випробувати на мені нову експериментальну методику, що буквально переверне систему освіти та миттю перетворить таких нездар, як я, на геніальних математиків. Теорія вивчення математики базувалась не на поясненні та накопиченні матеріалу, а покладалась на аналітичну пам'ять і роботу підсвідомості. Залишалося лишень дозволити розуму працювати на підсвідомому рівні. Якщо математика — логіка, то мають бути інші двері, що відчиняють підсвідомість. Просто треба віднайти правильний вхід. Сесіль запозичила ідею в американського курсу вивчення іноземних мов уві сні. Магнітофон повторює фрази, що самі по собі закарбовуються в пам'яті. Чому б не випробувати метод на математиці? Я читав підручник, а вона завчала почуте суцільним текстом.

Згодом ми мінялися місцями. І так по колу. Ми зазубрювали теореми механічно, як таблицю множення. Маю визнати, частково це спрацювало. Мій учитель математики, обридливий Ляшом, був би приголомшений, почувши, як я впевнено розповідаю:

— Добуток симетрії щодо площини P і симетрії щодо точки O даної площини, симетричний щодо прямої D, що перпендикулярна до O площини P.

У результаті ми вивчили підручник з алгебри й геометрії назубок. Ми могли впевнено переповісти будь-яку теорему. Але, по суті, революційний метод не дав жодного результату. Сесіль невпинно стверджувала, що наша підсвідомість заблокована, таке часто трапляється, тому процес навчання треба звести до базових «сантехнічних» робіт: прочистки закупорених каналів. Після кількох тижнів переливання з пустого в порожнє настав час визнати очевидне: аналітичний метод виявився недієздатним. Це не означає, що методика погана, можливо, вона спрацювала б із кимось іншим, але я виявився заблокований чи то для математики, чи то для психоаналітичних методів її вивчення. Але вона все ще наполягала на своєму: нашій підсвідомості потрібен час абсорбувати теореми, тоді рано чи пізно вони проб'ються на поверхню, як підземні води чи спалах світла. На жаль, ані перемикання, ані приєднання інформації ми так і не дочекались. Коли ж минув другий тиждень, як я обманювався зазубреними переказами підручника, я так і не спромігся розв'язати злощасну задачку. Неймовірно, але найгірше було те, що швидкість велосипедиста зросла від 4645 до 4817 км/год! Ми перерахували. Він їхав зі швидкістю 4817 км/год. Ми довго шукали затильні двері психологічної математики. Так і не знайшли. Урешті сама Сесіль розчарувалася в методиці. Вона засмутилася. Я втішав її чим міг. Ніколи не вмів розрадити. Психологія не має нічого спільного з математикою, так само як віра не зрушить гору з місця. За словами Сесіль, моє блокування має психоаналітичний характер.

— У тебе ж проблеми з батьком, чи не так?

— Ми добре ладнаємо.

— Математика відповідає за авторитет. Блокується математика — отже, проблеми в стосунках із батьком як авторитетом.

На мить я замислився і чесно спробував перейнятися ідеєю. Але що більше я думав, то менше розумів.

— Домашній авторитет більше за мамою.

— Хочеш сказати, у вашій сім'ї матріархат?

— Тато не з владних людей. Домом заправляє мама. А йому начхати. Він переймається кардинально протилежним: головне — діставати задоволення від життя. Він жартує, сміється, продає що хоче. Розвиваючи твою думку, у мене не має виникати проблем із математикою.

— У тебе важкі стосунки з мамою?

— Було трохи. Нічого страшного.

— Отже, вона є тим авторитетом, яким мав би бути батько. Вони помінялися ролями. Саме тому ти й заблокований.

Тобі краще обрати професію, пов'язану з літературою. Що б ти вибрав?

— Вірогідно, фотографію. А коли ти усвідомила, чим хочеш займатися?

Вона не відповіла. Сиділа мовчки. Примружила очі, наче шукала пояснень у закутках свого розуму.

— Не знаю.

— Вчителювати — непогана ідея.

— Якоїсь миті мене це занепокоїло. Розумієш, братику, усе життя віч-на-віч із такими ж придурками, як ми? Ти над ними трясешся, а вони тебе ненавидять.

— Дивно, але цієї неділі тато поставив мені те саме запитання. Він хоче, щоб я закінчив бізнес-школу. На його думку, майбутнє за побутовою технікою.

— Яка дикість! Неможливо полюбити продаж ванн і пральних машин.

— Він солідно заробляє.

— То про це ти мрієш?.. Не може бути, Мішелю! Тільки не ти!

На ранок Сесіль повідомила, що кидає навчання. Вона не хотіла до скону пропрацювати вчителем літератури.

— Можливо, спробую психологію.

Я не був упевнений, що то була слушна ідея. Проте змовчав.

— Завдяки тобі, братику.

— А що я такого зробив?

— Поговорив зі мною. Ти єдиний, з ким я дійсно можу побалакати.

— А з Франком?

Вона подарувала мені журливу усмішку, що миттю заповнила мої лакуни, потім дівчина знизала плечима, наче то дрібниця. Раптом її обличчя перемінилося. Миттю щезла гіркота, і вона знову засяяла.

— Сесіль, дозволь тебе сфотографувати?

— Як забажаєш. Навіть не уявляєш, наскільки мені полегшало від того, що я більше не тягтиму цей диплом.

— Мені здавалось, що тобі подобалася твоя робота.

— Мій науковий керівник — комуніст, тому хотів потішити Араґона, з яким вони час від часу перетинаються. Якби він був марешалістом[1], то запропонував би мені Клоделя[2]. Я люблю літературу, але не викладання. Останнє потребує природжених схильностей, яких у мене немає.

Того дня вона отримала листівку від Франка, із тим же Рейном, що в Майнці, де він у тому ж таки телеграфному стилі сповістив, що незабаром повернеться. Також надійшов довгий лист від П'єра. Вона акуратно розпечатала конверт — на самому згині, аби не пошкодити вміст, — і обережно витягла два аркушики. Читаючи по її губах, я чув П'єрів голос:

Люба Сесіль,
ось уже два тижні від фелахів ані чутки ані звістки. Наша система виявлення і перехоплення порушників працює до того злагоджено, що ми перешкоджаємо вторгненню практично у 100 % випадків. Вони прориваються узбережжям або північніше від Тебесси, а в нас і в Сук-Ахрасі стабільно спокійно. Хоча й тут один дістав поранення. Цей бовдур упав із даху, намагаючись почепити радіоантену. Наша основна робота полягає в розмінуванні підступів до лінії Шаля. Подекуди щастить знайти дві-три міни. Поза тим ми добряче відсиджуємось у засідках — у «норах», себто бліндажах, часом по два дні поспіль. Але нам усе одно не вдається вхопити за хвіст тих клятих фелахів. Ми знаємо, вони бояться нас, наче прокази. Обстрілюють наші позиції з такої відстані, що ми навіть не розуміємо, звідки саме. Проте ще ніхто не жалівся. Краще вже

---

[1] Марешалісти (петеністи) — прибічники маршала Петена. Анрі Філіпп Петен (1856–1951) — голова колабораціоністського уряду Віші під час Другої світової війни.

[2] Поль Клодель (1868–1955) — французький поет, драматург, есеїст.

служити тут, аніж забезпечувати порядок в Алжирі чи Орані. Якби уряд врешті дозволив перейти кордон, ми б уже давно пропустили їх усіх через м'ясорубку. Але вони досі по той бік, простісінько навпроти, і їм відомо, що ми не маємо права переступити рубіж. Знаєш, ми тут ховаємося за колючим дротом та пунктами спостереження, до всього нас іще й стримує кордон, а це ж звичайна лінія на піску між нами й Тунісом. А вони, у свою чергу, щоразу спокійнісінько повертаються в глиб недоторканої території. Звичайні боягузи, здатні лише катувати й перерізати горлянки простим фермерам чи беззахисним селянам. Щойно вони нас помічають — розбігаються, наче кролики. Ми сподівалися, що де Ґолль, повернувшись до справ, нарешті щось змінить і тоді ми їх переловимо й передавимо як мух. Але нічого не змінилося. Ми більше нічого не розуміємо.

Не повіриш, до чого я тут опустився. З ранку до ночі я граю в белот[1] *із трьома хлопцями, що їх іще якихось півроку тому мав за розумово відсталих. Сьогодні це мої найліпші друзі. Саме на них я й вирішив випробувати фундаментальні засади сенжустизму. Урешті-решт, якщо я зібрався боротися за права пригноблених, то бодай вивідаю їхні думки та бажання. Це убезпечить нас від подальших прикрих помилок. Мені випала нагода дослідити ідеальні екземпляри пролетарів французької периферії: сина фермера з Ардешу, механіка з машзаводу Сен-Етьєна та далекобійника із Гавра. Освіта — бакалавр мінус шість*[2]*. Інтелектуальні баталії обертаються довкола дівок, футболу й тачок. Найбільший їхній клопіт — хавчик. Політика: не чули. Ще плюс одна причина дізнатися, чим заповнені їхні довбешки.*

Моя книжка просувається. Незабаром допишу третій зошит. Ще два — і теорія стане логічною та непробивною.

---

[1] Белот — картярська гра.

[2] Ідеться про перший курс колежу.

Темп сповільнюється. Мені належить вирішити суттєву проблему: як учинити з наслідками. Зізнаюсь, я недооцінив масштаби слів Сен-Жуста: «Щоб досягнути мети, доведеться знищити чимало противників». Я був понадіявся обмежитися кількома непримиренними опозиціонерами, символами старого режиму. Не варто применшувати спроможності ворожого опору — вони ладні вдатися до всіх можливих засобів утримання влади. Або відбудеться справжня революція, або взагалі нічого. Поляжуть тисячі, і я не певен, що сьогодні людство готове пролити ріки крові. Але чи варта гра свічок? Безперечно. Чи буде народ на нашому боці? У цьому я не такий упевнений. Запряжений люд не наважиться на бунт під страхом утрати подачок, так щедро дарованих буржуазією. Який сенс боротися за свободи рабів, які лижуть руку хазяїна? Правду кажучи, на цій проблемі мій запал вичерпався. Як далеко можна дійти в прагненні зробити людей щасливими всупереч їхній волі? Події в Китаї слугуватимуть нам уроком та орієнтиром: глибинна революція, наслідків якої ми наразі не здатні осягнути. Після демобілізації поїду в Китай, хочу побачити все на власні очі. Гадаю, чуттєвість західної людини не дозволяє мені зважитися на революцію.

Нагадай цьому дурникові Мішелю слова Альберта Ейнштейна: «Не переймайся труднощами з математикою, можу запевнити, що в мене їх набагато більше». Ми відкрили школу, що понад рік стояла порожнем, майор попросив мене займатися з місцевими дітьми в парі з лейтенантом із Пуатьє; він навчає їх французької, ба більше, ставить «Береніку»[1]*. Малі жадібні до знань і схоплюють усе на льоту. Ми пройшли програму всього триместру за*

[1] «Береніка» («Bérénice»; 1670) — трагедія французького драматурга Жана Расіна (1639–1699).

один місяць. Тепер навчаємо дітей наших ворогів. Це взагалі логічно?

Я помираю від сміху, уявляючи Франка, що скавулить від морозу в Німеччині. Війна завершиться ще до його повернення. Я йому написав. Він мені не відповів. Не знаю, чи лист узагалі дійшов...

Сесіль зупинилася. Замислилася. А я взяв листа й не без зусиль перечитав. У П'єра лікарський почерк.

— Тобі нема за що хвилюватися. Він на спокійній території.

— Щось тут не так. Мають бути ще одні двері. Потрібен правильний ключ. А поки що попроси батька оплатити тобі репетитора.

Сесіль поставила грітися кавник — на каву з молоком. Потім склала список покупок.

— Могла б сама сходити за продуктами.

— Не хочеш мені більше допомагати?

— Ти не виходиш із дому. Уже понад місяць навіть носа на вулицю не висунула.

— То ти принесеш мені ці кляті продукти чи ні?

Вона простягла аркуш і дві купюри по десять франків.

— Список зайвий. Сам знаю. Кава, молоко, пряники та яблука. Якщо й далі так харчуватимешся, врешті зляжеш.

— Хоч ти не починай.

Відтак узяла мене за плечі та міцно стисла. Вона виявилася несподівано сильною як на свою статуру.

— Слухай уважно, братику. Я не потребую ані опіки, ані захисту. Ані від тебе, ані від будь-кого іншого. Я вже достатньо доросла, щоб бути в змозі подбати про себе. Якщо хочеш, щоб ми й надалі залишалися друзями — ніколи більше не вказуй, що мені робити! Зрозуміло?

— Як скажеш. Але ти все одно надто худа.

Вона штовхнула мене на диван, накинулася згори й заходилася безжально лоскотати. Сесіль обожнювала мене лоскотати. Бо надто вже я вразливий до лоскоту. Вона сміялася не менше від мого. І що дужче я опирався, то сильніше вона лоскотала. А мені не було чим крити: вона лоскоту не боялась. Я гикав, зойкав, але ніяк не міг звільнитися. Тому попросту підняв її на простягнутих руках. Отак і тримав, весь замилений і задиханий. Вона теж утомилась. Руки вже тремтіли. Я протримався секунд зо десять і врешті пустив. Вона повалилася простісінько на мене. Ми інстинктивно розсміялися, досі лежачи разом, виснажені, але щасливі. Відтак випили «енну» за день каву з молоком і закусили бретонськими млинцями та пряниками.

— Ти так і не поділилася думками щодо теорії П'єра — про сенжустизм?

— Сто разів його правда.

— Це ж бо справжнісінька диктатура!

— А тепер що? Демократія?

— Так не робиться. Не можна планувати різанину.

— Треба знати, чого хочеш від життя!

Розмова набувала небезпечного тону. Розумніше було змінити тему. Та й сваритися з нею не хотілося.

— Мені час. Увечері повертається мама.

У суботу ми влаштували фотосесію в Люксембурзькому саду. У мене була лише одна плівка. Вона позувала на тлі фонтану Медічі, скульптур і літньої сцени. Стояла безхмарна погода. Я дозволив собі подовгу сфокусовуватися, ловити ракурс, відкалібровувати світло. Її це дратувало. Сесіль просила поквапитися і взагалі погрожувала, якщо погано вийде, порвати всі знімки. Вона присіла на край водойми. Я кадрував зблизька: приблизно тридцять сантиметрів від обличчя. Її волосся злегка скуйовдилось. Раптом сонячний промінчик увірвався через край кадру — цієї миті вона всміхнулася. Вона так гармонійно виділялася на тлі неба й дерев, так сяйливо випромінювала спокій! Я вловив її погляд, що вислизав. Це були найкращі фото

Сесіль, які я коли-небудь робив. Я показав їй знімки. Вона їх не порвала.

13

З алжирської поїздки мама із Жульєтт повернулися помітно засмаглими. За час, коли над Парижем висіло олив'яно-сиве небо, вони вдосталь поніжилися на сонечку. Звичайно ж, ми взялися розпитувати про тамтешні події. Проте вони не побачили там нічого особливого. За винятком Жульєтт. Але тато заборонив їй бодай розтуляти рота.

— Я тепер не маю права й слова мовити?

— Не бажаю тебе слухати.

— От і не дізнаєшся, що я бачила!

Розповідати дозволили тільки мамі. Десантники стоять на кожному перехресті. Час від часу вибухи зривали їх посеред ночі й залишалося хіба вгадувати, з якого то краю міста. Якось вони з Луїзою ходили по магазинах авеню Бюжо і стали свідками того, як невідомий у білому картузі двічі вистрелив у чоловіка, що спокійно читав газету на лавці. Стрілець під'їхав на «Пежо 203» і за якусь мить зник на повній швидкості. Чоловік повалився додолу. Ніхто й не подумав йому допомогти. Перехожі обходили його, наче нічого не сталося. Тільки цівка свіжої крові текла вздовж тротуару до стічної канави. Усі йшли у своїх справах. А так — досить тихо. Нарешті Філіпп міг не перейматися через Алжир. Французька армія добре контролювала ситуацію. Адже їй, на чолі з де Ґоллем, можна довіряти. Незабаром припиняться й ці заворушення.

— Ми ніколи не покинемо жодного з французьких департаментів. Повстання знекровлене, а ватажки ув'язнені.

Вони з Морісом уважали, що нині сприятливий час для інвестицій в Алжир. Можна непогано піти вгору.

Більшість населення ладна продати власну нерухомість за шмат хліба. Головне — провернути все тихцем, в обхід

ОАС[1], яка не вітала продаж майна та від'їзд французів. Тато з ними був не згоден. Але права голосу не мав. Якщо таки ризикнути, то ліпше відкрити свій філіал.

— О бідолашний Полю, у тебе мегаломанія, — висловився Філіпп. — Ти затіяв будівництво пірамідального рівня, але я не лягавий. Я не заплачу жодного франка над кошторис. Решту платитимеш із власної кишені. Визнаю свою помилку: зважаючи на брак вищої освіти, ти нічогісінько не тямиш в управлінні. Не слід було залишати на тебе керування перебудовою.

Тато обернувся до мами, яка весь час відмовчувалася.

— Полю, треба було спершу все зважити. Чому ти розпочав роботи, не порадившись із нами? Та тут кінця-краю не видно. Ти поставив нас у скрутне становище.

Після вечері я зібрав зі столу посуд і пішов на кухню. Там мене і заскочила мама:

— Вигляд у тебе кепський, Мішелю, чим ти займався всі канікули?

— Математикою.

Вона кинула на мене здивований погляд. Не повірила.

— Щодня. Я завчив підручник напам'ять. Хочеш, розповім.

— Домігся бодай якихось успіхів?

— Математика — складна штука. Для опанування недостатньо завчити теореми, а причина нерозуміння так і залишиться нез'ясованою. Мені пояснили, що мої проблеми через психологічну заблокованість.

— Усього лише?

— Здається, то не моя провина.

— А чия ж тоді?

Підійшов тато із купою тарілок. Я мало не бовкнув, що проблема в авторитетності. Але мудріше було не ступати на слизьку доріжку. Аби не загрузнути в нескінченних пояс-

---

[1] Озброєна секретна організація (ОАС) (*фр.* Organisation de l'armée secrète — OAS) — створена 1961 року підпільна національна терористична організація, яка намагалася не допустити надання Алжиру незалежності.

неннях. Дві причини моєї математичної блокади витріщилися на мене в очікуванні відповіді. Я знизав плечима. Ось вона, незручність психоаналізу: знання суті проблеми не вирішує самої проблеми.

14

Зайшовши до «Бальто», я з порогу відчув небуденну атмосферу. Кікери й пінболи стояли порожнем. Усі були за барною стійкою й розмовляли пошепки. У Клубі також ніхто не грав у шахи. Члени клубу мовчки сиділи пліч-о-пліч, намагаючись не видавати жодного звуку. Якщо тиша тут була звичним явищем, то сьогоднішня була примножена в рази. Замислений Сартр сидів за столом сам. Він навіть не виймав сигарети, що повільно тліла в кутику рота. З неї звисав свіжий попіл. На столі вже стояли дві порожні склянки, і третю він саме випив аж до дна. Увійшов Жакі, несучи тацю із замовленнями, які незвично делікатно розносив столиками. Коли він проходив повз Сартра, той простягнув порожню склянку. Жакі закляк на мить, жалісливо глянув на Сартра й вийшов із Клубу. Але хутко повернувся й поставив на стіл пляшку «Блек енд Вайт». Нарешті Сартр підвів голову. Жакі наповнив склянку легендарним віскі. Сартр кивнув на знак подяки та взявся пити чималими ковтками, потім завмер та так і сидів зі скляними очима, похиленими плечима й утомленим виглядом. Права рука зі знову порожньою склянкою лежала на стегні. Новоприбулі занурювалися в усеохопну безмовність. Вони дивилися на Сартра зі співчуттям. Раптом він схопив ручку й нервово заходився щось нашвидкуруч записувати. Я підійшов до Ігоря Маркіша, з яким ми за канікули близько зійшлися. Він кинув мені змовницьку посмішку та поклав руку на плече, ніби хотів заспокоїти. Я прошепотів на вухо:

— У нього помер хтось із родичів?

Ігоря наче здивувало моє запитання, але він таки відповів невиразним тоном:

— Камю помер.

— Альбер Камю?

— За кермом. Миттєва смерть. Жахлива втрата.

— Він має приголомшений вигляд. Мабуть, вони були досить близькі.

— Дружили після війни. Після виходу «Бунтівної людини» Сартр добряче розкритикував Камю. Останній перестав його поважати і взагалі образився. Вони посварилися.

— Подруга саме дала мені цю книжку. Правда, я ще не прочитав.

Сартр і далі гарячково щось писав. Тишу розбавляло гнівне скрипіння пера по паперу. Він безперестанку закреслював і писав поверх. Нарешті підвівся, з похмурим виглядом одним духом допив склянку. Збуджено та швидко вийшов, залишивши аркуш на круглому столику.

Ми з Ігорем та рештою поквапились до столу, щоби побачити написане. Папір був понищений у всіх значеннях цього слова: практично нечитабельний. На щастя, кілька рядків таки прозирали. Ігор узявся читати:

— *Ми посварились, я і він. Сварка — то ніщо; навіть якщо ми ніколи знову не побачимось — це такий собі інакший спосіб співіснувати й не втрачати зв'язку в цьому тісному світі, яким уже він нам дістався. Це не заважало мені думати про нього, відчувати його погляд на сторінках книжок, газет, що він читав, і запитувати себе: «Що він на це сказав би? Що говорить він цієї самої миті?» Його невтомний гуманізм, прямолінійний і чесний, суворий і чуттєвий, вів безнадійний бій зі впливовими й викривленими подіям сучасності. Водночас його незламність у битві проти макіавеллістів та золотого теляти реалізму доводила існування високої моралі в серці нашої епохи...*

Ніби не повіривши почутому, Павло вихопив в Ігоря листок і взявся сам розшифровувати написане. Далі прочитав Володимир і передав папір Вернерові. Отак лист побував у всіх. Кожен залишився при своїй думці. Імре ніяк не міг втямити:

— Я думав, вони ворогували? Що воно таке — «інакший спосіб співіснувати й не втрачати зв'язку»? Тож вони посварилися чи ні?

— Після бійки кулаками не махають, — підкинув Володимир.

Вони, як завше, взялися до сварки: сперечалися, навіть не слухаючи один одного, але цього разу не підвищували тону. Віржиль кобенив Сартра. Грегоріос його захищав. Захоплені суперечкою, вони облишили французьку, якою володіли більш-менш непогано, задля рідної мови, що дозволяла сповна вилаятися.

Несподівано повернувся Сартр у компанії Жакі. Галас миттю вщух. Він помітив, що ми гуртом саме читали його записи. Вигляд у нього був невдоволений. Він поспішив до нас, вирвав аркуш із Леонідових рук, запхав до портфеля, вийшов зі жмутом тисячофранкових купюр, якими збирався розрахуватися, та покинув Клуб, так і не мовивши жодного слова. Усі заклякли. Я поцікавився в Ігоря, чому всіх це так схвилювало.

— Тому, що вийшли на поверхню наші найбільші недоліки.

15

Уже кілька тижнів наш дім був сповнений галасу довкола відкриття нового магазину. Мало не восьме чудо світу. Тато не раз схоплювався на кулаки з Філіппом, який вважав нераціональним витрачати стільки грошей на якесь там розцяцьковування.

— Звичайнісінька показуха. Торговий дім Делоне має солідну репутацію. Кілька штрихів для більшої охайності — і те що треба. Трощити геть усе, аби лишень замилити очі: про це не може бути й мови!

Тато пс втягував маму в битву за магазин, допоки вона сама не вибрала сторону:

— Слухай, тату, ти сам залишив на мене магазин. Тепер я всім керую, і, як ти смів зауважити, доволі добре. Поль має рацію, магазин давно пора модернізувати.

— Викидати мільйони на вітрину, що виходить на авеню, на мармур і неонове освітлення на кожному кроці, на розсувні двері; перемістити контору на другий поверх, а майстерню у двір, та ще й замінити вивіску — вона ж іще як нова! На таке, доню, я не згоджуюся. А музика! Що це за маячня? Ми не в Національній опері. Так, магазином керуєш ти, але акціонер ще досі я. Він надто великий і надто красивий. Не забувай, що наші клієнти — прості люди. Така розкіш не для нашого кварталу. У бізнесі, як у житті: не варто стрибати вище від голови.

Моя мама не з тих жінок, які відповідають нападками на нападки. Вона відмовчувалась, смиренно зносила — і вогонь згасав. Але не варто довіряти її спокою. Вона роками скорялася батькові. Однак цього недільного полудня, коли Філіпп вирішив вилити всю жовч, обличчя матері набуло різкого вигляду:

— Мені шкода, тату, але сьогодні директор я. І я тут вирішую. Буде так і не інакше.

Ми з татом і Жульєтт переглянулися: мама процитувала тата, і нас це збило з пантелику. Філіпп був ошелешений, але, попри розбіжності, тато таки вирішив його втішити:

— Людям лестить отоварюватися в магазині, що вражає уяву. Тому ми напустимо туману. Малому бізнесу настав кінець. Ми робитимемо менші націнки — отримаємо вдвічі-втричі більше замовлень. Завтрашній прибуток у рази перевищить сьогоднішній. Запустимо рекламу.

— Хочеш сказати, рекламу в нашому кварталі.

— У пресі. На радіо та у «Франс-Суар»!

Він підвівся, глянув на нас як на домашній загін ополчення та, роздратований, вийшов. Бабуся Аліса, як завжди, тінню рушила за ним. Ми не бачилися півроку. На відкритті їх не було.

Я пішов на авеню Ґобеленів. Стару вивіску, що, до слова, завжди здавалася мені величезною, замінили вдвічі більшою та блискучішою: вона миготіла на повну, показувала час і температуру. Її було видно аж від майдану Італії. Напередодні відкриття будівництво скидалося на руїни Капернаума. Стара крамниця, понура і спартанська, яка не зазнавала змін ось уже півстоліття, поступилася освітленому й надсучасному магазину з фасадом із білого мармуру, де в холі була справжня виставка ванн, ванних кімнат та кухонного обладнання. Усі розмахували руками й метушилися, як у фільмах з Чарлі Чапліном. Мама наскакувала на тата за те, що він на повній швидкості рухається назустріч катастрофі, і за те, що вона не послухала батька. Тато — на архітектора за те, що об'єкт досі не зданий. Дійшло до погроз нищівним судовим процесом і мордобоєм. Архітектор проклинав робітників за те, що вони недостатньо швидкі. Робітники клялися, що затримка сталася через електриків, які, видершись на драбини, не годні довилизувати підвісну стелю. От тільки зауважень їм ніхто не робив, бо їхній бригадир, двометровий італієць, горланив щодуху, аби перекричати пісню з фільму «Міст через річку Квай», що лунала з-під стелі. Це був колишній світлотехнік «Чинечитті», і до своєї ролі він ставився вкрай серйозно: пурхав над освітлювальними приладами й підсвічував кожну кухонну плиту з такими любов'ю й натхненням, немовби то була якась старлетка. Майбутні продавці насвистували в такт: *«Хелоу, сонце світить, світить, світить»* — розкладаючи й установлюючи, а потім протираючи й вилощуючи товари. Тато диригував ними, наче на параді, та навмання роздавав указівки. Раптом ми аж здригнулися від пронизливого й різкого звуку. Налагоджувальник динаміків з переляку повимикав усю апаратуру. Однак, після низки невдач і боротьби з оглушливим свистом, йому таки вдалося відновити звучання оркестру. У той час, розмахуючи двома десятками паперів, за татом бігав архітектор, але той і глянути на них не забажав. Тому відправив нещасного до мами, яка недовірливо ознайомилася з документами. Архітектор простягнув кулькову ручку, щоб вона все швиденько підписала.

— Що це?

— Доплата за понаднормову роботу.

— Зробіть звук тихіше! — прокричав батько. Вона пробігла очима відомість і була ошелешена.

— Тут щось не так. Це неможливо! Я цього не підпишу. Це справжнє шахрайство! Зрозуміло?

— Але ваш чоловік сказав, що...

— От нехай він і платить! А я не заплачу ані франка понад початковий кошторис!

Вони взялися до сварки, де кожен силував перекричати іншого. Мама була не з тих жінок, яких злякав би архітектор, хоч би й з державним дипломом, чи хтось удвічі важчий за неї. Тим часом тато, що і так не втручався в управлінську роботу, згадав про невідкладну зустріч десь у місті та чкурнув через чорний вхід. Мама шукала його на пару з архітектором. Ніхто не помітив, як він пішов. Його зникнення ще більше натравило їх одне на одного. Архітектору здавалося, що його мають за ідіота. Мама не зносила підозр на свою адресу. Почалися погрози виклику серйозних адвокатів і неухильних судів. Що найгірше, обоє були впевнені у своїй перемозі: архітектор мав вплив, мама — високопоставлених знайомих. Їх послухати, так хтось із них жалітиме про це до кінця своїх днів. Мама взяла слухавку і набрала номер. На щастя, її адвокат не відповідав. Архітектору телефонувати зі свого кабінету вона не дозволила. Розлючений чоловік наказав робітникам покинути об'єкт. Мама, у свою чергу, пригрозила не заплатити в разі невиконання домовлених робіт. Опинившись між двома вогнями, робітники не знали куди подітись. Цієї напруженої миті вирішив повернутися тато. Та замість утихомирення конфлікту його поява лишень примножила лють архітектора, мами й бригадира-італійця, якому кортіло швидше все розрулити.

Я відступив перед цим безумством, повернувся додому і нарешті взявся читати «Бунтівну людину».

Виморений тато повернувся зі сходом сонця. Магазин був готовий. За винятком звуку. Вигляд у батька був вдоволений. Проблему навіженого архітектора й доплати вдалося залагодити. Хоча вони про це не говорили. Він ліг зо дві годинки поспати, щоб набратися сил перед фінальним ривком. Мама ніяк не могла вирішити, у чому йти, тому поцікавилась моєю думкою. Я не знав, що порадити, вибираючи між розкішним і аж ніяк не діловим вбранням та скромним, не до пари вирішальній для сім'ї події, комплектом. Мама обірвала мої роздуми над дилемою, глянувши на мене наче вперше.

— Ну а ти в чому підеш?

— Та в цьому.

— У джинсах! Здурів?

Мама перевернула всю мою шафу. І знайшла там три пари сірих штанів, що діставали мені до литки та поношений териленовий костюм, залатаний на колінах, ще й замалий.

— А до ліцею ти в чому ходиш?

— В якихось із цих штанів. Джинси заборонені.

— Ще тільки цього бракувало. Це моя провина. Я недостатньо про тебе дбаю.

Ми поквапилися в магазин на бульварі Сен-Мішель. Нами зайнявся сам власник. Вона не знехтувала нагодою запросити їх із дружиною на відкриття.

— Йому потрібен новий одяг. Проблема в тому, що він постійно росте.

— У такому разі можу запропонувати вам щось із еластану. Це справжній прорив у штаняній справі.

Ось так мій гардероб поповнили три пари штанів, що мали рости разом зі мною. Залишилось зачекати, поки їх трохи вшиють під мене.

— Ви владнали конфлікт з архітектором?

— А ти звідки про це знаєш?

— Заходив учора ввечері.

— Нам удалося домовитися. Мене це влаштовує.

— Хіба ви не узгодили все заздалегідь?

— Він хотів скористатися легковір'ям твого батька і нажитися на додаткових роботах. Але ми йому цього не дозволили.

— Я й не уявляв, що...

— Це бізнес, Мішелю. Одного дня ти сам усе зрозумієш.

Я кивнув на знак згоди.

— До речі, де твій брат? Ми його практично не бачимо. Він просто щез.

— Франк переді мною не звітує.

— Можливо, він із... цією дівчиною.

— Їй він теж нічого не розповідає.

— Він у неї?

— Не думаю.

— Ну тоді це в них несерйозно. Мабуть, у нього вже інша.

Мене це насторожило. Мама ніколи нічого не говорила просто так, на відміну від тата чи решти людей. Якось Енцо сказав їй, що в голові вона завжди має задню думку. Вона не оцінила. Свою роль відігравала і незмінна усмішка, простотаки прикріплена до обличчя. Вона й далі допитувала. Чи знаю я цю дівчину, яка вона, чим займається. Але в мене не було ані найменшого бажання обговорювати її з мамою. Навіть якби я знайшов відповідні слова, вона би все одно не зрозуміла Сесіль. Відстань, що їх розділяла, вимірювалася світловими роками. Франк міг стати тільки причиною їхньої сварки. Тому я прикинувся дурнем. Проте вона гнула далі. Мамі було відомо чимало, або ж вона так удавала. Вона точно знала, що брат Сесіль служить в Алжирі лейтенантом, що це до них я пішов на його прощальну вечірку того злощасного вечора, що вони живуть удвох після смерті батьків у автокатастрофі. Мабуть, Франк таки щось та й розповів. Я витріщив очі, скорчив невинне личко та знизав плечима. Нарешті запала тиша. Вона нетерпляче поглядала на годинника: боялась спізнитися до перукаря.

16

Аби задобрити лиху долю, тато призначив відкриття магазину на 22 листопада — річницю шлюбу. Мама навіть чути цього не хотіла. То був день смерті її брата Даніеля. Тато наполягав, і вона вдала, що згодна. Хай як там було, татові не варто було обманюватися. Насправді ж вона все прорахувала наперед. Додаткові роботи вб'ють двох зайців: відкриття доведеться перенести щонайменше на кілька тижнів і нарешті Філіпп зі своєю надопікою дасть їй спокій.

Відкриття запланували на четверту дня і на весь вечір. Я повернувся додому, щоб належно підготуватися. Згораючи від заздрощів до моїх покупок, Жульєтт узялася за своє коронне: «Мені нічого вдягти», — але тато хутко її спровадив, бо саме обдзвонював журналістів, щоб переконатися в їхній присутності на відкритті. Послухати його, так це мала бути найвагоміша подія в комерційному світі Парижа з часів відкриття «Драґстору»[1]. Він поклав слухавку і схвильовано оголосив:

— Прийдуть з «Л'Орору»!

Він пішов далі за списком і набрав «Елль».

Жульєтт прийшла до мене в кімнату із завченою сценкою «Порадь, що вдягти». Її гардероб юної моделі тріщав від одягу. Я виставив її за двері. А сам розклав покупки під пильним наглядом Нерона. У новому костюмі я скидався вже не на хлопчика — на чоловіка. Надівши краватку, пригладивши волосся та розпрямивши плечі, я мав вигляд на всі шістнадцять, ні, сімнадцять років. Мама повернулася із гофрованою й залакованою білявою завивкою, якою страшенно пишалася. Я покрутився, щоб вона сповна оцінила результат своїх покупок, аж раптом її обличчя спотворилося. Тато співав у ванній що мав духу:

---

[1] «Драгстор» («Drugstore») — американський спеціалізований аптекарський магазин із дешевим баром, продажем морозива, кави, преси тощо.

— *La donna è mobile, qual piuma al vento, muta d'accento, e di pensiero...*[1]

Вона схопилася на рівні. Я чув відголоски їхньої сварки:

— Здурів так горланити? Чутно на весь дім.

— Вже немає права й поспівати?

— Тільки не італійською. Не хочу потім вислуховувати зауваження сусідів.

— Це «Ріґолетто». Сам Верді!

Двері ванної кімнати грюкнули. Коридором почулися мамині кроки. Він знову взявся співати своїм тенором «La donna è mobile».

Мама була наділена винятковим талантом кричати не підвищуючи голосу.

— Полю, припини негайно!

Від часу повернення з Німеччини Франк був буквально невловимий. Ми заледве бачилися. Він стрімголов летів до холодильника, змітав усе, що погано лежало, замикався на ключ у кімнаті, зі змовницьким виразом обличчя годинами висів на телефоні та зникав без попередження в невідомому напрямку. Навіть Сесіль його розшукувала. Вона нерідко телефонувала з доріканнями, що я не передаю йому її повідомлення. Він не ділився з нею новинами. Не ночував удома. Не бував у неї. Вона хвилювалася. Ніхто не знав, де він і що робить.

Того дня він нарешті прийшов. Франк був у поганому настрої, із синявою під очима й тижневою щетиною. Мама йому дорікнула. А той без вагань став на захист батька.

— Скільки вже років ти докучаєш нам своїми сусідами? Та мені начхати, що вони там собі думають. Ми тут задихаємось. Ми мусимо ходити в м'яких капцях, приглушувати звук приймача. Уже дістало!

Маму це не на жарт обурило.

---

[1] Юні красуні — звабні хитруні, їх розуміння — як вітровіння... (*італ.*, пер. Ю. Отрошенка) — пісенька герцога з опери Джузеппе Верді (1813–1901) «Ріґолетто» («Rigoletto»; 1851).

— Сусідів варто поважати. Це порядні люди, і я тобі не дозволяю...

Ігноруючи мамині настанови, Франк сів за стіл на кухні та взявся жадібно їсти залишки запеченої курки. Вона спробувала вгамувати свій гнів.

— Рада, що ти повернувся. Встигнеш привести себе до ладу перед відкриттям.

— О, тільки не сьогодні. Я нікуди не піду.

— Чи можу я поцікавитися чому?

— У нас збори комітету. Я маю підготуватися.

— Воістину, цей світ безжальний до мене.

— Піду я чи ні — це нічого не змінить. Я вам там не потрібен. Натомість Партії я потрібен.

— То це задля зборів цієї вбогої партії ти кинеш твою сім'ю?

— Ця, як ти висловилась, убога партія — «парія розстріляних», коли дехто жирів, спекулюючи на чорному ринку, якщо розумієш, про що я.

— Ні, не розумію, — відповіла мама крижаним голосом. — До чого ти хилиш?

— Ох, дійсно, я й забувся, що Делоне були справжніми героями війни. Славний дядько Даніель. Він-бо не помер задарма.

— Не смій! Це ницо.

— А хіба Делоне не збагатилися за час війни?

— Неправда! Нас виправдали.

Тато відчув, що конфлікт наближається до небезпечного віражу, і спробував їх утихомирити:

— Франку, це все в минулому. Я ось п'ять років провів у концтаборі, а сьогодні ми з Німеччиною друзі. Ми перегорнули сторінку, і це на краще. Я думаю про майбутнє і про свою родину. Тобі теж варто спробувати.

— Слухай, тату, я зобов'язаний піти на збори. Це важливо.

— Скажи мені, що може бути важливішим за відкриття нашого магазину?

— Побачиш!

На цьому можна було б поставити крапку. Буденна сімейна сварка, яких мільйони. Кожен трохи посердиться у власному закутку, а трьома днями по тому конфлікт вичерпаний. Нічого страшного. Родинне життя текло б у тому ж річищі. Але раптом мама розправила плечі та, зваживши кожне слово, сказала:

— Франк, ти негайно перепросиш. Забереш назад свої слова.

Запала довга мовчанка. Очі в мами іскрилися, обличчя залишалося кам'яним. Я знав, що зараз відповість Франк, і глибоко в душі чекав на ці слова, що підтверджує, до чого дурним можна бути в цьому віці.

— Я не проситиму вибачення. Це щира правда.

— Ти забереш назад щойно сказане, а як ні — то вимітайся!

Франк підвівся, досі з курячим стегенцем у руці. Тато вдався до останнього демаршу:

— Гаразд, давайте заспокоїмося. Послухай, Елен, нерви ні до чого доброго не доведуть. Якщо він не хоче йти на це відкриття, йому ж гірше: не дістанеться шампанського.

— Я не бажаю більше підкормлювати гадюку. Ти негайно перепросиш!

Франк відкинув куряче стегенце через усю кухню.

— Ви не скоро мене знову побачите!

Він поспішив до своєї кімнати, напхав сумку речами і покинув квартиру, грюкнувши дверима. Ми сиділи, намагаючись перетравити побачене. У напружені періоди треба вміти помовчати. Програє той, хто заговорить першим. Тато пробурмотів:

— Ти не повинна була цього казати!

Вона вибухнула. Дісталось татові. Цього разу сусіди вже напевне все розчули. Що він пішов не тим шляхом, що вони тепер розплачуються за брак у нього освіти та за політичні погляди Маріні. Вона несла все, що спадало на думку. У сім'ї Делоне дитина ніколи не розмовляє таким тоном із матір'ю, а батько не стовбичить нерухомо в кутку, як хатній вазон.

Зненацька сталася нечувана річ. Тато, замість того щоб мовчки зносити образи й чекати, поки буря сама вщухне, грюкнув кулаком по столу. Ще й так сильно, що перекинулась ваза із кришталю Баккара і вода полилася на паркет. Ніхто не поворухнувся.

— Помовч! — прокричав тато. — Ти вигнала сина з дому! Задоволена?

— Не переймайся, він повернеться.

— Ідіотка!

Мама розгубилася. Ми також. Тато повернувся до ванної кімнати. Він більше не співав.

За годину ми зібралися в передпокої. Тато одягнув найкращого костюма з чорної альпаки та напахався парфумами. Умостившись поруч із ним на канапі в коридорі, Жульєтт теліпала ногами. Вона тримала тата за руку. Я до них приєднався. Вони посунулися, щоби звільнити мені місце. Я взяв його за другу руку. Мама вийшла в костюмі від «Шанель». Вона пройшла повз, навіть не глянувши. Ми підвелися.

— Запізнюємось, — буденним тоном примітив тато.

Здавалось, ми йдемо не на урочисте відкриття нашого нового магазину, а на власні похорони. Ми вже були на сходовому майданчику, коли задзвонив телефон. Тато поквапився зняти слухавку, бо подумав був, що то Франк. Він передав мені рурку.

— Це тебе.

То була Сесіль. І голос у неї був зовсім охриплий.

— Благаю, Мішелю, прийди!

— Що сталося? — прокричав я.

— Приходь, я вмираю!

Їй не довелося повторювати двічі. Я стрімголов помчався сходами. Почув лише голос мами:

— Куди це він?

Я біг як навіжений. Розштовхуючи тих, хто не встиг розступитися, я одним махом збіг бульваром Сен-Мішель і опинився на набережній Ґран-Оґюстен. Видерся східцями сходинка через три. І тільки на сходовому майданчику відчув, що легені от-от розірве. Я взявся дзвонити й тарабанити у двері, паралельно відновлюючи дихання. Ніхто не відчинив. Тоді я відімкнув своїми ключами. Світилося по всіх кімнатах. Я гукав її, гасаючи здоровенними апартаментами. Знайшов непритомну Сесіль на підлозі ванної кімнати. Я кричав та горланив її ім'я. Безнадійно. Вона залишалася мертвотно-блідою. Взявся трясти її щосили. Вона була такою ж кволою, як ганчіркова лялька. Я прислухався до її серця. Воно заледве пульсувало. Я розгубився. Чекав, що вона бодай ворухнеться, підведеться. Але вона лежала нерухомо. У мене затряслись коліна. І я почув свій внутрішній голос: «Зберись, дурню, немає часу панікувати». Я викликав службу порятунку. Чоловік запитав адресу і заспокоїв, що вони виїжджають. Це були найдовші двадцять хвилин у моєму житті. Я змочив рукавичку холодною водою і приклав їй до чола. Я цілував її руку. Гладив обличчя. Пошепки благав на вухо: «Не йди, Сесіль, залишися зі мною, благаю». Я міцно пригорнув її до себе. Узяв на руки та притис так сильно, як міг, аби тільки втримати, не дати піти. Я колисав її, наче дитину. Десь тоді я й помітив флакончик, що закотився під умивальник. Прибули рятувальники й надягли на неї кисневу маску. Я віддав їм флакончик. Вони перерили шафку для ліків, переповнену пачками медикаментів. Найстарший рятувальник поцікавився, чи вона хворіє. Мені хотілося сказати «ні». Але я не зміг. Їй щось укололи. Він узяв поліетиленовий пакет і вщент наповнив його вмістом шафки. Її спустили на ношах. Ми мчали Парижем на шаленій швидкості. Сирена оглушала все довкола. У лікарні Кошена її відвезли до відділення невідкладної допомоги. Молодий лікар у білому халаті та медсестра розпитували мене про Сесіль. Але я не міг сказати нічого корисного окрім того, що я її друг і вона мені зателефонувала. Якщо я все правильно зрозумів, у неї було повно ліків, яких вона не повинна була мати. Я сів на стілець у передпокої відділення. Рятувальники й поліціянти невпинно привозили свій сумний вантаж — присмертних і поранених, що стікали кров'ю, і знову вирушали в безкінечний рейс. Медсестра дала мені заповнити амбулаторну карту. Слід було надати довжелезний список відомостей, але я стільки про неї не знав. Якийсь чоловік привів жінку, що верещала від болю: її живіт був залитий кров'ю. Якщо я добре розчув, вона намагалася спровокувати викидень. Я заплющив очі.

Я все йшов безкінечним темним коридором, намагаючись відшукати Сесіль. Відчиняв кожні двері. Лікарняні палати безмовно порожнювали. У деяких стіни були замазані слідами крові. Верески пронизливого болю слідували за мною цим безлюдним лабіринтом коридорів та сходів і стихали, щойно я завмирав, щоб розчути, звідкіля вони. Мене душив нелюдський сморід. Я жахнувся від того, що мої руки були вщент замазані лайном. Зненацька якийсь очманілий чоловік пройшов упритул до мене. І навіть не помітив. Його руку вирвало мало не до шиї. Сесіль кричала, кликала мене. А я не міг її знайти. У глибині коридора я помітив зелене світло аварійного виходу. Я кинувся туди в пошуках порятунку. Що ближче я підбігав, то далі віддалялося тьмяне світло. Я чув поклики Сесіль. Я більше на них не зважав. Нарешті я добіг до жаданих дверей. Штовхнув їх із надією на спасіння. Раптом чиясь дужа рука схопила мене за плече й затрясла. Я підскочив і миттю отямився, ще злегка онімілий від сну. Молодий лікар роздивлявся мене зі зведеними бровами.

— Мосьє, мосьє... Вашу подругу врятували. Поки що.

— Що сталося?

— Вона прийняла достатньо препаратів, щоб приспати слона. Ми промили їй шлунок. Далі буде видно.

— Є якісь ускладнення?

— Її стан якнайліпший.

— До неї можна?

— Ні. Вона спить. Приходьте завтра.

— Я звідси не піду, допоки не побачу її!

Лікар безнадійно зітхнув, чим дав зрозуміти, що я переведений до категорії діставак. Він повернувся й мовчки пішов. Згодом притримав стулку дверей, щоб я теж зміг зайти. У палаті Сесіль лежало ще п'ятеро хворих. На сусідньому ліжку борсалася й марила якась літня жінка. Рівномірне дихання, спокійне обличчя — Сесіль спала, із голкою крапельниці в правій руці.

— О котрій вона прокинеться?

— Ближче до полудня.

Додому я повернувся о четвертій ранку. Задзвонив у двері — вони миттю розчинилися. Тато накинувся з обіймами.

— Як ти, малий?

Мама закидала мене запитаннями. Де я був? Що робив? Чи я бодай усвідомлюю, як вона хвилювалася? Чим вона так завинила перед Богом, що має таких синів? Батько звелів їй замовкнути й дати мені спокій. Але вона вела далі вже на автоматі. Чому я пішов? Я був із Франком? Із Сесіль? Чому їй не зателефонував? Що сталося? Я відповів спокійним тоном:

— Нічого особливого.

Нарешті я пішов до себе. Зачинив двері. Якийсь час вони стояли в коридорі та прислухалися до рухів і звуків із моєї кімнати. Я почув, як вони пішли. Заснути я не зміг. Тому так і сидів на ліжку, міцно обійнявши Нерона.

Це був один із тих чорних, переповнених розпачем днів, коли життя наближається до межі абсурду й вислизає з рук, мов пісок крізь пальці. Схожий на день зірваного весілля батьків, який ознаменувався смертю дядька Даніеля. Сьогоднішній день так само залишиться затьмареним. Не лише через зіпсоване відкриття магазину та спробу самогубства Сесіль, але й через мамину сварку з Франком. Поперваx ніхто не надав їй особливого значення: моє спонтанне зникнення відвело увагу від сутички. Навіть якби то був найсерйозніший їхній конфлікт, усі незмінно вірили, що все налагодиться. Дурнувата суперечка, як то часто буває серед своїх: трохи напруги, дрібка нервів, щоденна втома, тон, що підвищується, негарні думки, безповоротні слова, в які усе одно не віриш, та врешті «вищий момент конфлікту» із третього акту. Що мама, що Франк наділені категоричним характером із незначною схильністю до поступок. З того злощасного дня вони не розмовляли і не бачилися наступних двадцять п'ять років. Упродовж безжально втрачених років вони неодноразово повертали спомини того дня та запитували себе, чому та як так сталося і чи фатальна дріб'язкова сварка вартувала безповоротних наслідків. З роками вони навіть не змогли пригадати зав'язки. Цікава штука наша пам'ять: погані спогади вона стирає, залишає тільки хороші. Двадцятьма роками по тому в одній із розмов тато поставив мені те саме запитання. Він забув причину конфлікту. Мені довелося докласти зусиль, щоб самому пригадати. Якби ж вони тільки знали, то неодмінно б помирилися. Але майбутнє нам не відоме. Ми живемо сьогоднішнім днем. Мамині копійчані прорахунки обернулися катастрофою. Відкриття магазину планувалося як святковий і багатообіцяльний для родини день. У результаті він запам'ятався як день, коли прегарна будівля дала тріщину.

17

Ось уже сім років, як Ігор Маркіш мешкав у Франції. Обставини втечі з Ленінграда він не обговорював. Думаю, вони були такими самими, як і в решти: політичні мотиви. Коли я зачіпав цю тему, він кидав мені стриману посмішку. Саме вони з Вернером Толлером заснували Клуб. Правили за довідкове бюро адміністративних формальностей. Усі вони виношували спільну ідею фікс: легалізуватися, не попастися на банальній перевірці документів, не бути депортованими, нарешті розібрати валізи, залишити минуле позаду, зажити новим життям, знайти роботу. Як правило, тут усі цим марили. Лишень той, хто ходив по глевкій землі, здатен сповна осягнути повсякденний страх біженця, який, урятувавши свою шкуру, тепер змушений боротися проти загадкового ворога: чиновника префектури. Не раз лунали суперечки, у якій же країні відповідні адмінустанови найприскіпливіші, непередбачувані й узагалі кошмарні. Кожен патріотично захищав свою державу, гарячково відстоюючи малопочесне звання найбезглуздішої системи управління у світі. Вони безперестанку несли якісь небилиці, свідками чи то жертвами яких вони стали: довести, що ти не помер чи, скажімо, що ти випадковий однофамілець ворога народу, або що ти не розшукуваний підозрюваний, — словом, таких історій їм ніколи не бракувало. Зрештою зійшлися на тому, що найжахливішим був російський режим. Якийсь чех розпочинав із божевільної історії, яка йому дорого коштувала, за ним естафету перехоплював поляк чи угорець. Леонід Кривошеїн з усією серйозністю розповів, у яку чудернацьку пригоду вскочив:

— Одного разу я опинився в одній камері зі ще двома росіянами, які не могли второпати, за що їх так. «Я, — сказав киянин, — запізнився на п'ять хвилин: мене звинуватили в саботажі». — «От я, — пояснив новгородець, — прийшов п'ятьма хвилинами раніше: мене звинуватили в шпіонажі». — «А я, — запевняв Леонід, — прийшов вчасно, і мене звинуватили в носінні західного годинника».

Усі вибухнули сміхом. Леонід стверджував, що то не жарти, а правдива історія. І на підтвердження показував свого годинника «Ліп Президент»[1] зі збільшуваним склом, якого йому подарували під час пересадки в Парижі на рейсі Москва — Лондон. Де Ґолль та Ейзенхауер носили такі самі. Його злегка зачіпало, що ми не одразу вірили. Це була час-

[1] «Ліп Президент» («Lip Président») — годинник фірми «Lip», заснованій у місті Безансоні 1867 року годинникарем Еммануелем Ліпманном. Забастовки, які відбулися в цій компанії, стали символом конфлікту між робітниками і керівництвом у Франції.

тина гри. Леонід не припиняв жартувати. З ним неможливо було зрозуміти, де правда, а де вигадка.

— Ти маєш нас за геть слабких, — бовкнув Тібор. — Та тебе ніколи в житті не арештовували. Навіть не знаю, ти цар брехунів чи цар дурнів.

Леонід умить змовк, вихилив склянку та глянув на Тібора палкими очима.

— Якщо ще хоч раз назвеш мене так, я тебе вб'ю. Клянусь. Я задушу тебе оцими руками. Повір, це не на публіку.

Але «Золоту пальмову гілку» за абсурдність поза конкуренцією журі знавців таки присудило Томашу Заґеловскі, що працював журналістом у «Трибуні люду» до того, як отримав заслужене звання першокласної жертви польської системи.

Його викликали в мерію свого кварталу в передмісті Варшави. Пильна держслужбовиця спитала, хто він такий. Він назвався, а вона обізвала його самозванцем. Справжній Томаш Заґеловскі вже три місяці як сидить у державній в'язниці в Бялоленці. І тут Томаш зрозумів, що поліція помилково арештувала якогось нещасного, що марно клявся у своїй безгріховності та називався Пйотр Левінскі. Сталося жахливе непорозуміння: справжній Левінскі був праведний комуніст. Томаш уже був подумав, що йому кінець, аж раптом чиновниця не встояла перед його шармом (він мав себе за незрівнянного красунчика) і викрила йому подробиці арешту Заґеловскі. Останній, як виявилося, визнав провину та був засуджений до десяти років тюрми за зраду! Томаш викрутився, наплівши, що він і є реальний Пйотр Левінскі. Просто час від часу він називається Томашем Заґеловскі. Бо живе в його домі та спить з його дружиною. Чиновниця завагалась, але меткий Томаш вивалив залізний аргумент:

— Якби я був Томаш Заґеловскі, то хіба б ви повірили, що я саменький до вас прискакав, до всього будучи зрадником? Ну погляньте на мене: невже я схожий на ідіота, який полізе в пащу до вовка?

Їй було нічим крити такий беззаперечний довід. І щоб уже точно засвідчити свою особистість залишилося принести з дому документи. Звичайно, чиновниця його відпустила. Чим він і скористався, щоб утекти що було духу, маючи тільки ті речі, що на собі. Прибувши до Франції, Томаш написав листа польським можновладцям, де викрив їхню помилку. Він не знав, чи спричинив цей лист якісь наслідки. Члени Клубу були переконані, що його ініціатива нікому не допомогла.

Владу лякають власні осічки, через які можна втратити репутацію. Як влучно постеріг Жан Пачковскі, колишній варшавський адвокат: коли вирок озвучений, другий шанс не надається, це безповоротно, особливо в комуністичній країні. Ця історія мене насправді злякала. Я міг лишень уявляти собі нещасного Пйотра Левінскі, не тільки засудженого за чужі помилки, але й відтоді безіменного. Я геть не міг зрозуміти, чому він зізнався в чужих злочинах. Ігор пояснив:

— У нас підозра рівноцінна впевненості. Базовий принцип режиму. Ти винуватий, бо ти під підозрою. Отже, Пйотрові було в чому собі дорікнути.

— Він був невинний!

— Цього замало. Потрібна хоч крихта везіння. Нам усім її забракло. Пйотру теж не пощастило.

Після епічної втечі з Польщі Томаш улаштувався продавцем у магазин одягу на Єлисейських Полях, де непогано заробляв. Завидний красень, завжди елегантний, Бог свідок — ще той спокусник, щонеділі він тягався по дансинґах вулиці Де Лаппа і не гребував нагодою повихвалятися своїми недільними коханками, хоча ніхто його так ніколи з жодною і не бачив.

Згідно із загальноприйнятим твердженням, у порівнянні зі східними країнами французька система управління була зразком прозорості та простоти. Але горе тому, хто стикнувся з прихованим ворогом, що зачаївся в гущі адміністративного лісу: кожен комуністичний чиновник ненавидів зрадників, що дискредитували співдружні держави, головним чином СРСР — батьківщину всім вдоволених трудящих.

Найвищою метою, чарівним сезамом було присвоєння статусу політичного біженця. За логікою, якщо ти перебував по той бік залізної завіси, як-от вони, то отримати цей документ було найлегше. Якби не одна маленька непередбачувана й нездоланна перешкода: падлючий Патрік Руссо — єлейний завідувач відділу надання політичного притулку. Його тепла усмішка — справжнісінька лицемірство, а співчуття — холодна зброя, якою легше вас знищити. Якось Володимир піймав його за читанням «Юманіте» за стійкою сусіднього бістро. Той спершу розгубився, але таки заявив, що справжніми політемігрантами можуть називатися лише іспанці й португальці, бо в них панує фашистський режим. Цей гімнюк умисне притримував чи відкидав справи вихідців зі Східної Європи. За його словами, так країни позбувалися набридливих злочинців та всіляких асоціальних типів. Щоразу бракувало якогось папірця, чи штампу, чи довідки — і ось, після безкінечної біганини кабінетами, сподіваєшся, що справа нарешті зрушить. Але ні. Загубився чи то прострочений один сертифікат — і знову на старт. Руссо навіть примудрився вивести із себе флегматичного Павла Цибульку, що мало його не задушив, якби не присутність Ігоря. Руссо вимагав картку цивільного стану, яку біженець ніяк не міг отримати на підставі того, що він родом з Богемії, а статус політичного біженця на циркових артистів не розповсюджується. Для колишнього посла в Болгарії то була смертельна образа, яка коштувала Руссо добірного ляща, а Павлові — ще трьох років очікувань на позитивну ухвалу. Ігор знав кожну інстанцію префектури, мерії та кількох міністерств; які документи слід заповнювати й у скількох екземплярах; імена чиновників, яких варто було уникати, та тих, кого можна було купити. Із труднощів, які доводилося долати задля завітного папірця, можна було дійти висновку, що чиновники відділу посвідок на постійне проживання паризької префектури поголовно були членами ВКТ[1].

Ігор розмовляв французькою з ледь відчутним акцентом. Його часто сприймали за вихідця Ельзасу. Він народився в середовищі, де французьку починали вчити раніше за російську. Його батько винаймав віллу в Ніцці на весь рік. Він часто згадував, як у дитинстві на літніх канікулах фланірував Англійською набережною. Звичайно, ще до війни, до Першої. Ігор не любив занурюватися в спогади. Він доклав надмірних зусиль, щоб розпочати нове життя, тому не хотів, щоб минуле його і тут наздогнало. Родина була заможною: батько був іменитий хірург і мав власну клініку в Санкт-Петербурзі. Революція розпорошила його життя за один день. Але він ні за чим не жалкував. Зводився новий світ. І кожен вносив лепту в розвиток соціалізму. Отримавши диплом, Ігор працював лікарем у шпиталі, так і не здобувши спеціалізації з кардіології. У нього не залишалося часу на подальше навчання: треба було утримувати сім'ю. Але вони були щасливі і з того. Раптом земля зупинилася і вибухнула. Одного недільного вечора він трохи відтулив мені завісу:

— Під час блокади і на фронті я був хірургом. Навіть робив кесарів розтин під час бомбардування Великого гостиного двору. За анестезію слугувала горілка. Жінка з малям вижили. Операції, які ти ніколи не зможеш уявити. Якби мені про них розповіли ще за мирного часу, я сказав би, що таке неможливо. Але я це робив. Пам'ятаю, як санітарки ампутували кінцівки інструментами, доведеними до білого жару. Хірургу на час війни диплом не потрібен. Головне — вижити, так?

Війна винищила його місто. Він служив лікарем у Червоній армії, дивом пережив блокаду, брав участь у німецькій кампанії. Щоб відновити лікарню, півроку пропрацював

[1] ВКТ — Всесвітня конфедерація праці.

землекопом. Ці роки й досі виринали з глибин пам'яті. Зруйнований Ленінград. Руїни — повсюди, скільки сягало око. Когорти голодних фантомів у лахмітті, що билися за можливість з'їсти бродячих собак і кору дерев. Вулиці, проспекти, канали — усе зникло. І тоді вони взялися за відбудову. Як до війни. Навіть краще, величніше і прекрасніше. Будівництво пірамідального рівня якраз пасувало Росії. Ігор не хотів більше згадувати ті часи. Мені доводилось докладати зусиль.

— Чому ти переїхав на Захід?

— Якби я не втік, то був би давно мертвий.

— Чому ти поїхав? Розкажи.

— Навіть якби я розповів, ти усе одно не зрозумів би. Це складно. Давай ходи. Ти зі своїми балачками як базарна баба.

Я вів далі партію. За якийсь час ставив наступне запитання. Він удавав, що з головою у грі. Іншим разом він розкидався крихтами історій, мені ж вони служили аркбутанами його спогадів. Вони підтримували той пазл, який я складав і якому бракувало основних фрагментів. Там у нього залишилися мама, дружина, син, мій ровесник, та молодша донька. Він не чув про них ось уже вісім років.

— Після того я прожив безліч життів.

— Неможливо змусити себе щось забути одним махом.

— Можливо. Ти забуваєш або вмираєш.

Його таємниче замовчування розпалювало мою уяву. Його манера ухилятися від прямої відповіді, його відмовки створювали якнайкраще підґрунтя для оповитого містерією минулого, яке я був зобов'язаний розгадати. Однак Ігор не бажав повторно все переживати. Єдине життя, яке він з легкістю обговорював, почалося з приїздом до Франції. Ігор мав запальну, але водночас легку й безкорисливу вдачу. У спілкуванні він був безпосередній, тому з ним завжди було комфортно. Я жодного разу не чув, щоб хтось про нього погано відгукувався. На додачу чоловік він був завидний. Непомітність — то не про нього: величава статура, в'юнке волосся, очі кольору небесної блакиті, братня усмішка.

Він чимось скидався на Берта Ланкастера[1]. У Клубі не припиняли його підколювати.

— Ти зміг би прославитися як актор.

— Не зміг би. Я не вмію брехати.

Саме Ігор навчив мене шахів. Він першим підійшов до мене з пропозицією зіграти партію:

— Граєш?

— Трохи.

— Сідай.

Переді мною стояла шахівниця з білими. Я ніколи в житті не грав у шахи. Я навмання зробив хід пішаком на дві клітини вперед: бачив — так робили інші. Він посунув свого назустріч. Мені начебто вдалися два ходи, а потім я пішов конем як пішаком.

— Та ти не знаєш правил!

— Не особливо.

— Я тебе навчу.

Він виявився хорошим учителем. Уже за кілька днів я опанував правила та, як мені здавалось, непогано грав. Тому я не одразу зрозумів, що він мав на увазі:

— Ну от, тепер ти знаєш, як грати в шахи. Тобі залишилось стати гравцем. Це займе дещо більше часу.

— Скільки?

— Від тебе залежить. П'ять років, десять, більше? Поглянь на Імре. Йому п'ятдесят, і він совгає фігурами по дошці вже тридцять п'ять років. Трохи зусиль — і ти зможеш у нього виграти. Пам'ятай: море концентрації та дрібка уяви.

Ми зустрічалися під кінець дня, щоб зіграти одну-дві швидкі партії. Зазвичай мовчки.

— Хочеш потеревенити — маєш сусіднє бістро.

---

[1] Бертон Стівен «Берт» Ланкастер (1913–1994) — один із найуспішніших акторів в історії американського кіно, володар премії «Оскар» (1960) і призу Венеційського фестивалю (1962). Американський інститут кінематографії вважає Ланкастера однією із зірок класичного голлівудського кіно.

За кілька годин ми могли обмовитися не більш як трьома словами. Він вигравав щоразу. Я продумував кожен крок, що аж голова боліла, навчився передбачати ходи, грамотно розташовувати фігури, вибудовувати стратегію та маскувати удари. Але він читав мою гру, як розгорнуту книгу. Передбачав кожен мій невправний крок. Моя гра в тактика його тішила.

— Правильно мислиш — розблокувати тура. Але увага: не відкривай діагональ моєму ферзю, хіба ти хочеш мат у три ходи.

— Звідки знаєш, що я хотів ходити турою?

— У тебе немає вибору. Не поспішай. Твої атаки хаотичні. Закріпи позицію, тобі стане легше захищатися.

— Не атакуватиму — не виграю.

Ігор розчаровано захитав головою.

— Ти як осел. А я їх не зношу, хоча це тямущі тварини. Але не ти. Ти зовсім не слухаєш. Спробуй занотовувати.

Щоб чогось навчитися, треба було спостерігати за партіями інших, записувати ходи кожного гравця, а потім повторювати на кишеньковій шахівниці. Час од часу Ігор заглядав до мого записничка. Щоб відтворити партію, йому було достатньо глянути на записи, на уривки гри, як-от: 1.e4 c5 2. Cf3 e6 3.g3; 3... d5 4.exd5 exd5 5.Fg2 De7 6.Rfl; 6... Cc6 7.d4 Cf6 8. Cc3 Fe6, — на що він не відмовляв собі у таких коментарях:

— Ех, Володимире, ніякого прогресу. Як завше, мудрує.

— Він виграв!

— Це Павло програв. Якщо хочеш набратися досвіду, спостерігай за Леонідом. Він найкращий. Простота й ефективність.

Ігор був мій єдиний партнер упродовж двох років. Знавці або ж ті, хто вважали себе такими, аж ніяк не бажали гаяти час на початківця. Коли я пропонував їм партію, усі в один голос відповідали: «Зіграємо, як станеш гравцем».

Вони примирилися зі мною лише тому, що мене прийняв Ігор. Заходити та грати в Клубі міг будь-хто, проте тільки він чи Вернер надавали членство. Критерій був один — їхня легка рука. Як з'являвся непроханий гість, вони вміли дипломатично йому відмовити та спровадити: «Це приватний клуб. Ми більше нікого не приймаємо. Треба записуватися до листа очікування».

За два роки я поставив йому пат. Ми були на рівних. Ні переможця, ні переможеного. Але для мене то був справжній виграш. Ігор відчув це.

— Ще два чи три роки, малий, і ти виграєш у мене партію.

Мені знадобився ще рік, щоб його обіграти. Однак він мав поважне виправдання. Того дня його практично склав удвоє ішіас[1] і він заледве сидів на стільці. Після прибуття до Франції Ігор спробував улаштуватися лікарем. Йому відмовили. Диплом тут не визнавали. Не було жодної можливості отримати аналогічний у Франції. Ленінград він покинув поспіхом, не прихопивши жодного офіційного папера чи документа. Не залишилося нічого, що могло б підтвердити його слова. Послужний список військового лікаря й медалі нічого тут не вартували. Єдине можливе рішення запропонував один член офіційної організації лікарів Франції: почати все з нуля. Та коли тобі п'ятдесят, непросто знову наважитися на семирічне навчання. На нього все одно не було коштів. До всього, Ігор зіштовхнувся із серйозною проблемою — безсонням. Із часу втечі з Союзу в березні 52-го. Діставшись до Гельсінкі, він провів одинадцять днів без сну, сподіваючись нарешті повалитися від утоми та розвіяти це прокляття. Його тіло опиралося до останнього. Виснажений безсонням, із затуманеною головою, але досі при тямі, він напівголяка розгулював жвавленими вулицями за мінус десять морозу, горланячи пісень. Йому вкололи заспокійливе. Отямившись, він відмовився приймати прописане снодійне. І так, доки один лікар, який також потерпав від хронічного безсоння, не порадив цікавий спосіб: «Ви не спите ночами через збій біологічного годинника. У чому причина? Невідомо, тільки здогадки. Як відновити сон? Не уявляю. Можливо, повернення до Ленінграда?

---

[1] Ішіас — запалення сідничного нерва.

Боюсь, тут ліки можуть виявитися страшнішими за саму хворобу. Спробуйте мій метод. Спіть удень. Працюйте вночі».

Ігор дослухався до поради, і його життя стало на стабільну колію. Очікуючи на відповідь офіційної організації лікарів Франції, перший місяць у Парижі він пропрацював вантажником у торговця фруктами й овочами на ринку Ле-Аль. Але постійно боліла спина, тому довелося знайти підробіток нічним сторожем готелю неподалік церкви Сен-Мадлен. Там він знемагав від нудьги, затим наступні два роки пропрацював нічним санітаром шпиталю Пітьє-Сальпетрієр. Його не полишало питання, за які гріхи він приречений на таку участь. Аж раптом, тієї ж ночі, він зустрів двох чоловіків, які невдовзі змінили його життя.

Граф Віктор Анатолійович Володін кермував своєю багряною сімкою «Ведетта-Ріженс» як справжній аристократ і був представник почесної професії водія другої категорії, себто таксист. Тієї ночі на вулиці Толбіяк він підібрав скривавленого волоцюгу, якого на славу віддухопелили та залишили чекати смертної години. Та що там — він сам мало не переїхав бідолаху. Загальмував останньої миті. Чоловік ще не віддав Богові душу. За часів громадянської війни Віктору пощастило вдосталь намилуватися пораненими й трупаками. Кільком «червоним» він навіть відрізав ніс та вуха. Словом, на поранених він знався. А цей присмертний мав геть не поганий вигляд. Про Віктора Володіна можна було сказати багато: що він хам, шахрай та брехун; що він ніякий не граф і не служив царю Всея Русі; що він і близько не знався, тим більше не родичався зі вбивцею Распутіна Феліксом Юсуповим, бо саме в цьому він запевняв (не випускаючи пікантних подробиць) своїх ототерілих клієнтів. Його небилиці, що роз'яснюють помилки деяких шанованих історичних праць, тепер сприймають за щиру правду. Якось Вікторові навіть поталанило прислужити водієм самому князю, коли той відвідав Париж. Юсупов відмовлявся обговорювати Росію, але радо бесідував російською зі співвітчизниками й був переконаний у тому, що комуністичний режим швидко зазнає краху, а він сам у подальшому тріумфально повернеться додому. А якщо серйозно, Віктор Володін був рядовим солдатом царського війська та ад'ютантом цього пустоголового Денікіна, а згодом того норовистого Врангеля в Білій армії. Отож-бо, він викинув у темну ніч двійко своїх клієнтів, яких до того підібрав біля кабаре «Фолі-Бержер» в Пігалі, аби завантажити цього напівмертвого й доправити до найближчої лікарні.

Коли о двадцять п'ять по першій ночі санітар-носильник Ігор допомагав витягувати пораненого з таксі, то розчув, як водій гучно вилаявся через пляму крові на білому сидінні. Ти можеш прожити у Франції хоч тридцять три роки і щебетати як з діда-прадіда парижанин, але коли одного дня вибухнеш від гніву й спалахнеш від образи, то неодмінно рідною мовою. І ось коли двоє співвітчизників-вигнанців зустрічаються за кордоном, вони не тямляться від радощів, а минуле втрачає будь-який сенс. Запрограмовані ненавидіти та знищити один одного, вони кинулися обійматися. Як любо чути власне по батькові. У Франції ж тільки імена. Тієї миті вони відчули запах, музику та світло свого краю, і не важливо, що перший був білогвардієць, вірний християнин, антисеміт, женоненависник і на додачу не зносив більшовиків; а другий — його одвічний ворог, справжній «червоний», ентузіаст «великої ідеї», співучасник становлення комунізму. Усі вищеназвані відмінності давали право порубати супротивника на шматки на теренах своєї держави, але тут вони зникали. Особливо якщо йшлося про два російські безсоння.

18

Оце вперше в житті я злиняв із ліцею. Раніше мені таке й на думку не спадало. Я покірно терпів, навіть коли уроки були смертельно нудними. Але того дня в мене з'явилася надвагома причина: не могло бути й мови покинути Сесіль наодинці.

Я вийшов із дому, наче й не було нічого, і попрямував до лікарні Кошена. А там — прохідний двір. У її палаті лежало вже троє хворих. Я поцікавився в медсестри, у яке відділення перевели Сесіль. Та спершу наче не второпала, про що я, а потім чкурнула до палати. Відтак спантеличено дивилася на порожні кушетку й шафу.

— Пацієнтка втекла!

Вона гарячково вхопила телефон і набрала вахту, щоб попередити про зникнення Сесіль. Медсестра дала стислий опис, але ніхто такої не помічав. Потім прийшов професор, а за ним тінню йшла групка студентів. Збентежена жінка повідомила погану новину. Якихось чверть години тому вона проводила обхід і пацієнтка ще спала, а потім... Вона так і не договорила. Професор як тільки її не називав, ображав з такою разючою агресією, а їй хоч би що. Він повернувся до студентів і рявкнув:

— Якого дідька ви тут стовбичите? Йолопи! Вас за руку виводити?

Професор зайшов до палати та грюкнув дверима, на мене навіть не глянув. Студенти й медсестра розлетілися як горобці. Вони взялися опитувати відвідувачів і пацієнтів. Сесіль як у воду впала. Я вийшов із лікарні. Зайшов до сусідньої кав'ярні, поцікавився в персоналу — її там не було. Спустився вулицею Сен-Жак до Сени, обійшов усі бістро. Немає. Я наївно сподівався десь її перестріти. Урешті піднявся на набережну Ґран-Оґюстен. У квартирі царював усе той же безлад, що лишився після рятувальників. Дивне відчуття: наче я якийсь злодюжка-початківець. Чекати довелося довго, тому я тинявся туди-сюди помешканням. «Вона не затримається». У ніші стояв годинник із Франш-Конте. «Вона повернеться о десятій».

Коли пробив годинник, я підійшов до дверей, переконаний, що вона от-от прийде, як за помахом чарівної палички. Тиша. Я взявся видивлятися її в натовпі з вікна. О пів на одинадцяту мене обірвав годинник і я відклеїв носа від шибки. «Вона прийде об одинадцятій. Не може не прийти».

Одинадцятий удар відібрав мої останні сподівання. Вона не повернеться. Це взагалі був безглуздий замір. Отож я вийшов із квартири, залишивши ключі під килимком. Мене не полишало якесь дивне липке відчуття, що вона сюди більше не повернеться. Якщо вона утне ще одну дурість, я про це не дізнаюсь. На клаптику паперу я нашкрябав записочку й просунув її у щілину під дверима: «Хай би що сталося — зв'яжіться зі мною. Мішель Маріні», — а далі номер телефону. Я бездумно блукав кварталом, ходив по облюбованих нею кав'ярнях і крамничках, обійшов вулицю Сен-Андре-диз-Ар та околиці церкви Сен-Сюльпіс. Ніде її не бачили. Урешті я попросту плентав із похнюпленою головою попід огорожею Люксембурзького саду. Повертався туди, звідки прийшов (Генріх IV). Радіти тут нічому. Я перебирав відмовки перед Шерлоком. Це мало бути щось беззаперечне, залізобетонне, що як дві краплі води походило б на правду. Так, аби жоден головний наглядач, навіть такий пронира, як він, і не подумав ставити під сумнів мої слова. У одвічній грі в кота й мишки я був маленьким переляканим звірятком із жалюгідною фантазією. Цьому старому котюзі Шерлоку знадобилося б не більше за секунду, аби розібрати по кісточках кожну вигадану мною відмовку. Я вже чекав своєї судної години, як наблизився до входу в театр «Одеон». Я стояв лишень за кілька метрів од фонтану Медічі. Ще трохи — і я пропущу дзвінок з уроку о другій годині. Але я пішов уперед і закляк на місці. «Якщо її й там немає, то ми більше ніколи не побачимося».

Я обернувся. До заповітного місця було не більше ніж п'ять хвилин. І я помчав до фонтану. Але там сиділи самі книголюби та сором'язливі закохані. Сесіль серед них не було. Вона не раз розповідала про свій фонтан і його перфектність. Їй так хотілося, щоб я розділив її пристрасть. Я слухав з уважністю, але не цікавістю. Якоїсь миті я постеріг дві плями: зелену й білу — ніби скарб у серці водограю. Сам не знаю, як і чому так сталося, але я перейняв естафету від Сесіль. Ніяк не вдавалося відірвати погляд від Поліфема, до того прекрасного і страховидного, непропорційного та нікчемного, у мить, коли він ловить оком Галатею й Акіда і от-от занапастить вівчаря[1]. Неминучий і непотрібний злочин. Я наблизився до краю водойми, і мене пройняло співчуття до бідного одноокого, знеславленого й безпорадного. Раптом у віддаленому закутку я помітив Сесіль. Вона безтурботно спала, відкинувши голову та звісивши руки. Вона була геть блідою, із запалими щоками й восково-жовтою шкірою. Її тіло було абсолютно нерухомим. Я приклав долоню до її чола. І відчув тепло. Я накрив її своєю курткою. Сів поруч із нею. Сесіль розплющила очі. Моя присутність її не здивувала: обличчям промайнула боязка усмішка. Вона взяла мене за руку. Я не пручався, а стиснув своєю.

— А ти не квапився, — промурмотіла вона.

— Де тільки я тебе не шукав.

— Я боялась, ти не прийдеш.

— Я тут.

— Благаю, не покидай мене.

— Не турбуйся. Хочеш додому?

Вона заперечно похитала головою. Ми залишилися коло фонтану. Я не розумів, спить вона чи просто відпочиває. Я милувався покинутою Акідом Галатеєю: такі самітні в цьому світі, але блаженно щасливі. Сесіль уважно мене роздивлялася.

— Вони прекрасні, чи не так?

— І навіть не уявляють, яка загроза над ними нависла.

— Вони щасливі вже з того, що живуть. Вони кохають одне одного. Решта не має значення. Для них небезпеки не існує. Вони залишаться коханцями навіки. Маєш гроші?

— Трохи.

— Купиш мені кави з молоком?

---

[1] Поліфем — у давньогрецькій міфології один із циклопів, син Посейдона й німфи Фооси. Був закоханий у морську німфу Галатею, яка відкинула його й уподобала красеня вівчаря Акіда. Поліфем роздавив Акіда скелею, а Галатея перетворила свого загиблого коханого на річку.

Вона заледве підвелася. Ішла поволі, спираючись на мене. Метрів за двадцять моя допомога більше не знадобилась. Ми пішли на каву до бістро «Пті-Сюїс», що через дорогу. І вмостилися на терасі.

— Я голодна.

— Це добрий знак.

Вона похватцем глитнула двійко круасанів та продублювала каву з молоком. Хотіла щось сказати, але таки змовчала.

— ...Я можу тобі довіряти, Мішелю?

— Звісно.

— Нічого не сталося. Зрозумів? Узагалі нічого. Це не обговорюватиметься. Так, наче нічого й не було.

— ...Як забажаєш.

— Обіцяєш?

— Обіцяю.

— І жодного слова Франкові.

Вона помітила, що мені стало незручно і я стиснув губи.

— Нічого не було! Нікому. Франк не повинен знати.

— Я не можу від нього таке приховати. Якщо одного дня він сам дізнається, то приб'є мене.

— Якщо ти йому не скажеш і я не скажу, тоді він ніколи не дізнається. У будь-якому разі, це вже не важливо: ми розійшлися.

— Що?

— Між нами все скінчено.

— Відколи?

— Не знаю. Ми більше не бачимось. Він... щез.

— Дома також, він зник.

— Коли ти з кимось, ти не щезаєш безпричинно на кілька тижнів, не даючи про себе знати. Я сто разів телефонувала. Розмовляла з твоїм батьком, з мамою, з тобою, із твоєю сестрою. Навіть не скажу, скільки разів я залишала одне й те саме повідомлення — він так і не відгукнувся. Єдиного разу, коли мені пощастило на нього натрапити, розмова тривала півхвилини. Він був уже у дверях і кудись поспішав. Обіцяв перетелефонувати ввечері. Минуло три тижні. А загалом, якщо чоловік так поводиться із жінкою, коли він... тікає, це означає єдине: він зустрів іншу, а зізнатись не наважується.

— Це неможливо. Тільки не Франк.

— Клянешся, що нічого не знаєш?

— Клянусь.

— Маєш якесь виправдання його зникненню?

— Принаймні воно мало бути. Я знаю, що він тебе кохає.

— Він так казав?

— Дав зрозуміти.

— Коли це?

— У тебе вдома.

— Я переконана, що в нього тепер інша.

Я не великий мастак у справах кохання. Мій єдиний досвід — тільки літературний. І пояснення його безперервним зникненням я не мав. Після повернення з Німеччини він узагалі спав удома не більше трьох-чотирьох ночей. Але я їй уже нічого не казав.

— Якщо так, то він ще той покидьок.

Вона знизала плечима та видавила посмішку. Щоки зарожевіли. Очі також. Вона закусила губу, хлюпнула носом, набрала повітря — і проковтнула біль.

— Треба бути останньою дурепою, щоб прощатися з життям через чоловіка! Тепер цьому покладено край. Я стану кам'яною.

— Аж не віриться. Це неможливо.

— Таке вже життя. А втім, можу заприсягтися, що... Я хочу додому.

Офіціант приніс рахунок. У Сесіль за душею ні гроша. А мені не вистачало двох франків шістдесяти сантимів. Я не знав куди подітися. На щастя, офіціант виявився тямущий і не подав знаку.

— Два шістдесят — це дрібниці. Занесете згодом. Я вам довіряю. Бо відшкодовуватиму хазяїну з власної кишені.

— Я занесу завтра, обов'язково, обіцяю.

— Перепрошую, — спитала вона, — у вас не знайдеться цигарки?

Він витяг «Житан». Тернув сірником. Вона затяглася з невимовним умиротворінням.

— Не впевнений, чи це слушна ідея.

— Слухай, Мішелю, припини вже наказувати мені, що робити.

Я провів її додому. Розмовляти нам не хотілося. Вона двічі зупинялася перевести дух.

— Можливо, тобі краще повернутися до лікарні?

— Мішелю, скільки тобі товкти: мені не потрібна нянька.

Я встиг піднятись до квартири швидше за неї. І витяг із дверей записочку так, що вона й не здогадалась. Я дістав ключі з-під килимка. Вона увійшла. Я ж залишився на порозі.

— Не хвилюйся. Усе буде добре.

— Віддати тобі ключі?

— Ні, тримай у себе. Хіба ти більше не приходитимеш?

— Я не це хотів сказати.

Вона поцілувала мене в щоку.

— Дякую, братику. Дякую за все.

— Може, я прийду завтра.

— Коли завгодно.

Я знову обійшов усі бістро. Цього разу в пошуках Франка. Ніхто його не бачив. Два його дружки вирішили з мене поглузувати.

— Напевне, він із Сесіль?

— Якщо я знайду Сесіль, то не скажу твоєму братові.

Я не звернув на них уваги. Я кожного просив про одне й те саме: «Якщо побачите Франка, скажіть, нехай сконтактує з братом. Це терміново».

Тоді я пішов до його найліпшого друга Рішара, що жив за мечеттю. Вони були члени одного комітету та разом продавали «Юманіте Діманш» на ринку по вулиці Муфтар. Здавалося, побачивши мене, він розгубився. Він поголив голову.

— З тобою щось сталося?

— А що зі мною?

— Твоє волосся?

— Мішелю, я зайнятий. Чого тобі?

— Я сподівався застати в тебе Франка.

— Я його вже якийсь час не бачив. А він що, сказав, що тут ночує?

— Раніше траплялося. От я і подумав...

— Мабуть, він у Сесіль.

— Якщо побачиш, перекажи, щоб зі мною сконтактував. Це важливо.

— Неодмінно.

Пауза тривала дещо довше, ніж треба. Я пам'ятаю Рішара завше шпарким і спонтанним. А тут він весь як на терню — і намагався випромінювати незворушність. Та й тримався він якось напружено, неприємно напружено. Професійні брехачі високо деруть носа. Їх ніщо не страшить. А погані — відводять погляд. Наче хочуть бодай так захиститися. Візьму це на замітку.

— Ця зачіска тобі не до лиця. Попередня пасувала більше.

Щоб сумління було чисте, я обійшов іще двох Франкових друзів. Неважко здогадатись: вони теж і гадки не мали, де він, але пообіцяли передати моє повідомлення в разі чого.

За вечерею мама поцікавилася:

— Як минув твій день у ліцеї?

— Як завжди.

— Чим ви займалися?

— На англійській продовжували Шекспіра, а на французькій почали «Позивачів»[1].

— Готовий до контрольної з математики?

— Ну, я багато займався з Ніколя.

---

[1] «Позивачі» («Les Plaideurs»; 1668) — комедія Жана Расіна (1639–1699), у якій автор висміяв звичаї паризького Палацу правосуддя.

— Шкода, — перехопив тато, — що ми давно його не бачили. Запроси Ніколя однієї неділі в гості.

Якусь частину ночі я згаяв на вибудовування гідних відмовок для Шерлока: так, щоб він і оком не повів, не засумнівався в анінайменших подробицях, щоб не схотів перевіряти. Можливо, цього разу я не заскочу в останній вагон. Спав я паскудно. А вранці, коли я саме збирався йти до того скотобійця, у кишені куртки знайшов амбулаторну карту, яку мені тоді у відділені невідкладної допомоги впхала медсестра. Ну все, це був доленосний знак. Допомога у винагороду за допомогу. А таке могло проскочити, бо це було зухвало. Спершу я остерігався підробдювати документ. Проте альтернативи не було. Отож я взяв чорну кулькову ручку та вписав своє ім'я та мінімум подробиць. У графі «поранення» я нашкрябав «незначні ушкодження», а у «причині ушпиталення» — «збитий велосипедистом». Я намагався відтворити нечитабельний лікарський почерк. У кінці підписав якоюсь закарлюкою. Серце аж вискакувало, коли я простягнув цю пояснювальну записку. Шерлок глянув на мене, не сумніваючись в оригінальності картки, та поцікавився моїм самопочуттям.

— Сьогодні на вулиці треба брати очі в руки: автомобілі, автобуси, ще й велосипедисти. Буде вам уроком.

Мені здалось тут доречним додати:

— Він навіть не загальмував!

— Який сором! У який час ми живемо?

— Та, знаєте, нічого страшного. Як сказав лікар, відбувся легким переляком.

Щодо контрольної з математики, я все зробив. Завдячуючи Ніколя. Йому не треба було мені допомагати. Він просто дав списати. Як завжди. З усією цією історією я зовсім її закинув. На моє щастя, Ніколя не злопам'ятний. Аби бодай віддячити, я запросив його зіграти в кікер. Ми пішли на майдан Мобер. Я не грав цілих три місяці. Кікер як велосипед — таке не забуваєш.

19

Облишивши того, хто помирав, на замученого інтерна, що не знав, з якого боку до нього підступитись, Ігор і Віктор подалися й далі знайомитись до «Аустерліцької гармати». Запаси горілки вичерпалися досить швидко.

— Коли-небудь куштував віскі, Ігорю Емільовичу?

— Ніколи.

— Дивний смак, але звикаєш махом.

— Я не любитель усього американського.

— Що ти, справжнє віскі — шотландське.

Ігор випив свою першу склянку віскі на російський лад. Не таке добре, як горілка, але теж непогано. Чоловіки поклялися дружити до скону, ніколи більше не розлучатися й пройти життя пліч-о-пліч. Віктор був недурний. Він добре знав, що співвітчизник враз розкусить його небилиці. Тому сказав правду. Яка вже була. Він розумів, що після ейфорії від знайомства настане час недовіри до історичного ворога. Як і всі брехуни, Віктор просто не міг уявити, що хтось може говорити правду, тому й не повірив Ігореві:

— Ніякий ти не лікар! Бути того не може.

— Клянуся. Я закінчив Ленінградську військово-медичну академію. Але наш диплом у Франції не визнають. Я був кардіологом. Практикував п'ятнадцять років. Мав приймальні години в лікарні Тарновського, у Ленінграді. Під час війни був військовим лікарем армії Жукова в чині лейтенанта. Я був хорошим лікарем. Пацієнти мене обожнювали.

— Та ти верзеш казна-що. Ти звичайнісінький санітар! А в медицині трохи кумекаєш, бо нагледівся хворих і наслухався лікарів. Батечка Віктора не проведеш. Ти такий самий, як і я: такі поганці можуть водити за носа недосвідчених і дурнів. Досить з мене глузувати, товаришу.

Ігор стикнувся з проблемою, яка не піддавалася вирішенню. Чим підтвердити, що він дійсно лікар? Адже його пояснення, намагання, демонстрації й нариси розбивалися об стіну недовіри. Віктор жадав реального доказу. Рельєфний папір із мокрими печатками, бланк із міністерськими підписами. Проте диплом залишився в Ленінграді. Віктор посміхнувся.

— З тебе такий же лікар, як із мене кузен князя Юсупова.

— Але ти і є кузен князя Юсупова!

— Я так потішаюсь над туристами. Маю визнати, ти талановитий. Найважливіше — то вміти прикидатись. Я знав великих герцогів і графів, що скидалися на консьєржів чи шевців. Коли вони розкривають свій титул, їх мають за байкарів. Щодо мене — мені вірять усі.

Ігор давно втратив свій бойовий темперамент. Втеча з СРСР та блукання світом змусили його переглянути такі поняття, як правда і брехня. Наразі він не був упевнений абсолютно ні в чому, окрім того, що досі живий. Для нього залишилася одна-єдина правда на землі: ти або живий, або мертвий. Решта — питання вірувань чи плодів уяви.

— Та вір у що хочеш, мені однаково. І твоя правда: тут я не лікар, я санітар.

Віктор розцінив таку швидку капітуляцію як ознаку, що Ігор — несусвітнє брехло, а отже, з нього вийде нічогенький таксист.

— Ну і скільки ти заробляєш на цій роботі?

— Копійки.

— Тоді як дивишся на те, щоб гідно себе забезпечувати, отримувати скільки сам схочеш і залишатися вільним?

— Хто ж відмовляється від такого? Якщо це чесні гроші, я згоден.

— Оце ти мене образив чи познущався? Я служив у царській армії, не забувай. Маю надію, ти не єврей?

— Я живий, цього замало?

Отак Ігор став таксувати у графа Віктора, для якого честь була поняттям розтяжним: клієнтами він не переймався, особливо іноземцями.

— Ти помиляєшся, Ігорю Емільовичу, чіпляєшся до дрібниць. Ти мене знаєш, я вірянин і шаную заповіді. Якщо вже Бог створив простаків, то це щоб було кого піддурювати.

Знадобився якийсь час, щоб Ігор став справжнім паризьким таксистом. Париж — здоровенне місто, парижани часом несповна розуму, парижанки як на терню, передмістя — справжній лабіринт, а його мешканці — ще ті скнари. До всього, непролазні затори. А втім, завдяки лікарській пам'яті, Ігор врешті вивчив назубок усю мапу міста.

— Раніше проблем не виникало. Після звільнення узагалі було чудово. А потім ці «Сітроени 2 CV» нам усе занапастили, на додачу «Рено» випустили свій дамський «дофін». Тепер на вулицях справжній хаос.

— Я згоден. Але за однієї умови: я працюватиму ночами. Вдень я сплю.

— Працювати вночі не так легко, як здається.

— Або так, або ні, Вікторе Анатолійовичу.

— Моя дружина на радощах тебе благословить. Денний таксист мене обкрадає. Але з тобою я можу бути спокійним. Комуняки мають лиш одну гарну рису — вони чесні. Яке снодійне порадиш?

— Я не розбираюся у французьких ліках. Снодійне я не вживаю. І давно в тебе безсоння?

— Відколи переїхав до Парижа, я більше не сплю. Я набрав сорок кілограмів. Молодим я їв як горобчик і спав як убитий. А ти, триклятий байкарю, якби був лікарем, то знав би, як побороти безсоння.

Віктор навчив його всіляких хитрощів із примноження прибутку, які дозволили Ігореві придбати гордощі: гарненький біленький будиночок на узвишші Л'Аї-ле-Роз, звідкіля як на долоні Ейфелева вежа, Сакре-Кер і взагалі весь Париж. Аж до самої смерті дванадцятьма роками по тому, у травні 68-го, від серцевого нападу в багатолюдному заторі посеред національної траси № 7 на околиці Орлі (він тоді віз техасця, який скаженів на задньому сидінні через двогодинне катання по всьому південному передмістю), Віктор свято вірив, що Ігор ще той фантазер і лікарем не пропрацював і дня. Він навчив його — звісно, після клятви на одигітрії[1] з Новодівочого монастиря, що Ігор нізащо й нікому, ба навіть сповіднику, не видасть, — мистецтва замилювати очі клієнтам, що дозволяло кружляти містом так, наче їдеш завжди навпростець; усю поїздку ловити червоне світло; а ще поділився інформацією, якими вулицям їздять сміттєвози — за ними ж можна тягтися вічно; де тричі на тиждень відбувається кінна хода паризької жандармерії; чому варто їздити авеню, де проводять ремонтні роботи, а не там, де вільно; як упасти на хвіст вантажівці, що розвозить товари чи меблі, так, щоб клієнт нічого не запідозрив; та ще тисячу й одного фокуса, який міг наблизити до жаданого особняка в затишному передмісті за два десятки років чесної праці. Також Віктор застеріг як прокази боятися «бурів» — цим лягавим-садистам префектура дозволяла ходити назирці за таксистами, щоб надокучати їм за найменшої нагоди, — повідав, як їх розпізнати чи навіть домовитися, якщо вже вибору не стане.

— Є один спосіб засікти їх раніше, ніж вони тебе. Вони завжди їздять на чорних «Пежо 403». Тільки-но побачиш такого позаду — хутко чіпляй «шашки». Тобі пощастило: вони рідко патрулюють уночі.

Ігорю з Віктором не потрібен був контракт. Вони перебили руки й розцілувались. Ігор постійно бурчав, що той його експлуатує, але роботи не кидав. Він не йшов за порадами Віктора, а возив клієнтів найзручнішою та найшвидшою дорогою. Він міг відкрити свою справу, але був сам собі пан і грошей на життя вистачало. А тільки це й мало значення. На відміну від Віктора, який цим користався, щоб набити собі ціну. Ось Ігор ніколи не виказував у собі росіянина. Отак він возив високопосадовців радянської компартії, що просто обожнювали російськомовні кабаре Парижа. Він був мимовільним свідком

[1] Одигітрія — тип ікони, де зображена Богородиця з Ісусом-дитям.

таємних розмов пошепки на задньому сидінні таксі. Як наслідок він розповів нам про зміщення з посади Микити Хрущова Леонідом Брежнєвим за чотири дні до тих подій; та про те, що під час перебування в Парижі незмінний кітоноподібний[1] Андрій Громико користався нагодою відвідати свою елітну коханку на ім'я Мартіна.

20

Франк курив цигарку під церквою Сен-Етьєн-дю-Мон. Він чекав на дзвінок з уроків у Генріху IV. За сім років до мене він теж навчався в цій школі й у тих самих учителів, які тепер розпитували мене з недовірою.

— Ви, бува, не родич Франка Маріні?

— Так, мадам. Це мій брат.

— А ви не такий здібний, як він.

Минуло десять днів, як він грюкнув дверима нашого дому. Я перетнув вулицю та підійшов. Замість звичного потискання рук він поцілував мене в щоку. Я списав це на емоції.

— Мені передали твоє повідомлення. Може, посидимо десь? Ти вільний?

Ми перейшли вулицю Ходвіґа І та зустріли Шерлока, що на відмінно виконував обов'язки головного наглядача й уважно спостерігав, як школярі виходять із ліцею. Він наблизився й радо потис руку Франкові.

— Як поживаєте, Маріні?

— Краще не буває, мосьє Массон. А як там Мішель?

— Дякувати Господу, нещасний випадок не залишив по собі наслідків.

— Що за нещасний випадок? — вигукнув Франк.

У мене підломилися ноги. Аж мороз пішов поза шкурою. Я заледве подужав якісь слова:

---

[1] Ідеться про схожість на Бастера Кітона (1896–1966) — американського комедійного актора, режисера, сценариста і каскадера, якого вважають одним із найвидатніших коміків усіх часів.

— Та... та це дурниці. Потім поясню.

— Треба бути пильним, Мішелю, — повчально мовив Шерлок. — Я бачив, як ви з братом переходили вулицю. Навіть не глянули.

— Обіцяю стати уважнішим, мосьє.

— Неймовірно, він вищий за вас, Франку, але зовсім інший. Задовольняється загальнообов'язковим мінімумом. Посередніх оцінок доволі.

— Це не тому, що він лінується, мосьє, повірте.

— У мене склалося таке враження, що набагато ліпше ведеться в кікері, аніж у навчанні.

— О, кікеру покладено край. Тепер шахи.

— Шахи? Ви мене заінтригували, любий Мішелю, неодмінно навідайтесь до мене на партію.

Ми зайшли посидіти в бістро «Ля Шоп» на майдані Контрескарп.

— Що за нещасний випадок?

— Та це я наплів йому на виправдання прогулу.

— Головою десь ударився?

— О, я обережно.

— За такі дурниці можуть відрахувати з ліцею! Про батьків подумав?

— Ти через них непокоїшся?

— Через тебе. Припини клеїти дурня та хоч трохи подбай про майбутнє. Тобі треба багато працювати.

Офіціант поставив на наш круглий столик кухоль пива Франкові та лимонадне — для мене.

— А ти сам ніби ніколи не робив дурниць?

— Я вже отримав атестат. Роблю що хочу. Що за невідкладність? Якщо ти прийшов просити за батьків, то дарма.

— Сесіль... Ти вже її забув?

— А що із Сесіль?

— Вона геть нещасна. Ти обіцяв перетелефонувати, але так цього і не зробив. Багато тижнів від тебе жодної звістки. Вона не розуміє, що відбувається.

— А ти якого сюди лізеш?

— Бо мені здавалось, ти її кохаєш.

— Це тебе не обходить.

— Це надзвичайна й приголомшлива дівчина... «Я люблю дівчину з прегарною потилицею, прегарними грудьми, прегарним голосом, прегарними зап'ястями, прегарним чолом, з прегарними колінами...» Пригадуєш?

— Досить! Що за ігри? Це вона тебе підіслала? Прочитати мені мораль?

— Вона переконана, що ти знайшов собі іншу, просто не наважуєшся зізнатися їй в очі!

— Це якась бабська маячня. Нікого в мене немає.

— Ти її кинув?

Франк не відповів. Схилив голову. Подекуди кидав мені невдоволений погляд. Потім витяг «Житан» і закурив, уже згодом помітив ту, що чахла в попільничці. Він загасив її.

— Умієш берегти таємниці?

— І ти туди ж.

— Я достроково вступив на службу. Пішов добровольцем. Я їду до Алжиру.

— Ти студент.

— Я анулював відтермінування.

— З дуба рухнув?

— А ти спробуй пояснити жінці, що проміняв її на армію. Ти можеш прослужити роки. Я нічого не сказав. Це зайве. Це вище за мої можливості.

— Вона думає, що ти кинув її заради іншої!

— Це я навмисно. Щоб вона зреклася мене.

— Чому не сказав усе в очі?

— Бо я її кохаю, дурню ти! Я просто не зміг би. Не хочу, щоб вона чекала на мене. Я не хочу бути зв'язаним любовними стосунками. Тому й вирішив поїхати, нічого їй не пояснивши.

— До чого ти це мені зараз розповідаєш?

— Бо ти підняв на вуха весь Париж! Я був подумав, сталося щось жахливе.

— Сталося!

— Що?

— Та пішов ти! Ти її не вартий!

Я підвівся. Вийшов із бістро. Франк наздогнав на майдані. Схопив мене за вилоги куртки та став трясти, волаючи:

— Що сталося, чорт забирай?

Ніколи не бачив його таким напруженим. Він упав на лавку. На тротуарі спав якийсь волоцюга. Я розповів Франкові все. Він жодного разу не перебив мене. Його обличчя змарніло. Відтак сидів із похиленими плечима, весь поринувши в думки. Вигляд мав пригнічений. Злегка похитував головою.

— Дякую, — здушено видав Франк. — Вона... вона одужала?

— Звичайно, їй би вартувало відлежатись день-другий під наглядом медиків. Але вона нікого не слухала.

Зненацька з-під землі пролунав замогильний голос:

— Ну ти й гімнюк!

Виявилось, волоцюга давно прокинувся й підслухував наш діалог, сидячи поруч на тротуарі. Він пожалував Франка зневажливою гримасою й тицьнув на нього пальцем.

— Треба бути справжнім королем придурків, щоб записатися до французької армії та кинути дівчину. Цей хлопець ідіот! О, можеш собою пишатися!

Франка охопила лють. Мені здалось, він ось-ось накинеться на нього.

— Тобі що до того? Геть звідси, бо зараз ти від мене дістанеш!

Волоцюга зібрав манатки, ухопив пляшку дешевого вина та, лаючись, пошкандибав геть, забравши із собою свій кислотний дух.

— Придурки! Самі придурки!

Нарешті він щез десь у глибині вулиці Муфтар, горланячи обрáзи навздогін перехожим.

— Зайдеш до неї?

Він заперечно хитнув головою.

— Франку, це ж Сесіль!

— Це надто важке рішення. Коли я її побачу, вся моя сміливість щезне.

— Та вона через тебе мало не вмерла!

— Мені справді шкода, я не хотів, щоб так сталося. А зараз уже запізно. Я їду за чотири дні. Як буду там, напишу їй листа-пояснення. Повернуся — буде видно.

— Думаєш, вона чекатиме? Та вона тебе ненавидить!

— Це моє життя, Мішелю! Я мушу це зробити.

— Чорт, Франку, ти дійсно ідіот!

— Будь ласка, не розповідай їй нічого. Принаймні до мого від'їзду. Дозволь я сам розберусь.

— Ти з глузду з'їхав. Шкодуватимеш про це довіку.

— Не перебільшуй! Ходімо щось перекусимо.

— Не хочу. Мені треба додому.

— Я маю з тобою поговорити. Це важливо.

Я не хотів його отак кидати. Він здавався розгубленим. До того ж я ще не втратив надії його відмовити.

— Зателефоную та скажу, що залишуся вечеряти в Ніколя.

Він запросив мене до «Вулкану» — грецького ресторанчика, хазяйка якого готує зовсім як у Салоніках. Ми зайшли на кухню, позасовували носи в усі каструлі й вибрали собі наїдки, керуючись ароматом. Там пашіло баклажанами, кабачками й болгарським перцем. Усе це тушкувалося з маринованими огірочками, витриманими в кмині й лавровому листі. Саме того вечора Франк повідав мені історію нашої родини: знайомство батьків, війну, його народження, їхню п'ятирічну розлуку, зустріч і вимушений шлюб. Йому треба було виговоритися. Я й слова не мовив. Діти зовсім не знають, чим живуть їхні батьки. У юності над цим не замислюєшся, бо світ бере початок днем твого народження. Батьки наче й не мають власної історії, зате наділені поганою звичкою розмовляти з дітьми лише про майбутнє, аж ніяк не про минуле. У цьому найбільша помилка. Якщо вони цього не роблять, в історії родини залишається чорна діра.

— Вона мене ненавидить. Мені знадобився якийсь час, щоб це прийняти. Через мене вона була змушена вийти заміж за нашого батька, що занапастило її життя. Якби я не народився, вона б знайшла блискучу партію серед чоловіків зі свого середовища.

Він мав рацію, заперечити мені було нічим.

— А я, мене вона теж ненавидить?

— А ти, ти ні в чому не винен. Потім вона просто хотіла мати сім'ю. Для неї ти не Делоне — ти Маріні. Не забувай про це. Я кажу тобі зараз це не для того, щоб нацькувати тебе проти неї. Я не маю цього на меті. Просто ти маєш знати.

Була між нами одна вагома різниця: я був не до діла. І змінити нічого не міг. Цікавила мене одна Сесіль.

— Навіщо ти записався добровольцем?

— Якщо ми сидітимемо склавши руки, то передамо кермо фашистам. В якийсь момент стане запізно. Треба бодай спробувати.

— Думаєш, ти реально здатен змінити суспільство?

— Я не сам.

— А як же тато?.. Він тебе не ненавидить. Ти не можеш поїхати, нічого йому не пояснивши. Це несправедливо.

— Щодо тата я згоден. Але жодного слова Сесіль!

Я був обурений, але безсилий. Записатися до армії, при цьому нікого не попередити — для мене то була ницість. Розповім Сесіль — і втрачу брата. Він зробив свій вибір, на жаль, не на користь Сесіль. Тієї миті я почувався гріховним, зв'язаним та заповненим люттю. Якби я був сильніший, натовк би йому пику. З логікою в мене вочевидь не склалося. Ніколи не розумів, як то можна говорити одне, а робити геть інше. Клястися в коханні і завдавати болю коханій людині, мати друга й забути друга, зватися сім'єю і поводитись, мов незнайомці, відстоювати великі ідеали, але не йти за ними, стверджувати, що віриш у Бога, проте поводитися, наче його нема, вважатися героєм, коли поводишся як паскуда.

21

Пити Ігор не любив. Алкоголь не зносив. А якщо вже таке траплялося, то він упевнено надолужував недопите. І тоді брався філософствувати, хоча ненавидів самих філософів та їхню філософію.

— Треба відчувати ґрунт під ногами, — казав він. — Щоразу як несешся високо, то низько падаєш.

Тієї ночі Ігор похитуючись повернувся до шпиталю Пітьє-Сальпетрієр і наштовхнувся на старшу медсестру, що велич її начесаної шевелюри вражала все відділення. Їй було начхати на цей його перший перепій з нагоди зустрічі співвітчизника, тому вона саме збиралась нашкрябати доповідну про відлучення з чергування та про перебування на роботі у стані сп'яніння. Він розсміявся їй в обличчя. І пішов був забрати речі з шафки, щоб назавжди покинути цей нудотний лікарняний лабіринт, але помітив посеред коридору того самого чоловіка, якого привіз Віктор. Він досі валявся на тих самих ношах. Ніхто так і не надав йому допомоги. Усі чергові лікарі були зайняті. Завідувач відділення приходив аж о восьмій ранку, а доти чоловік точно помре. Він був непритомний. Ігор оглянув його зіниці, поміряв пульс і тиск. У нього був зламаний ніс, що перешкоджало диханню, перелом нижньої щелепи, чимало вибитих зубів і скривавлене обличчя. Ігор відтулив нижню щелепу. Чоловік застогнав. Він запхав руку до рота та витяг зламані зуби, чим очистив трахею. Схопив ножиці й розрізав одяг. Пропальпував грудну клітку. На рівні сонячного сплетіння була якась ґуля. Отже, перелом ребер. Тут примчала медсестра.

— Що ви робите? Припиніть негайно! З глузду з'їхали? Ви не маєте права!

— Я лікар! У цього чоловіка гемоторакс. Якщо йому не зробити плевральний дренаж, він зараз помре. Принесіть мені дренажну трубку, мерщій. Мені потрібен йодований спирт і ксилокаїн.

— У мене немає анестетика.

— Буде без нього.

Ігор не без зусиль роздяг пораненого. Медсестра принесла напівжорстку дренажну трубку з мандреном та баночку йодованого спирту.

— Усе, що знайшла.

— Допоможіть роздягти. Беріть під пахвами і тримайте рівно.

Вони підняли непритомного чоловіка. Ігор його посадив, продезінфікував спиртом лопатку, намацав заглибину під другим ребром та без вагань проколов. Пацієнт аж підскочив. Але медсестра його втримала. Ігор витяг мандрен, обробив голку, встромив її та викачав шприцом кров. Процедура зайняла якийсь час. Ігор витяг голку одним махом й заходився обробляти численні рани.

Медсестра побігла до посту й загорланила в слухавку, погрожуючи співбесіднику поліцією та покаранням за відсутність на робочому місці, коли тут людина вмирає. І хай тільки за п'ять хвилин він не з'явиться! І взагалі, вона пригрозила виколоти йому очі. До неї підійшов Ігор.

— Кровотеча не припиняється. Його потрібно негайно прооперувати, зробити торакотомію. Або вони це зроблять негайно, або я сам — з анестезією чи без.

П'ять хвилин по тому кілька інтернів перейняли естафету й забрали чоловіка до операційного блоку. Медсестра повернулася до побілілого й замореного Ігоря. Весь його одяг був у крові.

— Чому ви мені не сказали, що ви лікар?

— Я санітар.

— Не хвилюйтесь, я не збираюсь нікому доповідати.

Ігор секунди зо дві завагався. Врешті знизав плечима.

— Для мене цьому покладено край. Щасти!

Він вийшов зі шпиталю, викинув халат до сміттєвого бака та пішов за своєю останньою на сьогодні кавою з кальвадосом до «Аустерліцької гармати». Розплатившись, він помітив номер телефона, що на пачці «Житана» нашкрябав Віктор. Була глупа ніч. Він купив у касирки жетон для таксофона й зателефонував Віктору, що саме мав повернутися додому.

— Хотів сказати, що я беруся за цю роботу. Коли починати?

— Спершу я тобі все покажу. Покатаєшся зі мною кілька ночей, що скажеш?

— Без проблем.

— Зустрінемося завтра, хм, уже сьогодні, о дев'ятнадцятій. Знаєш брасерію «Ле Руаяль» на майдані Нації?

— Розберусь. На добраніч, Вікторе Анатолійовичу.

— І тобі солодких снів, Ігорю Емільовичу.

Ігор без жалю розпрощався з роботою санітара. Викинув халат і присягнув, що ноги його більше не буде в жодній лікарні, і взагалі він віднині нікого не лікуватиме, хай би хто це був. Тієї ж ночі він розпочав нове життя таксиста, з чого дуже тішився.

Віктор був іще той торохтій. З ним не треба було шукати теми для розмови. Він сам собі бесідник. Отак, сидячи на передньому сидінні, Ігор слухав, як той згодовує приголомшеному англійцеві, як він заледве не став співучасником убивства Распутіна удвох із кузеном Феліксом Юсуповим. Йому не пощастило підхопити серйозний бронхіт: усе цей триклятий мороз і таємні розмови на протязі в неопалюваних кулуарах. І от його дружина — до слова, графиня Тетяна, донька князя Орлова та родичка Ростопчиних — заборонила йому покидати їхній палац на Неві, тому взяти участь у тій змові він не зміг. Вони зупинилися на Вандомському майдані, біля готелю «Ріц»: мотор заглушений, але не лічильник, що набігав уже годину двадцять. І це навіть не рекорд. Час казкової історії. О ні, Віктор Володін не фантазер — він оповідач. Він приправляв побрехеньки неочікуваними й невідомими подробицями, разючими чи то небезпечними уточненнями, що окутували оповідки аурою правдивості. А як траплялись гідні клієнти — англійці чи американці, — він виймав із бардачка клаптик шитого золотом бузкового оксамиту, розгортав його з побожністю, наче то був дарунок самого месії, і показував щасливцям туристам інкрустований діамантами козацький кинджал, яким порубали Распутіна і який Юсупов потім подарував йому на знак дружби. Англійці навіть не помічали, як оплачували найстрашніший у житті рахунок за таксі, ще й залишали непристойні чайові цьому знедоленому аристократові, жертві злючих більшовиків. Ніщо і ніхто не міг викрити Віктора. Чоловік дозволив нахабство, у якому не міг собі відмовити жоден британець:

— Скільки, кажете, вам було років на час убивства Распутіна? Ви ще не такий старий, — запитав пасажир, не маючи лихого наміру.

Віктор начепив парадну усмішку. А за цей час хутко підраховував дати.

— А скільки ви мені дасте, сер?

— Років п'ятдесят п'ять. Отож, на момент смерті Распутіна, 1916-го, вам було шістнадцять, я так розумію.

— Ви надто добрий до мене, мілорде. Життя мене зовсім не щадить. За два місяці мені виповниться сімдесят один, а я ще досі мушу працювати, щоб прогодувати родину.

— Господи Боже, та ви маєте чудовий вигляд.

У квітні 56-го погода стояла зовсім літня. Віктор Володін опустив шибку своєї «ріженс» і вдоволено вдихнув. Незабаром йому виповнилося п'ятдесят шість. І жоден англієць, хай він лорд чи інший пер Королівства, не зажене його в глухий кут.

— Поглянь, яка краса, — мовив Ігор.

Вандомський майдан належав тільки їм.

— Почуваюся, наче в Санкт-Петербурзі.

— Для мене він зветься Ленінград.

— Якщо хочеш, щоб ми залишилися друзями, не вживай при мені більше цієї назви.

Ігор не збирався сваритися зі своїм наймачем у перший же робочий вечір через топографічні терміни. Хай там як воно звалося, вони думали про одне й те саме місто.

— Скажи мені, Ігорю Емільовичу, чи дійсно місто знищили?

— Блокада тривала дев'ятсот днів, приблизно стільки ж бомбардувань і обстрілів. Щонайменше мільйон загиблих. Бачив Хіросіму? Щось таке. Місто відбудували. Тепер воно стане ще прекраснішим.

Віктор пригостив його «Житаном». Вони палили й марили довоєнним Зимовим палацом. Ігор сам так зачарувався, що аж засмутився з того, що козацький запоясник із бардачка і близько не торкався Распутіна. Віктор купив цей берберський кинджал за смішну ціну в триста п'ятдесят франків під час Колоніальної виставки 31-го року. Відтоді він отоварюється в марокканському магазинчику в Монтреї, де скуповує ці кинджали дюжинами, а потім роздаровує друзям на дні народження. Віктор був присягнув здоров'ям свої дітей, яких, до речі, в нього ніколи не було, одному ошелешеному тихому подружжю виноробів із Бордо, що розпізнав княжну Анастасію. Без дрібки сумніву й без краплі вагань. Вона ж одна-єдина останній нащадок Романових. Най Бог її береже. Вони ще дітьми бавилися в садах Петергофа, його батьки були там частими гістьми.

— Бачиш, не так і складно. Що зухваліша історія, то більше чайових.

— Так ужє мене виховали: я не вмію брехати.

— Я не брешу. Я оповідаю історію.

— Не впевнений, що в мене вийде.

— Ну тоді попрощайся зі щедрими чайовими. Тобі ж гірше. Хоча воно й не дивно, з твоєю ж бо вбогою комуністичною освітою.

Тієї першої ночі Віктор був до того вдоволений виручкою, що вирішив звільнитися трохи раніше, ніж зазвичай. Близько четвертої ранку Ігор уже стояв без діла неподалік від свого маленького готелю на околиці майдану Бастилії. Сон йому не йшов. Він згадав про чоловіка, якого врятував напередодні, і йому стало цікаво, чи той вижив. Звичайно, він поклявся, що ноги його більше там не буде, але розвернувся та впевнено покрокував до шпиталю Пітьє-Сальпетрієр. Заледве примітивши Ігоря, старша медсестра вирішила, що той повертається. Але його цікавив тільки стан пораненого.

— Ще живий. Особисто Мазерен оперував його п'ять годин. Він так і не отямився. Прогнози доволі обережні. Професор сказав, що ви врятували йому життя. А що жодного посвідчення особи при ньому не виявили, ми навіть імені його не знаємо. Ви дійсно не хочете назад?

— Я можу його побачити?

— Павільйон Шарко. Палата 112.

Чоловік зі спухлим обличчям лежав у палаті на першому поверсі. Сам. У праву руку інтубована крапельниця, під'єднаний до кардіомонітора та апарата штучної вентиляції легень. Із цими бинтами довкола голови він скидався на живу мумію. Ігор переглянув медичну карту та звіт про операцію. Так собі. Він сів поряд. Гнітюча тиша й нестерпна спека заповнювали кожен закуток відділення. Він узяв ліву руку. Сіра, холодна й зморщена. Ігор спробував її розтерти, навіть хукав. Мертвотна рука злегка змінила відтінок. Здається, це тіло зовсім заплуталось, цікаво, воно взагалі бореться за життя? Що далі для нього можна зробити? Існує ще якийсь спосіб? Можливо, його врятують якісь невідомі ліки? Його кінець невідворотний? Настав його судний день? Він вибереться на поверхню чи його затягне на дно? Тієї миті до Ігоря повернулося напівзабуте відчуття двобою медика зі смертю. Ота глибинна жага воювати з кістлявою, відбивати право на життя, безбожна втіха виривати здобич з її довгих рук. Перед очима промайнули образи пальців, що в агонії вчепилися в сінник, одержимих панікою очей, нелюдських жахів, безжальних асфіксій, облич тих, кого він не зміг витягти з того світу, хто відпустив його руку під час нескінченної блокади Ленінграда, а потім на фронті; сонмища забутих жертв, які померли марно, чия кончина нічого не вартувала. Його переповнювала вісцеральна відраза, гіркота від щоразу нових безустанних поєдинків. Цей інертний чоловік, що балансував між життям і смертю, став йому найближчою людиною на світі. Побратимом. Саме тому він його й глядів. Ігор стис його руку та мовив російською:

— Присягаюсь, ти житимеш.

Зненацька він усвідомив, наскільки йому бракує рідної професії. Трохи більше ніж чотири роки. Йому що, доведеться покинути Францію, аби знову практикувати? Переїхати до Африки? Як щодо Латинської Америки? То в якій країні його диплом бодай чогось вартий? Час дізнатися про свої можливості, а не вдовольнятися сірим животінням та бездумно плисти за течією. О п'ятій зайнятися процедурами прийшла нічна медсестра. Він назвався. О шостій вона заскочила його, коли він спав у кріслі. Рука все ще в руці. О сьомій його ненароком розбудила денна медсестра. Він подякував і зник. Повернувся під кінець дня. Якийсь час так і просидів біля коматозника. Після нічної зміни він знову прийшов і відсидів ще годину. Не випускаючи руки. Пошепки з ним розмовляючи. Він узяв собі за звичку приходити двічі на добу. Він розпитував санітарок про його стан, але відповідь завше була стабільна:

— Без змін.

Якось одна медсестра розповіла, що того дня навідувався інспектор поліції відділку Ґобеленів. Хотів був розпитати про напад. Побачив коматозника і пішов.

Ігор познайомився з керівником клініки — професором Мазереном, порівняно молодим огрядним чоловіком, що носив чудові метелики. Мазерен здогадався, що Ігор теж лікар, та засипав його запитаннями: як йому вдалось до того досконало провести плевральну пункцію? Звідки він такий? Хто він узагалі? Ігор не відповів на жодне. Запитання тут ставив він. Ніхто не міг спрогнозувати, коли чоловік вийде з коми і що тоді від нього залишиться. У нього була черепна травма, але хребет, на щастя, не постраждав. Єдине тішило:

понижений артеріальний тиск удалося стабілізувати. Мазерен остерігався експериментувати з новітньою канадською технологією, що дозволяла знизити внутрішньочерепний тиск. Ігор коротко ознайомився зі статтею: на його думку, це проблеми не вирішить, бо перепона не в гіпоксії. Треба чекати. Либонь, у нього з'явиться шанс?

Ігор приходив щодня. Вивчав щоденник процедур, сідав у крісло та брав чоловіка за руку. Він переповідав Вікторові казочки, реакції клієнтів, зростання чайових, описував нові квартали, що поступово йому відкривала дорога. Готуючись до іспиту, він вивчив напам'ять путівник паризьких вулиць. Віктор порадив почати з плану метро та автобусних маршрутів, які надалі слугуватимуть орієнтиром. Його перевіряла нічна медсестра, яка виявилася вимогливим екзаменатором. Вона знала Париж як свої п'ять пальців, тому вільно пояснювала йому розташування й особливості округів. Приватні сектори і таке інше. Щойно лунав дзвоник з медсестринського посту, вона хутко мчала до койки пацієнта. Сюзанн була справжня парижанка, брюнетка з високим голосом, яка все життя прожила біля парку Бютт-Шоллон. Вона теревенила без упину, рада врешті бодай із кимось побалакати.

— Не знаю, чи ти отримаєш ліцензію таксиста. Але як ні — зможеш податися до Автономного оператора паризького транспорту.

Хто б сумнівався, що шарм Ігоря зачепить і Сюзанн. Отож вона почала допитуватися про його життя загалом та про нього самого й зрештою запропонувала прогулятися в неділю містом. Він одним ударом присік усі спроби зближення. Він одружений і взагалі багатодітний батько. Ображена Сюзанн пішла геть. Наступні ночі вона проігнорувала: практично не розмовляла. А він і далі приходив, зранку і ввечері. Ігор любив лікарняну атмосферу, з усіма її запахами жавелевої води та ефіру, з її циклічним, мов у вулику, життям. О, тут було все найкраще, усього вдосталь, усе надсучасне. Але вони все одно примудрялися плакатись. Їх би на стажування до лікарні Тарновського, до речі, аж ніяк не найгіршої в країні. От тоді вони б усвідомили справжні злидні й безнадійність і нарешті перестали жалітися. Звичайно, ніхто не замислюється над власним везінням, особливо пацієнти.

— Вони не мають права нарікати, коли їм так поталанило. Це несправедливо стосовно тих, у кого нічого немає.

— Не забувайте, Ігорю, — постеріг Мазерен, — що французи — вроджені буркотуни.

Ігор отримав ліцензію з першого разу та повноцінно вступив у нове життя паризького таксиста. Віктор передавав йому на ніч свою «сімку ріженс». Увечері вони зустрічалися на майдані Нації, а вранці Ігор повертав її разом із виручкою.

Промайнуло чимало тижнів. Шанси на вихід із коми наближалися до мінімуму. Сюзанн змирилася з поразкою і знову з ним розмовляла. На її думку, він гаяв час. Чоловік не прокинеться. Він повільно піде на спад, примножаться ускладнення, і зрештою серце зупиниться. Ігор не піддавався фаталізму. На фронті він надивився нез'ясовних чудес. Він бачив успіх, що увінчував заздалегідь пропащі операції; серця, що знову починали битися; мертвих, що виповзали з братських могил. Він більше не помічав у палаті ні Мазерена, ані жодного іншого лікаря. Він один іще не відмовився від хворого, сідав поруч, брав ліву руку й детально переповідав робочу ніч. Часом йому ввижалася якась реакція. Траплялося, Ігор, сам того не розуміючи, відкидався в кріслі й розмовляв російською, аж поки не оговтувався. І врешті засинав. Його будила денна медсестра Ірен, що заступала на пост.

На п'ятдесят дев'ятий день невідомий вийшов з коми. Ігор саме описував йому дорожню аварію на майдані Зірки за участі трьох машин, свідком якої він став, аж раптом відчув слабкий потиск руки. Він заворушився. Ігор покликав Ірен. Чоловік лежав із розплющеними очима, але відсутнім поглядом. Того дня Ігор більше не повертався до готелю. Невідомого одразу ж завалили запитаннями. Але він і далі безсило мовчав. Мазерена не на жарт тривожила афазія. Якщо за найближчі двадцять чотири години він не заговорить, отже, мозок таки пошкоджений.

За вісім наступних днів поранений не зронив ані слова. Адміністрація вже почала розглядати варіант із притулком. Проте Ігор помітив незначний прогрес. Чоловік нарешті міг підвести обидві руки й рухав ногами. Він сам підносив склянку з водою. Постійно всміхався. Ігор невтомно його масажував, адже поранений зовсім утратив м'язовий тонус. Вони з Ірен тримали його попід руки й допомагали ступити бодай кілька кроків. Щодня вони долали плюс один метр.

Одного вечора Ігор саме читав «Ле Монд», як невідомий чхнув.

— Будьте здорові, — машинально кинув Ігор.

— Дякую, — відповів другий.

Ігор аж підскочив.

— Ви... Ви заговорили!

— Де я?

— У павільйоні Шарко шпиталю Пітьє-Сальпетрієр.

Ігор помчав до сестринського посту.

— Він розмовляє!

Вони з Ірен повернулися до палати, і вона заходилася його розпитувати:

— Хто ви, мосьє? Як вас звуть?

— Не знаю, — відповів пацієнт.

Медсестра кинула на нього недовірливий погляд.

— Вам його акцент не видається незвичним? — спитала вона Ігоря.

— Я не помітив.

— Як ваше прізвище, мосьє? Ви пам'ятаєте ваше ім'я?

— Прізвище? Ім'я? Не пам'ятаю. Я нічого не пам'ятаю, — відповів чоловік із відчутним німецьким акцентом.

— Чорт, та це ж фріц! — вигукнула Ірен.

22

Сесіль вирішила змінитися. Ми часто мріємо жити інакшим життям. Нафантазуємо собі всілякого, утім, нічого не змінюється. Ми даємо собі обіцянки. Одначе з'являється багато «але», до яких на ділі ніколи не доходить. Ось ми чекаємо, відтягуємо момент істини до слушної нагоди, а дні спливають, летять роки, наші гучні й безтямні клятви губляться в часі. Сесіль планів не будувала. Ще на порозі я розчув гуркіт ну точно вантажівки. Я припав до дверей, щоб визначити епіцентр того ревіння. Ключі поклав до кишені. Я дзвонив, тарабанив у двері. Рокіт мотору вщух. Вийшла Сесіль, бруднюща, мов сажотрус, зі скуйовдженим волоссям і в П'єровій сорочці, що діставала їй до середини стегна, ще й з ганчіркою в руці.

— Що сталося?

Вона дивилася на мене дуже серйозно, навіть брови насупила.

— Я провела генеральне прибирання мого життя, а зараз виконую генеральне прибирання моєї квартири.

Дівчина відійшла вбік, і я зрозумів, про що вона: переді мною розгорнулась зовсім не знайома вітальня. Зразковий порядок. Неначе добрий джин із лампадки помахом чарівної палички перетворив це місце, де раював гармидер, у якому жодна ганчірка роками не торкалася меблів, де купи засмальцованих тарілок з позавчорашніх вечірок ще недавно височіли поміж переповнених попільничок, порожніх пляшок з-під алкоголю й пива, газет, накладених штабелями поверх печатних копій, розпакованих ящиків, розпечатаних поштових конвертів, якихось зім'ятих брошур, платівок на 33 і 45 обертів, обкладинки від яких поштучно валялися повсюди, та вазонів із зів'ялими квітами. Подушки розкидані без наволочок. Останні, замащені й пропалені, валялися просто на паркеті в очікуванні на майстриню-швачку. Відчувався приємний запах свіжого воску. Усе виблискувало та сяяло, зовсім як у цих журналах з виставки предметів домашнього вжитку, що обіцяють сучасним жінкам безтурботне життя.

— Що скажеш?

— Неймовіро.

— Ти хотів сказати «круто». Я вбила на це день і ніч. З однієї вітальні я винесла десять мішків сміття. Увесь цей непотріб, який ми зберігаємо, — від нього так задушливо. Нарешті я дихаю. А ти? Я геть знесилена.

Я обійшов невпізнавану вітальню, де кожен предмет став на своє законне місце. Домашню бібліотеку, що займала дві стіни від підлоги аж до стелі, було ледь помітно за книжками, журналами та іншими накладеними матеріалами. Ніщо ніде не валялось. Дюжина метрових книжкових стосів смиренно чекала біля дверей своєї черги на викидання.

— Ти ж не викинеш книжки!

— Я залишила свої улюблені і П'єрові, а куди дівати решту не знаю. Платівки не чіпала — то святе. Щодо всього іншого, він згоден: нічого не жаліти.

— Ти отримала листа? Як він там?

— Цікавився успіхами братика в математиці.

— Ти... ти розповіла йому про Франка?

— Я йому в усьому звіряюся.

— І що він відповів?

Вона вийняла з кишені листа, розгорнула та знайшла в тексті таке:

— «...Треба позбуватися того, що нас обтяжує. Займися прибиранням. Викинь непотріб...»

Вона зім'яла листа й жбурнула до сміття.

— Якщо якісь книжки тебе зацікавлять, можеш забрати. Інакше я їх повикидаю.

— Це безглуздо. Можна ж віднести їх до «Жильбер Жозеф»[1]. Там приймають уживані книжки.

---

[1] Ідеться про давню книгарню в Латинському кварталі.

— Якщо тобі то цікаво, віддаю. Хочеш — продай. І, на майбутнє, жодного слова про Франка! Уторопав?

Я мало не наштовхнувся на агрегат заввишки з метр, із фарою спереду та здоровезним червоним мішком, що звисав над хромованим обтічником.

— Що воно таке?

— Пилосос «Хувер». Тато придбав його в Штатах іще до війни. Я випадково знайшла його в нетрях однієї шафи. І увімкнула. Він одразу запрацював. Ним не користувались ось уже десять років. Він надгучний, зате дієвий.

— Ти не можеш ним користуватись, це ж відбійний молоток.

— Це подарунок мамі від батька.

Я нахилився, щоб уважніше його роздивитися. Річ була колекційна, справжній музейний експонат.

— А сусіди дістали вже. Може, по каві з молоком?

За кухню Сесіль ще не бралась. Тому вона була частково заблокована. Раковина була закидана посудом. Вона якось витягла звідти й помила дві чашки. Ми чекали, поки завариться кава, і я, як зазвичай, вивільнив собі трохи місця, посунувши пляшки й тарілки. Вона взяла мішок для сміття та скинула незліченні упаковки й картонки з-під їжі на замовлення. Хоч стіл звільнився.

— Я більше так не можу.

— Слід визнати, що тут дещо забагато речей.

— Треба повикидати ці дерев'яні ящики.

— Я їх знесу.

— Можна попросити тебе про послугу?

— Буду радий.

— Не хочеш допомогти мені прибрати квартиру?

На якусь мить я завагався. Спробував оцінити масштаби майбутніх робіт.

— Хочеш віддраїти всю квартиру? На це підуть... місяці. Деякі закутки вичистити взагалі нереально. Ти можеш найняти хатню робітницю.

— Я мушу сама це зробити. Хочу, щоб усе було як раніше. А після, коли тут буде лад, я попрошу консьєржку підтримувати чистоту.

— Та ми тут швидше здохнемо.

— Розумієш, Мішелю, я все продумала. Я йшла неправильним шляхом. Тепер повертаюся на старт. Я почувалася переповненою чашею. Усе, край. Розпочинаю нове життя. Я дам квартирі лад. Допишу дипломну... чи поступлю на психологію. А ще... я займаюся спортом.

— Ти?

— Я вже почала. Година гімнастики щоранку, з розчиненими вікнами.

— Не вірю.

— Займатимемось разом.

— Я? Та я не зношу спорт.

— Житимеш і далі в тому ж дусі — років за двадцять відгодуєш черево. Ми забагато часу приділяли розумовій праці.

— Я звільнений від фіз-ри.

Вона зненацька вдарила мене кулаком по животу, і я скорчився удвоє.

— Де твій прес? Ти м'якенький, мов пиріжок. Дідько, Мішелю, із цим треба щось робити!

— І який там вид спорту?

— Фігурне катання. На свіжому повітрі, у «Молiторі». Узимку ходитимемо в басейн в «Лютетії». Улітку – у «Деліні».

— Сесіль, ковзанка — то небезпечно.

— Не верзи дурниць. Переживемо.

23

Ігор єдиний виявляв до нього хоч трохи симпатії та уваги, тому чоловік завше чекав на його прихід із нетерпінням. Його спогади починалися від моменту пробудження. Попередні щезли. Мов безвісна рука стерла записи з дошки його пам'яті. Нічого не залишивши, хіба дрібку. Крихітні фрагменти колосального пазла, подібні до примарних фресок на стінах соборів, від яких залишилися поодинокі нечіткі обриси й лінії. Ігор не ставив прямих запитань. Він покладався на асоціативний ланцюг образів. Тому придбав картки для дітей від трьох до п'яти, показував зображення тваринок і предметів, щоб той їх називав: це мало запустити церебральну реакцію. Невідомий зосереджувався, примружував очі, блукав закутками свого розуму, витягував шию, аж навіть тремтів від напруги. Ігорю здавалось, що він ось-ось щось пригадає, залишилось аж геть мало, щоб вийти з мороку на світло, установити зв'язок, який виринув би, мов джерело із надр землі. Однак його обличчя й плечі знову знічувалися. Він поринав назад у невідання. Попри докладені зусилля, прогрес ніяк не наставав. Нечіткі сумбурні крихти проступали надто нелогічно й незв'язно. Залишалося лишень чекати й сподіватися. Відшукувати ключ до потайних дверей. То був німець чи то австрієць — він не пам'ятав нічого. Говорив мало, і то з рипливим, шершавим акцентом, відголоском лиховісних споминів. Він замислювався про інші національності, але щоразу повертався до попереднього здогаду. За тих часів відносини між Францією та Німеччиною були далеко не найкращими. Понадміру злостивості, понадміру ворожнечі. Щотижня на екрани виходив новий фільм — знеславлення нацистської жорстокості та прославляння героїзму Французького опору, тож ті, кому бракувало відваги, швидко переконалися, що всі вони завжди були герої. Досконала нагода поквитатися бодай із тим одним, що напохваті. Чоловікові на вигляд було років сорок п'ять, тобто народився він десь у 10-х, а отже, напевне служив у німецькій армії.

— Вони тут безчинствували чотири роки, і от нам удалося їх випхати, а тепер ми й чути про них не бажаємо.

Чарівні медсестри, відданий техперсонал, такі добродушні лікарі покликалися на один-єдиний лейтмотив: геть і негайно. Одностайно. Чоловік залишався апатичним до загального зворушення, сидів собі весь день у кріслі, сам-один. Увечері повертався Ігор. Мив його, годував, наче дитину. Жодна санітарка на це не пристала. На жаль, Ігорю не вдавалось спинити хвилю ненависті. Він, звісно, намагався їх переконати, але щоразу наштовхувався на нездоланну стіну.

— Не виключено, що він швейцарський німець.

— Це фріц! — спалахнув Мазерен. — Ви знаєте це не гірше за мене.

— Ви не маєте права виганяти хворого!

— Фізично він здоровий як бик. Амнезія не лікується. Вона може затягтися на десятиліття, а то й назавжди. Це лікарня, а не богадільня. Даю вам двадцять чотири години. А після — хай замітається. Не хочу в моєму шпиталі наткнутися на страйк через цього типа.

Він пішов, зачинивши за собою двері. Невідомий усміхнувся. Ігор спробував йому все пояснити. Непросто розповісти людині, що її ненавидять за події більш як десятилітньої давнини, коли її власній пам'яті п'ять днів від почину.

— З чого ж розпочати? Чи можливо пояснити війну?

Постукали у двері. Увійшов негр атлетичної статури, назвався й показав службове посвідчення.

— Інспектор Даніель Маго. Відділок Ґобеленів.

Полісмен узявся допитувати пораненого про напад. І розповів, що його попередили про виписування зі шпиталю. Тут Ігор пояснив нетерпимість колективу та грубе вигнання пацієнта. Інспектор нахилився до чоловіка в кріслі.

— Я з поліції. Веду розслідування. Подаватимете скаргу?.. Пригадуєте напад, мосьє?.. Знаєте, хто то був?

Чоловік дивився на нього мовчки, зі слабкою усмішкою.

— Напад, кажете? Я не пам'ятаю.

— Вони ніколи не змінюються! — буркнув інспектор. — Якщо пам'ять повернеться, може прийти до відділку. Це за мерією XIII округу.

Дещо згодом Мазерен прийшов повідомити, що йому вкрай потрібне ліжко, тому він виставить хворого за двері вже на світанку. Про жодне відтермінування не йшлося, він просто розвернувся й пішов. Чоловік нічого не відповів. Лише дивився на Ігоря очима, повними довіри.

– Моїх грошей заледве вистачає на крихітний номер у готелі. Я не зможу про тебе подбати. Не виключено, що ти остання тварюка, але наразі це не суттєво. Не переймайся, я тебе не кину. Житимеш у мене. Прорвемося, а раптом хазяїн буде проти — подамося деінде.

24

«І жодного слова мамі. Я більше не хочу про неї й чути. Уторопав? Викручуйся як хочеш, інакше...»

Франк не залишив мені вибору. У товаристві Сесіль я мусів мовчати й удавати, що взагалі не в курсі. А от удома все було інакше.

Відтоді як Франк зачинив за собою двері, він опинився під табу. Наче й не було його ніколи. Однак він був із нами. У наших вітаннях, у наших поглядах. У наших «Як ти?» і «Що сьогодні робив?». Члени родини зав'язані незримими нитками, навіть коли їх обривають. Нам із Жульєтт правила гри не пояснювали. Ми поводились якось інстинктивно. Тато з головою поринув у новий магазин. Ми його більше не бачили. Він там жив. Вечеряли ми без нього, мовчки. Повертався пізно й утомлений. Я бачив, як він розігріває на кухні залишки вечері. Він їв не розмовляючи, із відстороненим поглядом, удавав, що слухає, але його думки були деінде. Я мав поговорити з ним про Франка так, щоб мама нас не застукала. Ані дома, ані в магазині мені все не вдавалося. Я чекав слушної миті. А час спливав. Я не міг заскочити його тет-а-тет. До від'їзду Франка залишалося два дні, аж раптом одного ранку до сніданку мама вийшла в одному зі своїх елегантних костюмів від «Шанель», що їх вона вдягала тільки на надважливі події. Так вона підготувалася до триденного курсу «Розвивайте в собі лідера». Один із американських семінарів за порадою Моріса.

Батьки мали щонайменше один привід радіти. Відкриття нового магазину стало справжньою подією, вшанованою фотографією на восьмій полосі «Франс-Суар», яку тато не полінувався збільшити, помістити до проспектів і розкидати по поштових скриньках V, VI і XIII округів. Результат не змусив себе чекати. Успіх перевершив найсміливіші татові сподівання. Вони заледве встигали приймати замовлення та обслуговувати клієнтів. Тато диригував командою не даючи взнаки, праве око тут, ліве там, усміхався, тримався впевнено, жартував, розв'язував конфлікти продавців у гранатових піджаках, пропонував клієнтам, що не мали достатньо коштів, купити на виплат, що скоротить їхні витрати до скромної щомісячної суми. Йому довелося докласти зусиль, щоб умовити маму на таке, бо попри свої семінари вона дотримувалася традиційних принципів торгівлі.

— Бідних більше за багатих, тому, якщо ми хочемо збільшити реалізацію, час продавати тим, хто не має грошей, але згорає від бажання придбати те, що вони не можуть собі дозволити. От для таких і треба запровадити кредитування.

Нарешті Філіпп Делоне повернувся до справ і відразу взявся допомагати, якщо вже його так просили. Перед усіма знайомими він безсоромно привласнював собі авторство ідеї. Насправді йому було трохи прикро. Йому вірити, то це була просто-таки крайня аморальність і глибинна несправедливість торгівлі: такий довбень, як Поль Маріні — різноб без диплома, — зміг збагатитися на примітивній ідейці. Комерційний світ більше не той, що раніше. Щоб досягти успіху, вже не треба здобувати класичну освіту. Завтрашній день належатиме парвеню та пройдам. Тато не гребував нагодою пригадати Філіппові всі його злостиві проповіді та смачно присипати рану сіллю, зауважуючи, що обіг зріс удесятеро, а прибуток узагалі в п'ятнадцятеро. Мама вела бухгалтерію. Електричний калькулятор аж потріскував, бо тільки те й робив, що викидав дедалі нові цифри: мама ба навіть зарум'янилася з радощів. Вони вже встигли обговорити відкриття нового магазину. Точніше, то тато не полінувався підшукати нове приміщення на авеню Генерала Леклерка. Але, коли він озвучив суму капіталовкладення, мама дала задній хід, нажахана непосильними інвестиціями. Вони взялися до сварки. Тато не відступив і став задивлятися на приміщення по вулиці Пассі, в елітному кварталі, — надто вже йому кортіло втілити найзаповітнішу мрію: відкрити магазин у Версалі.

— Бідняки без гроша за душею — це, звісно, непогано, але багачі, які трохи при грошах, — то краще.

Коли я зайшов до магазину, тато відразу мене помітив і облишив клієнтів на продавця.

— Радий тебе тут бачити.

— Нам треба поговорити. Це важливо. Ходімо.

Ми вийшли. Спустилися по авеню Ґобеленів. Важко було йому пояснювати. Він безперестану перебивав, ставив запитання. Я постійно втрачав нитку думок. Урешті ми вмостилися на лавочці поблизу церкви Сен-Медар.

— Навіщо чекати аж до завтра?

— Він так схотів.

— Де він?

— Не знаю.

— У що він бавиться, га? У нього було відтермінування. Це через подружку, чи не так?

— Вона взагалі не в курсі. Вона у відчаї. Навіть спробувала заподіяти собі смерть!

— Що? Я твій батько. Розумієш, що це означає? Я єдиний, кому ви можете довіряти, а ви поводитися зі мною, як зі стороннім!

— Я сам дізнався два дні тому. До того я був переконаний, що в нього нова дівчина.

— Не може бути! Не можна просто взяти і записатися добровольцем! Я, приміром, був змушений відслужити. Тоді оголосили загальну мобілізацію. У мене не було вибору. Якби міг, то я би не йшов. Треба бути геть дурним, щоб воювати за ідеалізм. Він не розуміє, що таке війна. Це йому не забавки.

— Якби ти знав Сесіль — сказав би, що він божевільний, якщо таке затіяв.

— Я залучу Філіппа, у нього зв'язки в Міноброні.

— Це нічого не дасть. Він відмовиться.

— Отже, ми більше нічим не зарадимо?

— Він чекає на нас завтра о четвертій у готелі «Термінюс», біля станції метро «Шато-де-Вінсен»... А, до речі, він не хотів, щоб мама знала.

— Через ту сварку з нагоди відкриття?

— Через... я й сам не особливо розумію. От і спитаєш.

— У мене завтра купа роботи, але я прийду бодай обійняти його.

25

Після нічної зміни Ігор повернувся до шпиталю, щоб забрати чоловіка до себе. Він пішов попросити в Сюзанн ліки для пацієнта чи бодай рецепт. Вона знизала плечима.

— Ліків немає!

Вона покинула медсестринський пост, відстторонивши Ігоря рукою. Він саме збирав куплені ним же речі пораненого в поліетиленовий пакет, як у двері палати постукали. Зайшов інспектор Маго з папірцем у руках.

— Мені не давала спокою ця історія. Тому я подав запит до служби розшуку безвісти зниклих префектури поліції. У мене там працює один антильський друг. Власне, він мартиніканець, але за нагоди ми допомагаємо один одному. Він просидів усю ніч. І ось у картотеці незнайдених зниклих він відшукав заяву хазяйки квартири, що заявила про зникнення її винаймача, апатрида німецького походження. Більше він не знайшов нічого.

— Думаєте, що...

— Я лише хочу сказати, що можна перевірити. Це недалеко. Усе одно швидше, ніж викликати жінку до відділку. Принаймні знатимемо напевне.

— Тоді ходімо. Як його можуть звати?

Інспектор Маго начепив окуляри й заледве прочитав ім'я з аркушика.

— Вернер Тьоль... Вернер Толлер.

Ігор узяв чоловіка за руку й усміхнувся.

— Ви Вернер Толлер?... Вас так звуть?

Чоловік замислився.

— Вернер Толлер?... Це мені нічого не говорить. Я не знаю Вернера Толлера.

— Можливо, це й не він, — припустив інспектор.

Той травень, зі своїм олив'яно-сивим небом, видався до біса захмареним. Стояла мряка. Вони сіли на станції метро «Сен-Марсель». Службової машини в інспектора не було. За час короткої поїздки він доволі скептичним тоном устиг улаштувати Ігорю невеликий допит:

— Якщо я правильно зрозумів, ви були санітаром шпиталю, коли російський таксист привіз пораненого чоловіка, і пройнялися симпатією до співвітчизника. Тепер працюєте на нього нічним водієм.

— Він громадянин Франції. Я — ні. Десь так усе й було.

— Звучить дивно, як на вас?

— Таке життя. Мені залишалось лише адаптуватися.

— Чому ви про нього дбаєте?

Інспектор кивком показав на вірогідного Вернера Толлера, який приклеїв носа до шибки вагона наземного метро, щоби бодай роздивитися невідоме місто, що так швидко миготіло перед очима.

— Він був сам. Я сам.

— То ви...

— Гомосексуаліст? О ні, зовсім ні. У Росії в мене залишилася родина і була би досі, якби не довелося тікати з країни, щоб урятувати власну шкуру.

— Ви серйозно не були з ним ніколи знайомі?

— Присягаюся.

— Якщо це дійсно так, йому нереально з вами пощастило.

Вони спустилися до авеню Данфер-Рошро. Здавалось, чоловік тільки зараз відкривав ці місця. Жінка, що заявила про зникнення Вернера Толлера, мала б проживати на авеню Данфер-Рошро, будинок 110. У переліку мешканців будинку прізвище Толлер не фігурувало. Консьєржа на місці не було.

— Ви навіть не уявляєте, скільки часу гається на пошук інформації, — зауважив Маго. — Це тільки в кіно все так швидко. Ходімо розпитаємо людей у бістро, і я пригощу вас кавою з молоком. Ми на це заслужили.

Він штовхнув двері великої кав'ярні на розі бульварів. У ніс шибнув аромат яловичини по-бургундськи й тушкованої цибулі. О такій ранній порі лише кілька завсідників розмовляли за барною стійкою. І ще четверо студентів грали в один із кікерів. До них наблизився череватий чоловік років п'ятдесяти.

— Вернере! Куди ти подівся?

Він обійняв чоловіка, радий нарешті його бачити, і притис наскільки міг. Вернера не зачепив такий вияв почуттів. Він не впізнав череваня. Чоловік урешті послабив палкі обійми, обернувся й гучно вигукнув:

— Мадлен... Це Вернер! Він повернувся!

Ігор з Маго помітили огрядну жіночку в білому фартушку. Вона так і завмерла в кухонних дверях, за прилавком, з осяйним обличчям.

— Вернере! Це ти!

Вона схопила його пухкими руками й так обійняла, що аж підняла від землі, уся збуджена, схвильована, мало не заплакана.

— Ну, і що то було? — видала жінка.

Інспектор Маго назвався. Власники «Бальто», анітрохи не сумніваючись, упізнали того самого Вернера Толлера, якому вже понад десять років здавали квартирку по вулиці Валь-де-Ґрас. Усі перемістилися в затильну кімнату «Бальто». Вернер усівся на дальню банкетку так, наче розмова його не стосувалася. Ігор розповів подружжю Маркюзо історію про амнезію та його теперішній тривожний стан.

— Не в його стилі отак зникати без попередження, — уточнила Мадлен. — Це видалося нам підозрілим. У комісаріаті на бульварі Едґар-Кіне нам не повірили. Мовляв, він повернувся до Німеччини. Але ми ж бо знали, що це неможливо. Скажіть, пам'ять до нього повернеться?

— Ніхто вам на це не відповість, — відказав Ігор. — Унаслідок нападу в нього черепно-мозкова травма. Чи серйозні ураження? Чи важка, чи взагалі необоротна травма? Ніхто не знає. Пам'ять може повернутися до нього завтра вранці, за півроку, за десять років або ніколи.

Ігор пояснив, як «гарно» із Вернером обійшлися в шпиталі через його німецьке походження. Альбер Маркюзо спломенів і розійшовся.

— Це неможливо! Маячня якась! Скажіть, що це все сон! Вернер Толлер німецький антинацист. Як член підпільної організації «Ля Монне»[1], він був спеціаліст із проникнення до німецьких органів управління. Ушанований медаллю руху Опору та членським білетом FFI[2], підписаного самим Кріґелем-Вальрімонтом[3]. У якій країні ми живемо?

— Не знав, що німці були членами руху Опору, — мовив Маго.

---

1 «Ля Монне» — одна з мереж французького Опору, створена в травні 1941 року.

2 Французькі внутрішні сили (FFI) — військова бойова організація, утворена 1944 року внаслідок об'єднання трьох ланок французького руху Опору: FTPF (вільних стрільців і французьких партизанів), ORA (організації Опору армії) і AS (таємної армії).

3 Моріс Кріґель-Вальрімонт (1914–2006) — один із трьох членів Комітету дії (КОМАК), у компетенції якого були військові питання Французьких внутрішніх сил.

— З настанням війни тут проживало щонайменше три-чотири тисячі австріяків і німців, які втекли сюди в тридцятих. Багато хто займався серйозною розвідувальною діяльністю, вони служили зв'язківцями, перекладачами, вербували дезертирів вермахту, постачали для руху Опору купу інформації, але все одно французька поліція видавала їх. Більшість була євреї чи комуністи. Але траплялися християни й соціал-демократи чи просто незгодні з нацизмом пересічні громадяни. Вернер ще до війни був партизаном. Він уже тоді здогадувався, що на нас чекає. Ми — ні. Можна книжку написати про його діяльність та вміння застрибувати в останній вагон. Він зрікся батьківщини. І після війни вже не схотів туди повертатися. Непросто жити поруч чи працювати пліч-о-пліч із людьми, що на вас донесли чи вас затримали, а потім аплодували вашим катам. Він принципово не розмовляв німецькою. Але цей триклятий німецький акцент так і не зник. Ніяк не вдавалося його позбутися. Прилип до язика. Він з'являвся з першим же словом. Якось його зупинив патруль. Я особисто чув, як він розмовляв зі співвітчизниками, мов з діда-прадіда парижанин. Він не німець і не француз — він апатрид.

— З чого він жив? — поцікавився Маго.

— Працював кіномеханіком у кінотеатрі по вулиці Шампольона, — пояснив Альбер Маркюзо. — Власник знав його ще з руху Опору. До того ж на цій роботі не треба ні з ким розмовляти. Після зміни він завжди приходив із нами вечеряти. Вернер практично член сім'ї. Щовечора ми граємо партію в шашки.

— У Вернера були вороги?

— Ні, наскільки мені відомо.

— Напередодні зникнення він ні з ким не сварився? Якась сутичка?

— Мені він нічого не розповідав. А тобі?

— Це тихий чоловік, що вів одноманітне життя, — запевнила Мадлен.

— Проте його добряче потлумили й залишили вмирати.

— Це мене лякає. Раніше таких невмотивованих страхіть тут не траплялось. Підозрюю, це не має стосунку до війни й узагалі минулого Вернера.

— Хотілось би вам вірити, мадам. Однак моя практика вчить, що випадковостей не буває. Принаймні не так часто.

Вернер досі сидів осторонь, на банкетці, наче то його й не обходило. Не відразу вірилося, що Маркюзо розхвалювали саме цього чоловіка. Ігор сів навпроти.

— Як ви, Вернере?

— Нормально.

— Ви раді нарешті повернутися до бістро?

— Не знаю.

— Ви його не впізнаєте?

Він заперечно похитав головою. Його погляд спинився на сусідньому столику, на якому були навалені картки для різних ігор, шахівниця з коробкою для фігур, білі й чорні шашки, карти таро та дошка для гри в чотириста двадцять одно[1].

— Не бажаєте зіграти? — поцікавився Ігор.

Вернер не відповів, утупившись у той самий столик.

— У белот?

Ігор чекав бодай якоїсь реакції. Марно.

— У чотириста двадцять одно?.. Знаєте правила? Навчите мене? Закладемося на аперитив, що скажете?

Вернер не порушував мовчанки.

— Як щодо партії в шахи? Я, правда, не грав чотири роки, проте колись я був нічогенький.

Безмовний Вернер і далі зорив на столик. Ігор обернувся, дещо розгублений. Мадлен схвально кивнула. Ігор узяв шахівницю й поклав між ними. Розклав фігури з коробки.

— Може, розіграємо невелику партію? Звучить непогано, як на вас? Прошу, я поступаюся вам білими. Буде вам фора. Ходіть.

---

1 Чотириста двадцять одно — популярна у Франції салонна гра в кості.

Вернер уп'явся в шахівницю, нерухомий, мовчазний. Ігор чекав. Сусідній столик у сакральній тиші спостерігав за партією, початку якої не було кінця. Десь у залі чулися відголоски гравців у кікер та клацання м'ячика об залізні ворота. Але тут наче й не чули. Мадлен і Альбер аж відсиділи ноги. У Ігоря розболілася спина. Ніхто не наважувався ворухнутися. Усі чекали ходу білими, але його не було. Погляд Вернера й далі був прикутий до шахівниці, брови дугою, обличчя напружене — чоловік сидів непорушний, мов мармурова статуя. Ігор смиренно чекав на хід візаві, не нервував, не дратувався; легка змовницька усмішка, як то належало гравцеві, гідному такого звання, залишала за супротивником право обміркувати майбутню стратегію початкового ходу. Але останній так і не відбувся. За дві години обміну поглядами Ігор утомився чекати на реакцію: театральні зітхання, покашлювання, скрипіння банкеткою, відсиджені сідниці. Здавалося, нічого не зміниться. Можна отак, тет-а-тет, сидіти роками — Вернер не відреагує. «Шахова партія була не найкращою ідеєю...» — подумав Ігор, сонно похитуючи головою, міцно стиснувши губи й час від часу кліпаючи. Раптом він вдався до неочікуваного кроку. Пішов своїм чорним пішаком на дві клітинки вперед. Пік профанації та абсурду. Жоден гравець, ще від дня створення шахів багато століть тому, не починав партію чорними. Справжнісінькe святотатство. Нечуваність. Щось, чого неможливо припуститися, що неможливо збагнути. Але це було так органічно, невіддільно від шахів. У Вернера аж змінилося обличчя, він остовпів і розгубився. Він дивився на Ігоря круглими очима, роззявивши рота. Похитав головою і пробуркотів щось під ніс: було зрозуміло — хід неприпустимий. Вернер без вагань схопив білого пішака й поснув його на дві клітинки ближче до чорного. Нарешті почалася партія. Ігор пішов далі другим чорним пішаком. Вернер відповів аналогічним. До третього чорного пішака Вернер зробив хід конем. Кожен гравець, навіть початківець, підтвердить, що третій хід конем — вияв войовитих намірів. Так само всі знають: людина, яка виявляє агресію, не надто погано почувається. Своїм конем Вернер «убив» двох пішаків. Гра тривала ще двадцять ходів, згодом, на загальний подив, Вернер удався до рокірування та створив Ігорю небезпечну ситуацію.

— Здається, справи в мене кепські, — постеріг останній.

— Я поставлю вам мат за чотири ходи.

— Що ж, ваша взяла, я радий, — сказав Ігор і повалив білого короля.

— Чи можу я дозволити собі зауваження?

— Прошу.

— Починати гру чорними проти правил. Це заборонено.

Усі були ошелешені таким блискавичним поверненням пам'яті. Його швидко оточили. Вітали. Обіймали. Засипали запитаннями. Вернер згадав усе, майже все. Він пригадав життя до і після пробудження. Але нічого про напад чи самих нападників. Що злегка роздратувало інспектора Маго. Ігор спробував його підбадьорити:

— Головне, що все добре скінчилося.

— Вернер не говорить нам правди. Він знає кривдників.

— З чого такий висновок?

— З його вагань перед початком розмови. Він замислився й вигадав оцю діру в спогадах.

— Ви мене дивуєте. Він просто не міг дібрати слів. Людина не брехатиме, якщо до неї щойно повернулася пам'ять.

Альбер Маркюзо пригостив усіх «Кларет де Ді», який надто вже скидався на кращі сорти шампанського. Офіціант Жакі відкоркував з півдюжини пляшок, і зо двадцять клієнтів цим вдало скористалися. Дехто, бува, припустив, що Альбер виграв лотерею, бо був надто щедрим. А він не зажив слави марнотрата на публіку. Ігор порадив Вернерові не ризикувати з ігристим вином. Той дослухався і замовив пиво без пінки. Мадлен невтомно товкла, що то знак небес, а вона ж така божниця. З віком вона знову кинулася в релігію, але й ногою до церкви не ступала. У неділю вранці вона працювала в «Бальто», відповідно, докоряла собі за таку недобросовісність і щиро вірила, що рано чи пізно заплатить за свою фривольність. Тому пообіцяла собі поставити товсту воскову свічку святому Антонію за його допомогу. Сам же Вернер не вбачав у своєму швидкому й чудотворному одужанні руки Господа. Адепт із нього був поганенький. Він не з тих, до кого Владика щедрий на дарунки.

— Богохулити не годиться, Вернере. Бог усе бачить.

— То так, Мадлен, нема мені прощення. Але якщо вже комусь і дякувати, то це Ігорю, і тільки. Він дбав про мене, і саме він підібрав ключа. Дякую, Ігорю.

Вони обнялися. Чи то від кларету, чи то через емоції, але в Ігоря навіть злегка закрутився світ.

— Та я нічого такого не вчинив. Це все заслуга інспектора Маго.

Таке визнання, виголошене в «Бальто», викликало бурю оплесків та навічну вдячність присутніх. Маго був вражений. Не щодня йому аплодують. Зазвичай навпаки. За тих років поліція й полісмени були в немилості. Ігор запропонував тост. Пропозиція всім сподобалася. Жакі хутко по вінця наповнив келихи.

— За здоров'я Вернера! — вигукнув Ігор, одним духом вихилив вміст келиха й кинув його до ніг, де той розбився об підлогу.

Присутні підхопили ідею, за раз спорожнили келихи й дружньо їх розбили. Келихи розлетілися сотнями друзок. От тільки Альбер, Мадлен і Жакі осторонь споглядали за цим жахіттям: рештки потовченого скла. З того дня, навіть під час святкування визначних подій, власники навідріз заборонили в «Бальто» тости а-ля рюс.

Невеликі групки взялися гарячково обговорювати подію. Присутні розділилися на два табори: містики вбачали тут божественне втручання, а безбожники — лише чергову феноменальну здатність людського тіла. Загадкове зцілення було чимось надприродним? Чи це ще один очевидний доказ людського невігластва? Невже існує фізичний матеріалізм, чи пак тілесний, нарівні з матеріалізмом історичним? Напруга зростала. Усі перебивали одне одного. Підбурювали інших. Що перші, що другі мали в запасі цілий арсенал повчальних аргументів і прикладів. Гірко визнати, але жодна з-поміж, здавалося б, першокласних тирад так нічого й не змінила. Неспроможність переконати ближнього доводить безпомічність людства без допоміжних резервів: обрáзи, сповненої зневаги, удару кулаком, гострого ножа, автоматичного пістолету, динаміту на детонаторі чи ядерного авіаносця. Усі наші біди проростають від спільного кореневища: наші погляди сакральні. Ті ж, хто відмовляються їх змінювати, — ідіоти, як і ті, хто піддаються переконанню.

Ігор з Вернером умостилися на банкетці подалі від галасливої юрби та ділилися пережитим.

— Мабуть, вам було нелегко все це знести, — мовив Ігор.

— Вам було не легше.

— Головне, що ми живі, чи не так?

— Саме так, треба зосередитися на майбутньому.

— Якщо не ми будемо оптимістами, то хто тоді?

30 травня 56-го року став днем офіційного заснування Клубу. На згадку про напад Вернеру залишилося єдине ускладнення — періодичний головний біль, але про це він волів більше не згадувати. Уже наступного ранку він повернувся до роботи кіномеханіка. Так вони з Ігорем здружилися, тому взяли собі за моду здибатися в «Бальто» задля шахової партії. Їх розділяло лише одне: Вернер був ранньою птахою, а ось Ігор опівнічником. Зовсім скоро останній став членом родини і призвичаївся вечеряти з Вернером, подружжям Маркюзо й Жакі. Потім він зустрічався з Віктором Володіним, що передавав йому машину на нічну зміну. Він умовив Віктора підганяти авто до майдану Данфер, а не до Нації.

Коли Віктор уперше відвідав «Бальто», одразу помітив чоловіка, підібраного ним на вулиці Толбіак та завезеного до шпиталю. І взявся вимагати відшкодування чистки заляпаних кров'ю білих сидінь. Спершу Ігор вирішив, що то такий жарт. Але Віктору було не до сміху. Хоча виставлений рахунок здався Вернеру завищеним, то було справою честі — виплатити Віктору все до останнього сантима, від допомоги Ігоря він принципово відмовився. Кожен сам сплачує власні борги. Саме тому Віктор Володін так і не дістав членства Клубу.

Чотири роки по тому Ігор поділився зі мною цією пригодою. Моя реакція була до прикрого банальною:

— Неймовірно.

— Немає епітета, гідного цієї історії, чи слова, яке відбило б те, чого не існує, що не піддається розумінню. Зцілення Вернера незбагненне, — кількома секундами раніше пояснив Ігор. — Це підводить нас до відносної обмеженості людської уяви, яку заведено вважати невичерпною, та спонукає замислитися про протилежне — про примітивність нашої фантазії, яку часто плутають із розумовою діяльністю. У ГУЛАГу, геноциді, таборах смерті чи атомній бомбі немає нічого неуявленного. Творіння рук людських, вони вкорінені глибоко всередині кожного, уже сама їхня страхітливість нас задавлює. Вони виходять за межі пересічного розуміння, винищують нашу віру в людство й повертають нас до тваринного праобразу. Де-факто то крайня форма нашої неспроможності переконувати. Апогей нашої творчості. Можна уявити неуявне, скажімо, подорожі в просторі-часі, чи вгадати виграшну комбінацію Національної лотереї, чи зустріти ідеальну жінку, досконалого чоловіка, чи врешті деяким щастить породжувати абстрактні полотна, чи конкретну музику — домислити можна що завгодно, але не це. У жодному разі не чудотворне зцілення. Тут справаді річ випадку або везіння.

Проходячи вулицею Шампольона, я зустрічав Вернера. Кінопроекційна скісно виходила на бік вулиці. Він часто відчиняв двері, щоб запустити трохи повітря. Відколи його патрон викупив сусідній кінозал, Вернер завідував обома. Роботи вдвічі побільшало. На щастя, сеанси не співпадали, тому ускладнень не виникало. Якщо перед заміною ролика траплялась вільна хвилина, він виходив на поріг викурити цигарку. Ми обмінювалися шаблонними фразами. Він пропонував задарма переглянути фільм. Найчастіше я відмовлявся. Часом він попереджав членів Клубу про показ шедевру, пропустити який ніяк не можна. У тісній кабінці було не зовсім зручно, та й прожектори гули. Коли зал не був залюдненим, він просив свою знайому білетерку впустити нас на відкидну лавочку. Там крутили нудотні й багатослівні закордонні фільми із субтитрами. Він коментував їх з неабияким захопленням. Я ж бо не наважувався зізнатись, що мені це набридло, тому уникав вулиці Шампольона. Мабуть, він усе зрозумів і надалі тримався на відстані. Існують книжки, які слід заборонити читати в юному віці. Їх варто обходити чи взагалі уникати. З фільмами так само. Зверху належить начепити наліпку «Не дивитися/не читати, якщо ще не доріс».

26

На станції метро «Кардинал Лемуан» мені пощастило наштовхнутися на Шерлока, що саме читав газету «Ле Фіґаро». Важко було спрожогу видати правдоподібну відмовку. Він зміряв мене своїм орлиним поглядом.

— А ви чого не на математиці, Маріні?

— Мені дуже болить спина, мосьє. Ось і їду до лікарні Кошена.

— Я проведу вас, мій друже.

— Боюсь, це може затягтися до пообіддя.

— Сподіваюсь, усе минеться. Принесіть мені кілька слів від батьків. Щодо Кошена: на метро не зовсім зручно, вам варто сісти на автобус. На 27-й. Так буде швидше.

Він люб'язно дочекався зі мною автобуса. Коли я врешті дістався до «Термінюса», Франка ще не було. Двоє призовників сміялися біля одного з кікерів. Я кинув монетку і став навпроти.

— Граєш сам? — поцікавився старший.

— Якісь проблеми?

Я задіяв усі ресурси. Як Самі. Я не грав три тижні. І відчував небувалий прилив сил. Я бавився з ними як заманеться. Справжній профі. Тільки клацання м'ячиків порушувало шанобливу тишу. Я зробив їх. Не вшанувавши навіть поглядом. Наступних спіткала така сама участь. Я провів сім партій поспіль. Сили мене покидали. Я відчув чиюсь руку на плечі. Переді мною стояв Франк, поголений під нуль.

— Бачу, ти прогресуєш.

Ми влаштувалися на терасі. Була за п'ятнадцять четверта. Він поставив на землю величеньку сумку та дав замовлення:

— Одне звичайне пиво та лимонадне.

— Бачу, вони часу не гаяли.

— Відросте.

— Тато скоро прийде. Уже знаєш, куди тебе мобілізують?

— Це ж «велика німа»[1]. Нам нічого не відомо. Нас можуть закинути до Алжиру, Джибуті чи Берліна. Припускаю, це буде Алжир. Там саме потрібні сержанти.

— Повідомиш мене потім, де опинишся?

Франк замислився.

— Ні.

— Чому?

— Не хочу, щоб мама знала, де я. Я перерізав пуповину.

— Ти обіцяв написати Сесіль.

— Як вона?

— Хочеш знати, як вона, — сам у неї спитай!

— Прошу, Мішелю, розкажи. Що вона тепер робить? Вона повернулася на факультет? Пише далі дипломну?

— Вона хоче все кинути.

---

[1] Ідеться про французьку армію періоду Третьої республіки, яка не мала права брати участі у виборах до 1945 року (за іншими джерелами — до 1940 року). (*Прим. пер.*)

— Це ще що за історія?

— А ти не в курсі? Вона розгублена. Вагається, чи варто взагалі вчитися далі. Наразі придивляється до психології. Схильність у неї є.

— Що за жарти? Із цим дипломом вона стане викладачкою літератури. Це хороша професія, їй це подобається і дасть хоч якісь гарантії. А що там буде із психологією — невідомо. Роботи немає. Не можна їй дозволити утнути таку дурницю.

— Якщо такий крутий, то сам їй і скажи. Мене вона не слухає.

Франк розсердився. Намагався щось вигадати нашвидкуруч. Правицею гарячково барабанив по столу.

— Єдиний, хто може тут зарадити, то П'єр. Я напишу йому.

— Знаєш, де він?

— У Сук-Архасі. Психологія не її коник.

— Коли він писатиме, хай не згадує ні тебе, ні мене. Вона тепер надто чутлива. Якщо прийдеш зі своїми порадами — одразу на тебе накинеться.

— Ти став їй другом. Вона... вона тобі довіряє?

— Вона й чути про тебе не хоче. Тому не допитуйся більше, як у неї справи.

— Подбай про неї.

— Не хвилюйся. Їй нікого не треба.

— У нас однакові погляди. На більшість тем вона висловлюється куди уїдливіше за мене. Чимось походить на П'єра. Війна надовго не затягнеться. Де Ґолль розправиться з Алжиром. Незабаром я повернуся й усе поясню. Вона мною пишатиметься. Між нами, це ще не кінець.

— Ти її кинув, вона ніколи тобі не пробачить. Якби в тобі була хоч крихта сміливості зізнатися їй в очі, вона б зрозуміла й дочекалася. Натомість ти встромив їй ножа в серце. Такого від тебе вона точно не чекала. Тепер вона викреслила тебе зі свого життя. Не тішся ілюзіями — як повернешся, то її вже не застанеш.

— Пробач, Мішелю, але в жінках ти явно не тямиш. Їм зранку одне, ввечері друге, назавтра третє. Так, зараз вона в нападі гніву. Як я повернусь, ми спробуємо наново.

Франк кинув оком на настінного годинника. Шістнадцята двадцять п'ять.

— Ти справді йому сказав, татові?

— Він устигне.

— Я маю бути на місці о п'ятій.

Франк продублював наші замовлення. І запропонував мені «Житан».

— Я не палю. Можна тебе про щось спитати?

Він промовчав, отож я повів далі:

— Чому ти взагалі туди їдеш? І так відомо, чим скінчиться їхнє самовизначення. До чого це? Партію давно розіграно.

— Помиляєшся. Партію розіграно, якщо ти пристаєш на їхні правила гри. Не хочу про це говорити.

— Як ти можеш нас отак кидати?

Франк завагався. Добирав слова. Вочевидь, ця тема йому важко давалась.

— Якщо я скажу... революція, що це для тебе?

— Хочеш затіяти революцію?

— У мене нема часу тобі пояснювати. Неможливо звести міст через прірву між горлохватами та їхніми жертвами. Питання тут лише одне: у чиєму ти таборі? На цій землі ніколи не запанує мир та порозуміння, клубок ніколи не розмотається, не буде переговорів і соціального прогресу. Настав час діяти.

— Усе можна покращити. Крок за кроком. Спробувати порозумітися, навіть якщо наразі не дійшли згоди.

— Повагу вигадали буржуа, щоб легше було брати своє. З пролетаріями ніхто не рахується.

— Битимешся за людей, яким начхати.

— Світ пробудився. Населення це вже дістало. Не лише французів — усіх. Розпочалася Третя світова. Цього разу ми не дозволимо їм перемогти.

— Ти мариш або ж сприймаєш уявне за дійсне: значна більшість людей не на твоєму боці.

— Ми мислимо по-різному. Тому немає сенсу сперечатися.

Нас розділяла стіна. Ми так і сиділи, не знаючи, про що ж далі говорити. Я почув, як відчинилися вхідні двері. Обличчя Франка засяяло. Я обернувся. Прийшов Рішар, із великою сумкою. Брат підвівся.

— Я не можу більше чекати.

Він розплатився. Ми вийшли вже втрьох. І попрямували до Венсенського форту. Туди заходили молоді призовники, показували повістки одному з вартових, а той уже запускав їх усередину. Я все ще виглядав батька. Але довкола один безликий натовп. Ми наблизилися до звідного мостика.

— Мабуть, у нього якісь проблеми.

— Надто пізно, Мішелю.

Він узяв мене за плечі та притис до себе. Довго плескав по спині.

— Бережи себе.

Франк узяв сумку та ступив на звідний мостик. Рішар пішов слідом. Солдат звірив їхні повістки та пропустив до залізних дверей. Брат зайшов не обертаючись. На моєму годиннику була рівно п'ята. Я повернувся. Щось запекло в очах.

Таксі від G7 різко загальмувало перед входом. З машини вискочив тато, лаючись на водія й кинувши стофранкову купюру через опущену шибку.

— Як не вмієш водити, візьми уроки! Ще не бачив такого телепня!

Побачивши мене, він підійшов.

— Де він? Він іще не прийшов?

— Тату, він усередині.

Тато підвів голову, і перед ним постав укріплений замок, чорний та ворожий.

— Нс може бути!

— Чому ти спізнився?

— Цей бісовий DS зламався! Полетіло щеплення. На виїзді з Версаля. Дрантиве корито! А ти іди шукай таксі посеред лісу! Ніхто мене не підвіз. Я пройшов десять кілометрів. І нарешті зловив таксі! Цього слимака, я тобі кажу. Він увесь час їхав не більше від сорока! Зупинявся на кожному світлофорі! Думав, я його там придушу!

Не встиг я й слова мовити, як він попрямував до звідного мостика. Я поквапився слідом. Він підійшов до вартового, який у свою чергу відповів, що він лише перевіряє повістки призовників. Солдат пішов за черговим офіцером. За п'ять хвилин він повернувся зі здоров'яком, що скидався на Шері Бібі[1]. Тато спробував усе пояснити. Почав він явно не з того. Розповів, як він відвідав магазин у Версалі, гарне місце, але дорогувате; про розчудесний DS — на щастя, ще гарантійний, — що здувся посеред лісу Марлі та про таксиста-початківця. Нарешті Шері Бібі його перервав. Троє призовників, що спізнилися, чекали, коли звільниться прохід.

— Ви перешкоджаєте нашій службі.

— Я тут через сина.

— Де він?

— Усередині. Я б хотів обійняти його на прощання.

— Обійняти?.. Час вийшов, мосьє. Залиште мостик.

— Лише п'ять хвилин.

— Ви на території військової частини. Вам узагалі заборонено тут бути.

— П'ять хвилин. Вони перебігу війни не змінять.

— Немає ніякої війни. Якщо не підете, я викличу військову поліцію і вас затримають.

— На якій підставі, якщо ваша ласка?

— За перешкоджання зачисленню рекрутів. Згиньте!

Я відтяг батька за рукав. Ми відійшли на тротуар.

---

[1] Шері Бібі — «шляхетний каторжник», герой популярного циклу романів французького письменника Ґастона Леру (1868–1927). Шері Бібі, засуджений за злочини, яких він не скоював, утік з каторги й став ватажком банди, захисником безталанних і, зрештою, поліціянтом.

— Придурок! — крикнув тато. — Успіхів йому. Якщо там усі такі, то армії буде непереливки.

Сержант дивився на нас зверху. Тато принципово витримав погляд. Ми залишалися під входом до фортеці. Тато стояв руки в боки і зарозуміло посміхався військовому. Сержант схрестив руки і стовбичив, мов пам'ятник. Скидалося на перетягування каната. Почався сильний дощ. Військовий ступив крок назад під вартову будку. Його широким обличчям розтяглася глумлива посмішка. Умить юрба розсіялась. Лише ми одиноко стояли під хлющем. Нерухомі та розгублені.

— Тату, нас до нього не пустять.

— Навіщо він так учинив?

— Не знаю. Ходімо, нам час додому.

Неозорий галасливий затор сплутав легковики, вантажівки й автобуси. Стояв запах палива й вихлопних газів. Водії гупали ногами, намагалися кудись пролізти, блокували одне одного, сигналили та лаялися. Буденний затор під звичним паризьким дощем, похмурим і рясним. Ми марно шукали таксі. Усі були зайняті, годі й чекати. Ми пройшли два кілометри Паризькою авеню, допоки не вийшли до Венсенських воріт. Ішли ми все одно швидше, аніж просувалися авто. Ми вщент промокли. Хай як я наполягав, тато відмовлявся їхати метро і далі шукав таксі.

— Я понад п'ятнадцять років не їздив метро і сьогодні не буду.

Нам дивом удалося зловити машину. Париж паралізувало.

— За DS я піду вранці. Я їм там у «Сітроен» покажу.

— Тату, тобі треба написати мені пояснювальну записку в ліцей.

— Навіщо?

— Для Шерлока... мосьє Массона, головного наглядача. Я сказав йому, що мені треба в лікарню. Правди я сказати не міг. Не скажу ж я, що мій брат комуніст, це добром не вийшло б. Він за французький Алжир.

Тато не слухав. Утупився відстороненим поглядом у залиту дощем шибку. Його губи ворушилися. Він бурмотів щось незрозуміле. Потім глянув на мене блудними очима.

— Що він тобі сказав?

— Нічого цікавого.

— Треба було мене дочекатися.

— Головне, жодного слова мамі.

Він сонно похитав головою, ніби це допомогло запам'ятати.

— Очевидно, буде так і не інакше, — промимрив тато.

За вечерею натхненна семінаром мама невтомно намагалася нав'язати нам свій ентузіазм. Тато не їв. Двічі або тричі він спробував до неї заговорити. Я аж здригнувся й узявся чхати. І взагалі мене захопив страшний нежить.

Я на тиждень лишився вдома й занурився з головою в книжки. Тато написав мені пояснювальну записку. Усе стало на свої місця. Сесіль я нічого не говорив. А вона й не допитувала. Коли ми прибирали на балконах чи лощили паркет, на якусь мить вона, бувало, тривожно завмирала. Можна було навіть не запитувати, про що вона думала. А я чекав, що Франк напише того обіцяного листа. Випереджати події я не хотів. Йому мав знадобитися час, щоб усе обміркувати, зважити кожне слово, сформулювати речення, які змогли б пояснити всі «як» та «чому», перепросити й запевнити, що їхня історія триватиме далі, що в них буде майбутнє. Минули місяці. Вочевидь, кохання і революція — речі несумісні. Він так ніколи їй і не написав.

Січень—грудень 1961 року

1

Марта Балаж була кокетка, тому смертельно нудьгувала в Дебрецені, у цій жалюгідній дірі в самій глушині Угорщини, куди її благовірного Едґара, головного інженера мадярської залізниці, перевели ще 1927-го, підвищивши до регіонального директора. Вона сумувала за своїм безжурним життям опереткової співачки, коли її ще так проймали Оффенбах та Легар. О блаженне хвилювання, що перехоплювало дух за мить до піднімання завіси; той трепет публіки під час виконання легендарних пасажів; галасливі гулянки трупи після спектаклів; нескінченні гастролі потягами, автобусами до Братислави, Бухареста, в Австрію та Німеччину; ті глядацькі овації, що мороз проймає; виклики на біс, від яких паморочилося в голові — у Заґребі, до слова, аж сімнадцять разів. Газетні статті вона дбайливо зберігала у двох синіх венеційських альбомах і хоча мови не розуміла, але впізнавала своє прізвище. Пожовклі вирізки розповідали про неї, про її точене сопрано, яке здіймалось до того високо, що потрібно було б відчиняти двері Опери, справжньої опери, де виконували Верді та Бізе, якби не... якби... та вона й сама достеменно не розуміла, чи то не вистачало дрібки удачі, чи зовсім трохи сили голосу, або ж звичної зваги. Вона протрималася б іще кілька років, якби не панічний страх майбутнього: закінчити як ці підстаркуваті розповнілі співачки, яких отарою скидали в хор у глибині сцени, а згодом безжально звільняли. Марта вчасно схаменулась, вигідно вискочила заміж і поводилася комільфо своєму статусу, зневажаючи неотесаних дрібних міщан Дебрецена з їхнім сиплим акцентом з Хайду, цієї оточеної лісами, загубленої в часі провінції, яку населяли самі селюки та ведмеді.

Відлюддя Марти романтизували дві її пристрасті: малюк Тібор, що його вродою, янгольською усмішкою й миловидністю захоплювалися геть усі, і Франція. Вона відвідала Париж після війни. І до кінця своїх днів жила під враженням від тих шалених років, які для неї тривали лише шість місяців. Вона досі дуже емоційно говорила про той час, згадуючи його як видатну епоху свого життя. Щомісяця вона виписувала журнали «Л'Ілюстрасьйон» і «Ле Пті Ехо де ля мод», чекаючи на них як на манну небесну. Цей промінчик світла із самих набережних Сени осяював життя її та ще трьох подруг, яких вона навернула до своєї віри — бути парижанкою. Жити, розмовляти, ходити, вдягатися як парижанка. Марта культивувала вишуканість у всіх її виявах. У країні, де вершиною кулінарного мистецтва вважали переварене рагу, вона примудрялася високо нести французьку кухню і з часом стала незрівнянною кухаркою. Вона зневажала кпини провінційних забитих мадам, які вдягалися в модистки з майдану Арпада, переконаної, що центр всесвіту — то Відень. Вона ж замовляла вбрання в самої Мадлен Війонне, яку обожнювала за її спідниці-сонце, навскісний крій та лаконічні дружні листівки-побажання щасливого Нового року. Марта стала перша угорка, що підстриглася під хлопчика. Вона була без тями від капелюшків «клош» і почесно підтримувала традицію «мови стрічок», але угорські чоловіки були надто неотесаними, для них капелюшок потрібен лише, щоб прикривати голову. Вони й не уявляли, що стрічка з оборкою означає «красуня заручена», а троянда у стрічці свідчить, що серце дами вільне. Марта зачитувалася французькими романами, надісланими книгарем з вулиці Дю Бак. Її божествами були Радіґе, Кокто та палкий і невловимий Леон-Поль Фаґр, якого вона одного святкового дня зустріла на Монпарнасі й з яким надалі закрутила роман. Він відкрив для неї Париж. Він був кумедний, невтомний і з ким тільки не знався.

Завдяки йому вона побувала в колі Модільяні, Пікассо та Еріка Саті. Немов священну реліквію, вона берегла, хоча й знала напам'ять, збірочку віршів, написану Леоном-Полем лише для неї. Вони листувалися ще два роки, допоки він не припинив відписувати. Звична річ для поетів ночі.

Тібор Балаж почав розмовляти французькою раніше, ніж угорською. Марті так і не вдалося викоренити той бридкий акцент. Вона невпинно намагалася вирівняти вимову. Але малий Тібор не вмів інакше. Вона навіть попрохала поради Кокто — у нього ж такий чудесний голос. Але той не відписав. Залишалося сподіватися, що з віком само минеться, ще потім переберется до Парижа. Про те, що він житиме деінде, й мови не було. Вона годинами розмовляла з ним французькою. Батько не зносив ті незрозумілі йому перешіптування, але й опиратися примхам парижанки не міг, навіть коли щомісячні рахунки здавались йому вже надто високими. Марта також розвивала артистичні здібності сина, що в подальшому дозволило йому поступити до Консерваторії драматичного мистецтва Будапешта, однак блискучу кар'єру підірвала війна, що так невчасно спалахнула в Європі.

Це було питанням часу, тому з поверненням миру й попри встановлення комуністичного режиму Тібор став молодим артистом номер один, ласим шматком для угорських режисерів-постановників. Десять років його агент Імре Фалуді успішно вибивав постановки французьких та німецьких класиків. Так Тібор тріумфував у «Дон Жуані», «Береніці», «Лорензаччо» й «Принці Фрідріху Гамбурзькому». Його навіть кілька разів запрошували до зйомок у кінокартинах. Тібор отримав партбілет.

1952 року картину Іштвана Тамаша «Повернення ярмаркових артистів» за участю Тібора було відібрано на Канський кінофестиваль. Критики прийняли фільм тепло, публіка прохолодніше. Учасники фестивалю точили жваві дискусії, чи то гостра пропагандистська картина, чи все ж ода втраченій свободі. Увесь тиждень його згадували не інакше як лауреата кращої чоловічої ролі за втілений ним образ патетичного поганця. То був апофеоз його кар'єри: підйом легендарними сходами під гучні овації та спалахи фотокореспондентів — тієї миті все здавалося таким реальним. Світ належав лише йому. Поки не екрани не вийшла «Віва, Сапата!»[1], що посунула з Олімпу комедіантів. Його премію заграбастав Марлон Брандо, а про Тібора вмить забули. На щастя, у ніч лауреатів Імре вдало скористався славою Тібора та попросив політичного притулку у Франції. Вони мали пропозиції зйомок від італійських продюсерів у картині в дусі «плаща та шпаги» вже з вересня й в одному гангстерському кіно з початком наступного року. Фільм за мотивами роману Честера Хаймса. Тібор радо погодився. Гонорар, правда, не вражав, зате обіцяли відсоток від касових зборів. Не варто переоцінювати можливості малобюджетних стрічок. Головне, що була робота.

— А мама?

— Ти ж знаєш, що...

Раптом Тібор усвідомив, що, перебравшись на Захід, він більше її не побачить. Навіть безчестя має свій поріг, і нікому не під силу його переступити. Він уявив, як вона сама сидітиме в Дебрецені та безперестану запитуватиме себе, чому любий синочок покинув її. З важким серцем вони повернулися до краю щасливих трудящих, де Тібора прийняли за національного героя, видатнішого з комедіантів, жертву імперіалістичної несправедливості, що дозволило врешті зіграти знаменитого Галілея.

В Угорщині на пальцях однієї руки можна було перелічити тих, хто знав правду. Красунчик Тібор, найпопулярніший актор країни, задля кого угорки душу були ладні продати, був без пам'яті закоханий у свого агента Імре. Їхній роман

---

[1] «Віва, Сапата!» («Viva Zapata!»; 1952) — кінофільм режисера Еліа Казана (1909–2003) про життя і діяльність одного з лідерів Мексиканської революції Еміліано Сапати. Марлон Брандо за роль Сапати отримав приз кращого актора Каннського кінофестивалю 1952 року.

був до того пристрасний, що й таємний. За тих часів Партія особливо не бавилася з такими асоціальними типами та їхнім антипролетарським коханням. Імре стало розуму одружити коханого чоловіка на своїй асистентці, що розбило серця мільйонам угорок й розсіяло чутки з вищезгаданого приводу.

Свинцеве небо пустило розколини. Із неочікуваних щілинок, невіданих просвітів долинав солодкий аромат свободи. Ступаєш крок. Чекаєш свистка жандарма. Немає жандарма. Ступаєш другий, третій, ідеш далі. Настає мить, коли заходиш так далеко, що вже несила відступити. Маєш рухатися далі. Будь що буде. Оце й зветься революцією. Тібор грав у «Житті Галілея» в Будапештському театрі комедії. Це була далеко не перша брехтівська п'єса на його рахунку. Імре отримав усі офіційні дозволи. Приводів для хвилювань не було. Та й то був схвалений марксистський автор. Після третьої вистави п'єсу призупинили з незрозумілих причин. Кілька співставлень і дурнуватих паралелей між нетерпимістю й догматизмом. Іще вчора така заборона залишилася б непоміченою. Нікому і на думку не спало б обговорювати це. Але подія припала на 16 жовтня 1956 року — період народних заворушень і протестів[1]. Студенти маніфестували проти такої цензури. Буквально за три дні Тібор обернувся на символ утиснених свобод. Він пороздавав численні інтерв'ю, висловив солідарність заколотникам, публічно спалив свій партбілет і надихнув співвітчизників повстати на супротив. Як і решта, він був переконаний, що сороміцькому режиму настав кінець і нарешті запанує жадана воля. Екзальтовані актори одностайно вирішили не зупиняти вистави. Щовечора у великому університетському амфітеатрі, попри заборону, перед захопленим натовпом, що без упину перебивав спектакль посвистуванням трибуналу Інквізиції та оваціями

[1] Ідеться про Угорську революцію 1956 року (23 жовтня — 9 листопада) — збройне повстання проти режиму Матяша Ракоші, якого прозвали «кращим учнем Сталіна». Повстання було придушене радянськими військами.

Галілео. Тібор не був героєм. Ніщо в житті не готувало його до ролі прапороносця. Хвиля повстання залила країну й накрила його самого. Коли 4 листопада російські війська оточили Будапешт, він зрозумів, що будь-який спротив марний. З голими руками не підеш на армію у 75 000 осіб із 2 600 танками Т-54, опорядженими коаксіальними кулеметами. Героїчний, безвихідний і непотрібний опір протримався тиждень. Тібор вирушив до Дебрецена за Мартою. Однак з усіма цими страйками, масовими втечами й панікою намір втілити не вдалося. Уже 6 числа населення охопила паніка. Англійські та французькі десантники висадилися відбити Суецький канал. Росіяни й американці кинули невдоволений погляд — підібгавши хвоста, ті відмовилися від затії, а коли росіяни пригрозили атомними ракетами, більше нікого не цікавило, що відбувається в якійсь там Угорщині.

Після триденного вичікування серед снігів і хуртовин, 9 числа, Тібор з Імре таки дісталися Австрії. Усі нажитки лишилися позаду, вони опинилися посеред Відня без су за душею. На гроші від продажу машини вони протягли місяць. Але якої роботи можна шукати в цьому прісному місті, де усе скидалося на декорації дешевих оперет, до всього заваленому тисячами розгублених і загублених співвітчизників? «Мене знають у Парижі», — заявив Тібор, пригадуючи канський прийом.

2

Я ненавидів спорт. Ненавидів спортсменів. Вони були придурки, і від них зажди тхнуло. Однак я стрімголов гнався за Сесіль, яка мало не підскакувала попри свої дві пачки на день. Я там мало не непритомнів. Серце калатало, скроні шалено пульсували, ноги ледве тримали, а я навіть не курив. Час од часу вона кидала погляд на ар'єргард, сповільнювала крок і оберталась, щоб вирівнятися зі мною. Щойно я наздоганяв, вона запитувала не переводячи духу:

— В порядку?

Я був бордовий і мокрий. Аж пар із вух. З носа текло, як із фонтану. Я навіть не відповідав: вона усе одно не слухала, а скакала далі. Я обома руками підтримував позичені в П'єра шорти, інакше вони б полетіли додолу.

— Ми так вічно летітимемо?

Хоча я вигукнув як міг, вона не обернулась. А що, як за цією дурнуватою ідеєю зайнятися спортом криється дещо цікавіше? Якщо янгольське обличчя приховує лицемірну посмішку? Може, вона хоче відігратися на мені за Франка? Хоч «Іфігенію» перечитуй. Візьму це до уваги. Я рухнув на першу-ліпшу лавочку. Вона все віддалялась. Коли вона мене не знайде, то буде змушена повернутися. Я задовбався намотувати кола Люксембурзьким садом у цій пилюці. Це не бігова доріжка. До цього парку приходять помріяти й почитати, насолоджуючись фонтаном Медічі. Аж ніяк не блазнювати в завеликих кальсонах.

Аби вранці витягти її з ліжка, довелось дзеленькати у двері хвилин десять. Я зварив їй міцної кави з молоком. Вона вийшла в лимонно-жовтому костюмі джерсі.

— Що скажеш?

— Оригінально.

— Американський. Вартує шалених грошей. А де твій одяг?

— Я думав, ми підемо в Люксембурзький сад на прогулянку.

— Тебе треба в щось вдягти.

Вона затягла мене до П'єрової кімнати. Я не заходив сюди з дня його від'їзду чотирнадцятьма місяцями раніше. Усе стояло точнісінько так, як залишив П'єр. Розстелена постіль, ковдри жужмом, прим'яті подушки, з десяток звалених у стоси книжок, на підлозі програвач, а довкола повно платівок на 45, одяг розкиданий як-небудь, і на столі відкоркована пляшка коньяку в компанії двох порожніх склянок. Безлад й оточені ореолом порохів предмети порожньої кімнати свідчили про те, що П'єр у ній більше не мешкав. Сесіль розчинила шафу й витягла гору светрів упереміш із сорочками та скинула то добро на підлогу. Потім витягла з купи біло-бузкові шорти й тицьнула мені як трофей.

— Ти ж не думаєш, що я це вдягну?

— Це шорти П'єра. Припини дутися, це бісить.

— На кого я схожий? Таких, як я, тут уміститься двоє.

— Вдінеш ремінь.

Отак я і стояв, вирядджений у ці білі шорти й білу футболку для регбі з бузковим комірцем Паризького університетського клубу, здоровенну, із засохлими плямами бруду, з номером 14 на спині. Я дивився в дзеркало й почувався клоуном.

— Ти схожий на справжнього регбіста, — кинула вона.

— Може, ліпше станемо до прибирання? Я би взявся за його кімнату. Він був би втішений побачити порядок.

— Візьмемось за це згодом. Треба буде розібрати його книжки.

У двері задзвонили. Консьєржка принесла пошту. Надійшов лист від П'єра. Сесіль гарячково розірвала конверт й заходилася читати. Її усмішка кудись щезла. Вона насупилася, не встиг я й слова мовити, як вона змалиновіла, розірвала листа й викинула до смітника.

— Що йому до того? Хіба я лізу в його справи? Уже й він мене цим виводить!

Вона вилетіла з кімнати розлючена. Я зібрав клаптики й розклав на журнальному столику — довелось докласти трохи зусиль, щоб зібрати пазл.

Люба Сесіль,

від мого останнього листа нічого не змінилось. Мерзнемо, як і парижани. Час убиваємо біля радіо, слухаємо алжирські новини. Упевнений, ти знаєш не менше за мене. Я не розв'язав жодної з поставлених раніше проблем. Тут час нічого не вартує. Не знаю, може, це місце на мене так впливає, але я став фаталістом. Я детально виклав свою теорію трьом друзям у белоті.

Вони вирішили, що я здурів. Між двома партіями ми вели тривалі дискусії. Я прочитав їм чимало розділів моєї книжки. Думав, вони аплодуватимуть мені, ще й заохотять до роботи. А вони не зрозуміли жодного мого слова і чому я взагалі ламаю голову над теорією революції. Вони й чути цього не бажали. Цікаве спостереження, зважаючи на те, що вони звичайні робітники, селяни чи просто безробітні. Перш ніж поринути в редагування останньої частини, хотів би провести серйозне опитування. Маю надію, у мене все вийде: мої люди поважають мене як доброго сержанта, бо я їх не ображаю й не горланю з ранку до ночі. Я чекаю значних результатів мого масштабного опитування, це підкаже мені подальший напрям руху.

Як там твоя наукова робота? Був би радий почути кілька слів про це. Уже кортить дізнатися, як ти підійшла до проблеми Араґона, сюрреалізму та його розриву з Бретоном. Допевне варто з'ясувати історичне підґрунтя сюрреалізму, далі хто кого та що зрадив. Надішли мені кілька аркушів. Тобі треба із цим розібратися. Я тебе знаю. Тобі захочеться змін. Оце буде серйозна помилка. Головне тепер — твоя дипломна. Ти мусиш успішно захиститися. І буквально не маєш права жертвувати роками важкої праці задля ефемерної примхи. З дипломом психолога тобі точно не знайти роботи, й ось як тут захистишся, здобудеш місце викладача — хочеш чи ні, але це реальна робота. Ти для неї створена...

Була ще майже сторінка схожого змісту. Делікатна тема, до якої П'єр так грубо підійшов. Я саме дешифрував, коли влетіла Сесіль, зла мов фурія.

— Це ти йому доніс?

— Ні!

— Ти єдиний про це знав!

— Я нічого йому не казав. Я йому не писав.

— Звідки він тоді дізнався, що я хочу закинути диплом?

— Мені нічого про це не відомо.

— Це неможливо, Мішелю. Ти брешеш!

— Він говорив гіпотетично, це припущення. Адже ти ще не вирішила. Ти поки замислилась над припиненням роботи. Це нормально, що брат дає тобі пораду.

— Плювала я на нього з його безглуздими порадами!

— Візьми ручку й напиши. Йому буде приємно.

— А тобі що до того? Хіба я просила тебе про це? Я впевнена, це все ти. Ах ти малий брехун, провернув усе за спиною.

— Як я міг розповісти, якщо в мене немає його адреси?

— Присягнись, що ти йому не писав.

— Присягаюся!

— Слово честі? Дивись мені в очі.

— Даю слово, Сесіль. Мені все одно, займатимешся ти філологією чи психологією.

— А він проникливий, мій братчик.

— Він тебе знає.

— Моя робота і близько не готова до читання. Ходімо, час бігати.

Я переводив дух на лавочці. Сесіль довелось повернутися.

— Ти так і будеш зупинятися що п'ять хвилин?

— Я виснажений! І ці шорти з мене спадають.

— Ти мене вже дістав. Вічно чимось невдоволений!

— Думаєш, з тобою легко? Та ти нестерпна! Справжня мегера! Хочеш бігати — вперед, насолоджуйся. Але без мене!

— П'єр мав рацію, ти дійсно малий дурень!

Я розлючено попрямував до виходу із саду. Ми часом сварилися. Але так сильно ніколи. Я трохи зачекав біля воріт, але її голосу так і не розчув. Я обернувся. Сесіль щезла. Я не міг у такому вигляді повернутися додому. Усі речі залишилися в неї. Отож я був змушений туди повернутися. З годину просидів на сходах. Вона була здивована мене бачити.

— Що ти тут забув?

— Мій одяг усередині.

— Заходь, вип'ємо кави.

— Не хочу.

— Я зроблю тобі шоколад, що скажеш?

— Слухай, Сесіль, я переодягнусь і відразу піду.

— Ти більше не мій братик?

Такому протистояти я не міг. І вона це знала.

— З тобою останнім часом важко.

— Я кинула палити.

— Не може бути! Давно?

— Я не торкалась сигарет уже тиждень. Ти єдиний, на кому я можу зірвати злість.

Вона зібрала зі столу рештки П'єрового листа, натиснула на педаль смітника й укинула їх усередину. Довелося пити каву з молоком. Шоколад скінчився.

— Не могла мені сказати?

— А чому я по-твоєму налягла на спорт? Я набрала зо два кіло.

— Ти набрякла.

— А незабаром буде сім. От побачиш. Одна моя знайома набрала десять. Я обзаведуся складочками. Тобі таке подобається?

— Не думаю, що було б сильно помітно.

— І мови бути не може!

Вона зникла. Повернулася з фотоальбомом. Витягла світлину.

— Це моя мама до шлюбу. Вона важила сорок вісім кіло.

Вона хутко перегорнула сторінки, зупинилася ближче до кінця й тицьнула пальцем у чорно-білу світлину, де мама в хутряному манто позувала на тлі ресторану «Акрополь».

— Плюс п'ятнадцять років, плюс тридцять кіло. Не хочу на неї перетворитися.

— Не обов'язково, що на тебе це чекає.

— Чекає, доньки з часом стають схожими на матерів, а сини на батьків. Звідси всі проблеми.

— У мене немає проблем із батьком.

— Будуть. П'єр намагався цього уникнути. Не кожен хлопчик докладає стільки зусиль, щоб розчарувати сім'ю. Неминучість надихала його, як надихає саме кохання. Вони ні в чому не досягали консенсусу, але мислили аналогічно. Однаковий перебіг думок, чудове наповнення. Він став таким само важким, як і тато.

— Ти ніколи не розповідала про батьків.

— Вони мертві й поховані. Нема про що говорити.

— Можна подивитися альбом?

— Не може бути й мови. Я б давно їх повикидала. П'єр схотів залишити. Розумієш, про що я. Ми завжди на повідку наших почуттів.

Але на повідку був іще один. І ось я двічі на тиждень літав як дурний Люксембурзьким садом. Сесіль подарувала мені тренувальний костюм мого розміру. Попервах то було якесь пекло. За місяць я без упину пробігав повне коло. Аж не вірилось. Ми бігали по годині в четвер і суботу, а в неділю я прибирав. З часом полегшало. Я бігав задля Сесіль, хотів допомогли їй дотримати обіцянки не палити. А вона все зривалась за найменшого приводу — останній, до слова, завжди знаходився. Коли я заходив до неї, мені відразу вдаряв прохолодний запах табаку, хоча вона завжди розчахувала всі вікна й старанно провітрювала квартиру. Це все брак прогресу по дипломній, П'єр, що згорає там від бажання її прочитати, знайома, яку кинув черговий бовдур, задоволення від самого процесу паління... Неможливо її напоумити.

Відбулось неочікуване рокірування. Це сталося в четвер, по обіді, під кінець березня. Було холодно і мрячно. Люксембурзький сад був безлюдним, усіх розігнав північний вітер, він і нам обпік щоки. Як то вже повелося, Сесіль мене випереджала. Я біг слідом. Наздогнав. Вона вирвалася вперед. Я не здавався. Я чув її дихання. Ще ніколи не почувався таким легким. Ми бігли пліч-о-пліч. Я прискорився. Вже вона за мною не встигала. Я її випередив. Я чув, як вона намагалася мене наздогнати. Я відірвався на десять метрів. Двадцять. Я почув, як вона спасувала. Вона захекалася. Я побіг уперед.

— Зачекай, Мішелю, я більше не можу.

Вона зігнулася вдвоє, руки на колінах, переводила дух. І так десь зо дві хвилини. Я чекав, ледь помітно посміхаючись.

— Маєш гарний вигляд.

— Думаєш? — промурмотіла вона, задихаючись.

— Шкода, що немає фотоапарата. Сама б глянула.

— Відчуття, наче в мені тонна ваги.

— Упевнена, що біг допомагає тобі схуднути? Можливо, на тебе він справляє протилежний ефект.

Вона спломеніла. Я побіг, не дочекавшись відповіді.

— Ах ти малий дурень!

3

Розчарування швидко наздогнало Тібора. Паризький театральний світ ділився на два рівноправні табори, які несамовито ненавиділи одне одного: мерзотники, що ставили цікаві постановки, та продажні покидьки, що працювали на бульварах; деяким розумникам щастило всидіти на обох стільцях. Більшість режисерів були члени компартії, відповідно, з ентузіазмом підтримували радянське нашестя. Під час чергового прослуховування знаний постановник звинуватив Тібора у фашизмі й наказав асистентам викинути його на вулицю. Інший виплюнув на нього свою зневагу до таких, як Тібор, дрібних буржуа, що живуть за рахунок робочого класу. Хай би куди він подався — повсюди ненависть, утиски і грубі відкоша. Не-комуністи не знали Тібора, тому не могли нічого запропонувати невідомому комедіантові з дивакуватим і неприємним прононсом. Йому шкодила власна репутація. Лише двоє режисерів змилостивились і запропонували йому ролі, проте не зрозуміли відмови й зачислили його до категорії претензійних скигліїв. Тібор й справді не вирізнявся скромністю.

Вони з Імре подали документи на статус політичних біженців. Лицемірний Руссо, керівник знаного відомства, вправно встромляв палиці в колеса всім угорцям, що траплялися йому під руку. Як довести, що ви біженець, що ваше життя було під загрозою, коли ви сторчголов покидали батьківщину?

— Мені потрібні реальні докази, розумієте? Легко сказати, що вас переслідував політрозшук. Припускаю, що радянські війська вторглися в Угорщину на прохання місцевої влади, щоб урятувати країну від контрреволюції дрібних буржуа. Переважна більшість ваших співвітчизників радо їх прийняла. Не виключено, що ви втекли з Угорщини, бо вважались правопорушниками або не платили податків. Це ви маєте надати докази, а не я. Наразі ваші досьє порожні. У ваших же інтересах, щоб до часу розгляду вашої справи комісією всередині лежали серйозні документи. Як ні — відмова. Франція не є територією приймання пройдисвітів з усього світу! Нам і своїх задосить.

Коли на початку 57-го вони перебралися до Парижа, то були ошелешені розцінками тамтешніх готелів, тож зупинилися в «домі побачень» по вулиці Сен-Дені. Управитель виставив їх за двері наступного ж ранку.

— Педерасти мені тут не потрібні!

— А путанам, значиться, можна? — запротестував Імре.

— Це різні речі. Мені не потрібні проблеми з лягавими.

Тібору ніяк не вдавалося знайти роботу. Вони продали годинники, запонки, сиділи на самих лише хлібі й воді та, не розрахувавшись, швидко з'їжджали з готелів із підозрілою репутацією, бо навіть за них платити було нічим. Імре дивом улаштувався вантажником до торговця маслом, яйцями й сиром на ринку Ле-Аль. Чоловік трапився тямущий, хоча й платив чорною готівкою та за вдвічі заниженим тарифом. Угорців, що бралися до брудної роботи, не бракувало. Принаймні він дозволяв йому забирати неліквідні продукти. Тібор теж міг би прилаштуватися на Ле-Аль, але ж йому слід було берегтися для прослуховувань, тому він тільки й чекав, як Імре повернеться з нічної каторги. З часом поголоски про їхню неплатоспроможність облетіли весь квартал Ле-Аль, де місця їм більше не було, — так вони опинилися в готельчику по вулиці Юшет.

Якось у понеділок ввечері вони пили одну каву на двох на терасі брасерії по вулиці Шкільній. Вони занепали духом. Імре скеміло плече, потріскалися руки. Тібор був у відчаї. Він усенький день простирчав, очікуючи прослуховування на Фейдо[1]. По чотирьох годинах очікування на вулиці вийшов асистент і оголосив, що акторський склад укомплектовано.

— У цій країні придурків мені ніколи не дадуть роль. Може б, нам податися до Англії? Вони наче прихильні до іммігрантів.

— Я не розмовляю англійською, — заперечив Імре.

— Ти думаєш тільки про себе! — розійшовся Тібор. Вдячність не була його сильною стороною. — Я тут помираю.

— Я задля тебе знемагаю. А все, що я від тебе чую, — самі докори. Думаєш, я там забавляюся, вовтузячись із сиром? Від мене навіть пахне сиром, чи не так?

— Ти смердиш сиром! А міг би знайти роботу у флориста. Давай хутчіш поїдемо звідси, Імре. До Лондона, там на мене чекають цікаві ролі.

— Єдине, чого ти дістанеш від англійців, — це їхню бісову зневагу.

— Я грав Макбета й Отелло.

— Грати Шекспіра в Угорщині ще якось можна, але в них це розцінять як образу Її величності чи низькосортний жарт. Щойно ти розтулиш рота, вони вибухнуть сміхом. Так і тут: цей клятий акцент причепився тобі до язика.

— От і неправда, я розмовляю англійською.

---

[1] Жорж Фейдо (1862–1921) — французький комедіограф, що розвив і посилив жанр водевілю.

— Не так, як в Оксфорді! Для них ти угорець, тобто дикун.

— На театрі світ не зводиться. Я можу зніматися в кіно. Ти постійно мене недооцінюєш.

— То, може, Америка, як на те пішло?

— А Бела Лугоші[1]? Він що, не досяг успіхів у Голлівуді? Угорський акцент не завадив йому знятися в добрій десятці картин.

— Для ролі Дракули у вампіряцьких фільмах акцент конче потрібний. Так от вона, твоя мета? Ти? Жалюгідні фільми?

— Я хочу грати. Я ж артист! А не прихвостень!

Тон розмови підвищувався. Відвідувачі поглядали на парочку іноземців, що сварилися незрозумілою мовою. Підійшов якийсь чоловік і глянув на Тібора.

— Перепрошую, мосьє, ви часом не Тібор Балаж?

— Чого вам? — насторожено спитав він.

— Я один із ваших шанувальників. Обожнюю «Повернення ярмаркових артистів». Я переглядав його кількадесят разів. Видатна картина.

За чотири паризьких місяці оце вперше його хтось упізнав. Саме впізнання виділяє комедіанта з-поміж решти смертних. Переживаючи затяжне невезіння, Тібор зустрів нарешті єдиного паризького кіномана, спроможного згадати маловідому сіру угорську стрічку чотирилітньої давності. Він уловив у тих очах відблиск щастя, що його звик бачити в угорських шанувальників.

— Ви дивилися «Повернення ярмаркових артистів» десятки разів? Глузуєте з мене?

— Я кіномеханік в одному з кінотеатрів Латинського кварталу. Фільм не сходив з афіш шість тижнів, п’ять сеансів на день...

— Ви дивитеся фільми, які крутите?

— Коли стрічка того варта, я залюбки користаюсь нагодою.

---

[1] Бела Лугоші (Бела Ференц Деже Блашко; 1882–1956) — американський актор угорського походження.

Вернер Толлер більше радів факту зустрічі з Тібором, аніж любив самих акторів, яких ніколи не бачив наживо, бо, попри вдачу інтроверта, у ньому жевріла душа продавчині.

— Ви не француз. У вас легкий акцент.

— Я німець. Але до Німеччини не повернусь.

— А ми угорці й не повернемось до Угорщини.

— Мосьє, чи можу я запросити вас на вечерю? Поговоримо про кіно.

Хто зміг би відмовитися від такої пропозиції? Коли Тібор з Імре переступили поріг «Бальто», їх огорнуло море ароматів. Вони так давно не відчували запаху такої смакоти. Ігор чекав на банкетці, читаючи «Л'Експрес». Вернер їх перезнайомив. Ігор повірив йому на слово, коли той представив Тібора як найвидатнішого з акторів сьогодення Угорщини. Він не бачив «Повернення ярмаркових артистів», як і жодного іншого угорського фільму. Але Вернер ніколи не помилявся. Слухаючи їхню історію, Ігор наче повертався на чотири роки назад, до дня свого приїзду в Париж. Ті самі сумніви, ті ж страхи, такі ж оказії. За кілька хвилин їм уже здавалося, що вони завжди були знайомі. Подружжя Маркюзо приєдналось до застілля. Мадлен буквально обожнювала кіно, але через Альбера зовсім рідко там бувала. Раз на рік — Першого травня. Єдиний день, коли вони були зачинені. У свято трудящих вона твердо стояла на своєму, навіть якщо було повно роботи. А що марнувати таку нагоду ніяк не можна, вона ретельно підбирала програму перегляду із категорії романтичних стрічок у дусі «Віднесених вітром». Їй так полюбився фільм, що наступного року вона знову на нього пішла. Вона пригадала, що Вернер наполегливо рекомендував «Повернення ярмаркових артистів». А той факт, що відомий кіноактор, хай навіть угорець, та ще й такий красунчик, завітає до неї на вечерю, наповнював її незбагненним щастям.

— Те, що ви тут, то знак Божий.

— Мадлен, прошу вас, — перебив Ігор, — дайте Богу спокій. Своїм тутешнім перебуванням Тібор та Імре завдячують аж ніяк не Богу, а Хрущову, і я не думаю, що він дослухається до порад Всевишнього чи взагалі думає про нього.

Жакі накрив на стіл. Тарілки були вщент наповнені й аж пашіли. Їли мовчки.

— Смакота. Я в захваті. Що це? — поцікавився Імре.

Хороші кухарки точнісінько як відомі кіноактори. Вони обожнюють компліменти. Зазвичай, якщо клієнти й цінували її кухню, то скупилися на похвалу. Імре покорив Мадлен Маркюзо.

— Тушковане м'ясо по-провансальськи, за фірмовим рецептом.

— Як ви добиваєтеся такого смаку?

Мадлен понизила голос, глянула праворуч, потім ліворуч. Ніхто не мав почути її секрет:

— Гвоздика і... тмин.

— Цей смак? Завдячуючи гвоздиці й тмину.

— А ви нікому не розповісте?

— Обіцяю.

— Усі використовують «Гаме» чи «Кот-дю-Рон». Я ж додаю вино з фруктовим смаком. Мариную яловичину в «Самюр-Шампін'ї» і під кінець доливаю на палець кіршу.

— Божественно. Ви вмієте готувати гуляш? Справжній, угорський?

— Маєте хороший рецепт?

— Є рецепт...

Він глянув на Тібора, той миттю вловив.

— Це рецепт Марти, моєї мами. Вона до того любить Париж, що була б щаслива йому його подарувати.

— Справжній гуляш готується із яловичини, в жодному разі не зі свинини. Останню використовують бідняки й австріяки. Рулька чи лопатка. Півкіло свіжої цибульки, солодка паприка, повна столова ложка, свіжий мілко подрібнений кервель, майоран, каєнський перець, два болгарських перчики, півкіло помідорів. Потрібні маленькі угорські галушки з вареного тіста. Знадобляться мука, вода і сіль.

Підсмажуєте цибульку до золотистого відтінку, чистите помідори, ріжете м'ясо маленькими шматочками...

— Імре, — перебила Мадлен, — ходімо, приготуєте нам гуляш. Мені треба бути безпосередньо на кухні, маю все побачити сама. Бо в мене аж слинка потекла.

— Хочете, щоб я оце зараз приготував гуляш?

— Якщо ваша ласка.

Особисті досягнення Імре на кухні обмежувалися потребою що-небудь їсти, аби вижити середньостатистичному холостяку. Омлет, шинка та спагеті. Щось він злегка перестарався, тому стривожений опинився біля плити «Бальто». Мадлен готувала за його вказівками. Він довірив їй на вухо секрет гуляшу Марти:

— Паприку кладуть за десять хвилин до готовності. Вона не повинна переваритися чи пригоріти. Не знати чому, але вона найсмачніша трохи прогріта.

Вернер, Ігор, Альбер, Жакі та Мадлен скуштували. Тібор з Імре чекали на вердикт.

— Як на мене, пречудово. А вам? — поцікавилася Мадлен.

— Саме задоволення! — констатував Вернер.

— Мені нічого додати, — зазначив Альбер, справжній знавець.

З його вуст уже це єдине зауваження розцінювалося як комплімент. Він поглядом порадився з дружиною. Вона повернулася до Імре.

— Ви не будете проти, якщо я впишу вашу страву до меню? Клієнти втомилися від бланкету.

— Нашій країні це буде за честь, — відповів Імре.

— Для вас, — додав Альбер, — обіди в четвер будуть безкоштовними. Трохи менше паприки. Надто вже перчена для нашого кварталу. І соусу не вистачає дрібки борошна.

Гуляш став стравою дня вже з наступного четверга і за двадцять перша його більше не залишилось. Імре з Тібором стали завсідниками «Бальто». Клуб подвоїв членів. З плином тижнів додалось і нової клієнтури. Угорці у вигнанні швидко розповсюдили добру новину. На Данфер є бістро, де подають гуляш, точнісінько як у Будапешті, щедрий та доступний. Хоча він, звісно, не такий пікантний, але ж не буває все й одразу. Повечерявши, вони правили за звичку залишатися в ресторані. Час вони не рахували, шахи обожнювали. Ось так розвивається дрібна торгівля. Перший скаже, другий почує.

4

Життя і виживання залежать від непередбачених деталей. Від грипу, до прикладу. Нежить я пережив, однак цієї лиховісної зими, коли ріки покинули береги та наврочили паводки, що паралізували країну, мене вразив поганючий вірус. Ну, не мене. Мені б за щастя, але якраз мене він пощадив. Ніколя вирізняло залізне здоров'я, з одинадцятого класу він не прохворів жодного дня. І на тобі, зліг. За компанію мільйонам французів. Відсутність Ніколя прочиняла двері катастрофі. Без нього я пропав. Ляшом, наш учитель математики — ми звали його Чахликом, бо він викликав більше жалю, аніж заздрощів своєю незмінною чорною хустинкою на шиї, — вдало уник епідемії.

Я навідався до Ніколя, і він був розчулений моєю увагою та турботою про його самопочуття. Я так і не наважився поговорити про швидке наближення фатальної події, нещадної та смертоносної: контрольної з математики. Мислителі, психіатри, навіть міністри освіти ніколи не переймалися архаїчним страхом, пекельними жахіттями й невиправною кривдою, завданою нашій свідомості й підсвідомості контрольними взагалі та контрольними з математики зокрема. Я повис над безоднею, і усім на світі було до того байдуже. Отож я спустив усі заощадження в «Матінки Цукерочки» в Люксембурзькому саду і приніс Ніколя весь асортимент ласощів, які він обожнював. Здоровецький пакет локричних паличок, карамельок «Карамбар», локричного сухого соку «Коко Бур», льодяничків у мушлях «Рудуду», пудрових пакетиків «Містраль», жувальних ведмежат і шоколадних цигарок. А ще жуйки «Малабар» — він не тямився від їхніх перебивних тату. Я щиро сподівався, що це його підбадьорить і пришвидшить одужання. Натомість його прихопила печія. Докучати Сесіль не хотілося, вона й без мене з головою поринула в прибирання та вбивала дні на борсання між дипломом і психологією.

Я гарував мов божевільний. І що більше я працював, то менше розумів і то швидше розклеювався. На мене чекав бій сам на сам, без підстрахування, із заліковою контрольною. Для нас, французів, слова «Березина» та «Ватерлоо» — синоніми пекучих і гірких поразок. Принаймні там відбулися реальні бої. Нас розбили. Ми билися мужньо й відчайдушно, тому наші супротивники, ба навіть англійці, визнали нашу хоробрість. Ті поразки й близько не були ганебними. Я розшифровував умову задачі, як китайське письмо. Очевидно, Чахлик помилився темою. Однокласники, схиливши голови, длубалися над завданням з легким серцем. Я ж цілу годину вдивлявся в бездонну порожнечу моєї бездарності. Ягня на півдорозі до бойні має відчувати щось схоже. Воно жде помаху ножа як звільнення від страждань. Я здав білі аркушики, не заплямовані плодами моїх математичних поневірянь. Чахлик міг багато в чому мене звинуватити, лише не в тому, що я додав йому роботи.

Завжди можна спробувати втекти від реальності, провести близьких, сховатися за маскою доброзвичайності, перехитрити самого себе, навигадувати виправдань і відмовок, урешті викрутитися і здати позиції — прийдешнє тримається на нашому опорі моральному падінню, а щастя — на рубежі нашої легкодухості. Правда повертається із силою бумеранга. Ви відмовляєтеся тікати — і стоїте на краю безодні. Не стрибнете — сплатите сповна.

За вечерею я з острахом чекав фатального запитання. Мама, здавалося, забула. Тато отримав недобру звістку від бабусі Жанни: через сердечні проблеми її вже вдруге ушпиталили. Він подумував навідатися до Ланса, щоб побачитися з нею наступної неділі, та хотів, щоб ми приєдналися. Жульєтт запросили на день народження подруги, а я послався на підготовку до контрольної з історії-географії.

— До речі, Мішелю, як там твоя контрольна з математики? — поцікавилася мама, розливаючи овочевий суп.

Вона чекала звичної відповіді в дусі: «Наче непогано, побачимо». Не голословити про свій тріумф і поводитися стримано — два основоположні принципи сім'ї Делоне.

— Це була... катастрофа.

— Чому?

Я виголосив промову на тему гучних фіаско: Трафальґар, лінія Мажино, грандіозні провали видатних особистостей, затяті ледарі, що спершу без упину розчаровували батьків, потім отримали Нобелівську премію і тепер почивають в Пантеоні. Коротше, я заплутався. Досить. Ніяких виправдань. Правда. Божий суд.

— Ейнштейн... у молодості... під час сутички... з Пастером... Черчилль також... як Ніколя... Нічого серйозного, дурнуватий грип... Я вже роками в нього списую.

Мама впустила ополоника в супницю. Аж скатертина замастилась. Вона глянула на мене з розтуленим ротом, непорушна, не розуміючи, чи я серйозно, чи то наважився на такий же дурнуватий жарт, як і я сам.

— Я здав чистого аркуша. Навіть завдання не зрозумів.

— Щодо Ніколя — ти ж пожартував?

— Я махлював роками. Досить з мене брехні.

Зізнався б я у проституції чи бомбардуванні в ім'я ФНВ[1] — навіть це справило б менший ефект. Вона обійшла стіл, наблизилася впритул, багрова від гніву. Я побачив, як здійнялася права рука. Я завмер, не намагався ухилитися чи захиститися. Я знав, що вона вдарить сильно. Ляпас мав стати частиною розплати. Її тремтлива рука залишалася в повітрі.

---

[1] Фронт національного визволення (*фр.* Front de libération nationale — FLN) — соціалістична політична партія Алжиру, яка в роки війни за незалежність (1954—1962) була на чолі національно-визвольного руху.

— Елен! Досить! — крикнув батько і підбіг до нас.

Краще б вона вдарила. Це б зрівняло рахунок. То був конфлікт лише між нами, який тепер став сімейним скандалом. Але втрутився тато. Здійнята рука наразі погрожувала йому. Він незворушно на неї дивився. Врешті вона її опустила.

— Це не привід для побиття, — сказав тато, намагаючись бути переконливим.

Вона нервово тремтіла, придушуючи жорстокість, що пробилась на поверхню.

— Твій син зізнався, що він брехун і шахрай, а для тебе це нормально!

Зазвичай вони лаялися подалі від нас, у своїй кімнаті. Начебто зберігали видимість пристойності, а ми, у свою чергу, наче й не чули.

— Ти нічого не говориш! Нічого не дієш! Узагалі не реагуєш. З рук їм усе спускаєш. Мій батько не зніс би такого сорому й долі секунди. Він тримав дім у своїх руках. Його боялися. Він не гребував ременем. Делоне було притаманне поняття моралі. Діти слухалися батьків. Звідси й результат. Мій брат Даніель став героєм, Моріс досяг успіхів...

— Стривай-но! Він побрався зі спадкоємицею одного з найсолідніших капіталів Алжиру.

— Ну а ти сам як учинив? Хіба не одружився із дочкою начальника?

— Це ницо з твого боку.

— От Моріс опікується своїми дітьми. А твої погано поводяться. Вони ніщо не поважають. Вони тебе не бояться.

— У нас у родині дітей не б'ють. Якщо вони вчиняють якусь дурницю, ми про це розмовляємо, обговорюємо це. Тато завжди казав, що...

— Але яке чудове виховання в Маріні! — перервала вона. — Одразу видно на прикладі Франка. Мішель іде тим самим шляхом.

— Ти змішуєш усе докупи.

— Знаю я тебе. Треба зрозуміти, пробачити. Так, може, ще похвалиш?

— Я ніколи не бив моїх дітей і сьогодні не почну.

— Я з тобою не згодна!

— Буде так і не інакше.

Вона вийшла з їдальні, грюкнувши дверима. Налякана Жульєтт побігла за нею. Тато сів поруч, поклав руку мені на плече.

— Не тривожся, малий, це все нерви. Їй минеться.

— Мені шкода, я не хотів...

— Не бери до голови, я поруч. Що сталося в ліцеї?

— Математика. Я архінульовий.

— Але раніше в тебе були хороші оцінки.

— Це завдяки Ніколя.

— Дивно. Я думав, що... Та це не страшно. У житті достатньо вміти читати, писати та лічити. Математика, фізика, філософія — то вже другорядне. Ось у мене лише атестат середньої школи. У класі я сидів в останньому ряду. У всьому відставав, крім фіз-ри. І хіба мені знадобився атестат бакалавра чи диплом, щоб стати успішним?

Ми тинялися кварталом близько години. Він тримав мене за плече. Я роками вештався районом туди-сюди, але ніхто мене не помічав. Він же знав усіх і кожного: торговців, консьєржів, перехожих. Він з ними вітався, бажав гарного вечора, усміхався, жартував, балакав, представляв мене як свого другого сина, який вимахав так швидко, що вже і його переріс. Із цим поколінням годі чомусь чудуватися. Він скидався на депутата посеред ринку.

— Маєш якісь новини від Франка?

— Жодної.

— А його подружка, може, вона щось знає?

— Вона більше не його подружка, тату. Вони розійшлися незадовго до його від'їзду.

— Давати про себе вістку за нагоди йому ніщо не заважає.

— Франк не любить писати. Коли він їздив на канікули, навіть листівок не надсилав.

— Там усе інакше, це війна.

Якась подружня пара поцікавилася, коли завершать сантехнічні роботи в їхній ванній кімнаті, бо затримка вже два тижні. Він пояснив їм, що нині все не так, як ми звикли раніше. Грип, робочі хворіють. Він пообіцяв їм зайнятися справою особисто. Вони пішли, невтомно дякуючи.

— Така вже в мене робота, що я не знаю, коли зможу до них когось направити. З часом зможеш закінчити бізнес-школу.

— Ти завжди торочиш, що торгівлі неможливо навчитися.

— Торгівля — це просто; що складно, так це бухоблік, право, податки та інша писанина.

— Ти ж не маєш такої освіти і все одно досяг успіхів. Ти міг би й мене навчити всього, що знаєш.

— Торгівлі й справді не навчишся. Це гра. Не більш ніж гра.

— Не розумію.

— Ти — кіт, а клієнт — миша. Миша — хитрун. Кіт — утілення спокою. І коли вже він хоче проковтнути мишу, то має поставити себе на її місце. Щоб думати як миша. Котові має бути притаманна хороша уява, щоб ухопити мишу. Тобі вибирати: бути котом чи мишею. А уяви в бізнес-школах не вчать. Що скажеш?

— Якщо там немає математики, я не відмовляюсь.

— Чудесно! Повір, на тебе чекає солодке життя. У мене грандіозні плани. Разом ми досягнемо приголомшливого успіху.

Коли я переповів розмову Ігореві, він сказав, що я дурник, ним і залишусь.

— Тато не помиляється, на торгівлі можна добряче нажитися.

— І ти все життя гнутимеш спину за якісь там грошики? Оце твоя мрія?

— А до чого ти хочеш, щоб я взявся? Я нульовий у математиці!

— Я хочу сказати, Мішелю, що найкраща професія на світі — таксист.

Ігор говорив переконливо. Хоча ще троє таксистів з Клубу не поділяли його думки. Хороше заняття, якщо у вас не болить спина. У них був ішіас та зміщені хребці, вони дихали вихлопними газами з ранку до ночі, нервували в заторах, боялися бути зарізаними злочинцями, які поривалися вкрасти їхню виручку, видивлялися полісменів, що завше напоготові виписати штраф.

— Працювати треба вночі. Скнар на вулицях менше. Хазяїн не дихає в потилицю. Почуваєшся вільним. Ніякого трафіку. Ніяких лягавих. А в хуліганів є прибутковіша справа, аніж виловлювання таксистів. Уночі все інакше.

Ігор обжився постійною клієнтурою: опівнічники, власники ресторанів і нічних генделиків чи артисти, яких він розвозив під ранок.

— Люди ночі знають смак життя. То не скупердяї. Часто чайові набагато важливіші за саму оплату поїздки. Уночі можна знайти друзів. Справжніх. Удень люди не мають часу побалакати чи бодай послухати.

Ігор таксував не більше ніж кілька місяців, коли незадовго до півночі підібрав клієнта на вулиці Фальґєра та відвіз на авеню Франкліна Д. Рузвельта.

За час поїздки чоловік не зронив жодного слова. Інколи трапляються неговіркі клієнти. Як настав час розплачуватися, чоловік запитав:

— Ви росіянин?

Ігор глянув на нього. Він його раніше не зустрічав. Чоловік був знатної статури, густе волосся, чіткі риси обличчя біглого каторжника. Ігор насторожено ствердно кивнув. Чоловік вів далі російською:

— Звідки ви?

— З Ленінграда.

— А я народився в Арґентині. Але юність провів в Оренбурзі, знаєте такий?

— Це на Уралі?

— Мій батько працював там лікарем. До революції ми перебралися до Франції.

— А я був лікарем у Ленінграді. Мене звуть Ігор.

— Я Жеф.

Ігор та Жозеф Кессель дві години проговорили в машині про колишню батьківщину. Кессель запросив його до себе на скляночку, розмовляли до самого ранку. Російською. Про війну, Париж, музику, Достоєвського, шахи і ще тисячі речей. Наче зналися все життя. Ігор був не просто постійним водієм. Вони часто вечеряли разом. Кессель представляв його як одного з давніх товаришів. Жеф його пригощав, але завше платив точно за лічильником. Друзям чайових не залишають. Не раз Ігор тихенько нагадував, що вже час, і відвозив того додому. Ні, він не був клієнтом. Кесселю єдиному дозволялось сидіти на передньому сидінні. Він підписував книжки для Ігоря російською та часто бував у «Бальто». Мадлен цим так пишалася, що нишком готувала страви лише для нього. Він здружився із більшістю членів Клубу, деякі потім упізнавали себе в його книжках. Коли Віктор Володін уперше його побачив, той грав у шахи з Ігорем. Він і не уявляв, що останній запанібрата із знаменитістю такого рівня. Він відрекомендував себе Кесселю, цокнувши каблуками.

— Граф Віктор Анатолійович Володін, кадет царської гвардії.

У Вікторі вмер комедіант. Кессель сліпо повірив кожному слову, і якби не Ігор, то ще й придбав би «кинджала Распутіна». А як трохи згодом Ігор повідав йому правду, той повірив не одразу, надто вже був Віктор переконливий у своїй ролі розореного аристократа.

5

Що міг робити в Парижі невідомий угорський актор, якого жоден постановник не наймав через його акцент, що викликав сміх, тільки-но той розтуляв рота? Нічого. Позбавлення від акценту стало його манією. Це невитравне клеймо, випалене на самих голосових зв'язках, схоже на один із тих вірусів, що пожирають ізсередини. Імре був переконаний у безнадійності затії, бо угорці ніколи не припиняють гугнявити, лише роки щоденної вольової праці змогли б його пом'якшити. У Тібора не було ні часу, ані терпіння, а що для комедіанта може бути гіршим за приречену мовчанку. Ігор і Вернер узялися допомогти нещасному. Разом, згодом окремо. Вони не сходилися ні в методиці, ні в техніці. Місія виявилася нездійсненною. Співчуття проти милосердя. А як можна прогресувати, коли вчитель і сам не засвоїв урок? Вернер розтягував речення, мов покуту, — гіршого помічника годі й шукати. Розмовляючи до біса повільно, Ігор спромігся був приховати своє коріння, але варто було йому дати собі волю, як Волга виходила з берегів.

— Мені шкода, Ігорю, але ти мені нагадуєш нашого вчителя плавання з ліцею в Кельні. Він навчав нас, читаючи підручника, бо сам плавати не вмів.

— Ну а від тебе він перейме хіба твою тевтонську говірку.

— Ми як ті два євнухи, що розмовляють про кохання.

— Француз був би якнайдоречніший.

— Ще й педагог.

Серед усіх їхніх знайомих тільки один був наділений потрібними якостями. Вони подумали про нього водночас.

— Він не погодиться.

Грегоріос Петрулас був справжній клубний унікум. Він утік з рідного краю, бо комуністів там переслідували й одразу винищували. Він покинув Грецію 49-го, під кінець громадянської війни. За його голову призначили винагороду екстремісти монархістського руху, що вже вбили обох його братів.

Грегоріос був невигубний і роз'ярілий комуніст, через що був геть непередбачуваний, навіть із найліпшими друзями. Він зажив репутації зайдиголови, від збудження вмить скочувався до пригніченості, а від балакучості до прострації, і ніхто не знав чому. Він був запальний, ловив вас в обійми, а за мить уже величав кретином, сволотою й фашистом, що, на його думку, було плеоназмом, від грецького «pleonasmos» у значенні «надмірність». Грегоріос не лінувався в кожному реченні відшукувати етимологію від грецького слова, це чітко свідчило, що наша первісна цивілізація була грецькою, і нашою самобутністю ми завдячуємо саме грекам, але ж які ми невдячні, латинською «cognoscere» — ну то так, до слова.

— Мені соромно за те, що я накоїв. — Його часом пробивало, і він поринав у спогади.

— Що ти накоїв?

Він підводив голову, знизував плечима.

— Цьому покладено край. Усім начхати. Ходиш, чи як?

Грегоріос був учитель латини та давньогрецької в добрій десятці приватних шкіл. Робота змушувала його літати з одного краю паризького регіону в інший, щоб встигати розпилювати свої безцінні знання. Єдині школи, що пропонували йому місце, були на утриманні священиків чи черниць, дляяких було справою честі вести далі активне вивчення давно мертвих мов. Проблема полягала в тому, що Грегоріос ненавидів церкви взагалі та кюре зокрема. Колишній учитель французької ліцею Патіссії в Афінах перебрався до Парижа і чекав не інакше як гостинного вітання. Міністерство національної освіти відповіло, що його диплом не годиться для роботи у Франції. Йому вдалося посісти єдине місце в приватному ліцеї Святої Терезії — закладі для шляхетних дівчат XVI округу. На роботу його взяли напрочуд швидко. Отець-директор усадовив його перед собою, зміряв поглядом та, відкинувши формальності, заговорив латинською. Грегоріос відповів точно так само. Вони проговорили добру годину. Отець-директор одразу ж найняв його і довірив викладання грецької, бо сам нею не володів. Щоразу як вони перестрівались коридорами, то розмовляли мовою Верґілія.

— Допоки ми з вами нею розмовляємо, — казав він латиною, — ця мова не буде мертвою.

Грегоріосові була притаманна унікальна й жива манера викладання. Його учні складали бакалаврський іспит на оцінки куди вищі за їхні звичні сміхотворні результати. Саме це послугувало відправною точкою його нової кар'єри. Отець-директор устиг прив'язатися до нього, тому «на раз-два» вибив йому посвідку на проживання та робочу картку іноземця. Він був до того вдоволений роботою, що зарекомендував його колегам з інших католицьких шкіл. Грегоріос став авторитетним еталоном для гуманітаріїв церковних інституцій Паризького архієпископства. Але що більше зростала його за́требуваність, то дужче це кидало його у гнів, граничний з апоплексією. Він таїв у собі гидливість до сутан та їхнього марнослів'я, до благопристойних сімей, яких фундаментальний катехізис мав підтримати в щоденних муках; переконував себе, що ці церковники не греки, відповідно, не мають нічого спільного зі жахіттям, скоєним на батьківщині з благословення православної церкви. Платили йому мало, тож доводилося поповнювати гаманець приватними уроками з дебільними учнями. Отак він познайомився зі зневіреним батьком одного з тих йолопів: чоловік був у захваті від учености Грегоріоса та попросив стати його укладачем промов. Грек вагався. Цей неосвічений тупуватий депутат-пужадист був реакціонер, тож єдиним його переконанням була ненависть до «червоних». Під погрозливим натиском дружини і тому, що то греки винайшли дискурс, Грегоріос погодився. Принаймні так він міг вести далі справу Демосфена й Перикла. Він щедро начиняв виступи цитатами грецьких і латинських діячів, що викликало одностайне захоплення парламентаріїв, вони гарячково аплодували такому освіченому колезі. Він ділився з нами своїми докорами сумління й дилемами. Його найближчий друг і незмінний партнер

Павло вислуховував його зі ввічливості. Украй швидко його балачки із самим собою зводилися до одного:

— Якби я розповів, що насправді думаю про кюре, вони виставили б мене за двері. Я скований.

— Нічого страшного, — відповідав Павло. — Ти точно не перший і далеко не останній, хто продається за миску сочевичної юшки.

— Я не продажний. А як ти вчинив би на моєму місці?

— Я б ходив. Годинник досі веде відлік. Тобі загрожує цейтнот і відповідний програш.

— Це не підступність, Павле. Ти це знаєш. Найгірше — вони мають мене за свого, коли я їх ненавиджу. Єдина річ, через яку я не жалкую, що вбив тоді кілька таких.

Після проголошення амністії Грегоріос міг би повернутися до Греції. Однак він закохався в Пілар, скромну молоду дівчину з тонкими рисами обличчя, доньку республіканських вигнанців, що викладали іспанську в одній із його приватних шкіл. Родина була відкрита до спілкування. Вони могли розповідати про зради, страхіття й ницість громадянських воєн на їхніх батьківщинах. Грегоріоса не здивувало викриття вчинених паскудств і морального падіння Іспанської католицької церкви, вони беззаперечно вартували Грецької православної. Через прекрасні очі Пілар, що не бажала розлучатися з ріднею, він відмовився повертатися на батьківщину та став парижанином. Вони побралися, і, попри власні переконання й аби потішити жінку, він пристав на вінчання. Друзі взяли його на кпини. Вони пересварилися. Подружжя влаштувалося у квартирці біля Порт-де-Ванв, у них народилося троє дітей. Неочікувано Пілар перетворилася на ревну преподобницю, що, навіть не питаючи, тягала його на всі меси та вечірні, не пропускала жодного свята й зачаровано поклонялася Іоанну XXIII. Затиснутий між Пілар, своїм депутатом, тепер лівим голлістом, і тими годувальниками кюре, Грегоріос не на жарт боявся зректися власних переконань й закінчити клерикалом, що зігнувся під цією потрійною напастю фатуму. Свій тягар він ніс, як Сізіф, бо греки окрім скульптури, літератури, філософії, архітектури, політики, стратегії, спорту та спортивних змагань вигадали також міфологію. Бувши істинним учителем, він не припиняв бажати учням кращого, навіть якщо їм того не треба.

— Ти займаєшся латиною, Мішелю?

— Ні.

— Першочергово треба вивчити латину, хай навіть ця мова не така цікава, як грецька, з якої перша багато запозичила.

— Власне, у мене проблеми з математикою.

— О, математику придумали греки: Евклід, Піфагор, Архімед, Фалес. Самі генії. Як бажаєш, я навчу тебе грецької.

— Слухай, Грегоріос, я французькою нічого не тямлю.

— Тобі ж гірше. Залишишся варваром. Від грецького «barbaros», що означає «тупий».

Коли Ігор із Вернером попросили його допомогти Тібору, Грегоріос відмовив. Його робочий час розподілений за міністерським графіком — і жодної хвилинки на нового учня.

— Як зручно виходить — у нього немає грошей тобі платити, — постеріг Вернер. — Давай, напружся, Грегоріосе. Ти ж у курсі ситуації. У тебе єдиного досконала вимова. Ти достоту як парижанин.

— Ти чудовий педагог. У твоїх учнів відмінні результати, — вів далі Ігор.

— Зглянься, друзі, не відбирайте в мене останній ковток свіжого повітря. Єдина мить перепочинку за скажений день. І я проводжу її тут, з нормальними людьми, а не святошами. Ви навіть не уявляєте, що мені доводиться терпіти.

Вони наполягали. Кожен їхній аргумент наштовхувався на тверду та ввічливу відмову. Щоденна шахова партія була йому життєво потрібна. Він рішуче відмовлявся жертвувати єдиною годинкою свободи. Вернер притих і шукав якоїсь альтернативи, аж раптом помітив Ігоря, що кивав головою, стис губи та підморгував очима.

— Маю залізний аргумент, — пробурмотів Ігор.

— Мені шкода, друзі. Ніщо й ніхто не змінить моєї думки.

— Тібор посилено готується до ролі Едіпа, але з його вимовою — жодного шансу.

— Едіпа з «Царя Едіпа»?

— Можеш уявити Едіпа з угорським акцентом?

— Так і є, це неможливо. Якби ж ви тільки почули Софокла грецькою, то зрозуміли б, що таке істинний театр. «Орестея» Есхіла — то трагічна поема, де слова сама музика. А французькою — суцільний гротеск.

Ігор полетів до таксофона й попередив Імре, щоб той передав Тіборові, що Грегоріос даватиме йому безкоштовні уроки, щоб позбавитися проклятущого шипіння. Імре переповів йому Ігорові слова:

— Один режисер розглядає тебе на роль Едіпа.

— Едіпа? Та це ж казково. Мама розповідала, що це виняткова річ. Вона бачила постановку в Будапешті. А хто постановник? Який театр? — згорав від цікавості схвильований Тібор.

— Не квапся. Працюй над текстом, щоб прослуховування пройшло як по маслу.

Допевне, Імре вартувало бодай трохи все продумати, уточнити деталі, бути обережнішим. Але по вуха в радості від розв'язання проблеми, він дозволив Тіборові залишитися з Грегоріосом тет-а-тет.

— Я безмежно вдячний за твою люб'язність, Грегоріосе. У тебе так мало часу. Я ціную те, що ти для мене робиш. Маю надію, одного дня я заговорю французькою, як ти.

— Греки не мають акценту. Це ми придумали дикцію. Не бійся, Тіборе, я не змушуватиму тебе розмовляти з камінцями в роті.

— Я стану твоїм найкращим учнем. Для мене це питання життя і смерті.

— Як хочеш позбутися гугнявості, Тіборе, розмовляй повільно. Наче роздумуєш над кожним реченням. Поділяй усі слова на склади, дотримуйся однієї тональності й наголошуй останній склад чи там, де спадає дихання. Наприклад: *я замовив* — наголос на *вив*, *чай з молоком* — наголос на *ком*.

— Я замовив чай з молоком.

— Засунь пальці до рота, розтягни рота до вух та дозволь вийти звуку з живота.

— Я за-мо-*вив* чай з мо-ло-*ком*.

— Чудово! Давай попрацюємо над текстом. На практиці дієвіше.

Грегоріос витяг із портфеля дві брошурки і простягнув Тіборові, той здивовано глянув.

— Краще взяти оригінальний текст.

— Цей хороший. Чудовий переклад.

— У ньому немає потреби. Я працюю над «Пекельною машиною».

— Ти про що взагалі?

— Про п'єсу Кокто.

— Ти гратимеш «Царя Едіпа», п'єсу Софокла.

— Я не гратиму цю допотопність, я гратиму Едіпа у постановці Кокто!

— Як ти взагалі наважуєшся порівняти жалюгідну буфонаду того гомика з «Царем Едіпом» — однією з найвидатніших п'єс людства!

— Та вона громіздка, віджита, бундючна й застигла в часі.

— Ми винайшли театр і психологію за двадцять чотири століття до Фройда.

— Біда в тім, що відтоді ви більше нічого не винайшли. Світ змінився, а ви того навіть не помітили.

— Як може угорець осягнути самого Софокла?

Грегоріос підвівся, зібрав брошурки та пішов не розрахувавшись.

— Знаєш, що тобі скажуть гомики?.. Продажна підстилка для кюре! — прокричав своєю «чайномолочною» вимовою услід Тібор.

Отака історія Тіборового невмирущого акценту. Відтоді вони з Грегоріосом не розмовляли, ба більше, показово ігнорували один одного. Імре вдалося знайти йому кілька скромних ролей. Тібор погодився. Його мали запам'ятати й помітити. Тіборові дісталося одинадцять реприз інспектора поліції в одній серії «П'яти останніх хвилин»[1], де він зіграв помічника комісара Бурреля. Його єдиний діалог зводився до чотирьох-п'яти «ОК, шеф», що їх він вимовляв наче справжній француз, завдячуючи тривалим репетиціям з Ігорем. Хоча текст був мізерним, платили непогано. Тібор припустився помилки, коли посварився з режисером, вимагаючи розвинути його персонаж. Він покладав значні сподівання на запрошення «Комеді Франсез». Кого він там тільки не грав: воїна з алебардою в «Аталії»[2], римського легіонера й сенатора у «Береніці», іспанського гранда та лакея в «Рюї Блазі»[3], і мавританського принца, і торговця, і гондольєра у «Добрій матері»[4]. То були німі ролі, чиста масовка. Він усе намагався бодай на кілька кроків наблизитися до авансцени, однак усе одно чахнув у тіні.

Імре осяйнула геніальна ідея — взяти псевдонім. Вмовити його було непросто. Після бурхливих клубних обговорень зупинилися на, здавалося, стовідсотково французькому імені Франсуа Лімузен. Надалі Тіборові довелося приховувати свою національність. Попри нове прізвище,

---

1 «П'ять останніх хвилин» («Les Cinq Derníeres Minutes»; 1958–1996) — французький детективний серіал.

2 «Аталія» («Athalie»;1691) — трагедія Жана Расіна (1639–1999), музику до постановки якої 1845 року написав Фелікс Мендельсон (1809–1847).

3 «Рюї Блаз» («Ruy Blas»; 1838) — романтична драма в п'яти діях французького письменника, поета й и драматурга Віктора Гюґо (1802–1885).

4 «Добра мати» («La Bonne Mère»; 1785) — п'єса французького письменника Жана-П'єра Флоріана (1755–1794).

постановники все ж уловлювали неприємну вуху говірку й цікавилися в асистентів, він з Ельзасу, Бельгії чи, може, Лімузену. Франсуа Лімузен, як і Тібор Балаж, не знаходив роботи. За два роки даремних побивань псевдонім був забутий. Тібор відновив власне ім'я. Завдяки співвітчизнику, що працював на студії дубляжу в Булонь-Біянкурі, Імре пощастило вибити дві ролі: короля Губерта у «Сплячій красуні» Волта Діснея та Брута у двадцятці епізодів «Моряка Попая» — для цих персонажів акцент не мав значення.

Імре підшукав собі роботу комірника в оптовика прет-а-порте по вулиці Абукір. Він тягав на двоколісному візку з одного кінця Сантьє[1] в інший купи викройок та стоси тканин. Він більше не витримував такої роботи на Тібора, який дозволяв собі байдикувати. Якби той і собі знайшов невеличкий підробіток, це значно полегшило б їхнє становище. Тібора розлютило, що Імре загнав його на слизьке, висунувши ультиматум: «Даю тобі півроку на пошуки реальної ролі».

Під кінець року жадана роль дісталася іншому. Тібор не зніс би справжньої роботи, де цілодобово горланить начальник, та й колеги якісь такі негарні. Ігор прилаштував його нічним портьє в «Акапулько» — стрип-клуб для іноземців у знаменитому Піґалі. Як стемніє, він прогулювався бульваром Кліші в уніформі й бірюзовому кашкеті офіцера імператорської гвардії — самому чорту відомо якої, — заманюючи перехожих, переважно іноземців, втулюючи їм купони на знижку на всі замовлення, а на шампанське взагалі п'ятдесятивідсоткову. Робота була непогана, правда, в березні досить прохолодно, а часом дощі. Власник клубу був ним задоволений. Після нічної залишалося трохи сил на денні прослуховування. Жодної ролі він так і не отримав, навіть у турне дальніми провінціями. А втім, озвучуючи

[1] Паризький район Сантьє називають кварталом ткачів і швачок. Донедавна він був місцем розташування швейних фабрик, завдяки яким Париж зажив слави столиці моди.

мультфільми та працюючи в «Акапулько», він непогано заробляв. Біда, що з цифрами не дружив. Рахувати й економити не вмів. Тібор курив «Данхіл». Від двох пачок на день. Затягувався не більше як тричі й гасив недопаливши. Він вважав Імре низькооплачуваним працівником. Тільки-но перепадало три су, він не шкодував для себе коханого найдорожчого вбрання. Імре собі нічого не купував. Проте одяг йому був потрібен. Часом що-небудь перепадало з поневірянь кварталом Сантьє. У «Бальто» Тібор обирав уподобані позиції, навіть не цікавлячись вартістю. Жакі був у курсі їхнього скрутного становища та щоденного зростання заборгованості, тому він завжди поглядав на Імре, який урешті кивав. Жакі подавав його обожнюване філе в перці з картоплею по-сарлатськи в гусячому жирі зі шлуночками.

— Ти нічого не замовив? — цікавився Тібор з набитим ротом.

— Я не голодний, — байдужо відповідав Імре.

Тібор мав у «Бальто» пільговий статус знаменитості, навіть якщо він нею більше не був. Мадлен вірила, що кіноактор не може прогинатись під чиїсь там матеріальні умови. Саме він був творцем, м'яко кажучи, найбільшої заборгованості. Коли борг перевалював червону лінію, Жакі сповіщав Альбера, той попереджав Мадлен, яка ніколи не відмовляла Тіборові в кредиті. Він єдиний ним користався. Коли заборгованість сягала больового порогу, вона нагадувала Імре і він сплачував кредит до припустимої норми. Зносив мовчки. Іншим разом він кидав щось у дусі:

— Тобі варто стежити, що ти їси, Тіборе. Ти погладшав.

— Думаєш?

— У Франції спокусники худенькі. Хочеш грати перших коханців, скинь чотири-п'ять кіло.

І Тібор сідав на дієту. Силою волі його обділили. У «Бальто» він зовсім не їв, але не гребував запрошеннями танцівниць і техніків «Акапулько», смаки яких розділяв, до всього, вони від нього мліли. З часом його дрібні хитрощі розкрили.

— Я гладшаю через брак роботи! От в Угорщині я їв скільки влізе і не набрав ані грама. Це марнування часу. Що там із тією пропозицією турне по Бретані?

Імре дістав відмову ще тиждень тому.

— Вони не влазять у бюджет.

— У цій країні нічого не доводять до кінця. Поїхали до Штатів. Там-бо щороку знімають сотні стрічок. Бела Лугоші нас підтримає. Угорці допомагають одне одному.

— Тіборе, хочеш випробувати долю — валяй. Але без мене. Я не розмовляю англійською. У Франції бодай маю шанс викрутитися.

6

Стояла мінорна та непогідна неділя. Дощ лив як із відра. Кожен занурився в себе. Імре читав Жанові та Грегоріосу статтю Морвана Лебеска з «Канар аншене». Хай там що, вони не пропускали жодного випуску. Ігор і Леонід вважали його за мораліста й схилялися на користь карикатур зі щотижневика «Л'Еріссон». Тібор насолоджувався грозою. Томаш снив, не заплющуючи очей. Павло невтомно перекладав і редагував свою працю про Берестейський мир. Кессель організував йому зустріч із видавцем, а той попросив скоротити. У кутку Володимир підбивав бухгалтерію одного торговця. Вернер із Петром щось пошепки обговорювали — справжні змовники. Леонід і Віржиль грали в шахи. Ігор сидів навпроти, ми мовчки спостерігали за партією. Мосьє Лоньон як зазвичай стояв, схвально киваючи. Леонід був кращий гравець Клубу. Нікому ще не вдавалося його перемогти. Нічию вже розцінювали за подвиг. Таке вдалося лише Ігорю і Вернерові. Були часи, не такі й давні, коли він входив до сороківки кращих гравців СРСР. Тридцять третє місце. Це ставило його вище за чемпіона Франції. Він чотири рази поспіль вигравав турніри пілотів «Аерофлоту» і мав честь розіграти дві партії із самим Сталіним. Його попередили. Він дозволив тому виграти, спершу поставивши його у скрутне становище. Це оцінили в дружнє поплескування по плечі та звання командира одного з бойових літаків Туполєва. Я заносив їхні ходи до блокнотика. Віржиль Канчиков зажив слави хорошого гравця, але тягатися з Леонідом не міг. Він кидався у завзяті атаки, а Леонід так і сидів, як мармуровий бюст. Віржиль здавав позиції перед мудрованим захистом і втрачав фігури одна за одною. Леонід був спокійний, мов кіт, що чекав на зручний момент для естокади. Віржиль відчував наближення невблаганної смертної миті. Сам того не очікуючи, він пожертвував слоном. Леонід насупив брови, замислився, масуючи підборіддя. Пішов турою. Ігор посміхнувся. Я занотував. Мосьє Лоньон скорчив вдоволену гримасу.

Ось уже кілька місяців він приходив до Клубу, не маючи членства. Ніхто не помічав, як він приходив, і ніхто не звертав на нього уваги. Непорушно стояв, руки за спиною, живіт уперед, погасла люлька в роті. Він нікого не тривожив і володів такою цінною для всіх рисою, як уміння слухати. Він міг годинами сидіти з Павлом, Томашем, Імре, Володимиром чи будь-ким іншим із люб'язним, привітним обличчям, не перебиваючи, не ставлячи запитань. Завжди зацікавлено слухав. Тільки похитував головою з незмінним виглядом доброго співчутливого старого. Час до часу набивав чи знову запалював люльку. Від нього можна було почути не більш як «Ох, бідненький», чи «Ваша історія просто неймовірна», чи ще якусь таку банальщину. Мосьє Лоньон виявився не з говірких. Ми дізналися три-чотири деталі, які вихопили десь із контексту: працював у «Електрісіти де Франс», тепер на пенсії, дружина працює сторожем багатоповерхівки, дні довгі, споглядати шахові партії — така собі щоденна розвага. Завжди замовляв пиво без пінки та розтягував його на весь вечір. Отак, не ставлячи зайвих запитань, він став негласним членом Клубу, хоча й не грав. Нікому не заважав: просто досконалий кібітцер[1]. На пропозицію зіграти завжди відхрещувався, що гравець з нього поганенький і взагалі він захоплюється бридж-белотом, який у Клубі не практикують. На запитання: «Як справи?» — незмінна відповідь: «Добре, дякую. А у вас?»

Єдина заминка сталася, коли Вернер поцікавився його іменем. Так уже заведено в Клубі.

— Якщо ваша ласка, мосьє Вернер, я би просив звати мене за прізвищем. Не люблю свого імені. В «Електрісіти де Франс» колеги звуть мене Лоньон. Друзі також.

За його відсутності ми часом добряче веселилися, домислюючи, наскільки кумедним іменем могли його наректи батьки. Томаш узявся за календар «Пошта, Телеграф, Телефон» і таке там познаходив, що ми й уявити не могли: Патерн, Гвеноле, Фульберт чи Фіакр. Павло, Томаш і Тібор взяли собі це за забавку. У довільному порядку вони кидали якесь ім'я й чекали чи той відреагує: «Ех, Леонтій... Ігнатій... Ландрі», «Ох, Анґерран, хей... Парфе... Емар», «Упс-с, Ромарік, ні — Барнабе». Не спрацювало жодне. Лоньон залишався незворушним. Вони спробували Адольф, Беніто та Родріґо. Якщо вірити інженерній логіці Леоніда, його могли звати Анісе чи Казимир, але він удавав, що не чув, чи то взагалі його імені могло не бути в календарі. Врешті розвага всім наскучила, про загадкове ім'я забули; звиклися з його присутністю, він так само непомітно приходив, стояв трохи осторонь столу, спостерігав за грою, та зникав чарівним чином.

— Ми знаємо на ім'я повно людей, які нас доводять до сказу, — говорив Вернер, що вже встиг оцінити його стриманість. — У всіх нас свої секретики. Цей бодай не злий.

Інспектор Даніель Маго не часто навідувався до Клубу. Розслідування не вкладеш у робочий графік, плюс жив він у передмісті та тільки-но виривав хоч трохи часу, витрачав його на сім'ю. Він близько спілкувався з Ігорем і Вернером,

[1] Тут: ідеальний глядач.

тому в неділю запрошував їх в особнячок в Корбей-Ессонн, про який дбав особисто. Він чекав на переведення до рідної Ґваделупи. Його доньки туди їхати не хотіли. Іншим разом він заходив перехилити чарочку. Завжди був хтось зі своїми проблемами з адмінустановами чи штрафом, яким треба було дати ладу. Даніель, не ремствуючи, виконував свій обов'язок, а коли хитав головою — було зрозуміло, що це неможливо. Незвично було бачити його в Клубі тієї дощової неділі. Саме з нічної зміни. Ігор поцікавився, що він питиме. Даніель закляк, помітивши масивну спину Лоньона, що спостерігав за партією Павла і Віржиля.

— О, Дезіре!

Лоньон підвів голову та обернувся, ошелешений, що хтось назвав його на ім'я.

— Маго!

— Що ти тут робиш?

— Ну а ти?

— Ти граєш у шахи?

— Ви знайомі? — поцікавився Ігор.

Даніель не відповів. Запала мовчанка. Він дивився на Лоньона й вагався. Не знав, що той устиг розповісти чи якого взагалі тут робив.

— То ви знайомі? — повторив Вернер.

Лоньон підійшов до Даніеля та кинув йому на вухо кілька слів.

— Бути того не може! — вигукнув Даніель. — Мені це сниться. Та ви здуріли!

— Ти його знаєш? — наполягав Ігор.

— Мосьє, — після хвилини роздумів повів далі Даніель, — представляю вам інспектора Дезіре Лоньона із Розвідувального управління префектури поліції Парижа.

— Не будь дурнем! — кинув Лоньон.

— У нього наказ стежити за вами. Я й не знав, але ви — терористичне угруповання, що загрожу безпеці країн Сходу та франко-радянським відносинам.

Членів Клубу сколихнули різні почуття, переважно недовіра. Лише Леонід запропонував Лоньону вийти з «Бальто», щоб одразу ж натовкти йому пику. На загальний розсуд, таке рішення здалося більш проблемним, аніж вдалим. Віддухопелити представника влади, крім того чиновника на службі, дорогого вартувало. Жоден із присутніх, зважаючи на спільні обставини, не міг собі дозволити такого задоволення. Як учинити з Лоньоном? Вигнати його з Клубу? Слово «вигнання» різало їм слух і навіювало небажані спогади. Не варто вчиняти як «вони»? До того ж чи можна вигнати інспектора поліції? У їхніх краях таке неможливо, вони всюди як удома. Як заведено у Франції — невідомо. Мала би спрацювати поліційна закономірність.

— Так, у кого тут судимість? — агресивним тоном виголосив Томаш.

— Очевидно, в Павла? — з єхидною посмішкою зауважив Володимир. — Держдепартамент відмовляє йому в американській візі. Дуже може бути, що він рецидивіст.

— От і неправда, я жертва полювання на відьом! — збагровів Павло, перш як допетрав, що з нього поглузували.

Позаяк члени Клубу звикли до поняття публічного каяття, Лоньон був змушений з'ясувати непорозуміння. Ні, нічого важливого він не примітив, за винятком мистецтва вчасного рокірування чи найкращого способу досягти пату. Ні, він не доповідав про шахові партії. У вищих сферах вони нікого не цікавлять. Так, він раз на два тижні складав рапорт начальству. Корисної інформації в ньому не бувало. За що йому докоряли. Не вигадувати ж. Так, це нормально — спостерігати за іноземцями, комуністами й політичними біженцями. Ні, вони не небезпечні. Ні, він не доповів, що, на його думку, стеження зайве: не хотів, щоб його перевели куди-інде: вкоренитися до робочих, студентів чи фелахів. Тут спокійно. Лоньона спитали, чи йому не соромно таким займатись. Він подумав і похитав головою. Ні, він виконує законні накази легітимної влади. Він нікого не маніпулював, нікому не брехав, нікого не бив. Він тільки стояв, розвісивши вуха. Його вибрали, бо викликав довіру своєю зовнішністю сусіда по сходовій клітці, який укорінювався в незнайомі групи, мов хамелеон, якого ніхто не помічає. Люди втрачають пильність, коли їм зовсім не ставити запитань. Запитання — парафія слідчого. Він їх не ставить. Такий у нього метод. Втертися в довіру й помовчувати. Більше часу, але й ефективність вища. Як правило, усім хочеться виговоритися. Позаяк він уважно слухає, відпадає потреба розпитувати. Потрібне терпіння. Залишається тільки чекати. Він може їх направляти так, щоб вони й не втямили — виразом обличчя: здивування, збентеження, розгубленість, зацікавленість, співчуття. Особливо співчуття. Так, він діятиме, допоки його не відкличуть. Краще він, аніж хтось інший. Як стане відомо, що його розкрили, йому загрожують санкції, та й він би не хотів підставити колегу. Його попросили із залу. Група радилася з Даніелем Маго.

— Ми узагалі маємо право заборонити йому навіть ступати до «Бальто»? — спитав Вернер.

— Неймовірно, що ми нічого не помітили, — зауважив Володимир. — Ми ні на що не зважаємо. Розм'якли. От воно — життя у Франції. Там ми були обережними з усіма, цілодобово насторожі. А тут ми довіряємо всім поспіль. Отак нас і підловили.

— Ну був би ти обережним, що б змінилося? — кинув Павло.

— Якщо за нами спостерігають, — констатував Леонід, — то нас бояться. Ми становимо загрозу, чому ж іще вести стеження?

Імре тріумфально глянув на Тібора:

— Згадай, що я тобі казав!

— Тільки не кажи, що розкрив у ньому лягавого! — вигукнув Павло.

— Імре дійсно якось мені сказав: «Дивний тип, надто вже великі вуха», — відповів Тібор.

Ми взялися обговорювати вуха Лоньона. Раптом вони здалися нам здоровецькими, широчезними, капловухими й віднині загрозливими — то ж якісь штучні лопаті. Ми ще таких великих не бачили.

Ми обмінялися недовірливими поглядами, наче докоряли собі тим, що нічого не помітили й ні в чому не засумнівалися.

— І ноги цього лягавого більше не буде в Клубі! — відрізав Грегоріос.

Допоки решта не вподобала таку ідею, втрутився Даніель Маго:

— Це стане найбільшою вашою помилкою!

— Він шпигував за нами, — зауважив Імре.

— Головне, що вам про це відомо. Якщо тактика супротивника заздалегідь зрозуміла, ви ж упевнені, що здолаєте його, хіба ні?

Аргумент, адресований досвідченим шахістам, залишився без відповіді.

— Що пропонуєш? — поцікавився Ігор.

— Знаю я цього люб'язного. Хитрий лис. З ним можна домовитися. Попросіть його показувати рапорти Ігорю чи Вернеру.

Лоньон на якусь мить замислився і врешті відмовив:

— Не може бути й мови. Якщо я показуватиму вам рапорти, це нічим не допоможе. Я можу скласти інший за вашими спинами. Якщо виникне проблема, обіцяю вас попереджати. Торгуватись нема чого.

Вони погодились. Лоньон підійшов до Даніеля:

— Це ти подав їм цю дурнувату ідейку.

— Я порадив їм бути розсудливими. Ти маєш мені подякувати.

— Я вкорінювався в групи й підпільні організації. І оце вперше мене викривають. Завдяки тобі.

— Час тобі у відставку, Дезіре, старієш.

Лоньон глянув на Леоніда і Віржиля:

— Може б, ви продовжили партію? Давайте. Я не заважатиму. Уявіть, що мене тут немає.

— Обережніше, Великовухий, — повільно промовив Грегоріос, — якщо одного дня в когось із нас будуть через тебе проблеми, я тебе знайду. Хай би де ти сховався. Спершу я відріжу тобі вуха, а потім... краще не казатиму, що я зроблю потім.

— Ви не маєте права, я держслужбовець.

— Мій бідний друже, якби ти тільки знав, що я чинив із держслужбовцями за часів громадянської війни, ти б уже летів звідсіля стрімголов. Не забувай, що греки виколювали зрадникам очі.

— Я не завдам вам жодної шкоди, обіцяю.

Відтоді, тільки-но він переступав поріг, тон приглушувався, розмови вщухали. Це нагадувало їм тамтешні краї й тамтешні шахові клуби. Чимось схожа атмосфера, хіба менш гнітюча. Лоньон не забажав, щоб його називали ненависним ім'ям. Що зрозуміло[1]. Його прозвали Великовухим. Нічого не змінилося, ну, майже нічого. За кілька місяців, ми помітили, що він став рідше навідуватися. Приходив під кінець тижня, зажурливий, цікавився новинами в кожного з нас. Ніхто йому не відповідав. Бентежився, що нічим заповнити рапорт.

— Ану напиши, що ми тихенькі, як усі законослухняні громадяни, і що політика нас не цікавить, — відповідав Грегоріос. — І пам'ятай, помсту придумали греки!

Надалі ми бачили його чотири-п'ять разів на рік. Непередбачуваний і непомітний, невидимо приходив і йшов. Він був тут, споглядав партію, ніхто не знав, він приходить зі службового обов'язку чи просто дістає від цього задоволення. Якщо один із гравців дратувався, плів якісь дурниці, кобенив уряд чи адмінустанови, усі озиралися, чи він поряд, та полегшено зітхали, коли не бачили. Леонід чи Павло пригрожували розбишаці:

---

[1] Ім'я Дезіре (від *латин.* desideratus) означає «жаданий».

— Диви, якщо надалі виставлятимеш напоказ свій поганий настрій, здамо тебе Великовухому!

7

Я відчинив двері своїми ключами й залишив покупки на кухонному столі. Її голос долинав із глибини апартаментів:

— Мішелю, це ти?

— Ще на когось чекаєш?

Сесіль милася у ванній і розмовляла через двері.

— Можеш піти, якщо хочеш.

— Я зачекаю у вітальні.

Після тривалих поневірянь Сесіль таки вирішила дописати роботу про Араґона й пригальмувати із дипломом психолога. Їй поперек горла стояло бажання П'єра прочитати роботу, тому вона періодично полегшувала цю свою ношу.

Прибирання квартири просувалося неочікувано маленькими кроками й зіштовхнуло нас із технічними ускладненнями, невіддільною складовою ретельного ґрунтовного прибирання. Те, що здавалось простим, виявилося складним. Кожна кімната ставила перед нами нову проблему. Чи можна відремонтувати трухляві дерев'яні віконниці? Відраїти з килимів невідомо що? Ліквідувати протікання в самій стіні? Чому газовий котел над раковиною більше не вмикається? Він побрязкував, коли його рухали. Ми одразу помремо від асфіксії чи спершу відчуємо запах? Як зняти ножем шпалери так, щоб не пошкодити дранку? Чого це пилосос більше не затягує? Сесіль принципово відмовлялася викликати відповідних майстрів.

— Там самі пужадисти! Я не віддам їм жодного су.

Ми спитали поради в мосьє Бісона, фарбаря з вулиці Бусі, який продав нам половину свого магазину. Усі ці засоби виявилися неефективними, чи ми не вміли ними користуватися. Чи то в нас не було потрібного інвентарю. Вона втрачала запал.

— Завершуй сам. Мішелю. Мені треба братися до дипломної.

У всьому винуватий цей Араґон. Вона весь час скрупульозно розбирала його книжки, статті, виступи, щось занотовувала, класифікувала записане, згодом вносила до картонних карток, які складала до дерев'яних ящичків з кольоровими вкладками та годинами теревенила по телефону зі своєю знайомою Сільві, розвалившись на канапі та обговорюючи свіжі плітки Сорбонни. Коли ж я попросив прочитати роботу, вона мене послала.

— Чому ви всі мене цим доймаєте? Прочитаєш, як буде готова.

— Ходімо, тобі треба глянути під раковину.

— Ну що там знову?

— Миші.

Ці маленькі кульки — мишачий послід? Мосьє Бісон переконував, що так. Він запропонував два методи: щурячу отруту, одразу кілограм (дуже дієва, але щойно минає ефект несподіванки, вони її більше не їдять), або ж традиційну мишоловку з механізмом-гільйотиною, що продається без грюєру для приманки. В ідеалі варто взяти і те, і те. Сесіль відмовилася:

— Якщо миші відітне голову, ти її викидатимеш?

— Як хочеш, позичу тобі Нерона. Удома не залишилось мишей, тому він у нас мліє від нудьги.

— Я не люблю котів.

Ми сховали продукти на дві верхні полиці, що замикалися на ключ. Я не створений для хатньої роботи. Тому дозволяв собі розвалитися з книжкою в кріслі у вітальні, коли Сесіль прибирала поряд. Часто я нишком спостерігав за нею. Вона не працювала. Уся в думках, скляний погляд.

— І ти не розмовляв із Франком? — одного дня вона спитала просто у вічі, коли я саме віддраював металічним скребком з планкового паркету ореоли колишніх плям.

— Відколи він поїхав, я йому не писав. Він тим паче.

— Він вам не телефонував? Ви не отримали жодного листа?

— Жодного. Він урешті тобі напише, точно напише.

Вона не відповіла. Занурилася в книжку. Я бачив, що вона не читає.

— Не втомилась працювати? Як щодо невеликої пробіжки? — запропонував я.

— Нема бажання.

— Може, розіграємо шахову партію?

— Не розумію, яке може бути задоволення від багатогодинного сидіння на стільці, щоб рухати пішаками й чекати. Не переварюю ці занудні салонні ігри.

— Я познайомлю тебе зі своїми приятелями. Ви поладнаєте. Це колишні комуністи. Не всі, правда. Деякі не комуністи. А дехто досі. Ти зрозумієш. Деякі круто знаються на літературі. Як поталанить, побачиш Кесселя чи Сартра.

— Вони часто приходять?

— Здебільшого вечорами. Але, бувало, й у днину.

— Ходімо.

Ми сіли на 21-й. За якихось десять хвилин уже були на Данфер. Я вибрав невдалий день. Стояв незвичний гамір та панувало загальне збудження.

— Це твій шаховий клуб? — пошепки поцікавилася Сесіль.

— Зазвичай тут спокійно.

Ми втрапили просто в епіцентр загальної сварки. Шансів залишитись осторонь не було. Хто шукав тиші — давно перейшов у бістро по той бік майдану. Тижнями панувало цілковите вмиротворення, аж раптом спалахнула суперечка. 12 квітня 1961 року на борту ракети «Восток» Юрій Гагарін здійснив перший політ людини в космос і весь світ зрозумів, що йдеться про грандіозну подію, яка змінить перебіг людської історії. Однак те, що викликає в людей одностайне захоплення, у Клубі спричинило крики та скрегіт зубів між «вирізаними» та «перекроєними», як називав їх Ігор. Інакше кажучи, між тими, хто не перетравлював соціалістичну ідеологію та поглядав на Америку, і тими, хто втік із країн Сходу, проте залишився соціалістом. Останні переконували, що то лише система вийшла з-під контролю. Її канони залишались безсмертними, а ідеали манливими. Їх затиснули кліщі суперечностей: захоплюватися прогресом і перемогами країни, що зробила їх ізгоями та прикінчила б, якби не втеча на Захід. Планетарна битва США проти СРСР зупинила шахові партії та читання, і ліпші друзі вмить узялися ганьбити та ображати одне одного. Між обома рівноцінними, одвічно непримиренними таборами було безліч приводів для баталій. Гагарін, що обійшов американців; Ботвинник[1], який з невідпорною легкістю трощить конкурентів уже «енний» рік поспіль і залишиться чемпіоном світу з шахів на наступні десятиліття; відтак перескакували зі впливу ленінської думки на нездоланність російської хокейної команди й радянських метальників молоту, які метали якнайвище і якнайдалі, завдячуючи російській сталі й залученням у спорт широких мас.

— Але то вже беззаперечний доказ, як тобі?

— Я думав, ти був проти системи?

— Я намагаюсь залишатися неупередженим і гідно оцінювати результати.

— Вони випливають із системи.

— Я шаную народ, яким захоплюються чесні громадяни.

— Ти щойно сказав, що погоджуєшся із системою.

— Не казав я такого.

— Так, сказав!

— Зовсім ні! Ця система — аберація. Вона не поважає людину й душить її. Я марксист, а не комуніст.

— Що марксисти, що комуністи — однаково навіжені покидьки!

— А ти брудний фашист!

Знову почалось. Світ розколовся на два табори, ніхто не залишився осторонь. Кожен у це вплутувався, ділився своїми свідченнями, своїм досвідом. Уже не розбереш, хто що

---

[1] Ботвинник Михайло Мойсейович (1911–1995) — радянський шахіст, шостий чемпіон світу з шахів.

сказав. Ніхто більше не слухав. Тон підвищувався зі швидкістю гейзера. Зрештою всі сварилися російською, німецькою, угорською та польською.

Сесіль дозволила собі грубу помилку втрутитися. Я й уявити не міг, що вона викине щось таке, тому не встиг їй завадити.

— Дозвольте, — вона наважилась перервати Томаша. — На мою думку, подію слід розглядати з точки зору історичної перспективи і розцінювати революційність даного технологічного прориву з огляду на стартову позицію СРСР. Вони розвинули космічну індустрію за п'ятнадцять років практично з нуля. Що є результатом чітко спланованої стратегії та науково-дослідної роботи в...

Сесіль не закінчила речення.

— Хто це взагалі така? — вигукнув Томаш.

— Я з вами згоден, мадемуазель, — підхопив Павло. — Проте варто уточнити, що основоположну роль у цій науково-дослідній роботі відіграли співдружні країни, а саме...

— Хто ви? — нестямно горланив Томаш.

— Це подруга, я її привів, — видав я.

— Жінкам у цей Клуб вхід заборонено! Уже досить того, що доводиться зносити цих підстаркуватих комуняк, бракувало лише терпіти якусь бабу!

— Ця баба зараз візьме тебе за гичку! Ах ти ж клятий трухлявий реакціонер!

Не слід було Сесіль давати ляща Томашу. Звук ляпаса задзвенів, як удар кимвалами. Минуло дві, може, три секунди цілковитої тиші, остовпіння та сум'яття. Усі намагалися збагнути, що це таке відбулось, і дивились на заклякле обличчя із кармазиновими відбитками пальців. Згодом Леонід пояснив, що цей короткий час знадобився, щоб больовий ефект перекочував зі щоки до мозку Томаша. Леонід недолюблював поляків. Томаш накинувся на Сесіль з несамовитим бажанням її задушити. Вона виявилася моторною й уникла його рук. Какофонія досягла крайньої межі. Перевертались столи, партії переривалися назавжди, фігури розліталися, склянки розбивалися. Мені заледве вдалося відтягти Сесіль за руку на вулицю, до того як її схопить Томаш, якого тримали Павло та Леонід.

— Що на тебе найшло? Геть хвора? — кинув я.

— Пречудово! Ти захищаєш того виродка? Он який з тебе друг!

Позбавивши мене змоги щось заперечити, вона перебігла бульвар Распай, змушуючи машини різко гальмувати й сигналити. Тільки й бачив, як вона зникла в метро. Я повернувся до «Бальто». Різноголосицю виниклого розколу доповнила нова тема: чи мають жінки право приходити до Клубу? Проблема більше не полягала в протистоянні праві-ліві. Ті, хто сходились думками ще кілька хвилин тому, ставали супротивниками й діяли заодно із давніми ворогами.

— Жодне правило цього Клубу не забороняє приходити жінці, — стверджував Ігор з авторитетної висоти члена-фундатора.

— Правила з розряду демократії та більшості, — заперечив Грегоріос. — Смію нагадати, що саме греки вигадали демократію. Голосуймо! Власне я голосую проти. У суто чоловічій компанії спокійніше.

Уперше Імре та Тібор публічно виявили розбіжність поглядів.

— Ми не в англійському клубі, — пояснив Імре. — Тут правило одне — свобода.

— Не можна дозволити комуністам усе захопити й потруїти.

— Ти верзеш казна-що, Тіборе.

— Істинна проблема — це жінки і Гагарін!

Я відчув, що от-от вирине пагубна тема. Мов невідомий вірус, що заражає вас без вашого відома. Нечисленних примиренців, що спробували запобігти невиправному, облаяли обидва табори. Дійде до рукоприкладства? Дозволити ідеям керувати нашими бажаннями, а не самим вирішувати? Забути, хто був наш друг? Дати політиці й жінкам учергове стати причиною наших бід? Чи може така вагома суперечка обійтися без переможця?

— Немає жодного приводу сваритися. Наші жінки давно нас забули, ми нікому не потрібні.

— Ти граєш чи робиш революцію?

Повернулася тиша. Принаймні до наступної перемоги чи поразки. Я вшився. Завів вовка до вівчарні й був готовий прийняти наслідки. Хай як парадоксально, але ніхто на мене не сердився.

Наступного дня я задзвонив у двері Сесіль. Вона відчинила зі своєю променистою усмішкою й зустріла мене так, наче нічого й не сталося. Коли я навідався до Клубу, жоден не зробив мені зауваження, хіба що я нульовий у шахах. Отож поняття помилки та провини — речі відносні. Дідусь Делоне невтомно виголошує, що нема нічого гіршого, як бажати людям добра проти їхньої на те волі. Проте для мене найгірше — не бажати щастя ближнім чи відступитися від такого наміру. Не скажеш, що я не намагався. Можливо, якби Гагарін притримав свою мертву петлю на небосхилі на день-другий, Сесіль прийняли б із розкритими обіймами.

8

Я був у паскудному становищі. Не в безнадійному, ні — у пропащому. Щоб заблокувати королеву Томаша, я вигадав чудовий хід: пішов слоном з g2 на c6, але я завжди граю надто швидко, не встигаючи продумати усі варіанти. Ігор пригнічено похитав головою. Він вирахував помилку раніше за мене. Томаш відчув прокол. Праворуч сидів Павло: поклав голову на кулаки і збайдужілим оком стежив за партією. Томаш зажив слави хорошого гравця. Грав мало. Більше споглядав і коментував, хоча кібітцери позбавлені права голосу. Насправді він уникав партій із найсильнішими гравцями, тому й не виступав проти Леоніда чи Ігоря. Томаш вагався. Достатньо було пересунути свою королеву на f4, щоб поставити мені мат в один хід. Це було зрозуміло як божий день. Він потягнувся за королевою, наче вона була в небезпеці, але затримав руку в повітрі.

— Граєш як селюк, — пробурмотів Павло.

— Ну так ти ж у нас, мабуть, Ботвинник? — відказав Томаш.

— Мішель — початківець. Як ти можеш так погано грати?

Томаш утупився в шахівницю. Його обличчя засяяло.

— Отут я вже не згоден, — запротестував я. — Що за гра: двоє на одного?

Томаш потягся за турою і вже був схопив, якби хтось не завалився у двері. Усі підскочили. Увійшов Володимир, збуджений, гарячковий і захеканий до того, що знівелював одне з клубних правил. Він звернувся до Ігоря російською. Кілька гучних слів змусили підвестися Ігоря й Павла, який вільно розмовляв російською.

— Нурєєв. Залишився на Заході! — переклав нам Ігор.

— Під час посадки в аеропорту Ле-Бурже, — нестямно вів далі Володимир, — він відштовхнув двох агентів КДБ, що вели його. Перестрибнув огорожу й побіг, як навіжений, з кадебешниками на хвості. Йому вдалося сховатися на французькій митниці. Нурєєв вільний!

— Хто це? — спитав Томаш.

— Ти не знаєш Нурєєва? — здивовано мовив Ігор.

— Та звідки йому знати найвидатнішого танцівника світу? — вигукнув Леонід. — Що взагалі поляки можуть тямити в танцях?

— Минулого тижня ми з Леонідом і Володимиром ходили подивитися на нього в «Баядерці» в Паризьку національну оперу, — розповів Ігор. — Навіть сльози проступали. У третьому акті — аж мурашки по залу. З нечуваною грацією він нанизував серію піруетів, тур ан лер та па курю з приголомшливою швидкістю. Донині ніхто не бачив такого. Нурєєв не танцівник — він птаха. Чайка. Він не торкається землі. І не підвладний силі тяжіння. Він літає. Він один заповнював собою здоровенну сцену Кіровського театру. Лише він, світло і музика. Він пурхає у повітрі. Ти не відриваєш від нього погляд, а він носить тебе у вихорі танцю. Сьогодні ми «впустимо пляшки». Жакі, шампанського.

— Чи не ліпше ігристого? Це ж те саме.

— Найкращого, «Кристал»!

— «Рьодерер»? Це буде дорого.

— Неси дві!

Дядечко Маркюзо приніс шампанське та пластикові стаканчики.

— Ти ж не змусиш нас пити із цього? — скипів Леонід.

— Ваші гулянки мені дорогого коштують.

— Не переймайся цим. Сьогодні великий день.

— Для мене «сто другий», — втрутився Томаш.

Той вечір приніс Альберу Маркюзо найбільший виторг за рік, спорожнив запаси шампанського й ігристого та оновив половину столового скла. Гулянка коштувала Ігореві, Леоніду та Володимиру шалених грошей. Свобода Нурєєва безцінна. Ігор попрохав тиші, щоб виголосити тост за Кірова[1] — найкращий кордебалет світу. Він підніс склянку високо, мов штандарт, аж тут вклинився Володимир:

— Я підніму тост за Нурєєва, бо то дійсно видатний танцівник, проте найкращий балет — це Большой!

— Сподіваюсь, ти жартуєш, Кіров вважається беззаперечним еталоном.

Володимир шукав підтримки у решти, однак практично ніхто не чув ні про перший, ні про другий.

— Попервах, можливо. Сьогодні тон задає Большой.

— Ви, москвичі, завжди нам заздрили. Маріїнка до того величезна, що може вмістити дві Паризькі опери.

— Я говорю не про розміри театру, а про реноме балету.

— Дягілєв, Ніжинський, Ваганова — до вашої Москви взагалі такі імена долітали?

---

[1] Кіров — народна скорочена назва Ленінградського державного академічного театру опери й балету ім. С. М. Кірова. (*Прим. пер.*)

— Вони вийшли на пенсію тридцять років тому.

— А Руські сезони хто вигадав?

— Та це було ще до війни. Кого хочеш питай, навіть знавців, — кожен скаже, що Большой у сто разів кращий.

— Та невже? А Нурєєв? Він звідки? З Москви? Е ні, мій любий, з Ленінграда! У п'ятнадцять чи то шістнадцять він хотів вступити до Большого, але ви його не схотіли. Ви хоч розумієте, як облажались? Большой пропустив Нурєєва! Вони не розгледіли талант. Бідненький ночував на вулиці, мов голота. А Кіров його прийняв і виховав. Коли він блиснув у «Корсарі», Большой раптом схотів його переманити. Але він залишився в Кірові! Назви мені бодай одного танцівника Большого на рівні Нурєєва? Нехай за двадцять-тридцять років.

Володимиру було нічим крити. Леонід набив ціну:

— Я двічі був у Большому й десяток разів у Кірові. Ігор має рацію. Я кажу це не через те, що сам з Ленінграда. Нема нічого прекраснішого за Кіров.

Володимир знизав плечима.

— З вами марно сперечатись. Бачу, ви заодно.

— Ти мене розчаровуєш, Володю. Кірову немає рівних. Це очевидно. Пригости нас пляшкою на знак вибачення, — заключив Леонід.

Томаш знайшов мене і покликав назад до шахової дошки. Я вдав, що вкрай зайнятий.

— Тут обговорюють важливі речі.

— Я практично виграв.

— Ти так і не помітив, що тобі загрожував мат?

Він кинув мені недовірливий погляд. Належна мить для естокади, я бачив як Павло чи Леонід частенько так робили:

— Чекати від тебе нічого. Так і залишишся посереднім провінційним гравцем.

Томаш всівся за шахівницю й увесь вечір марно сушив голову над тим, звідки ж надходила небезпека.

9

Імре плакав, тут нічим не зарадиш. Власне кажучи, він не плакав, але сльози самі наверталися, як мова заходила про Будапешт.

— Ти не можеш нічого змінити, — повторював Тібор, тримаючи його за плече й намагаючись бодай чимось розрадити.

Я теж старався якось його втішити. Імре сидів із заляканим поглядом людини, що бачила ті кошмари на власні очі. Перед ним знову поставали облога кінотеатру «Корвін»; студенти, що конвеєром робили коктейль Молотова; кулемети, які стріляли цивільних, що шукали порятунку під аркадами; безладні купи трупів. Він чув гуркіт танкових гусениць і їхнє «вурвур» по асфальту та безнадійні крики відчайдушної юрби.

— У «Корвіні» працював мій знайомий, Одон. Він видирався на танки, мов акробат, кидав горючий коктейль у башту й зістрибував до того, як танк спалахне. Він самотужки знешкодив два десятки танків. Не знаю, що з ним сталося. Ми втекли з кінопалацу, щойно почався обстріл.

Кожна людина за своє життя припускається певної кількості помилок. Шукає та врешті відшукує добрі чи злі мотиви, часто виправдання чи відмовки. Серед усього найгіршим є усвідомлення власної глибинної дурості. Після трагічних подій, що обагрили кров'ю Угорщину, Тібор, Імре та ще понад сто шістдесят тисяч співвітчизників, яким пощастило покинути країну, десятиліттями сушили голови над одними питаннями: невже угорці до того тупі? Вони приймали уявне за дійсне? Виявилися наївними, мов діти? Чи можна було уникнути катастрофи, що вбила двадцять п'ять тисяч угорців? Як вони могли настільки недооцінити ворога? Щоразу, як розгорталися хронічні дискусії й учергове перемелювалися деталі розгрому, усе зводилося до висновку, що уникнути катаклізму було неможливо. Імре просто не міг дозволити собі сумніватися. Пожежа спалахнула не від самозаймання. Ніхто й не зрозумів, як то зайнялося. Хтось долив оливи до вогню.

Впродовж попередніх місяців «Радіо "Вільна Європа"», що вело угорське мовлення з Австрії й ловило на всіх теренах країни, невтомно підштовхувало угорців на повстання та свято запевняло, що країни Заходу примчать на допомогу. Народ мусить відстояти свободу й повстати. Він може розраховувати на підтримку європейських країн та Америки — від німецьких баз останніх до Будапешта менше ніж година літаком. Отак мільйони угорців наслухалися цього радіо й запевнили себе, що західні війська прилинуть їм на порятунок і допоможуть скинути радянське ярмо — коротше, час збунтуватися. Молодь і студенти скористалися хитким становищем верхівки компартії, подальшим тимчасовим відступом радянських військ, інтерпретованим як підтвердження обіцянок «Вільної Європи». Спершу їх сковував страх наважитися на повстання. 23 жовтня страх щез. Їм здалося, що це дежавю революції 1848-го. Керманича не було, ніхто не керував революцією. За якийсь там тиждень Угорщина вже перебувала в руках заколотників, свобода була досягнута. За браком бодай якоїсь організованості зацарював безлад. Можна було повалити пам'ятник Сталіну й залишитися живим. Французи з англійцями загрузли в Суецькій кризі, їм було не до угорців, Ейзенхауер снив лише перевиборами. «Радіо "Вільна Європа"», фінансоване ЦРУ, чхати хотіло на Угорщину.

— Більшість народів цієї землі оступачили або росіяни, або американці, — шмигаючи носом, пояснив Імре. — Тільки нас одних віддрючили обоє. Ніколи не слухайте дурниць, що передають по радіо.

Імре плакав, бо світ змінився. Консенсус для Клубу був рідкістю. Вони любили гризтися й чіплятися за дрібниці. Події Будапешта не повинні більше повторитися. Думка була одностайною. Угорці полягли задарма. Хто дотримувався мовчанки, так і не зміг підібрати гідний контраргумент. Позитивні та об'єктивні симптоми підштовхують нас до невблаганної демократизації.

— Це безповоротно, — пояснював Володимир.

Злочинний комунізм, комунізм фальшивих процесів, таборів, КДБ і Сталіна, танув, мов лід на сонці, вгасав, як день, що його заміняє ніч, — алегорії авторства Володимира і Павла відповідно. Томаш запропонував лялечку, що перетворюється на метелика, Грегоріос — важкі пологи. Хай там які були образи, зводяться вони до одного. Цього сонячного літа 61-го комунізм почав змінюватися. Нарешті! Завдяки батюшці Хрущову письменники й поети, розстріляні чи зниклі по таборах, були реабілітовані. З ним прийшла надія. У країнах Східної Європи процвітали вільні газети й незалежні журналісти. Їх не відловлювали й не саджали за пропозиції покласти край авторитарним абсурдним планам, потроху повернутися до лібералізму в економіці чи за розмови про демократію, вільні вибори, створення політпартій, профспілок, що захищатимуть інтереси трудящих та про ліквідацію таємної поліції. Така преса поширювалася всюди. Книжки, що донедавна продавали з-під прилавку, тепер друкували офіційно. Хрущов навіть дозволив колишньому політв'язню Солженіцину видати роман, дія якого відбувається в ГУЛАГу.

— Це новий напрям історичного розвитку, — стверджував Павло.

13 серпня 1961 року на їхні голови обрушилося небо, ранок приніс відчуття глибокого похмілля, закарбованого в головах на довгі роки. За ту ніч влада Німецької Демократичної Республіки закрила 69 із 88 пунктів пропуску між радянською та західною зонами, звела перший цегляний мур з колючим дротом довкола Берліна завдовжки 155 кілометрів й ще 112 інших між двома Німеччинами, замурувала двері й вікна будинків, що стояли на лінії стіни 3,6 метра заввишки, 2,1 метра завширшки, оснащеною 96 спостережними пунктами, 302 командно-диспетчерськими пунктами, 20 бункерами і 259 гарнізонами зі сторожовими псами. Найбільше спантеличувала людей... ні, не брутальність та підлість методів, не ідеологічні

виправдання, не диктаторська манера, не зневага до населення, не зламані життя, о ні, із цим вони давно знайомі. Що їх вразило, так це помилка в прорахунках, колективна сліпота, небажання зрозуміти, невідступне переконання, що систему можна змінити на краще. Найгірше, що може статися з марксистом, — це нерозуміння історичного матеріалізму. Дороги назад немає. Їх замурували в цю стіну, як у нову в'язницю. Вони скидалися на злочинців, що відлічували дні до звільнення, але їх ощасливили подовженням безкінечного покарання.

— На наших родинах поставлено хрест, — сказав подавлений Володимир.

— Цього разу нас «вирізали» назавжди. Не бачити нам більше батьківщини, — пробурмотів Ігор.

— Бо ми придурки. Цього ніколи не змінити, — роздумував Імре.

Як то повелося, будь новина хороша чи погана — вони відзначали її розпиттям «Кларет де Ді».

— Користаймося тим, що можемо пити, допоки живі, — заходився Леонід.

— Я піднімаю келих, — сказав Вернер, який зазвичай не впадав у ліризм, — за всіх гімнюків, на чиєму тлі ми білі й пухнасті.

Імре втішився від думки, що взули не лише угорців.

Наступні тижні занесли до Клубу чимало німецьких вигнанців. Франкофони облаштувалися в Парижі. На англофонів чекало подальше випробування еміграцією до Лондона. Микиту Хрущова проголосили довічним почесним членом Клубу за перманентний внесок у його розвиток.

10

Тібор зник два дні тому. Імре вдарив на сполох. Ігор попередив Даніеля Маго, який заходився шукати по каналах префектури, через службу розшуку безвісти зниклих: безрезультатно. Імре був у відчаї. Жакі розповів, що Тібор ходив якийсь пониклий, нічого не їв та пив більше ніж зазвичай. Імре підтвердив, що він зовсім не спав, його стали навідувати нездорові думки. З'явилося припущення, що він заподіяв собі смерть. Тіла не знайшли. Підозрілим було те, що Тібор нічого із собою не взяв. Жодної одежини — а одягом він дорожив. Ані туфель з крокодилячої шкіри, ні замшевої куртки, ні картатого костюма від «Крістіан Діор», що коштував шалених грошей. Особисті заощадження, зібрані з чайових, так і залишилися в коробці з-під бісквітів. Отож, зник він не доброхіть.

З огляду на вищезгадані факти, Даніель Маго дійшов висновку, що тут не просте зникнення. Він перебрав усі клініки й лікарні паризького регіону: марно. Тібор здав зміну в «Акапулько» близько четвертої ранку. Ніхто не помітив у його поведінці нічого підозрілого чи незвичного. Додому не повернувся. Можна припустити, що він наразився на хуліганів десь у Піґалі. Район ними роїться, особливо вночі. Одному Богу відомо, у яку халепу він вляпався. Залучили Лоньона. У Розвідувального управління свої джерела. Він пообіцяв пошукати і врешті визнав, що Тібор дійсно щез. Отаке безслідне зникнення нічого доброго не віщує. Маго з двома колегами провели титанічну роботу, обнишпоривши всі відомі їм готелі та наймані кімнатки. Імре розповів, що угорці-самогубці кидаються в бурхливі води Дунаю — не блакитного, мулистого. Він боявся, що той утопився в Сені. Мабуть, тепер його труп на півдорозі до Північного моря.

Спливали дні, тижні, про нього стали говорити в минулому часі. Якось мимоволі. Окрім Імре, який покинув Клуб, грюкнувши дверима. Його не було три дні. Ігор пішов до нього додому вибачитися й привести назад у «Бальто», до друзів.

Дядечкові Маркюзо дійсно було чим перейматися. Тібор залишив по собі найбільшу заборгованість із тих, що власник овернського бістро міг лише уявити.

— Припускаю, тому він і зник, — звірився він одного вечора.

— Альбере, як тобі не соромно думати таке, — заперечила Мадлен. — Бідний Тібор. Такий наївний, такий милий. З ним, напевне, щось сталося.

— Та він зустрів чоловіка свого життя і не наважився зізнатись Імре! — припустив Жакі. — Знаю я Тібора: не ролей йому бракує, а грошиків. Знайшов собі якогось товстосумика та й воркує з ним десь біля басейну на Лазуровому Березі. Я бачив, як на нього дивляться мужики: хоч він і набрав двадцять кіло, все одно залишився красунчиком. Зірковий статус приваблює. А що, врешті, вони нічим від нас не кращі.

Мадлен запротестувала суто з принципу, а взагалі, ідея Жакі нікому не здалась безглуздою. Усі так думали. Крім Імре. Він самотньо сидів на стільці, газета на круглому столику, весь у думках; тривожити його не наважувалися. Я сів поруч та попросив розповісти про Тібора. Я мало про нього знав. Не знав, хто він. Коли я привітався, Імре глянув на мене, як на ірокеза. Цілими днями він нічим корисним не займався, тільки їв круасани клієнтів, читав газету, курив люльку, мріяв, попиваючи чай з молоком, та брався за переклади, які ніхто не замовляв. Завжди дбайливо й вишукано одягнутий. У шахи він більше не грав. Мадлен потурала його примхам та годувала за чотирьох: ситний обід — кращі ліки від меланхолії. Він читав їй угорські поеми. Вона не розуміла жодного слова. Він колись переклав Рільке з німецької на угорську, а тепер знову перекладав — для неї, французькою. Їй дуже подобалось, здавалося неперевершеним. Вона запевняла його, що в нього зовсім немає акценту. А це зайвий раз підтверджувало його переконання, що він не більше ніж жертва змови.

Новина надійшла неочікувано і мала б їх ощасливити: якщо ти переконаний, що людина мертва, а тут дізнаєшся, що жива, то маєш просто-таки стрибати на радощах та ділитися втіхою. Проте, коли члени Клубу довідалися, що Тібор живий, вони були приголомшені. Ба навіть Імре зволів би, щоб той валявся без нього десь у Сен-Тропе. Причина потрясіння красувалася на першій шпальті «Франс-Суар», де описувалося його тріумфальне повернення до Будапешта. Тібор Балаж повернувся на батьківщину! Оце вперше людина, що втекла з-під комуністичного режиму, подолала зворотний шлях. Угорщина не те що не завдала йому клопоту чи притягла до суду — вона прийняла його, як блудного сина, який був живим свідченням переваги народної демократії над імперіалістичною. То був спонтанний і самовільний учинок, що здивував усіх, разом з угорським керівництвом, яке докладало чималих зусиль перешкоджанню втечі підданих, але ніяк не було готове до протилежного процесу. Тібор заявився на австрійському кордоні. Відповідь Будапешта надійшла за кілька хвилин: «Пропустіть його!» Даючи інтерв'ю на Державному радіо, він заявив:

— Я повернувся в Угорщину. Життя на Заході нестерпне й паскудне. Я не міг більше зносити розлуку з рідною країною і матір'ю. Перепрошую в угорського народу.

Його повернення слугувало яскравим доказом підлості Заходу, зітканого з міражу та пропаганди, — скоро всі емігранти повернуться додому. Тібора не тільки не затримали і не запроторили до буцегарні, навпаки, радісно зустріли та прославили як національного героя. Він повернувся в Дебрецен, до Марти. Вона ніколи не полишала надії. Бо знала, що він повернеться, він її не покине. Його взяли викладачем драматичного мистецтва до Будапештської консерваторії, у подальшому він знявся в багатьох угорських стрічках.

Тібор залишив по собі солідний борг. Ішлося про півтори тисячі франків, хоча деякі стверджували, що сума значно більша. Хай там як, та незабаром після його безславного повернення Альбер помістив у рамку афішку: «Кредит умер, його вбили неплатники». Імре вирішив виплатити все до останнього сантима. Альбер відмовився. Не він проїв ці гроші. Альбер знав його скрутне становище. Імре не поступався. Якщо той відмовить, ноги його більше не буде в «Бальто». Альбер погодився. Імре віддав вісімсот сімдесят один франк з бісквітної коробочки Тібора, а решту виплачував іще рік.

Попри всі намагання, Імре так і не вдалося забути Тібора, але згодом він повернув його в найнепередбачуваніший спосіб. Усі вважали за обов'язок більше його не згадувати, хоча кожен йому заздрив за сміливість омріяного ними вчинку: повернення додому.

11

Мама збиралася провести новорічні свята у свого брата Моріса. Це стало свого роду традицією, перечити марно. Тато був проти. Ні до чого самим їхати назустріч небезпеці. У Парижі теж стаються вибухи, але серйозної загрози немає. А там щось підривають щодня, і ніколи не відомо, хто кидає бомби: ФНВ чи ОАС. З одного боку, влада кричить на кожному розі, що в них усе під контролем, країна практично спокійна, з іншого – їм ніхто не вірить. За сімейним обідом тато був категоричним:

– Хочеш – їдь, я тебе не тримаю. Але Жульєтт не поїде, я проти.

Дідусеві Делоне це теж здалося нерозсудливим. З таким неочікуваним союзом мама тягатися не стала.

Сесіль отримала листа від П'єра, який у своїй константінійській глушині[1] жив, наче на іншій планеті, осторонь тутешніх подій. Про них він дізнається з радіо та газет,

[1] Константінійська глушина – околиці міста Константіна (Алжир). (*Прим. пер.*)

а поки що чекає на відпустку. Він не говорив, де саме. Сесіль сподівалась, що він повернеться до Парижа. Аж доки не отримала поштівку з двома верблюдами в пальмовому гаю Тебесси, яка нас просто-таки ошелешила:

Люба Сесіль,
ми вирішили поїхати скупатися. Нам дали тиждень у сотні кілометрах від бази. Це рай на землі. Ми всенькі дні об'їдаємось берберськими фігами й фініками та граємо в жокарі[1]*. Ми провели загальновійськовий чемпіонат, у півфіналі я програв одному телепню-легіонеру, в якого три легені, він, як біжить, постійно випускає гази. Та він мені сподобався. У парному розряді я виступаю зі своїм друзякою Жако. Ми вийшли у фінал, гра завтра. Ми від них і мокрого місця не залишимо. Я досі чекаю на твою дипломну. Не забувай, Араґон — коханець.*

— Не уявляю П'єра, що грає в жокарі, — прокоментував я.

— А я — що йому сподобався легіонер.

Ми обмінялися поглядами. Подумали про одне й те саме. Я чекав, поки вона сама озвучить.

— Може, почистимо віконниці? Ті, що виходять у дворик, — нагадала вона.

— Та ти бачила, у якому вони стані? Їм уже нічим не зарадиш. Їх не чистили з часів війни чотирнадцятого року.

— Тобі завжди щось не так. Ти ніколи не змінишся.

Вона кинулася на мене й узялася лоскотати. Час від часу на неї находило. Її це забавляло. Я намагався залишатись незворушним, щоб трохи їй дошкулити. Але надовго мене не стало, і я здався. Ми зайшлися сміхом. Того дня я зробив серію фотографій Сесіль: як вона прибирає в хаті й відчищає шпалери в коридорі. Вона перебувала в грайливому

[1] Жокарі — гра з ракеткою та м'ячем, подібна до бадмінтону, у якій можуть брати участь від двох до чотирьох людей.

настрої та постійно викривлялася зі шваброю чи пилососом у руках. Позувати вона не любила. Тому я вичікував вдалого моменту й несподівано знімав. Щодо віконниць я мав рацію. Коли ми відкрили ту, що праворуч, вона виявилася вщент трухлявою та зірвалася з петельних гаків.

Від Франка ані вісточки. П'ятнадцять місяців тиші. Ми не знали, чи він в Алжирі, чи у Франції, чи в Німеччині. Коли тато звернувся до Міністерства оборони, йому відповіли, що лейтенант Франк Маріні сам має тримати родичів на пульсі подій. Моріс розв'язав проблему, вирішивши провести цьогорічні свята в Парижі. Тільки-но він мене помітив, одразу кинув:

— Hi Callaghan, how do you do?[1]

— Very good[2], дядечку.

Мене вшанували легким дружнім ударом по підборіддю.

— Як там ліцей?

— Дуже добре.

— Здається, ти в них занадто розумний для Політеху?

Він зайшовся сміхом. Мені не сподобалось, що він насміхається з мене при кузенах. Я хотів відповісти в тому ж дусі, щоб стулити йому пельку. Але не знайшов, що сказати. Мама показала йому оновлений магазин. Вони розширились і в сусідньому магазині відкрили майстерню та відділення гарантійного обслуговування. Він був вражений напливом клієнтів і чергою за талонами до роздавача номерків. Тато навіть не спробував приділити йому уваги.

— Вибачай, Морісе, мені треба допомогти цим мосьє.

Подружжя саме підписувало бланк замовлення. Чоловік простягнув батькові чек. Тато недбало з'єднав аркушики скобами та показав їх Морісу, що аж витріщив очі, побачивши загальну вартість.

---

[1] Привіт, Каллагане, як справи? (*англ.*)

[2] Дуже добре (*англ.*).

— 10 000 нових франків! Я шокований.

Мама з гордістю пояснила, як працюють різні служби та який то клопіт — підшукати компетентних майстрів своєї справи.

— Я приголомшений. Та ви чемпіони!

Коли вона озвучила суму цьогорічного торговельного обігу, він не повірив.

— Нам досі не під силу обслужити всіх потенційних клієнтів. Якби ми знайшли персонал, змогли б збільшити продажі на тридцять, а то й сорок відсотків. Я вже мовчу про дохід.

— Нічого собі, Елен, тобі від мене браво, браво, браво! Радий, що семінари з менеджменту дали свої плоди.

— Мені це дуже допомогло, — визнала мама.

— Тобі треба було прослухати семінар «Покращити зварні шви у водопровідній справі», — вліпив тато, — тоді ти змогла б відкрити магазин хоч у Казбі[1].

Наступні два дні ми весь час бігали за покупками для різдвяної вечері, вона обіцяла бути розкішною.

Сесіль вирішила на два тижні навідатися до дядька, що живе під Страсбурґом, — єдина сім'я, що в неї залишилась. Вона написала листа П'єрові, додавши копію першого розділу диплому на плюровому папері[2]. Мені вона прочитати не дала.

— Щойно він мені поверне, я передам тобі. Хочеш написати кілька слів?

Скількома історіями я хотів з ним поділитися! Оце я вперше писав з часу його від'їзду. Я подякував за платівки, які слухаю щодня, думаючи про нього. Товариші мені неабияк заздрять. Я віддам усі, щойно він повернеться. Поділився новинами з Генріха IV: про Шерлока, Чахлика

---

[1] Казба — фортеця в багатьох населених пунктах країн Північної Африки. В Алжирі назву було перенесено на все Старе місто.

[2] Плюровий папір — тонкий прозорий літографічний папір, з одного боку вкритий клейовим шаром.

та свої математичні поневіряння. Розповів про знайомства в Клубі. Я присмачив оповідку, назвавши завсідників бандою революціонерів під наглядом Розвідувального управління. Упевнений, йому буде цікаво. Користаючись нагодою, я попросив, якщо він матиме таку можливість, дізнатися бодай щось про Франка й повідомити мене. Я хотів сказати, як мені без нього сумно та як бракує наших балачок. Згадав, що він дико ненавидить будь-який вияв емоцій. І закреслив два рядки, не додавши нічого особистого. Сесіль стало цікаво:

— Ти пишеш роман. Про що ти там йому розповідаєш?

Вона спробувала прочитати з-за мого плеча, але я хутко впхав листа до конверта, не давши їй глянути.

Попри холод, ми вирушили на пробіжку до Люксембурзького саду. Намотали п'ять повних кіл.

Я провів її на Східний вокзал. На виході в кафе навпроти помітив кікер. Не встояв.

Мама вмовила брата поселитися в нас.

— Навіщо витрачатися на готель? У нас достатньо місця.

Мені довелось «емігрувати» до Жульєтт, щоб звільнити свою кімнату кузенам. Моріс із Луїзою вподобали кімнату Франка. Квартира скидалася на табір. Як на канікулах. Біля ванни й туалетів стояли справжні затори. «На війні як на війні», — повторював тато, який один не оцінив цей веселий бедлам. Він ішов на зорі, а повертався дуже пізно, заздалегідь попередивши, що не встигне до вечері. Багато роботи в магазині. Під приводом нездужання бабусі Жанни він на три дні чкурнув до Ланса. Два тижні нашого вимушеного співжиття Жульєтт не давала мені спати. Вона хропіла. Хто б міг подумати! Я її добряче тряс, вона переверталась, та за п'ять хвилин усе починалося спочатку. Коли я їй розповів, вона образилась і сказала, що я набрехав. Однієї ночі я покликав кузенів Тома та Франсуа.

Вони підтвердили мої слова. Жульєтт не залишалось нічого як змиритись, але вона мені це не подарувала.

На кожен приїзд до Парижа Моріс складав програму лише для себе: передивитися якомога більше фільмів. Цього разу він дозволив і нам піти з ним. Але на його умовах: стрічку й кінозал вибирає він. І ніяких мультиків. В Алжирі в нього не було часу, та й це було небезпечно. Кінозали заміновували. Фільми крутили дубльовані, що для нього було чистим злочином. Французький Джон Вейн його смішив, а Кларк Гейбл доводив до сліз. Луїза з мамою тинялися універмагами та бутиками вулиці Фобур-Сен-Оноре, а ми щодня дивилися якесь американське кіно в оригіналі. Щоразу як Луїза затягувала його на французький фільм, він засинав. Факт свідчить за себе, чи не так? Він ішов униз Єлисейськими Полями, задерши носа на афіші, телезірок і назви, уважно розглядав фотографії, щоб визначити, помре він від нудьги чи ні. Його погляд ввібрала в себе одна афіша.

— Звучить чудово. Фільм французький, але сюжет, наче в американському.

Я дізнався, звідки ростуть ноги в мого прізвиська, коли ми пішли на «Каллаґан знову за старе» — продовження, як він мені пізніше пояснив, «Вам зрозуміло... Каллаґане!» та «Більше віскі для Каллаґана» — детективів, приправлених гострим гумором, які фігурували на вищих щаблях його кінематографічного пантеону, поруч із Леммі Коушеном у виконанні Едді Константіна[1], теж героєм пера Пітера Чейні. Виходячи з кінозалу, він нагородив мене легким ударом по підборіддю:

---

[1] Ідеться про стрічку «Альфавіль — дивна пригода Леммі Коушена» («Alphaville, Une étrange aventure de Lemmy Caution»; 1965), зняту режисером Жан-Люком Ґодаром (нар. 1930). Леммі Коушен — агент ФБР, герой романів британського письменника Пітера Чейні (1896—1951). Едді Константін (1917—1993) — французький співак і кіноактор.

— Принаймні ми не знудились.

Після фільму ми пішли на морозиво до «Драґстору» — йому страшно подобався інтер'єр цього закладу в стилі салунів з вестернів. Там йому трапився «чорноногий» друг, торговець взуттям, з яким вони не бачились два роки. Йому вдалося продати магазин в алжирському передмісті й натомість придбати на бульварі Вольтера. Він порадив Морісу вчинити так само. Той аж скипів:

— Дідько! Думаєш, мені потрібні твої дурнуваті поради? Це неможливо, нещасний ти кретин! У мене не крамничка на двадцять квадратних метрів у Сен-Ежені. У мене тридцять дві будівлі! Якщо я бодай якусь продам, опинюся на кладовищі. Мене вже попередили! Я не можу нічого вдіяти. У мене зв'язані руки. Але ми вже якось викрутимось, повір мені. Ми їх знищимо! І залишимося вдома!

Втрутився якийсь відвідувач. Тональність зросла. Тип обізвав його фашистом і прогнилим колоністом. Семінари з дипломатії Моріс не відвідував.

Він плюнув йому в пику, прозвав мерзотним брудним комунякою. Той не оцінив. Вони схопили одне одного за виворіт та давай трясти, ще й намагаючись вдарити. Втрутилися офіціанти. Не вдаючись у подробиці, нас вивели з «Драґстору», не давши доїсти морозива. Тішило одне: він їм не заплатив.

12

Різдвяна вечеря була розкішною. На пам'яті Делоне досі не було такого казкового столу: сліпуче столове срібло, лімозький сервіз, мереживні скатертини та кришталь «Баккара». Ніхто й не згадав інциденту в «Драґсторі». Не варто псувати свято через ідіотів. Приєдналися батьки Луїзи. Нас стало п'ятнадцятеро. А нагодувати могли вдвічі більше. Мама з Луїзою продумали все до найдрібніших деталей. За планом вечеря мала тривати дві години. О двадцять третій нас чекало опівнічне богослужіння та лавочка в Сен-Етьєн-дю-Мон.

— Якщо утнеш якийсь фокус, аби злиняти з меси, — мимохідь сказав тато за аперитивом, — куплю тобі «24 години Ле-Мана» [1].

Пропозиція надто вже спокуслива. Мама відмовлялася мені її купувати. Вважала, що це дурна гра і взагалі я її не заслуговую. Ми розмовляли, як два змовники, пошепки та ледь ворушачи губами.

— Скажу, що занедужав, і ти будеш змушений зі мною сидіти.

— Вона тобі не повірить.

— Устриці. Мені стало від них зле, як тоді, в «Ля Боль». Я нап'юся білого вина. Мій організм його не сприймає.

— Вона здогадається.

— Що це ви двоє тут замислили? — поцікавився дідусь Філіпп і всівся між нами.

— Я переповідаю фільм, що ми сьогодні дивилися. Було класно.

— Мішелю, у французькій мові є інші слова окрім «класно». Ти не міг би оновити свій лексикон?

— Твоя правда, я більше не вживатиму «класно».

— Мені сказали, твоя мама нездужає? — спитав він у батька. — Маю надію, нічого серйозного.

— Знову серце. Лікар порадив дотримуватися режиму.

— Та це якась манія! — заявив він. — Вони повбивають нас зі своїми режимами.

— Не дуже то весело — провести різдвяні свята в лікарні. Сьогодні тато залишився з нею.

— Не хвилюйся, вона одужає.

— До столу! — гукнула мама, виносячи здоровенного копченого лосося.

---

[1] «24 години Ле-Мана» («24 Heures du Mans») — гра на основі найвідоміших автомобільних перегонів на витривалість, що відбуваються щорічно неподалік міста Ле-Ман (Франція). (*Прим. пер.*)

Квартиру наповнила дружня гомінка атмосфера. Можливо, за сприяння ґевюрцтрамінера[1]. Я простяг келиха. Моріс його наповнив. Ніхто й не помітив, як мені налили вже по другому колу, окрім тата, що намагався відмовити мене поглядом. Насправді ж усіх захопила найактуальніша подія останніх днів — виправдання Марі Бенар[2].

— Вона їх упорала. Вона небезпечна, — стверджував дідусь.

— Вона невинна, — спробувала заперечити Луїза.

— Ландрю[3] так само заперечував провину. Якщо вона невинна, то я папа римський, — голосно заявив Моріс.

— Експерти сказали, що...

— Я скажу тобі, як би я з нею розправився, — категорично виголосив Філіпп: — Я б залив у неї миш'як, який знайшли в її гаражі, а коли вона ще корчитиметься в агонії, до того як здохне, — хоп, гільйотина!

— Що за жахіття ви говорите, — вигукнула Луїза.

— А ті, кого вона потруїла, щоб стягти їхній спадок, очевидно, не жахіття?

— Її виправдали! Та й...

— Тисяча чортів! Та що ти тямиш у злочинцях, бідна моя дівчинко!

Їй навіть не дали часу на пояснення. Ніколи немає шансу щось заперечити. Якщо хтось не згоден із дідусем, той дурень чи дурепа. Він захитав головою та показово закотив очі. Вона відступила, бо добре знала, що не впорається самотужки. Делоне полюють зграєю, дотримуючись одного погляду на речі.

---

1 Ґевюрцтрамінер — сорт білого вина.

2 Марі Бенар (1896–1980), на прізвисько Чорна вдова з Лудена, — французька землевласниця, звинувачувана в отруєнні 12 родичів і сусідів (зокрема обох чоловіків, власних батьків, свекра і свекрухи) з метою заволодіння їхнім майном. Суд її виправдав через брак доказів.

3 Анрі Дезіре Ландрю (1869–1922), на прізвисько Синя Борода із Гамбе, — французький серійний убивця, звинувачуваний в 11 вбивствах самотніх жінок. Засуджений на смерть.

— Сподіваюсь, ти не приправила лосося миш'яком, Елен? — поцікавився в мами тато.

— Трохи устриці, — відказала вона.

Хвилини на дві кімнату залив сміх. Ми звільнили центр столу. Мама вдвох із Марією обережно занесли піраміду сріблястих устриць.

П'ятнадцять рук водночас потяглись за устрицями, злегка приправили соусом із цибулі шалот і — хоп, проковтнули щонайменше дві за раз. Скидалося на конкурс з найчисельнішого та найшвидшого поїдання устриць. Здавалося, піраміда не зменшувалася — стільки їх було. Я вирішив. Я переїм устриць. Скільки треба з'їсти, щоб стало зле? Дві, три дюжини? Більше? Близько десятої настав час симулювати біль у животі й корчитися в муках. Тато залишиться зі мною, а решта підуть на свою месу. Треба випити білого вина. Якомога більше. «24 години Ле-Мана» виправдовує ризик.

— Але цікавий у них смак, — прокоментував Філіпп, підозріло розглядаючи устрицю.

— Що не так? — вигукнула занепокоєна мама.

— Відчувається присмак миш'яку. Гіркуватий, але нічого так, — самовдоволено констатував Філіпп.

— Ну ти й дурень, — полегшено відповіла мама.

— Обережно, Полю, ти щойно проковтнув устрицю, начинену миш'яком, — кинув Моріс.

— Тут я спокійний. Мій спадок скромний. А ти, Луїзо, обережніше з чоловіком. Він не проґавить нагоди.

Я перший розчув звук дзвінка у двері, заглушеного сміхом та гамором.

— Тату, здається, хтось дзвонить у двері.

— Я нічого не чую.

Запала тиша. Дзвінок повторився. На нього тиснули довго.

— Мішелю, іди відчини. Цікаво, хто б то міг бути о такій пізній порі.

— Припускаю, консьєржка, — сказала мама, коли я вставав з-за столу.

Я відчинив. Й оторопів від побаченого. На сходовій клітці стояли чотири жандарми в уніформі та міряли мене поглядом. Підійшов тато. Поклав руку на моє плече.

— Чим можемо допомогти, мосьє?

— Мосьє Поль Маріні? — поцікавився старший.

— Я вас слухаю.

— Ми шукаємо Франка Маріні.

— Франка? Його тут немає. Він в Алжирі. Служить у війську.

— Боюсь, ні, мосьє. Він дезертирував.

— Що?

Прийшла мама.

— У чому річ?

— Не знаю. Кажуть, Франк дезертирував.

— Не може бути!

Жандарм дістав із сумки стіс документів та взявся читати верхній, зважуючи кожне слово:

— Ми діємо на підставі судового доручення, виданого мосьє Онтаа, слідчим військовим суддею Вищого постійного суду Збройних сил ПАЗ[1]...

Він спіткнувся на ПАЗ, наче й сам не знав, що воно таке. Я відчув, як тато стис пальці на моєму плечі. Жандарм кинув питальний погляд на колегу, той скорчив невдоволену гримасу, ніби чекав продовження, і перший дочитав до кінця:

— ...що видав наказ про арешт Франка Філіппа Маріні, народженого 25 травня 1940 року в XIV окрузі Парижа, та обшук його житла.

Він увійшов, за ним іще троє. Мама хутко зачинила двері. Решта зажадали пояснень. Справжній балаган. Уже

[1] Північно-Алжирська зона (ПАЗ). У 50-х Франція поділила Алжир на 3 зони: водночас громадянські і військові. Тут мається на увазі військова частина/корпус, закріплена за цією зоною. (*Прим. пер.*)

й не розбереш, хто на що кому відповідає. Усі товклися в передпокої та коридорі. Дідусь Делоне нагадав про свої міністерські зв'язки. Головний жандарм не оцінив. Він внесе це в рапорт. Нас відправили назад до вітальні. Біля дверей поставили жандарма. Його колеги почали обшук у присутності батька. Ми стояли, мовчали, переглядались. Мама сказала щось на вухо Морісу. Ми стали пошепки перемовлятися. За десять хвилин один із жандармів визирнув з-за прочинених дверей. Він попросив колегу записати особисті дані присутніх і сказав Морісу слідувати за ним.

— Чому я? Я не маю з ним нічого спільного.

— Прошу вас!

Вони зникли. Ми прислухалися до дивних звуків через стінну перегородку. Повернувся Моріс. Позаяк вони з Луїзою зайняли кімнату Франка, жандарми хотіли знати, де їхні речі. Прийшов тато з жандармами, що саме скінчили обшук. Вони вилучили матеріали, книжки, журнали й записник та склали їх у поліетиленові пакети, припечатані й офіційно заштамповані. Вони підписали протокол і передали батькові. Головний жандарм вручив йому виклик до суду на п'ятнадцяту годину 27 грудня в жандармерію казарми Реї для давання свідчень.

— Що за свідчення? — поцікавилась мама.

— Щодо вашого сина, мадам.

— Тут все просто: я не отримала від нього жодної вістоньки з моменту від'їзду до Алжиру й надалі не хочу нічого знати.

Це дещо спантеличило головного жандарма. Він пошепки порадився з колегою і той ствердно кивнув.

— Якщо бажаєте, я можу записати їх просто зараз.

Вони прилаштувалися на кухні. Звільнили собі місце за столом. Тато запропонував їм напої. Вони пристали на каву. Їсти вони не хотіли. Як батьки нам згодом переповіли, один із жандармів, блондин, від руки записав їхні розповіді. Батькам не повідомили жодної інформації. Жандарми не в курсі справи.

— Хід судочинству дав алжирський суддя. Вам варто сконтактувати з ним. Якщо вірити справі, у Франка проблеми. Зазвичай видають наказ про привід до суду. А коли вже виписують наказ на арешт — то серйозно. Якщо ви підтримуєте зв'язок, передайте, що в його ж інтересах здатися органам. У будь-якому разі, ловлять усіх. Це питання часу.

Вони зникли так швидко, що сторопілий дідусь рухнув у крісло, запитуючи себе, чи то не кошмар, бува, йому наснився. Луїза сіла поруч й поплескала його по руці. Моріс усе повторював: «Аж не віриться!» Марія недоречно поцікавилася бадьорим голосом, чи можна подавати воловани. Мама її спровадила. Усі були ошелешені, навіть ми, діти, хоч і не знали, що таке Вищий постійний суд збройних сил, наказ про арешт та обшуки. Наше хвилювання підсилювала тривога і розгубленість батьків. Ми інстинктивно відчували, що над родиною нависла катастрофа, серйозна загроза, пов'язана з подіями на війні й тим, що від нас приховували. Що може бути гірше за візит квартету жандармів у Святвечір. Я все згадував Франка у день прощання в бістро біля Венсенського замку. Його дезертирство мені незрозуміле. Я не знав, як розповісти про таке Сесіль. Моріс сів за стіл.

— Діти, якщо не хочемо спізнитися на месу, варто поквапитись.

Мама підійшла до тата й кинула:

— Бачиш, я ж казала. Я мала рацію.

— Про що ти взагалі?

— Це твоя помилка!

— Це не моя помилка! І не твоя! І не його! Це все клята війна.

— Це все його поганська партія з її згнилими ідейками, якими йому там задурили голову. Якби ти відреагував, цього б не сталося.

— Це божевілля! Я забороняю тобі таке говорити!

— Ти не можеш мені нічого заборонити! Ти несеш за це відповідальність!

Ми чекали, що він відреагує, підвищиться тон розмови, вибухне скандал. Він стояв непорушно, з очима, повними нерозуміння, згодом погляд затуманився.

Глибоко задуманий, він зітхнув, похилив голову, обернувся, відчинив стінну шафу, взяв пальто, вийшов, тихо зачинив двері.

— Це вже занадто, Елен, — зауважив дідусь. — Він тут ні до чого. Піди поговори з ним.

— Нізащо!

— Слідкуй за словами. Думаю, ти трохи напружена. Вам час узяти відпустку.

— Тату, це...

— Достатньо! Контролюй себе іноді. Ходімо, збираймося. Бо ми вже ситі по горло.

Продовження вечері навіть не обговорювалось. Вони мовчки вдяглися.

— Мішелю, чого чекаєш?

— Мамо, мені зле.

— Це устриці, — зауважила вона, — він їх не переносить.

— Він випив забагато білого вина, — сказала Луїза.

— Біле вино у його віці! Тільки цього бракувало.

— Морісе, ти налив йому білого вина?

— Він уже дорослий. Ну випив келих.

— Два, — уточнив я.

— Нечувано, — прокоментувала Луїза. — Вино не для дітей. Чим ти тільки думав?

— Іди лягай, — сказала мама. — Зараз дам тобі трохи питної соди.

Я розлігся на дивані. Підійшла Жульєтт. Я подумав, що вона хотіла мене підбадьорити. Вона прошепотіла мені на вушко із сяйливою посмішкою:

— Ти скоро помреш від отруєння.

Вони пішли. Дивлячись на них і не скажеш, що вони йшли святкувати народження — радше смерть. Я відлічив десять хвилин. У моєму розпорядженні були добрих півтори години.

Я вдягнувся. Обережно відчинив двері. У домі панувала тиша. Я спустився в темряві сходами, щоб не привертати уваги консьєржів. На вулиці стояв страшнючий мороз. Вітер повсюди тягав снігові вихори, а поодинокі перехожі кудись квапилися із задертими комірцями.

Де тільки я його не шукав. Обійшов усі спорожнілі вулиці. Піднявся вулицею Гей-Люссака аж до Люксембурзького саду. Ресторани й кафе були зачиненими. Вулиця Суффло була безлюдною, а майданом Пантеон танцювали крижані вихори. Я застав його в тому овернському бістро на Фоси-Сен-Жак — єдиний відчинений заклад цієї різдвяної ночі. Це було бістро невірних, що грали в таро, сміялися й напивалися. Він уважно споглядав партію. Я сів поруч. Він помітив мене, злегка здивувався й поклав руку мені на плече.

— Хочеш пива?

— Ні, дякую.

— Випий коли.

Він звернувся до власника:

— Жано, дві коли, будь ласка.

— Краще лимонадного пива.

Інші запропонували йому приєднатися до таро. Він відхилив запрошення.

— Спасибі, друзяки. Я краще дивитимусь.

Він допив, нахилився та спитав:

— Вони пішли?

Я ствердно кивнув головою. Він підвівся й розплатився.

— Ідемо, на вихід.

Ми опинились на морозі. Він закутав мене у своє пальто.

— Скажи, тату, може зараз той самий момент, щоб піти на месу й поставити свічку за Франка.

– Знаєш, Мішелю, якщо Бог дійсно такий могутній і все бачить, то немає потреби абсолютно ні про що просити, але якщо хочеш, ми підемо.

Тривалий час по тому я докоряв собі за відмову тоді піти до церкви. Як знаєш прийдешні події, одна маленька свічка здається такою дрібницею. Якщо на світі сила-силенна людей, які запалюють свічки й лампади, хочеться вірити, що це щось та й дає; часом серед незліченних мерехтливих вогників впадає в око один, а як ні, виходить, ми запалюємо це світло, аби принести спокій у ночі смертних на землі. Однак, якщо уявити мільярди і мільярди вогнів, запалених ще за первісних людських днів, молитов і поклонів, можна припустити, якщо Бог існує, то він від нас більше нічого не очікує.

Січень—грудень 1962 року

1

Існують надсильні завдання. Скажімо, сміливо дивитися в очі реальності, казати правду чи визнавати свої помилки. Ми ходимо околяса, уникаємо розмови, переводимо тему та керуємося єзуїтською наукою: змовчати — то не збрехати. Коли Сесіль повернулась з канікул, я нічого їй не сказав.

— Як усе минуло?

— Як звичайні сімейні свята.

Ми побажали одне одному щасливого Нового року.

— Ти маєш заповітну мрію, Мішелю? — поцікавилася вона, нарізаючи гугельхупф[1] зі Страсбурґа.

— Не беручи до уваги «24 години Ле-Мана», сфотографувати тебе.

— Ти ж наробив купу фото, і вони не такі вже й страшні.

— Я міг би відзняти тебе у ванні.

— Жартуєш?

— Це буде художня фотографія.

— Нічого оригінальнішого на думку не спало?

— Уже й пожартувати не можна. А ти, про що мрієш ти?

— Я ні про що не мрію. Мрія — це сумно та нездійсненно. Не хочу мріяти.

— Ти б могла подумати про П'єра, побажати завершення війни і його повернення.

---

[1] Гугельхупф (*нім.* Gugelhopf) — ванільний пиріг із дріжджового тіста, часто з родзинками, популярний в австрійській кухні. Назва побутує в південній Німеччині, Австрії, Швейцарії та в північному французькому регіоні Ельзас, столицею якого є Страсбурґ. У слов'ян страва відома під назвою ромова бабка.

— Я думаю про П'єра, війна незабаром скінчиться, і він повернеться.

— А диплом?

— Я допишу його вчасно й захищу. Ти не відповів.

Я не наважився розповісти їй про візит жандармів. Вона взялась би перебирати гіпотези, притягувати за вуха пояснення. У неї було б те саме бажання. Я її знаю. Начепить свою найбайдужішу маску, скаже, що їй начхати й узагалі то більше не її проблеми.

— Чого я реально хочу, так це ще шматочок пирога.

Вона запрошувала мене на гарячий шоколад, але забула його купити. Тому зробила каву з молоком. Ми доїли пиріг.

— Мій дядько тримає ресторан. Уже мовчу, скільки я з'їла за ці два тижні. Скажи, я погладшала?

— Якщо ми бавимось у недомовки, я теж надалі мовчатиму. Можемо продовжити бігати.

Навіщо мені розповідати про Франка? Вона понад рік уникала цієї теми. А втім, що я міг сказати? Я нічого не знав. Моріс мав зв'язки. Але вони нам не допомогли. Тільки-но він вимовляв слова «дезертир» та «слідчий суддя», між ними виростала невидима непорушна стіна. Його «контакти» обіцяли зателефонувати. Він годинами сидів біля телефона в очікуванні дзвінка, що так і не пролунав. Ті ж, що дзвонили, були не тими, на яких він чекав. Він різко кидав слухавку. Навіть запровадив постійне чергування біля телефона. Він собі постановив не дзвонити — лише сидіти й чекати дзвінка. Коли він таки телефонував, ніхто не відповідав, зоставалося залишати непотрібні повідомлення на автовідповідач. Дідусь Делоне взявся за свої нитки, поки вони ще були, але всі знайомі високопосадовці вийшли на пенсію. Ніхто його більше не пам'ятав. Де Ґолль провів міністерські чистки та понашпиговував усюди своїх людей.

Канікули скінчились, новин ми так і не дочекалися. Моріс, Луїза та кузени повернулися до Алжира. Моріс не втрачав оптимізму: там у нього є свої зв'язки, тому він швидко про все дізнається. Проте алжирські друзі, як і тутешні, фаталістично знизували плечима й радили не лізти куди не треба. В алжирському суді його відсилали з одних дверей до інших. Навіть його друг Фернан, якого він вважав за брата, начальник відділу префектури, ухилявся від розмови та уникав його. «Облиш, Морісе, — врешті безпомічно видав він. — Не вплутуйся».

Трагедія зводилась усього до двох слів: військова поліція. Усе засекречено. Наче німа загроза, соромітська болячка — про таке говорять пошепки. Ніхто не повинен був знати. Інакше пряма дорога до незліченних клопотів. Коли телефонував Моріс, підбігав тато, мама брала слухавку й вони розмовляли втрьох. Слідчий суддя Вищого постійного суду збройних сил відмовився його прийняти. Він не зміг потрапити до казарми Ель-Біар, тільки зморився на осонні. Десантник порадив йому не гаяти часу та більше туди не приходити. Увесь місяць наше життя крутилося довкола цих нічних дзвінків. Хай там що тато говорив про Моріса, але той не шкодував зусиль на збирання інформації. І він знайшов рішення, хоча мама різко його розкритикувала. Моріс знав «ну дуже порядну мадам», яка утримувала готель у Баб-ель-Уеді[1], куди полюбляли навідуватися Массю, Біжар[2] та ще половина штабу. Попри татову згоду, мама забороняла братові звертатися до цієї особи. Довелося втрутитися Філіппу, щоб її втихомирити:

— Елен, ти вже дістала нас своїми перепадами настрою! Дозволь Морісу самому цим зайнятись. Це чоловічі справи!

---

[1] Баб-ель-Уед — квартал в Алжирі, на узбережжі Алжирської затоки, один із найкрасивіших у Старому місті.

[2] Жак Еміль Массю (1908—2002) — французький генерал, учасник Другої світової, а також Індокитайської, Суецької та Алжирської воєн. Марсель Біжар (1916—2010) — французький офіцер, учасник Другої світової, Індокитайської та Алжирської воєн. Автор книжки «Прощавай, моя Франціє» («Adieu ma France»; 2006).

— Це наш останній шанс, — пояснив Моріс, щоб її переконати. — Вона знайома з усім Алжиром.

Ігор, Вернер, Павло чи Грегоріос сміливо протистояли безвиході, навіть найжорстокіші випробування вони зносили без зайвої паніки. Коли я прочинив двері Клубу, Великовухий розмовляв із Томашем. Я був переконаний, що всі мої проблеми прописані в мене на обличчі, їх видно з моєї поведінки. Але можна переживати найважчі душевні муки — ніхто й не здогадається. Я сів собі кібітцерувати першу-ліпшу партію. Тільки й чекав, коли хтось поцікавиться: «Що з тобою, Мішелю?»

Ніхто нічого не помітив. Секрет залишився при мені. Для чого стільки друзів, якщо ні з ким поговорити? Я вирішив порадитися з Ігорем. Він-бо точно зрозуміє та підкаже рішення. Я був переконаний, що в неділю Великовухого не буде. Коли я прийшов до «Бальто», група з'юрмилась довкола Мадлен та Імре, що слухали радіо. Альбер гарячково перемикав станції.

— Що сталося?

— Ти не в курсі? — кинув Імре.

— У курсі чого?

— На Сартра здійснили замах. Можливо, його вбили! — вигукнув Жакі.

Того дня, 7 січня 1962 року, ОАС заклали вибухівку й підірвали квартирку на четвертому поверсі будинку 42 по вулиці Бонапарта, де з 1946 року жив із матір'ю Жан-Поль Сартр. Минулого року попередній вибух завдав незначних збитків. Цього разу квартиру розгромили, знищили його фортепіано, порозкидали рукописи.

Завдяки овернському телеграфу дядечка Маркюзо уже з наступного дня Сартр винайняв однокімнатну квартирку за два кроки від «Бальто», на третьому поверсі сучасного будинку номер 222 по бульвару Распай. В'їхав він під грифом «секретно», побоюючись чергового замаху. Мешканців пройняв моторошний страх обзаведення таким сусідою, тому з десяток написали скаргу управителю, який кинув її до смітника. Сартр став частіше навідуватися до «Бальто» й сусідніх бістро. Він мав свій столик у залі, неподалік від дверей Клубу. Весь ранок він писав, і ніхто не наважувався його турбувати, окрім Жакі, який, тільки-но Сартр приходив, одразу приносив каву з вершками та поновлював замовлення з кожним помахом руки. Часом він сідав поруч Сартра. Вони бесідували. Ми не розуміли, про що їм узагалі розмовляти. У Жакі була лише одна тема: футбольна команда «Стад де Реймс». Так ми дійшли висновку, що, вочевидь, Жан-Поль Сартр теж захоплюється футболом. Одного дня ми поцікавились у Жакі:

— Про що ви можете розповідати одне одному?

— Про що ми розмовляємо?

— Ви щось обговорювали цілу годину. Що він тобі сказав? Він цікавиться футболом?

— О, це складна особистість. Він безперестанку розпитував про мою роботу.

— Про твою роботу?

— Угу. Він вважає, що, порівняно з іншими офіціантами, я не граю роль офіціанта. Я його страшенно цікавлю. Каже, що я щирий, що не прикидаюсь, що не граю у свою роботу, у ній я справжній. На його думку, я єдиний відомий йому офіціант, хто не бавиться у свою професію, а є самим собою, і це його вражає. У чолов'яги забагато вільного часу, ні? Що замовляєте?

Бувало, Сартр залишався працювати в залі ресторану і в другій половині дня, але не наближався до дверей Клубу. Якщо Ігор, Леонід та Грегоріос безмежно ним захоплювалися, то Імре, Володимир, Томаш, Петро й Павло ненавиділи його за захист сталінського комунізму, дволике ставлення до будапештських подій і через заяву під час процесу Кравченка, що всякий антикомуніст — паршивий пес. Вони проходили повз, навіть не глянувши й не привітавшись. Сартр не жалував їх і поглядом. Щодо мене — щоразу, як його помічав, я кивав головою. Він так само відповідав легким кивком. Якось у нього скінчився вогонь. Я запропонував збігати пошукати.

— Було б непогано.

Я приніс йому коробочку сірників.

— Щиро дякую.

Він мені всміхнувся. Я не наважився сказати колишньому випускникові ліцею Генріха IV, що в нас є дещо спільне. Мені хотілось утнути щось оригінальне. Але я не дуже знав що. Як видатися освіченим поруч із Жаном-Полем Сартром?

— Дивилися вчора? «Расінґ» вчергове розгромив «Стад де Реймс». Не те, що раніше.

Він глянув на мене круглими очима. Мовчки підпалив цигарку, весь у роботі, і став писати далі. Я дійшов висновку, що промахнувся: він уболівальник «Реймсів». Іншим разом я підняв аркушики, що злетіли додолу. Він мовив до мене металічним голосом:

— Дякую, юначе.

— Знаєте, я навчаюся в ліцеї Генріха IV.

— Ми там добре позабавлялись. У мене залишилися приємні спогади.

Я страх як пишався цими кількома словами. Тому поділився радістю із Сесіль. Вона б із задоволенням його побачила. Але її попередній контакт із Клубом був до того невдалим, що вона не бажала більше там з'являтися.

Великі майстри пера давно помітили перевагу жінок над чоловіками та віддали їм зверхність у психологічному чутті. У Клубі ніхто не виявив зміну моєї поведінки. А от Сесіль таки примітила щось незвичне. Ми бігали Люксембурзьким садом та сіли перепочити біля фонтану Медічі.

— Що з тобою, Мішелю?

— Трохи задихався.

— Маєш дивний вигляд.

— Невже?

— Якісь проблеми?

— Ні.

— Справа в ліцеї?

Вона не відступалася. Видатні письменники тонко спостерегли межу жіночої наполегливості: аж доки жінка не вдовольниться жаданим, а герой не зізнається. Таж це гніт до бомби! Перечитавши вдосталь літератури, я вирішив ні в чому не зізнаватись. Я проаналізував поведінку Ізабелли Арчер, Джейн Ейр та Маргарити Ґотьє[1], тому знав, що вони ладні взятися за зброю, проти якої чоловіки безсилі.

— Ти не маєш права мені брехати, братику.

— Я й не брешу.

— Якби це було важливо, ти б мені сказав?

— Сесіль, годі. Ходімо, ще одне коло.

Ми поволі побігли. Я зловив її погляд: вона мені не повірила. Майстри пера нерідко вирішували проблему своїх героїв їхньою втечею, проте в жодній з прочитаних книжок двоє протагоністів не бігли разом.

— Говори, що хочеш. Ти справді дивний.

Я нічого не сказав Сесіль. Я нічого не сказав Ігорю. Щовечора я сподівався на відповідь. Коли лунав телефонний дзвінок, усі бігли до апарата. Клопотання Моріса не дали результатів. Знайомі його готельної подруги змушували себе вмовляти. Та вона й далі випитуватиме. Ніхто не міг нам пояснити, чому Франк дезертирував та що з ним сталося.

2

— Хто не літав на штурмовику «Іл-2», ніколи не зрозуміє солодке відчуття керування цією праскою, — пояснював мені Леонід. — Особливо коли винищувач «Мессершмітт-109», що майже на дві тонни легший та на 200 км/год

---

[1] Ізабелла Арчер — героїня роману Генрі Джеймса (1843–1916) «Жіночий портрет» («The Portrait of a Lady»; 1881). Джейн Ейр — героїня роману Шарлотти Бронте (1816–1855) «Джейн Ейр» («Jane Eyre»; 1847). Маргарита Ґотьє — героїня роману Александра Дюма (сина) (1824–1895) «Дама з камеліями» («La Dame aux Camélias»; 1848).

швидший, приклеївся до тебе, як безтямно закоханий. А з тебе вже тече піт, аж яйця холонуть. Ти чуєш, як довкола тебе свистять кулі, у кабіні пробоїна, твій кулеметник захлинувся власною кров'ю, відмовила ручка керування. Ти не знаєш, що робити. Ніхто не вчить тебе, як вийти з безнадійної ситуації, бо ніхто звідти не вибирався живим. Твій єдиний бог — Парашут. Хочеш вір, хочеш ні, але я ніколи собі не казав, що вже край. Двічі мені вдавалося сісти, один раз я розбився. Сім разів я був поранений. Ніколи не втрачав віри у свою щасливу зірку. Двічі або тричі я був на волосинку від смерті. Спершу в нас не було кулемета у хвостовій частині. А потім, коли Іллюшин[1] установив його під видовженим ліхтарем, стало ще гірше. «Горбатий» став нестійкий, мов безногий каліка на самокаті. З віддачею гармат 37 мм на точність стріляння годі було покладатися. «Батько народів» розлютувався не на жарт. Вони знали, що це означає. Вони гарували дні і ночі. Ми пересіли на двомісні моделі з новими моторами та броньованим корпусом. Під кінець 42-го нарешті стали постачати правильні «ілюші», з гарматами калібром 20 мм, от з ними ми піддали жару. Наші бомби розчищали територію радіусом у тисячу квадратних метрів. Ми штабелями вкладали їхні танки та їхні «штуки»[2]. Війна відштовхнулась від Уралу й понеслася у зворотному напрямку.

— Ти справді був знайомий зі Сталіним?

— Мене представили після танкової битви під Прохорівкою. Коли мій літак збили, мені поранило плече. Він подякував за мою сміливість, нагородив новоствореним орденом Кутузова й оголосив мене героєм. На решту він наводив страх. А я його не боявся. Він це відчув, і йому сподобалось. Я розмовляв з ним, як з другом, як будь з ким іншим. Він сказав: «Леоніде Михайловичу, здається, ніхто не знає стільки

---

[1] Іллюшин Сергій Володимирович (1894–1977) — видатний радянський авіаконструктор.

[2] «Штука» (*нім.* Junkers Ju 87 «Sturzkampfflugzeug») — німецький пікірувальник і штурмовик «Юнкерс Ю-87» часів Другої світової війни.

анекдотів, як ти». Розуму не доберу, звідкіля він дізнався. Він попросив розповісти кілька. І я взявся до оповідок — я й так щовечора розважав ними товаришів. Він реготав на все горло. Що рідко траплялося. Його штаб так само сміявся. Ми чимало випили за перемогу. Ми були щасливі. Ми знали, що незабаром виграємо війну. Він поцікавився, чи не знаю я, бува, анекдотів про нього. Сміх умить притих. Що я міг відповісти? Мій генерал аж тремтів. Якби я сказав «так», ризикував бути розстріляним на місці чи відісланим чортзна-куди. Якби відповів «ні» — він би мені не повірив. Я без розбору відповів, що один знаю. Він попросив розповісти. Отак ми й потоваришували.

— Що то була за історія?.. Ні, Леоніде, тільки не кажи, що про сонце, яке рухається зі Сходу на Захід.

— Саме так! Йому сподобалось, він неодноразово просив повторити її. Щоразу вона викликала той самий ефект. На генеральський штаб вона наводила жах. А він сміявся до сліз. Розповідав її зі мною, підхоплював, додавав деталі. І захлинався сміхом. Якось один генерал сказав, що шокований таким зухвальством і йому не смішно. Він відповів, що герої мають право на маленькі привілеї та немає правил без винятку. Казали, що він безмежно терплячий і лукавий, мов лис. Одного дня він поцікавився, хто розповів мені цей анекдот. Я відповів, що друг-лейтенант, який загинув у бою. Я помітив, що він мені не повірив. Він не розізлився. Завдяки йому мене підвищили до полковника й нагородили «Золотою Зіркою» Героя Радянського Союзу. Не по блату — за повітряний бій, де я збив трьох «Мессершміттів-109» та один «Юнкерс-87» — трикляту «штуку» я протаранив. Досить поширений спосіб серед радянських пілотів. Таких, як я, були сотні. Ми боролися за нашу землю і не боялися смерті. Японські камікадзе нічого нового так і не придумали. Тоді мій парашут розкрився. «Золота Зірка» — найвища відзнака російської армії. Мені випала надзвичайна честь отримати її двічі. Вдруге — за битву за Берлін, але нею я не пишаюсь.

Тато ніколи не розповідав про війну. Сорок місяців концтабору. Можна вмерти від нудьги. Розповіді Леоніда Кривошеїна скидалися на пригодницьке кіно. Наче стрибок у минуле, на двадцять років назад. Отримав свідоцтво пілота Пермського авіаційного технікуму, а далі дістав призначення молодшим лейтенантом гвардійського винищувального авіаційного полку. На його рахунку 278 вильотів, 91 підтверджена повітряна перемога, з яких 65 індивідуальних та 26 у групі; 96 танків, 151 зенітна установка та 17 локомотивів, знищених на землі; 25 орденів та військових звань. Таким швидким просуванням по службі він завдячував своїй відвазі та кривавій борні радянських військ: під кінець війни з усього випуску живий лишився тільки він.

Поперваx мені важко вірилось. Попри втомлений погляд та кола під очима, він заледве здавався старшим за Франка. Бліда шкіра, світлі скуйовджені пасма, гладенько поголений, він більше скидався на моложавого англійського аристократа, аніж на російського пілота. Я не дав би йому й тридцяти, хоча насправді він доганяв свої п'ятдесят. Ігор глибоко поважав Леоніда та запевнив мене в достовірності його слів. За найменшої згадки чи то битви на Курській дузі, де він устиг знищити два ворожих літаки, перед тим як його самого збив штурмовик «Хеншель-129», чи то Польської кампанії, усі на нього накидалися. Особливо Володимир Горенко:

— Припини в'їдатися нам у печінки, Леоніде. Ти переміг. Маєш цілий мішок медалей. Сталін тебе обійняв і нагородив. Іллюшин назвав кращим пілотом планети, а Туполєв любив, як рідного сина. Твоїм іменем назвали вулиці та школи. Ти був Герой Радянського Союзу. Браво, товаришу. Тільки сьогодні твій зад катається в паризькому таксі. Припини нас діймати цією окаянною війною. Ми навіть чути про це не хочемо!

Леонід спокійно зносив грубі образи й одразу ж брався за своє:

— Якщо я про це не говоритиму, Володимире, не розповім, що нам довелося пережити, хто ж про це дізнається?

Час від часу він різко принюхувався, наче відчув неприємний запах, і допитував партнерів, чи, бува, вони теж щось унюхали. Діставав із кишені флакончик матового скла, капав п'ять крапель на хустинку та прикладав до носа. Запитати в нього я не наважився, тому поцікавився в Ігоря.

— Нічого страшного. Невелика проблема з носом. То ліки.

І зимою і літом він носив незмінну чорну кашемірову водолазку, вже розтягнуту, і потертий плащ «Барберрі», придбаний у Лондоні за часів достатку. На правій руці хизувався «Ліп Президент», годинник зі збільшуваним склом та золотим корпусом, який упродовж десяти років не відстав ані на секунду. То був його найбільший скарб. Щодня Леонід брав із собою два сандвічі з подвійною порцією шинки та грюєру, які для нього залюбки готувала Мадлен. Вона загортала їх у тканий мішечок, а він клав його до внутрішньої кишені свого непромокального плаща. Неодноразово Мадлен помічала один непочатий бутерброд й бралася докоряти, чому він не з'їв. Леонід винувато всміхався. Не був голодний. Йому вистачало алкоголю. Він пив і від того не п'янів і не хитався. За ним закріпилася репутація нечуваного п'янички — не один довбень, сподіваючись його перепити, сповзав під прилавок, тоді як Леонід виходив безтурботним кроком, тільки знизавши плечима, сідав у своє таксі та їхав не відхиляючись від прямої ні на сантиметр. Ніхто не мав пояснень такій надлюдській стійкості. Він був недосяжним найкращим гравцем Клубу. Навіть коли опинявся у скрутних ситуаціях чи хиляв лишку, він викручувався та виводив на пат. Його слава сягала далеко за межі Клубу: не один гравець відчиняв клубні двері, щоб позмагатися з ним. Студенти сусідніх вищих шкіл, Центральної чи Політеху, сідали навпроти, марно сподіваючись на перемогу. Леонід не приставав на жодну партію без парі на пляшечку «Кот-дю-Рону» чи аперитиву й частування всіх присутніх. Часто ті, хто насмілилися з ним тягатися, виходили знеславлені й напідпитку. Ніхто, окрім його найліпших друзів, Ігоря та Вернера, і Віржиля, що не втрачав надії покласти його на лопатки, не наважувався кидати йому виклик. Переможеним доводилося терпіти його саркастичні кпини: «А ти прогресуєш, Тіборе, лишень чомусь у протилежному напрямку», або «Та ти дрібний провінційний гравець, Імре», чи як-от Грегоріосу, якому було незнайоме почуття гумору: «За шкалою від 1 до 10 ти нижче від нуля».

Найгіршу серед шахових образ він приберігав для тих, хто наважувався оспорювати його першість: він величав їх слиньками. Я неодноразово намагався вмовити його розіграти зі мною партію. Він ухилявся з незмінною посмішкою:

— Обговоримо це років за десять. Як станеш гравцем. Іди вправляйся з Імре чи Володимиром. А як вони перестануть у тебе вигравати, повертайся до мене.

Я годинами спостерігав за його партіями, занотовуючи кожен хід та ставлячи запитання. Леонід був натхненний гравець і не потребував ані дошки, ані фігур. Він грав у голові. І стверджував, що знає напам'ять 287 найкорисніших партій та кількасот кращих дебютів й ендшпілів. Дивно, що не підрахував ретельніше, бо був надточний. Він запам'ятовував кожен хід, пригадуючи аналогічну серію розмінів[1] зі, скажімо, якогось іменитого турніру; запитував себе, як би вчинили за такої ситуації його безперечний кумир Алехін, що носив у голові понад тисячу партій, проти якого він мав честь зіграти тричі, не вигравши жодного разу, чи чемпіон чемпіонів Ботвинник, що так само завжди його перемагав. Якось я поверхово спостерігав за партією, не розуміючи доброї половини. Леонід, зауваживши мою розгубленість, розклав фігури:

---

[1] Розмін — хід у шахах, під час якого відбувається обмін на таку саму або рівноцінну фігуру супротивника.

— Ось. Це легка партія. Ти маєш поставити мат за чотири ходи.

Він залишив мене віч-на-віч із власною жалюгідністю. Приєдналися Павло й Віржиль. Ми намагалися знайти саме той очевидний розв'язок. Упевнені, цього разу він помилився.

— Він сказав, у чотири ходи? — поцікавився Віржиль.

— Варіантів — хоч греблю гати. Ми що, схожі на ідіотів? — додав Павло. — Він з тебе покепкував.

— Піди спитай у чемпіона, як він це зробить у чотири ходи, — запропонував Віржиль. — Я от стверджую, що це неможливо. За п'ять — припустимо, але не за чотири.

— Він саме грає.

— А мені начхати, — відповів Павло. — Уже ціни собі не складе?

Я насмілився потривожити його під час партії зі студентом — щойно Леонід зробив хід і натиснув кнопку годинника.

— Леоніде, а ти впевнений, що не помилився? Неможливо поставити мат у чотири ходи. Зі мною всі згодні.

— Що, вже не можеш почекати? Я ж казав тобі: ніколи не відривай гравця від партії. За винятком пожежі в Клубі. Колись ми додавали «чи як німці атакуватимуть». Небезпеки не видно? Тож не діймай мене!

Я стежив за партією. Судячи з напруженого обличчя, його молодий супротивник був у безвиході. Час від часу він кидав оком на стрілку годинника, що наближалася до визначеного порогу — XII. Він глибоко зітхнув, закивав головою, наче вона йому була зайва, та скинув свого короля.

— Браво, — пробурмотів він писклявим голосом.

І простягнув руку Леонідові, той потис кінчиками пальців.

— Жакі, — крикнув останній, — принеси пляшку «Кот-дю-Рону». Мосьє пригощає. Не бажаєте келиха, юначе? — додав він.

— Ні, дякую.

— Як вам завгодно, — мовив Леонід, хильнувши повного келиха.

Спорожнивши одним хилом перший, він налив другий. Потім, масуючи собі поперек, повернувся всім тілом і вшанував наш столик своєю компанією.

— Цікаві такі, ці пуголовки з Політеху. Сильні в математиці й непогані в шахах. Візьмемо от цього: був би нічогеньким гравцем, якби так не беріг свій зад. Надто вже боїться програти.

— Пригостиш нас келихом? — поцікавився Павло.

— Пригощу, як почнеш прогресувати. Бачу, це буде не скоро.

— Цього разу ти вскочив у суточки! — наближаючись до столу, кинув Віржиль.

— Та ви просто купка слиньків, — сказав Леонід, здійснивши чотири ходи білими і чорними. Мат! Навіть мій кіт не схотів би з вами зіграти.

Віржиль і Павло, більше не наполягаючи, пішли геть.

— А ти, — звернувся до мене Леонід, — завершиш партію і спробуєш допетрати, чому цей дурник здався. Принаймні він розгадав партію.

Я втупився в шахівницю й поставив на місце короля.

— У нього була вигідна позиція, так?

— Це нескладно. Не очевидно, однак досить просто. Я дам тобі наводку. Минулого тижня вже була схожа ситуація, мінус один кінь.

Я хвилин двадцять роздивлявся шахівницю, наче намагався відгадати секрет ієрогліфів.

— Ти славний, Леоніде. Але я цього не розумію. Шахи як математика: я в них нульовий.

— Як почнеш одного дня використовувати мозок, що спить десь там, у твоїй голові, він тобі допоможе.

— Я тільки цього і прагну. Як то робиться?

— Якби я знав, то не був би таксистом. А мав би повні кишені грошиків.

— Ти коли-небудь був справді п'яним?

Він замислився, перебирав давні спогади.

— П'яний як чіп, маєш на увазі? Двічі або тричі, коли був молодим, відчував, що злегка крутилося в голові. Під час війни я напивався. Але завжди міг устояти на ногах.

Мадлен з Ігорем усе намагалися згодувати йому страву дня. Він ледь її торкався та брався за черговий кухлик «Кот-дю-Рону» — най бережеться той, хто відмовлявся освіжити його.

— Я плачу. Я не п'яний. Я не скандалю. Роби свою справу — принеси мені випити.

— Леоніде, — казав Ігор, — ти зовсім не їси. Схуд так, що й не впізнати. Не уявляю, як ти досі тримаєшся на ногах. Одного дня в тебе не стане сил кермувати.

— Я ніколи в житті не потрапляв у аварію.

— Знаю, я втручаюся не у свою справу, — правила далі Мадлен. — У вас лише кістки та шкіра. Ви гарний чоловік, Леоніде. Але якщо й далі буде в тому ж дусі — жодна жінка на вас не гляне.

— Однією проблемою менше.

— Мені здається, у вас проблеми з алкоголем.

— Мадлен, це без алкоголю в мене проблеми. Як казав мій батько: «Поки руки не тремтять, життя прекрасне». От що дійсно погано, коли починаєш розливати повз. Горілка зігріває наші серця. Єдиний алкоголь, що не замерзає... Я розповідав вам анекдот про Леніна і Горького?

Вони спробували згадати й один за одним закивали головами.

— Одного прекрасного дня Горький вирішує провідати свого давнього друга Леніна та запрошує розпити рубль горілки[1]. Ленін покликається на певні обмеження, накладені

[1] 1924 року почали випускати першу радянську горілку — в народі «риковку» (за ім'ям тодішнього голови Раднаркому Олексія Рикова). До слова, низькоякісну (принаймні таку продавали пролетаріату). Тоді 0,5 літра «риковки» коштував 1 рубль. Звідси й вислів. (*Прим. пер.*)

революцією, і відмовляється пити більш як полтину. Але Горький добре його знав: до повстання він запросив його на Капрі, напились тоді до чортиків. Він наполягав, зауваживши, що два таких значущих діячі можуть собі дозволити малесеньку надбавку і ніхто не наважиться їм дорікнути. Ленін палко заперечує, тоді Горький запитує, у чому ж криється справжня причина такої впертості. Ленін хапається за голову й відповідає: «Розумієш, Олексію Максимовичу, коли я востаннє розділив з другом рубль горілки, це так ударило в голову, що я відчув обов'язок виступити перед робочими, вони ж бо на мене так чекають. І от я досі ніяк не допетраю, що ж я міг їм тоді такого сказати, що вони потім наробили стільки дурниць».

3

Часто після уроків у мене не залишалося часу на Клуб, додому не хотілося, отож я йшов до бібліотеки мерії, особливо відколи там з'явилася Крістіан. Підприємство її чоловіка перевело його з Тулузи в Париж, а вона тут зовсім нікого не знала. Перехідний період дався їй непросто. Вона ніяк не могла звикнути ні до похмурого міста, ні до Марі-П'єр — головної бібліотекарки, яка невідомо чому взяла на неї неприязнь, відповідно, скидала на неї найнеприємнішу роботу, як-от розкладати книжки чи вимагати в читачів сплатити штраф: сантим за кожен прострочений день. Крістіан покірно виконувала всі доручення. Її акцент відчувався з першим же словом. Коли я вперше її побачив, подумав був, що вона прикидається. Вона була зовсім не така, як Марі-П'єр. Та лишень вилучала картки з книжок. Натомість Крістіан додавала коментар до кожного видання: «Чудовий вибір» чи «Вам сподобається, це кращий з його романів». Якщо їй не подобалася книжка чи автор, вона вдовольнялася простим: «Про цю книжку побутують різні думки».

Ми познайомилися на початку мого періоду Достоєвського. Під враженням від «Гравця» я вирішив узятися за весь його творчий доробок. Це найменше, до чого я міг удатися, шоб висловити свою вдячність. На полиці стояло двадцять дев'ять романів із сорока із чимось творів великого Федора. Я вибрав п'ять і поставив їй на стіл.

— О, «Бідні люди», непогано як для першого твору, — зауважила Крістіан. — Хоча я ніколи не любила епістолярні романи. Тобі варто прочитати «Записки з підпілля». Це продовження, двадцятьма роками пізніше. Потужна драма про цинізм і самоненависть. Один з улюблених романів Ніцше.

Вона акуратно проштампувала картонні картки, потім жовті аркушики, приліплені до форзацу, де вписаний кінцевий термін повернення книжок: не пізніше ніж за чотири тижні від дати отримання.

— «Двійник»? Не читала.

— Чому в муніципальній бібліотеці немає повного творчого доробку Достоєвського? Це ненормально. Де ще одинадцять?

— Мені про це нічого не відомо. Це справді ненормально. Я поцікавлюсь.

За десять днів я повернув п'ять книжок і взяв іще п'ять.

— Ти ж не хочеш сказати, що прочитав п'ять романів за одинадцять днів? — поцікавилася вона зі своїм співочим акцентом.

— Я постійно читаю, навіть на уроках.

— На уроках? — недовірливо повторила вона.

— Кладу книжку на коліна. Вдаю, що слухаю. І спокійнісінько читаю. Уроки такі нуднющі.

Майже щовечора ми обговорювали книжки. Вона намагалася відмовити мене читати увесь творчий доробок автора за один підхід.

— Але це по-дурному. Варто вибирати найкраще, основне. Більша частина доробку Бальзака, Достоєвського, Діккенса чи Золя не становить ніякого літературного інтересу. Ти гаєш час на читання їхніх невдалих книжок.

— А як же мені знати, що вона погана, не прочитавши книжки? Ви можете підносити роман до небес, а мені він не сподобається. От я обожнюю «Білі ночі», а ви стверджуєте, що це найгірший роман Достоєвського. Чия тоді правда?

Я дослухався до її поради та перестав вичитувати всього автора зара́з. Вона пропонувала мені сучасні романи, але тут наші смаки не співпали.

— Прочитай «Жіночий портрет», — порадила вона того вечора, як я поділився моєю головоломкою щодо самогубства Анни Кареніної. Не встиг я відповісти, як вона спустилася зі свого підвищення, зникла серед стелажів і повернулася з книжкою у бежевій палітурці.

— Розповіси потім, як тобі.

Назва й автор роману були мені незнайомі. Я погортав книжку, навмання вибрав абзац. Прочитав три уривки по десять рядків з інтервалом у п'ятдесят сторінок. Є в читанні щось ірраціональне. Ще не читавши, відчуваєш одразу, полюбиш ти книжку чи ні. Вдихаєш, принюхуєшся до неї, запитуєш себе, чи варто витрачати час на її компанію. Незрима алхімія знаків, накреслених на папері, що викарбовується в нашому розумі. Книжка — жива істота. Заледве глянувши, людина відчуває заздалегідь, чи подружиться з нею. Крістіан здалося, що мене зачепило. Вона не втрималась, додавши:

— Не хочу забігати наперед. Однак, порівняно з Ізабеллою Арчер, Кареніна пересічна шелихвістка.

«Жіночий портрет», а згодом «Крила голубки» вартували мені по три дні відробок. Я дотримувався доброї звички читати на ходу. З янголом-охоронцем за плечем. Я міг не дивитися під ноги. Я зупинявся на світлофорах, оминав стовпи, машини, пішоходів і приходив у ліцей точно за дзвінком. Цього разу я мов пригвинчений стояв на тротуарі, на краю пішохідного переходу, думками в Гарденкорті:

Маєток епохи Тюдорів височів на невисокому пагорбі, здіймаючись над рікою, не інакше як Темзою, у близько сорока кілометрах від Лондона. Уквітчаний шпилями, довгим фасадом із червоного каменю, на який час і негода не пошкодували вдосталь колоритної фантазії, щоб збагатити й відточити барви, вихвалявся перед газонами своїми покривалами із плюща, низками коминів та огорнутими в'юнкими рослинами вікнами...

Регулярні запізнення обернулися гнівом Шерлока, переконаного, що я дилетант чи один із тих дофеністів[1], а він їх ой як не любив. Як пояснити йому, що то сильніше за мене. Я спізнився. «Ніяких виправдань, от вам і по гулянці, отримуєте бонус у три години». Мене це мало непокоїло. Батьки були не в курсі. Я вчасно перехоплював листи про відпрацювання, тому в четвер після обіду міг спокійненько собі читати.

Тільки Сесіль вплуталася в цю історію. Ми мали зустрітися біля фонтану Медічі, щоби побігати Люксембурзьким садом. Я чекав нагоди перейти на бік саду, Ізабелла Арчер саме з'ясовувала стосунки із Ґілбертом Осмондом. Я ступив крок. Почув крик Сесіль:

— Геть слабий?!

— Що сталося?

— Ти як вулицю переходиш?

— А як?

— Читаючи! Коли переходять, дивляться ліворуч, потім праворуч. А ти пішов на зелене, ніс у книжці. Тебе мало не збили три автомобілі. Один навіть об'їхав тебе, ти що не бачив?

— Та ні.

— Що не так, Мішелю?

— Нічого надзвичайного.

— Маєш мене за дурну?

---

[1] Дофеніст (*сленг.*) — байдужа, холодна людина, що апатично ставиться до всього, що відбувається; пофіґіст.

— Я так роками. Завжди обходилось. Хіба запізнююсь, за що залишають після уроків.

— Та ти псих!

— Я не один такий. Повно людей читають на ходу.

— Як же це ти їх помічаєш, якщо сам постійно читаєш? Я от ніколи не бачила, щоб хтось читав на вулиці. Таких не існує. Буває, люди читають заголовки газет. Але зупинившись. Коли ж ідуть, більше не читають. Це неможливо. Це божевілля. Безперечне.

— У мене радар.

— Поклянися, що більше не читатимеш на ходу!

Великі романісти неодноразово помічали, що жінки владно тяжіють до впевненості. Довша частина їхніх балачок зосереджена на здобутті обіцянки. Вони покликаються на відповідальність, наполегливості — хоч відбирай, перетворюють це на справу життя і смерті. Врешті, чоловіки здаються.

— Як забажаєш.

— Поклянися!

— Не варто кидатися в крайнощі.

— Клянися! А то ми більше не друзі.

— Я клянуся.

Сесіль нагородила мене однією з тих усмішок, від яких я млів. Вона так обняла мене, наче я щойно врятував їй життя. Але навіть не поцікавилася, що ж я таке читав. Ми зробили чотири кола Люксембурзьким садом. Вона купила нам вафлі з каштановим кремом. Великі романісти постерегли ще одну цікаву річ: жінки, звісно, витягують з чоловіків довічні присяги, лише зазвичай чоловіки кривоприсяжники. Перші та другі по-різному їх оцінюють. Схожу зраду змальовує друга частина історії. Хто заздалегідь усе прорахував, забезпечив себе достатньою кількістю матеріалу на другий том. Допевне, новизна сучасного роману, дзеркала епохи, полягає в можливості жінок так само зрікатися своїх переконань, зраджувати, як то вміють чоловіки, та ставати одиначками.

4

— Там серйозне досьє! Що це, в біса, означає? — горланив батько в слухавку.

— Полю, крики зайві. Увесь будинок тебе почує, — жалілася мама, яка, власне, тримала слухавку.

— Та мені начхати! Яке мені до них діло? Що означає «серйозне»? — повторив він Морісові, що саме нам зателефонував. — Це твоя звідниця таке сказала?

— Полю, діти, — зауважила мама.

— То й що, що діти? Що їм буде, тим дітям? Вони не знають, хто така путана? Мішелю, ти знаєш, хто така путана, га?

— Думаю, так. Це...

— Досить! Діти, ідіть спати, — кинула мама, вихопивши слухавку.

— Морісе, це я... Що ти хотів сказати під «це не просто справа про дезертирство»?

Тато вихопив телефон із маминих рук.

— Що за ідіотська історія? Де ми? На Місяці? Ми у Франції! Є якийсь закон, чорт забирай. Я маю право знати, що з ним сталося. Розумієш? Законне право!.. В Алжирі ще залишилися адвокати? Чи ви вже їх усіх там перебили? Чого ти чекаєш, рухай трохи своїм задом і найми найкращого адвоката того триклятого міста!.. Та плював я на той трибунал, суддю і всю французьку армію! Це не гестапо! Я покажу їм, хто такий справжній мужик!

Тато грубо кинув слухавку.

— Зранку я лечу до Алжиру!

— Нехай Моріс цим займається.

— Він нічого не робить. Хіба ходить по бабах у борделях.

— Полю, прошу тебе.

— У мого сина проблеми. Я не сидітиму склавши руки. Йому потрібна моя допомога.

— Щоб якось допомогти, спершу не завадило б дізнатись, де він. Як ти його знайдеш? За помахом чарівної палички?

У цього телепня було відтермінування. Ніхто не примушував його туди записуватися. Він міг довчитися. Йому ж гірше. Це чоловік, він більше не дитина!

— Я мушу туди поїхати. Буде так і не інакше!

Тато поїхав наступного дня. Знайшлося місце в літаку. За п'ять днів ми не отримали жодної звістки. Моріс приїхав за ним в алжирський аеропорт Мезон-Бланш. Тато відповів, що налаштований упоратися самотужки. Моріс бачив, як він сів до таксі й поїхав у невідомому напрямку. Мама й далі працювала як ніде нічого. Ми слухали новини по радіо: самі бомбардування й замахи. Ніщо з почутого нас не заспокоювало.

Зателефонувала Сесіль: мене не було в зазначений час у Люксембурзькому саду. Сказав, що занедужав. Я відчув за голосом, що вона не повірила.

— Що тобі болить, Мішелю?

— Нічого.

— У тебе дивний голос.

— Це все хронічний бронхіт.

— Якщо зможеш, завтра я буду в Люксембурзькому саду.

Я подався до «Бальто». Бо надто кортіло поділитися з Ігорем. Він саме розігрував партію з Вернером. Імре уважно стежив. Я сів навпроти нього, вичікуючи слушного моменту.

— Маєш паскудний вигляд, — постеріг Імре.

— Що з тобою? — спитав Вернер.

— Не хочу забивати вам баки своїми проблемами.

— Скидається, що в тебе хтось помер, — видав Ігор.

— У тебе хтось помер? — підхопив Імре.

— Не в тому річ.

— Якщо ніхто не вмер, то скинь цю гримасу, — підсумував Ігор.

— Не перебільшуй, — відповів Вернер. — Дозволь йому виговоритись.

Щойно я схотів почати розповідь, як помітив Лоньона. Він стояв поруч, між Вернером та Ігорем, — як завше, ніхто не помітив його приходу. Ми ж бо його виявили, але, скільки він тут простояв, не знали.

— Що, Великовухий, усе винюхуєш? — кинув Імре.

— Облиш, — утрутився Ігор. — Краще тут не розмовляти.

— Діло каже, — дивлячись на мене, тихим голосом підхопив Лоньон. — Особливо по телефону. Але якщо люди більше не розмовлятимуть, життя стане геть сумним, вам не здається?

Він обернувся й котячим кроком попрямував до сусіднього столика, за яким безтурботно грали Володимир з Томашем, не здогадуючись, що їх кібітцерують.

— Що він цим хотів сказати? — поцікавився Вернер.

— Здається, я розумію, — сказав я, втупившись у масивний силует Великовухого.

Увечері ми марно чекали на батьків дзвінок.

Жульєтт захвилювалася.

— Донечко, татові твоє занепокоєння не допоможе. Він зателефонує нам за першої ж нагоди.

Аби її заспокоїти, мама зателефонувала Морісу: жодної новини.

— Я ж казала. З чого він узяв, що зробить щось більше за дядечка Моріса з усіма його зв'язками? Завжди думає, що він наймудріший.

Я зустрівся із Сесіль біля фонтану Медічі, маючи намір усе їй розповісти. Не встиг я підійти, як вона вийняла з кишені листа від П'єра.

— Тримай, нарешті він тобі відповів.

Люба Сесіль,

пробач за таку затримку, визнаю: халатно поставився до своїх епістолярних обов'язків. Мав кепський настрій. Мене втішила твоя відданість роботі над першою частиною, проте я не впевнений, чи ти вибрала правильну стежину, щоб висвітлити цього стариганя. Ти робиш йому послугу, приписуючи його першим крокам усі ці джерела впливу. Уважніше з ними: комунізм не є ані варіацією, ані еволюцією сюрреалізму, як ти припустила. Я б скористався з того, що крокодил іще живий, щоб поставити про нього кілька таких запитань, що висвітлять його менш доброзичливим. З нетерпінням чекаю на продовження.

Опитування серед моїх друзяк у белоті й жокарі та решти, з ким я це обговорював, обернулося катастрофою. Чхали вони на політику. Демократія — остання казкова вигадка капіталізму, інструмент збереження сталого порядку. Експлуатовані не апатичні й не тупі, просто вони запроданці. Їм кидають крихти, а вони допадаються до них, мов зголоднілі пацюки. Вони свято довіряють політиці де Ґолля. Особливо після чуток про переведення нашого полку до метрополії. Ось чого їм треба: скористатися цим. Революція? Навіть чути не хочуть. Сьогоднішні пролетарії марять скороваркою, телевізором і машиною з трейлером. І як з такими телепнями зачинати революцію? У мені вмерло бажання бодай щось писати. Моя видатна книжка про всесвітнє щастя розвіялась над гірськими плато Константіни[1]*. Сенжустизм виявився ще тою дурістю. Навіть сам Сен-Жуст не наважився вивести теорію. Навіщо намагатися довести свою правоту, коли реальне життя зводиться до одного: вижити чи вмерти? Тільки тут розумієш, що гуманізм — нісенітниця. Повага до оточення до добра не доведе. Усіх час передавити. Питання життя і смерті. Закон еволюції. Я змарнував три зошити по сто двадцять сторінок, щоб відкрити їм очі на потребу з чистим сумлінням винищити усіх ідіотів та свободоненависників, не дати їм усе занапастити. Записав цілу купу дурниць про революцію, безглуздя демократії й безчестя виборчого права, і все це задля стада телепнів, що нас*

---

[1] Константіна — місто в Алжирі, столиця однойменної провінції, розташоване на висоті близько 640 метрів над рівнем моря.

оточують. Учора ввечері, повернувшись із патрулювання, я все знищив. Сенжустизм був чудовою мрією, що навіки зникла в безжальному полум'ї багаття.

Вчора я став таким же шматком лайна, як мої дружки. Я вбив незнайомця. Я тримав його на оптичному прицілі, у мене був вибір. Стріляти чи ні. Він нічого не підозрював. Я запитував себе, про що він думає, яких переконань дотримується, багатий він чи бідний, може, має батьків, дружину, дітей. Відповідей я не мав. На його біду, він був фелах, я вистрілив. Відстань близько кілометра — йому рознесло голову. Ми вбили вісьмох, хоча це нічого не міняє.

Щодо тебе, Мішелю, мені було б цікаво зустрітися з твоїми приятелями-революціонерами. Не знав, що такі ще існують. Зроби мені послугу. Поки вони ще не забули, поцікався найкращим рецептом коктейлю Молотова. Таке зайвим не буває. Буду радий зіграти з ними кілька партій. Бери уроки, дурнику, бо я був чемпіоном, хоча й давненько не грав. От у чому я відточив навички, так це в кікері. У нас стоїть один в офіцерській їдальні, коротше, я забив гол лейтенанту-легіонеру, а він, до слова, чемпіон. Ми виграли турнір у десантників із Константіни. Без коментарів. Маєш якісь новини про свого безголового брата? Він кудись звітрився...

Я віддав листа Сесіль. Ми сиділи мовчки. Вона вагалась. Я чекав, що вона зажадає пояснень. Вона не схотіла порушувати це питання. Підвелася й поволі побігла. А я слідом. Як завше. Ухиляння через спорт — банальна форма некомунікабельності.

Увечері зателефонував тато. Мама підняла слухавку. Якусь мить я вагався. Я підбіг. Узяв рурку.

— Нехай у жодному разі не говорить, щоб нічого не казав! — вигукнув я. — Нас прослуховують!

— Що?

— Йому не можна нічого розповідати по телефону. Нас прослуховує поліція!

— Алло? Алло? – кричав батько у телефоні.

— Полю, тут Мішель каже, що тобі не можна нічого розповідати.

— Чому?

— Не варто йому казати, мамо.

— Якщо я йому не скажу, він не знатиме. І...

— Алло? Алло? Ви мене чуєте?

— Полю, є якісь новини?

— Це катастрофа. Франка звинувачують у вбивстві офіцера. Тому він і дезертирував.

— Про що ти взагалі?

— Він убив капітана десантників. Я найняв кращого адвоката Алжиру. Він зник два місяці тому.

Мама повалилася на стілець.

— Неймовірно! Ти... ти впевнений у своїх словах?

— Адвокат припускає, що він міг перейти на бік ФНВ. Саме тому його досі не знайшли.

— Це неможливо!

— Правду кажучи, ми не маємо доступу до справи. Нам удалося дістати свідчення через...

Я вихопив телефон з маминих рук.

— Тату, це Мішель. Як ти там?

— Не хвилюйся, малий.

— Коли ти повернешся?

— Не знаю. Треба знайти його раніше за військову поліцію. Здається, з дезертирами тут...

— Там небезпечно? Напади?

— Часом чутно вибухи. Але невідомо звідки. Я зупинився в готелі «Алетті», у центрі міста, тут зовсім Париж. Вечорами люди гуляють, навіть сім'ями, їдять морозиво. Я багато з ким розмовляв. Вони переконані, що залишаться тут. Люди нічого не розуміють. Тут немає відчуття, що ти в країні, де триває війна.

— Обережніше, тату.

Я передав телефон мамі.

— Слухай, не знаю, у чому річ, але ти не можеш там довго залишатися. Ми йому не зарадимо. Тут море замовлень. Ось де ти справді потрібен.

— Ти так нічого й не второпала, Елен? Я приїхав, щоб відшукати свого сина. І не поїду звідси, поки не знайду.

Вона поклала слухавку, знизала плечима та недовірливо на мене глянула:

— Що за історія з телефонним прослуховуванням?

— Сучасна техніка дозволяє поліції записувати розмови. Треба бути уважним, коли розмовляєш по телефону.

— А звідки ти таке дізнався?

— Прочитав. У романі.

— Ти забагато читаєш, Мішелю. Краще працюй.

Я саме читав у своїй кімнаті, як зайшла Жульєтт.

— Не заважатиму?

— Жульєтт, сто разів просив: стукай, перш ніж заходиш.

Вона сіла край ліжка. Приєднався Нерон і взявся вилизуватися.

— Що читаєш?

— «Лев» Кесселя. Друг дав почитати. Кессель підписав йому книжку: «Ігорю Емільовичу Маркішу. За минулі чудові вечори та за ще кращі прийдешні. З найкращими дружніми побажаннями. Жеф». Тобі я дати не можу, знайдеш у бібліотеці.

— Не люблю бібліотечні книжки. Вони замацані.

— У автобусі чи в кіно ти ризикуєш набагато більше.

— Книжка хоча б хороша?

— Що зачаровує — тут не так багато подій. Дія відбувається в кенійському заповіднику, серед воїнів масаї. Це історія про дівчинку, твою ровесницю, що подружилася з левом. Він не дресирований. Справжній хижак. Вона живе в злагоді з дикими звірами, але не з людьми.

Я простягнув їй книжку. Але Жульєтт була десь далеко.

— Тобто Франк когось убив? Правильно?

— Наразі він зник. Переховується. Тато цим займається.

— Як його впіймають, що з ним буде?

— Підозрюю, сяде до в'язниці.

Вона залишилася замисленою. Нерон скрутився калачиком у ногах ліжка й заснув.

— Надовго?

— Залежить від того, що він накоїв.

— На нас також чекають неприємності?

— Не знаю.

— Якщо тато його не знайде, то не повернеться?

— Він має займатися магазином.

— Можна, я сьогодні спатиму в тебе?

Коли я прокинувся, Жульєтт уже не було. Нерона та «Лева» також. На мене чекали аж два уроки математики в Чахлика, і я вагався, чи йти мені. Варто було би набрати Сесіль, щоб порадитися, чи треба просити рецепт Молотова і чи не хоче вона побігати. Але мені здалось, що сьогодні неслушний день для зустрічі з Сесіль. Я б нізащо не зміг від неї будь-що приховати. Я схопив припасеного «Серцедера»[1] та пішов до ліцею.

Я саме перетинав майдан Пантеон, як уловив знайомий голос за спиною:

— Іди вперед. Не обертайся. Зверни на вулицю Валетта, на правий бік. Дивись під ноги. Не читай на ходу!

Я став спускатися вулицею Валетта. Юрба учнів чекала біля входу до колежу святої Варвари.

— Стій! Заходь у цей будинок!

Я штовхнув двері дому номер 13. Трохи пройшов малоосвітленим коридором та обернувся. Переді мною стояв Франк.

---

[1] «Серцедер» («L'Arrache-cœur»; 1953) — роман французького письменника Бориса Віана (1920–1959).

5

Одного дня бої припинились. Кінець бомбардуванням, авіаційним кулеметним обстрілам, вибухам, спалюванням танків і гармат, їдкому смороду керосину, і вигорілому лісу, і нелюдському репету. Мир, нарешті. Ніяких переможних вигуків, о ні. Тривожна тиша. Міста, знищені скільки сягає око, перетворені на монументальні пустелі будівельного сміття. Цивільні — розгублені — втратили все. Вулиці, стерті з лиця землі. Трупи — вже несила закопувати. Полонені — безкінечними ланцюгами, брудні, пелехаті. За що? Хто? Чи можна почати все спочатку? Кількома місяцями раніше, під час Польської кампанії, звільняли з таборів. Неможливо описати та зрозуміти. Виявлення трупних навалів, індустрії смерті, когорт ходячих скелетів, тифу, переможців, жалюгідніших за переможених. Ганьба, ненависть, безумство. Пекельні табори поблизу німецьких міст діяли до квітня. Вендета німецьким солдатам і цивільному населенню.

8 травня ескадрилья Леоніда повернулась із завдання останньою. Для нього той вечір так і не став святковим. Йому довелося прочекати кілька тижнів, щоб у неділю, 24 червня, взяти участь у Параді Перемоги на Красній площі. Попри дощове небо, це був найвеличніший військовий парад на пам'яті людства. Тріумф, яких не знали з часів Римської імперії. Сотні барабанників і когорта фанфаристів грали «Прощання слов'янки», і сльози страху наверталися на очі захоплених мільйонів тих, хто вижив. Незлічена армія пліч-о-пліч дефілювала перед маршалами: Жуковим на білому коні, Рокосовським на вороному. Штандарти й прапори переможених армій рейху, кинуті впереміш до ніг переможців, що видерлись на трибуну Мавзолею Леніна. На чолі своєї ескадрильї винищувачів «Як-9» Леонід тричі пролетів над Москвою. Того ж вечора з рук батька народів отримав другу «Золоту Зірку» Героя Радянського Союзу.

Переживши сорок сім місяців безперервних боїв, полковник Леонід Михайлович Кривошеїн побачив спустошену країну і Ленінград, своє місто, уражене настильним вогнем; дізнався, що батьки давно померли через голод, холод і хвороби, а майже всі друзі загинули в боях чи під час бомбардувань. І не знайшов ніяких слідів Ольги Анатоліївни Пиріжкової, своєї коханої. Він не мав жодної звістки про неї, вона не писала йому понад три роки.

За два дні після повернення нічний кошмар обірвав його серце й кинув у холодний піт. Його літак горить і падає, крутячись мов дзиґа, а сам він застряг у кокпіті[1], лише дивиться на землю, що наближається так невблаганно. Наступні ночі принесли демонів війни, які прилетіли його мордувати та прокручувати в голові кадри різанини цивільних і військових. Розстріли, зґвалтування, репресії, привиди депортованих переслідували його й зривали щоразу о пів на третю ночі. Отак і лежав без сну та навідріз відмовлявся від снодійного, що виписав йому лікар, майор Ровін. Вживати ліки означає бути хворим, а він, попри цю втому, почувався цілком здоровим. Він терпляче сидів у кабінеті, навпроти молодого лікаря, що копирсався у численних медичних довідниках, не втрачаючи надії знайти спосіб лікування, ставлячи два-три навідних запитання й знову поринаючи в книжки. Дмитро Володимирович Ровін, відслуживши в санітарній службі, вижив у тих же боях, що й Леонід. Його дивувало, як це вони жодного разу не зустрілись, хоча були поряд. То був лікар, який не вірив у силу ліків, переконаний, що ми самі винні в усіх наших бідах. «Тут ми застрягли в кам'яному віці», — казав він, наче перепрошував.

Він украй скептично та спантеличено виписував ліки і, здавалось, щиро дивувався, як ті допомагали. Вони досить швидко стали нерозлучними. Ровін мав три якості доброго

---

[1] Кокпіт — кабіна пілота.

друга: він без упину говорив про війну, безпробудно пиячив та був нічогенький шахіст.

— Я не знаю, чим тебе лікувати.

Леонід вирішив виснажити свій організм, щоб змусити його спати. Битва із самим собою. Він самотньо блукав аж до світанку. З першими звуками горна приєднувався до тренування морських піхотинців — найважчого серед армійців. Він відшукував у собі приховані резерви, що дозволяли тримати шалений темп, який задали аджудани[1] рядовим другого класу. Вдень він ішов на повітряну базу, щоб ретельно впорядкувати резерв запасних деталей повітряного флоту — надмірна і непотрібна робота, якої ніхто йому не доручав. Він наважувався поставати проти військової бюрократії задля припинення замовлянь чортзна-чого, а що ширилися чутки про його призначення комендантом повітряного району, йому обіцяли все владнати. Сергій Іллюшин особисто запропонував йому працювати в конструкторському бюро й долучитися до розробки проекту авіації далекої дії для рейдів у глибокий ворожий тил. Леонід не уявляв себе на сидячій роботі інженера, ще й у Москві — він марив тільки небом. Іллюшин наполягав. Леонід погодився за однієї умови: він буде першим льотчиком-випробувачем, — але відповіді так і не дістав.

Вечорами він пив і грав із Ровіним. Алкоголь на нього не діяв. Він збільшив дозу. Вливав у себе кілька пляшок горілки у парі з партнером по шахах, що валився ще до того, як його перемагали, врешті падав, отупілий від утоми, а за годину зривався від сну, мов пружинка. Набряклі повіки, важкі скроні, ковадло десь глибоко в черепі та коваль, що гатить молотом у чоло. Лише мішечки колотого льоду, що їх він прикладав до самого ранку, давали незначне полегшення.

---

[1] Аджудан — звання збройних сил Франції.

Однієї ночі, прогулюючись набережною Неви, він відчув оманний та незрозумілий запах. Він повернувся до своєї кімнати. Запах прийшов за ним.

— Не відчуваєте, як тут щось смердить? — запитав він хлопців у казармі. Вони принюхались і не виявили нічого, окрім запаху вареної капусти... Ні, це не вона. Десь розкладаються трупи.

Шукали — даремно. Гнилий запах залишався, остогидлий та їдкий. Ніхто не сумнівався в Леонідові. Герой Радянського Союзу, один з найушанованіших людей країни, наближена до Сталіна особа. Генерали і політдіячі ставилися до нього з повагою та обережністю. Знову все обнишпорили: прочесали підземелля, найтемніші закутки фортеці, обійшли береги річки, прилеглі руїни палаців. І все ще не покладали надії виявити місце масових поховань. Жодного сліду так і не знайшли. Нестерпний запах не відступав. Попри пориви північного вітру, що змітав усе на своєму шляху, попри прикладання кількох хустинок до носа чи навіть протигаз. Смердота все одно проникала. Не давала спати, дихати. Лікування в іменитих університетських лікарів виявилося марним. Він сам знайшов спосіб приглушити запах. Промочував хустинку в горілці, й алкоголь усував сморід. Він аж хмелів від того. Але смердота просочувалася й крізь горілку. Він запитував себе, чи не гниє він ізсередини. Після чергової поразки знаного професора, що запропонував один шлях: тривалу багаторічну терапію геть без гарантій, Леонід вирішив покласти цьому край. Він пережив чотири роки війни не для того, щоб згодом згаснути на очах. То було миттєве рішення. І очевидне. Він упорядкував справи, написав листа сестрі в Москву, заповівши їй свій скромний спадок, та попросив поховати його на Тихвінському кладовищі Олександро-Невської лаври. Він підготувався. Боявся, що буде тривожно, моторошно, що роздиратимуть жалощі, натомість почувався легко та спокійно. Спорожнив пляшку горілки й прибрав на столі. І, перш ніж піти, вирішив згадати десять найкрасивіших речей, що бачив у цьому житті, а по десятій натиснути на гашетку. Він подумав про маму Марину, її всепрощальну усмішку, про заразливий сміх сестри. Згадав урбаністичні пейзажі довоєнного, ще не зруйнованого Ленінграда, найпрекраснішого міста на землі. Промайнули образи молодості, північного сяйва над Ладозьким озером, Ермітажу зі зниклими скарбами, Петрогофа з терасними садами, Нікольського морського собору з безліччю сяйних ікон, біло-блакитний Смольний монастир із позолоченими маківками в чистому небі. Він із жахом зрозумів, що всі принади його міста датовані епохою царів і священнослужителів, його ж покоління принесло самі руїни. Залишивши по собі таку розруху, він не заслуговує на життя. Полічив по пальцях.

Дорахувавши до восьми, попри пізній час, він почув стукіт у двері. На порозі стояв Ровін, що спостеріг світло у його вікні. У руках тримав чималенький білий порцеляновий чайник і хотів почастувати звареним питвом Леоніда. Він наполіг, відсторонив його рукою, владно сів на стілець, наказав зачинити вікна й налив щось темно-зелене в піалу.

— Що це?

— Чай.

— Твій чай пахне ефіром.

— Роздобути його не так-то просто. Весь місяць шукав. Пий давай.

Леонід випив окріп маленькими ковтками.

— Може, зіграємо партію.

— Вибачай, Дмитре Володимировичу, але не зараз.

— Мабуть, спати хочеш.

— Маю роботу.

— Знаєш, як говорять у колгоспі?.. Завжди можна відкласти на завтра те, що треба зробити сьогодні. Що, боїшся програти?

Леонід подумав, що лише шахи давали йому задоволення від цього життя, отож остання партія буде чудовим його завершенням. Правда, її ще треба виграти. Ровін уславився як непоступливий гравець, він атакував мало, вибудовував герметичний захист, чудово завершував партії, вичікував помилки супротивника, виключав власний ризик. Ровін розставляв фігури на шахівниці. Леонід дістав пляшку горілки й дві склянки.

— Жартуєш? Ніякого алкоголю! Ти питимеш чай. А ось я — із задоволенням.

Ровін схопив «п'яну» хустинку Леоніда та викинув до смітника. Наповнив його чашу чаєм, а свою склянку горілкою.

— За що ти так? Що це за паскудний чай?

— Не став дурнуватих запитань і пий. Поступаюся білими. Тобі не завадить. Хочу тебе провчити.

Леонід вагався між двома фігурами, схаменувся, пішов пішаком на дві клітинки та натиснув годинника. Ровін узяв чорного пішака й поставив супроти білого.

— Не хочу видатися нечемним, — постеріг Ровін, — але ця гра цікава саме через слідування двом-трьом правилам. У шахах так: торкнувся фігури — маєш робити хід. Хотілося б, щоб ти це пам'ятав.

— Твоя правда, Дмитре Володимировичу. Більше так не буду. Якщо вже за всіма правилами, смію нагадати, що кнопку годинника слід натискати рукою, якою ходив.

Грали мовчки й захоплено. Леонід машинально потягся до пляшки. Ровін виявився спритнішим і долив йому рештки чаю. Партія тривала близько двох годин. Стрілка годинника наближалася до дванадцятої. Леонід потроху нервував, обеззброєний залізним захистом.

— Ти підступно скористався з мого стану.

— А ти за три хвилини до цейтноту.

— Ти товчешся на одному місці. Це нецікаво.

— Головне — перемога. Якби я атакував, ти б мене побив.

— Ти нехтуєш правилом, що забороняє підлеглому перемагати начальство. Я принаймні дозволив Сталіну виграти партію.

— У цьому наша різниця. Я б його переміг. І ти не мій начальник.

Леонід узявся руками за голову та втупився в дошку, намагаючись відшукати магічний вихід із безнадійної ситуації. Його стан дійсно був безпорадний, без варіантів. Він був зібрався повалити свого короля, як став глибоко вдихати.

— Я більше не відчуваю запаху!

— Радий за тебе.

— Чим це ти мене напоїв? Що в чайнику?

— Нічого особливого.

Леонід підвівся, розчахнув вікно й набрав повні груди морозного нічного повітря.

— Неймовірно, я більше нічого не відчуваю! Скажи, Дмитре Володимировичу, я одужав?

— Мені шкода, Леоніде Михайловичу, проте запах повернеться. Невідомо, як лікувати твою недугу. Припускаю психоаналіз, однак не в наших краях. Коли сморід повернеться, понюхай це.

Він вийняв із кишені маленький брунатний флакончик і простягнув Леонідові.

— Це ефірна евкаліптова олія. Використовуй її, як знову огорне запах. Двічі на день питимеш евкаліптовий чай. Знаю, неприємно. Альтернативи немає. Вранці й увечері робитимеш евкаліптові інгаляції. Найважчим тут буде його дістати.

— Чому ти від самого початку її не виписав?

— В університеті не визнають такого лікування. Мені її порадила одна літня жіночка, що продавала цілющі трави. Довелося добряче погарувати, щоб її знайти.

Ровін дав йому таблетку від головного болю, не сказавши, що то снодійне.

— Спасибі тобі, Дмитре Володимировичу. Оце вперше я щасливий програти партію.

Тієї ночі Леонід спав як дитя.

6

Кілька секунд ми отак і простояли. Обійнялись. Він міцно притис мене до себе і не відпускав. Він нього дивно пахло: сумішшю тютюну та землі.

— Радий тебе бачити.

— Я теж. Я все думав, де ти. Як ти взагалі?

За шістнадцять місяців його волосся відросло та закучерявилось. Багатоденна щетина додавала суворості. Він схуд. Пом'ята запилена куртка здавалася завеликою.

— Як давно ти повернувся?

Він прислухався та нашорошився. Приклав пальця до губ і затягнув мене до ніші під сходами. Хтось спускався. Він притис мене рукою до дверей підвалу. Шурхання кроків стихло. Ми відчули металевий звук ключа в замку. Літня жінка із ціпком забрала пошту зі своєї скриньки. Вона пішла коридором і вийшла на вулицю. Світло згасло. Я хотів увімкнути назад. Він схопив мою руку і не дав цього зробити.

— Тихо, — прошепотів він. — Підемо туди. Дім має вихід на вулицю Лапласа.

Ми пішли напівтемрявою на промінчик світла з других дверей.

— Вийдеш як ніде нічого, подивишся, чи не тиняються там лягаві чи якісь підозрілі типи в цивільному. Станеш біля вітрини пекарні, глянеш в обидва боки. Маєш із собою якісь гроші?

Понишпоривши в кишенях, я дістав дрібняки.

— Два п'ятдесят. Негусто. Підеш вулицею Лапласа. Зупинишся трохи далі. Підемо в «Буа-Шарбон»[1].

Вулиця була безлюдною. Я не помітив нічого аномального та попрямував повз Політехнічну школу. Намагався випромінювати безтурботність. Франк не відставав ані на крок.

— Тут ліворуч.

---

[1] Ідеться про гриль-бар, де їжу готують на деревному вугіллі.

Ми зайшли до овернця, що саме грав із клієнтом у чотириста двадцять одно, і прилаштувалися в глибині бістро.

Завсідники бесідували за барною стійкою й не звернули на нас уваги.

— Дві кави з вершками, — замовив Франк у хазяїна.

Сиділи мовчки. Принесли наше замовлення.

— Додому приходила поліція. Провели обшук.

— Коли це?

— На Святвечір.

— А вони не зволікали.

— Навіть не уявляєш, якого це зчинило галасу.

— Вірю. А де тато? Я не перший день його підстерігаю.

— Тато? В Алжирі.

— Що він там забув?

— Тебе шукає.

— Давно він поїхав?

— Уже близько місяця. Ми чекали новин від Моріса. На жаль, не вийшло. Він вирішив сам тебе знайти. Мама була проти, але коли він вирішив — ніщо його не зупинить.

— Він не розуміє, у що вплутався. Там не Франція — це Дикий Захід. Треба його попередити, що я тут.

— Це буде непросто. Нас прослуховують. Підозрюю, у готелі також.

Звідки вам відомо?

— Мене попередили, що треба бути обачнішим із телефонними розмовами. Я щось вигадаю.

Він пив каву, періодично подмухуючи, щоб охолодити її. Його пальці пожовкли від нікотину.

— Мені потрібні гроші, Мішелю.

— У мене нема. Зі мною ощадна книжка. Якщо візьму з неї, мама помітить і зажадає пояснень.

— Я голодний. Я нічого не їв зі вчорашнього ранку.

— Не може бути!

— А ти думаєш, у магазин із чим ідуть?

— Мені здавалось, у тебе були друзі.

— Друзі тепер хочуть здати мене лягавим. Я сам. У мене тільки ти і тато.

Він відвернув полу куртки, і я побачив приклад револьвера, заправленого за пояс.

— Мені більше ні́чого втрачати.

— Та ти хворий, Франку! Я назбирав трохи грошей на... Я не витратив кишенькові гроші за тиждень. Я тобі дам...

— Цього замало! — вигукнув він нервово.

Проте хутко схаменувся. Власник глянув на нас, насупивши брови.

— Мені потрібні гроші, — вів далі брат пошепки, — аби щезнути, і швидко. Якщо ні — мене схоплять.

— Я знаю, де взяти гроші. Це не проблема. Є люди, які мені допоможуть. Поки тато не повернеться. Я принесу трохи на завтра. Де мені тебе знайти?

— У мене немає адреси. Я сплю по підвалах, друже. Міняю їх щовечора. А втім, вибору в мене немає. Як позичатимеш гроші, ніхто не має знати, що це для мене. Схочеш зв'язатися, тримай книжку під лівою рукою. Якщо це терміново — під правою. І припини читати на ходу! Хочеш, щоб тебе машина збила, чи що?

— Набридло вже! Говориш, як Сесіль. Слово в слово.

— Досі з нею бачишся? У неї все добре?

— Ти дійсно хочеш знати?

Він завагався й глибоко зітхнув.

— Ні, я не витримаю. Маєш папіроси?

— Я не курю.

— Щодо грошей, зможеш увечері принести?

— Спробую.

— Зустрінемось тут після уроків. Якщо мене не буде, отже, виникла проблема. Я зв'яжуся з тобою за першої ж нагоди. Головне, жодного слова Сесіль і мамі. Нікому. Залиш свої гроші.

— Ти дійсно когось убив?

Він повільно кивнув головою.

— То був мерзотник! Я ні про що не жалкую.

— Що сталося?

— Не хочу про це говорити.

Я підвівся. Поклав свої два п'ятдесят на стіл та вийшов із бістро. Я пропустив два уроки з математики — і це, мабуть, не востаннє. Який може бути поступ за таких умов? Існують обов'язки, яких уникнути неможливо. Назвемо це фатальністю.

Я пішов манівцями — майданом Мобер та бульваром Сен-Мішель, — щоб не ризикувати натрапити на Шерлока, уник Люксембурзького саду, щоб не перестріти Сесіль. Доведеться шукати залізобетонне виправдання, здатне пояснити день прогулу. Здається, майбутнє хлопців нашої родини не таке вже й сонцесяйне. Я попрямував до Ігоря. Я був там лише двічі, минулого року, коли він вирішив поселитися неподалік від Вернера, у маленьку квартирку на п'ятому поверсі, що виходила у двір цегляного будинку по вулиці Анрі Барбюса. Він просив охочих допомогти йому з переїздом і перефарбуванням усієї квартири в білий. Я дзвонив хвилин п'ять. І вже був спускався, як почув, що двері відчинилися. Ігор стояв у піжамі, зі скуйовдженим волоссям і розгубленим обличчям.

— Котра година?

Одинадцята.

— Ранку! Чорт забирай! І ти насмілився мене розбудити. Хіба не знаєш, що я працюю ночами? Я ліг о восьмій. Придурок знизу зчинив такий ґвалт, що я так і не зміг заснути.

— Ігорю, у мене проблеми.

Він глянув на мене, примружив очі та потер чоло.

— Та мені начхати, Мішелю. Я хочу спати, розумієш?

— Це серйозна проблема.

Він обернувся й зник десь у квартирі.

— Чого чекаєш? Заходь.

Він зачинив за мною двері. Я прилаштувався на кухні. Почув шум води в душі. Ігор повернувся, весь мокрий, загорнутий у великий рушник, мов римський імператор. Він був не в доброму гуморі. Приготував собі кави.

— Тобі ж краще, якщо це дійсно важливо, — пробурчав він.

7

До дідька принципи, якщо одна маленька таблетка повертає до нормального життя. Заразом зі сном Леонід відновив собі колишню життєву силу та помолодшав на добрий десяток років. Він, як і раніше, улаштовував гулянки з друзями. Це знову був довоєнний Леонід: красень і спокусник, що розважав галасливі компанії кумедними історіями аж до ранку. Після двох воєн, остання з яких була справжньою гекатомбою, жінки чисельно переважали чоловіків, а самотній полковник, ушанований престижними медалями й почестями, був завидною партією. Леонід не мав ані найменшого наміру брати законний шлюб і перебивався любовними інтрижками. Популярності йому не бракувало. Він був бажаний гість найрізноманітніших вечірок, що скрашували холодні ленінградські ночі. Ті, хто вижили, квапилися надолужити втрачене.

Відбудова міста й реконструкція понівечених пам'ятників тривали повним ходом й потребували всіх ресурсів. На вечорі з нагоди початку робіт над Кіровим він зустрів Соню Вікторівну Петрову, реставратора ліпнини Зимового палацу. Годі й уявити таку суперечну пару, ніхто не розумів, як вони взагалі сподобалися одне одному. Їх не об'єднували спільні смаки, вони не поділяли жодної ідеї, не сходились ані в чому, але дві речі їх таки зближували: Леонід захоплювався вмінням Соні пити не менше ніж він сам і не п'яніти і в них була цілковита сумісність у фізичному плані. За два місяці вони побралися. Працівник ЗАГСу та всі присутні були вражені палким привітанням, надісланим самим Сталіним. Відгуляли по-радянському скромне весілля, приправлене ріками горілки й традиційним фото перед щойно відреставрованим кінним пам'ятником Петру I.

Леонід був військовий матеріаліст, син революції, вірний і непохитний комуніст, для якого сумніви в правоті Партії були такою ж нісенітницею, як один плюс один дорівнює три. Соня була ідеалістка, її родина й друзі поріділи через війну та арешти, вона ненавиділа комуністів. Леонід був особливий. Було в цьому полковникові, закутому в лати нагород, щось крихке й вразливе, що не давало їй спокою. В її обіймах він забував усі свої тривоги. Вона постійно мерзла, навіть у літню спеку. Він пригортав її до себе й зігрівав. Засинав під ранок. Вона ніколи його не будила.

Леонід знав, що людство на порозі технологічної революції, тому одразу схотів стати її учасником. Після закінчення війни, маючи в арсеналі німецьке обладнання і науковців, що їх захопили Червона армія та НКВС, радянські конструктори затіяли запекле змагання за піонерство у створенні реактивного літака. Після тривалої тяганини ГУДБ відібрало два конструкторських бюро для розробки винищувача, здатного брати висоту в 12 500 метрів, з радіусом дії щонайменше 700 кілометрів та швидкістю у 850 кілометрів на годину: скажені швидкість і характеристики гіпотетично забезпечили б країні вирішальну перевагу у вірогідній війні проти вчорашніх союзників. Перед Леонідом стояв стратегічний вибір. До якого конструктора звернутися? До солідного Яковлєва? Чи до молодих інженерів Мікояна й Гуревича, які, здавалось, розпоряджалися необмеженими ресурсами та зв'язками? Про їхній новий «МіГ» ширилися найліпші відгуки, але він не був з ними знайомий. Натомість знав Олександра Яковлєва. Він пілотував усі його винищувачі: почав війну на «Як-1», а завершив на наступній версії «Як-3», відповідно, надав чимало цінних указівок щодо модернізації моделей. Яковлєва не здивувало прохання. Він знав його як льотчика, тому погодився прийняти до команди пілотів-випробувачів. Навіть продемонстрував йому модель реактивного літака — майбутнього «Як-15». Леонід нічого не пояснив Соні, окрім факту переведення на нову роботу до Москви. Вона не могла поїхати з ним. Він чекав докорів. Вона погодилася на тривалу розлуку. Він залагоджував останні адміністративні формальності від'їзду, коли зателефонував Яковлєв:

— У нас проблема, Леоніде Михайловичу. Я змушений анулювати нашу домовленість.

— Чому?

— Наказ Тимошенка[1]. Мені шкода.

Нарком оборони зажив паршивої репутації. Ровін відмовляв шукати пояснень. Озвірілий Леонід вирішив, попри заборону, приєднатися до команди Яковлєва. Він домігся московської зустрічі з Семеном Тимошенком, який прийняв його вельми люб'язно:

— Неможливо дозволити тобі приєднатися до команди МіГ чи Яковлєва. Смертність пілотів-випробувачів зашкалює, отож не може бути й мови, щоб Герой Радянського Союзу ризикував життям у такій небезпечній справі.

— Щодня на війні я ризикував більше.

— Із вісімдесяти пілотів твого випуску вижив тільки ти. Ти входиш до п'яти відсотків російських солдатів, що пережили війну від першого дня. Тільки уяви, що скажуть, якщо з тобою щось станеться. Час поступитися місцем молодим. Та й узагалі, пілоти-випробувачі — холостяки.

— Я розведусь завтра зранку.

— Це зайве.

— Я можу служити своїй країні.

— Ти матимеш нагоду.

— Я хочу літати. Я змушений звернутися до сам знаєш кого.

— Він мені сказав, якщо з тобою бодай щось станеться, відповідатиму я.

Леоніду запропонували очолити полк армійської авіації. Велика честь для чоловіка його віку. Ідея підвищення його ані

---

[1] Тимошенко Семен Костянтинович (1895–1970) — радянський воєначальник, Маршал Радянського Союзу (1940), Народний комісар оборони СРСР (1940–1941).

на мить не втішила. Підлеглість військових не що інше, як покірність долі. Йому слід було усвідомити, що настав час постаршати. Слава й медалі не тішили його так, як думка про керування літаком, можливість літати, опинитися сам на сам із безкраїм небом. Друзі повторювали, що варто переключитися, завести із Сонею дітей, створити справжню сім'ю. Він відхрещувався, що почувається птахою в клітці та помре від нудьги за роботою в чотирьох стінах.

Восени 46-го Леонід дізнався, що державна авіакомпанія «Аерофлот» набирає пілотів для обкатування нових рейсів. Він без вагань подав свою кандидатуру, очікуючи на зустріч із розкритими обіймами. Йому відмовили через брак свідоцтва пілота цивільної авіації. Він узяв відпустку та вступив до Ленінградського інституту інженерів цивільного повітряного флоту. Найважче йому далася англійська, проте свідоцтво він отримав з першого разу. Компанія вчергове відхилила його кандидатуру, бо норовлива натура не підходила до їхнього стриманого пілотського складу. Сміявся весь аеропорт Шереметьєво. Цього разу він звернувся до кого належить. Леонід Кривошеїн став тим поодиноким пілотом, єдиним з гвардії, що покинув ряди Червоної армії задля роботи в «Аерофлоті», де його призначили другим пілотом новенького «Іл-12» сполученням Москва — Лондон.

Уже наступного року він став першим пілотом. Керування власним літаком робило його найщасливішою людиною на світі. До переліку почесних титулів додалася виправдана репутація справжнього ловеласа. «Аерофлот» зробив його обличчям нової рекламної кампанії: Леонідова світлина в красивій темно-синій уніформі прикрашала листівки компанії. Він був герой. Кожен росіянин знав його ім'я та заслуги. Усі діти під час своїх ігор хотіли бути ним. Його фото надрукували в підручниках. Про нього говорили з повагою, гідною напівбогів, він і сьогодні залишався б народним героєм, якби під час проміжної посадки в Орлі не зустрів Мілену Рейнольдс.

8

Настав полудень. Ігор уважно мене вислухав, поставив три запитання й випив майже весь уміст кавника.

— Ти міг раніше зі мною поговорити.

— Я намагався. Але ж це непросто — прийти й вивалити власні проблеми, наче якийсь комівояжер. Думаєш, усе серйозно?

— Хтозна! Армія всюди однакова. Секрет. Навіть якщо це дрібниця. Наразі головне — попередити твого батька. Якщо зателефонувати в готель, поліція дізнається, що твій брат у Парижі. Треба шукати альтернативи.

— Через дядька Моріса.

— Надто ризиковано. Треба встигнути раніше за поліцію. Дай мені трохи часу. Я запитаю підказки в спеціаліста.

— Здається, я знаю хто це.

— Якщо знаєш — забудь.

Він вийшов з кухні та повернувся з пачкою банкнот, поклав її на стіл.

— Тут сімдесят тисяч франків[1].

— Сімсот франків, маєш на увазі?

— Ніяк не звикну до нових франків.

— Це багато. Я візьму триста. Цього має стати до татового повернення.

— Бери все. Невідомо, що там станеться. Якщо йому знадобляться гроші, ці будуть у пригоді.

— Сума велика, не знаю, чи зможу її віддати, а за тата ручатися не можу.

— Немає значення. Це всього лише гроші.

— Дякую, Ігоре, за все. Я цього ніколи не забуду.

— Тобі поталанило, Мішелю. Але я чиню це не задля тебе.

---

[1] 1960 року у зв'язку з інфляцією було запроваджено новий франк, що дорівнював 100 старих франків. Деякий час на банкнотах писали «новий франк». (*Прим. пер.*)

— Але й не задля брата — ти його не знаєш.

Ігор налив собі залишки кави, підвівся та заварив нової.

— Розумієш, коли десять років тому я залишав СРСР, від'їзд я не спланував. Тікати треба було дуже швидко. Я покинув дружину, дітей, роботу. Це було миттєве рішення. Або я негайно вшиваюсь, або розстріл. У мене нічого не було. Лише одна булочка. Мені пощастило. Дорогою я зустрів людину, що допомогла. Селянин, працівник карельського лісгоспу. Він бачив, що я втікач. Чоловік міг пристрелити мене на місці чи видати владі. Він показав, як пройти до Фінляндії попри прикордонників. Дав мені сухарів і сушених оселедців. Я схотів подякувати й поцікавився його іменем. Він відповів, що мені воно ні до чого і якби він міг, то пішов би зі мною, попросив лише не забувати тих, хто залишився там.

— Ти ніколи не розповідав про сім'ю.

— Ні я, ані хтось інший. Ми думаємо про них щодня, щогодини. Жодної надії побачити їх знову. Це нездійсненно й небезпечно. Ми нічого не говоримо. Вони назавжди в наших думках. Не буває й миті, щоб я не думав, що зараз роблять дружина чи діти. Знаю, вони теж про мене думають. І це нестерпно.

Він замовк, потупив очі.

— Бери гроші й дай мені спокій. Зв'яжемось через «Бальто».

Без пояснювальної записки в ліцеї можна було навіть не з'являтися. Я все думав, що б такого наплести Шерлокові для виправдування невиправдовуваного. Без татової записки знадобиться нестандартне пояснення чи лікарняна довідка. Обидві речі неможливі. Уже від завтра доведеться підстерігати пошту, щоб перехопити листа з ліцею. Я пішов до «Бальто». Чекав у своєму кутку. Мені все не вдавалось зосередитися на «Серцедері». Близько третьої прийшов Ігор.

— Не хвилюйся. Я знаю, як діяти.

— Як?

Він дістав із кишені куртки аркуш, з обох боків списаний дрібним почерком.

— Я все записав. Ходімо, спробуємо.

Ми попрямували до пошти на авеню Генерала Леклерка. Ігор дав телефоністці алжирський номер. Зв'язок установили за чверть години.

— Готель «Алетті», доброго дня.

— Я б хотів почути мосьє Маріні, будь ласка.

— Він вийшов. Ключ на дошці.

— Знаєте, коли він повернеться?

— Мосьє нам нічого не сказав. Та він часто обідає в ресторані Адміралтейства.

— Це далеко від вас?

— У кілометрі.

— Щиро дякую. Я перетелефоную.

Ігор поклав слухавку.

— Ти міг би взяти номер того ресторану.

— Виключено. У мене телефон одного бару в п'яти хвилинах від готелю. Він має піти саме туди. Поліція не встигне поставити прослуховування.

Ми дзвонили що двадцять хвилин. Телефоністка вивчила номер напам'ять, а портьє готелю обмежувався вже стандартним «Мені шкода, мосьє досі не повернувся». Ми тривожно спостерігали, як біжить час. Ігор мав забирати своє таксі. На шосту в мене була призначена зустріч із Франком, ще й треба було повернутися до маминого приходу. П'ятнадцять по п'ятій, чергова спроба.

— Він повернувся. Чекайте на лінії, передаю слухавку.

Ми трохи зачекали. Зі слухавки почувся татів голос:

— Поль Маріні, слухаю.

— Мосьє Маріні, я друг. У мене для вас інформація.

— Хто ви?

— Зі мною людина, яка супроводжувала вас у день зачислення вашого сина Франка. Ви спізнилися через поломку

DS. Поверталися пішки, тоді була справжня злива. Розумієте, про кого я?

— Так. Чого ви хочете?

— Вам слід негайно піти у «Ґран-кафе». Це займе хвилин десять. Там і поговоримо. Гаразд?

— Я там буду.

Ігор повісив слухавку і дав телефоністці номер «Ґран-кафе» в Алжирі. З невідомих причин додзвонитися було неможливо. Перевантаження ліній. Або диверсія. Справи кепські. Не варто хвилюватися, таке за день траплялось разів двадцять.

Час спливав, напруження зростало. За двадцять шоста. Я розумів, що незабаром доведеться покинути Ігоря наодинці, так і не почувши батька.

— Нічого страшного, — сказав Ігор. — Якщо за десять хвилин однаково не вийде, біжи до брата і передай йому гроші. Зараз це головне. А з батьком я сам поговорю. Залишається сподіватися, він дочекається.

Якийсь пенсіонер зчинив галас, бо ми монополізували віконце. Він чекав доступу до телефоністки.

— Лінії зайняті.

— Мені треба зателефонувати в Ам'єн.

— Чекайте на вашу чергу, мосьє, — упевнено відповів Ігор. — Трохи терпіння.

— Ігорю, можу я тебе ще про щось попросити?

— Якщо це законно, давай.

— Стосовно ліцею. Я прогуляв день і в мене немає виправдання. Якщо я дозволю собі таке, мене виженуть.

— На мене не розраховуй, я не підроблятиму підпис твого батька.

— Якщо я зіграю з Шерлоком у відкриту? Прийду в його кабінет. Скажу правду: «Так от, Франк біженець, дезертир. Він звернувся до мене по допомогу. Я не міг його кинути». Він його знає і поважає. Головний наглядач має зрозуміти. Чи не так?

— З таким самим успіхом можеш одразу піти в поліцію. На цій землі існує один основоположний принцип виживання. Якби ти жив по той бік, він був би пригвинчений глибоко у твоїй голові: ніколи не довіряй! Нікому! Чуєш мене? Це смертоносна річ. Вона вбила тисячі таких довбнів, як ти.

— Навіть знайомим?

— Навіть татові, мамі, братові чи дружині.

— Тобі я довіряю.

— Я нічого не виграю, якщо здам тебе. Але думаєш, я вагатимусь бодай секунду, щоб донести на вас, на тебе і твою родину, якщо поліція погрожуватиме позбавленням статусу політичного біженця?

Я глянув на нього. Його погляд залишався незворушним.

— Але ж ти жартуєш?

— Алжир – п'ята кабіна, — кинула телефоністка.

Ми поквапилися до кабінки. Ігор узяв слухавку, а я навушник.

— «Ґран-кафе», слухаю, — почувся жіночий голос.

— Доброго дня, мадам, чи можу я почути одного з ваших клієнтів, мосьє Маріні. Він у барі.

Ми почули як жінка запитує:

— Тут є мосьє Маріні?

— Так, це я.

— Що ви там робите? — вигукнув тато. — Я збирався йти.

— Не було зв'язку, — пояснив Ігор та передав мені слухавку.

— Тату, це я. Я з другом. Готель прослуховують, домашній телефон також. Думай, що говориш. Зараз нас не чують. Франк у Парижі. Я бачив його вранці.

— Як він?

— Стомлений і нашорошений. Йому потрібні гроші. Він не їв відучора.

— Віддай усе, що ти маєш.

— Може, попросити в мами?

— Краще не треба. Дай свої гроші. Я повертаюсь.

— Мосьє, з яким ти розмовляв, дасть мені гроші для Франка. Ти йому повернеш?

— Ясна річ. Щойно знайду місце в літаку, вилітаю в Париж.

Ігор забрав від мене телефон і почав говорити заглядаючи до аркуша:

— Мосьє, я друг Мішеля. Вам не варто летіти літаком. Поліція про це дізнається. До того ж немає місць. Повертайтеся до готелю. Скажіть, що дістали інформацію про сина: йому вдалося втекти до Марокко і ви шукатимете його там. Якщо портьє розпитуватиме, скажіть, що він у Танжері. Ніяких деталей. Не беріть таксі. Переконайтесь, що вони вас не ведуть. Ідіть до алжирського порту. Там пришвартоване судно «Ліоте», сьогодні о дев'ятій воно відчалює до Марселя. Документів вони не перевіряють, заплатите готівкою. Ні з ким не розмовляйте. У Марселі сідайте на потяг до Парижа. Вам повторити?

— Ви що, із секретної служби?

Я помчав на вулицю Лапласа. Прилетів у «Буа-Шарбон» ледь по шостій. Франка не було. Я сів у глибині кафе за вранішній столик. Замовив лимонадне пиво. Хазяїн грав у чотириста двадцять одно із тим самим клієнтом, а за барною стійкою сиділи ті самі бандитські фізіономії. То запросто могли виявитися лягаві, які зараз мене затримають. Я чекав. Франк не прийшов. У нього проблеми? Звідки мені знати, чи його не схопили? Ризиковано питати в хазяїна, чи той його бачив. Я чекав максимально довго. Мені слід було повернутися за п'ятнадцять сьома. При мені були лише гроші Ігоря. Хазяїн підозріло глянув на мій наполеондор, але взяв і мовчки приніс решту. Дорогою я постійно озирався. Франка так і не помітив. Я випередив маму на п'ять хвилин. Коли вона готувала вечерю, я пішов до неї на кухню.

— Що сьогодні робив, Мішелю?

— У нас була математика та французька. Вчителька англійської захворіла.

— Знову!

— А як справи в магазині?

— Не знаю, до чого братися. Через відсутність твого батька ми щодня втрачаємо замовлення.

— Думаю, він скоро повернеться.

— Сподіватимемось. До того ж у мене наступного тижня семінар, який я не хочу пропускати.

— Скажи мені одну річ, мамо. Ти дійсно розлючена на Франка?

— Розлючена?.. Ні.

— Ти про нього не говориш. І не здаєшся стурбованою.

— Я більше нічим не можу йому допомогти. Проте це мій син, і він залишиться ним назавжди, хай би що він накоїв.

— Якби він із тобою зв'язався, що б ти зробила?

— Порадила би відповідати за свої вчинки.

— А якби він попросив про допомогу?

— Напоумила би здатися поліції та довіритися французькому правосуддю. У нього немає варіантів. До чого ці запитання?

— Ми про нього ніколи не говорили. Я не знав твоєї думки.

Мама зателефонувала в готель «Алетті». Їй відповіли, що тато виселився. Вона була здивована почути, що він поїхав до Марокко.

9

Від самої Москви «Іл-12» летів над щільною піною хмаровиння. Білосніжне сонце освітлювало непорочне східне небо. Зачаровані магічною виставою, Леонід і його другий пілот Сергій геть забули про заглушливий гул моторів.

— Маєш плани на вечір? — поцікавився Леонід.

— Хочу сходити в кіно. Хоч у Лондоні можна побачити американські фільми.

Він обернувся до бортрадиста, що сидів позаду «скляної кабіни», сконцентрований на своїй роботі, тому цього разу розмови не чув. Нова стюардеса Олександра, якій заслужено присудили титул «кращий зад компанії», принесла їм гарячого чаю з бісквітним печивом. Вона саме подавала Леонідові склянку, як той занепокоєно прислухався.

— Ви це чуєте, Олександро Вікторівно?

— Нічого підозрілого, командире.

— Я ж вам казав, люба, звіть мене Леонідом.

— Командире, з мотору номер два долинає підозрілий звук, ніби хтось б'є молоточком! — кинув ошалenілий Сергій.

Леонід вслухався — обличчя перекосив жах.

— Товаришу другий пілоте, потрібно конфіскувати молоток у суб'єкта з двигуна номер два!

Сергій став тиснути кнопки. Лампочки загоралися та згасали.

— У суб'єкта з двигуна номер два молоточок конфісковано, мій командире.

— Ну ось, Олександро. Ніякого шуму. Вам безмежно пощастило, що я на цьому літаку.

— Командире, я чую зітхання з мотору номер два.

— Сергію Івановичу, настав час повернути молоточок суб'єктові з мотору номер два.

Сергій понатискав ті самі кнопки.

— Молоток повернуто, командире. Паршивець просить серп.

Усі вибухнули реготом. Бортрадист підвівся й простяг депешу Леонідові.

— Погані новини з Лондона, мій командире, — прокоментував бортрадист.

Якщо смог зими 52-го був найубивчішим і забрав чотири тисячі життів, отруєних сірчаним газом сотень тисяч вугільних пічок, вихлопними газами та промисловими викидами, то смог зими 51-го увійшов до хронік як один з найстрашніших на пам'яті британської столиці. Видимість не перевищувала двадцяти метрів, і стояв сморід тухлих яєць. Лондонці й без того бачили всяке, тож сміливо тішилися жартами про випадкові купання у водах Темзи — холоднуватої о цю пору, чи не так? — та підбадьорювалися згадкою про те, що саме цей облудний туман надихнув Клода Моне вигадати імпресіонізм. Лондон неодноразово бував ізольованим від решти світу. Жоден літак не міг приземлитися в аеропорту Гітроу. У вівторок, 9 січня 1951 року, Леонід дістав наказ змінити курс на Париж, він сподівався приземлитися в Ле-Бурже. Однак паризький аеропорт був перевантажений такими ж неочікуваними пасажирами, і їх перенаправили в Орлі. Настав кінець дня, але досі ніхто не міг спрогнозувати тривалість їхньої вимушеної проволоки. Леонід очікував обурення пасажирів, але звістка про затримку не зчинила негативної реакції на борту. Серед двох дюжин росіян Леонід перевозив замміністра й делегацію із семи членів Верховної ради, які вирішили скористатися метеорологічними негараздами на благо франко-радянських відносин. Було б добре знайти таксі й готель для делегації. Чи є місця в «Мьорісі»[1]?

Делегація Верховної ради взяла штурмом єдине на весь аеровокзал відчинене віконце довідки, де їм не надто зраділи. Висока молода жінка в уніформі «Ер Франс» із вовняної саржі зеленувато-синього кольору, куртці зі вставками та фетровому береті сховалася за байдужою усмішкою. Двоє слуг народу мали якесь уявлення про французьку, проте вона неприховано вдавала нерозуміння.

— Ви звернулися до «Ер Франс», а не до турбюро, — відповіла вона, не зводячи своєї дражливої усмішки.

— Де бути турбюро?

— Цієї пори воно зачинене. Пошукайте на Єлисейських Полях.

— Ви дзвонити Єлисейські Поля.

— Можете скористатися громадськими кабінками, трохи далі в холі.

---

[1] «Мьоріс» (1838) — готель класу люкс для привілейованих верств суспільства, один із найстаріших готелів Парижа, утілення французької пишноти.

Вони пішли шукати. Бюро «Пошта. Телеграф. Телефон» працює за державним графіком. Оператор уже зачинила віконце. Представниця «Ер Франс» відмовилась позичити їм свій телефон.

— Це внутрішня лінія, тільки для персоналу.

— Я жалітися компанія, — загарчав замміністра.

— Вам варто звернутися до бюро скарг.

— Де бути бюро?

— На другому поверсі. Воно зачинене. Відчиниться завтра.

Леонід та ще четверо членів екіпажу підійшли до стійки «Ер Франс», де замміністра саме обсипав російською лайкою співробітницю. Найдужче його бісила її незмінна усмішка. Якусь мить Леонід просто стояв і роздивлявся скульптурну красу цієї жінки. Широке чоло, довге золотаво-каштанове волосся, що спадало кучерями на плечі, очі кольору бірюзи та соболині брови. Його охопило суперечливе відчуття дежавю. «Якби я вже зустрічав цю жінку, я б запам'ятав, де й коли. Я б не забув таке обличчя», — подумав він. Вона скидалася на американську акторку. Відвідавши кіно, Леонід не запам'ятовував імена акторів, знав тільки Чапліна та Лорела і Гарді[1]. Єдиною акторкою, що знав в обличчя, була Ґрета Ґарбо. А ця жінка — її цілковита протилежність. Йому теж дісталося від замміністра, і він пообіцяв усе владнати.

— Я не говорити французька, — мовив він зі своєю найпереконливішою усмішкою.

Він повів далі своєю авіаційною англійською. Пояснення давались йому важко й наштовхувалися на непробивну стіну. Вона ж розмовляла англійською без акценту.

— Ви... француженка чи англійка?

— Моя національність вас не обходить.

— Можете розмовляти повільніше?

— Повторюю вам востаннє: ви в Орлі, а не в Ле-Бурже.

---

[1] Стен Лорел (1890—1965) і Олівер Гарді (1892—1957) — американські кіноактори-коміки, один з найпопулярніших комедійних дуетів в історії кіно.

— Це через туман над Лондоном.

— Я не отримувала ніяких указівок. Мій робочий день скінчився.

— Ви маєте нам допомогти.

— Ви в «Ер Франс», а не в «Аерофлоті».

— Ми заблукали, ми не знаємо куди йти.

— Я не турбюро.

— Я змушений попередити посольство.

— Можете телефонувати хоч папі, хоч президентові США. І вимкніть цю безглузду усмішку, чи ви маєте себе за Кері Ґранта[1]?

Жінка потягла решіточку віконця, замкнула її на ключ і зникла у своєму кабінеті. Замміністра й делегація розцінили інцидент як вияв норовливого характеру француженок, а це віщувало їм ще приємніший вечір, ніж у Лондоні. Аеровокзал потроху порожнів. Вони поспішили на вулицю та розіпхалися по таксі. П'ятеро членів екіпажу тупцювали біля останньої машини: таксист відмовлявся брати їх усіх, місць-бо тільки чотири. Вони наполягали та обіцяли щедрі чайові. Той не купився: підтвердити репутацію паризьких таксистів було справою честі.

— Троє позаду, один спереду. Хутчіш, бо я вже їду!

Командир літака мусить дбати про безпеку свого екіпажу. Він усадив підлеглих і став чатувати бодай на якесь таксі — шанси були мізерні. Отак він смиренно чекав, аж раптом помітив, як повз нього проїхало біле «Пежо-203», зупинилося та дало задній хід. Скло пасажирського віконця опустилося і відкрило обличчя працівниці «Ер Франс». Леоніда сповнив оптимізм. Він підійшов.

— Вам до Парижа? — загадково посміхаючись, поцікавилася вона.

— Ви врятували мені життя.

---

[1] Кері Ґрант (Арчибальд Александер Ліч; 1904–1986) — англо-американський актор, утілення дотепності, незворушності й байдужості.

— Мені шкода, але я вам не таксі. А що настрій у мене сьогодні гарний, я підкажу вам дорогу. Ідіть прямо і вийдете на національну трасу номер 7. Тримайтеся правого боку. Як поталанить, зупините автобус чи таксі. А ні — Париж недалеко. Помилитися неможливо. Вам пощастило, що немає дощу. Бачте, як мало треба, щоб чоловік припинив хверцювати. Десять кілометрів пішки угамують будь-яку усмішку. Ось і все, що треба!

Вона рушила. Йому залишалося дивитися вслід. Він вийшов на національну трасу; машини шугали, наче боліди. Він голосував. Ніхто не реагував. Ішов далі, періодично зупиняючись. За півгодини опинився на перехресті, де помітив дороговказ «Париж — 11 км». Він підняв комір куртки. По праву руку виднілася біла пляма, яка за наближення набувала обрисів авто. На узбіччі стовбичило «203» із пробитою правою передньою шиною. Жінка руками подавала знаки попутнім машинам. Поли її манто розвівалися на вітрі. Помітивши Леоніда, вона завмерла та «вдягла» правильну гримасу.

— Доброго вечора, — мовила вона. — Не чекала на вас так швидко.

— Вам пощастило, що немає дощу.

— Не помітила вибоїну.

— Я думав, ями на дорогах — прикмета Росії. Дякуючи вам, я буду обережнішим за кермом. Ви не міняєте колесо? У вас у бардачку має бути інструкція.

Вона показала на балонний ключ, що валявся біля тріснутої шини.

— Це неможливо. У мене не виходить. Можете мені допомогти?

— Мені шкода, але я командир літака, а не автомеханік.

— Галантність — то не про вас.

— Хто, я? Навпаки! Я вам допоможу. Вам треба знайти техсервіс. Якщо йтимете цією дорогою, знайдете СТО. Зараз вони зачинені. Вам допоможуть завтра вранці.

— Насолоджуйтесь моментом. Відірвіться.

— Маленький прокол — і гоп: ця посмішка.

Погляд цієї жінки його розпалював. Поруч із нею він почувався зовсім хлопчиком. З плином років та до останньої відведеної хвилини він неодноразово згадував саме цю мить, мить, яка перевернула його життя. Йому пригадувалась безкінечна пауза після тієї останньої фрази, його вагання в той момент, слова янгола-охоронця: «Не піддавайся, Леоніде Михайловичу. Ти вляпаєшся. Ти їй не рівня. Вона з'їсть тебе живцем. Іди собі в Париж. Рятуйся. Облиш її з тим колесом». Чому ж до нього не дослухався? У різні часи — різні версії. Колись йому здавалось, що докори сумління створені для непокори. А якщо це не так, якщо каяття не існуватиме, то життя без жалю не становитиме інтересу. Згодом дійшов висновку, що жоден чоловік не встояв би перед такою усмішкою, інакше то не чоловік. Сьогодні він уже стверджував, що був дурень: жіноча усмішка перетворює на йолопів усіх чоловіків. Леонід нахилився, підняв балонний ключ, щоб замінити колесо, — і запустив механізм у незворотному напрямку...

Виявилось неможливим ані зняти ковпак, ані відгвинтити гайки, ані знайти вдалу позицію, щоб зафіксувати домкрат, ані підняти його балонним ключем. Схоже, що садист-інженер заприсягся вбити того, хто намагатиметься допомогти жінці в скруті. За часів війни Леонід міняв мотори завважки в півтонни, шини літака, що були важчі за нього самого, розтрощені шасі, ремонтував та з'єднував несумісні деталі, тому якомусь «пежо» не взяти його на кпини. Він напружився, випнув поперек, гаркнув, здер шкіру з пальців, але гайки не зрушив — можна було подумати, що вони наварені. Він зойкав, чув хрускіт власних хребців. М'язи надривалися. Кров била в голову. Легеням бракувало повітря. За мить до розриву серця вдалося зрушити гайку. Три інші затребували стільки ж зусиль.

За цю годину він зіпрів, подер коліна, руки та обличчя почорніли від мазуту, штани й сорочка вкрилися землею, мастилом і потом. Він підвівся, тремтячи і важко дихаючи.

— Вам би це не вдалось, — виснажено зауважив він.

Вона підійшла, витерла піт з його чола. Провела рукою по його обличчю. Відтак притисласяся до нього. Він відчув не знані раніше парфуми, аромат далекого Сходу та пломінкого небокраю. Вона обвила його плечі, підтягла до себе й торкнулася губами його губ. Він обійняв її так сильно, як тільки дозволяли залишки снаги. То була епоха тривалих поцілунків. Їхній був завдовжки в цілу вічність. Машини, що проїжджали повз, невтомно сигналили. Вони нічого не чули.

Найдовший за його життя поцілунок змінила найдовша ніч. Леонід знавав чимало жінок у Ленінграді та Москві, називав їх божественними, винятковими, неперевершеними, вражаючими, незабутніми чи приголомшливими, однак зовсім не міг дібрати слів, щоб описати цю ніч, що позбавила його здібності розмовляти.

Неначе огорнений темрявою, він наблизився до недоторканної дарохранильниці, що випалила на ньому довічне клеймо.

10

Тато умудрився повернутися в найневдаліший момент. Комісар Буррель саме збирався викрити ім'я вбивці. Останні п'ять хвилин ми тільки й чекали розгадки поліційної енігми[1]. Фатальної миті відчинилися вхідні двері і до квартири, зовсім не поважаючи невизначеного злочинця, увійшов тато. Неголений та непривітний, він скидався на чоловіка, що не спав дві доби, подорожував стоячи в залюдненому коридорі. Проігнорувавши мамині запитання, він чкурнув до ванної, а ми півгодини простояли під її дверима.

— Ну що там, Полю? — поцікавилася мама.

— Я його не зайшов.

— Я ж казала. Поїздка була зайвою. Марнування часу.

[1] Енігма — щось таємниче; загадка, головоломка.

Вони лягли спати. Ми залишилися роздосадуваними, бо так і не дізналися, хто вбив торговця сиром.

Посеред ночі до мене прийшов тато. Я відчув його руку на плечі. Вмикати лампу він не схотів. Я пошепки переповів йому події, що слідували після дзвінка Ігоря. Як я не дочекався Франка, а він з'явився наступного ранку дорогою до Генріха IV.

— Я прогуляв четвер, п'ятницю та суботній ранок. Я не винуватий. Мені вдалося перехопити листа з ліцею. Тобі треба цьому якось зарадити.

— Я цим займусь. Де він тепер?

— Ночує по підвалах, змінюючи їх щодня.

— А друзі?

— Він сказав, що вони здадуть його поліції, тому може покластися тільки на нас. Він наляканий. Нікому не довіряє і постійно насторожі. У нього револьвер.

— Для чого?

— Сказав, що не дозволить себе впіймати.

Тато сидів мовчки. Я чув його глибоке дихання. Він пробурмотів:

— Цього не може бути... Як ви взагалі зустрілися?

Дорогою в ліцей Франка я так і не помітив. Дійшовши до майдану Пантеон, я почув його кроки трьома-чотирма метрами позаду. Це його манера. Він мене направляв. Ми спустилися вулицею Муфтар один за одним. Зайшли до невеличкого бістро на вулиці Сансьє. Я поцікавився, чи вчора були якісь проблеми.

— Гроші приніс? — запитав він, досі на голках.

Я передав під столом сімсот франків Ігоря. Франк ніяк не чекав на таку суму.

— Звідки ці гроші?

— Друг позичив.

— Ти сказав, що це для мене?

— А як інакше? Йому вдалося зв'язатися з татом. Він буде завтра-післязавтра.

— Якщо його готель прослуховують, лягаві дізнаються, що я в Парижі.

— Ти бачиш тут лягавих? У тебе манія переслідування.

Він був невдоволений. Підійшов до хазяїна і дав йому грошей. Мабуть, був винен. Увесь на нервах.

— Час ушиватися.

Замість того щоб піти геть, ми простояли неподалік метро. Вдавали розмову. Франк не зводив очей з бістро. Його трохи попустило. Ми опинилися в Саду рослин. Він курив сигарету за сигаретою, «Сельтік». Запропонував мені.

— Я не курю. Що сталося?

Він не відповів. Накрапав дощ. Ми сховалися в Національному музеї природознавства. Жодного відвідувача, тільки ми. Двоє працівників розставляли тази для води: скляна стеля протікала. Ми прилаштувалися у великій галереї навпроти опудала жирафа.

— Ми були в оранському тилу, на гірських плато. Контролювали регіон. Там діяли невеликі банди фелахів, досить мобільні. Нам ніяк не вдавалося їх виловити. Ми прочісували села. Ловили поодиноких. Передавали на допит офіцерам-розвідникам — крики було чутно за сотню метрів. Вони їх забивали. Часом грузили у вертушки, які поверталися порожнем. Після допитів їх вивозили в поле, наказували тікати. І вони бігли, а їх розстрілювали.

— Хочеш сказати, ти їх убивав?

— Тут цього не зрозуміти, там це буденність. Така вже війна. Вони, до речі, теж не церемоняться — ще ті звірі. Ти наче між молотом і ковадлом: не розв'яжеш язиків арабам — готуйся до їхніх атак і смертей французів. Врешті переконуєш себе, що ти мусиш виконувати брудну роботу, щоб уникнути ще гіршого.

Він не міг більше говорити. Я чекав на продовження, але він подумки вже був деінде.

— Що сталося, Франку?

— Капітану роти знадобилися добровольці для «лісової прогулянки» з полоненими. Ніхто не зголосився. Один він піти не міг, бо фелахів було семеро, хоча серед них троє поранених, а двоє насилу тягли ноги. Позаяк я лейтенант, він узяв мене в напарники. Одного араба підтримував хлопчисько років десяти-дванадцяти. То був кінець листопада, стояла така пекельна спека, що аж форма прилипала до тіла. Ми відійшли на кілометр. Капітан наказав фелахам бігти. Двох він пристрелив. Я попросив залишити хлопчика, а він узяв його на мушку. Решта сховалися за деревами. Він вичікував, шоб їх перестріляти. Я крикнув йому, щоб він зупинився, та він мене не послухав і вбив батька. Тоді я засадив йому кулю в голову — от що сталося. Я вшився. На мої пошуки не пошкодували ресурсів, та я вислизнув з їхніх тенет.

— У Франції теж є судді. Це різні речі.

— Вищий постійний суд Збройних сил тримає руки по швах. Вони не судять — штампують вироки і відправляють на койку. Допевне, був би звичайний слідчий суддя і громадський суд, я мав би шанс. А так — нуль зі ста. Згадай жовтень: сотні арабів повкидали в Сену — хтось протестував? Ніхто. Усі відмовчувались. І преса, і профспілки. Коять, що хочуть. Мене вони не впіймають. Я маю покинути Францію. Подамся туди, де вони не зможуть мене шукати. Мені потрібна татова допомога. Треба грошей.

— Він був на межі. Ніколи не бачив його таким. Тоді пішов і сказав, що з тобою сконтактує.

— Пора спати, малий. Ти все правильно вчинив. Ми йому допоможемо. І маємо ним пишатися.

Він поцілував мене в темряві й так нечутно вийшов із кімнати, що я навіть не помітив. Увімкнув лампу біля ліжка. Його вже не було.

11

Леонід зітхав, загублений десь у поясі перисто-шаруватих хмар. Сергій крадькома спостерігав. Його командир із ним не розмовляв, не реагував на жоден жарт і більше не насолоджувався чудовим задом молодої Олександри. Бортрадист підтвердив посадку в Лондоні. Прогнозували гарну погоду.

— Бісова метеослужба, — буркнув Леонід.

В аеропорту він відіслав екіпаж.

— Я під'їду в готель, тільки-но зможу.

За посередництва представника «Ер Франс» у Гітроу йому вдалося зв'язатися з Міленою в Орлі. Для неї дзвінок був неочікуваний.

— Мілено, то я.

— Де ти?

— Я щойно приземлився в Лондоні. Радий чути твій голос. Ніяк не перестану думати про тебе.

— Я так само.

— Маю тридцятигодинну перерву перед зворотним рейсом.

— Це небагато.

— Може, удасться побачитися?

— Я на тебе чекаю.

— Як я це зроблю? Прилетіти в Париж я не можу, бо не маю візи. Якщо сяду на літак, про це одразу дізнаються.

— Я так і думала. На цьому наша історія скінчиться.

— Мілено, ми не можемо розірвати стосунки. Чи ти більше не хочеш мене бачити?

— Не говори такого.

— Я не можу звідси вибратися. Тому прилетіти маєш ти.

— Моя зміна до восьмої. Я могла б сісти на літак до Лондона. Стривай, я гляну... Не вийде, останній саме вилетів.

— Якщо ти не можеш прилетіти до Лондона, а я до Парижа — ми більше не побачимось.

— Якби ти літав рейсом Москва — Париж, було би простіше.

— «Аерофлот» не має рейсів на Париж. Мілено, ти мені потрібна. Розумієш?

— Леоніде, мені непросто це говорити. Але в нас немає майбутнього. Ми пережили щось прекрасне. Але буде безумством, якщо це триватиме й далі. Ти хоч розумієш, що в нас зв'язані руки? Ми не можемо протистояти всьому світові.

— Мені начхати. Ніхто і ніщо не завадить нам бачитися.

— Ми безсилі, Леоніде. Це неможливо.

— Дай нам бодай шанс.

— Ми живемо в протилежних, несумісних світах.

— Скажи, що нічого не відчуваєш, і я тебе облишу.

— У нас усе складно. Так бути не може.

— Я бачив тебе єдиний раз. Я тебе не знаю, ти не знаєш мене, але те, що між нами відбулося, сильніше за обставини. Зі мною таке вперше. А з тобою?

Запала тривала мовчанка. Про що думала Мілена? Вона боялась упустити грандіозну пригоду? Нею керувала гордість? Вона казала собі: «Я здобула перемогу там, де решта провалились»? Може, вона відкинула муки серця, не замислюючись, чому непереборні ще хвилину тому обставини наразі видаються сміхотворними, наче їх стерли помахом чарівної палички?

— У якому готелі ти зупинився?

— «Гайд-Парк Готель». Це в центрі.

— Їдь туди.

Мілена прилетіла о другій ночі. Леонід так і заснув — одягнений та при світлі. Він почув нечіткий стукіт у двері, заледве підвівся, півсонний, відчинив двері. Йому знадобився якийсь час на усвідомлення, хто ж стоїть навпроти. Її усмішка його обеззброювала. Вона кинулась йому в обійми.

Пізнього ранку, стривожений відсутністю Леоніда, який зазвичай прокидався першим, Сергій пішов у розвідку. Зі скуйовдженим волоссям, загорнутий у приліжковий килимок, командир дивився на нього й не розумів, котра година, який день і де він узагалі перебуває. Через прочинені двері Сергій помітив, що з-під покривала видніє оголена тендітна ніжка, та почув жіночий голос: «What happens, darling?»[1] Очевидно, наразі недоречна мить для пропозиції відвідати Лондонський Тауер.

Зворотній політ видався веселим і легким. Олександру винагородили вичерпною колекцією анекдотів про стюардес та їхню звичайну поведінку.

Відтоді щовівторковий політ до Лондона був дійсно яскравим. Ні для кого не було секретом, чому після прильоту в Леоніда зникав гарний настрій, і так аж до моменту узгодження формальностей вильоту. Ніхто тим не переймався. МДБ[2], поінформоване бортрадистом, теж не знайшло, до чого присікатися. Герой Радянського Союзу мав повне право розважатися. Рутинне розслідування, ініційоване військовим аташе радянського посольства, було проведене нашвидкуруч перевантаженим роботою агентом. Справа Мілени Рейнольдс не містила нічого цікавого: француженка, у дівоцтві Жирар, колишня дружина директора страхової компанії з Сіті. Ніяких пікантних подробиць розлучення. Як і обставин повернення в «Ер Франс». Недавнього повернення. Ні вона, ні він не мали доступу до стратегічної інформації. Досьє вийшло лаконічним, тим паче що один із них славився високопоставленими зв'язками.

Леонід бачив Мілену раз на тиждень. У кімнаті пілотів аеропорту Гітроу він чекав пізнього нічного прильоту поштового літака DC-3, що відвантажував та приймав пошту. Мілені вдалося переконати екіпаж узяти її на борт, попри заборону на перевезення пасажирів вантажними літаками компанії. На що тільки не піде командир літака задля прекрасних очей Мілени! Вона вміла просити, і жоден

---

1 Що відбувається, любий? (*англ.*)

2 МДБ – Міністерство державної безпеки СРСР (1946–1953).

чоловік не міг їй відмовити. Вона сиділа на залізному відкидному сидінні або вмощувалася на мішки з поштою. В той час на на злітній смузі Гітроу Леонід розпізнавав звук літака «Дакота» ще до його безпосереднього заходу на посадку. З часом це стало звичкою. Крім днів, коли був туман, звичайно.

Траплялося, погода цупила час. У такі моменти до Лондона вони не їхали, а забивалися в якомусь закутку аеровокзалу, розмовляли й трималися за руки. Мить розлуки завжди була нестерпною та тривожною. Весь тиждень Леонід був перейнятий виключно думками про Мілену. Досі жодній жінці не вдавалось заволодіти його розумом. Він був із нею вдень і вночі. Її присутність зігрівала його. Він розмовляв із нею, усміхався їй, пестив її — попри відстань у три тисячі кілометрів. Вона стверджувала, що так само безперестанку думає про нього. Вона винайняла будиночок у Ганслов. Вони могли дві ночі поспіль не вилазити з ліжка, не розлучаючись ані на мить, практично не ївши. Вони прогулювалися лондонськими парками, мов двійко студентів. Мілена любила парк у Гринвічі: там росли поважні кедри, а безстрашні білочки їли просто з долонь. Вона водила його до Британського музею, але той навіював на Леоніда нудьгу.

Вона відкрила для нього американське кіно. Вони ходили в «Одеон» у Річмонді, там крутили два фільми за сеанс. Йому не все було зрозуміло. Актори розмовляли надто швидко. Вона пояснювала йому на вушко. Одного разу вони сходили в Королівський театр Ковент-Ґарден. Леонід обожнював балет. Спершу їй була невтямки його здатність вливати в себе віскі і не п'яніти. Дві перші пляшки на нього геть не діяли. Після третьої в нього світилися очі, він сміявся з будь-якого приводу, але ходив прямо та залишався при ясному розумі. Пити сам Леонід не любив, а Мілена не пила. Могла лише пригубити. Так з нею він припинив напиватися. Неодноразово їх можна було помітити в місцевому пабі «Блек фокс». Вони не вирізнялися серед завсідників. Схоплювались останньої миті, з подивом дізнавшись про пізню годину, мчали в Гітроу: вона поверталася в Париж, а він — у Москву. До наступного тижня.

Вихідні в Ленінграді, що попервах були за свято, наразі стали нестерпними. Шахові партії з Дмитром Ровіним, який ощасливлював його чистою евкаліптовою олією, тяглися нестерпно довго. Леонід байдуже їх програвав.

— Мажеш як новачок. Що з тобою? Ти наче чимось занепокоєний.

— Дмитре Володимировичу, я можу довірити тобі таємницю?

— Якщо це таємниця, Леоніде Михайловичу, то не варто нічого мені розповідати. Наша система змушує тримати таємниці при собі.

— Я декого зустрів.

— За ці п'ять років, що ми знайомі, у тебе була добра сотня коханок чи, може, більше, хіба ні? Це я довірю тобі справжню таємницю: я тобі заздрю.

— Вона особлива.

— У цьому криється головний інтерес до жінок. Тільки уяви, якби всі були однакові. Відпала б потреба їх змінювати. І що ж у ній такого особливого?

— Усе.

— Тобі пощастило зустріти виняткову жінку.

— Ми не можемо бути разом.

— Вона одружена?

— Вони розлучені.

— Якщо немає чоловіка, у чому ж проблема?

— Вона француженка. Живе в Парижі.

— Леоніде Михайловичу, та ти здурів! Тобі тутешніх жінок замало?

— Вибирати не доводилось. Як і їй.

— Скільки це вже триває?

— Півроку. Я літаю рейсом Москва — Лондон, вона працює в Парижі і прилітає таємно на час моєї перерви перед зворотним рейсом.

— І що збираєшся із цим робити?

— А що, по-твоєму, я можу?

— Леоніде Михайловичу, друже, ну ти й закрутив! Не хотів би я опинитися на твоєму місці.

12

— Сесіль, я мушу тобі щось сказати.

Вона спинилась, зігнулася та перевела дух, махаючи руками. Вранці вона зателефонувала поцікавитися, чому це я більше не приходжу до Люксембурзького саду.

— Що сталося, Мішелю? Уже забув мене? Завів подружку чи як?

Я промимрив:

— Нікого я не завів. Був завал із навчанням.

— Стривай лишень, зараз присяду і повториш.

Минулого понеділка тато пішов зі мною в ліцей. Зустрівся з Шерлоком та запевнив, що моя відсутність була спричинена родинним трауром і похороном у провінції. Брехав він до того природно, що якоїсь миті я й сам завагався, чи не помер бува хтось, про кого я не знав. Уночі тато прийшов до моєї кімнати. Франк підстеріг його, коли той виходив від клієнта. Вони довго розмовляли. Тато намагався переконати його здатися. Аргументи наштовхувалися на категоричну відмову. Франку були потрібні гроші для втечі за кордон. Тато пообіцяв із цим допомогти.

Це вже стало звичкою: коли всі засинали, тато будив мене та розповідав новини. От тільки тепер до таємних нічних зборів долучався Нерон, і, щоб не наступити йому на хвіст, тато вмикав лампу біля ліжка. Коли ж він не приходив, я вичікував, щоб після сніданку ми залишилися самі, дивився запитальним поглядом, а він кивком голови показував, що новин не було.

Однієї ночі він прийшов із божевільною ідеєю. Однією з тих, які спершу здаються геніальними, але незабаром обертаються такою катастрофою, що тільки дивуєшся, як вона взагалі могла зародитися в здоровій голові.

— А якщо ти розповіси все його подрузі?

— Сесіль?

— Можливо, їй удасться його переконати.

— Вони вже два роки як не разом. Він дуже негарно її кинув. Не наважився зізнатися в очі, що завербувався і вони розходяться. Пообіцяв мені надіслати їй листа-пояснення. І не написав. Так не можна. Вона навіть чути про нього не хоче. Щоразу, як я намагаюсь зачепити цю тему, вона затикає мені рота.

— Ти не знаєшся на жінках. Коли вони говорять «ні», мають на увазі «так».

— Невже?

— Повір. Я ж бо знаю. Нам нема чого втрачати. Якщо вона відмовиться, принаймні ми спробували. Можливо, вона зможе його переконати залишитися і здатись. Вона може зробити це в пам'ять про їхні стосунки. Не обов'язково кохати людину, щоб допомогти їй. Багато колишніх пар після розриву залишаються друзями.

— Уявімо, вона погодиться. Як звести їх? Він переховується. І не захоче її бачити.

— Пам'ятаєш Санчеса?

— Вашого техніка, що вийшов на пенсію?

— Франк тепер у нього. Санчес живе сам у будиночку в Кашані. Він усе життя пропрацював на Делоне. Я йому довіряю. Він не поставив жодного запитання.

— Підозрюю, вона відмовиться.

Сесіль підсіла до мене на лавочку навпроти тенісного корту.

— Ну що там у тебе, Мішелю?

Я розповів їй про візит жандармів на Святвечір, татову поїздку до Алжиру, повернення Франка та його життя втікача. Вона сиділа спокійно. Жодного докору. Дослухала до кінця.

— Ти правильно вчинив, що мені розповів.

— Так має бути. Якби я тобі нічого не сказав, докоряв би собі до кінця днів.

Вона поплескала мене по щоці.

— Спасибі, братику.

Мені мало би бути незручно. Соромно брехати тому, хто тобі довіряє. Я не відчував провини — навпаки. Згодом я зрозумів, що це й не мало значення, сказав я Сесіль чи ні, придумав це тато чи я, — я був звичайним посланцем. Рішення було за нею. Вона могла просто знизати плечима й побігти далі — натомість вирішила поїхати в Кашан. Я намагався її відмовити, наводив аргументи, гідні «Армії тіней»[1].

— Що за маячня? Не будь параноїком.

Вона сіла на лінію Со та не схотіла, щоб я їхав. Не знаю, що в них там відбулось. Наступного дня вона забажала зустрічі з нашим батьком. Ми зустрілися недалеко від неї, в ельзаській брасерії на майдані Сен-Андре-диз-Ар.

— Я бачила Франка. Він сказав, що ви готуєте його втечу.

— Він так хотів. Не можу вдаватися в деталі. Це важче, ніж ми очікували.

— Він припускає можливість здатися. Але хоче зустрічі з адвокатом.

— Ми могли б проконсультуватися з Флоріо. Він найкращий.

— Франк хоче адвоката з Ліги захисту прав людини. Це буде політичний процес.

Вони зустрілися з двома і безрезультатно. Адвокати не наважувалися давати прогнози, не ознайомившись із матеріалами. Обидва дійшли одного висновку: обвинувачення

---

[1] «Армія тіней» («L'Armée des ombres»; 1969) — воєнний фільм Жан-П'єра Мельвіля (1917–1973) про діяльність французького Опору. Екранізація роману Жозефа Кесселя, що вийшов друком 1943 року.

серйозні, за вбивство й дезертирство під час присутності ворога виносять смертний вирок. Якщо вдасться довести пом'якшувальні обставини, ризикує загриміти на довічне або ж на двадцять років з умовно-достроковим звільненням через десять відбутих років. Санчес виступав посередником. Франк не покидав будиночка. Тато не ділився подробицями та не приходив більше вночі до моєї кімнати.

Я неодноразово приходив до Сесіль. Двері були зачиненими. У мене досі були ключі. Мені було незручно їх використовувати. Я їй телефонував. Нікого не було вдома. Одного з безнадійних вечорів я вчергове задзвонив у двері.

— Мішелю! Рада тебе бачити.

— Ти щезла. Я не знав, що з тобою сталося.

— Тато тобі не сказав?

— Нічого. Що відбувається?

— Я їду з Франком.

— Що?

— Ми покидаємо Францію.

— Я думав, ти...

— Я також...

— Це безумство.

— Я зустрілася зі ще одним адвокатом. Через нові військові трибунали, що судять без слідства, він налаштований песимістично. Франк серйозно ризикує. Він не занапастить своє життя п'ятнадцятьма роками тюрми за вбивство негідника.

— Ти заганяєш себе в безвихідь.

— Так, я їду з ним, але зможу повернутися коли завгодно. Із цим проблем у мене не виникне. Ми поїдемо до країни, де немає екстрадиції. Вільно житимемо у вільній країні. Ми знову віднайшли одне одного. Розумієш, Мішелю? Навіщо отруювати собі життя, якщо можна бути щасливими? Ми не зникаємо. А житимемо деінде. Зможеш у нас гостювати. Твій батько з друзями наразі шукають вантажне судно, яке доправить нас до Латинської Америки. Ми маємо відчалити з Роттердама.

— Коли?

— Незабаром. Не знаю, як бути з П'єром. Я більше не зможу йому писати. Надішлю йому кілька слів із Нідерландів, щоб не хвилювався. Скажу, що їду на декілька місяців. Ніяких подробиць. Пошту можуть розпечатати. Обачність не завадить. Коли він повернеться, ти йому все поясниш. Я ж можу на тебе розраховувати?

13

Близько двадцять другої Леонід вийшов із кімнати відпочинку пілотів. Йому вже набридло дивитися, як приземляються літаки. Дві години до її прильоту. Він швендяв спорожнілим аеровокзалом. Електрик прокладав кабелі, двоє столярів метушилися над стендом «Пан Ам». Центральне табло рейсів завмерло на завтрашньому розкладі. Сповіщень про поштові літаки не буває. Через безлюдну митницю він вийшов на злітну смугу й одразу сховався, бо накрапало. Ряд літаків відсвічував срібним відблиском. Він обходив і роздивлявся їх, не зважаючи на дощ. Наблизився до новенького «Супер Констеллейшн»[1] й замилувався, як справжній знавець. Прислухався. Зі сходу долинав знайомий гул. На другій льотній смузі з темряви пробилися дві жовті цятки: поштова «Дакота» зависла в повітрі, сіла й заїхала до ангару. Під'їхав грузовичок, і почалось вивантаження пошти. Леонід підійшов до DC-3 й помітив другого пілота, Жан-Філіппа, з яким устиг потоваришувати. Він чекав, що Мілена вийде з передніх дверей.

— Як справи, Жан-Філіппе?

— Потрапили в турбулентність над Північним морем. Були перевантажені.

— Як завжди.

---

[1] «Супер Констеллейшн» (*англ.* Super Constellation L-1049 — «Суперсузір'я») — пасажирський далекомагістральний авіалайнер США. Розроблений та вироблений корпорацією «Lockheed».

— Нічого не вдієш. Ми марно жалілись — їм начхати. Відчуття, наче побували в барабані.

— Здогадуюсь. Треба набирати висоту. Мілена не з вами?

— Ми її не бачили.

Леонід пішов до аеровокзалу. Літак заправляли та розвантажували відсік з поштою. Чому її з ними не було? Вона захворіла? Спізнилась на літак? Чому його не попередила? У готелі мають бути якісь новини.

Він поквапився і встиг сісти на останній автобус. Жодного повідомлення. Він попросив портьє зв'язатися з Міленою в Парижі. Дзвінок перевели в його номер. Її не було вдома. Внизу шиї з'явилася якась незрозуміла пульсація. Пити вже було нічого. Портьє відмовився відчиняти бар. Навіть задля одного пива. Леонід запропонував йому грошей. Чоловік не поступився.

Леонід вийшов, обійшов квартал, уже згодом згадавши, що в цій країні паби лягають спати не пізніше від півнів. Повернувся до готелю, розбудив Сергія, відібрав його пляшку горілки. Знову попросив набрати номер Мілени. Двічі чекав по десять хвилин — марно. Кинуло в жар, спітнів. Розчахнув вікно, крижане повітря дало незначне полегшення. Сів у крісло. Він хвилювався, не розуміючи, чого саме треба боятися. Заснув. Тривожний сон про гул літаків посеред блискавок, захмелілих портьє та нестерпне в'їдливе дзвоніння. Схоже на сирену корабля, що тоне. Телефонний провід обвився довкола шиї, душив і випалював шкіру. Настирливий дзвін свердлив барабанні перетинки. Він розплющив очі. Телефон дзвонив і дзвонив. Хутко зняв слухавку.

— Ох, мосьє, — видав портьє, — я вже боявся, чи ви, бува, не заснули. З'єдную з Парижем.

— Алло, Леоніде, це Мілена.

— Нарешті. Який я радий тебе чути! Що сталося?

— Я намагалася зв'язатися з тобою в Гітроу. Вони тебе не знайшли.

— Я гуляв, поки чекав на тебе. Чому ти не прилетіла?

— Я більше не прилечу, Леоніде.

— Що?

— Між нами все скінчено.

— Що ти таке кажеш?

— Це край.

— Це неможливо!

— Досить з мене нестабільних стосунків. Я більше так не можу.

— Ти ж знаєш, у якій я ситуації. У мене немає вибору.

— Це надто складно, Леоніде. Я прагнула іншого.

— Так не розходяться. Ти мала зі мною поговорити.

— Уже скільки місяців, коли я порушую цю тему, наштовхуюсь на твою відповідь, що ми кохаємо одне одного і що головне — жити сьогоднішнім днем.

— А хіба не так?

— У нас немає майбутнього, Леоніде. Коли люди кохають одне одного, то живуть разом. Ми загнані в глухий кут. Що довше тягнемо, то важче буде. Скільки ми ще протримаємось? Два роки? П'ять? Більше? Мені потрібен чоловік, що буде поруч кожен Божий день, з яким можна будувати плани, йти у стабільне майбутнє. Час так швидко спливає, що не можна його марнувати. У нас могло би бути прекрасне життя. Але в цьому немає сенсу. Краще покласти цьому край просто зараз.

— Чому ти не сказала мені це в обличчя?

— Мені б забракло сміливості.

— Я тебе кохаю, Мілено.

— Я також тебе кохаю, Леоніде. Але я тебе кидаю.

— Можна це обговорити. Спробувати знайти вихід.

— Виходу немає. І ми це знаємо.

— Не можна так розходитися, не телефоном!

— Я більше не прилечу до Лондона. Це кінець, Леоніде, кінець. Забудь мене, благаю.

Мілена кинула слухавку. Він іще довго сидів із телефоном у руці, слухаючи його «біп-біп». Вийшов із готелю та блукав пустельним Лондоном. З'явилися перші проблиски світанку. Заступили на зміну вантажівки з розвезення молока. Один із водіїв помітив розбиту каменюкою вітрину магазину зі спиртним. Там бракувало чимало пляшок.

Після обіду Леонід з'явився на посадку на зворотний рейс і був у препоганому настрої. Сергій звертався до нього лише по роботі.

— Це мій останній політ до Лондона, Сергію Івановичу, я попрошу перевести мене на внутрішні рейси. Головне — літати над хмарами, а вони всюди однакові.

Сергій добре його знав: відповіді той не чекав. Олександра принесла чай із бісквітним печивом. Леонід був не дуже привітним. Він принюхався та скорчив невдоволену гримасу.

— Цей літак чимось смердить! Тут якийсь труп гниє! Хіба не відчуваєте?

— Ні, командире.

— Ви б краще прибрали всюди, ніж тут красуватись!

14

Дні минали, Сесіль щезла десь у своїх апартаментах. Я не знав, де вона насправді. Чекав, що бодай тато щось пояснить. Він удався до улюбленої тактики: ішов на світанні, повертався пізно, одразу лягав спати.

Одного ранку я витяг себе з ліжка близько п'ятої ранку. Знайшов його на кухні, де він снідав стоячи.

— Що ти тут робиш? Повертайся до ліжка.

— Що відбувається?

— Я вже тобі говорив, Мішелю. Менше знаєш — краще спиш.

— Чому?

— Ти ще замалий.

— Це несправедливо.

— Думаєш, мене забавляють ці шпіонські ігри? Ми по вуха в лайні. Не хочу, щоб ти теж у ньому борсався. Пообіцяй мені: хай би що сталося, хай би хто питав, чи ти бачив або чув щось про Франка — відповідь «ні». Я наполягаю, Мішелю. Хай би хто це був. Чуєш? Ти нічого не знаєш. Дай мені слово чоловіка.

Якщо вже тато видобув з арсеналу «слово чоловіка», отже, справа серйозна. Хто це слово порушував, накликав на себе одвічний гнів небес і прирівнювався до безчесного вишкребка, зневаженого всім людством за зраду верховній клятві. Він дивився мені просто в очі. Я був змушений поклястися й повернувся до ліжка.

Наступного вечора тато прийшов раніше, і в нас вийшла справжня сімейна вечеря.

— Як довго ти там пробудеш? — поцікавилася в нього мама.

— Два-три дні, треба із цим розібратись. Виняткова нагода.

— Ми і так заледве обслуговуємо клієнтів, обладнати ще двісті ванних кімнат точно не зможемо.

— Викрутимося. Якщо хочемо розвивати нашу фірму, час братися за великі об'єкти.

Мама не здавалася переконаною. Вона підвелася, прибрала зі столу, повернулася на кухню. Жульєтт поцікавилася:

— Що це за об'єкт, тату?

— Земельна ділянка на двісті будинків. Вони там ростуть як гриби після дощу.

— А де це?

— На Півночі.

Я заплутався.

— Хіба ти не їдеш у Рот...

Мені дістався удар ногою під столом.

— Це в передмісті Лілля, кохана.

Мама попросила Жульєтт прибрати салат. Тато мені підморгнув і притулив пальця до рота.

За сніданком мама сказала, що навіть не помітила, коли він пішов. Мені стало шкода, що я не зміг попрощатися з Франком і Сесіль до від'їзду. Я вже уявляв їх у порту Роттердама, посеред моряків, кораблів та підйомних кранів.

Я пішов до Клубу. Віржиль розігрував партію проти Володимира і не знав, де решта.

Посеред ночі задзвонив телефон. Я заледве піднявся з ліжка. А коли доплентався до вітальні, дзвінок припинився. Я зняв слухавку. Нікого. Мама розізлилась, що їй обірвали сон.

— Мабуть, це твій батько. Якийсь ненормальний — телефонувати нам о третій ночі! Тепер я не засну. Не клади слухавку на місце, не хочу чути це знову.

Наступного вечора я пережив найбільший шок мого життя. Навпроти виходу з Генріха IV, на протилежному тротуарі, мене чекала Сесіль. Не може бути, щоб вона була саме там. Вона ж має бути в Роттердамі з Франком і татом чи ще денебудь, але не тут. Той пізній квітень видався доволі зимним. Ми вдягалися як взимку. А на ній невеликий светрик, в якому вона миттю змерзла, стоячи на розі вулиці Хлодвіґа. Я помітив її першим. Помахав рукою. Напружене обличчя говорило само за себе: щось пішло не так. Мені аж мороз поза шкурою пішов. Стільки машин — перебігти було важко. Вона щось мені кричала. Я не чув. Мене мало не переїхали, але я добіг.

— Де Франк? Його немає в Кашані!

Коли тато витягував з мене обіцянку, то дбав, аби мама ні про що не дізналась. Він мене обкрутив зі своєю дурнуватою клятвою.

— Не знаю.

— Не бреши мені, Мішелю! Де він?

Біля нас з'юрмилися учні. Я зняв своє пальто з капюшоном і накинув їй на плечі.

— Ходімо.

Шкільні товариші поглядами провели нас у напрямку майдану Контрескарп. Ми прилаштувалися на терасі ресторану «Ля Шоп». Я замовив дві великих кави з молоком. Вона досі тремтіла.

— Франк зник. Твій батько має знати, де він.

— Тато нічого мені не казав. Коли я питав, він не відповідав.

— Твій тато вдома?

Офіціант приніс замовлення. Вона приклала руки до чашки, щоб трохи зігрітися. Тоді я переймався дилемою: чи слід розповідати правду і яку саме? Чи слід мені порушити клятву та скомпрометувати тата з Франком? Чи набрехати Сесіль і втратити її довіру?

— Він має бути в магазині.

— Упевнений?

— Можливо, він у клієнтів.

— Ти бачив його вранці?

— Він іде ще до того, як я прокидаюся, бо має багато роботи. До чого ці запитання?

— Вчора ми мали зустрітися. Для від'їзду. Ополудні. У бістро на Пантенських воротах. Я чекала. Вони не прийшли.

— Хто?

— Твій батько з Франком. Ми мали виїхати до Нідерландів. Сісти на корабель до Арґентини. Я прочекала до четвертої. Подзвонити не могла — там ніде не було телефона. Я поїхала в Кашан. Будинок зачинений.

— Це ти телефонувала вночі?

— Хотіла поговорити з твоїм татом. Я повернулася туди вранці. Ні душі. Де вони?

— Вони могли змінити схованку.

— Не попередивши мене! Це ненормально.

— Щось стало їм на заваді.

— Я маю поговорити з твоїм батьком.

— Тільки-но я його побачу, скажу, щоб тобі зателефонував.

— Якби щось сталося, ти б мені сказав?

— Сесіль, повертайся додому.

Вона вхопила мене за руку та щосили стисла.

— Не вчиняй так зі мною, Мішелю.

— Ходімо, я тебе проведу.

Тато повернувся пізно. Ми саме дивилися телепрограму «Крок до зірок». Заледве побачивши вираз його обличчя, мама вигукнула:

— Тримаю парі — справа програшна.

— Вони хотіли, щоб ми працювали за гріш. Я сказав, не треба робити з нас геть дурних.

— І правильно вчинив, Полю. У нас і без них повно замовлень.

Я пішов за татом до ванної. Він мене послав.

— О, тільки не зараз. Лягай спати!

Уночі в темряві я відчув, як хтось намагається мене розбудити. Я увімкнув лампу біля ліжка. Тато сидів на краю. Приліз Нерон і як завше вмостився облизуватися.

— Франк поїхав.

— Куди?

— Далеко.

— В Арґентину?

— Тобі краще не знати.

— Він поїхав без Сесіль!

— Це його власне рішення. Вона хотіла поїхати з ним. Я особисто не бачив у цьому проблеми. Але він передумав.

— Чому він їй нічого не пояснив?

— Так він собі задумав. Це непростий шлях. Думаю, він не схотів прирікати її на таке життя.

— Як він міг так учинити?

— Я два дні намагався його переконати, щоб він з нею бодай поговорив. Безнадійно. Він замкнутий і недовірливий.

— Не можна отак залишити її в невіданні. Ти мусиш їй зателефонувати. Заодно все поясниш. І скажи, що я був не в курсі.

Тато витяг із кишені халата білий конверт і простяг мені.

— Віддаси їй оце.

На конверті був надпис: «Для Сесіль». Рукою Франка.

— Він до біса довго це складав. Дописував уже на мостику. Чернетки викинув у воду. Матрос покликав його на борт. Він вклав аркуш до конверта. Повернувся до мене. Сказав, щоб ти їй передав.

— Тату, на мене не розраховуй.

— Я надішлю їй поштою.

Я взяв конверта. Тато підвівся.

— Твій брат іще той дивак. Він зійшов на борт, не обертаючись. Зник на палубі. Я чекав на причалі, як дурень. Корабель відчалив. Він навіть не помахав рукою. Мені аж не вірилось. Я говорив собі: «Він з'явиться. Не може ж він отак ушитися, не попрощавшись». Я не чекав подяки. Лише погляду, легкої усмішки чи прощального жесту.

Сесіль непередбачувана. Вона може як викинутися з вікна, так і наковтатися решти медикаментів. За ніч я не стулив очей. Я крутив, вертів того конверта як тільки міг. Що він написав? Може, я розпечатаю його над парою, а потім склею — вона й не помітить. Мені б удалося пом'якшити удар. Або не завдати його взагалі. Навигадувати якихось неподобних небилиць. Що його майже притисла поліція. Що в нього не залишилось вибору, що він неодмінно з нею зв'яжеться. Виграти час. Залишити їй промінчик надії.

15

Леонід ішов Ленінградом. Того пізнього березня потепління перетворило сніг на темну твань. Місто скидалося на титанічний будівельний майданчик. Усе вщент знищене відбудовувалося з найдетальнішою точністю. Дійшовши до велетенського Московського майдану, він попрямував до Будинку Рад і раптом спинився. Відчув, як підкошуються ноги й дивно пульсує внизу шиї. Завагався та обернувся. Уніформа командира літака була прикрашена двадцятьма сімома орденами ліворуч і двома «Золотими Зірками» Героя Радянського Союзу праворуч. Перехожі обережно на нього дивилися. Він сів простісінько на лід, що вкривав парапет каналу Грибоєдова.

Повернувшись із Лондона, він узяв відпустку й чотири доби пиячив, наче востаннє. Горілкою він намагався загасити цю задушливу смердоту. Евкаліптова олія скінчилась, а дістати її було ніде. Дмитро Ровін зник, і ніхто не знав куди. Випивши півпляшки за раз, він міг ненадовго відновити чисте дихання. Випари горілки на кілька хвилин усували сморід гнилизни, але незабаром він повертався, лукавий і потайний. Леонід приймав крижаний душ, щіткою до почервоніння натирався господарським милом, потім брався до єдиного дієвого засобу: просочував ганчірку горілкою, прикладав до носа і потроху вдихав, доки не запаморочиться голова. Прочиняв вікна, падав голим на ліжко, просякнуте алкоголем, та провалювався в тривожний сон. Зовсім скоро чумний запах витягував його зі сновидіння.

П'ятого ранку із тенет кошмару його вирвав стукіт у двері. Він заледве підвівся, накинув халат, відчинив і побачив жінку років шістдесяти. Сиве волосся вибилося з-під чорної, у кольорові квіти хустини. Жінка назвалася Іриною Іванівною Ровіною. Він впустив матір Дмитра до кімнати. Вона вдала, ніби не відчула ніякого запаху.

— Мені потрібна ваша допомога, Леоніде Михайловичу.

Звістка про арешт Дмитра його попросту ошелешила. Трійко міліціонерів забрали його просто з військового шпиталю. Дев'ятнадцять днів жодної звістки. Згодом вона зовсім випадково дізналась, що його кинули до злощасного СІЗО «Кресті». Вона всенький день прочекала на лавочці. Один чиновник Міністерства внутрішніх справ повідомив єдину річ: її сина звинувачують за 58-ою статтею. Справу зорудував Комітет держбезпеки. Усі її намагання роздобути бодай якусь інформацію розбивалися об стінку. Запитання викликали недовіру. Колеги Дмитра навідріз відмовлялися в це вплутуватися. Головний лікар шпиталю сліпо довіряв державним службам і був певен, що, позаяк у країні нікого безпідставно не затримують, він щось-таки скоїв. Якщо вже йому закидають державну зраду й контрреволюційну діяльність, отже, він справді винуватий. Вона піднімалася десятками сходів, стукала в сотні дверей, безліч разів повторювала свою історію, але, тільки-но вимовляла «стаття 58», співрозмовники хутко випроваджували її та відправляли до іншого відомства.

— Дмитро називав вас найближчим другом; героєм, нагородженим самим товаришем Сталіним. Благаю вас про допомогу. Потурань я не прошу. Лишень хочу знати, у чому його звинувачують. Якщо він припустився помилки — нехай відповість. Проте я переконана в його невинуватості. Мій син не зрадник.

— Я убитий таким звинуваченням. Під час війни Дмитро вирізнявся зразковою поведінкою. Його нагородили Орденом Червоного Прапора. Я ж бо добре знаю, що цю нагороду за просто так не вручають. Не уявляю, в якій зраді його можна звинуватити. Усе життя він присвятив лікуванню хворих, неймовірно сумлінно й віддано. Це лікар навдивовижу відданий справі. Не знаю, що б зі мною було, якби не він. Якби він був поганий комуніст, я був би в курсі. Я просто завтра з'ясую, у чому річ. Як не дістану пояснень, поїду до наркома в Москву, а якщо знадобиться — особисто до товариша Сталіна. Можете на мене розраховувати. Я отак це не облишу. Дмитро — мій близький друг. Я переконаний, тут якась помилка.

Не встиг він оговтатися, як Ірина впала на коліна, схопила його руку та тричі поцілувала. Він допоміг їй підвестися. Вона стояла в сльозах. Леонід міцно її обійняв.

— Обіцяю вам, Ірино Іванівно, Дмитра скоро звільнять.

Чоловіки не плачуть. Герої тим більше. Леонід сидів на крижаному парапеті, умивався сльозами. Він їх не втирав, йому було байдуже до поглядів перехожих, що витріщалися на військового в незнайомій уніформі, увінчаній нагородами. Він думав про Мілену. Чим вона займається? Чи вона вдома, чи на роботі? Чи думає вона про нього? Як можна кохати людину, а потім кинути? Він принюхався. Жахливий запах щез. Він підвівся й вирішив піти фронтовою атакою на комітет безпеки Будинку Рад. Навіщо затримувати людину, яка тільки те й робила, що дбайливо лікувала людей? Йому пригадалася їхня остання зустріч, коли він повідав про кохання до Мілени, його пройняв холод. Якщо Ровін здав його? Якщо доніс про його зв'язок із француженкою та таємні побачення в Лондоні? Що вони подумають? Чи не звинуватять його за компанію? Військове минуле й нагороди тут нічого не вартують. Затримували й розстрілювали людей і вищого чину, зі ще більшою кількістю нагород. Ровін його не зрадить. Боягузи не зволікають — вони одразу ж після затримання доносять на всіх поспіль, тому, коли він повернеться до Москви, його можуть попросити звільнитися. Леонід був вигідною розмінною монетою: маленька рибка в обмін на велику. Може, Ровіну таке й не спадало на думку? А як спадало? А якщо безчесно ув'язненому в «Крєстах» це може здатися єдиним порятунком? Хто може поручитися за свою незламність? Чи за те, що не зрадить найближчого друга або брата, якщо на кону власне життя? Ровін знав про всі стосунки Леоніда. Уявімо, його арешт триватиме. А чи не образиться він, що той йому не допоміг? Нащо ж такий друг, який не підкладе руки, коли вам знадобиться поміч? Чи не подумає Ровін, що Леонід боягуз, тому його можна безжально здати? А як би він сам учинив на його місці? Якби був шанс вирватися із рук МДБ чи уникнути КДБ? «От я би не вагався», — сказав собі Леонід і пішов геть. Хтозна, що він там накоїв? Людей не затримують без законних на те підстав. Там, де він тепер, йому вже ніхто не допоможе. Вляпавшись у це, я себе скомпрометую. Кожен сам має рятувати власну шкуру. Якщо він мене досі не зрадив, то це лише питання часу.

Леонід попрямував до будівлі «Аерофлоту» й повідомив, що повертається до роботи. Прийшов додому і став чекати. З кожним стуком у двері він боявся приходу міліції. Ровін не міг аж так на нього злитися, щоб здати, або ж завагався, чи донесення взагалі його врятує.

Одного ранку він саме виходив, як помітив, що сходами піднімається Ірина Ровіна. Він хутко повернувся до квартири, замкнувся і слухав, як вона дзвонить у двері. Йому було нічого їй сказати. П'ять днів по тому надійшло розпорядження про відрядження. Черговий відліт до Лондона. Він склав до валізи свої скромні цінності, тобто практично нічого. Три прикраси, що залишились від матері, два костюми, три сорочки, нагороди, посвідчення пілота, фотоапарат «Лейка», пакет із фотографіями та батькові медалі часів Першої світової. Він знав, що більше не повернеться, тому вирішив востаннє прогулятися містом: Невським проспектом з ремонтними роботами на кожному кроці вийшов до моста Анічкова, що на нього саме повернули дві пари бронзових коней, далі попрямував до Смольного. Від нього залишилися крихкі стіни та понівечені куполи-маківки. Але йому все бачилося в довоєнній величі.

У московському аеропорту він зустрівся з екіпажем, як ніде нічого. Уже з Лондона зателефонував в Орлі.

— Мілено, то я.

— Леоніде, рада тебе чути. Як ти?

— Не переставав думати про тебе.

— Прошу, не починай.

— Я в Лондоні. Я залишаюся на Заході.

— Що?

— Я вирішив.

— Це божевілля.

— Я скоро приїду до тебе. Хочу жити разом.

— Не роби цього. Я тебе знаю, ти ще жалкуватимеш.

— Якщо я тобі потрібен, я стану найщасливішим чоловіком на землі.

— Ти не відаєш, що станеться далі.

— Ми будуватимемо плани. У нас з'явиться майбутнє. Я буду поруч щодня і щоночі, а не тільки вівторками. Хіба ти цього не хочеш?

— Навіть не знаю, що сказати.

— Ти ж не дозволиш мені полетіти? Це наш шанс. Ми маємо право на щастя. Ти мене кохаєш? Скажи, що ти думаєш?

Мілена дивилася на слухавку.

— Я тобі потрібен?.. Благаю, Мілено, скажи бодай щось.

— Я на тебе чекаю, Леоніде.

— Я тебе кохаю.

— Я тебе також.

У вівторок, 2 квітня, полковник Леонід Михайлович Кривошеїн з'явився до відділку повітряної поліції Гітроу та попросив політичного притулку в Англії. Його доправили до Лондона. Цілих три дні він відповідав на запитання англійських спецслужб, що перевіряли його свідчення та врешті вдовольнили прохання. Ще ніколи радянський військовий такого рангу не тікав на Захід. Зазвичай британська та французька преса поміщає історії перебіжчиків на перші шпальти. Ця історія зайняла п'ять лаконічних рядків на останній полосі. Редактори, які схотіли роздути з цього цілу статтю, одразу ж передумали, побоюючись, що історія могла спровокувати зустрічний вогонь радянських спецслужб. Леонід вибрав невдалий момент. 5 квітня 1951-го цивільний суд штату Нью-Йорк засудив до страти Етель і Джуліуса Розенберґів за шпіонаж на користь СРСР. У світі вирок викликав небувалий резонанс, шок і обурення громадськості. Країнами прокотилися маніфестації проти такого правового маскараду — загрозливого віддзеркалення московських процесів. Інтернаціональна мобілізація виявилася безсилою і не змогла завадити страті на електричному стільці двох невинних.

Леонід вилетів до Парижа на DS-4 й зовсім не думав про Розенберґів, ба навіть не чув про них. Він згадував друга,

Дмитра Ровіна, що гнив на котрійсь сибірській каторзі. Він докоряв собі за власну бездіяльність. Намагався себе переконати, що його втручання було б марним. Образ Мілени витіснив образ Дмитра. Кажуть, як берешся за якесь починання, не обов'язково має одразу пощастити, і це щира правда. Породжене вірою та надією непідвладне логіці. Коли людина втілює свою мрію, для неї не існує ні здорового глузду, ні провалу, ні перемоги. На Землі обітованій головне не земля, а обітоване.

16

Сесіль прочитала листа біля вікна. Аркуш, вирваний із зошита на спіралі, списаний синьою кульковою ручкою похилим почерком. Вона безмежно довго так і простояла з відсутнім поглядом в нікуди. Лист випав із рук. Вона його підняла й холоднокровно сунула мені. Була нечувано спокійною.

— Піду заварю нам кави.

Я прийшов десь о пів на восьму ранку. У двері не дзвонив. Відчинив своїми ключами. Вона спала, згорнувшись калачиком на дивані у вітальні. Я сів на паркет навпроти. Дивився на неї, не наважуючись розбудити. Врешті вона розплющила одне око й зовсім не здивувалася моїй присутності. Я поклав конверта на диван, не зронивши ні слова.

Сесіль,
ти знаєш, писати я не люблю, тому буду лаконічним. Від мене нічого чекати. Я зникаю. Їду без тебе. Не зізнавшись тобі в очі. Як завжди. Кілька днів тому ти переконала мене залишитися. Було так приємно повірити в наше майбутнє, повірити, що книгу цієї війни от-от буде згорнуто. Наразі мені хотілось би розповісти тобі правду, але мій учинок не заслуговує на амністію. Я не можу прирікати тебе на життя, що чекає на мене. Я збрехав тобі. Я не герой. Але хотів би ним бути. Я зустрів

молоду алжирку, кабілку[1]*. Вона працювала в їдальні казарми. Важко це писати. Знаю, як боляче тобі зараз зроблю. Родина Джамілі була проти наших побачень. Вона завагітніла. Ми вирішили втекти вдвох. Проте в тій країні це неможливо. Батько силоміць відправив її до їхнього джебельського селища. Коли я звернувся до французької влади, вони відповіли, що то його право. Мені краще заткнутися. У них є справи, важливіші за мої проблемки. Я вирішив знайти її самотужки. Я дезертирував. Жив, як бродячий пес. Мені вдалося її відшукати. Ми попалися в околицях Тлемсена*[2]*. Переховувалися в покинутому селі. Чекали слушного моменту для втечі до Марокко. Тоді здійнявся самум*[3]*, і ми помітили їх надто пізно. Вони схопили нас дорогою до Уджди*[4]*. Документів у нас не було, тож нас відправили на пост. У мене не залишилось вибору. Я скористався з неуважності молодого призовника й вихопив його ручний кулемет. Яке цьому капітанчику узагалі до нас діло? Йому слід було нас відпустити. Він же бачив, що ми ніякі не терористи. Він наказав своїм харкі*[5] *нас схопити — ті не поворухнулись. Тоді він підійшов, щоб мене обеззброїти. Я крикнув, щоб він спинився. Він хотів відібрати в мене кулемет. Я вистрелив. Патрульні завдали зустрічного удару. Я вбив ще одного. Джамілю поранили. Вони її схопили. Я врятувався. Слід було розповісти тобі раніше. Я не зміг. Мене кличуть, маю йти.*

Франк

Сесіль сиділа на кухні перед чашкою з гарячою кавою. Я сів навпроти. Листа поклав на стіл. Налив собі кави з молоком.

---

1 Кабіли — народ півночі Алжиру.

2 Тлемсен — місто у північно-західному Алжирі.

3 Самум — спекотний, сухий, поривчастий і короткотривалий вітер, найчастіше трапляється в пустелях Північної Африки, Аравійського півострова і прилеглих районів. (*Прим. пер.*)

4 Уджда — місто на північному сході Марокко, розташоване за 15 км від державного кордону з Алжиром і за 60 км від Середземного моря.

5 Харкі — солдати з місцевих військових формувань алжирських мусульман (арабів, берберів), що перейшли на службу до французької армії у 1957–1962 роках під час Алжирської війни.

Дочекався, коли напій охолоне. Ми так і сиділи в сутінках — поруч із Франком. Ми не знали, як це коментувати, він нас подавив і добив своєю втечею. Я дивився на неї. Вона думала про нього? Вочевидь, ні. Як діють за таких ситуацій? Звіряються у своїх відчуттях і думках. Я нічого не відчував і ні про що не думав. Певно, Сесіль також. Не уявляю, скільки часу ми отак просиділи. Я не дивився на годинник. Ми не розмовляли. Я підвівся. Сесіль не поворухнулась. Я пішов.

17

День зустрічі з Міленою став найкращим днем його життя. Навіть за десять років він згадував його зі сльозами на очах. Їй довелося дуже довго чекати, поки інспектори Національної поліції видавали йому пропуск. Коли він вийшов із кабінету митниці, вона підбігла й кинулася до нього. Вони безмежно довго палко обіймалися, відтак поїхали на білому «203», але потрапили в затор: набережну Турнель заблокував мітинг на захист Розенберґів. Мілена пояснила йому ситуацію. Підбурена цим «ув'язненням», вона зажадала де-небудь припаркуватися і приєднатися до мітингу. Ідея про можливість отакого розгулювання з плакатами та транспарантами, вигукування всіляких дурниць на адресу уряду й поліції співдружньої держави здалась йому неподобством. На пам'яті Леоніда були тільки офіційні демонстрації, де всі рухалися шеренгою, досконало організовані — і ніякої самодіяльності.

— Яке вам, французам, діло до засудження тієї парочки американців?

— Вони невинні! Це ж ганьба! Скандал!

— Вони шпигуни. Зрадники батьківщини. Таких розстрілюють.

— Як у тебе язик повертається говорити такі жахіття? Це гидко!

— Їх засудили. Це вже доказ. Особливо у Сполучених Штатах.

Це стало їхньою першою сваркою і частою причиною подальших конфліктів.

— Ти не знаєш американців. Не уявляєш, на що вони здатні, — вигукнула вона.

— У порівнянні з нами — це хлопчики з церковного хору.

Леоніду варто було поводитися обачніше. Його доля, за однією з найзагадковіших випадковостей, переплелася із долею байдужих йому Розенберґів.

Квартира Мілени була на останньому поверсі прекрасного дому на авеню Боске. Вони відродили свою лондонську гармонію та насолоджувалися кожним днем, як вівторком. Вона хотіла, щоб він почувався як удома, звільнила одну зі вбудованих шаф та облаштувала йому робочий стіл. Відкрила для нього Париж, навчила французької, азів кулінарії, робити покупки та бути обачним з торговцями вулиці Клер, які так і чекали нагоди забути про решту. Вона провела його універмагами, вдягла з голови до ніг — накупила стільки одягу, що довелося звільняти додаткову шафу. То були місяці ідилічного щастя. Мілена працювала з ранку до ночі, а Леонід нетерпляче чекав її вечорами. Вона детально переповідала свій день, а він засипав її запитаннями про літаки та авіакомпанії, відповідей на які в неї попросту не було.

Тими довгими місяцями, коли «Ер Франс» переїхала з аеропорту Ле-Бурже в аеровокзал Орлі, вона виходила вдосвіта, а поверталась близько півночі, виснажена, лягала спати, навіть не торкнувшись приготованої Леонідом вечері. Він спирався ліктями на балкон, палив «Голуаз», милувався скляним дахом Великого палацу та видирався навшпиньки, щоб роздивитися Ейфелеву вежу. Цілими днями тинявся Парижем, методично відвідав кожен квартал і все не міг призвичаїтися до такого руху та ігнорування водіями пішоходів. Леонід прилетів зі жмутом нічого не вартих рублів та п'ятнадцятьма доларами. Мілена клала гроші до гаманця. Він брав стільки, скільки потрібно. Коли вони закінчувалися, вона поповнювала гаманець так, щоб йому не доводилося просити. Він ходив за покупками, доглядав за житлом. За весь час вона не зробила жодного зауваження. Якось вона попросила купити мімозу. Вона обожнювала ці квіти та їхній аромат. Він узяв собі за звичку прикрашати ними квартиру, а діставати їх незалежно від сезону стало для нього справою честі.

На час серпневої відпустки вони на два тижні поїхали на Корсику, де Леонід просто-таки закохався в Боніфачьо. Напередодні повернення вони вечеряли в порту. Він міцно взяв її за руку.

— Я так більше не можу, Мілено. Я вмираю від нудьги. Я нічим не займаюсь. Мені вкрай потрібна робота.

— Якщо справа у грошах — забудь.

— Чоловік повинен заробляти, розумієш? А не чекати, поки жінка принесе грошей, і жити за її рахунок.

— Мене це не бентежить.

— А мене бентежить!

Вони стали шукати варіанти, але на яку роботу міг розраховувати колишній радянський льотчик? Завдяки своєму другові виконавчому директору вона влаштувала йому зустріч із начальником відділу кадрів. Останнього вразив послужний список Леоніда, він пройшов тести на профпідготовку та атестацію. А далі півроку очікувань. Коли він телефонував дізнатися, на якій стадії його резюме, відповіді йому не давали. Він заявився до штабу «Ер Франс» та забажав зустрічі з начальником кадрів. Йому відповіли, що той наразі зайнятий. Роздратований Леонід зчинив скандал. Нічого не пояснивши, йому заявили, що його кандидатуру відкинули.

Мілена не розповіла йому правди, якою з нею поділився друг-директор. Компанія не може ризикувати сваркою з радянською верхівкою. Вона підбадьорювала його подати своє резюме до інших великих авіакомпаній. Більшість наймали лише національні кадри. Леонід зв'язувався з бельгійською «Сабеною», британською «BOAC» та нідерландською «KLM», заповнив купу анкет, пройшов безліч екзаменів, контролів, випробувань та все чекав.

На першу річницю їхнього спільного життя вона запросила його до «Тур д'Аржан», де подарувала непристойно дорогого годинника «Ліп» — точну копію моделі, створеної спеціально для генерала де Ґолля та ним же подарованої президентові Дуайту Ейзенхауеру. Позолочений мідний корпус, показник дати, родзинкою було збільшуване скло для кращої читабельности циферблату. Їй здавалося, цей подарунок його ощасливить, а сталося навпаки.

— Мені нічого тобі подарувати. Я не купуватиму тобі подарунок на твої ж гроші.

— А мені й не треба. Ти мій подарунок.

Вона взяла його руку, але, позаяк сиділа навпроти, помилилася одягнувши годинника на праве зап'ястя. Леонід вирішив, що то така французька манера, тому завжди його так і носив. Він же подарував їй свого пілотського годинника, з орлом із розправленими крилами, розпізнавальним знаком гвардійського винищувального полку — єдиного на всю Червону армію, у кого на циферблаті під серпом та молотом була вигравірувана імперська емблема. Вона зняла з руки годинничок. Він одяг свого на її праве зап'ястя. Вона поклялася завжди його носити.

Вона всміхнулась, і для нього більше нічого не мало значення. Вона засипала його запитаннями про війну. Він видавав їй секретні деталі, яких не розповідав нікому. Він говорив аж до світанку. Вона уважно слухала, жадібна до дрібниць. Їй хотілося знати про його життя все. Коли ж він розпитував про її минуле, вона ділитись не хотіла. Тільки відповідала своїм низьким голосом, що пережила непрості роки, згадувати які більше нема бажання.

— Давай думати про нас і наше щастя.

Вона його обіймала, цілувала, і кожна ніч кохання була наче перша. Коли він прокидався, вона вже була на роботі.

Через бездіяльність він вештався їхнім заможним кварталом. Знову прихилився до чарки. Ніхто цього не помічав. А як же інакше в місті, де бістро на кожному кроці, а незчисленні співчутливі слухачі ладні слухати доти, доки він пригощає? Цей великорус, як його називали французи, чимало пережив, навіть якщо роки пекельної громадянської війни скидались на вигадку. Товариші по чарці усе не могли второпати, з якого ж фільму він витягує усі ці військово-повітряні операції.

За п'ятнадцять місяців очікування Леонід дістав позитивну відповідь з «KLM».

— Я вже й не сподівалася, — видала вона.

— А я не полишав надії. Шанс періодично випадає. Просто треба вміти чекати.

Вони влаштували вечірку для друзів, яка запам'яталася надовго: Леонід вразив знавців, випивши з горла пляшку шампанського «Дом Периньйон», ніби то була склянка води. Мілена подарувала йому картатий костюм і доклала максимальних зусиль задля позитивного результату. Два дні вона змушувала його готуватися. Грала роль роботодавця і ставила делікатні, незручні й двозначні запитання, примусивши вивчити й мати в голові правильні відповіді.

У суботу, 22 листопада, вона поїхала з ним до Амстердама. Дозволила кермувати своїм «203», а сама його екзаменувала. Пропозиція компанії заскочила Леоніда зненацька, він аж розгубився: роботу пропонувала авіакомпанія «Гаруда Індонезія», він мав стати до виконання обов'язків у Джакарті до кінця місяця. Умови були вигідні. Його відмова їх здивувала. Дорогою назад їхали понурі. Леонід не зронив ані слова. Мілена спробувала його підбадьорити:

— Нічого страшного. Ми й далі шукатимемо.

— Ми вже звернулися до всіх європейських компаній. До дідька все це.

— Можливо, тобі варто було погодитися.

— А ти переїхала б зі мною?

Мілена на мить втратила пильність. Машину метнуло. Вони так і промовчали аж до околиць Коп'єна. Леонід став принюхуватись.

— У машині чимось смердить.

— Це тютюн. Відчини віконце, хай вивітриться.

Леонід мав найфеноменальнішу пам'ять з усіх, кого я знав. Диявольськи феноменальну. Здавалося, він вів детального щоденника. Кожна життєва подія була вигравіювана в глибинах його свідомості. Він міг пригадати будь-який день, годину й мить, проведені з Міленою. Що вони робили, де були. Про що розмовляли. І взагалі кожен день їхніх двох років та двох місяців спільного життя.

— Я зірвався 27 листопада 52-го, після повернення з Амстердама. Я не відав, що чинив. Був цілодобово чимось невдоволений. Роботи більше не шукав — мені й так не запропонують. Час марнував, пиячивши по бістро. У Ленінграді все відбувалося без наслідків, мій гнів не мав на кого вилитися. А в Парижі я став нестерпним. Мій свинський характер отруював її життя. Вона мовчала. Жодного слова, жодної скарги. Їй варто було поставити мене на місце. Вона дозволяла мені зриватися, а я й не уявляв тоді, до чого був оскаженілим. Що більше я пив, то глибше грузнув. Я докоряв їй за те, що затягла мене до цієї безодні, виснажував своїми стражданнями, а вона смиренно все зносила. Допевне, якби вона нагримала на мене й поставила б на місце, нас би це врятувало. Сон мене покинув. Я будив її посеред ночі. Навстіж розчиняв вікна — намагався вигнати липкий запах. Від лікування відмовлявся. У суботу, 18 квітня, за вечерею з вісьмома друзями та її кузиною з Нанта на мене щось найшло, я горланив на неї, що м'ясо пересмажене, що вона бездарна, нікудишня хазяйка. Втрутився її друг-бортпровідник. Я дав йому по морді. У нього пішла носом кров. Я не лише не вибачився, але й пригрозив натовкти пики всім, хто наважиться мене діймати. Вона не зробила жодного зауваження. У вівторок, 12 травня, я нишком узяв її машину. Вона не хотіла, щоб я водив. Я навіть не зрозумів, що сталося. Запізно пригальмував і врізався у вантажівку. На мені не лишилося ні подряпини. Прекрасний білий «203» був геть покручений. У ті часи не притягували до відповідальності за кермування напідпитку. Я вже чекав вибуху Мілени, однак вона не зробила жодного зауваження. Сказала лишень: «Це не має значення, головне, що ти цілий...» Поглянь, Мішелю, перед тобою король придурків. У мене була найвродливіша та найкраща жінка у світі. Я змарнував свій шанс через власну дурість та зарозумілість. Навіть не розповідатиму тобі, на яке гірке життя я її прирік. Мені нема чим пишатися. У п'ятницю, 19 червня 53-го, вона повернулася з роботи. Сумна. Я ніжився на канапі, попиваючи чергову пляшечку «мюскаде». Вона сіла скраю та налила собі склянку вина, а потім випила одним хилом. Її очі блищали. Хоча сліз я не помітив. «Розенберґів стратили», — повідомила вона. — «І правильно зробили». — «Що за жахіття ти верзеш!» — «Вони зрадники. Дістали, що заслужили». — «Вимітайся!» — «Що?» — «Геть! Не хочу більше тебе бачити!»

18

Цілих два тижні я не наважувався турбувати Сесіль. Сподівався перестріти в Люксембурзькому саду, але там її не знайшов. І вже пожалкував, що віддав їй того листа. Якби ж я набрався сміливості його розпечатати, то відразу спалив би. Їй би принаймні залишилися сподівання. Краще так, ніж ця катастрофа. Той, хто ніколи не писав, за все життя нашкрябав єдиного анафемського листа — краще б він помер того ж дня. Тоді б він бодай залишився тим, кого ми любили. Він знищив наші ілюзії своєю брехнею, недовірою та лицемірством. Якби він сказав правду: «Я закохався в іншу, у нас буде дитина», — це б нічого не змінило і ми би йому допомогли, навіть Сесіль. Не пробачається тільки брехня. Майже два тижні. Я телефонував їй щоранку й щовечора. Вона не відповідала. В обід я чекав на неї біля фонтану Медічі. Намагався читати «Вітрило долі»[1]. Ніяк не вдавалося зосередитись. Для розваги я зробив кілька знімків скульптур, крізь листя огорнутих промінням. Несподівано під час споглядання Акіда з Галатеєю мене осінило. Вона мене ненавидить. Докоряє мені. Я приніс погану новину, а ще я брат останнього з гімнюків. Треба їй сказати, що в нас нічого спільного, ми зовсім різні, що він бездара, який не заслуговує ні на дрібку поваги. Що його слід забути, позбутися, розглядати не як коштовний спогад, а як гній — то більше не мій брат, я його зрікаюсь та стираю зі свого життя й думок. Я хотів переконати її жити так, наче його ніколи не було, пообіцяти більше не вимовляти цього імені; сказати, що вона заслуговує в тисячу разів кращого, що вона має перегорнути сторінку й подумати про своє майбутнє. Я помчав до неї. Дзвонив хвилин десять. При мені була зв'язка ключів. Я відчинив. У квартирі царювала темрява. Незрозуміло, як надовго вона пішла.

Я ходив на уроки, монотонні та снодійні. Дочитав «Лева» і «Вітрило долі», віддав Ігорю, а він позичив мені інші романи Кесселя — усі були підписані автором. Він беріг їх як зіницю ока. Він вважав, що я читаю надто швидко, не осягаючи ідею. Нам довелося все узгодити. Наразі він давав мені книжки попарно. Ми завжди завзято їх обговорювали. Консенсусу не досягали. Ігор любив його ліризм і таємничий дух, я ж цінував його за відшліфований документальний стиль і психоаналітичне наповнення. Я читав на уроках, поклавши книжку на коліна. І був упевнений, що не марную час. Ніколя штурхав мене ліктем чи ногою, якщо

---

[1] «Вітрило долі» («Fortune carrée»; 1932) — роман Ж. Кесселя.

вчитель ходив класом чи я вже зовсім безсоромно зачитувався.

Роздався рівномірний дзвін. Не дзвінок. Дзвін вежі Хлодвіґа[1]. Увійшов черговий і прошепотів щось на вухо нашому іспаністу.

— Панове, збирайте речі, — сказав, підводячись, учитель. — Спускаємось у двір. Мовчки!

Учні ринули коридорами та сходами. Наглядачі скеровували ліцеїстів на головний двір, а колежистів — до монастирської галереї. Оголошення загальних зборів — недобрий знак. За останні чотири роки таке було лише одного разу. Тоді директор Бейнет в оточенні вчителів дуже зосереджено повідомив ім'я полеглого на полі бою. Хор виконав «Марсельєзу». Після хвилини мовчання ми розійшлися по класах.

Дзвін замовк. Мікрофон аж потріскував від голосу директора, що одразу зазвучав у репродукторах:

— Діти мої, з глибоким відчаєм змушений зібрати вас цієї сумної днини напередодні канікул. Я сподівався, більше не доведеться організовувати такі заходи. Мені щойно повідомили, що позавчора в бою з ворожими силами вбили лейтенанта П'єра Вермона. Його смерть стала для нас болючим ударом. Він навчався в цьому закладі. Це був прекрасний молодий чоловік та блискучий учень; незадовго до призову він зізнався мені в бажанні приєднатися до вчительського складу. Тут у П'єра Вермона було безліч друзів...

Він щось казав далі. Я того вже не чув. Мені знадобився якийсь час на осмислення. Усвідомити, що він говорив про мого П'єра. Я вийшов із шеренги й підійшов до наглядача.

— Він же не про П'єра Вермона говорить?

— Стань у шеренгу, зараз оголосять хвилину мовчання.

---

[1] Ліцей Генріха IV розташований на землях колишнього абатства, заснованого королем франків із династії Меровинґів Хлодвіґом (466–511), на території якого у XII столітті звели церкву із дзвіницею, яка нині й має назву вежа Хлодвіґа. (*Прим. пер.*)

Я стояв як вмурований. Я бачив як П'єр танцює рок-н-рол. Чув його сміх та словесні закиди проти святої трійці «шлюб — прапор — гроші» чи гарячкові доводи доцільності вбивства світового духовенства, усіх кюре та рабинів, єдиною поблажкою для яких могла би стати швидка й безболісна смерть. Все не міг уявити його бездиханне та скривавлене тіло. Я не відчував розпачу, нічого не відчував. Смерть як факт. Така абсурдність мене шокувала. Не так сама смерть, як убивство за чотири дні до завершення війни. Наче остання смерть була безглуздішою за першу. Його загибель мала перевернути все всередині мене. Я був шокований такою новиною та нажаханий власною байдужістю. Подумав про Сесіль. Хто першим повідомить їй про смерть брата? Як вона відреагує? Залунала «Марсельєза». По мені полізли мурашки. Я вибіг із шеренги, грубо відштовхнувши вартового, що схотів мене спинити. Стрілою вилетів з вулиці Сен-Жак на набережну Ґран-Оґюстен. Перескочив сходинку через чотири та заходився тарабанити у двері. Ніхто не відчинив. Я всівся на останню сходинку і став чекати. У темряві. Довго. Вона не повернулася. На зворотному шляху я постукав до кімнатки консьєржки.

— Перепрошую, мадам, не підкажете де зараз Сесіль Вермон?

— Вона вже два тижні як поїхала. Я зберігаю її пошту.

— Вона в дядька в Страсбурзі?

— Вона нічого не пояснила. Вам зле, юначе? Може, присядете? Ви білий як полотно.

Я попрямував на Данфер. До «Бальто» не заходив. Через шибку помітив, як Самі грав у кікер, а за стійкою балакали Імре та Вернер. Мені не хотілось ні з ким розмовляти. Коли я прийшов додому, було вже пізно. Вони вечеряли й дивилися теленовини.

— На час дивився? — кинула мама. — Вимий руки, перш ніж сідати до столу.

— Я не голодний.

У коридорі до мене підійшов тато.

— У чому річ, Мішелю?

— Пригадуєш П'єра Вермона? Брат Сесіль.

— Це він віддав тобі платівки?

— Не віддав — позичив. Він помер. В Алжирі. У бою.

— Прокляття! Скільки йому було?

— Не знаю.

— А мала, як вона відреагувала?

— Вона ще не знає.

— От паскудство. Під кінець війни... Така іронія долі.

— Тепер вона геть сама.

— Їй не щастить.

— Знаєш, кажуть, поганцям щастить, а сміливцям ні. Так і є. Я би хотів саме П'єра мати за брата. Людина, що поводилася героїчно та користалася загальною повагою.

— Ти не маєш права засуджувати Франка. Ти не розумієш, що він пережив.

— У мене більше немає брата. Для мене він мертвий!

Я пішов до себе. Грюкнув дверима. Хотів, щоб мене облишили. Та мене ніхто й не турбував. Я ліг спати. Вимкнув світло. Ніяк не засинав. Мені чувся сміх П'єра в бістро на Мобер. Він стільки мені дав, коли ж я йому нічого. Ця втрата загнала мене у фрустрацію. Незабаром я побачив його в сонячному сяйві, на кріпосному мурі його фортеці, на краю пустелі — він вдивлявся у вічність. У вигорілій уніформі, з піднятим коміром, поли його розстібнутого кітеля розвівав вітер. Його волосся було сивим, а обличчя зморщеним. Він усміхався.

19

Сесіль роздивлялася з вікна всіяну лісами гору вдалині. Вона озирнулася на чоловіка в білому халаті, що сидів по той бік залізного столу. Він вивчав стос паперів. Якийсь час ретельно аналізував цифри. Вона вловлювала найменш помітну зміну його незворушного обличчя. Вигляд у нього був вдоволений.

— Аналізи чудові, я даю свою згоду. Ми повинні слідувати прописаним правилам. Під кінець дня вам доведеться зустрітися з моїм колегою, щоби він підтвердив мій діагноз. Секретарка повідомить вам його координати. А далі проведемо хірургічне втручання. Прийдете вранці, натще, а вже по обіді будете вільні.

— Якщо виникнуть якісь проблеми?

— У нас не буває проблем.

— Я б хотіла якомога швидше.

Лікар звірився зі щотижневиком.

— Ранок п'ятниці, якщо вас влаштує.

— Домовились.

— У четвер ввечері розчините цей пакетик у склянці води та приймете ось ці дві таблетки.

— Що мені робити потім?

— Відпочинок на свіжому повітрі піде вам на користь. У вас трохи підвищений тиск. Щонайменше тиждень, краще два — було би блискуче.

Сесіль ішла облямованою квітистими каштанами алеєю. Призахідне сонце заливало озеро й гори теплим світлом. Вона сіла на лавочку та споглядала величний фонтан, якому вітер не давав торкнутися неба, розпорошуючи його високі хвости. П'ять диких лебедів летіли ключем. Вона повернулася до розкішного готелю посеред парку тільки з настанням ночі. Попрямувала до стійки; помітивши її, портьє подав ключ. Звернула до ліфта, спинилася, обернулась і пішла назад.

— Я б хотіла зателефонувати в Париж. Це довго?

— Сьогодні швидко, — відповів нарочитим акцентом працівник.

— Одеон 27 53.

— З'єднаю за кілька хвилин.

Сесіль увійшла до кабінки, поклала речі на стілець. Задзвонив телефон. Вона зняла слухавку.

— Алло, доброго дня, я би хотіла почути Мішеля.

— Не кидайте, зараз його знайду, — відповів юний дівочий голос.

Жульєтт увійшла до кімнати брата.

— Тобі хтось дзвонить.

— Хто там?

— Не знаю. Якась дама. Мішелю, йди до телефона.

— Алло?

— Мішелю? Це я. Як ти?

— Ну... я...

— А я в порядку.

— Ти вдома?

— Я... на канікулах. Мені треба було ненадовго поїхати, розумієш?

— Консьєржка сказала, що ти поїхала до дядька.

— Ем... так... І ще навідалася до однієї знайомої. Ти маєш допомогти мені, Мішелю. Я можу попросити тільки тебе.

— Звісно.

— Можеш піти до мене? Ключі маєш?

— Так.

— Надішлеш мені дипломну. Вона в моїй кімнаті, у правій шухлядці столу. Ключ у грецькій вазочці на радіаторі. Я продовжу роботу. Треба дописувати. А тут у мене достатньо часу. Зможеш?

— Без проблем.

— Відправиш мені книжки? Не хочу їх знову купувати.

— Зажди, візьму ручку.

— Мені потрібні «Мандрівники на імперіалі», «Багаті квартали», «Орельєн», «Ніж у серце», «Пісня Ельзи» та «Очі Ельзи». Вони на полиці. Усі з помітками. Покладеш їх до картонної коробки і надішлеш поштою. Там ще шухлядка з картками. Вони теж потрібні. Диктую адресу. Гроші я поверну.

— Жартуєш?

— Стривай, «Мандрівники» і «Багаті квартали» — то таке. І решти стане. Тобі варто їх прочитати.

— Правда? Можна?

— Бери, які схочеш. Даю адресу. Записуєш?

— Я слухаю. Давай.

— Надішлеш відправлення... до запитання в Евіан-ле-Бен.

— Не хочеш на адресу подруги?

— На пошту зручніше.

— Як скажеш. Який це муніципалітет?

— Ем... Верхня Савойя, думаю. Як справи в ліцеї?

— Сесіль, я маю тобі щось розповісти.

— Так?

— Дещо сталося.

— Що?

— Стосовно П'єра.

— Про П'єра? Що з ним?

— Його... він...

— Що він?

— Він... Його вбили.

— Що ти сказав?

— Потрапив до засідки.

— А?

— Він мертвий, Сесіль.

— Мішелю, досить.

— Присягаюся.

— Це неможливо!

— П'ять днів тому.

— Це неправда! Війна скінчилася!

— П'єр мертвий, Сесіль.

У неї запаморочилося в голові. Кров ударила в голову та не дозволяла більше дихати. Вона намагалась захопити повітря, безсило повалилася з ніг.

Алло... Алло?.. Сесіль!.. Скажи щось! Що сталося? Сесіль? — волав Мішель зі слухавки, що бовталася в повітрі.

20

Леонід був у Клубі особливим. З усіх тільки він і Грегоріос залишилися переконаними і непохитними комуністами. Попри все підтримував політку Хрущова, а згодом Брежнєва та щодня купував «Правду» в кіоску по вулиці Лафайєта. Він утік не з політичних міркувань, не через загрозу життю — його вело кохання. Тому й зберіг свою позицію та гордо її відстоював. Ті ж, хто ледь уберіг шкуру від усюдисущого радянського правосуддя та були розчавлені системою, докоряли йому його ортодоксією.

Як водилося по середах, Імре й Володимир тримали один на двох номер «Канар аншене» — кожен зі свого боку — й коментували заголовки. Вони аж пирскали зо сміху.

— Чули останній жарт Жансона? — радісно вигукнув Володимир. — Чому генерали такі тупаки?

Ми почали вибудовувати припущення: поперваx логічні, а далі безглузді, чудернацькі й узагалі дебільні. Усі вгадували, кого ж узяли на кпини — де Ґолля, Массю чи, може, Франко. Зрештою, здалися.

— Бо їх вибирають з полковників! — вів далі Володимир.

Розсміялися всі, крім Леоніда. Про своє життя він розповідав тільки мені. Ніхто інший його не слухав. Ігор дотримувався думки, що минуле породжує меланхолію і стає головною причиною алкоголізму. Десь так звучало неписане правило. Важко утриматися від спокуси розпакувати валізи й відкинути потерті пережиті спогади, що тільки й чатують слушної миті, щоб виринути під вступні нотки блюзу чи перший ковток «Кот-дю-Рону». Леонід же виправдання не мав. Алкоголь його не брав.

— Ти вже дістав усіх своїми бісовими спогадами! Знайди собі жінку, реальну, і зроби їй дитину, поки ще стоїть, — вигукнув Володимир.

— А ти б ліпше про своїх дітей подумав, перш ніж ушиватися. Тепер у них лише проблеми через такого батька!

— Ми ж домовилися: розмовляємо тільки про майбутнє й сьогодення, — нагадав Вернер.

— Малий хотів знати.

— Нам вже остогид цей малий, йому лише в кікер бавитися! — пробурмотів Грегоріос.

— Це мій гість. І з моїми друзями я говорю, про що хочу.

Бути зарахованим до рангу Леонідових друзів — то велика честь, тому я пройнявся гордістю.

— Заздрісники. Вони підібгали хвости й утекли. Я ж тут єдиний обрав свободу заради коханої жінки. Ніхто мене не змушував.

— Не жалкуєш?

— Якби ти знав Мілену, не ставив би таких запитань. Вона завше зі мною, я думаю про неї, і вона ощасливлює кожну мить мого життя.

— Ти не намагався повернутися після того, як вона виставила тебе за двері?

— Еге ж, я стояв на сходовому майданчику, як цілковитий недоумок. Я вибрав найгіршу модель поведінки: зійшов униз, переконаний, що вона кинеться слідом. Уявляєш, до чого я був тупим і нахабним. Півгодини я простояв під будинком. Піднявся — мої речі валялися на сходах. Я все життя боровся за спасіння своєї шкури. У літаку, що палав, під кулеметною чергою, збитий на лінії ворожого фронту, — я не здавався ніколи. А тієї миті я усвідомив, що всьому край, щось обговорювати, протестувати, вибачатися чи молити її безнадійно. Такий різновид жінок: усе або нічого. Проблема в тому, що того дня, коли це усвідомлюєш, уже надто пізно. Зламаного не склеїш. Я ще мав трохи самоповаги. Розумієш, про що я, Мішелю?

— От я би спробував щастя.

Леонід допив свій кухлик «Кот-дю-Рону» й замовив у Жакі наступний. Випив дві склянки поспіль. Запропонував мені.

Я не п'ю.

— Чого ж хочеш?

— Лимонадного пива.

Жакі завівся: закидають абияк замовленнями — він утомився.

— Я годую тебе байками. Звичайно, я спробував її повернути. Я бився, але вона виявилася сильнішою. Коли кохаєш, не відчуваєш образ, не маєш самоповаги. Я хотів повернути все назад. Того вечора — не пригадую, чи уточнював, що то була п'ятниця, — я з усім манаттям опинився на вулиці. Поклав речі до камери схову вокзалу д'Орсе. Це поруч. Першу ніч переночував на вулиці, під її вікнами. О двадцять п'ять по першій світло в її вікнах погасло. Ось уже кілька днів Мілена читала «Леон Морен, священик»[1]. Вона обожнювала цю книжку. Коли вона вранці вийшла, я побіг за нею. Ледь не втрапив під вантажівку. Вона сіла до машини — саме перед тим полагодженої. Я двічі стукнув по склу. Вона була здивована мене бачити. Шибка опустилась. «Мілено, нам треба поговорити».

Вона підняла шибку і поїхала. Я стояв на тротуарі, як кретин. Я прочекав п'ять нескінченних днів. Вона не повернулася. Я не відходив, боячись її проґавити. Грошей у мене не було. Ні сантима. Першого дня наді мною зжалився наш консьєрж і нагодував мене — поставив тарілку на підвіконня. Потім навіть дверей своєї кімнатки не відчиняв і гнав мене помахом руки, як собаку. Я не мився й не голився. Довелось жебракувати. Я був таким відразливим, що люди боялися до мене наближатися. Зголоднів до того, що підбирав об'їдки зі смітників. До чого ж гидотним я був. Перевдягтися не міг. Не було чим платити за камеру схову. Поліція затримала мене за волоцюзтво. Наступного дня в комісаріаті до мене прийшов якийсь тип у дуже елегантному костюмі. Я його не знав. Він сів на матрац поруч зі мною. У внутрішній кишені його плаща була схована пляшка коньяку. Він хильнув і за-

[1] «Леон Морен, священик» («Léon Morin, prétre»;1952) — роман французької письменниці бельгійського походження Беатріс Бек (1914–2008), нагороджений Гонкурівською премією. Кількаразово екранізований.

пропонував мені. Я вловив легкий акцент. Узяв пляшку з його рук. Ще ніколи випивка не давала мені такенного задоволення. Вона зігріла мою душу. Я відчував, як алкоголь ллється горлом. Пляшку я допив. Він запропонував «Вінстон». Ми сиділи пліч-о-пліч та затягувалися, наче давні знайомі. Йому було відомо все: хто я і що накоїв. З іншої внутрішньої кишені він вийняв здоровецьку пачку банкнот і запропонував угоду: він віддає мені гроші, а я більше не бачитимусь із Міленою. Спершу я навіть не второпав. Він пояснив умови. На той час сто тисяч франків були скаженими грошима та ще й лише за обіцянку з нею не розмовляти. Я сказав, що мені нічого не вартує взяти гроші й не дотримати слова. Він відповів, що мені довіряє. Я мав реальну альтернативу: або обзавестися грошима, щоб обкрутитися попервах, або залишитись без гроша. В обох випадках я її втратив. Він пригостив мене ще однією сигаретою та дав час помізкувати, поки докурю. Я вирішив пообіцяти, забрати грошики та все одно вдатися до забороненого. Після моєї згоди він витяг з-під гумки папірець, що огортав гроші. То був кроткий текст французькою та англійською, треба було переконатися, що я все зрозумів. Він поцікавився, чи вірю я в Бога. Я відповів заперечно. Тоді він сказав: «Це нічого. Ви ортодокс, прочитайте цей документ та присягніть, підвівши ліву руку». І я підвів, хоча й вагався. Зректися було важко. Він сидів мовчки. Чекав, коли я наважусь. Ніколи раніше не бачив до того спокійного й упевненого в собі чоловіка. Моя ліва рука зависла в повітрі. Я здався. Поклявся. Тієї самої миті я зрозумів, що втратив її. Він сказав, що я зробив правильний вибір і він мені довіряє, а потім віддав гроші. Я вийшов з комісаріату. Відтоді Мілени я не бачив. Продав її за купку папірців. Я її не заслуговував.

— Що то була за обіцянка?

Леонід вийняв чорний шкіряний гаманець та з-за клапана витяг за краєчок пожовклий папірець, затертий, зім'ятий, заплямований, порваний, залатаний скотчем і простягнув мені. Я заледве розшифрував написане. Там розпливалися чотири рядочки, надруковані на машинці червоною фарбою:

Я, Леонід Михайлович Кривошеїн, даю слово ніколи не зустрічатися з Міленою Рейнольдс, ніколи з нею не контактувати та поважати її волю до кінця моїх днів. Я офіційно присягаюся військовою честю двічі Героя Радянського Союзу. Дано в Парижі, у четвер, 25 червня 1953 року.

Він показав годинника на правому зап'ясті та провів рукою по склу.

— Я дивлюсь на нього по сто разів на день. Годинник не спізнився ні на секунду. Тепер усвідомлюєш, на чому тримається життя? Це все через тих мерзотників Розенберґів. Якби їхню кару пом'якшили до пожиттєвого, ми були б навіки разом.

— Леоніде, вони були невинними!

— Це злочинці! Вони знали, що на кону. Вони не мали права зраджувати батьківщину. У Сполучених Штатах невинних не саджають. Це точно. Утім, скоєне не їхня провина, а моя. Тут багато хто переконаний, наче я шкодую, що проміняв стабільне життя й солідний статус на приречений роман. А я тобі скажу, що ні про що не жалкую. Усе пережите нами за ті сімсот дев'яносто чотири дні було настільки винятковим і чуттєвим, що я упився тим на все життя. Якби я міг пройти через те знову, погодився би без вагань. Так, я нещасний, але співчувати мені не треба. Мені пощастило зустріти Ігоря — без нього я так би й далі жебракував — та завести кількох друзів, а для життя цього достатньо. Якщо одного дня посеред дороги ти побачиш, як жінка голосує, а тим більше шукає допомоги — не спиняйся. Заміна колеса — справа автослюсарів. От вони загартовані. Вони не вплутують роботу в особисте життя. Якби я дотримувався доброго старого марксистського принципу розподілу праці, я б тут нині не сидів. Нам забивають баки безглуздими правилами, на кшталт ввічливості чи галантності, але не вчать основоположної засади: остерігайся жіночої усмішки, за нею криється задня думка. Бо жінка щира лише без усмішки. Якщо вона вскочила в халепу і волає про порятунок, кидай їй рятувальний круг та йди собі далі. Такі от елементарні поради повинен батько давати синові, щоб застерегти його від життєвих небезпек. Мій же мене не попередив.

— Одного я таки не розумію, Леоніде. Як ти можеш кохати жінку, але не боротися за неї?

— Я дав слово. Така вже моя доля, персональний спосіб берегти вірність. Щоб кохати, не обов'язково бути коханим. Упродовж дев'яти років 5 квітня я надсилаю їй букет мімози. Анонімно. Вона знає, що то від мене. Якби вона схотіла, то без зусиль знайшла б мене. Достатньо взяти у квітникаря мою адресу. Вона не хоче. Я шаную свою клятву. Можливо, одного прекрасного дня вона передумає.

— Ви розійшлися десять років тому. Неможливо й далі вірити в таке.

— Я б хотів перегорнути сторінку. Лиш то не ти вирішуєш, кохати чи забути. Думки про неї не покидають тебе ніколи. Я живу з нею днем, думаю про неї, коли прокидаюся серед ночі. Я закоханий, як і першого дня. Ти можеш пересититися однією жінкою, насолодитися іншою. Але то не кохання — звичайна хіть. Бо кохання, істинна любов духовна. Це все в моїй голові, часом я повторюю собі, що мені краще її забути. Жакі, принеси мені «сто другий».

Хай там як, Леонідом захоплювалися і через кожен хід сотень шахових партій, що їх він тримав у голові та через що був небезпечним супротивником, і за збережені до дрібниць, наче вони були лише вчора, стосунки з Міленою; його винятковій пам'яті заздрили, хоча саме вона й стала причиною всіх його бід. Краще б він був як усі ми: пам'ятав дві-три партії та пригадував лише яскраві миті свого роману. Ми завше боїмося втратити пам'ять, але саме вона є першопричиною наших нещасть. І як же добре живеться в забутті! Пам'ять — найперший ворог щастя. Щасливі люди забувають. Ця прикра історія пояснює, чому Леонід був єдиний паризький таксист, що відмовлявся возити клієнтів в аеропорт Орлі попри всю прибутковість такої поїздки. Минуло десятиліття, а він усе ще був непохитний. Немов боявся небажаної зустрічі.

21

Нашій родині Катастрофських бракувало тільки репатріантів. Сам Ежен Сю, майстер неочікуваних та нечуваних поворотів, не зміг би уявити такої послідовності неприємних сюрпризів. Йому це здалось би перебором, бо жодна людська доля не вміщує стільки лиха. З Алжиру виїхали Делоне. Моріс, Луїза, Тома і Франсуа зі своїми валізами, спанієлем Тобі, «чорноногим» акцентом і журбою. Вони кинули тридцять дві будівлі, підприємництво, автомобілі, меблі й сонце.

— Ми до останнього не полишали надії. Чекали дива. Франція покинула нас напризволяще. Почалася загальна паніка — рятуйся хто може. Доводилося битися за місце на кораблі. Ми поїхали ні з чим. Голі й босі. Вони відібрали в нас усе, — пояснив пригнічений Моріс.

— Там ви були багаті — тут бідні. На вашому місці я б залишився, — стверджував тато.

Кількома роками раніше дідусь Філіпп розділив спадок між дітьми. Мамі дісталася квартира й сімейне підприємство. Дядько Моріс інвестував свою долю в нерухомість у центрі Алжира та Орана. Він узяв позику під персональну гарантію і мусив виплачувати гроші десять років, а тепер платити було нічим.

— У нас лишилися самі борги та сльози, — побивалася Луїза.

— Ми з вами! Коли виникають проблеми, на поміч приходить родина, — виголосила мама, щоб бодай якось їх підбадьорити. — Тут ви вдома.

Вони облаштувалися в нас. Коли вони приїжджали на канікули, царював піднесений настрій. Ми сміялися й вдавалися лише до розваг. Наразі було не до веселощів. Квартира перетворилася на безладний табір. Якби хто спитав нашої думки, ми б сказали, що краще б їм оселитися деінде. Невдалий момент для приїзду. Зі зрозумілих причин, про які ми воліли б не згадувати. Я дійсно намагався бути люб'язним. Тома з Франсуа читали самі комікси. Коли ж я порадив їм кілька книжок, вони глянули на мене як на дебіла.

Марія була жвава жінка й ставилася до своїх обов'язків украй відповідально. Вона була членом родини. Мама передала їй кермо влади щодо хатніх клопотів, тому вона зранку до ночі поралася по дому, сама собі хазяйка. І ось одного чудового дня їй на голову звалилося справжнє арабське сімейство Делоне: і пальцем ворухнути не хотіли, жили собі ніби в готелі, закидаючи її вказівками, які вона відмовлялася виконувати. Вона їх зненавиділа та вважала за чужинців. Давні образи між «чорноногими» та іспанцями проступили назовні. Луїза жалілася на поганий Маріїн характер, але для мами остання була справжнім скарбом. Після поломки пральної машини в Марії здали нерви, і, перевантажена роботою, вона вирішила розрахуватися. Мамі вдалося втримати її, пообіцявши прибавку, однак нарікати та не припинила.

Жульєтт покладала чималі сподівання на приїзд кузенів. Нарешті буде з ким поговорити. Chiacchierona[1] швидко розчарувалася: Луїза тільки те й робила, що ридала й навалювала на неї всі свої негаразди, а кузени нею зневажали – вони цілісінькими днями стирчали перед телевізором, а вона їм заважала. Отож Жульєтт й далі була полишена сама на себе. Вона вигадала, як помститися кузенам: вони полюбляли щоранку купатися у ванні, тож дівчисько

[1] Базіка (*італ.*).

підступно випускало всю воду з водонагрівача, тим самим залишаючи їм крижану.

Ніхто не очікував, що конфлікт виникне ще й між Тобі та Нероном. Кота вкрай розлютила присутність слинявої тварючки, що здатна була тільки залишати повсюди шерсть і безпричинно гавкати. Це була ненависть з першого погляду. Нам доводилося тримати їх нарізно. Тобі тепер не покидав колишню Франкову кімнату, а Нерон мусив сидіти в Жульєтт. Ми постійно забували зачиняти двері, й вони щоразу кидалися в бійку. Тобі намагався прикінчити Нерона, кидаючись на нього, і діставав по носу розлюченими котячими кігтями, а потім, наче перед смертю, завивав усю наступну ніч. Урешті пес, якого вважали недоумкуватим, уторопав, що треба ходити попід стінкою, коли поруч кіт.

Не годиться тримати проблеми в собі, варто звірятися друзям. Я поговорив про свої з Леонідом, який саме грав з Ігорем. Мені поталанило: у справах напастей, фатуму й невезіння вони були справжніми експертами і пояснили, що в математиці це зветься законом ідемпотентності[1]. Американець Мерфі навіть вивів із нього власний закон, підкріплений беззаперечною логікою. Сподіваюсь, я все правильно зрозумів: бутерброд завжди падає маслом донизу або ж якщо вже прилип до стелі, то звідти влучає тільки на килим, обличчя чи краватку[2].

— Якщо абсолютно випадково він упаде ненамащеним боком, — вів далі Ігор, — отже, ти не там намастив.

— Я пробував із млинцями й тарамою[3] — аналогічно, — підхопив Леонід.

---

[1] Термін «ідемпотентність» означає властивість, яка виявляється в тому, що повторна її дія над будь-яким об'єктом уже не змінює результату.

[2] Закон Мерфі — жартівливий універсальний філософський принцип, за яким якщо яка-небудь неприємність може статися — вона таки станеться; «закон бутерброда».

[3] Тарама — ікра вобли, ляща чи іншої частикової риби.

Отак, слово за слово, їм удалося переконати мене, що заселення до нас Делоне було рідкісним таланом, яким я маю тішитися.

— Не варто опускати рук, Мішелю. У твоєму віці слід насолоджуватися кожною миттю. Далі буде гірше. Порівняно з тим, що тобі приготувало майбутнє, хай би яким був день сьогоднішній — він чарівний.

— Але ж це не означає, що треба ігнорувати буденні події. Просто відсторонися. Тоді ніщо тебе не зачіпатиме.

Розмова покращила мені настрій. Я радий, що відкрив для себе наукову концепцію і змінив ставлення до кузенів. Вони, правда, нічого не помітили і, як завжди, втуплювалися в телевізор.

За два тижні почали вимальовуватися перші ознаки якогось порядку. Тато слідував добрій звичці йти на світанні, а повертатися якомога пізніше. Мама потроху переймала його манеру. Сім'я побільшала, і ми з цим змирилися. Лише Луїза так і не второпала, що певні запитання ставити не варто: можна порушити хитку рівновагу.

— Що сталося з Франком? — цікавилася вона. — Де він?

Вона намагалася розпитати всіх: батька — він мовчки пішов, маму — та тільки глянула злим гнівним поглядом, Жульєтт — вона й без того нічого не знала, мене — я вдав дурника, Марію — та жінка з нею не розмовляла. Тепер Луїза вдалася до спроби за недільним обідом, тато саме розрізав курку. Дідусь Філіпп заткав їй рота:

— Луїзо, ти вже дістала нас своїми дурнуватими запитаннями. Франк подорожує!

Щоразу, як дзвонив телефон, я зривався з місця. Але то все телефонували не мені. Одного вечора таки почув Сесіль — вона повернулася. Було досить пізно. Голос звучав утомлено й байдуже. Бачитися не схотіла. Вона має зайнятися похороном П'єра в сімейному склепі в провінції.

— Як хочеш, я теж поїду.

— Не варто.

— Я хочу бути з тобою.

— Там буде вся родина. Люди, яких я не бачила роками.

— Ми будемо разом. Я теж убитий горем.

— Не наполягай, Мішелю, я хочу побути з П'єром наодинці. Решта мені чужі. Я втомилася. Якийсь час я побуду там. Побачимося, як приїду. Ти будеш удома?

— Уяви собі, алжирські Делоне переїхали до нас. У домі справжній бедлам. Цього року ми не поїдемо на відпочинок. Серпень у мене вільний. Сесіль, тепер я твій брат.

— Так, ти мій братик. Я тебе наберу.

Почався липень. Того вечора мама не повернулася. Ми трохи хвилювалися. Вона завжди попереджала про свою відсутність. Вона вийшла з магазину під кінець дня, але куди не сказала. Ми зателефонували дідусеві. Там її теж не було. Ми сіли вечеряти без неї. Раптом почули, як відчинилися двері. Мама влетіла, мов фурія. Ми сиділи за столом. Марія саме подавала вечерю.

— Полю, у банку не вистачає п'яти мільйонів скарбничих бонів[1]! Де вони?

Тато підскочив. Серветка впала в тарілку з супом. Він стояв із роззявленим ротом, заскочений зненацька.

— Що ти з ними зробив?

Якщо мама переходила на старі франки, отже, у нас серйозні проблеми.

— Ем-м... Ах, так, п'ять мільйонів. Я хотів з тобою про це поговорити.

— За дурну мене маєш?

— Слухай, ми б могли обговорити це згодом. Тет-а-тет.

— Негайно!

---

[1] Ідеться про бони державної скарбниці, казначейські бони — документи, які видає особа або установа на право одержання пред'явником певної суми грошей або інших цінностей.

Алжирські Делоне стали мимовільними свідками сварки. Ми з Жульєтт не знали, куди подітись.

— Слухай, Елен, нам краще поговорити наодинці.

— Я чекаю пояснень!

— Я не можу нічого розповісти.

— Що? Ти без мого відома зняв з рахунку п'ятдесят тисяч франків. Підробив мій підпис і не можеш мені нічого пояснити?

— Вони мені знадобились.

— П'ять мільйонів? Навіщо?.. Смієшся з мене? Це сімейні гроші. Я збиралась віддати їх братові. Вони йому зараз потрібні. Усе зникло!

— Я заробив ці гроші! Маю право їх забрати. І перестань розмовляти зі мною таким тоном перед дітьми.

— Розмовляю як схочу. Я докоряю тобі не за зняті гроші! А за те, що ти від мене це приховав. І підробив мій підпис!

— Я тобі все поверну.

— О, справді? І як же? Підозрюю, моїми ж грошима?

— Ти мені не віриш?

— Як мені знати, що ти не поклав їх до власної кишені? Що не завів якусь бабу? Що не програвся на перегонах чи в карти?

— Наче ти не знаєш, що я роблю цілими днями.

— Кажи мені правду!

— Не можу, Елен.

— Сподіваюсь, це не через Франка? Це ж не для нього?

— Ні.

— Це на цю північну подорож? За ідіотку мене маєш? Я так і знала. Ти бачився з Франком. Ти йому допоміг.

— Не було такого!

Мама обернулася до мене. Дивилася мені просто в очі.

— Мішелю, ти бачився з братом?

Мені аж мороз поза шкурою пішов. Волосся стало дибки, а обличчя спалахнуло. Я витримав погляд і спробував заспокоїтися. Тато похнюпився. Я одразу ж згадав дане йому слово чоловіка. Відчував себе зв'язаним. Я досі чув його слова: «Хай би що сталося, хай би хто питав».

— Ні, я з ним не бачився, — промовив я байдужим тоном.

— Ти з ним не розмовляв?

— Я ж сказав тобі, мамо.

— А ти, Жульєтт?

— Мамо, даю слово. Я не бачила Франка.

Вона кинула на батька суворий погляд.

— Якщо це не для нього, тобі доведеться мені пояснити. Ти мене знаєш, коли вже я щось надумала, я не здамся. Повір, я це так не залишу!

Тато вдягнув куртку. Вийшов із дому. Коли ми прокинулися вранці, його не було. Після цього інциденту я не чув, щоб хтось колись згадував скарбничі бони. Я так і не дізнався, то була вартість поїздки чи тато просто віддав їх Франкові. Ми цієї теми не порушували.

Мама заявила, що якісь там фелахи не здаватимуть тон у неї вдома. Ми не змінимо планів та звичок. Як і щосерпня, поїдемо на відпочинок до Перро-Ґірек. Я невпинно телефонував Сесіль. Вона не відповідала. Я пішов до неї. Консьєржка стверджувала, що дівчина не поверталась і, коли буде й де перебуває, вона не знає.

Ми саме спускали валізи, як заявився жандарм. Він забрав тата до префектури поліції. Двійко інспекторів без кінця засипали його одними і тими самими запитаннями. Чому він повернувся до Франції? Він же говорив про Танжер. Його син зараз у Марокко? Дипломатія не була татовою сильною стороною, отож він сказав, що плював на них разом зі всією французькою армією. Вони протримали його дві доби. Це примусило нас відкласти від'їзд.

Наступного дня після приїзду в Бретань, прикриваючись роботою, тато повернувся до Парижа. Нам довелося перетерпіти місяць перемінних крижаних шквальних дощів і буревіїв. Купатись неможливо, сидіти на пляжі також, а на прибережних доріжках, якими текли справжні ріки, узагалі шию можна було звернути. Ми сиділи й дивилися, як падає дощ. Грали в «Монополію». Алжирські Делоне не вміли грати в шахи. Вони обожнювали скуповувати будинки й готелі. Я багаторазово телефонував Сесіль. Безуспішно.

За нами приїхав тато. Ми були змушені повернутися раніше, ніж планували. Шкільні документи згоріли під час пожежі в ліцеї Бюжо, і кузенам довелося складати вступні іспити для зарахування до Генріха IV. Вони провалилися. Імовірно, їм завадив акцент. Я не знехтував нагодою трохи пригасити їхню пиху. Дідусеві зв'язки тут не допомогли. Луїза хотіла записати їх до ліцею Станіслава — у нього чудова репутація, — але грошей у них більше не було. Кузенів не взяли ні до ліцею Монтеня, ні до ліцею Бюффона. Врешті їх прийняв ліцей Карла Великого, що приймав репатріантів без іспитів.

15 вересня об'явилася Сесіль. Я не чув про неї два місяці.

— Радий тебе чути. Я заходив до тебе. Консьєржка тобі казала?

— Нам треба побачитися, Мішелю.

— Завтра можемо зустрітися в Люксембурзькому саду.

— Нам треба побачитися негайно.

— Я саме підтягую алжирських кузенів. Їх не взяли до Генріха IV. Вони архінульові.

— Це терміново.

— Ти не можеш трохи зачекати?

— Ні!

За півгодини я вже дзвонив у її двері. Відчинила. Вона змінилась. На ній був П'єрів великий білий светр із шотландки, що сягав половини стегна. Оце вперше я побачив її у спідниці. Чоло прикривав філірований чубчик. Чорняве волосся спадало на плечі. Здавалася похмурою та була не в гуморі. Не відповіла на моє: «Доброго дня, як ти?» Обернулася та обіперлась на стіл у вітальні. На ньому стояла картонна коробка.

— Особисті речі П'єра. Мені їх саме надіслали.

Вона запхала руку в коробку й витягла стіс листів. Кинула їх нервовим жестом.

— Хочеш прочитати?

Я дивився на неї, не розуміючи, у чому річ, — конверти були розкидані на столі.

— Що сталося?

— Коли я тебе спитала, чи не попередив ти, бува, П'єра, що я кидаю дипломну, ти поклявся, що не писав йому.

— Це правда.

— Зате твій придуркуватий брат йому написав! Ти розповів йому перед від'їздом!

Вона вийняла із зошита один конверт. Я впізнав почерк Франка.

— Прочитати тобі? Яка зворушлива турбота.

— Зажди, я все поясню.

— Та тут ще й пояснення є!

Вона встала, схопила цілу жменю конвертів й кинула мені в обличчя. Я їх перехопив.

— Ти був єдиною людиною, якій я довіряла, а ти мене зрадив. Ти! Ти збрехав мені. Усі ви, Маріні, однакові!

— Неправда.

— Ти не мав права!

— Я просто...

— Вимітайся!

— Я не хотів...

— Забирайся! Більше ніколи не хочу тебе бачити!

Я вийшов. Стояв на сходовому майданчику й чекав, що вона мене покличе. Я відчинив двері. От і по всьому. Не вкладається в голові.

Кілька наступних днів я сподівався десь її перестріти й поговорити. Я тинявся Люксембурзьким садом і в районі набережної Ґран-Оґюстен. Її ніде не було. Судячи з результату, брехня — абсолютно непотрібне та безрезультатне рішення з усіх можливих. Вона породжує самі неприємності. Якби я не дотримався цього дурнуватого слова чоловіка, тато би мені за це не дорікав. Допевне, і мама б зрозуміла, що він не міг в інакший спосіб допомогти синові, та пробачила б йому.

Якби я сказав їй правду, Сесіль не втратила б до мене довіри. Я почувався еквілібристом, що зірвався і шукає, за що б ухопитися, коли під ним сама порожнеча.

Після багатьох місяців у лікарні бабуся Жанна померла уві сні. Дідусь Енцо спав поруч у кріслі й навіть не здогадувався. Тато саме збирався на роботу, коли телефонний дзвінок повідомив погану новину. Він безсило повалився на стілець і розридався. Він не бачив батьків з кінця серпня. Поцікавився, чи не хочу я поїхати з ним на похорон. Мама відповіла замість мене: саме тиждень контрольних, які пропускати не можна. Вона порадила поїхати з Батистом. Тато відмовився дзвонити братові.

— Він залізничник. Поїде потягом.

Тато негайно вирушив до Ланса. Я зателефонував дідусеві. Ніхто не відповідав. Я йому написав, що шкодую, бо не зміг підтримати його особисто, і постійно думаю про нього і бабусю Жанну. Жульєтт теж підписала листа.

За десять днів повернувся тато. Я поцікавився, як там дідусь Енцо.

— Не знаю. Сподіваюсь, з глузду він не зійде.

— Що ти таке кажеш?

— У нього якісь дикі думки.

Які саме, пояснити не схотів.

Бодай у Клубі мене ще щось втішало. Четвер, 22 листопада, став пам'ятним днем. Кесселя обрали членом Французької академії. Не щодня твого знайомого зводять до академіка. Ми знали, що він був кандидатом, однак багато хто був проти сина єврейських емігрантів-космополітів, тому ми були переконані, що оберуть Бріона[1]. Ми з'юрмилися біля радіоприймача, а як журналіст оголосив його обрання, шалено

---

[1] Марсель Бріон (1895–1984) — французький історик і письменник, член Французької академії.

зраділи. Ще до приходу винуватця повистрілювали корки шампанського, усі зійшлись на думці, що то була найвизначніша гулянка в історії «Бальто». Проставилися навіть Жакі та дядечко Маркюзо. Коли ж він увійшов, почалася масова істерія. Усі кинулися його вітати й обіймати. Прийшов Сартр і також пригостив випивкою. Кессель чаркувався з кожним присутнім.

— Ми боялися, що ненависть деяких академіків завадить твоєму обранню, — сказав Ігор.

— Ми завжди здатні на більше, аніж думаємо, — відповів Кессель зі своєю променистою усмішкою.

Було вже пізно. На превеликий жаль, довелось повертатися додому. Мені розповіли, що гулянка тривала аж до світання й дядечкові Маркюзо довелося знову купувати нові келихи.

Кожен наступний день без Сесіль ставав нестерпнішим за попередній. Леонід намагався переконати мене не облишати надії, перебороти долю, дочекатися слушного моменту.

— Маєш бути наполегливим, — починав він. — Це буде далеко не перша жінка, що змінює думку.

— Не хочеться спростовувати твої слова, — перебив Ігор. — Не варто тішити себе ілюзіями. У важливих речах вони не здають позицій.

— Неправда! — вигукнув Леонід.

Вони здійняли звичну жваву дискусію. Тому й не помітили, як перескочили на російську. Ігор оговтався першим і повернувся на французьку.

— Нам не вдається дійти консенсусу. Ми не знаємо, що розумніше: чекати й надіятися чи змиритися й відступити.

— Завтра буде ліпше. Шкода це констатувати, Ігорю Емільовичу, але ти якось негативно налаштований. Ось я оптиміст.

— Я також оптиміст, — відповів Ігор. — Найгірше попереду. Радіймо з того, що маємо.

Січень—вересень 1963 року

1

Був у Клубі один особливий чоловік. Осібно від усіх. Він тільки стояв і спостерігав за чужими партіями. Мовчки. Усі його уникали. Я неодноразово цікавився, хто він такий. Мені відповідали: «Не знаю» чи «Тебе це не обходить».

Він приходив час од часу, як Лоньон. З'являвся непомітно та зникав так само невидимкою на кілька тижнів. Худорлявий, практично сухоребрий, змарніле обличчя з триденною щетиною. Чорне хвилясте волосся, випукле чоло, вилицюватий, карі запалі очі, темні кола, тонкий ніс і ямочка на підборідді. Палив цигарку за цигаркою. Зимою та влітку носив сіре пальто, вигоріле та завелике, поли якого підтримував лівою рукою. З рукавів видніла нейлонова сорочка, зношена й замурзана. Штани на ньому висіли, взуття було поношеним. Він скидався більше на волоцюгу. Жакі, завжди такий уважний до замовлень та їх поновлення, ніколи не питав, чого він хоче. Леонід не гребував нагодою штовхнути його плечем, проходячи повз. Чоловік не реагував і не уникав Леоніда. Під час вечірки на честь Кесселя я став мимовільним свідком непоміченого рештою інциденту.

Чоловік тримався осторонь від компанії. Його помітив Кессель, узяв келих, налив шампанського та рушив до нього. Це уздрів Леонід, кивнув головою Ігореві, той підбіг до Кесселя, коли він саме простягнув шампанське чоловікові. Ігор поклав свою руку на Кесселеву, тим самим стримав його. Вони так і простояли кілька секунд. Не обмовившись і словом. Кессель здався, поставив келиха на стіл і обернувся.

Ігор скинув склянку нервовим жестом. Вона впала на землю й розбилася. Чоловік відступився, обвів оком веселу юрбу, що відштовхнула його, і щез.

Мені бракувало Сесіль. З початком січня я сказав собі, що настав час відновити спілкування й вибачитись. Я їй зателефонував. Голос відповів мені, що номер набраного абонента змінився, і мені треба подивитися в довідник чи поцікавитися в довідковому бюро. Я пішов до неї. Нікого. Консьєржка не бачила її вже два місяці. Вона більше не отримує її пошту. Минулого січня ми побажали одне одному щасливого Нового року, а він виявився найгіршим у нашому житті. Усім відомо, що це не працює, але ж для того й вигадали побажання. Аби стерти минуле. Отака традиція. Однак, можливо, порівняно з тим, що нам готує рік прийдешній, попередній здасться дійсно щасливим.

Щодня я сидів біля фонтану Медічі. Немає нічого безглуздішого за ритуали, що ми собі вигадуємо, наче вони здатні відвернути лиху долю. Я був переконаний, що рано чи пізно саме тут я перестріну Сесіль. Слід лишень набратися терпіння. Якщо вона покинула Париж, не сьогодні-завтра повернеться і прийде сюди. Я брав книжку і вмощувався обіч водойми. Іншим разом фотографував. Фокусувався на якійсь деталі й чекав, коли світло довершить принадність скульптури. Ніколя пропонував змінити тему. Однак у Люксембурзькому саду сюжетів не бракувало. За п'ять років я відзняв сотні знімків фонтану й околиць. Мрійники, роззяви, читачі на стільцях, студенти, пенсіонери, садівники, жандарми. І Акід із Галатеєю, що мирно спали під скелею. Вони випромінювали якусь таїну, непояснену й чарівливу. От допоки я не розгадаю її, тему міняти не схочу.

Я впізнав його по сутулій спині та важкій ході. Він спинився поблизу смітника, витяг газету, сів на стілець і взявся читати останню сторінку «Франс-Суар», де друкували комікси. Поклав її до кишені пальто й підставив обличчя січневому сонцю. Схоже, він спав, простягши ноги. Підійшла жінка, що здавала на прокат стільці, з квитковою книжечкою в руці та торкнулась його плеча. Він аж підскочив, підвівся та, не заплативши, пішов у бік фонтану, невдоволено миркаючи щось під ніс. Підійшовши до мене, спинився. Я не знав, чи то він удає, що не впізнав, або ж дійсно згадує, де мене зустрічав.

— Я бачив вас у Клубі, — допоміг я.

— Ваше обличчя мені знайоме. Ви відвідуєте той будинок для старих?

— Я вчуся грати в шахи.

— Вам варто було б розважатися з ровесниками. До того ж вони не вміють грати.

— Леонід чемпіон. З усього Парижа приїжджають з ним зіграти. Він ніколи не програє. Навіть студентам Політеху.

— Ви знайомі з Леонідом?

— Я з усіма знайомий.

— Мої вітання. Там починає тхнути лежаними стариганами. Трохи свіжої крові їм не завадить. Дозволите?

Не дочекавшись відповіді, він усівся на сусіднього стільця, поклав ноги на інший та продовжив свою перервану сієсту. Сонячний промінь освітлював заросле обличчя. Його французька була досконалою. Просто колосальна різниця з членами Клубу, які формували цілу гаму центрально- та східноєвропейських акцентів. Я був вражений витонченістю й білизною його рук. Він схрестив їх на поношеному пальто. З'явилася контролерка. Він навіть не поворухнувся. Я заплатив за три стільці.

— Ви не зобов'язані, — сказав він, не розплющуючи очей.

— Нікуди не дінешся. Як ні — сиди на лавочці.

— Та він ще й закон поважає! Наслідок ваших знайомств. Це ж сором — платити за право примостити свій зад у саду. Вам не здається?

— Так.

— З такими, як ви, вони не церемоняться. Я от відмовляюся. Одного дня вас змусять платити за повітря, яким ви дихаєте.

Очей він так і не розплющив. Його дихання було спокійне та розмірене. Я повернувся до книжки, облишивши сусіда.

— Що ви читаєте? — поцікавився він, досі із заплющеними очима.

Я помахав книжкою, щоб змусити його бодай випростатися.

— «Свідок з-поміж людей»[1]. Гарний вибір.

— Підписано Кесселем. Не мені. Другові.

— Мені він теж її подарував.

— Я був там, на святкуванні його обрання.

— Я за нього радий. Він це заслужив. То велика честь.

— Ігор завадив йому пригостити вас шампанським.

— Не пригадую.

Він випростався та знизав плечима. Вийняв з кишені пальто пачку «Голуаза», запропонував мені — я відмовився, він закурив.

— Здається, там вас недолюблюють.

— Я не помітив.

— За що вони вас не люблять?.. З вами не розмовляють. Вас ігнорують. Леонід вас штовхає. Ігор забороняє чаркуватися, і Кессель йому не заперечує.

— Для вступу до Клубу треба заплатити членський внесок. Я не схотів вносити гроші, бо дещо скупуватий.

— У цьому Клубі немає членського внеску.

— Я не вмію заводити друзів.

— Ніхто не змушує вас туди приходити.

— Дні довгі. Я навідуюсь, коли на вулиці дощ. У мені ще жевріє надія. Напевне, моя фізіономія їх дратує. Я вас не лякаю?

---

[1] «Свідок з-поміж людей» (*фр.* «Témoin parmi les hommes», 1968—1970) — шеститомна збірка спогадів Ж. Кесселя, яскравий літопис подій та звичаїв XX століття.

— Ні.

— Ви бодай мені вірите?

— Я знаю Ігоря. Він безпричинно так би не поводився. Леонід тим більше.

— У вашому віці пора б уже знати, через що сваряться чоловіки. Через гроші: ми всі на мілині. Я їм нічого не винен. Через жінку: цьому я поклав край. Чи через ідею: ми живемо під одним прапором.

— Ви єдиний, на кого вони так реагують.

— Правда банально проста. Варто мені десь з'явитися, як люди замовкають. Я наближаюсь — вони відступають.

— Ви з поліції?

— Погляньте на мене, я схожий на лягавого? Самі бачите. Будьте відвертим, вам зі мною некомфортно?

— Ні.

— Як вас звуть?

— Маріні. Мішель Маріні.

— Щиро радий знайомству, юначе.

Він встав та пішов. Я забув поцікавитися його іменем.

2

«La donna è mobile» повернулася. Тато більше не ходив на роботу. Цілісінькими днями ніжився на канапі у вітальні, насолоджуючись улюбленою арією. Він ставив тонарм програвача на «повторення» та співав без упину. Він знав слова напам'ять. Наспівував для себе, практично під ніс. Отож це нікому не заважало. Незвично було бачити тата вдома в будень. Часом він непомітно йшов, залишаючи адаптер крутити музику. Вечори проводив за таро з друзями в овернському бістро по вулиці Фоси-Сен-Жак. Я приходив до нього та сідав поруч. Траплялося, він цікавився моєю думкою:

— Як зіграти: «петі», «пус» чи «гарде»?

Він був хороший гравець, хитрий і жартівливий. Ставив запитання, лише щоб перехитрувати супротивника. Вони грали на випивку. Не всі могли розплатитися, тоді тато сам їх пригощав.

— Шкода, що не граємо по франку за очко, оце я би нажився грошиків сьогодні.

Я повертався, як зазвичай, перед сьомою. Тато приходив після вечері, порпався в холодильнику, вмикав свою платівку, не звертаючи на нас уваги. Ця маленька гра тривала добрих чотири місяці. Зникнення скарбничих бонів не минулося. Він відмовлявся зізнаватися. Мама цього так не облишила. Вона двічі влаштовувала мені допит. Зв'язаний обіцянкою батькові, я не здавав позицій. Мої відповіді її не влаштовували. Присутність алжирських Делоне не сприяла спілкуванню. Імовірно, були б ми самі, батькам би вдалося подолати це випробування та з'ясувати стосунки. Тато б наважився розповісти мамі правду, а вона змогла б її прийняти. Луїза була капосною порадницею, підштовхувала маму стати на принципову позицію, увійти в роль ображеної та шокованої. Вона діяла у власних інтересах, тому й радила мамі не пробачати та вибити правду за будь-яку ціну. Під час літнього відпочинку тато припустився помилки, відступивши та повернувшись до Парижа. Я чув розмову мами з Луїзою під час прогулянки промоклою узбережною доріжкою:

— Після всього, що ти для нього зробила, як йому не соромно діяти в тебе за спиною. Та це ж крадіжка. Він тебе за ідіотку має. Я от не терпіла б таких ударів від мого чоловіка. Твій брат — людина іншого розмаху. З вищою освітою. Ще не відомо, чи не утримує твій, бува, кого. П'ять мільйонів — солідна сума. А як це повториться?

Ще на початку жовтня мама оголосила, що брат працюватиме на сімейному підприємстві. Татовою думкою не поцікавилися. Моріса призначили директором магазину. Спершу розподіл праці був очевидним. Вони з мамою займалися управлінням, вона хотіла трохи розвантажитися. Тато й далі керував відділом торгівлі. Його реакція була миттєвою. Він відійшов від справ. Замість відвойовувати нових клієнтів, він чекав, доки вони самі до нього прийдуть. Їм знадобилося три місяці, щоб зрозуміти, що реєстр замовлень почав скорочуватися. Тато їх заспокоював:

— Це все криза.

Не дім, а Капернаум. Марія від нас пішла. Якогось ранку вона сповістила, що їде на похорон в Іспанію. Вона так швидко поїхала, що ми так і не зрозуміли, хто помер: її батько чи брат. Заскочила в перший-ліпший автобус до Валенсії. Нам здавалось, за тиждень вона повернеться. Але вона не повернулася. Ми припускали, що траур в Іспанії триває набагато довше, ніж у Франції, де стають до роботи вже наступного після похорону дня. Мама не мала ніяких координат Марії. Тому розпитала інших іспанських хатніх робітниць кварталу. Насправді її від'їзд виявився суто дипломатичним. Їй уже допекли алжирські Делоне, от вона і вигадала привід від них ушитися. Квартира перебувала в жалюгідному стані. Купи посуду зростали щодня, віника більше не торкалися, як і ганчірки чи пір'яної мітлички. Накопичувалася брудна білизна. Тато докоряв Луїзі за те, що вона й пальцем не поворухне.

— У мене слабке здоров'я. Після всіх пережитих нами випробувань я не маю наміру ставати тобі за служницю!

Останньою краплею стало поламання пральної машини, придбаної на виставці побутової техніки. Користуватися нею вміла лише Марія. Коли мама захотіла прати, залила кухню та сусіда знизу. Моріс, розуміючи, що атмосфера в домі загострюється, зібрав зі столу та помив посуд. Він і татові запропонував приєднатися. Але той його послав.

— Востаннє я прибирав чужий посуд у концтаборі. Хіба оце почалася війна, а мене не попередили. А як ні, то я ще не скоро візьму до рук губку.

Інцидент, що стався згодом, спровокував низку сутичок. Зник Нерон. Ми шукали повсюди: під ліжками, у шафах, де він часом ховався, у меблях, шухлядах, пральній машинці й холодильнику. Перевернули увесь дім — марно. Дійшли висновку, що він прослизнув крізь вхідні двері. Ми розпитували сусідів, але ніхто його не бачив. Справжня загадка. Ми з Жульєтт перевірили всі підвали, двір, чорний хід. Нема котика. Врешті дядечко Бардон, наш консьєрж, розкрив нам цю таємницю. Він бачив, як уранці кузени виносили на руках Нерона з будинку. Вони, певна річ, клялися, що то злий наклеп, відверта брехня й узагалі вони обожнюють тваринок, а особливо котів. Пізно, зло скоєне. Ми написали п'ятдесят оголошень та розклеїли їх кварталом. Жульєтт просто оскаженіла, зненавиділа кузенів і вправно отруювала їм життя.

З початком зими вони знайшли квартиру на авеню Доменіля в центрі XII округу. Через той невідомий нам квартал ми проїжджали лише одного разу — дорогою до Вінсенського зоопарку. Вони переїхали самостійно. Ми з Жульєтт відмовилися йти на новосілля. Мама пішла сама.

Ми сподівалися, що з їхнім від'їздом у нашій родині все повернеться на свої місця. Але вже ніколи не стало так, як раніше. За столом царювала могильна тиша. Батьки більше не розмовляли. Не цікавилися нашими успіхами в ліцеї. Ми вмикали телевізор. Марія досі не повернулася. Мама взяла на себе хатню роботу. З ранку до ночі. Від підлоги до стелі. Луїза приходила на чай, сиділа і дивилася, як мама все щось доводить до глянцю, драїть, шкрябає та прасує. Вона цілісінький день ходила у фартуху. Не хотіла нікуди виходити та не мала ніякого бажання тягатися за Луїзою бутиками. На початку року Моріс перейшов у наступ. Він анулював укладені угоди, прикриваючись їхньою нерентабельністю. Тато не оцінив таку чистку, бо то була вся його робота. Мама стала на бік брата. У нас недостатньо клієнтів, щоб бавитися ще й з бідняками. Моріс запропонував організовувати щоденний «дебрифінґ» про вивчення ринку збуту та складати «репортинґ» за відповідними секторами.

— Що складати?

Тато послав його куди подалі. І припинив працювати.

— У конторі патрон той, хто отримує чеки.

Він слухав «Ріґолетто». Купив собі «Травіату» з Каллас та прокручував її знову і знову. Грав у таро. Вони самі приповзуть до нього на колінах — це лише питання часу. Але Моріс викрутився. Він найняв трьох торговельних представників на відрядну роботу. Татовою думкою знову не поцікавились. Справи пішли вгору. Без нього. Коли я згадую той період, розумію, як нашому батькові не поталанило із синами. Йому бракувало моєї підтримки, а я не прийшов на допомогу. Одержимий відсутністю Сесіль, я геть не помічав нічого довкола та навіть не спробував йому допомогти. Ми так ніколи про це і не поговорили.

Коли все невблаганно пустилося на дно, з'явився проблиск надії. Зателефонувала якась жінка. Вона побачила одне з наших оголошень. Ми повернули Нерона. Він знайшов прихисток у перукаря з вулиці Жюссьє. Схуд на два, а то й три кіло. Ані найменшої радості від зустрічі з нами. Ніякої вдячності. Увесь час сидів біля дверей, сподіваючись утекти щоразу, як їх відчиняли. Трохи згодом з Іспанії провернулася Марія та взялася до роботи.

3

Друк та проявлення фотографій дорого мені вартували. На них ішли всі тижневі кишенькові гроші. Доступним був лише традиційний дрібний формат: 9×11 — решта були не за моєю кишенею. І невдалий момент, щоб просити надбавки. Отож я задовольнявся однією фотоплівкою на місяць. Батько Ніколя порадив ательє з помірними цінами, особливо на широкоформатний друк. Затиснута з обох сторін магазинами з релігійними брязкальцями по вулиці Сен-Сюльпіс, «Фоторама» скромно торгувала технікою. На обох вітринах красувалися зо дві дюжини збільшених фотознімків чудової якості. Чимало перехожих спинялися помилуватися роботами. Вітрина праворуч була присвячена традиційним репродукціям: весілля, причастя, одноосібні та групові портрети. Завдяки вдалому освітленню, що згладжувало недоліки зовнішності та підкреслювало характер, банальними їх не назвеш. У лівій вітрині красувалися чорно-білі фото засніженого селища, притрушених снігом дерев та заледенілих телеграфних ліній і стовпів. Я уважно розглядав ще одну серію фото, віднятих у пустелі, виразні обличчя туарегів, аж раптом панно відсунули. Технік у білому халаті виклав на маленький мольберт знімок стійбища у присмерках. За сутулою спиною та важкою ходою я впізнав у ньому чоловіка з Клубу, з яким розмовляв у Люксембурзькому саду двома тижнями до того. Він розкладав фотографії у строкатому порядку, чергував світлі кадри з темними. Я так і пішов з плівкою у руках. Відійшовши аж до Сенату, усвідомив, що даремно втік. Це ж яка нагода познайомитися ближче! Я повернувся назад. Увійшов до ательє. Чоловік у костюмі обслуговував клієнта і саме пояснював, як заправити фотоапарат плівкою. Я зачекав, аж поки він скінчить, а доти розглядав негативи, виставлені на стінах.

— Чогось бажаєте?

Я поклав плівку на прилавок.

— Який формат вам потрібен? Матові чи глянцеві?

— Чи можу я поговорити з вашим техніком?

— Про кого ви?

— Я хотів би побачити чоловіка, що розкладав фотографії на вітрині.

— Не розумію, про кого ви.

— Він був там чверть години тому. У білому халаті.

— Я сам обслуговую магазин.

— Я точно його бачив.

— Ви щось наплутали, юначе.

Він повернув мені плівку. Спантеличений, я вийшов і зачекав його трохи подалі. Я не помітив, щоб хтось виходив. Хай би яким категоричним той був, я не помилився.

Оце вже три чи чотири місяці, як ми його не бачили. Одного недільного дня Леонід розігрував затяту партію проти

Томаша Заґеловскі. Зо півдюжини кібітцерів оточили стіл. Чорні Леоніда були в небезпеці. Він уже втратив слона й коня. Томаш пересував фігури, а той навіть не реагував. Ігор з Імре через погляд обмінялися своїми підозрами. Лоньона ми помітили водночас. Він стояв позаду нас, заклавши руки за спину.

— Що цей Великовухий тут забув? — пробурмотів Грегоріос.

— Як поживаєте, мосьє Петрулас? Прийміть мої вітання щодо останньої промови. Вона неабияк сподобалась верхівці. Ви підвищуєте їхній загальний середній рівень.

— Для чого ви прийшли? З нами ви марнуєте час. У вас немає дружини і дітей, з якими можна провести вихідний день?

— Якщо ви мене більше не бачитимете, то забудете й узагалі знудитеся. Красива партія, мосьє Заґеловскі. Ви скоро виграєте.

— На нього чекає мат за три ходи, — буркнув Леонід.

— Це неможливо! — видав Томаш.

— Три ходи. Хай би що ти робив.

Ми втупилися в шахівницю. Кожен спробував розгадати чи хоча б передбачити партію. На дошці залишалося зо двадцять фігур. Після кількох хвилин роздумів усі дійшли одностайного висновку, що це дійсно неможливо.

— Що з вас візьмеш, — кинув Леонід. — Зграйка посередніх провінційних гравців.

— А ви хвалько, — відповів Лоньон.

— Закладемося?

— Ти ж знаєш, що тут не грають на гроші, — сказав Ігор.

— Це правило членів Клубу. А він до них не належить, наскільки мені відомо. Якщо ви так упевнені в собі, мосьє Лоньон, яку зробите ставку?

— Я вас провчу. Ви пихатий, мосьє Кривошеїн.

Він дістав гаманця, витяг триста тридцять франків великим номіналом, перелічив та поклав під склянку.

— Я готовий докласти ще сто франків, як бажаєте. За умови, що ви виграєте за три ходи.

— Я пристаю на парі.

Леонід вихопив бірдекель з-під свого пивного кухля та нашкрябав три рядки на звороті.

— Пропоную Мішелю зайняти моє місце. Він зробить три записаних мною ходи. Вас таке влаштує, мосьє Лоньон?

— Домовились.

Він підвівся та простягнув мені картонку. Тепер я сів навпроти Томаша.

— Давай, — мовив Томаш.

Я виконав Леонідові інструкції. Томаш відповів. Я й далі виконував написане, узяв його туру — на обличчі Томаша читалася тривога. Він поклав підборіддя на кулаки та замислився так надовго, що дістав зауваження від Грегоріоса:

— Хочеш, щоб ми тут усі поснули, чи як?

Він був заблокований. Узяти мого коня не міг. Його стримував власний слон. Зробив хід пішаком. Я пішов ферзем, як і передбачив Леонід.

— Шах і мат!

Група почала перешіптуватись. Усі вітали Леоніда, а він удавав байдужість.

— Дякую, друзі. Це було неважко. Та ви й самі мали це зрозуміти.

Він узяв гроші й перегорнув кожну купюру із підкресленим задоволенням.

— Радий, що ви прийшли, мосьє Лоньон. Завжди приємно сидіти навпроти сильного гравця. Вам варто приходити частіше.

— Визнаю, це дійсно чудова гра, — процідив крізь зуби поліціянт.

— Ви винні мені сто франків. Не забудьте їх принести. Якщо мене не буде, можете залишити Жакі. А зараз вип'ємо за ваше здоров'я. Нікуди не йдіть. Пляшечку шампанського за рахунок префектури.

— У нас є «Кристал» Рьодерера, якщо хочеш. Ексклюзивний купаж, — сказав Жакі.

— Ну як ексклюзивний — неси дві. Щоб двічі не бігати. І ніяких картонних стаканчиків!

Жакі зник. Я провів його поглядом. І біля дверей осторонь помітив чоловіка. Він посміхнувся і злегка помахав рукою. Коли Жакі приніс шампанське, він відійшов убік. Леонід налив усім, навіть Лоньону, але не йому.

Вони виголошували тости, зичили одне одному здоров'я, пили до дна, освіжали келихи, а його ігнорували. Ніхто його наче й не бачив. Я почаркувався з Ігорем та Імре. Обернувся. Дві секунди — і він щез. Леонід поплескав мене по плечі.

— Я хочу щось тобі подарувати, Мішелю. Чого б тобі хотілося? Користайся нагодою: завдяки нашому другові Лоньону я при грошах. Поквапся.

— Розіграємо якусь партію?

— Ти багато просиш.

— Тобі це нічого не коштуватиме.

— Партія з поганим гравцем — справжня кара. Давай сідай, хоч раз зіграй добре.

— Не сьогодні. У мене паморочиться в голові. Мушу йти додому. Зіграємо іншим разом.

Я вийшов із «Бальто», облишив їхню приправлену алкоголем вечірку на честь Лоньона. На вулиці заходився шукати того чоловіка. Його ніде не було. Помітив його вже на перехресті Пор-Рояль, на лавочці. І підійшов.

— Це ви зчинили паніку в ательє? — поцікавився чоловік.

— Чому він сказав, що вас там немає?

— Тому що я не повинен там бути. Я підробляю там час від часу. Роблю йому послугу. Це неофіційно. Учора ви страх як нажахали патрона. Не чиніть так більше. Мені потрібна ця робота.

— Ви нелегал, правильно?

— Від вас нічого не приховати.

Він знизав плечима. Здавалося, він посміхається, мружачи розкосі, як у кішки, очі.

— Можете присісти, як бажаєте.

Я сів поруч на лавочці. Він витяг пачку «Голуаза» та запропонував мені одну.

— Я не курю, дякую. Ви... іноземець?

Він кивнув.

— І не скажеш. У вас немає акценту.

— Я навчився мови ще молодим. У француза. Якщо поруч лягавий, я розмовляю з воґезьким акцентом.

— У вас немає документів.

— Я завалений документами. Але ж то не те.

— Вам не надали політичного притулку?

— Я склав досьє. Ще давно. Вони його загубили. Я це облишив.

— Як вас звуть?

Він неквапно викурив цигарку аж до фільтру, кинув недопалок на землю та розчавив.

— Мене звуть Саша, — сказав він відсутнім тоном, утупившись у власне запилене взуття.

— Чому вони вас не приймають?

— Я вже вам сказав: я не знаю. Я не вчинив нічого злого. Чи протизаконного. То хіба в них питайте.

— Я вкотре запитував Ігоря. Він мені не відповів.

— Вони так і не зрозуміли, що ми тут вільні люди у вільній країні. Кожен має право робити те, що йому подобається, і ходити туди, куди хочеться. Давайте свою плівку, я її проявлю. Безкоштовно. Фото принесу згодом. Я знаю, де вас знайти. Медічі, припускаю?

Я віддав йому плівку. Він узяв її, скорчивши гримасу.

— Що у вас?

— «Брауні Кодак».

— Не ідеал.

— Це для сімейних портретів.

— Нічого не гарантую.

Він підвів підборіддя. Я простежив за його поглядом. По той бік авеню, жестикулюючи, йшов Лоньон у компанії переполоханого Томаша Заґеловскі.

— Напевне, він розлючений, бо втратив стільки грошей, — сказав я Саші. — Томашу, мабуть, незручно бути причиною програшу.

— Тим гірше для них. Коли не вмієш грати в шахи — іди вчися.

— Це було неочікувано. Ніхто не вірив, що Леонід викрутиться. Достеменний чемпіон.

— Тартаковер проти Бернштейна, паризький турнір 1937 року. Леонід знає ці традиційні змагання.

— Ви також.

— У нього вибіркова пам'ять тих, хто вижив. Ми забуваємо те, що стає нам на заваді чи перестає цікавити. Ми тримаємо при собі лише важливі речі, у протилежному випадку — жодного шансу вижити.

Вони перетнули вулицю, Лоньон досі репетував, а Томаш вибачався. І зникли десь на бульварі Сен-Мішель.

— Як дивно, у цього типа такі великі вуха, — зауважив Саша. — Це знак, еге ж?

Він запалив цигарку та забавлявся, пускаючи кільця.

4

Я повернувся з ліцею та застав у вітальні дідуся Енцо, що сидів у кріслі з валізою по кожну руку та ще й сумкою, перев'язаною мотузком. Марія подала йому каву з молоком і пригостила домашнім пісочним печивом. Він чекав нас, покурюючи люльку. Про приїзд не попередив. Ми були здивовані його бачити. Він приїхав до Парижа на три-чотири дні — цього достатньо, щоб уладнати певні справи. Тато наполіг, щоб він поселився в нас. Мама була проти. Ми чули, як вони сваряться на кухні, але слів не розібрали.

Врешті вона погодилася. Вони запропонували йому Франкову кімнату.

За вечерею він назвав нам причину свого приїзду до Парижа. Ми були ошелешені. Він вирішив покинути Францію та повернутися до Італії. Через бабусину хворобу план, який він виношував уже досить довго, довелося відтермінувати. Його батько був уродженець Фонтанеллато, села в околицях Парми. Він без проблем знайшов родину, що залишилася на батьківщині, коли його батько з двома молодшими братами емігрував на заробітки до Франції. Його кузен, син старшого Маріні, успадкував сімейну ферму. От з ним він і зв'язався. Рікардо Маріні запросив його до себе, власна кімната й уся родина вже на нього чекають.

— Ти що, хворий? Головою вдарився! — вигукнув тато.

— Полю, тут немає нічого дивного.

— Ти завжди вчив нас, що наша батьківщина Франція.

— Мені бракує Італії.

— Якби ти побував там бодай раз, скажімо у відпустці, я б іще зрозумів. Але там ноги твоєї не було. І тут раптом ти відчув поклик батьківщини, так?

— Ми обговорювали це з твоєю матір'ю. Вона хотіла відвідати Венецію та Рим. Але ми не могли. Я став учити італійську і вже трохи розмовляю, щоправда, практики бракує.

— І як мені з тобою бути, коли ти житимеш там? Можеш пояснити?

— Ти про що?

— Як я дбатиму про тебе?

— Та ми з твоєю мамою і в Лансі тебе не часто бачили.

— Ти вже у віці, коли тобі може знадобитися допомога.

— На тебе я не розраховую. На твого брата так само. У вас власне життя. Захочеш мене побачити — я ж не до Австралії перебираюся.

— Що робить кузен?

— Він на пенсії. Ферма тепер на дітях. Вони вирощують помідори. Та свиней.

— Тобто пармський прошуто? — поцікавилась Жульєтт.

Дідусь Енцо облаштувався в кімнаті Франка. Не поставивши жодного запитання про Франка.

Коли він прокинувся наступного ранку, я вже сів снідати, а тато збирався йти.

Дідусь приєднався до нас на кухні.

— Так рано йдеш на роботу...

— Треба за неї триматися.

— Я сьогодні побачусь із твоїм братом.

— От і добре.

— Ти помиляєшся у своєму ставленні до нього. Він зазнав багато горя. Треба зрозуміти його становище.

— У мене також проблеми, тату.

— Я можу чимось зарадити, Полю?

— Якби було якесь рішення, я би й сам знав.

— Нам треба поговорити до мого від'їзду. Віч-на-віч.

— Якщо ти поїдеш, ми більше не поговоримо.

— Я на пенсії сім років, до Парижа приїжджав раз на місяць. З твоєю матір'ю — вона навідувала твого брата. З усієї родини я бачився лише з Мішелем. Ми ходили до Лувру. А в тебе ніколи не було часу.

— Я працюю, тату. На моїх плечах підприємство. До того ж мені нудно в музеях.

— Я тебе ні в чому не звинувачую. Лише хочу скористатися часом, що мені відведений. Подивлюся Італію.

— Навіщо?

— А чим ти пропонуєш мені зайнятись? Гуляти парком, дивитися телевізор, грати в петанк? Життя тут сіре. Мені бракує світла. Сьогодні я хочу на власні очі побачити те, чим захоплювався в книжках. Пенсія дає мені нагоду жити у власне задоволення. Нікуди не квапитися. Мені пощастило зі здоров'ям. Кузен Рікардо — добрий чоловік. Ферма у Фонтанеллато велика. Ти зможеш приїхати, коли схочеш. Та хоч би у відпустку.

— Не виключено, що й раніше.

Тато пішов.

— У нього до біса багато роботи, — сказав я наче у виправдання. — Я приготую тобі сніданок.

— Маєш вільний час?

— Після полудня в мене не буде уроків. Як хочеш, можемо відвідати Лувр.

— Перед від'їздом я б хотів востаннє дещо подивитися.

На фасаді будинку номер 4 по вулиці Марі-Роз, неподалік Орлеанських воріт, я помітив мармурову дощечку: «Тут жив Володимир Ілліч Ульянов, знаний як Ленін, з липня 1909 по червень 1912 року». Ми увійшли до буржуазної будівлі, просякнутої запахом мастики. Він ішов попереду. Минули два поверхи. Він задзвонив у двері. Було чутно, як совається засув та їздить ланцюжок. Відчинив досить огрядний літній чоловік.

— Добрий день, товаришу, — сказав він, потискаючи дідову руку. — Не галасуйте. Сусіди не люблять відвідувачів.

Він обережно зачинив двері, сів на стілець край вікна та став далі читати книжку, наче нас і не було. Квартира була похмура і старомодна. Я сподівався, дідусь проведе мені екскурсію. Він непорушно мовчки дивився на прикріплені до золотавого дзеркала старі фотокартки й пожовклі папери, ніби намагався їх розшифрувати. У коридорі висів запилений червоний стяг і стояли дві вітрини, заповнені різними предметами, освітлені до того тьмяною лампочкою, що не було видно практично нічого. Коридор вів до кімнати Леніна, обклеєної квітчастими шпалерами, подертими та скоцюбленими. На ліжку шахова дошка. Зверху обрамлене фото Карла Маркса. На дерев'яному столі пенал, аркуші паперу, конверти на його ім'я та гасова лампа. Бібліотека наповнена старими виданнями. Я підійшов подивитися, що він читав. Книжки виявилися муляжами, всередині — чисті сторінки. В аскетичній кімнаті Крупської, дружини Леніна, односпальне ліжко та застояний запах. Стіни обклеєні фотографіями та факсиміле листів. У темному алькові — два дитячих ліжка. На кухні вікнами надвір я побачив плиту і чавунець на ній. Підійшов дідусь.

— Мішелю, вже час.

Ми вже збиралися виходити, аж раптом літній чоловік спитав нас:

— Бажаєте розписатися в книзі відгуків? Минулого місяця там підписався мосьє Чжоу Еньлай[1].

Дідусь заперечно похитав головою.

— Не шуміть на сходах, — сказав сторож, зачиняючи двері.

Ми вийшли з тієї застояної та застиглої в часі квартири та, нарешті, ковтнули свіжого повітря. Дідусь швидко пішов авеню генерала Леклерка. Я заледве за ним устигав. У нього почервоніли очі.

— Усе добре? Що з тобою?

Він спинився.

— Не слід було туди повертатись.

На перехресті з вулицею Алезії він поквапився до закуреного бістро, де приймали ставки на перегони. Він замовив собі каву з кальвадосом, а мені пива. Офіціант виставив замовлення на барну стійку. Поклав до кави три ложечки цукру та неспішно розмішав.

— Що сталося з Франком?

Я не міг йому не розповісти. Довколишній балаган змусив, довелось викласти саму суть. Він слухав, навіть не дивлячись на мене, лиш попивав свій кальвадос.

— З ним хоч усе добре?

— Не знаю. Думаю, були б у нього проблеми, ми би дізнались.

— Де він?

— Тато не хоче мені нічого говорити.

---

[1] Чжоу Еньлай (1898–1976) — політичний діяч Китаю, перший прем'єр Держради КНР з моменту її утворення 1949 року і до своєї смерті.

— Як це сприйняли домашні?

— Мама ніяк не забуде історії з казначейськими бонами. Тато в глухому куті. Він знає, що вона ніколи не пробачить Франкові скоєне, а татові — його допомогу. З Морісом теж не весело.

— Розповідай мені сімейні новини, пиши, мій хлопчику. За адресою: Рікардо Маріні, для Енцо Маріні, Фонтанеллато, Емілія-Романья. Запам'ятаєш?

— Тут поруч шаховий клуб. Пригадуєш? Я розповідав. Хочеш туди навідатись?

— Якось нема бажання.

— Іншим днем.

— Я їду, Мішелю. Вже післязавтра.

— Може, залишишся? Ти не зобов'язаний туди їхати. Гратимемо в шахи.

— Ти ж бачиш цю мокрінь. А там погода гарна. Гостюватимеш у мене в Італії, гратимемо в шахи, скільки влізе. У твоїх же інтересах набити руку. Я покажу тобі Флоренцію та Сієну. От побачиш, це наймальовничіший край на землі.

Ми з татом і Жульєтт провели його на Ліонський вокзал. Прибули за годину до вирушання. Він же не просто так був залізничником! Критично оглянув локомотив. Вивчив дорогу, розклад руху потягів, пересадки. Вирішив на тиждень залишитися в Мілані, щоб насолодитися містом.

— Квитки на вагу золота! — кинув він крізь віконце службовцю.

— Ваша знижка розповсюджується лише на французьку залізницю. В Італії платитимете по повній.

— Я колишній залізничник.

— Італійцям начхати.

— Ось бачите, діти, — розчаровано мовив він, — ніякої інтернаціональної солідарності. Кожен сам за себе. І що ж, ваша ласка, мені з цим робити?

Тато заніс валізи й допоміг розміститися в купе. Ми чекали на пероні, коли він вигляне крізь віконце, кине нам повітряні поцілунки та палко помахає рукою. Потяг рушив, а ми його так і не побачили. Тата аж зло розібрало.

— Якого він там забув? Га? Можете мені пояснити? Роками він морочив нам голови, втираючи, що ми французи. Як стовідсоткове натуральне масло, казав він. Для нього то була болюча тема. Він побився із сусідою, що той обізвав його макаронником. І найперше, що він робить, як розв'яжуться руки, — повертається на батьківщину. Що це за дурниці? Коріння там, де ти живеш. На землі, якою ти ходиш. Не в Італії. Там закордон. Закладаюсь, він повернеться за півроку. Тепер, коли він продав житло, от куди він піде? Я не зможу про нього подбати. Буде змушений поселитися в Батиста. Читатиме там «Життя залізничної дороги». Розважатимуться жартами про ВКТ й свіжими партійними плітками.

— Щодо Партії, ми відвідали музей Леніна.

— Та ну!

— Він здавався схвильованим. Але чому?

— Це хіба в нього питай.

— Він поїхав в Італію.

— Тож буде так і не інакше.

За два дні після від'їзду дідуся Енцо тато спізнився на вечерю. Зате приніс пакет, загорнутий у білий папір. Виклав на стіл. Схоже на подарунок мамі.

— Це тобі.

— Що там?

— Розгорни, побачиш.

Мама потягла мотузочку, відігнула край паперу та побачила взуттєву коробку. У ній лежали десятки пачок стофранкових банкнот. Із зображенням Бонапарта.

— Тут п'ять мільйонів. Гроші зі скарбничих бонів, я тобі їх повертаю. Перед дітьми. Ти більше не скажеш, що я в тебе бодай щось забрав. Можеш перелічити.

— Звідки вони?

— Скажімо, я в тебе їх позичав, а сьогодні повертаю.

— Думаєш, я настільки легковажна? Ти взяв гроші, не сказавши мені! Відмовляєшся пояснити, куди ти їх спустив! А тепер повертаєш, як ніде нічого. Я що, якась малолітня дурепа, яку ти можеш водити за ніс? Думаєш, я на це поведусь?

Вона забрала коробку та щезла у своїй кімнаті, грюкнувши дверима. Жульєтт побігла за нею.

— Просто нечувано! — вигукнув тато. — Їй неможливо догодити. Я взяв гроші — вона свариться. Повернув їх — вона свариться. Уже не знаю, що робити.

— Ти б міг розповісти їй правду.

— Вона не повинна знати про твого брата! Ти пообіцяв, Мішелю.

— Я нічого їй не сказав. А ці гроші, звідки вони? Це ж не Франк тобі повернув.

Він завагався.

— Це від дідуся.

— Дідуся Енцо?

— Він продав дім у Лансі та всі меблі. Розділив на трьох. Третину Батистові, третину мені й третину собі.

— Нема причин приховувати від мами.

— Ти не зрозумієш. Зняття скарбничих бонів загнало мене в жахливе становище. Отже, ситуація мала би залагодитися.

— Тобі треба з нею поговорити.

— Малий хлопчак не вчитиме мене життя!

— Я тільки хочу тобі допомогти.

— Ти мені не допомагаєш. Ти мені надокучаєш!

Повернення грошей конфлікт не залагодило. Навпаки, лишень погіршило. Краще б він притримав гроші собі. Коли я поділився історією з Ігорем, він сказав, що тато припустився помилки. Як уже накоїв дурниць, то не лізь виправляти. Треба дійти до кінця, сподіваючись, що крихта везіння допоможе виплутатися. А ні — заплатиш двічі. За дурниці й за намагання їх виправити.

Дідусь Енцо більше не повернувся. Він п'ядь за п'яддю вояжував Італією на автобусі, із заздалегідь продуманим хитромудрим планом. Ночував у монастирях, а їх там видимо-невидимо. У них було охайно, кормили за чотирьох, ще й мало не задарма. Його неабияк тішила така нагода, він ненавидів священнослужителів. Надсилав нам листівки з італійськими соборами з кожного попутного села — щоб ми набиралися заздрощів. Там навіть красивіше, ніж він собі уявляв. Він писав нам на всі дні народження. І був щасливий, а ще його добре прийняли. Він допомагав дітям Рікардо збирати врожай томатів і кукурудзи. Вони добре ладнали, немовби все життя знайомі. Він надіслав нам фотографію Фонтанеллато, родичі позували на майдані з аркадами. Позаду височів мурований палаццо й парк. Вони скидалися на справжню родину. Про повернення не могло бути й мови. Навпаки, він запрошував у гості, заразом і батьківщину подивитися. Італійською він розмовляв з романським акцентом, уточнював дідусь: ніхто не мав його за француза.

5

Ніколя не давала спокою П'єрова колекція платівок. Він усе випрошував їх послухати. Наполягав. Я опирався. Нереально весь час відмовляти найкращому другові, бо це, за його ж словами, уже ніяка і не дружба.

— Але ти паскуда, Мішелю, я ж позичаю тобі свої!

— Вони не мої. Я їх тільки зберігаю.

— Та ти знущаєшся! Вони твої. П'єр мертвий, а його сестра ретирувала!

Життя — штука непроста. Особливо коли ваш друг, здібний математик, сидить поруч із вами. Я приходив до нього. Приносив дві-три платівки. Ми заплющували очі та слухали донесхочу. Я забирав їх додому. Він обожнював Фетса Доміно[1] і знав тексти напам'ять.

Урешті знайшлося вигадливе рішення. Батьки подарували йому на день народження магнітофон «Філіпс» із магнітною стрічкою та функцією запису. Я погодився дати їх записати. Попри наші численні зусилля, результат варіювався від посереднього до паскудного. До чого ми тільки не вдавалися, щоб уникнути звукових перешкод. Усе одно залишалися потріскування, шуми, хрускіт і шарудіння піску. Ми вимагали абсолютної тиші від його братів. Щільно зачиняли вікна й затамовували дух. Зачинялися у ванній кімнаті вікнами у двір. Я ставив тонарм програвача. Він натискав клавішу «запис». До кінця композиції ми стояли, мов кам'яні. Уникнути шумів виявилось неможливо. Довелося вдовольнятися тим, що є.

— Щось — краще, ніж нічого. До кінця року ми перепишемо всі.

Певна висота гучності перекривала увесь гул. У цьому перевага рок-н-ролу. Ніщо перед ним не встоїть. Ми запускали платівку та запис. Синхронізувати записи не вдавалось. З'являвся ефект луни.

Виходячи від Ніколя, на лавочці майдану Мобер я помітив Сашу. Той курив і пускав колечка. Кинув мені двозначну посмішку.

— Париж — маленьке місто, — відзначив я.

— Ми буваємо в одному кварталі. Я живу за п'ять хвилин звідси.

— Я не знав.

— У мене ваші фото. Як зачекаєте, я принесу.

— Мені не горить.

— Вони дивовижні.

— Справді?

---

[1] Фетс Доміно (Антуан Домінік Доміно; нар. 1928) — американський піаніст і вокаліст у стилі ритм-енд-блюз, один із батьків рок-н-ролу.

— Серйозно. Я вражений. Зо три-чотири дійсно вдалі. Ходімо, заберемо їх.

Я пішов слідом. Саша мешкав у красивому будинку по вулиці Монжа, хоч і на восьмому поверсі, ще й без ліфта. Пожежні сходи геть прогнили, там не прибирали роками. Сходинки стоптані. Стіни мокрі. Фарба потьмяніла. Дроти провисли. На перших двох поверхах повикручували лампочки. Підйом видався довгим і важким. Саша аж захекався. Піднявшись нагору, він аж почервонів. Приклав руку до грудей і трохи перевів дух.

— Все, кидаю палити.

У малоосвітлений коридор виходило близько дюжини кімнаток для прислуги. Саша відчинив треті двері. Ми увійшли до кімнати, на око дванадцять квадратних метрів, із високо підвішеною лампочкою, обставленої по-спартанські: одномісне досконало заправлене ліжко, книжкова полиця, прямокутний стіл із розпарованим посудом, чаша для фруктів із двома яблуками, ущерть заповнена попільничка, стілець, шафа без дверцят із кількома одежинами, ніякого декору, зате все посклададано з маніакальною акуратністю. Єдиними предметами розкоші були допотопний детекторний приймач на табуретці та старий електропрогравач зі стопкою платівок на 78 обертів.

— Місця небагато, зате недорого.

— І довго ви тут живете?

— Кессель підшукав мені це житло за рік після мого переїзду до Франції.

— Ви з ним знайомі?

— Трохи. Час від часу він нам допомагав.

Він зняв пальто й закинув на ліжко.

— Хочете пити? Вибір тут очевидний. Лише вода.

Ухопив пляшку та вийшов із кімнати набрати води з крана в кінці коридору. Я кинув погляд на книжковий ряд. Невідомі автори. Він повернувся з двома склянками, простягнув одну мені.

— Якої ви національності? — поцікавився я.

— Ви як вважаєте?

— Важко визначити. Самі французькі видання.

— Покидаючи Росію, часу бодай щось прихопити не мав. Щоб роздобути тут російськомовні, потрібні гроші. За цікавими романами я йду до муніципальної бібліотеки.

— Жодного разу вас там не бачив.

— Ви надовго не затримуєтесь. Повертаєте книжки, берете нові. Хвилин п'ять розмовляєте з Крістіаною й швидко йдете. Я от не кваплюсь. Сиджу там. Читаю. В теплі. Аж до зачинення. Тут немає централізованого опалення.

— Мабуть, зимно. Особливо вночі.

— Ленінградців не злякаєш полярними морозами. Ми товстошкірі. Хочете побачити свої фото?

— Залюбки.

Він вийшов із кімнати, глянув в обидва кінці безлюдного коридору. Ані звуку. Зачекав, щоб погасло світло. Приклав пальця до рота.

— Ходіть за мною, — прошепотів він.

Він ішов навшпиньки. Ми спустилися на кілька сходинок у темряву. Саша обережно прочинив двері на сходовому майданчику між поверхами. Увійшов до туалету з турецьким унітазом. Кивнув мені заходити. Якусь мить я вагався. Він помітив мою нерішучість.

— Не бійтесь, — пробурмотів він.

Я увійшов слідом. Він зачинив двері на засув. Просунув руку під сорочку та витяг за край мотузочку, обв'язану довкола шиї. На ній висів заточений по краях ключик. Він обіперся на цементний виступ і стрімко на нього заскочив. Отак балансуючи, вставив ключа до маленького отвору та відкинув залізний люк. Навмання пропхав руку до середини, намацав щось і витягнув картонну теку. Простягнув мені. Я взяв. Він зачинив люк, замкнув на ключик і спустився. Витер одна об одну долоні та сховав мотузок під сорочку. Ми вийшли з туалету. Він нашорошився. Тиша його заспокоїла, він пішов, не вмикаючи світла. Ми спустилися сходами й вийшли на вулицю. Він попрямував до сусіднього під'їзду, що вивів нас на Арени Лютеції[1]. Ми прилаштувалися на осяяній сонцем лавочці. Саша показав мені на будинок. Закурив цигарку.

— Он там я живу. Як поставити стільця на стіл, залізти на цю конструкцію, підтягтися на руках і вилізти на дах — вам відкриється казковий Париж.

— Можу я поцікавитися, чому ви зберігаєте це у вбиральні?

— Пригадуєте двері моєї кімнатки? Тонкі, мов сигаретний папір. Добрячий удар плечем — і ласкаво просимо. На нашому поверсі всі працюють. Удень там ні душі. Кімнати нерідко грабують. У моєї сусідки-продавчині з пекарні на майдані Монжа поцупили навіть помаду та праску. А знаєте, що взяли в мене? Електрорадіатор! До всього, то страшні вандали. От тому я й ховаю цінності, зовсім як Олена Іванівна, старезна лихварка зі «Злочину і кари», а ключика від скарбниці ношу на шиї. Ніхто не візьметься порпатися в туалеті, чи не так?

— Навіщо ви зі мною оцим зараз ділитесь?

— Я вам довіряю.

— Справді?

— Не розповідайте про це нікому.

— Гаразд.

— І друзям із Клубу — не варто їм знати, що ми знайомі.

— Як скажете.

— Це буде нашим маленьким секретом.

Він узяв картонну теку, розгорнув. Витяг широкоформатні фотографії. Знімки фонтану Медічі були закріплені на твердому картоні, обрамлені паспарту, яке додавало особливого контрасту чорно-білим деталям. Я аж рота роззявив.

— Це 18×24. Хороший формат. Чимало вдалих кадрів.

[1] Арени Лютеції — давньоримський амфітеатр, найдавніша будівля, що збереглася на території Парижа.

— Думаєте?

— У вас талант, Мішелю. Уже я на цьому розуміюсь. Повірте на слово. Щодо фото — будь-який довбень може натиснути на кнопку. А фотографів обмаль. Ви вмієте кадрувати, сягаєте суті, вхоплюєте вигідні лінії, підбираєте вдале світло та ловите мить.

— Я радий. Ви навіть не уявляєте, наскільки. Мені вперше таке говорять.

— До слова, компліменти — не в моєму стилі.

— З картоном вони красивіші.

— От і ні. Це не історія про рамку до картини. Я використав її не для краси. Паспарту дозволяє сфокусуватися. Ізолює фото. Ніщо не має перешкоджати сприйняттю. Якщо саме фото посереднє — аніщо його не врятує.

— Вам не здається, що я беру надто крупним планом?

— Навпаки, це в них і цікаво: ви не припускаєтеся помилки початківців, намагаючись осідлати перспективу. Вона так просто не піддається. Ви уникаєте знімання згори чи знизу, що деформує та приплющує картинку. Фотоапарат має відтворювати погляд і залишатися на рівні очей. З ним не варто вправлятися в гімнастиці.

— У такому вигляді вони розкішні. Але біда в тому, що я не можу за них заплатити.

— Я не вимагаю від вас грошей. З друзів плату не беруть.

— Чому ви називаєте нас друзями?

— А ми не друзі?

— Так... Але...

— Що не так, Мішелю? Вам зі мною некомфортно?

— Власне, одна річ мене непокоїть — оце викання. Я з друзями на «ти». Отак я б почувався комфортно.

— Ненавиджу тикати. Я б хотів залишити все як є. Можна залишатися друзями, уникаючи фамільярності.

— Як вам буде зручно.

— З часом, можливо. Як дозволите, я візьму одне чи два.

— Ви хочете взяти мої фото?

— Люблю збирати тематичні фотографії. Згодом організую невеличку виставку про вуличні скульптури. Виставлю у вітрину, якщо ви не проти.

— Буду тільки радий.

— Вагаюся між ось цими двома кадрами.

Він розглядав два крупнопланових знімки Поліфема у правий профіль. Сонячний відблиск відкривав сповнене неосяжного смутку бронзове обличчя.

— Відчуття, що він ожив. Я виберу цю. Поверну після виставки.

Саша був не схожий на решту. Ніщо в ньому не виказувало слов'янський темперамент. Він не нервував, розмовляв злегка втомленим і все ж лагідним, добре поставленим голосом, не зводячи з вас глузливої посмішки. Я часто запитував себе, чи він умисне бавиться в загадковість? Навряд. Він тинявся кварталом. Я помічав його за книжкою на лавочці Люксембурзького саду в компанії горобчиків, що зліталися поїсти крихти багету просто з його рук. Де я тільки його не престрівав! Ми годинами балакали простісінько на тротуарі. У «Фоторамі» він працював за довільним графіком. Якби схотів, то зміг би впорядкувати потрібні документи. Однак він зовсім тим не переймався, та й стабільна робота його не цікавила. Скільки разів я повертався до вимученої теми: за що члени Клубу виливали на нього стільки жовчі? Він фаталістично знизував плечима.

— Я не зробив їм нічого злого. Я такий самий, як усі: якби не врятувався втечею, то сидів би тепер у далекій сибірській глушині. Серед вічної мерзлоти. Кожен день для мене мов подарунок долі. Я роками гарував, як навіжений, не зважаючи на час та відпочинок. Задарма. Я згаяв відведений мені час. Нині я спокійно читаю, сплю, слухаю концерти по радіо, швендяю Парижем, балакаю з людьми, ходжу в кіно, насолоджуюсь сієстою, підгодовую котиків кварталу, а як не маю ні сантима — застрибую в останній вагон. Назбирую прожитковий мінімум. Я ніколи не був таким щасливим. Проблема не в експлуатації — вона в нашій дурості. Ми обтяжуємо себе надлишковими й непотрібними обов'язками. Найгірша ситуація з тупаками, що гарують за гріш. Нас поневолюють не патрони, а грошики. У день Великого Вибору правильно вчинив не дурень, що зліз із дерева, шоб стати «людиною розумною», а примат, який і далі зривав фрукти й чесав собі животика. Людство так нічого й не второпало в Еволюції. Трударі — королі придурків.

6

Ми нічого не помічали. І я, і Жульєтт вірили в усі батькові побрехеньки. Одного вечора тато не повернувся до вечері. Таке траплялось. Ми проводили час без нього, дивилися телевізор. З магазину він повертався пізно, ішов на кухню, їв, що трапиться під руку. Ми помічали його вже вранці — квапився на роботу. Звична справа. Наступного вечора нам здалося, це вже занадто. На третій мама сказала, що в нього робоча поїздка. Вона розмовляла цим дивним сухуватим тоном, що говорив за неї: «Облиште мене, я не в гуморі».

У п'ятницю вони прийшли разом. Нас це неабияк утішило. Вони наче з похорону повернулися. Ми прилаштувалися у вітальні. Так бувало, коли приходили гості.

— Давай, — сказала мама.

— Діти, нам треба з вами поговорити. Ви, мабуть, помітили: уже якийсь час у нас удома проблеми.

— Та ну! — видала Жульєтт.

Тато глянув на маму, безсило закивав.

— Люба, — вела далі мама, — ми з татом вирішили, що нам слід розійтися.

— Що? — вигукнула Жульєтт, підскочивши з крісла. — Що ви хочете цим сказати?

— Ми вирішили, так буде краще.

— Ви розлучаєтесь?

— Ми ще не вирішили. Наразі ми це обмірковуємо. Усе зважуємо. Ви вже дорослі. Нині розлучення батьків буденна річ. Справа не у вас. Ми завжди будемо поруч, але житиме він окремо.

— Ви не маєте права! — вигукнула Жульєтт.

Вона вибігла з вітальні. Тільки й чутно, як грюкнули двері. Тато пішов слідом. Вона замкнулася на ключ.

— Жульєтт, відчини. Я тобі все поясню.

— Тут нема чого пояснювати! — репетувала Жульєтт крізь зачинені двері.

— Будь серйозною, люба. Ти мене неабияк засмучуєш.

— А я? Думаєш, я не засмучена?

— Прошу тебе, моя Жульєтт.

— Я не твоя Жульєтт!

Цілу годину батьки переконували її відчинити. Сестра більше не відповідала. Вони мінялися ролями, по черзі оперували однаковими аргументами, від благань до погроз і злості.

— Я вже не знаю, як з нею бути, — зрештою сказав пригнічений батько. — Я ж казав, треба обережніше.

— Вдалих підходів не існує! — вигукнула мама. — Якщо є нарив, його слід вирізати! Так, буде боляче, але з часом полегшає. Ми затягували — ось тобі результат. Минеться.

Вони навіть обговорювали, чи татові не вибити двері. Але вирішили, що це зайве. Треба дати їй час усе перетравити. Вони розмовляли так, наче мене з ними не було. Тато склав дві валізи. Відтак зайшов до мене в кімнату.

— Я йду, Мішелю.

— Куди ти підеш?

— Поки зупинюсь у готелі «Мімози», на Ліонському вокзалі.

— Ти покидаєш Париж?

— Власник готелю — мій товариш. Він мене виручив. Поки не підшукаю якесь житло. Ми бачитимемось, не хвилюйся, правда часу в мене буде обмаль.

— З чого ти це взяв?

— Роботи в мене більше немає, малий. Край.

— А як же магазин?

— Він належить мамі. Мені ніщо не належить.

— Це неможливо!

— Буде так і не інакше.

— Це неправильно! Це ти там усе зробив.

— Магазин — то дурниці. Я завжди викручусь. Що мене дійсно непокоїть — це ти і твоя сестра.

— Ви... ви розлучаєтесь?

— Ми вагаємось, через вас. Побачимо, чи вдасться нам знайти якесь рішення. Думаю, вона має рацію. Є в житті моменти, коли треба вміти сказати «стоп».

— Що робитимеш?

— Налагоджу свої справи. Маю кілька ідей. Із тим нездарою в торгівлі, припускаю, вони збанкрутують десь за півроку.

Він поклав руку на моє плече. Та стис її.

— Якось буде. Слухай, Мішелю, не звинувачуй маму. Розумієш? Що з нами сталося — таке життя. Я на тебе розраховую.

Він обійняв мене та міцно притис. Вийшов, вимкнув світло. Я прислухався. Тиша. Посеред ночі я відчув, як мене хтось трясе. Увімкнув лампу біля ліжка. Жульєтт із червоними очима та скуйовдженим волоссям тримала в руках свою подушку.

— Я можу залишитись у тебе?

Я трохи підняв ковдру. Вона лягла поруч і притислась до мене. Я обійняв її.

— А ми теж переїдемо?

— Ні, ми залишимось удома. Переїде тато. Не варто хвилюватись.

— Мама сказала, що в цьому немає нічого страшного.

— Знаєш, Жульєтт, не треба завжди сліпо вірити всьому, що говорять батьки. Брат і сестра — це навіки. Я ніколи тебе не зраджу.

— А я тебе.

Через день мама з дідусем Філіппом привели чоловіка в темному костюмі і розмовляли з ним ну надто вже шанобливо. Поводили його квартирою. Він виявився судовим виконавцем. Чоловік констатував, що тато покинув подружню домівку, забравши одяг і особисті речі. Марія засвідчила, що мосьє вийшов із двома великими валізами. Консьєржі теж підтвердили факт. Тато не приділив достатньо уваги маминим словам про потребу все обмислити порізно. Справжній парі немає потреби щось обмірковувати.

7

Неділями відразу пополудні Володимир за допомогою Павла приносив два-три дерев'яних ящики, вщерть заповнених провізією. Торговці вулиці Даґер дочікували завершення торгівлі, щоб видати зарплату в натуральній формі. Отож він викладав їстівні припаси на круглі столики «Бальто». Лавочка відчинялась. «Тепер почуватимемось молодшими, — казав Ігор. — Наче повернулися в часи непу».

Плоди непосильної бухгалтерської праці Володимира розподілялись за неомарксистським принципом: кожному за бажаннями та на втіху. Як наслідок укладали досить мудруваті угоди.

— Візьми запечений паштет. А ти мені наступного тижня залиши окіст.

— Хто хоче лотаринзький пиріг? Мені забагато. Міняю половину на грюєр.

Торговці доповнювали мізерну платню за ведення бухгалтерії фінансово вигіднішою для них розплатою. Володимир Горенко мав необережність обізвати цілі, визначені Плановим відділом наркому, нереальними та утопічними, а на додачу розсварився із замнаркома, дорікнувши йому, що за все життя й ноги його не було на території заводу, і взагалі він не більш як розумово обмежений апаратник. Ще тієї миті, як слова вилетіли з вуст, він пожалкував про сказане й зрозумів, що його доля вже вирішена. З поверненням до Одеси його викликали в штаб МВС. Він вислизнув до Стамбула в трюмі вантажного судна. Перебравшись до Парижа, даремно намагався знайти роботу й у результаті перекваліфікувався на бухгалтера. Досвід керівника, що вмів майстерно маніпулювати цифрами, щоб приховати колосальні втрати й трансформувати їх у пролетарську успішність, надавав йому разючу фору перед французькими клерками. Йому не було рівних у виявленні «проколів» адміністративного апарату чи в податковому законодавстві, чим заробив собі чималеньку клієнтуру з дрібних комерсантів, для яких сплата податків і соціальних відрахувань були справжнім здирництвом.

Тим, хто грошей не мав, Володимир віддавав продукти задарма. Решта платили третину чи чверть ціни. Їм діставався норманський камамбер за франк, ковбаски з Ардешу — п'ять франків за кіло, смажені курчата з Бресу — по десять франків за тушку, кисла капуста на вагу і сардини — безкоштовно.

Тієї неділі спалахнуло кілька протестів.

— Мені вже місяць не діставався паштет із кролика, — невдоволено буркотів Грегоріос.

— Хто повиловлював сосиски з кислої капусти? — поцікавився Павло.

— А чому це Вернеру дістались шкварки? — горланив Томаш.

— Знаєте, чому білі гриби збирають, як вони ще малі? — спитав Леонід, ухопивши кістку, на якій ще залишилось чимало байоннської шинки.

Відповідь шукали хвилин п'ять.

— Вони смачніші?

— Їх легше готувати?

— Вони рідкісніші?

— Бачу, ви не часто бували в лісі, — заключив Леонід. — Якщо баритимешся, хтось обов'язково зірве їх поперед тебе. Таке воно, життя: хто перший встав, той перший взяв.

— А як же демократія? — запротестував Томаш.

— Ти плутаєш її з рівністю. Демократія — несправедлива система. Вона цікавиться думкою недоумків на кшталт тебе. Радій з того, що дісталось. Міг узагалі нічого не отримати. Подякуй Володимирові.

Імре прийшов останнім. Залишилось шість яєць. Володимир віддав їх йому.

— Зроблю собі омлет з білою квасолею. Правда, смачно?

— В угорців усе може бути, — кинув Володимир.

Імре був знаний меланхолічний холостяк. Як повертався додому, бажання куховарити щезало. Нічого цікавого у вечері наодинці із самим собою. Тиша давалась йому важко. Він вмикав радіо на повну, не зважаючи на сусідів. Розчахував вікна своєї скромної двокімнатної квартири в Монружі, що виходила на національну трасу номер 20, і смакував пекельний шум вуличного руху. Це не заважало йому спати з відчиненими вікнами. Замінити Тібора ніхто так і не зміг. Його фантом завжди був поруч. Імре змирився. Він замурував цей колодязь порожнечі глибоко в собі. Усе добре. Їжа для Імре була функціональною, рутинною та монотонною потребою, раціон становили консервовані сочевиця чи біла квасоля із соусною заправкою влітку й розігріті на водяній бані взимку. Чи то вдома, чи на вулиці Імре розмовляв сам із собою. Точніше, з Тібором. Повноцінні дискусії. Ділилися новинами, буденними клопотами, запитували поради, жартували, сварилися. Знайомих уже не дивували його діалоги. Вони просто не зважали. На світі так багато самотніх людей. З ким же їм поговорити, як не із самими собою?

— Знаю-знаю, ти не любиш фляжоле[1]. Від неї гладшають. З віком вага сама набирається. Так має бути. Салату не хочу. Тепер помідори скажено дорогі. Ти ніколи не змінишся.

[1] Фляжоле — сорт квасолі.

Аби розбавити звичний раціон, Імре вирішив засмажити яйця, що дісталися від Володимира. Він узяв сковорідку, розтопив шматочок масла, розбив яйце, друге. Розбивши третє, звідкись почув «чіп-чіп», пронизливе та повторне. Подумав, що то якийсь голуб привертає до себе увагу. Визирнув у вікно. Куди не глянь — машини. «Голуби не видають "чіп-чіп"», — сказав він собі. Він саме збирався вилити вміст третього яйця на сковорідку, аж раптом помітив дивну жовту плямку в шкаралупі. То було курчатко. Живе! Від деякого спантеличення його рука похитнулася, і пташенятко випало. Не вагаючись, він перехопив малечу до того, як воно обпече лапки. Цієї миті сталася подія, що випадає лише раз чи два за все життя. Любов з першого погляду. Не існує іншого слова, щоб описати те, що відбулося між ними. Вони довго вдивлялися одне в одного. Імре був зачарований. Яєчня згоріла. То був суботній вечір. Він відкрив банку квасолі в томаті.

Як і чому воно опинилося там? Раймон Мартіно, торговець сиром з вулиці Даґер, якому Володимир поставив це запитання, не йняв віри. Неможливо. За двадцять дев'ять років у професії він ще не чув такого нонсенсу.

— Якщо ти оце зараз говориш, щоб отримати ще одне яйце, навіть не намагайся, любчику. Дядечка Мартіна таким не купиш.

Допевне, ця свійська птиця була винятково стійка та живуча. Імре трактував це як диво. Істинне. Іншого пояснення не було. Він розповів свою історію священику церкви Сен-П'єр-дю-Пті-Монруж, повз яку проходив щодня. Отець заявив, що той з нього глузує, та попросив припинити богохулити в храмі Божому. Інцидент не повернув Імре довіру католицькій церкві. Це слугувало йому доказом її цілковитої некомпетентності в дивах і взагалі сліпоти до реальності та знаків небес. Коли наступного дня він звірився нам, ми були переконані, що він здихається курчати. Імре вирішив його залишити.

— Курча не таке надокучливе, як собака. Я не застуджуся, виходячи з ним двічі-тричі на день, і воно не таке обтяжливе в догляді, як кішка. Не треба постійно міняти пісок, і воно не бігатиме хвостиком, вимагаючи їжі по дванадцять разів на день.

— Якщо тобі подобається — воля твоя. Як ти його назвеш? — поцікавився Ігор, людина широких поглядів.

— Я ще про це не думав.

Ми заходилися вибирати ім'я для курчати. Наш досвід підказував нам котячі й собачі клички. Медор, Тобі, Рекс, Кікі, Мімін, Мінетта, Бібі, Пілу та ще кілька такого самого штибу, що все одно не годилися.

— Хатній тваринці потрібне ім'я, — підсумував Вернер.

— Хіба охрести його Моє Курча — зауважив Грегоріос, який не вирізнявся уявою.

— Курочка? Досконало, — втрутився Віржиль Канчиков.

— Назви його Моя Курка, це тебе розважить, — сказав Томаш, він був не в гуморі.

— Мені не подобається. Я назву його... Тібором.

— Це неможливо!

— Ти не можеш так учинити!

— Його зватимуть Тібор!

Ми спробували знайти схожість. Не знайшли. Тваринка була крихітною і тендітною, з м'якеньким пушком і тонким голоском. Імре часто приносив його до Клубу. Ігор з Вернером зробили виняток: тварини тут заборонені. Воно було зовсім як дитина, що потребує піклування та страждає від самотності. Імре клав його до кишені пальто. Воно виявилось живким і смішкуватим. Ми брали його до рук і гладили. А воно видавало «чіп-чіп». За чотири місяці воно непогано підросло та могло залишатися вдома саме.

— Нині воно складає мені компанію, але я дивлюсь на перспективу. Від кішки чи собаки жодної користі. Курка потрібна і продуктивна. Вона несе яйця. Залишається зачекати. Курей несправедливо зневажають. Їхній склад розуму різниться з нашим. На птичні панує складна ієрархія, що запобігає конфліктам. Коли курка знаходить їжу, то попереджає курчат писком. Якщо чатує небезпека — залежно від того, походить вона з неба чи з землі, — вона видає певний звук. Коли я кажу «ціп-ціп-ціп», воно біжить їсти. А як чує «киш-киш-киш» — знає, що час іти.

Він харчував живинку власними об'їдками: хлібні бала-бушки та біла квасоля, які воно акуратно клювало.

— Най кажуть, що хочуть. Ніхто не зрівняється з курчам. Вони лагідні, тихі, кумедні й чисті. От мій з характером та ніжний водночас. Коли мені сумно і я не хочу розмовляти, він залишається на своїй подушці та поважає мій спокій.

За такого піклування птиця виросла в чудову білу курку, що так і не знесла жодного яйця. Імре тим не переймався. Навпаки. Вона бігала за ним і слухалась, як собачка. Такі стосунки та порозуміння й серед людей трапляються рідко. Збираючись на відпочинок, Імре брав птицю із собою до кемпінгу в Нуармутьє. Нам було трохи ніяково. Ніхто не наважувався поцікавитись, як у нього справи. Незручності зводилися до запитання: «Як там Тібор?»

Ми не наважувалися згадувати його двозначного компаньйона. Тому обговорювали їх за його відсутності.

— Йому варто було вибрати інше ім'я, — підтримав Віржиль.

— Згоден, якось ніяково, — підтримав Ігор.

— Та це у вас проблеми. А не в Імре, — пояснив Грегоріос. — Бо він гомосексуаліст і любить курку. Вас непокоїть, що вони з Тібором щасливі.

— От я вважаю, йому час проконсультуватися зі спеціалістом! — кинув Томаш.

— Не забувай, дурню ти польський, що це ми, греки винайшли психологію. Від грецького «psukhê» — «душа» і «logos», тобто «наука». Коли ти віддаєшся сповна, дістаєш любов у відповідь. Можеш урешті це второпати?

8

Ранок змінився. Раніше тато хазяйнував на кухні ще до мого пробудження. Завершував сніданок. Слухав новини по радіо, приглушивши звук, та запалював першу за день сигарету. Я сідав поруч. Голосом Ґабена, Жуве чи Бурвіля він запитував, як мені спалось. Ніяких серйозних розмов. У нього завжди все було добре. Так ми й сиділи разом. Якщо він мав час, то наливав мені каву з молоком. Дочікувався прогнозу погоди та йшов. Як завжди, квапливо — через цю дідькову кільцеву дорогу, яку все ніяк не завершать і довкола якої справжній бедлам. Він мотався будмайданчиками, що були в усіх кінцях Парижа, мав зустрічі з клієнтами в передмісті, відслідковував серйозні замовлення та місцезнаходження італійських матеріалів, які досі не доправили, — і не уявляв, як упоратися з усім водночас. Таке життя. «До вечора, синку, гарно вчися».

Тепер у домі царював спокій. Вивітрився запах тютюну. Я ігнорував прогнози погоди і пив каву в могильній тиші. Швидко заливав у себе чашку й вибігав. Щоб нікого не бачити. Піти, поки всі ще сплять. Я не мився в душі. Я вилітав із дому на годину раніше. Я читав книжку — у тиші. За порадою Крістіани, то був період Казандзакіса[1]. Вона замовила всі його франкомовні видання. «Христа розпинають знову» я читав без особливого ентузіазму. Для мене це був один із тих християнських авторів-консерваторів, що пропагують догмати катехізму. Але вона мені її таки втулила.

— Як не прочитаєш, навіть носа не сунь до цієї бібліотеки!

Ця безнадійна спокута мене зачарувала. Проте розібратися виявилося вкрай важко. Часом думка вислизала від мене, мов протяг. Мені знадобилося два місяці, щоб добити цю книжку. Така собі діра в сприйнятті — неприємна

[1] Нікос Казандзакіс (1883–1957) — грецький письменник, класик новогрецької літератури.

відраза. Я припинив читати. Більше не хотів. Почувався втомленим і кволим. Просто собі сидів. Довбнем. На колінах «Свобода або смерть», а думки деінде. Ніяк не давався перший розділ. Читав спочатку. Закидав. За два тижні від батька жодної звісточки. Кількома днями раніше я запитав про нього маму.

— Я не зобов'язана з ним няньчитися. Мене не обходить, що він там робить.

Я поїхав на Ліонський вокзал до готелю «Мімози». І був здивований. То була старезна похмура будівля з гвинтовими сходами. Портьє його не знав. Звірився з реєстром і знайшов лише запис про дві ночі трьома тижнями раніше.

— Він сказав, що власник — його друг.

— Я власник. І я його не пригадую. Вокзал, багато людей. Але, якщо побачу, перекажу, що ви заходили.

Я був переконаний, що він поїхав — на потязі. Але куди? Може, він приєднався до Франка? Чи я його ще побачу? Можливо, він мертвий через якийсь нещасний випадок або наклав на себе руки, а нам не схотіли розповідати. Інакше він би зателефонував. Бо як іще пояснити його мовчання? А якщо він живий і покинув нас, то він мені більше не батько. Історія в дусі Діккенса. Не всі романи вигадані. Вони засновані на реальних подіях.

Я валявся на ліжку у своїй кімнаті. Вивчав фарбу на стелі. Слухав Джеррі Лі Льюїса. Зайшла мама, окинула все невдоволеним оком.

— Мішелю, ти себе збоку бачив? Сто разів тобі товкла: не лягай узутим на ліжко. Що з твоїм одягом? Ти коли востаннє перевдягався? Щоб я не бачила тебе більше в цих смердючих сорочках! На кого ти схожий? Тобі час підстригтися. Ти можеш вимкнути цю варварську музику, коли я з тобою розмовляю?!

Я закотив очі та засвистів щодуху.

— Негайно припини так поводитися! Якщо сподіваєшся, що я терпітиму твої вибрики, — ти помиляєшся. Вияви повагу до діда.

Я повернувся до стінки й тим самим дав їй змогу вести далі.

— Ти що, хворий?.. Так далі тривати не може!.. Відповідай мені! Я вже не знаю, що з тобою робити!

Платівка заскрипіла, і голос розтягнувся тягучим риданням. Музика стихла. Вона рвонула провід із розетки. Я аж підскочив.

— Тепер задоволена? Вона подряпалась! Це не моя платівка!

— Негайно прибери в кімнаті. І помийся. Тут тхне бараном!

— Та мені начхати! Я не піду на його день народження!

— Це ми ще побачимо!

Вона грюкнула дверима. Я під лампою роздивився платівку на 33 оберти. На щастя, вона не подряпалась. Я повернув її на програвач. Накрутив гучність, щоби вже точно всі сусіди розчули. Прийшла Жульєтт. Сіла на ліжко. Ми дослухали її до кінця.

— Хотів би я грати на піаніно так само віртуозно.

— Це правда, що ти не хочеш іти на дідів день народження?

— Тебе мама підіслала?

Я не наважився приховати від неї правду:

— Не піду, бо... тато мертвий і я в траурі.

— Цього ж не може бути?

Я ствердно кивнув головою.

— Іншого пояснення немає, моя бідна Жульєтт.

Вона розревілася, підскочила та побігла геть. Дівчатка такі слабкі. Я влігся на ліжку. І саме роздивлявся обкладинку роману «Грек Зорба», як фурією влетіла мама.

— Що за нісенітниці ти верзеш? — вигукнула вона.

Мама вхопила мене за руку й потягла до вітальні, пручатись було неможливо. Відтак зняла слухавку й набрала номер.

— Це ти? — мовила вона.

Мама передала мені телефон. Я почув батьків голос:

— Алло?.. Алло, Елен? Що сталося?

Він живий. Я поклав слухавку. Тієї миті в мені щось зламалось. Це гірше за його смерть. Мама говорила далі. Я не чув жодного слова. Вона взяла мене за руку. Я вирвався. Обличчя мені палало. Я вийшов, грюкнувши дверима. Опинився на вулиці. Кудись бездумно йшов. Розлючений. На нього, на неї, на себе та весь світ. Мерзотник! Він не мав права мене забути. Він мене покинув. Якби ж він сказав: «Я поїду геть, у мене проблеми, ми не бачитимемось кілька місяців», — я б це прийняв. Я усвідомив, що був для нього порожнім місцем. Коли він так вирішив, я нічого не важив. Те, що здавалося неймовірним іще кілька хвилин тому, наразі видалось очевидним і непосильним. Він без попереджень викреслив мене зі свого життя. Довкола — суцільна пустеля. Один по одному зникли всі, кого я любив, — вони щезли чи покинули мене. Можливо, у цьому моя помилка? Я не дав їм нічого, що переконало б їх залишитись зі мною. Я нічого не вартував. Від тих, кого люблять, не відмовляються. Я падав на дно криниці, і нікому було подати мені руки.

На авеню Ґобеленів я спустився в метро. Поїхав у напрямку Порт-де-ла-Віллетт. Якщо я зникну — ніхто й не помітить. Вагон був практично порожній. Немає сенсу жити за таких обставин. Безнадійно, безпросвітно. Хто за мною сумуватиме? Я відчинив вагонні двері. Переді мною на повній швидкості тяглася чорною смугою стіна тунелю. Метлялися електродроти. Лише мить відваги — і можна вже ні про що не думати. Цілковита байдужість. Мене розмаже між вагоном і стіною. Залишаться самі розідрані клапті. Я всміхнувся, уявивши, якого жаху на них напустять шматки мого тіла. Вони ридатимуть від горя й сорому. Звинувачуватимуть у всьому себе й прориватимуться до мого трупа. На них показуватимуть пальцями: це вони довели сина до такого. Вони не позбудуться почуття провини до кінця своїх днів, а їм уже недовго зостанеться. Ні, краще б їх це пожирало довго та неквапно. Щоб вони повільно згасали, захлинаючись відчаєм та скорботою. Я ще прочинив двері. Холодне й вологе повітря обпекло обличчя. Рука здригнулася. Несподівано я усвідомив, що при мені немає документів. Відшкребуть невпізнанне безіменне тіло. Я навіки покоїтимусь у братській могилі. Вони вирішать, що я втік. Якщо й покласти всьому край, то з документами в кишені. Інакше це втрачає будь-який сенс. Я вийшов на станції «Шатле».

Я опинився недалеко від набережної Ґран-Оґюстен. Повернення Сесіль усе б змінило. Я не був у неї два місяці. І хоча досі мав ключі, не хотів ними користатися. Щоразу виходив ні з чим. Мені навіть не треба було розпитувати консьєржку: заледве мене помітивши, вона заперечно махала рукою. Я стояв на набережній, збайдужілий до допитливих перехожих й до галасу туристів з річкових трамваїв. Отямився в Люксембурзькому саду. Пройшов повз фонтан Медічі, умисне відвівши погляд. Сів навпроти водойми. І зарюмсав. «Плачуть тільки дівки», — сміючись, полюбляв повторювати тато. Я не хотів плакати. Не через нього. Та мені й начхати на його дешеві моралі, жалюгідні обіцянки, дурнуваті словечка. Він скільки завгодно може блазнювати й корчити крутелика. Він сам у цьому винний. Я більше ніколи його не побачу. Йому ж гірше. Я схопився за голову руками та спробував розгребти руїни Капернаума в голові, як почув:

— Ходитимете в таку холоднечу в самому светрі — підхопите сильний нежить.

Я випростався. Саша дивився мені в очі, сховавши руки в кишені пальто.

— Трохи поспішав, як виходив з дому.

Він зайняв сусіднього стільця. Ми сиділи пліч-о-пліч, мовчки. Дивилися, як малеча бавилась корабликами у водоймі, штурхаючи їх патичками. Один був у полоні струменю води. Саша витяг «Голуаз», простягнув мені пожмакану пачку, підштовхнув одну сигарету знизу пальцем. Я її взяв. Він запалив сірника. Я зігнувся підкурити, він захищав вогонь своїми долонями. Отак я викурив мою першу сигарету. Через батька, матір та щоб зігрітися. І взагалі, треба ж із чогось вдало почати, зачепитися за щось, обірвати всі нитки, почати їздити без коліщат, зламати шию, підвестися, почати спочатку. Від гіркуватого присмаку сигарети поколювало піднебіння та дряпало горло, ширився неприємний запах горілої гуми. Ми безмовно докурили та загасили недопалки об землю.

— Ну і міна у вас, Мішелю. Наче чимось стурбовані.

— А ви вбачаєте в цьому щось смішне?

— У вашому віці я сміявся повсякчас. Хоча період видався зловісним. Їсти було нічого. Нічим зігрітися. Чим ми з друзями тільки не звеселялися! Дорослі совгали з похоронними гримасами, а нам хоч би що. Ми завжди чинили правильно. У вас проблеми?

Спочатку я думав його послати. Чого він лізе? Усе одно не зможе нічого змінити. Він чекав і добродушно дивився.

— Батьки розлучаються. Тато про мене забув. Мама мене ігнорує. Братові довелось утекти. Найкраща подруга зникла. Її брат загинув в Алжирі. Дідусь повернувся в Італію. Маю надію, хоч посвідчення особи не загубив.

— Я не дуже вправний роздавач порад, Мішелю. Але в питаннях неприємностей я експерт, тут повірте. Позбутися смутку допоможуть три види ліків. Треба їсти. Ситна трапеза, тістечка, шоколад. Далі — музика. Вона завжди затягує. Ти забуваєшся. Мало який смуток не вдається перекрити Шостаковичем, стає й кількох хвилин. Лиш їсти під музику не варто.

— Треті ліки — напитися до чортиків?

— Це груба помилка. Алкоголь не допомагає забутися. Навпаки. Я надаю перевагу кіно. Цілий день. Три-чотири фільми поспіль. Там згладжується все.

— Дороге задоволення.

— А втім. У мене рідко водяться гроші. Ходімо, я вас запрошую.

Ми піднялися вулицею Суффло до самого Пантеону. Звернули праворуч на вулицю Ульм. Ще трохи — і я так повернуся додому.

— Знаєте «Сінематеку»?

Я сотні разів проходив повз, не помічаючи її. Бачив купки, які щось обговорювали на тротуарі, сміялись, сварилися. Для кварталу то була звична річ. Я не здогадувався ні про її існування, ні про її призначення. Ціна за білет була невисока. Сорок сім сантимів. Я б зміг заплатити. Саша наполіг на запрошенні.

— Що дивитимемось?

— Як вам цікаво, у вітрині висить аркуш із програмою. Я знати не хочу. Це не має значення. Буде сюрприз.

Він на ходу потис руку кремезному чоловікові з широким чолом та скуйовдженим волоссям, що саме бесідував із двома студентами.

— Доброго дня, Анрі, як справи?

— Та ось, розлючений. Отримали дві версії «Люті» Фріца Ланґа. Одна англійською, без субтитрів, низької якості. Постійно рветься. Інша в італійському дубляжі з іспанськими субтитрами, на сім хвилин коротша за оригінальну версію.

Я потрапив до товариства безумців. На мову вони не зважали. Нам випала нагода переглянути італійську версію. На мій превеликий подив, мушу визнати, уже за кілька хвилин це перестало мене турбувати. Звичайно, нюанси діалогів я не вловив, зате незрозумілі фільми мене просто таки полонили, закарбувавшись у пам'яті куди краще за ті, що я переглянув минулого року й устиг забути. Невеличка зала з дерев'яними відкидними сидіннями, що стукали, коли з них вставали. У будні зал був набитий пенсіонерами чи тими, кому бракувало коштів на кінозали кварталу; кіношниками-початківцями, які занотовували в темряві, що варто робити, а що не слід; студентами-прогульниками — кожен намагався відвоювати місце в першому ряду, щоби сповна насолодитися картиною, часом люд примощувався на підлозі. Нам пощастило побачити «Забутих» Луїса Бунюеля[1] в португальському дубляжі з німецькими субтитрами. Картина була зрозумілою та чіткою. Завершили «Крутими хлопцями» Рауля Волша[2] — розкішним вестерном французькою. Саме задоволення!

Саша мав рацію. Кіно допомагало забутися. Виявилося найліпшими ліками від хандри. Найкраще подіяв фільм зі щасливим кінцем: підвищив настрій, подарував надію. Головний герой, гуманіст із почуттям гумору, з чарівною усмішкою, покинутий друзями, ледь тримається на колінах, найліпший друг помирає в нього на руках, а він зносить усі удари з надлюдською стійкістю, перемагає поганців, викриває їхні змови, відновлює справедливість щодо вдови й решти пригноблених, розшукує втрачену кохану, розкішну блакитнооку білявку, рятує місто, та де там — країну — й усе це під захопливу музику. Після сеансу глядачі мокли під дощем на тротуарі чи розбігались по прокурених бістро майдану Контрескарп, намагаючись зрозуміти, чи був фільм видатний, чи феноменальний; з візантійською проникливістю вишукували приховану ідею, задній план, підтекст і незначні деталі, видимі лише їм; палкі дискусії доводили до межі давню дружбу, миттю ріднили незнайомців чи породжували ненависть і непоступливе злопам'ятство. Точилися бої за звання найкращого режисера категорії, найінноваційнішого та найкреативнішого. Лейтмотивом слугували одні й ті самі американські, японські й італійські

---

1 «Забуті» («Olvidados»; 1950) — фільм-драма іспанського та мексиканського режисера Луїса Бунюеля (1900—1983) про життя мексиканських підлітків-безпритульних. Стрічку внесено ЮНЕСКО до реєстру «Пам'ять світу».

2 Рауль Волш (1887—1980) — американський кінорежисер, актор, сценарист, продюсер. Один зі співзасновників Американської академії кіномистецтв. Стрічку «Круті хлопці» він зняв 1955 року.

прізвища. Саша навчив мене класифікувати фільми за двома категоріями: ті, що можна обговорювати годинами після перегляду, і ті, про які нема чого казати.

9

У винагороду за партію, виграну в Томаша й оплачену Лоньоном, Леонід заборгував мені ще одну. Тягатися з ним — цілковите безглуздя. Ніякої непередбачуваності чи несподіванки.

Було лише одне відкрите запитання: скільки часу це триватиме? Я освіжив його пам'ять.

— Не маю анінайменшого бажання гаяти час на такого смердюка!

— Ти пообіцяв, Леоніде!

— Наберися досвіду і за кілька років приходь до мене, зіграємо.

Треба було ще тоді скористатися нагодою, раз він сам запропонував. Тому наразі я змирився з його відмовою. Для кращої демонстрації мого осуду я припинив з ним розмовляти, навіть не відповідав на вітання. На початку березня він сам мене знайшов:

— Мішелю, давай обговоримо нашу партію, ту, що я пообіцяв. Ти в мене виграєш.

— Та це неможливо!

Його очі блищали. Попри стійкість до алкоголю, я замислився, чи, бува, надмірні замовлення «Кот-дю-Рону» не затьмарили йому ясність розуму.

— Маю ідею. Буде весело.

— Ти мене розмажеш.

— Пригадуєш історію Давида і Голіафа?.. Хто переміг?

— Чому ти мене про це запитуєш?

— Не враховуючи оцього, чи багато ти знаєш Давидів, що отак перемогли? Таке собі біблійне одурення. Нам хотіли навіяти, що Давид іще той хитрун. Бій був нерівний.

Вишкварок мав небезпечну зброю. Перемісти їх на ринг і дай рукавиці. Тоді хто кого? У реальному житті Голіаф його покладе. Один-єдиний раз, у справжньому поєдинку, рівноцінному, Давид розтрощить Голіафа.

Він розповів мені про свою ідею в найдрібніших деталях, запевняв: це буде подія, що годі й уявити. Вона увійде до хроніки Клубу навіки. Обставимо так, що ніхто ні про що не дізнається. Усі дивуватимуться, як то бовдур-ліцеїст спромігся перемогти тридцять третій номер Росії. Або оце: молокосос голими руками поклав бійця елітного підрозділу з Калашніковим.

— Вибачай, Леоніде, але мені то нецікаво. Я б хотів розіграти з тобою партію. Справжню. Доклавши всіх зусиль. Дістати задоволення. У Клубі мене добре знають. І розуміють, що я не здатен виграти в Імре чи Томаша. Я вже мовчу про тебе. Вони в житті не повірять.

— Мішелю, чи можна тобі довірити таємницю?

— Я схожий на лицеміра, чи що?

— А якщо ти зможеш заробити трохи грошей?

Я завагався.

— Зміг би купити, що схочеш.

— Треба подумати.

Скільки слів було написано про спокусу легкої наживи! Додам і я свій внесок. Усе починається змолоду. На свій захист уточню, що я дав себе провести професіоналу. Де там мені тягатися з Віктором Володіним. Де-факто я став добровільною жертвою горезвісного «збігу обставин» — саме цей фаталізм поповнює в'язниці та забезпечує регулярну клієнтуру гільйотині й електричним стільцям. Я не меркантильний. Просто я згоряв від бажання отримати «24 години Ле-Мана». Я ходив в універмаг Ратуші, де саме демонстрували макет «Ґран-Прі Ле-Мана», витерпів тисняву в безкінечній черзі, на якісь дві хвилинки опинився біля важеля «Феррарі TR-60» і зміг потягатися з трьома суперниками. Багато місяців поспіль я клянчив цю виняткову гру в батьків.

Сімейні перипетії обмежили святкування і різдвяні подарунки до простих формальностей. Мамі гра видалась шалено дорогою, а зважаючи на мої шкільні успіхи, я взагалі ні на що не заслуговував.

Я бачив Віктора Володіна лише одного разу двома роками раніше. Тієї дощової неділі Ігор розігрував напружений реванш із Володимиром. Багато наших оточили столик і спостерігали за партією. Саша стояв осторонь. Тоді ми ще не були знайомі. Раптом відчинилися двері. З'явився Віктор Володін, промоклий та схвильований. Говорив російською.

— Вікторе Анатолійовичу, тут розмовляють французькою. Справа ввічливості, — сказав Ігор.

— Мені треба з тобою поговорити. Терміново. Ходімо в мою машину.

— Ти погоду бачив?

Віктор зчервонів та повів далі російською. Володимир звернувся до Ігоря французькою:

— Скажи своєму патронові, якщо він і далі заливатиме водою шахівницю й забризкуватиме мене, я із задоволенням викину піддупником цього здорового старого шкарбана на вулицю.

— Чув, що сказав мій друг Володимир Тихонович Горенко? Побачимось завтра.

— Та мені начхати на нього і всіх комуністів, разом узятих! Попереджаю, Ігорю Емільовичу, як не підеш — дістанеш відкоша!

— Мені все одно. Можеш підшуковувати собі для експлуатації іншого водія. Я скоро поїду з Франції. У Португалії визнали мій лікарський диплом!

Ми здивовано переглянулись.

— Ти ж нікуди не поїдеш? — спитав Володимир.

— Я подав запит на отримання аналогу диплому. Ще не готово. У паперових нюансах вони чемпіони.

— Ти не розмовляєш португальською, — зауважив Леонід.

— Вивчу. Має бути нескладно. Я лікар, а не таксист. Там я зможу працювати за спеціальністю. Для мене це важливо.

— Скажіть, мосьє Володін, — спитав Імре, — мені здається, чи ви понижчали. Втратили сантиметрів десять.

— Професійна хвороба таксистів. Ти змушений постійно сидіти в машині, набирати вагу та всихати. У мене серйозна проблема, Ігорю. Ти маєш мені допомогти. Давай вийдемо, і я поясню. Я завжди добре ставився до тебе. Ти не можеш відмовити мені в допомозі.

— У мене тут запекла партія, Вікторе. Як хочеш мені щось сказати, говори, не бійся, тут усі свої.

Віктор упав на стільця. Він витер чоло — чи то від води, чи то від поту. Леонід узяв свою пляшку «Кот-дю-Рону», наповнив келих по вінця та простягнув Віктору, той випив одним хилом.

— Дякую, Леоніде Михайловичу. Я пропав, — кинув він замогильним і відчайдушним голосом.

— Вікторе Анатолійовичу, ти хворий?

— Та якби ж то... Мене викликали в префектуру поліції. Я прийшов. Думав, якісь проблеми з таксі. Це катастрофа.

— Та що сталося? — запитав Ігор.

— Ти мене знаєш. Я в цьому житті творив тільки добро. Крім, хіба, громадянської війни. І то, це було в ім'я Бога й царя.

— Якщо твоє сумління чисте, тобі нема про що хвилюватися, — зауважив Леонід.

— Це через «кинджал Распутіна».

— Ти їх ще продаєш! — вигукнув Ігор.

— Трошки. І зовсім недорого.

— Я думав, цьому покладено край.

— Канадських покупців у мене ще не було. Я подумав... якщо він так хоче.

— Так у чому проблема?

— Ціна переконала його в автентичності.

— Скільки ти з нього стягнув?

— ...Дві з половиною тисячі доларів.

— Здурів?

— Канадських доларів. З королевою Єлизаветою на титулі. То був адвокат із Торонто. Добропорядна людина. Спершу я розіграв гаврика, який відмовляється продавати дорогий серцю та ще й історичний трофей і береже його як зіницю ока. Він переконував мене годину двадцять, з увімкненим лічильником. Я здався. Уявив, як він помістить його під скло. Хизуватиметься перед друзями. Стандартна історія. Але цей довбень схотів уваги. Підніс дар музею Торонто. А ті вже рознюхали, що аналогічний знаходиться в нью-йоркському Метрополітені. Канадієць жарт не оцінив. І подав скаргу. Обидва музеї також.

— Поліція тебе допитувала?

— Я все заперечував. Сказав, що то не можу бути я, бо оригінал знаходиться в музеї Санкт-Петербурга.

— Це місто зветься Ленінградом! — зауважив Ігор.

— Ніколи! Воно назавжди буде Санкт-Петербургом! Його звели царі, а не зграйка комуняк!

— Досить уже через це сперечатися! — перервав Леонід.

— Твій друг, інспектор поліції, просунувся по службі. Чи не міг би він порозпитувати що до чого й залагодити справу?

— Даніель Маго? — кинув Ігор. — Навіть не сподівайся.

— Обережніше, якщо через проблеми в мене відберуть ліцензію — це й вам відгукнеться.

— Ігорю, я не можу собі дозволити втратити роботу! — вигукнув Леонід.

— Вікторе Анатолійовичу, якщо я за це беруся, то не задля тебе. Попереджаю, це вперше і востаннє. Ти брешеш на кожному кроці. Зловживаєш довірою клієнтів! Не хочу бути твоїм спільником.

— Мій бідний Ігорю, ти так нічого й не второпав у цьому житті. Хоча не дивно це чути від матеріаліста. То наче мощі святого Антонія, полотна Коро чи бікорн Наполена. Кому здалася та правда? Головне — мріяти. У житті важливі тільки гроші!

Не уявляю, як Ігор це владнав. Справу на тому закрили. Більше ми про неї не чули. Музеї відкликали скарги. Павло припустив, вони зрозуміли, що історія негативно вплине на подальші дарування. Здається, у Штатах і Канаді бути висміяним означає бути страченим. Віктор припинив продавати «кинджал, яким зарізали Распутіна». Хіба ще тільки конголезькому міністру, мешканцю Цюріха, Міс Всесвіт-Бразилія, депутату-голлісту та грецькому судновласнику.

Через два місяці Ігореві надійшла позитивна відповідь. Його диплом визнаний і дійсний. З такої нагоди він улаштував вечірку, але усмішки та привітання були натягнутими. Він поїхав до Португалії владнати бюрократичні формальності. Ми були засмучені через те, що більше не будемо бачитися з ним. Його ж ощасливлювала думка, що в Лісабоні він візьметься за свою справу. Казав, що ми вільні приїжджати в гості, коли заманеться. За три дні він повернувся. Був похмурий, наче людина, якій краще не ставити зайвих запитань. Як виявилося, португальська влада була готова прийняти його як військового медика й кинути на війну в Анголі у складі колоніальних військ. Він відмовився. Вернер переповів, що Ігор роздратувався та облаяв лікаря-полковника. Отже, він і далі працював таксистом і шукав країну, яка визнала б його дипломи.

За ці два роки Віктор Володін погладшав та обзавівся другим підборіддям. Їв він багато, до спорту не вдавався, принципово не шкодував грошей на щедрі обіди й вино, на костюми в «гусячі лапки» й жилети на замовлення, носив американські шлейки й черевики з крокодилячої шкіри. Після історії з «кинджалом Распутіна» в Клубі його більше не бачили. Його компанія мала багато ліцензій на таксі. Він міг би спинитися й жити у своє задоволення. Проте відмовлявся виходити на пенсію й далі працював щоденно по одинадцять годин на добу. Ігор з Леонідом працювали на нього й не жалілися. Віктор вважав Ігоря пропащим, бо той не дотримувався його вказівок. Леонід же дослухався порад і добре затямив, що таксист зовсім не те саме, що служник. Найжаданішою мішенню ставали іноземні туристи, бажано без знання французької, вони підбирали їх біля дорогих готелів району Опери та Єлисейських Полів, катали всім Парижем, обираючи найзалюдненіші вулиці. Віктор утаємничив мене в їхню з Леонідом аферу. Вони організують парі на нашу партію. Ніхто не ризикне поставити на мене жодного сантима. А ось він поставить. Один до десяти. Вони виграють багато грошей. І я в долі.

— Це шахрайство!

— Ой, не перебільшуй. Ми відберемо трохи грошиків у людей, які їх не потребують і не повинні здогадатися, що їх ошукали. Як я вже говорив, якщо Бог був до того милосердний, що створив простаків, то це щоб було, кого надувати. Якби всемогутній Господь того не бажав, то не зробив би їх такими тупенькими. Чого тобі хотілося б, мій хлопчику?

Він помітив мою ніяковість.

— Годинку з юною безсоромницею? Любиш таке? Я от у твоєму віці, е-ех, мене було не спинити. Я тут знаю двох-трьох розпусниць. Зможеш сам обрати: блондинка, негритянка? Які тобі подобаються... А може, обидві, моє поросятко?

Спантеличений, розлючений, я зашарівся, плутав слова. Цей розжирілий тип був мені огидний, з усім його сороміцтвом та самовдоволеністю. Я добирав слова, співзвучні з ляпасом, щоб виказати мою лють, зневагу, гидливість, обурення, ненависть. Щось образливе, презирливе, щоб до кінця його жалюгідних днів сором їв йому очі, та що викриє його ницість, посередність і безчестя. Виголосить, що я не такий, я не зраджую друзів, не маю нічого спільного з таким зажерливим реакціонером, як він. Що цей тип мене провокує: бо лише жалість до його стадвадцятикілограмової тушки не дозволяє мені набити йому пику.

— Я хочу «24 години Ле-Мана».

10

Про роздутий штат паризьких поштарів і чиновників можна почути багато недоброго. Це несправедливо. От, скажімо, у моєму кварталі їм властива одна річ, через яку наклепи неприпустимі, — пунктуальність. Роками поштар приносив кореспонденцію для всього будинку й викладав її на килимок перед дверима консьєржів між 7:38 та 7:40 ранку. Дядечко Бардон, дрібний службовець Паризької мерії, виходив на роботу о 7:45, бо мав там бути вже о 8:15. Він відчиняв двері своєї квартирки, підбирав стосик листів і газет, заносив до себе та йшов, кидаючи тітоньці Бардон незмінне «До вечора, моя кнопочко». Припускаю, ця фамільярність зародилася в ті давні часи, коли його дружина ще не скидалася на пивну бочку з руками вантажника. Вона відповідала: «Гарного дня, козлику». Жоден, хто бодай раз стикався із цим біснуватим мстивим крикуном, не насмілився б порівняти його з козенятком. У мене в запасі було п'ять хвилин. З квартири виходив о 7:30, щоб дійти до ліцею на 7:59. Я чекав, зачаївшись на слабо освітленому сходовому майданчику другого поверху, читаючи в тиші та видивляючись у вікні внутрішнього двору листоношу, який кидає пошту на килимок і йде геть. Я підбігав навшпиньках. Уже за кілька секунд я знаходив конверт зі штемпелем Генріха IV, цупив його та клав до кишені. Триместрові табелі, геть списані зауваженнями на кшталт «Якби схотів, міг би працювати краще, але не хоче», «Постійний у непостійності» та іншими, цинічними й неприємними, записи про позаурочні відпрацювання, злісні повідомлення й попередження ніколи не доходили до батьків. З початку навчального року я вправно підробляв підпис батька. Мені навіть не довелося тренуватися, аби скопіювати його карлючку. Нейтральні листи я пропускав. Це був єдиний спосіб забезпечити собі королівський спокій. Проблем з ліцеєм у мене не було. Батьки ні про що не здогадувалися. Звідси моя симпатія до поштарів.

Уроки були смертельно нудні — як завжди, а от погода — чудова. Ув'язнений по центру класу, край вікна, я роздивлявся сірий купол Пантеону. Чому в Парижі ніколи не стається землетрусів? Краще б я був на вулиці. Я глянув на годинника. Кожна хвилина того полудня видавалась нескінченною. Поруч зі мною старанно працював Ніколя. Він скрупульозно все записував, під лінійку підкреслюючи текст чотириколірною ручкою. Живий об'єкт спостережень, така собі невідома комаха, відкрита зворушеним науковцем. Він дуже любив навчатися, тому захоплено ковтав ці нудотні літанії[1]. Мені було начхати на заробляння оцінок, успішний перехід у старші класи та солодкий пряник — світле майбутнє. Натомість я й далі читав: книжка на колінах, на підлозі розкритий ранець, щоб скинути туди томик, — на той рідкісний випадок, коли вчитель вирішить пройтись між рядами, розім'яти ноги. Казандзакіс ускладнював мені життя. На «Свободі або смерті» сконцентруватися було нереально. Мій розум витав деінде. Я думав про Сесіль. Де вона? Що робить? Вона так і злитиметься на мене? Коли я її знову побачу? Я не знав, як шукають зниклого, якщо він не член твоєї родини. Може, Саша щось підкаже? Мої думки перервав подвійний стукіт у двері. Наш англієць спинився. Увійшов шкільний сторож.

— Маріні, — кинув він. — Вас викликає мосьє Массон.

Я підвівся. Казандзакіс зісковзнув до ранця. Ніколя підвівся мене пропустити. Поплескав по спині, щоб підбадьорити. Я пішов слідом за сторожем.

---

[1] Літанія — богослужіння, молитва. Тут — молитовні наспіви, бубоніння.

— Що він хотів? — спитав я.

— Якщо вас викликають посеред уроку — це вже недобрий знак, — відповів він.

Ідучи безкінечним коридором, я все зрозумів. Це поштар, листи чи мама. Може, сусід із шостого, що заскочив мене зненацька: я не розчув його кроків, коли минулого тижня сидів на сходах, а він не зрозумів жодного слова з моїх плутаних пояснень. Він викрив мою таємницю. Я попав. Важко буде все заперечувати чи переконувати, що пошта регулярно губилась. Таке собі розкрадання кореспонденції дебілом, що втрапив на гачок дурощів. Скличуть дисциплінарну раду, і вона відрахує цього йолопа. Сором, втрата прав, неминуча дорога на гільйотину. Я шукав бодай якісь пом'якшувальні обставини. Може, розридатись, удати останнього дурника, приплести сімейні чвари, тоді покарання зведеться до відсторонення від навчання на три дні. Мене охопило непереборне бажання відлити. І втекти. Як чкурну — ніхто мене не дожене. Куди бігти? Біда втечі в тому, що вона не надто віддаляє вас від вихідної точки. Ефект бумерангу. Треба сміливо глянути в очі проблемі. Спускаючись сходами сорому, я думав про Ізабеллу Арчер та Алексіса Зорбу. Вірогідно, різниця між чоловікам й жінками криється у сміливості жінок вирізати нарив, тоді як чоловіки безперестанку знаходять хоч яку причину з ним жити. Ми підійшли до кабінету головного наглядача. Сторож постукав двічі. Почулося: «Увійдіть». Він відчинив двері. Я заплющив очі. Ніби засуджений до розстрілу, почувши: «Вогонь!»

— Що з вами, Мішелю?

Шерлок стояв у дверному отворі, дивився мені в очі й посміхався. Він що, садист? Прикидається другом, тим самим підсовуючи мені пастку, щоб я зізнався?

— Підозрюю, вам зрозуміла причина вашого виклику сюди? — серйозним тоном запитав він.

Я пробігся безкінечним переліком. Як розтулю рота, ризикую виказати не відомий йому промах. Свого роду шахи. Коли не знаєш супротивника, робиш пробний хід, щоб він виказав себе. Я покивав головою на знак каяття.

— Здогадуюсь, мосьє.

— Уявляю, як вам зараз непросто. Якщо захочете про це поговорити, я завжди поруч, у будь-який зручний для вас час.

Він стис мої плечі обома руками і вийшов.

Я помітив тата, що сидів біля його столу.

— Залишаю вас наодинці, — сказав Шерлок.

І зачинив за собою двері.

— Ну і що ти тут робиш?

Він підійшов до мене.

— Я не знав, о котрій ти звільнишся. І чи є в тебе зараз урок. Тому й вирішив дізнатися.

— Ти мене до смерті налякав!

— Мішелю, вибач, треба було тебе попередити.

Мені знадобився якийсь час, щоб зрозуміти, що ми говорили про різні речі. Де ховається гнів? У який закуток нашого розуму він забився? Чому ми дістаємо задоволення, коли ранимо й ображаємо тих, кого любимо? Це накопичилась напруга за багато тижнів чи, може, я відчував нестямний страх? Чи то була ще одна причина, глибша й інтимніша, якої мені не хотілось зачіпати?

— Проблема в тому, що ти нас забув! Тобі на нас начхати! Ніколи б не подумав, що ти здатен завдати нам такого удару. Ти нас покинув!

— Не кажи так. Прошу. Я тепер у скруті.

— Це все через тебе. Мама не помилялася.

— Я не хотів, щоби все так закрутилось.

— Як ти міг цілих шість тижнів не подавати ознак життя? По-твоєму, це нормально?

— Усе виявилося складніше, ніж я собі уявляв.

— Я не про це. А про твоє мовчання. Телефонний дзвінок. Більшого не прошу. Сказати, що ти живий-здоровий, — і до наступного тижня.

— Твоя правда, варто було зателефонувати. Мама нічого тобі не розповіла?

— Вранці ми говоримо «Доброго ранку», коли вона повертається з магазину — «Доброго вечора», відтак — «На добраніч».

— Їй теж нелегко. Вам слід розмовляти. Просто... я живу в Бар-ле-Дюк.

— Де це?

— На сході. Центр департаменту Мез.

— Що ти забув у тому Бар-ле-Дюк?

— Розпочинаю свою справу. Знайшов собі напарника. Я хотів прилаштуватися у Версалі. Він саме звідти. Каже, якщо розкрутимось у Бар-ле-Дюк, то де завгодно досягнемо успіху.

— У тій дірі що, телефона немає?

— У мене шалено багато роботи. Ти собі не уявляєш.

— Мені начхати! Це не причина. Наша сім'я мертва!

Я вийшов, грюкнувши дверима. Шерлок розмовляв у коридорі зі сторожем. Тато кинувся за мною. Вони провели нас зажуреним поглядом. Їм навіть не треба було прислухатися, щоб розчути нашу розмову. Ми опинилися надворі. Кудись ішли.

— Мішелю, я приїхав поговорити.

— Нам більше нема про що говорити. Клямка запала.

— Ти дорослий. Міг би й зрозуміти.

— Ти нас покинув. Годі!

— Я вирвався з роботи. У нас проблеми й справ по горло. Зворотній потяг о 17:54. Я пригощу тебе лимонадним пивом, згода?

— Нема бажання!

— Тоді чого ж ти бажаєш?

— Я хочу «24 години Ле-Мана».

— Хочеш, щоб я купив тобі «24 години Ле-Мана»? Яка ціна? Це надто дорого. Не зараз. Можливо, за кілька місяців, якщо справи налагодяться. Наразі мій бюджет обмежений найнеобхіднішими витратами і не потягне жодної понаднормової витрати.

— Вона потрібна мені зараз. А не за десять років!

— Ти б міг попросити маму.

— Вона сказала, що не має грошей, бо справи йдуть погано, і порадила звернутися до батька!

— Кепсько! Я й не сумнівався. Моріс — нікчема.

— Ще вона сказала, що ти не сплачуєш обумовлених аліментів.

— А звідки? Їй відома моя ситуація. За п'ятнадцять років роботи я не попросив жодного су. Повернув борг завдяки моїй долі спадку. Із дому забрав тільки одяг. Щоб зіп'ятися на ноги, мені знадобиться час. Я надолужу згаяне, статок і відсотки. Про неї не хвилюйся, про вас також. Вам нічого не бракуватиме. Не хочу, щоби вона вплутувала вас у наші незгоди.

Він нервував. Витяг пачку «Житана» та поклав одну до рота. Я простягнув руку. Він дозволив мені витягти. Запалив обидві.

— Ти куриш?

— Віднедавна.

— Отакої. Слухай, я дзвонитиму раз на тиждень.

— Не думай, що ти комусь щось винен.

— Тоді ми принаймні можемо розмовляти. Щонеділі увечері, підійде?

— Не гарантую, що буду вдома. Коли ти повернешся до Парижа?

— За першої ж нагоди. Можеш мені вірити.

— Маю йти. Багато роботи.

— У нас іще година.

Він дивився на мене великими круглими очима, увімкнувши незмінну усмішку продавця сантехніки. За якихось п'ять секунд він заговорить голосом Ґабена чи Жуве. Я відвернувся. Не потис руки. Не обійняв. Не вернувся. Кожен пішов своїм шляхом.

11

Аби впевнитися, що жоден член Клубу її не впізнає, Леонід обрав партію, зіграну у фіналі маловідомого турніру у Свердловську, виграну 1943 року Ботвинником — єдиним і неповторним представником Бога на землі, — що задав жару куленепробивному Олександру Константинопольському, адепту окопної війни та залізобетонного захисту. Супротивник кидав усі резерви на облогу неприступної цитаделі. Лише коли опонент утратив більшість пішаків і фігур вищого порядку, він брався за свої, вдаючись до тактики дорожнього катка. Ніяких ризиків. Гра апаратника. Смертельно нудна. На те, щоб завчити партію, в мене пішло два тижні. Я повторював її десятки разів. Вона вже мені снилась. Без права на помилку. Вивчив п'ятдесят два ходи Ботвинника білими та запам'ятав п'ятдесят один хід Константинопольського у виконанні Леоніда. Я саме вправлявся на кишеньковій шахівниці біля фонтану Медічі, коли підійшов Саша. Він сподівався мене там знайти, щоб запропонувати сходити в «Сінематеку». Я хутко сховав аркуш із партією до кишені.

— Не сьогодні. Я поспішаю. У неділю граю проти Леоніда.

— Вам не виграти.

— Запевняю, що виграю! Багато хто робитиме ставки.

— Це неможливо. Водилися б у мене гроші, я би поставив проти вас — і виграв.

— Прошу вас, не ставте на Леоніда. Поставте на мене. Я проаналізував його гру. У нього є слабкі місця. Я працюю над захистом Каро — Канн[1].

— Його вже двадцять років не практикують.

— Тим більше. Він нічого не запідозрить.

Леонід з Віктором підбирали день дуже ретельно. Зупинилися на 31 березня, напередодні 1 квітня. Так вони собі

[1] Захист Каро — Канн — початкова стадія шахової партії, названа на честь австрійського шахіста Маркуса Канна і німецького Гораціо Каро, які проаналізували її 1886 року.

заздалегідь позабавляються. Леонід заборонив розповідати Ігореві.

— Це ж твої друзі, Леоніде. Чи тобі не соромно так їх підставляти?

— Вони бідні. Багато не втратять.

— Перш за все я непокоюся через Ігоря.

— Не переймайся. Він ніколи не закладається.

Надвечір суботи ми зустрілися навпроти універмагу «Ле-Бон-Марше». Я сів до Леонідового таксі. Генеральна репетиція. Він хотів пересвідчитися, що я таки все зазубрив. Ми розіграли партію в машині за рекордний термін. Такий собі бліц. На сороковому ході він спинився, замислився. Насупив брови, здавався невдоволеним. Природна худорлявість підкреслювала його тривогу.

— Леоніде, щось не так?

Він кивнув головою, повів далі гру. На п'ятдесят другому ході я поставив коня на e6. Мат! Ботвинник витяг запевне програшну партію та вивів її до блискучої перемоги.

— Доведеться грати повільніше, — сказав він відсутнім голосом.

— Тебе щось турбує?

— Ні.

— Як хочеш, зробимо рокірування. Я гратиму чорними. Нічого страшного, якщо я програю. Усе логічно.

— Уже нічого не міняємо!

— Ніхто не повірить, що я тебе переміг.

— Вони досі свято вірять, що компартія захищає інтереси трудящих. Ще ті слимаки! Та вони що завгодно проковтнуть.

— Був би ти хоч п'яний як чіп, у мене б нічого не вийшло. Обман аж надто очевидний. Вони нас розкусять.

— Віктор вправний хитрун. Він усе прорахував. До завтра.

То були легендарні дні. Весь тиждень Леонід закладав ґрунтя, розповідаючи, що Віктор Володін зовсім з глузду зсунувся: вирішив поставити на малого Мішеля та приймає ставки один до десяти. Ігорю це не сподобалось.

— У нашому клубі на гроші не грають.

— Якщо цей довбень Віктор має зайві гроші, чого б цим не скористатися? — зауважив Володимир.

— Справа принципу. А принципи створені для того, щоб їх дотримуватися.

— Правило стосується нас, — заперечив Павло. — Віктор Володін не член Клубу.

— Якось у голові не вкладається, що він ставить на Мішеля. У хлопця немає шансів. Навіть одного на мільйон.

— На скачках він завжди робить найбільші ставки, — пояснив Леонід. — Його цікавлять реальні гроші.

— Щось не віриться.

— Мішель виявляє успіхи, — уточнив Леонід.

— Не помічав, — кинув Ігор.

— Ви стверджуєте, що це людина без моральних принципів. От і провчимо його, — сказав Віржиль.

— Винятки лише підтверджують правило, — підсумував Грегоріос. — Усі проти Віктора Володіна!

Той день зібрав усіх членів Клубу, крім Вернера, що працював у своєму кінотеатрі по вулиці Шампольона. Прийшов навіть Лоньон, якого не бачили вже два місяці. Віктор прибув близько третьої, затягнутий у замалий, хоча пошитий на замовлення костюм. У радіусі двох метрів від нього ширився аромат туалетної води.

— Як поживаєте, Вікторе? — поцікавився Павло. — Давненько вас не бачили.

— Я в неділю не зачиняюся в чотирьох стінах, які тхнуть тютюном і пивом. А дихаю свіжим повітрям. Їду на Лоншан чи Отей. Що може бути краще за коней. Я оце купив одного, на пару з другом, бароном давнього дворянського роду. Рисак-фаворит. Ми пустимо його на провінційні гіподроми.

— Ви що, пограбували парфумерний магазин? — знову вклинився Павло.

— Ідучи сюди, я вживаю заходів безпеки.

— Здається, ви ставите на Мішеля проти Леоніда? — спитав Віржиль.

— Маєте мене за геть слабого? У нього жодного шансу з тисячі. Те саме, що ввести на ринг дівчинку проти важковаговика.

Вони спантеличено обмінялися поглядом. Надія підзаробити вислизала з рук.

— Я поставлю на Мішеля за двох умов.

— Яких саме?

— Він гратиме білими.

Це зветься «закинути вудочку». Запропонувати перепону, на яку всі беззастережно пристануть. Зауважень не виникло.

— І Леонід гратиме ось із цим.

З внутрішньої кишені костюма він витяг зварювальні окуляри для захисту від механічного й хімічного впливу, що щільно прилягали до шкіри. Скельця мали чорне покриття.

— Він нічого не бачитиме. Гратиме наосліп. З пам'яті. Невеличкий гандикап. Це зрівняє шанси. Мосьє, за таких умов я приймаю парі. На Мішеля проти Леоніда.

— Це все міняє.

— Геть інша справа.

Розпочалося обговорення. Так зможе чи не зможе Леонід запам'ятати всі позиції партії? Досі він такого не робив. Можна бути видатним шахістом і не пригадати розташування власних і ворожих фігур, хоч то буде гра з початківцем. Загальне вагання, затягування й прискіпування погрожувало розтягтися аж до закриття бістро, якби Леонід не потягнув за потрібну ниточку:

— Вікторе Анатолійовичу, сьогодні неділя і ти мені не патрон, тому я відкрию все, що на серці. Ти паршивий боягуз і бісів фашист. Засунь свої жалюгідні фокуси стосовно мене собі в зад. Партії всліпу — та я грав і вигравав їх сотнями. Навіть у чемпіонів.

Він витягнув із кишені куртки жменю «бонапартів» та «расінів».

— Тут вісімсот п'ятдесят франків. Можеш перелічити! Яка ставка?

— Два до одного.

— Ах ти ж кровопивця, вже з бідняків кров смокчеш! Чого ж іще чекати від біляка!

Він саме ховав гроші до кишені, коли Віктор спинив його.

— Чотири до одного. Кращої пропозиції не буде.

— Наосліп я ставлю сім до одного.

— Здурів?

— Здрейфив? То йди далі став на свою трифекту[1].

— Якщо ти такий самовпевнений — п'ять до одного. Остання пропозиція.

— Домовились!

Це заохотило решту. Усі заходилися вивертати кишені. Повитягали купюри. Кожен робив свою ставку. Віктор з Володимиром занотовували їх до блокнота. Лоньон виклав на стіл три пачки банкнот і поклав зверху руку.

— А скажіть, мосьє Володін, думаєте, у мене великі вуха?

Ми ззирнулися. Ніхто ніколи при ньому цього не згадував. Звідки він дізнався? Ми намагалися виявити, хто ж був такий необачний.

— Я й більші бачив, — доречно відповів Віктор. — У козаків куди помітніші.

— Якщо Бог нагородив мене великими вухами, то це для того, щоб я міг чути здалека. Приймаєте п'ять до одного?

— Саме так.

— Ставлю три тисячі. До всього, у мене відмінний нюх. Ви, звісно, майстер ударів зі спини, але сьогодні дістанеться вам самому.

---

[1] Трифекта — вид ставки, за якого гравець намагається вгадати переможця, а також другого й третього призерів у перегонах.

— Ти впевнений у своїх силах? — спитав у Леоніда Імре.

— У моїй голові сотні партій.

— Якось не горю бажанням втрачати гроші.

— Один шанс озолотитися — зараз або ніколи. П’ять до одного!

— У малого жодного шансу! — вигукнув Томаш. — Я тільки цього тижня розгромив його двічі. Як хочете, я зіграю з ним наступним.

Імре виклав двісті сорок франків. Клуб заповнили клієнти «Бальто», яким кортіло поставити на Леоніда.

Натовп привернув увагу дядечка Маркюзо: його привабила можливість позбирати замовлення.

— Альбере, робите ставку? Мішелю не перемогти, — відрізав Володимир.

— Я не граю в азартні ігри.

— Дядечку Маркюзо, у вас же водяться гроші, можете собі дозволити, — сказав Віктор.

— А ось де грошики — кинув той, плескаючи по череву. — Ніхто в мене їх не відбере. Мосьє, можете замовляти, я вас слухаю.

Завалений підрахунками Ігор почісував підборіддя.

— Ти не ставиш? — запитав він у мене.

— Ем... не маю грошей. Він усе одно переможе.

— Мішелю, а якщо я тобі допоможу?

— Ще чого! — обурився Леонід.

Підійшов Саша. Стофранкова купюра в руці. Поклав її на стіл. Леонід спинив його рукою.

— Ти не граєш! — відрізав він.

— Геть! — додав Ігор. — Скільки тобі товкти? Тобі не місце в цьому Клубі!

— У нас тут республіка. Ми вільні люди, чхав я на вас!

Він усівся, вхопив газету, яку тягав за собою, та заходився читати. Грегоріос поплескав мене по плечу й мовив з батьківською усмішкою:

— Не переймайся, Мішелю. Це дурниці.

Я ловив співчутливі погляди. Усіх цікавило, скільки ж я протримаюсь у сутичці з людожером, хай навіть незрячим. Вони розуміли, що в мене немає й тіні шансу проти Леоніда, тож не переймалися через свої інвестиції. Думка про мою перемогу не вписувалась у рамки реального. Це було так само неймовірно, як і те, що жертва роздере лева або людина злетить, махаючи руками, чи Ліхтенштейн переможе Червону армію.

По мені пробігли мурашки, і захотілося в туалет. Я ще можу втекти — зараз або ніколи. Неможливо грати в такому стані, ще й коли ваш сечовий міхур от-от вибухне. Стався свого роду спалах. Я їх побачив. Їхні блискотливі очі. Глузливі посмішки оголили зуби, готові вкусити. Плювали вони на мене з високого дерева. Вони вже фантазували, як спустять гроші, примножені вп'ятеро, завдячуючи цьому недоумку Віктору. Цей товстюх таки тупий! Вони не далеко від нього втекли. Життя як казино. З одного боку є ті, хто вірять у талан і програють, та невірці, які щоразу зривають куш. Сьогодні власником казино виступав Віктор: такий собі співчутливий трунар, він знав, що скоро здере з них шкуру, але поки змушений приховувати душевну втіху.

— Розслабся, — порадив Володимир.

Я сів проти шахівниці. Леонід допив «сто другий» Томаша та замовив у Жакі пляшку «Кот-дю-Рону».

— Сподіваюсь, я пишатимуся тобою, — сказав мені Ігор.

— Леоніде, не забувай, ми поставили на тебе, — вигукнув Імре. — Грошики нам потрібні.

— Мішелю, грай як завжди, — кинув Томаш.

— Мені було б легше грати в тиші. Треба сконцентруватись.

Грегоріос узяв окуляри, поміряв.

— Нічого не видно.

— Для того їх і придумали, — привітним голосом пояснив Віктор.

Варто остерігатися низькорослих череванів, товстощоких добродіїв з янгольським виглядом першопричасників. Вони найнебезпечніші. До мене підсів Леонід. Поставив келих з вином на круглий столик. Надів світлонепроникні окуляри. Підвів голову, наче в пошуках світла, навмання простягнув руку, щось намацав й мало не скинув свого ферзя.

— Як хочеш, я пересуватиму твої фігури, — сказав Павло. — Казатимеш куди.

— Ну бодай раз Павло виграє партію, — видав Томаш.

— Я так само прошу тиші, — мовив Леонід. — Чи ти готовий, Мішелю?

Усі принишкли в очікуванні першого ходу. Я замислився. Як гравець, що розпочинає партію й одразу прораховує наступний хід. Правда, я був Ботвинником, найсильнішим гравцем світу. Я посунув пішака e2-e4. Цей тупак «Константинопольський» відповів своїм пішаком c7-c6. Оригінальний початок військової операції. Я повів далі d2-d4, він заблокував мене d7-d5. Головне — не квапитись. «Все має здаватися природним», — утовкмачував Леонід напередодні. Щоразу він давав указівку, і Павло пересував за нього фігури. На дев'ятому ходу я вдався до незначного рокірування. Це викликало перешіптування глядачів.

— У малого виходить.

— Непогано грає.

Якщо одного дня я залишусь без роботи — подамся в «Комеді Франсез». Я грав не партію, а роль, заздалегідь вивчивши кожен рядок, з партнером, що знав текст, як свої п'ять пальців. Ми обмінювалися репліками, як двійко старих лицедіїв. Але ми вже постарались! Більше не прикидалися. Ми вжилися в наших персонажів, були щирими, спонтанними, живими, перебували на піку напруги, дещо вагалися, вичікували, сиділи зі зморшками на чолі, захоплювалися, часом зневірялися, дивувалися і вдавалися до глибоких роздумів. Решту цікавив тільки бій. Леонід скидався на справжнього незрячого, якого мій кінь e2-d4 загнав у скруту. Втративши контроль над вертикаллю короля, його тура відкрила доступ до центру моєму королю. Леонід сповільнив гру. Відчувалось, що перед ним проблема. Він простягнув руку перед собою.

— Чим ходитимеш? — спитав Павло.

— Подай келих, чорт забирай!

Павло дав йому вина, і той випив одним духом. Напруга зростала. Зітхання, відкашлювання. Хустинки втирали піт з чола.

— Просто нереально, як він тримає в голові всі фігури. Яка пам'ять! — сказав Томаш.

— Стули пельку! — відрізав Володимир.

— Я хочу пити, — сказав Леонід. — Освіжіть келих!

Павло долив «Кот-дю-Рону». Леонід відпив половину і затримав його в руці.

— Нагадайте останній хід малого, — попросив він незвичним тоном.

— Він пішов конем із c3 та взяв пішака на b5.

Із цієї миті все пішло не за планом. На сорок першому ходу я мав узяти чорну туру та спровокувати його на обмін турами, щоб позбавити його останнього слона. Він мовчав. Краплі поту котилися скронями. Обидві руки затулили обличчя. Він довго сидів понурений, напружений, пальцями куйовдив волосся.

— Не може бути! — вигукнув він.

— Так і є, — сказав Павло.

У подальших подіях моєї вини не було. Я робив усе як треба. Відступився Леонід. Замість піти своєю турою g1-f1, як зробив свого часу Константинопольський, він пересунув ферзя на c6. Я не знав, чим відповісти. Я такого не чекав! Ніхто з присутніх нічого не помітив. Я штовхнув його ногою під столом. Він усміхнувся. Раптом мене осінило. Леонід придумав, як переграти Ботвинника. Це виявилось сильнішим за нього. Він не опирався, хоча й знав, що це влетить йому в кругленьку суму. Зіграв проти себе. Жоден із тих гравців, які досліджували й аналізували партію, не побачив, що Константинопольський міг виграти. Леонід перевершив свого учителя. Я точно знав — мені не викрутитись. «Ботвинник» програє. З натовпу лише одиниці відчули, що в мене пахне смаленим. Ігор дивився на мене співчутливо. Я зробив усе від мене залежне, аби бодай не впасти в очах загалу. Ця партія так і не стала винятком із правила. Голіаф переможе, а Давиду дістанеться по повній.

Віктор Володін борсався закутками своєї пам'яті в пошуках відголосків цієї дурнуватої гри. Його остання партія відбулася за громадянської війни, під час облоги Перекопа в жовтні 1920 року, ще до евакуації армії Врангеля. Йому було двадцять, відтоді він не грав сорок три роки. Він відчув радісне збудження у загальних перешіптуваннях та прикрих здогадках, що партія повернула на лихе.

— Втрачаєте колишні навички, Вікторе?

— Ми думали, ви хитріший.

— Як вам узагалі спало на думку поставити на хлопчака?

— Якоїсь миті я навіть злякався. Малий непогано грав. Створив йому скрутну позицію. Але Леонід переграв ситуацію.

— Готуйте грошики, Вікторе.

— Ми вип'ємо за ваше здоров'я!

— Про що це ви? — спитав Віктор. — Малий виграє.

— Йому мат за три ходи. Він не викрутиться, — стверджував Володимир.

— Не може бути!

На п'ятдесятому ходу, саме коли Леонід мав мене знищити, роз'ярілий Віктор різко провів рукою по дошці, і фігури розлетілися залом. Не встигли ми отямитися, як Леонід скинув окуляри, оцінив скоєне, накинувся на нього й почав кулаком гатити тому в обличчя. Він бив люто. Нарешті до нас дійшло, що він зараз заб'є його на смерть. Усі кинулися їх рознімати. Він уже гамселив Віктора ногою в живіт. Останній на диво моторно для своїх параметрів схопився на ноги. У нього було підбите око. Над бровою рясно точилася кров. Він чкурнув, не забравши грошей. Леоніда відпустили. Його сорочка багріла кров'ю патрона.

— Я практично його переміг! — горланив Леонід.

— І так зрозуміло. Теж мені досягнення — переграти Мішеля, — сказав Павло.

— Ти йолоп! Та я б переміг Ботвинника!

Не зрозумів ніхто. Крім мене. Партія зосталася недограною, після бурхливих обговорень дійшли висновку, що немає сенсу щось платити чи вимагати ставку. Кожен залишився при своєму, ніяких нарікань на розірване парі.

— Але ж ти непогано граєш, — запевнив Володимир.

— Ти прогресуєш, — сказав Ігор. — Я тобою задоволений.

— Тепер він зовсім як ми, — підсумував Леонід.

І зайшовся нервовим сміхом, невпинним та заразливим. На всю горлянку — і не міг зупинитися. Дихання зривалося. Заслъозилися очі, він схлипував. Не розбереш, сміється він чи корчиться від болю.

— У моєї кузини епілепсія. Щось схоже на це, — зауважив Віржиль.

— Це не напад, — запевнив Ігор. — Це така дивна істерика.

Усі вирішили, що він спричинився. Як то часом нагодиться з видатними гравцями. Вони досягають такого піку розумової активності, інтелектуальної чистоти й церебральної концентрації, що опиняються по той бік. Найрозумніші з нас використовують лише п'ять-шість відсотків ресурсів сірої речовини. Вони ж залучують іще кілька відсотків, які переселяють їх у світ, до якого більшість смертних не можуть за ними пробратися. Це дозволяє їм ділити шахівницю з Ісусом Христом, Наполеоном, Ейнштейном чи самим собою. Побутує одна історія про іспанського гросмейстера, що, розгромивши безліч разів Фрейда і Маркса, сімнадцять років розігрував повну неочікуваних поворотів партію із самим Дияволом. Останній ледь боронив позиції. Леонід повернувся на наш бік доволі швидко. Зблідлий, ослаблий, він тремтів. Нижня губа дрижала. Плакав, мов хлопчик.

— Я переміг Ботвинника!

Балаган дозволив мені вислизнути. На вулиці накрапало. Мені хотілось сигарети. Купити пачку я не наважувався. Саша чекав на переході. Я зупинився на порозі. Не хотів з ним розмовляти. Засвітилося червоне. Він не перейшов. Обернувся, помітив мене, усміхнувся. Підійшов.

— Ви прогресуєте, милий Мішелю, мої вітання. Чи то нещасний Леонід утрачає хватку.

Миттю мене охопив страх: а що, як він упізнає партію?

— Не знаю вже, чи то Леонід перепив, чи на вас зійшло натхнення. Важко віриться. Фортуна й шахи несумісні. Як вам удалося з ним конкурувати? Я був повірив, що ви його здолаєте. Щоб створити йому небезпечну ситуацію, потрібен неабиякий талант. Сорок ходів ви зіграли, мов гросмейстер, а потім усе пішло шкереберть. Він викрутився влучним піруетом, а ви грали, як йолоп. Наче не розуміли, як бути далі. І те, що цей кабанюра Володін поставив на вас проти Леоніда, хай навіть незрячого, видається сюрреалістичним. Вам пощастило, що решта безнадійно наївні.

Він чекав відповіді з фірмовою легкою посмішкою та зіщуленими очима. Пригостив мене «Голуаз» та прикурив. Визнати фальшиву партію — означає визнати себе нікчемою. Як розкрию правду — він згидує дружити з ошуканцем. Я курив, наскільки ставало легень. І витримував його погляд. Щойно я набрався духу в усьому зізнатись — Ігор урятував мене своєю появою.

— Якого дідька ти стоїш із цим типом?

— А що? Ми балакаємо.

— Так не піде, Мішелю. Ти з ним чи з нами?

Я переводив погляд з одного на іншого. Саша залишався незворушним. Ігор скипів. Я злякався, що він на нього зараз накинеться.

— Якби ти пояснив, я б зрозумів.

— Це давня справа, тебе не стосується. Скажу єдине: не довіряй йому.

Саша зробив вибір за мене:

— Позбавляю вас клопоту, Мішелю.

— Попереджаю тебе, — пригрозив Ігор. — Тобі тут більше не раді. Якщо ще раз прийдеш, я натовчу тобі пику. Останнє попередження!

Саша всміхнувся, знизав плечима.

— Оце нажахав. Тепер усю ніч не спатиму, — відповів він спокійним тоном.

Він обернувся й поволі пішов у напрямку авеню Данфер-Рошро.

— Ти можеш до нього приєднатися, — сказав Ігор. — Але тоді до цього Клубу не повертайся.

— Я з вами, Ігорю.

Він поклав руку мені на плече й притис до себе.

— Я радий, Мішелю. Робиш надзвичайні успіхи. Я розповідав тобі про мого сина?

— Небагато.

— Він твій ровесник. Ви б поладнали. То ти тепер куриш? Віднедавна?

— Одну сигарету час від часу.

Ігор розповів нам про зустріч патрона і його робітника. Віктор мав перев'язану руку, запливле око, роззявлений рот, розпухле обличчя насиченого фіолетового кольору, нестачу двох зубів і перекошену щелепу, що спричиняла шепелявість. Він уже збирався повідомити Леоніда про звільнення за нанесення важких тілесних ушкоджень із побиттям і пораненням, що могло призвести до смерті його начальника. Але той не дав йому договорити.

— Звільниш мене, і я заріжу тебе як свиню, бо ти нею і є. «Кинджалом Распутіна», твоїм подарунком. Навіть не говоритиму, що тобі заподію. Ти мене знаєш, Вікторе Анатолійовичу, я не жартую. Пригадуєш, що робили з біляками, якщо, бува, впіймали одного? Ти вимолюватимеш смерть.

Подумавши, Віктор передумав його звільняти. Поводився, наче нічого й не сталося, і пояснював, що послизнувся на сходах свого будиночка в Л'Аї-ле-Роз.

12

У червні відбулася грандіозна подія. Я б іще назвав її приголомшливою, неабиякою, винятковою. От тільки я єдиний, хто її помітив. Я чекав обговорень, позитивних відгуків, схвальних висловлювань. Ждав, що до мене підходитимуть, тиснутимуть руку, плескатимуть по плечу. Так прочекав тиждень. Без змін. Але ж таке не може зостатись непоміченим. Це немислимо, нелогічно й несправедливо. Доведеться звикати. Зрештою, Ван-Гог не продав за життя жодної картини, Кафка помер невідомим, а Рембо розчинився в загальний байдужості.

— А якщо я покажу тобі щось надзвичайне? — спитав я Жульєтт, дочекавшись паузи в її базіканні.

— Що саме?

Коли в її голівці зароджується якась ідея, Жульєтт спроможна двадцять разів повторювати прохання, знову і знову напосідати з різних боків. Вона успішно практикує вроджену техніку домагатися бажаного виморюванням жертви. Ви погодитеся на що завгодно, аби вона дала вам спокій. Я був незворушний.

Криштальне небо. Шовкове повітря. Ми перетнули Люксембурзький сад, спустилися вулицею Бонапарта аж до церкви Сен-Сюльпіс. Дійшли до «Фоторами». Я спинився перед вітриною. Вона дивилася, не розуміючи, на що.

— І що тут?

— Поглянь на світлини.

Вона спинила погляд на виставлених роботах. Завмерла.

— Цього не може бути!

— Може!

На маленьких мольбертах хизувалися два чорно-білих фотознімки Акіда й Галатеї. На картонці була біла наліпка великими буквами: «Мішель Маріні».

— Ти зробив ці фото? — вигукнула Жульєтт.

— Усередині є ще.

— Вони захопливі!

— Як тобі?

— Неповторно. Де ти їх зробив?

— Фонтан Медічі. Люксембурзький сад.

Двері магазину відчинилися. З'явився Саша в білому халаті.

— Як справи, Мішелю?

Я їх познайомив. Саша вразив Жульєтт своїм низьким голосом, спокійними манерами й галантними жестами.

— У вас дуже талановитий брат. Я в його віці таких фото не робив.

Відблиск захоплення в очах Жульєтт змусив мене полюбити його до кінця моїх днів. Я був практично в невагомості, у мене палали щоки, а спиною бігала колонія мурашок.

— Не я один його оцінив, — вів далі Саша. — Ми продали ваші роботи.

Я аж рота роззявив. Жульєтт також.

— Один цінитель купив серію з п'яти знімків фонтану. Його обслужив патрон. Покупець залишився вдоволеним. Ці два я помістив до вітрини, хоча мені здається, що їм бракує контрасту. Отак починається визнання. Ходімо, я вам заплачу.

У мене палали вуха. Ми зайшли за ним до магазину. Він витяг із шухлядки білого конверта.

— Патрон назвав зазначену вартість. За п'ять негативів він міг би отримати знижку, проте клієнт не став торгуватися й розрахувався готівкою. Знавці не сперечаються. Він реалізував їх по тридцять франків за штуку, мінус витрати на друк і комісійні за експозицію. Вам залишається дев'ятнадцять франків за негатив, тобто дев'яносто франків загалом.

Він виклав на прилавок п'ять купюр. Одного «Генріха IV» та чотири «Рішельє». Я не наважувався їх торкатися. Не зводив з Саші очей.

— А ваша доля? Я б хотів вам заплатити.

— Жартуєте, Мішелю? Мені заплатять за роботу. Беріть гроші. Вони знадобляться вам на хорошу техніку.

— Що б ви порадили?

— Найкраще — це «Роллейкорд»[1]. Він потребує вправної руки й чималих коштів. Дзеркалки й компакти не такі дорогі та практичніші у використанні. Час від часу їх можна знайти за доступними цінами.

— Скільки фото доведеться продати, щоб дозволити собі такий?

Він замислився.

— Близько сорока, може, п'ятдесят.

— У мене є певні обов'язкові витрати. Я не назбираю.

— Не поспішайте. Насолоджуйтеся гонораром.

Ми потисли руки через прилавок. Я забрав гроші. Поклав до гаманця. Він провів нас до дверей і відійшов убік, щоб пропустити.

— Наробите нам гарних фото, Мішелю, і ми їх продамо.

— Приємний мосьє, — сказала Жульєтт уже на вулиці.

Подумки я вдався до підрахунків. Скільки фото потрібно на «24 години Ле-Мана», підхожий фотоапарат і два десятки альбомів, відмінусувавши обов'язкові кишенькові витрати? Жахлива цифра. Дві сотні? Більше? Розуміючи, що мій каталог зводиться до п'яти фотографій, нехай одного

---

1 «Роллейкорд» («Rolleicord») — двохоб'єктивні дзеркальні фотоапарати, які випускала з 1933 по 1976 рік німецька компанія «Franke & Heidecke», згодом — «Rollei».

погідного дня якийсь перехожий американець спокуситься на дві-три, скільки ж треба наробити знімків задля захмарної мети? Допевне, варто придивитися до базиліки Сакре-Кер і Тріумфальної арки — це збільшить продажі? Я не хотів опускатися до рівня поштових листівок. Можливо, варто перерити архіви і знайти щось непомічене, що Саша погодиться виставити. А як щодо знімків Сесіль? Чи я маю право їх використовувати? Що з нею сталося? Я обернувся, наче вона стояла позаду.

— Мішелю, мене це починає дратувати, ти що, узагалі мене не слухаєш?

Жульєтт повернула мене до реальності.

— Я тільки тебе і слухаю.

У її голівці визріла чергова ідея, яка дозволить нам обом підзаробити. Їй треба поговорити з батьками своїх найкращих подруг. Вона знає зо дві дюжини тих, хто не має куди дівати гроші. Вона перелічила:

— Тато Наталі тримає перукарський салон, страх як багатий. А батько Сільві придбав нерухомість на Півдні. Її мама бігає магазинами, бо вже не знає, чим обставити будинок. Я поясню, що ти геніальний фотограф і їй варто поквапитися, поки твої роботи не досягли захмарної ціни. Займуся рекламою. Крім того, треба підшукати іншу галерею. Ця не така вже й погана. Твій друг милий, але в бізнесі не місце сентиментам. Доведеться знайти нижчі комісійні. Тобі так не здається?

Я навіть не встиг відповісти.

— Я можу тобі щось показати?

Вона притягла мене на вулицю дю Фюр, до вітрини магазину одягу.

— Прийшли.

Я шукав поглядом, на що ж мені дивитися. Вона показала на біло-рожевий обруч.

— Мішелю, молю тебе. Мені страх як його треба. У Ізабель такий самий.

Вона скорчила жалібне, навіть переляканe обличчя. Я прикинув, якщо її це втішить, можна й купити, адже досі ніколи нічого їй не дарував. Якщо митець заробляє гроші, може й презентувати сестрі обруч.

Продавчиня акуратно дістала його з вітрини, нічого там не зачепивши.

— Він у нас останній.

Жульєтт приміряла, глянула в дзеркало. Покрутилася. Вона сяяла від щастя.

— Як він тобі?

— Тобі дуже личить. Я його куплю.

Вона кинулася мені на шию та обійняла. Коли я підійшов до каси, продавчиня назвала ціну. Я не повірив своїм вухам.

— Ви, мабуть, помилилися. Це неможливо. Обруч не може коштувати тридцять франків.

— Він брендовий! — вигукнула Жульєтт. — За іменитого модельєра це зовсім недорого.

— Це вже занадто!

— Ти нічого не розумієш. Та ще й скнара!

На кілька секунд я завагався. Почувався загнаним у пастку. Складалося враження, що вона мене грабує. За такі гроші я зміг би купити десять плівок чи два рок-альбоми. Жульєтт не зводила з мене очей. Вона зблідла. Та чи треба мені з нею сваритися, щоб вона зненавиділа мене за відмову? Я дістав гаманця. Заплатив з усмішкою, проте кожна купюра важила добру тонну.

— Дякую, — сказала Жульєтт. — Бачив шарф, що йде в комплекті?

— Знущаєшся з мене?

— Він недорогий.

— Якщо дозволите, — втрутилася продавчиня, — за шарф такої якості...

Я вилетів з бутика, похиливши голову. Жульєтт ішла слідом.

— Ну й залиш собі ці гроші! Попереджаю: я нікому не розповім про твою безглузду виставку. Не розрекламую. Ніхто про тебе не дізнається! Тобі ж гірше!

Цей прикрий інцидент доводить, що сестри вкрай невдячні. У французькій мові не існує жіночого еквіваленту до слова «братній». Він попросту непотрібний. Де-факто через отакі корисливі історії з пасками, сережками й усілякими брязкітками чимало геніїв так і залишились невизнаними. Особливо у фотосправі.

Я скористався неочікуваним багатством і вклав гроші у «With the Beatlcs» — їхній свіженький другий студійний альбом. Годинами смакував цю божественну музику. Слухав на повторі «All my Loving...»: «Close your eyes and I'll kiss you, Tomorrow I'll miss you...» Я саме раював, коли Жульєтт спробувала мене перервати:

— Що за платівка?

— Геть!

Я дозволяв собі вибудовувати грандіозні плани. Враховуючи різного роду витрати, у мене залишилося тридцять п'ять франків, що становить менше ніж десяту долю «24 години Ле-Мана». Усі сподівання я покладав на Сашу. Судячи зі скромних і помірних витрат, щоб зібрати потрібні кошти, мені знадобиться щонайменше рік. Треба збільшити обсяг робіт. Я відібрав, як мені здалося, вартісні фото. Вийшло сім. І пішов за вироком до «Фоторами». Патрон побачить Сашу аж під кінець тижня. Я заскочив до нього і вдома не застав. Тож пропхав світлини під двері, додавши записочку: «Буду вдячний за вашу думку. Мішель».

У «Бальто» святкували обрання Кесселя. Ігор запропонував келих шампанського. Я випив за крісло академіка, що дістанеться Кесселю вже з нового року[1]. Він освіжив мого

---

[1] До складу Французької академії входить 40 членів, за кожним із яких закріплюється свій номер крісла. (*Прим. пер.*)

келиха. Кожен намагався до нього підійти й під оплески та підбадьорювання розповідав, який же він видатний письменник, сердечна людина та як нам поталанило мати його за друга. Кожен чекав своєї черги. Ми піднесли келихи за його здоров'я. Усі подивилися в мій бік. Чекали, що я перейму естафету. Здавалось, що всі вилупились на мене, як на недоумка. Я був заскочений зненацька. І міг би повторити вже сказане або виголосити тираду трюїзмів[1], але вибрав найневдаліший варіант: піти пробоєм. Якби я обмежився тими ж банальностями, що й Володимир чи Томаш, ніхто б на мене не образився. Але я вчинив яскравіше:

— Щоб сказати щось путнє про Кесселя, знадобиться чимало часу, краще вшаную подію, як вона того вартує: я всіх пригощаю на його честь!

Заледве я договорив, як зірвав аплодисменти.

— Щоб Мішель пригощав!

— Тепер ми все бачили!

Ігор схилився до мого вуха.

— Ти впевнений?

— Не хвилюйся, гроші я маю.

— Шампанське чи ігристе? — уточнив Жакі.

— Надаю перевагу кларету.

Але то була гулянка! Володимир, Ігор і Леонід заспівали російською «Пісню партизанів». Вони виконували її тягуче, сповнивши мелодію гнівом і скорботою. На другому куплеті приєдналася решта, правда французькою. Версії були синхронні, нота в ноту. Мене вкрили сироти.

Коли принесли мою пляшку, вони обмацали її, щоб переконатися, міраж це чи диво. Усім кортіло спробувати її на смак. Здавалося, то був найкращий на їхній пам'яті кларет. За півхвилини пляшки не стало. Леонід миттю замовив ще

---

1 Трюїзм (*англ.* truism) — загальновідома, заяложена істина; банальне твердження. Трюїзмом вважається дещо безсумнівне, настільки очевидне, що може бути лише нагадуванням.

три й заходився до своїх оповідок. Того вечора він був невтомний.

— Коли Хрущов приїхав на Асамблею ООН до Нью-Йорка, то викликав Кеннеді на велоперегони. Попри біль у спині, Кеннеді переміг із відривом. Газета «Правда» вийшла із заголовком: «Радянський тріумф у Нью-Йорку: Хрущов другий, Кеннеді передостанній».

Ми мало не вмерли зо сміху. Павло аж вдавився, Грегоріос кілька разів міцно поплескав його по спині.

— А знаєте, що таке струнний квартет по-радянськи?

Ми взялися вгадували. Справжній поєдинок абсурдів.

— Симфонічний оркестр, що повернувся з турне Заходом!

Павло впав на коліна. Заслъозилися очі, він захрип і не міг відновити дихання.

— Годі, Леоніде, ще трохи — і ти його вб'єш.

Вернер плеснув йому в обличчя водою з графина. Жакі подав мені рахунок. Перше частування обійшлося мені у двадцять два франки. У порівнянні з моїми подальшими пригощаннями це було найвеселішим на моїй пам'яті. Ігор збирав у капелюха пожертвування на академічну шпагу[1]. Кожен пхав руку так, щоб не було помітно, скільки він поклав. З моїх статків залишилось десять франків. Якусь мить я завагався. Притримав половину. Діяч рівня Віктора Ґюґо заслуговує на відповідне ставлення.

Складалося враження, що я втратив батька, він навіки відійшов на недосяжну відстань. Ми спілкувалися лише телефоном. Він не побачив моєї експозиції, бо засів десь у глибинці. Навіть не дізнався про неї. Як і мама. Їй бракувало часу. Одного вечора я обклеїв стіни моєї кімнати своїми роботами. Вдалими, невдалими і ще всілякими. Я не лічив. Просто цілий пакет. Мені знадобилися дві коробочки золотавих

---

[1] У кожного члена Французької академії власна особлива шпага, що її виконують за ескізами спеціально запрошеного художника.

канцелярських кнопок по двісті штук у кожній. Вийшла експозиція фонтану Медічі. З усіх можливих і неможливих ракурсів. Така собі недовершена та груба мозаїка. Ще було панно із сорока двома фото Сесіль. Удома, на кухні, на балконі, під час прибирання, бігу, читання обіч фонтану. Мені подобаються кадри, зняті нишком. Серед них був один улюблений. Скуйовджене волосся, підігнуті до обличчя коліна, з-за яких заледве видно очі. Скидалася на кінозірку в завченій позі. Наче не хотіла бути поміченою. Я не показував Саші жодного із цих фото. А вони б йому сподобались. Я не бажав ані показувати її, ані виставляти на загал, тим паче продавати хай там кому. Ніхто ніколи її не побачить. Я зрадів, що віднайшов її. Ми знову могли годинами бути разом. Я читав поруч із нею. Вона була зі мною.

Одного суботнього полудня я сказав мамі, що хочу їй щось показати. Заледве увійшовши, вона заклякла й миттю спалахнула. Розлючена, що я «спаплюжив» кімнату. Наказала негайно все познімати. Я відмовився. Тон розмови підвищився. Як розростається пожежа, яку не контролюють. Я закричав, що не бажаю надалі жити в цьому домі, що вона мене пригнічує, що житиму з батьком. Вона вибухнула сміхом.

– У тебе маленька проблема. Твоєму батькові не стає грошей навіть на квиток до Парижа. Якщо ти сподіваєшся, що йому вистачить коштів на твоє утримання, то глибоко помиляєшся. Доки ти тут – робитимеш, що я кажу. Ти навчишся покори! Тут я командую, подобається це тобі чи ні. Ти негайно знімеш зі стін цей кошмар!

Я не відреагував, вона почала зривати фото одне за одним. Не забираючи кнопок, просто здирала. Я не хотів, щоб вона торкалася знімків Сесіль.

– Я сам, – вигукнув я.

Коли я повернувся з канікул, проведених у Бретані, настали важкі часи. Я був розгублений. Навідався до Саші, хотів запросити його до «Сінематеки». Він був завалений роботою.

Я пішов сам. Крутили індійський фільм в англійському дубляжі. Історія про старого збанкрутілого аристократа, що витратив останні заощадження на приватний концерт з музиками. На виході зі мною стався нещасний випадок. Раптовий та непередбачуваний. Я був переконаний, що це неможливо, бо наді мною крило янгола-охоронця. Ступив кілька кроків тротуаром вулиці Ульм, шукаючи абзац, на якому спинився напередодні, — і тут на мене зі всього розмаху злісно налетіли. Я опинився на землі, дезорієнтований і травмований. Стукнувся головою. Об щось невідоме. Зібрався із силами. І побачив її. Навпроти мене. Вона терла чоло, прикрите кучерями. Здавалася здивованою і збитою з пантелику. Ми помітили одне одного із подивом двох загублених на безлюдному острові мандрівників. На ній були джинси й тенісне взуття. Вона читала «Ранок магів»[1], а я «Привіт, смутку!»[2]. У мене не було жодного шансу.

---

1 «Ранок магів» («Le Matin des magiciens»; 1960) — праця Жака Берж'є и Луї Повеля, мікс науки, окультизму, астрології, наукової фантастики, написаний у популярному дусі.

2 «Привіт, смутку!» («Bonjour tristesse»; 1954) — роман Франсуази Саґан (1935–2004).

Вересень 1963 – червень 1964 року

1

Історіям треба з чогось починатись. Дебютна сцена нашої скидалась на німе кіно. Якусь мить ми залишалися одне супроти одного, намагаючись осмислити пригоду. Нас оточував гомін довколишнього світу на рівні тротуару. Глядачі, що виходили із «Сінематеки», нас просто переступали. А ми були сповнені ретроспективним переляком і відголосками неспинного серцебиття. Нам було недобре, але хотілося сміятись. Ми б могли вигукнути: «Ну й незграба!», — рознервуватись, посваритись, бути неввічливими, нагримати: «Під ноги треба дивися!», — як то буває сотні разів на день у метро. Зібралася купка глядачів. Ми опинилися серед їхніх ніг. Чули уривки розмов про використання музики як конструктивного елементу драматургії індійського кіно. Бурхлива дискусія була спрямована на конкретну дилему: має бути музика фоновим чи складовим елементом. Ми водночас вибухнули сміхом. Він став нам за візитки.

— Що ти читаєш?

Я показав їй обкладинку.

— Хороша?

— Непогана.

— Мій тато каже, що вона недалека.

— Бачила «Набережну туманів» Карне?

— По телевізору.

— Сцена, коли Ґабен зайшов до дешевої забігайлівки. Він зустрів там художника-мрійника у виконанні Ле Віґана[1].

[1] Робер Ле Віґан (1900–1972) — французький актор.

Останній сказав йому: «Я несвідомо пишу те, що приховане за явним. Плавець для мене — потопельник». Не пригадуєш?

— Не дуже.

— Саґан така сама. Вона описує дріб'язкові буденні речі. Якщо тобі достатньо того, що на поверхні, — це нудний романчик. Та вона розкриває те, що приховане за явним. Справжні історії кохання. Мені її порадила бібліотекарка. Взагалі-то це не мій жанр. Коли я знайомлюся з автором, починаю з першої книжки і спиняюсь тільки на останній.

— Дивно, але я також. І кого ти прочитав?

— Саме вийшов з грецького періоду. Казандзакіс, чула?.. Це незвично. Саме тому мені й знадобилося щось полегше. А ти що читаєш?

— Переважно американських авторів.

Вона всміхнулась. Я ніколи не бачив такої усмішки. Американська література стояла в тому закутку бібліотеки, де ще не ступала моя нога, — невичерпне джерело, але це буде після полиці Саґан.

Компанія над нашими головами пожвавішала. Хтось із навислих стверджував, що справжньому кіно музика ні до чого, бо в житті немає музики. Вони потроху відходили, не припиняючи запеклих дебатів про вплив фонограми.

— Таке щось кумедне говорять, — зауважила вона.

— У «Сінематеці» більше часу присвячують обговоренню, а не перегляданню кіно. Проблема постає, коли про фільм сказати нічого.

Я підвівся першим. Подав їй руку. Вона взяла її. Я потягнув, щоб її підняти. Зовсім не важка. Вона почесала брову, а я ніс. Я підібрав обидві книжки.

— А «Ранок магів» який?

— Геніальний! Це революція. Тобі варто прочитати.

— Я чув про нього. Має бути в бібліотеці. Я тебе штовхнув?

— Сама винувата. Читала ідучи.

— Я так само, тому тебе й не помітив. Цікавий збіг, чи не так?

— Випадковості не випадкові. Так мало статися, ми мусили сьогодні зустрітися.

— Я все ж схиляюся до того, що це була справа випадку. Ні я, ні ти не дивилися під ноги.

— Певні зустрічі повинні відбутися, а інші не трапляться ніколи. Який у тебе знак?

— Я Терези.

— Де асцендент?

— Не знаю. А що це?

— Існує тісний зв'язок між позицією планет у день твого народження та місцем народження, який впливає на твої вчинки й долю.

— Це газетний гороскоп? Та це ж байки.

— Я говорю про серйозні й доведені речі.

— Ти в таке віриш?

— Твердо. Світила реально впливають на нашу поведінку.

— Це неможливо! Існує безліч впливів і випадковостей, що міняють твою долю. Десять хвилин тому я преспокійно сидів у «Сінематеці». Планував залишитися на другий фільм — вестерн із французькими субтитрами. Останньої миті я змінив думку, сказав собі: ти забагато сидиш у закритому приміщенні, піди прогуляйся. Я вийшов. І бац! Не все написане наперед.

— Останні наукові праці доводять протилежне. Дослідження, підтверджені тисячами прикладів, показують, що Марс сприяє спортсменам, Юпітер — акторам, а Сатурн — науковцям. Нез'ясовна статистична аномалія. На кількісному етапі єдиний фактор випадку не може вплинути на вищезгаданий зв'язок. Наразі ми на старті і, якби були здатні до глибшого аналізу, змогли б прочитати наші життя заздалегідь і побачити, що так мало статися: ти мав передумати, а ми — зустрітися саме цієї миті, саме на цій ділянці вулиці Ульм.

— Як оригінально!.. Отож, мій нульовий рівень у математиці може мати астрологічне походження?

— Треба розрахувати твою натальну карту. Але мене б це не здивувало.

— У голові не вкладається. Я гарував як проклятий. З братом, колишнім найкращим другом, подругою і навіть сам. Результат: провал. Якщо вірити цій же подрузі, це психологічне. Через проблеми з мамою і татом. Я запитував себе, чи я вже геть тупий? Тепер, якщо існує зовнішній вплив, — він пояснює все. Навіть логічно. Слід було подумати про це раніше.

Ми цілу годину теревенили на тротуарі, сам не знаю про що. Усе змішалось. Вона розмовляла жестикулюючи, а я дуже серйозно слухав. Ствердно кивав головою. Вона глянула на годинника.

— Уже пізно, маю йти.

— Бувай.

Вона повернула в інший бік і пішла. Я дивився їй услід як той йолоп, хоча чому як. Я мав відмовку. У мене був шок від приголомшливого відкриття, що мій нульовий рівень у математиці пояснюється класичним фаталізмом. Вона зникла за рогом майдану Пантеон. І тут я усвідомив, що нічого про цю дівчину не знаю. Мені й на думку не спало поцікавитися її ім'ям. Як я міг це упустити? Не розпитати, де вона живе, в який ліцей ходить, чим займається, чи ми змогли би ще зустрітись. Справжній тюхтій.

Я побіг. Вона зникла. Я обійшов усі закутки. Вона зникла. Як віднайти її без жодної підказки? Чи зведе нас колинебудь нова випадковість? Або планети? Шанс падає вам до рук один-єдиний раз. Не вхопитесь за нього — ваші проблеми. Я змарнував унікальну й виняткову нагоду, і винуватий у цьому я сам. Докоряв собі як ніколи. Але ж якщо все розплановано, отже, так уже написано: ми мали зіштовхнутися, я мав її відпустити без прізвища й імені та до скону шукати її слід. Можливо, у сімдесят знову її зустріну? Стану лисим, беззубим і пузатим. Вона буде зморшкувата й немічна. Я ходитиму з ціпком. Вона зрадіє нашій зустрічі. Ми дізнаємось, що роками марно шукали одне одного в цьому кварталі, бо тоді згубили кілька секунд. Вона так часто мене згадувала, а потім з горя вийшла заміж і народила шістьох дітей. Ми врешті дізнаємося наші імена. Я візьму її старечу руку. Ми ніжно всміхнемось одне одному.

2

На літніх канікулах я дійшов до ручки. Третього липня тато врешті відкрив магазин електропобутової техніки, але справді приголомшливим відкриттям для нього став нечуваний факт оплачуваних відпусток у Мезі. Поодинокі допитливі відвідувачі, які наважувалися зайти в безлюдний магазин, констатували, що він гарний і дорогий. Справи йшли туго. Попервах він планував показати нам Бар-ле-Дюк. Я до останнього сподівався вислизнути від кузенів. Після їхньої щасливої репатріації до метрополії два роки тому ми бачилися часто. З незрозумілих мені причин вони не припиняли виявляти до мене свою прив'язаність і симпатію. Я їх не зносив. Не лише за крайнє невігластво і вірність французькому Алжиру, але й через цей нездоланний «чорноногий» акцент, який ніяк не викорінювався. Я підозрював, що для них то була справа честі — оберігати й культивувати його. На перших порах я з них знущався. Це їх смішило. Тато відмовився від запланованих канікул в Мезі. Отож від 15 липня і до кінця серпня мені випала унікальна нагода захопливо провести час у Перро-Ґірек у компанії Делоне — за десятиградусної води, з гумовими кругами, похмурим небом, прибережними доріжками-ковзанками, безкінечними партіями в «Монополію» і моїм персональним ярмом — шкільними завданнями на канікули. Кузени робили по десять-двадцять помилок на сторінку. Непомічений серед загальної байдужості, я склав випускний іспит із середнім балом 10,2. Зв'язаний родинною солідарністю, я мусив щоранку начитувати диктанти цим тупакам. Коли я запевняв, що орфографічні помилки виправляються щоденним читанням, вони витріщалися на мене, наче я розмовляв китайською. 30 липня відчай взяв наді мною гору.

Стравою дня був «прегарний фрагмент» Поля Бурже, як упевнено стверджував дідусь Філіпп, що вважав його за найвидатнішого письменника XX сторіччя, а «Учня» — взагалі настільною книжкою. Я послав їх та вийшов, грюкнувши дверима. То був день святої Жульєтт, і сестра розізлилася на смерть за зіпсоване свято. Вона була переконана, що я обрав цей день навмисне. Попри мамині накази, я відмовлявся вибачатись і визнавати свою грубість і, щоб погіршити своє становище, більше не брав участі ні в щоденних диктантах, ні в скуповуванні готелів на Рю де ла Пе.

Одного дня мама поцікавилася, чому я ніколи не знімаю родину чи Бретань. Я не відповів.

— Перепрошую, що здерла твої фотографії. Я була на нервах. І втомлена.

— Фотоапарат я викинув!

— Чому? Це був подарунок на день народження.

— На ньому виходили нікудишні знімки.

— Якщо хочеш, куплю тобі новий.

— Накупи краще поштових листівок.

Вона придбала «Полароїд»[1]. Вони аж тупотіли ногами від цих фото в мінорних і неприємних відтінках. І увесь час клацали знімки й реготали, дивлячись, як вони виходять з верху апарата.

— Гей, Каллаґане, чого це ти вислизаєш щоразу, як ми робимо сімейне фото? — спитав Моріс.

— Бо не хочу бути поруч із вами на світлині.

Місяць я провів, обмежуючись уривками слів. Самотньо тинявся ландами, читати не міг — штормило, зате зрозумів, чому в Бретані стільки придорожніх розп'ять. Щодня пополудні ми відвідували млинцеву. Млинці тут робили тоннами.

— Ай-ай-ай, до чого ж доладний цей млинець, очей не відвести!

— Ти куштував ось цей, синку?

---

[1] «Полароїд» («Polaroid») — фотоапарат, який робить моментальні знімки.

— Та ви «чорноногі», — зауважила продавчиня млинців із конусоподібним бігудэном[1] на голові.

— Так, мадам, і цим пишаємось!

Вони презентували жінці її миттєву фотокартку. Вона зауважила, що прогрес не стоїть на місці. Якось у Пемполі — не уявляю, що на них найшло, припускаю, нефільтрований сидр — вони заспівали: «Це ми, африканці, повернулися здалеку...»[2]

Повернення до ліцею розпалило в мені нечувані захоплення й ентузіазм. Проте з початком занять на мене дожидав неприємний сюрприз. Зник Ніколя. Мій найдавніший друг. Названий брат. З яким ми ділили все, ну майже. Який був гостем на днях народження. Чий батько якось увечері в четвер сказав мені, щоб підбадьорити, що я член родини і можу почуватися як удома. З яким ми товаришували на засадах гармонії та взаємоповаги. Пропав. Звітрився. Загубився. Я перейшов із «С» до «А». Він має бути в іншому випускному класі. Але ніхто про нього нічого не знав. Я навідався до їхньої квартири в районі майдану Мобер. Вони з'їхали під кінець липня. Консьєржка не знала куди. Поїхали без попередження. Я їй не повірив. Побіг у найближче бістро. Купив жетон до таксофону. Набрав його номер. Жіночий голос відповів:

— Набраний номер не обслуговується. Проконсультуйтесь із довідником чи поцікавтесь у довідковому бюро.

Мене охопили гнів і роздратування. За тиждень до мого від'їзду на канікули ми саме записали альбоми Літла Річарда і Джеррі Лі Льюїса. Я зекономив йому цілу купу грошей, а він віддячив, кинувши мене, як стару шкарпетку. Не поінформувавши про переїзд. Але найгірше, що я йому позичив платівку Фетса Доміно з колекції П'єра. Річ унікальна і вкрай

---

1 Бигуден — традиційний жіночий головний убір в однойменній місцевості на південному заході Бретані у Франції.

2 Марш «Пісня африканців» нині сприймається як гімн самоідентифікації «чорноногих» — прибічників Французького Алжиру.

рідкісна. Ніколя мав провести канікули в дідуся з бабусею у якійсь глибинці Де-Севру, що славився смертельною нудьгою й нескінченними днями. Він сподівався скористатися абсолютною тишею та зробити досконалий запис. Тому вдався до витонченого шантажу, заснованого на недомовках:

— Якщо наступного року сидітимемо разом, я більше не зможу давати тобі списувати контрольні з математики. З Чахликом усе було просто. А от Перетті — геть інша річ. Ще та скотина. Усе ходить між рядами. Знає всі трюки.

Такий аргумент змушує замислитися. Я здався. Позичив йому «Blueberry Hill». Коли я віддавав платівку, він якось дивно всміхнувся:

— Можеш на мене покластися.

Я втратив свого Фетса Доміно. Він знав, що поїде з Парижа. Ніякого прощання. Ніякого жалю. Ніякого, бодай найменшого, смутку. Наче я був незнайомець. Нізащо б не зміг уявити такого. Тільки не Ніколя. Відчуття, ніби в мене вкрали роки дружби. Він не мав права. Не сьогодні-завтра ми побачимось. Чекаючи, я нічого не втрачаю. Я засаджу йому кулаком по пиці. Апогеєм стало те, що віднині я сидів поруч із Бертраном Клері. Він страхався власної тіні, затуляв від мене лівою рукою свої безцінні каракулі, а як того видавалося замало — повертався плечем. Щоразу, як сідав, я не нехтував нагодою зачепити його ліктем чи наступити йому на ногу. Не знаю, чи то вплинув Перетті, чи понизився загальний рівень, може, то везіння, але я потроху піднісся над середнім рівнем і більше не почувався спортивною грушею.

У Генріху IV я діставав таке собі задоволення, тримаючись осторонь однолітків. Щоранку я ставив перед собою нову мету. Ні з ким не вітався. Не розтуляв рота протягом дня. Не відповідав на жодне запитання. Не потискав нікому руки. Намагався бути людиною-невидимкою. Результат перевершив мої сподівання. У школі більше ніхто й словом до мене не прохопився. Крім Шерлока: з ним вітатися я мусив. Нарешті я залишився на самоті. Міг собі спокійнісінько читати.

Клері спала пречудова ідея — пересісти за першу парту. Місце Ніколя було порожнє. Я губився між гнівом і смутком. За тиждень мені здалося, що настав слушний момент зустрітися зі справжніми друзями. Я повернувся до «Бальто».

Ігор з Леонідом грали в кікер. Як селюхи. Викидали кручені м'ячі. І реготали щоразу, як забивали гол.

— Що ви робите?

— Гляньте, хто повернувся, ми вже подумали, ти переїхав, — сказав Ігор, не відвертаючись від гри.

— Трохи вправляємось, — підхопив Леонід.

— Навчи нас грати, — попросив Ігор.

— Не у вашому віці. Починати треба молодим.

— Ах ти малолітній хитруне, я бігаю швидше за тебе! — кинув Леонід.

— Ми ж навчали тебе шахів, думаєш, це нас забавляло?

Отак я дав їм перший урок кікеру. Їм сподобалося. Це стало для них улюбленою розвагою. Щовечора перед шахами вони розігрували дві-три партії. У кікері вік не важливий. За кілька тижнів вони утворили пару, знану як «Большиє», яка встигла прославитися недбалістю та завсідною скандальністю. Ігор, ставши на задню позицію, став нічогеньким захисником, а Леонід нападником. Хоча правил вони дотримувалися вкрай недобросовісно. Скажімо, порушували заборону розмовляти російською (це щоб дезорієнтувати супротивника) або ж безмежно довго утримували чи пасували м'яч перед ударом. Часом Леонід щось собі вигукував. Коли йому пояснювали, що це проти правил, він починав гучно чхати й забивати за інерцією. Якась неспортивна гра. Угамувати їх не вдавалось: вони прикидалися, що не розуміють французької.

— Ти якийсь сам не свій, — констатував Ігор.

— Проблема з найкращим другом. Він щез, нічого не пояснивши.

— То це тому в тебе похоронний вигляд? — кинув Леонід. — Ходімо, чогось вип'ємо.

Я розповів їм про зраду Ніколя. Вони якось його бачили.

— Твій Ніколя — це дитячий садок. Я вчиняв куди гірше, — пояснив Леонід, наповнюючи келиха. — Я покинув свого найближчого друга, Дмитра Ровіна. Винятковий лікар, що врятував мені життя. Його заарештували. Його мати благала мене втрутитися, задіяти свої зв'язки, щоб пом'якшити його долю. Я б міг бодай спробувати його врятувати. Але я сказав собі, що це того не варте. Що я ризикую себе скомпрометувати. І я кинув його напризволяще.

— Швидше за все, твій безглуздий ризик не дав би результату, — сказав Ігор.

— Ігорю Емільовичу, а як би ти вчинив?

— То була доба, коли люди зникали з невідомих причин. Така собі епідемія, про яку було соромно говорити. Я чинив, як і всі, Леоніде: відводив погляд. Не забивай голову. У найгіршому разі він провів кілька років на каторзі та був звільнений 53-го, після смерті Сталіна. Сьогодні він заходився коло свого діла в котрійсь ленінградській клініці чи деінде, а про тебе не думає.

Леонід долив собі «Кот-дю-Рону». Тремтливою рукою. Шийка пляшки цокала об край келиха. Він схопив мене за плечі.

— Знаєш, за що його ув'язнили, Мішелю?

— Звідки ж мені знати?

— Леоніде Михайловичу, досить! — вигукнув Ігор. — Це зайве!

— Його звинуватили в незаконній торгівлі медикаментами.

Він вийняв із кишені брунатний флакончик і поставив на барну стійку.

— Знаєш, чому я приймаю по десять крапель цієї скверни зранку і ввечері?

Я захитав головою.

— Бо тут тхне! Тхне всюди. Дмитро пожалів мене. Він схотів мені допомогти. За це його й затримали. Те, що я тобі зараз скажу, ти мусиш пам'ятати завжди: не зраджують лише ті друзі, які лежать у могилі.

Він перехилив свого келиха, запхав флакончик до кишені, кинув на стійку купюру й пішов до дверей.

— Куди ти? — спитав Ігор.

— Працювати.

Ігор сумно мені всміхнувся.

— Але він і дурень, якщо досі це не відпустив. Він ні в чому не винний. Просто не може спинитися: переживає це знову і знову. Глянь-но, такого я ще не бачив: Леонід пішов, а «Кот» у пляшці залишився.

Він порівну розлив нам решту. Ми почаркувалися.

— Наше здоров'я.

— Ігорю, коли ви звертаєтеся один до одного на ім'я та по батькові, я відчуваю себе в романі Достоєвського.

— У Росії не звертаються «мосьє» чи «мадам». Щоб висловити повагу й дружбу, використовують патроніми, прізвища ніколи не вживають. Грегоріос скаже тобі, що «patronyme» — від грецького «батько». Береш ім'я батька, додаєш «-ович» для чоловіків та «-івна» для жінок. Якби одного дня я зустрів Хрущова, що малоймовірно, то нізащо не звернувся б «мосьє Хрущов», тільки «Микита Сергійович», бо його батька звали Сергієм. Мій тато був Еміль. За російськими документами я Ігор Емільович Маркіш. Ти згадував Достоєвського. Його батька звали Михайлом. Російською його повне ім'я Федір Михайлович Достоєвський. Як звуть твого тата?

— Поль.

— У Росії тебе величали б Михайло Павлович Маріні.

— Звучить розкішно.

3

У вітрині «Фоторами» красувалися світлини нічних паризьких мостів. Мої роботи зникли. Я пильно вдивлявся крізь шибку — на стінах їх не було. Саша саме балакав із молодим подружжям: вони обирали фото з-поміж десятків знімків, розкиданих на прилавку. Я зачекав, поки він зостанеться сам, і зайшов. Він мав змарнілий і стомлений вигляд.

— Доброго дня, Сашо. Хотів би дізнатись, чи не продали, бува, інші мої фото?

— Досі не продали нічого.

— Вам не здається, якби вони стояли у вітрині, їх було б ліпше видно?

— Я не можу залишати там ті самі роботи. Настає день, коли вони набридають. Я поновлюю їх раз на місяць. Не хвилюйтесь, Мішелю, я притримав для вас гарне місце.

На дальній стіні, поруч з іншими, низкою висіли п'ять моїх широкоформатних глянцевих фотографій 20×30. На спеціальних дерев'яних полицях сотні світлин чекали на зацікавленого покупця.

— Патрон їх виставляє через любов до мистецтва. У Парижі фотографія не надто популярна, заробітку фотографа заледве вистачає на життя. Якби не причастя та весілля, ми б закрилися.

— Я заніс вам фотографії.

— Я просив показувати вартісні роботи, а ви повитягували мені щось із дна шухляди.

— Інших у мене немає.

— Так зробіть. Працюйте.

— У мене посередня камера, а на нову грошей немає. Та й бажання зникло. Нічого не хочу.

— Що сталося, Мішелю? У вас проблема?

— Якби ж то одна — було б досконало. Довкола мене пустеля.

— Ходіть зі мною, роботи по горло. У нас тут помпезне весілля в церкві Сен-Сюльпіс. Дванадцять фото в подарунковому шкіряному альбомі на двісті двадцять гостей. Їм потрібна якість, ціна не важлива. Таких сімей більше не залишилось.

Він повісив на вхідні двері табличку: «Ми працюємо для вас. Дзвоніть довго і майте терпіння». Я пішов за ним до підсобного приміщення. Чорна кімната, де він проявляв фотографії на здоровенному фотозбільшувачі, яким маніпулював з легкістю і точністю. Він поклав негатив до кадрувальної рамки, заклав папір під тримач, налаштував розмір, візуально сфокусував об'єктив за допомогою рукоятки наведення різкості, відчинив діафрагму на п'ятнадцять секунд і знову повторив операцію.

Я розповів йому історію про Ніколя й реакцію Леоніда. Він був поглинутий роботою. Я не знав, чи він узагалі мене слухав.

— Це не помилка Ніколя, — врешті мовив він, не відводячи погляду від робочого процесу. — Це ваша провина.

— Як ви можете таке говорити? Я ні в чому не винуватий!

— Ви стверджуєте, що Ніколя поводився як малий гівнюк.

— Я в цьому переконався.

— Якби він вважав вас за друга — не вчинив би так. Отож, другом він вам не був. Помилка ваша, бо ви дружите аби з ким. Треба вміти вирізняти справжніх друзів з-поміж фальшивих. У дружбі ми часто сприймаємо уявне за дійсне. Ви дещо легковажно поставилися до вибору друзів. Натомість Леоніду є за що себе картати. Він знає чи принаймні підозрює правду.

— Тобто?

— Думаю, Дмитро Ровін мертвий.

— Ігор сказав, що його звільнили і він мав би знову працювати лікарем.

— Бо Ігор Леонідові хороший друг. Він підбадьорює його як може. То були страшні часи. Людей розстрілювали за просто так. Дмитра, безсумнівно, вбили вже за кілька днів після арешту. Звична практика.

— Леонід здавався щирим.

— Вдавати, що не втрачаєш надії, не означає бути мерзотником. Десь глибоко всередині він знає правду. КДБ не афішувало вироки. З двох причин. Вони були формалісти. Тільки трибунал міг засудити на смерть. Вбивали і мовчали. Дорікнути їм було нічим. Дуже швидко вони допетрали, що проблему становлять живі. Треба було завадити людям стати на захист затриманих близьких, не дозволити втручатись.

Засудити когось до каторги за 58-ю статтею означало: він живий, навіть якщо його більше не згадують. Близьким залишається промінчик надії. А тільки це й має значення. Можливість зачепитися за малоймовірний шанс. Вони вбивали двох зайців. Ліквідували кого заманеться, а родини їх не тривожили.

Він і далі працював, друкуючи одне фото за одним, наче станок.

— Якби вони сказали правду, родини б змогли гідно оплакати покійних.

— Політичну поліцію це зовсім не цікавить. Леонід має рацію, що картає себе. Якби він залучив свої зв'язки, то, вірогідно, домігся б звільнення. Помилка Дмитра була не такою й страшною. Нелегальна торгівля не настільки важкий злочин, як контрреволюційна діяльність. Леонід знався зі Сталіним і наркомами. Герой Радянського Союзу. Якби він попросив про таку послугу, імовірно, Дмитра б випустили. Він кинув найкращого друга. Чоловіка, що насправді врятував йому життя.

— А ви б на його місці як вчинили?

— Леонід мав рацію. Він урятував свою шкуру. Він живий.

— Я ніколи вас не запитував, Сашо, як ваше по батькові?

Я помітив, як він у темряві знизав плечима.

— Я так давно його не чув, що вже й забув. У Франції воно ні до чого.

Саша поглянув на свої тонкі збілілі руки. У тьмяному світлі померанцевої лампи він повернув їх одним боком, потім іншим. Протер чоло внутрішньою частиною рукава та глибоко зітхнув.

— Ці світські весілля такі прісні. Смертельно нудні. Цікаво, що вона в ньому знайшла? Негарні такі, як на вас?

Я глянув на спроектоване на папір жовтувате зображення. Момент складання обітниць.

— Вони не пасують одне одному.

— Він банкір.

— Як маєте бажання, хотів запропонувати сходити в «Сінематеку». Там крутять «Музичну кімнату».

— Я б залюбки переглянув, але не можу. У мене повно роботи. Підготовка розчину, сушіння. На всю ніч.

— Фільм на бенгалі, з англійськими субтитрами.

— Чудова вправа, корисніша за багато уроків.

— Я зачекаю. Вони повторюватимуть його наступного тижня. Не люблю ходити в кіно сам.

— У вас немає причини пропускати фільм. Потім поділитесь враженнями. Не хочу на вас впливати. Запросите мене іншим разом. А я вам обіцяю: якщо якийсь американець загляне в магазин, я поза сумнівом продам ваші фото.

Я пішов сам. Фільм був пречудовий, хоч я всього й не зрозумів. А на виході... Ось чому ми маємо завдячувати зустрічами. Помпезному весіллю товстосумів. Якби Саша сказав «так», якби його професійна совість не переборола любов до кіно і він би пішов зі мною, нічого б не відбулось. У нього була робота. І це змінило все.

4

У цій країні мешкає сорок вісім мільйонів. Задля полегшення підрахунку вважатимемо, що жінок стільки ж, скільки й чоловіків. Отож залишається один шанс до двадцяти чотирьох мільйонів на зустріч із нею. У мене більше можливостей зірвати головний виграш «Розбитих облич»,[1] аніж перестріти її. Вона стояла супроти мене. Ми розмовляли. Були зовсім поруч. Я дозволив їй втекти. Коли я поцікавився думкою Ігоря, він пояснив, що не спеціаліст у зустрічах, і порадив розпитати експерта — Леоніда.

— Але й довбень ти. Не думав, що ти такий пуголовок.

---

[1] Ідеться про Французьку національну лотерею. У 1930-х білети коштували порівняно недорого, що значно розширило клієнтуру. Зокрема їх скуповували ветерани Першої світової, а саме так звані «Розбиті обличчя». (*Прим. пер.*)

— Він молодий, — захистив мене Ігор.

— За моїх часів усе було інакше, — вів далі Леонід. — Нове покоління мене розчаровує. Нині, коли ти знаєш їхні прізвища, імена, смаки, адресу, — стало важче. Наступного разу будеш готовий.

— Я хочу знайти саме її.

— Таж я розповідав тобі про Мілену. Який урок ти можеш із цього винести?

— Що тобі не пощастило.

— Я про мораль. Як у байках Лафонтена.

— Що не варто марити й видавати ілюзії за дійсність?

— Уже краще. Я скажу одну річ, яку тобі не слід забувати. Життя — як американські гірки, — повчальним тоном продекламував Леонід. — Ти вкрай швидко спускаєшся, подовгу затримуєшся внизу і дуже повільно підіймаєшся.

Він схотів замовити ще пляшечку. Ігор його відмовив, покликаючись на згубний вплив «Кот-дю-Рону» на російську філософію. Ми розіграли партію в кікер. Вони виграли — два на одного, шахрували — це не гра.

— Я розраховую на вашу порядність.

— За кого ти нас маєш?

Клуб був останнім місцем, де можна було безпечно зберігати секрети. Те, що знав один, дізнавалися решта. Усе передавалось пошепки, на вушко, з обіцянкою не розкривати таємниці ні за яких умов та зберегти їх назавжди: «Ти мене знаєш. Я могила». Секрети відкривалися під вищезгадану клятву, і всі божилися, що нікому далі не переповідали. «Може, більше не можна довіряти котромусь із друзів».

Уже наступного після мого приходу дня довкола мене розгорнулася жвава дискусія. Для Вернера то була лише повчальна розвага, особливо після перегляду «Музичної кімнати». Томаш стверджував, що з ним би такого ніколи не сталося, адже поляки вирізняються кмітливістю. Грегоріос вважав за природне домагатися особи протилежної статі (грецькою «hétéros» означає «інший») та завершувати це шлюбом (від грецького «gamos»), який, у свою чергу, веде до моногамії чи полігамії. Поради текли рікою, і я вже не знав, на кого дивитися.

— Дуже може бути, крихітка забула тебе вже за дві секунди, — стверджував Імре.

— Якщо вона не спитала твого імені — отже, ти її не зацікавив.

— Сьогоднішні дівчата заводять по два-три кавалери.

— А що, як вона зануда? І ти шкодуватимеш про зустріч із нею, — підсумував Павло.

Раптом мене пожалів Лоньон, якого ми не бачили цілу вічність.

— Серед нас безліч чоловіків, яких жінки бачать як на долоні. Не зневірюйся.

— Дякую, мосьє Лоньон.

— Я скажу тобі одне, мій хлопчику: жінка, що читає на ходу, видається мені підозрілою.

Вони сперечалися, чи я тупий, нездара, боягуз, а може, це результат моєї недосвідченості. Вирок я прочитав на їхніх обличчях. У співчутливих посмішках. У незвичній люб'язності. У манері поплескувати мене по плечу, щоб підбадьорити.

— Чи можу я спитати вас про дещо інше?

— Звісно, Мішелю. Ми тут, щоб тобі допомогти.

— Хто ви за знаком зодіаку?

Усі хутко розділилися на два табори — хто б сумнівався! Ті, хто вірили, бодай трохи, і решта, хто мав перших за кретинів. Важко було сформувати якусь думку. Але, попри щоразу нові антагонізми, три позиції таки проглядалися. Кожен знав свій знак, навіть ті, хто вважав це нісенітницею. Також могли назвати знаки своїх близьких і ключові характеристики цих знаків. Ніхто з противників не зміг пояснити, чому читає свій гороскоп у газеті, коли на нього натрапляє. Відповідь «через цікавість» зчиняла сміх серед прихильників гороскопу.

— Я не зважаю на оголошення про нерухомість чи курс біржі. Мені не цікаво. Отож дозволю собі спитати, чому ж ти гаєш час на читання, як ти це називаєш «нісенітниць», — зауважив Козеріг Імре Тільцю Володимиру — затятому скептику.

І третя позиція: гороскоп породжував невпинні дебати, які перескакували з нелогічного на суперечливе.

— Розумієте, — пояснив Леонід, Стрілець-скептик. — Мілена була Тільцем з асцендентом у Раці. Тому в нас і не склалося.

— Хоча астрологія пішла від грецького «astron», що означає «зірка», і «logos», що означає «наука», все одно всі, хто вірить у цю дурню, праві придурки, а решта справжні соціалісти! — стверджував Грегоріос рішучим тоном.

З десяток хутко заперечили:

— Отакої, я не згоден!

Я втік від того ґвалту. Не розумію, звідки в них стільки енергії й сили невтомно відвойовувати останнє слово. Немовби від того залежало їхнє життя. Вони мене втомлювали. Я пішов, забравши із собою всі сумніви й вагання. Вірогідність перестріти її знову зводилася до нуля. Можливо, вона в Парижі проїздом, і мені не зостається й тіні шансу на зустріч. Я підвів голову. Місяць з мене збиткувався. Очевидно, що все вже написано, ми йдемо нескінченним тунелем нашого прокляття. Мене задавила непосильна ноша мого фатуму.

5

Кажуть, друзі пізнаються в біді. Справу зроблено. У «Бальто» чхали на мене, лише нареготалися вдосталь. За винятком Грегоріоса, обділеного почуттям гумору. Я заходився розплутувати приписи долі.

— Чому в усіх грецьких історій кривавий фінал? — поцікавився я. — Чи могли Орест або Едіп втекти від своєї долі? Чи був у них шанс викрутитися?

— Безглузде запитання. Пригадай, у грецьких трагедіях боги безсилі і не можуть змінити людську долю. Нікому не уникнути свого жеребу: ні богам, ні людям. Кінець відомий від самого початку. Ніякої загадки чи підозри. Якщо герої не вмирають, то вже не трагедія. Якби Клітемнестра пробачила Агамемнона, якби Орест не занапастив матір, якби ж вони простили одне одного, то це була б історія про християнську спокуту. Якби Фрейд народився раніше, Едіп спокійнісінько б насолоджувався спочинком. Він би сказав: «Це через моїх матір і батька». Але в нього не було такого психоаналітика, тому він виколов собі очі. Епікаста так само нічого не знала про психоаналіз і повісилась.

— Ти ж не віриш гороскопам, але кажеш, що все визначено заздалегідь?

— Гороскоп — фокус для легковірних. У нас надто вузьке поле для маневру. Наша доля обумовлена соціальним середовищем та інтелектуальними можливостями. Я марную своє життя на підтвердження того, що більшість тупаків неможливо чогось навчити. Долю не перепишеш.

Єдиний, хто мені допоміг, — це Саша. Він зрозумів, наскільки це мені важливо, і поставився до цього як до власної проблеми.

— Почнемо все з початку, Мішелю. Якщо ми не знайшли виходу, отже, неправильно визначили проблему. Відкиньмо емоції. Уявімо на вашому місці поліціянта, який шукає цю молоду дівчину. У його розпорядженні незначні об'єктивні деталі. Факти і лише факти. Ніяких суджень, ніяких думок, ніяких уявлень. На кожне запитання може бути тільки одна відповідь: «так» чи «ні».

— Як скажете.

— Нам відомо, що їй подобається американська література, вона читає «Ранок магів» і вірить гороскопам.

— Ніяких припущень... Так.

— Ви розмовляли цілу годину: про що?

— Я нічого не пам'ятаю. Пригадую мить, коли ми сміялись.

— Ви сміялися разом чи це ви її розсмішили?

Я безпорадно знизав плечима.

— Не уявляю, що я такого кумедного наговорив.

Він замислився із заплющеними очима.

— Ось вам мій висновок. У вас є шанс її зустріти. Молода дівчина, яка читає на вулиці Ульм, — це вже незвично. Вона школярка. Мешкає в цьому кварталі. Не читають, ідучи невідомою місцевістю. Існує неабияка ймовірність одного дня її зустріти. В ідеалі варто залишатися в стратегічній точці: на розі вулиці Суффло та бульвару Сен-Мішель, — нікуди не відходити, і вдень і вночі. Рано чи пізно, вона пройде повз. На превеликий жаль, неможливо перебувати там невідступно. За вашим описом, вона не кокетка, отже, не вчащає до модних бутиків чи перукарських салонів: обшукайте книгарні, гуляйте околицями Сорбонни та на майдані Контрескарп.

Саша поліпшив мені настрій. Я взявся до пошуків. Усюди, де тільки міг. Чатував біля виходів із місцевих ліцеїв і колежів. Тинявся бульваром Сен-Мішель, довколишніми вуличками, численними кав'ярнями, бістро та брасеріями кварталу. Заглядав до магазинів, книгарень, музичних кіосків, бував у садах, сидів на вуличних лавочках. Марно. Я відзвітував Саші про мої даремні поневіряння. Він підбадьорив мене і сказав:

— Ніхто не обіцяв вам швидкого результату. Якщо відступите, назавжди втратите шанс її побачити. Маю одну ідею, може навіть дієвішу. Якщо не знаходиш дороги — ідеш манівцями.

— Мені шкода, Сашо. Я щось не второпаю.

— Проблема завжди має вхід і вихід. Можна почати з початку, а можна з кінця. Ми виходили з аксіоми, що ви маєте її знайти. Але ніколи не розглядали іншу гіпотезу.

— Яку ж?

— Вона також вас розшукує. Вона зустріла єдиного паризького безумця, що читає на ходу. І ви її розвеселили. Мені б на її місці захотілося вас знову побачити. У такому разі, як вона вчинить? Та як і ми. Прагнучи вас знайти, відштовхуватиметься від незначних деталей. Можливо, якщо вдасться об'єднати два пошуки, діло зрушиться.

Я був вражений його неочікуваною люб'язністю і оцінив, якого друга знайшов: здатного перейнятися моєю проблемою, наче власною.

— Їй відомо, що ви буваєте в «Сінематеці» й берете книжки в бібліотеці. Ось вам два місця, якими варто обмежити свої пошуки.

— Я сказав їй, що я Терези.

— Не має значення.

— Я не запитував про ваш знак?

— Глузуєте?

— Це ключова деталь нашої розмови.

— Схоже на жарт.

Саша був винятком, що підтверджував правило. Я так ніколи й не дізнався про його знак. Відтоді я проводив час у трикутнику площею в сто п'ятдесят метрів між Генріхом IV, муніципальною бібліотекою V округу та «Сінематекою» по вулиці Ульм.

— На кого вона схожа? — спитав Саша.

Я спробував йому пояснити. Джинси, теніска, кучеряве волосся — це ще хоча б про щось говорило. Решту йому уявити так і не вдалось. Неможливо описати образ. Слова зайві. Вона не скидалася ні на кого зі знайомих, які змогли б слугувати орієнтиром. Я заходився складати фоторобот, ця потреба стала нагальною. У мистецькому розвитку я застряг на рівні дитячого садка й відтоді геть не досяг успіху: малював, наче в руці була мітла. Ніяк не вдавалося відтворити її образ, хоча я старався. І таки спробував. Узяв м'якого олівця й вугілля, накидав кілька тіней і переходів. Як на мене, схоже. Показав фоторобот Крістіані в бібліотеці.

— Ти бачила цю дівчину?

— Скидається на кобилу з гривою, що розвівається на вітрі, — зауважила вона.

— Це дівчина з кучерявим волоссям.

— Дівчат із кучерявим волоссям у бібліотеці не бракує.

Я окинув зал. Багато таких сиділо за великим столом.

— Мішелю, тобі не завадить узяти кілька уроків малювання.

— Надто пізно. Хто ти за гороскопом, Крістіано?

— Козеріг, асцендент у Скорпіоні.

— А твій чоловік?

— Також Козеріг.

— Отже, щоб поладнати, треба бути одного знаку?

— Це точно не завадить. То ти тепер гороскопами цікавишся?

— Лише для ознайомлення. Веду розслідування. Насправді я прийшов за «Ранком магів», але не знайшов.

— Не знаю чому, але його приписали Повелю. Хочеш прочитати?

— Він нецікавий?

— Та це щире шахрайство. Ти цікавишся гороскопами, хочеш прочитати «Ранок»... Тільки не кажи, що віриш у паранормальне.

Я провів довгі години в «Сінематеці» — скільки міг витримати. А певні шкільні обов'язки, надлишкові й марні, змушували мене ще й сидіти за партою. Я проковтнув незліченну кількість фільмів. Чудернацькі, нудні, старомодні й довоєнні. Самовіддано зніс вичерпний добір стрічок Дреєра та Одзу, ретроспективу німих мексиканських комедій та з насолодою подивився гру Луїзи Брукс і картини Фріца Ланґа[1].

[1] Карл Теодор Дреєр (1889–1968) — данський кінорежисер-новатор, один із найвизначніших майстрів європейського кінематографа; Ясудзіро Одзу (1903–1963) — японський кінорежисер і сценарист, один із класиків японської та світової кінорежисури; Луїза Брукс (1906–1985) — американська танцівниця, модель, актриса німого кіно; Фріц Ланґ (Фрідріх Крістіан Антон Ланґ, 1890–1976) — німецько-американський кінорежисер, сценарист, продюсер і актор, представник німецької школи експресіонізму в кіномистецтві, майстер темряви.

Я сидів у глибині зали, завжди на одному й тому самому місці, біля виходу — аби не проґавити її можливий прихід. Тепер я був завсідником. Моєю думкою стали цікавитися. Отак я і познайомився з Вільямом Делезом. Він був помічник режисера. Свого часу працював із постановником, чий антиколоніалістський фільм так ніколи і не вийшов, забракований трестами й нечистими на руку капіталістами. Відтоді він нікому не асистує, лише марнує час на балачки, флірт і жарти. Я бачив його щоразу. Він був рослий, з пишною шевелюрою, волосся з якої стирчало у всі боки, тож, коли він сидів у залі, завжди знаходилися невдоволені мадам. Врешті він пересів на задній ряд — і зайняв моє місце. Але без заперечень пересів на сусіднє крісло. Місця за нами закріпилися, хто приходив першим, тримав сидіння для другого. Він щось завжди занотовував до великого зошита зі спіраллю. Через темряву його письмо було нечитабельним: коли вмикали світло, він заледве міг те прочитати. Рядки налізали один на одний, кучерявились змійкою. Іноді він спізнювався й запитував мене на вухо: «Що вона сказала?» — чи: «Що він відповів?» — або: «Він що, виходячи, не вимкнув світла?», — а от іще: «Ти це бачив: монтажні кадри так грубо з'єднані, просто жах». Після сеансу він виходив у хол розім'яти ноги. Проходячи повз, часом кидав: «Видатний фільм» — чи: «Наступний буде кращим». Під час сеансу сипався град коментарів. Бувало, він міняв думку. «Як поміркувати, то це лайно» — або: «Справу зроблено, фільм змушує замислитися». Охоти зав'язувати розмови в мене не виникало, як і знайомитися. Після перегляду «Токійської повісті» він спитав: «Ви німий?» Я відповів: «Ні». Тривалий час ми не розмовляли. «Слова, написані на вітрі» Дуґласа Сірка навіяли мені гарний настрій, і після наступного фільму я поступився:

— Непогано, так?

— Ти також кіноман?

— Ненавмисне. Я шукаю молоду дівчину. Якщо вірити другові, — а він тямущий, — не сьогодні-завтра, вона прийде. Я чекаю.

Він дивився на мене, звівши брови дугою. Вдаватися в деталі я не збирався, але наважився: показав йому фоторобот.

— Цей малюнок тобі про щось говорить?

Як тільки він не крутив того аркуша! Підшукував вдале освітлення. Вагався.

— Це Бетті Девіс?

Мені довелося викласти скорочену версію моєї пригоди. Зала заповнювалася.

— Гарна історія, — сказав він. — Я саме підшукую сюжет сценарію для зйомок мого першого фільму. Хороший початок. Розповіси потім продовження.

Антракт скінчився, запустили заголовні титри «Веракруса».

— Якщо раптом ти її зустрінеш...

— Що їй сказати?

Почулося «Тихо!» та «Заткніться!». Я сів. Думав, що ж сказати. Не придумав. Вільям занурився у фільм. І правильно вчинив. Чудовий вестерн.

Я й далі швендяв своїм трикутником. Розширив периметр пошуку на сто метрів. Безуспішно. Минали місяці. Єдиний, кого я щодня бачив, був Вільям, який невтомно вимагав продовження і був невдоволений затримкою сценарію.

— Чому ти не вигадаєш історію?

— Кіно має віддзеркалювати реальність. Здається, тобі настав час рухатися далі. Може, знайдеш іншу жінку? Трохи динаміки фільму не завадить. Та й щодо діалогів: коли ти сам, це буде непросто.

— Ти хто за гороскопом?

— Тілець. Маю серйозну проблему. Мама забула годину мого народження. Можеш уявити? Вирахувати асцендент неможливо. А ти?

— Терези. Я ще не визначився, вірити в це чи ні. Поживемо — побачимо.

— Ідеш до «Сінематеки»? На наступному сеансі крутитимуть «Діти райка». Повна версія.

— Краще спущусь вулицею Суффло.

Мене охопило неприємне відчуття повторення історії. Зі мною такого ще не було. А потім я пригадав. «Білі ночі». Я ж так полюбив цю книжку! Сентиментальний легкодух зустрічає знедолену незнайомку, тішить себе ілюзіями, носиться безлюдним Санкт-Петербургом, домислюючи свою мрію, та наштовхується на непереборну жорстоку реальність. Різниця в тому, що в мені оселилася впевненість. Я не міг помилятися. Я не мрійник. Я чекав. На перехресті Люксембурзького саду пополудні проходять тисячі перехожих. Я ставив нездійсненні завдання: одинадцята жінка, що з'явиться з вулиці Місьє-ле-Пренс, чи восьма на виході з метро, або тринадцята, яка вийде з 38-го автобусу, буде вона. Дурнуватий виклик. Можливо, вона ходила іншою вулицею, за двадцять метрів, чи взагалі живе в іншій країні. Двічі, може, тричі я вагався. Силует, зачіска. А як вона змінила стрижку, я її впізнаю? Я вагався щодо форми її обличчя. Якщо її образ потроху розмиється? І зникне? Час од часу я запитував себе, чи не марю, чи дійсно я її зустрічав, чи це не плід моєї уяви або ж це герой «Білих ночей» кепкує з мене? Усе одно що шукати піщинку посеред пустелі. Я кинув собі останній виклик, не виходячи за межі реальності: «Якщо вона не з'явиться за п'ять хвилин, я вшиваюсь».

Я приєднався до Вільяма. Прийшов, коли погасло світло. Він притримав мені місце.

Наступного вечора — ми саме вечеряли під гуготіння телевізора — роздався телефонний дзвінок. Як завше, Жульєтт побігла до апарата. Повернулася здивованою.

— Це Мішеля.

— Хто це? — спитала мама.

— Не знаю. Якийсь мосьє. Хоче поговорити з Мішелем.

Мама насупила брови. Я взяв слухавку.

— Мішелю, це Саша. Сподіваюсь, я вам не завадив?

— Зовсім ні.

— Я вичитав у газеті інформацію, що може вас зацікавити. Берж'є і Повель, автори «Ранку», дають конференцію щодо їхнього журналу «Планета». Тож я подумав...

— І правильно вчинили. Де вона відбудеться?

— У театрі «Одеон».

— Коли?

— Просто зараз.

Здається, я почув: «Мішелю, куди ти?» — коли грюкнув дверима.

6

Я біг, щоб мати чисте сумління. Пробіг проти волі богів. Чи завдяки їй. Скоро дізнаюсь. Сотні людей виходили з театру «Одеон» та юрмилися на майдані. Поліціянти завертали машини. Якщо вона й була там, у цій товкотнечі мені нізащо її не знайти. Тамтешнє збіговисько здійняло чималий перегуд. У повітрі витало щось таємниче. Люди сяяли. Я піднявся сходинками. Шукав її серед цієї безформної маси. Раптом перед дверима я помітив міма Дебюро[1]. Якщо це не знак долі, то вона забавляється, підкидаючи нам камінці, щоби знайти правильний шлях. Високий, довготелесий, кутасте обличчя, витончені жести — він потискав руки безмірній кількості люду. Я теж підійшов до групи. Розмовляв він жваво. Спинився, на мить обернувся, глянув на мене важким поглядом і всміхнувся. З теплотою. Наче ми були знайомі.

— Я бачив вас учора. У «Сінематеці».

---

[1] Жан-Батист-Ґаспар Дебюро (1796—1846) — французький актор-мім, творець образа П'єро. Про його життя знято шедевр французького кінематографу — фільму Марселя Карне (1906—1996) «Діти райка» («Les Enfants du paradis»; 1945), в якому роль міма зіграв Жан-Луї Барро (1910—1994).

— У чому саме?

— Якоїсь миті Ґаранс вам каже: «Ви говорите, як дитина. Така любов у книжках і мріях. Але не в житті!» — а ви відповідаєте...

— «Мрії, життя — одне й те саме, інакше немає сенсу жити. Та й потім, що мені з того життя? Я люблю не життя, а вас!»

— Обожнюю цей фільм.

— Я також.

— Ви не змінились.

— Минуло двадцять років. Дякую.

Раптом я відчув легкий дотик до лівого плеча. Дебюро відвернувся. Я оглянувся. Там стояла вона. Переді мною. Злегка здивовано на мене дивилася.

— Що ти тут робиш?

— Ну...

— Неймовірно, як ми тут зустрілися!

— Це мало бути десь заздалегідь прописано.

— Залишається повірити.

— До неможливого багато людей.

— На конференції «Планети» так завжди. Не знала, що ти таким цікавишся.

— Я всім цікавлюсь.

— Геніально, правда?

— Що?

— Конференція Берж'є.

— Так, надзвичайно.

— Глянь, вони мені підписали.

Вона простягнула мені «Ранок». Я розгорнув. На форзаці красувався надпис фіалковим чорнилом: «З Каміллою настане ранок чародійок».

— Красивий надпис.

— Вони відкривають нам стільки таємниць! Справжні генії. Читав її?

— У мене багато справ. Уже завтра візьму її в бібліотеці. Зможемо згодом обговорити.

— Ти знайомий з Барро?

— Та не зовсім.

— Я часто про тебе думала.

— Не може бути! Я так само.

— Я безліч разів приходила до «Сінематеки».

— Навіть не передати, скільки фільмів я переглянув. Чому ти не заходила?

— Шукала тебе в холі. Не знаходила. Я знала, що ми ще побачимось. Мене звуть Камілла.

— Красиве ім'я. А я Мішель.

Ми потисли руки, наче двійко давніх товаришів.

— Ти прийшов сам?

— Мав прийти з другом-росіянином. Останньої миті зірвалося. А ти?

— Я з братом. Помітила тебе, а його загубила. Я у випускному класі ліцею Фенелона[1].

— А я в Генріху IV.

— Мій брат там навчається. У першому класі. А троє інших — у Карлі Великому.

— У вас велика родина.

— Маю ще молодшу сестру.

Театр спорожнів. Натовп з'юрмився на майдані перед ним. Обговорення ніяк не припинялись. Ніхто не бажав розходитися.

— Не уявляю, куди він міг подітися.

— Як хочеш, я тебе проведу.

— Це мій старший брат. Не хочеться повертатися без нього.

— Нічого страшного. Сам знайде дорогу.

— Справа в моєму татові. Якщо ми не повернемось разом, він нам таке влаштує!

Я не схотів видатись нетактовним.

---

[1] Ліцей Фенелона — навчальний заклад, що носить ім'я письменника, філософа, педагога Франсуа Фенелона (1651–1715), перший у Парижі, у якому дівчата мали змогу здобути середню й вищу освіту. Від 1970-х років до нього можуть вступати як дівчата, так і хлопці.

— Якщо він дізнається, що ми були на цій конференції, — видряппає нам очі. Він ненавидить Берж'є, Повеля та «Ранок».

— Науковець до нутра кісток?

— Це інше. У нас дещо особлива родина.

— Нам буде що розповісти одне одному.

Вона зіп'ялась на носочки й стала виглядати брата. Подала знак рукою. Підійшов рум'янощокий юнак.

— Якого ти тут робиш? Де ти була?

— Жераре, познайомся з моїм приятелем по «Сінематеці». Мішелю, це мій брат Жерар Толедано. Він також здаватиме на бакалавра.

Я простягнув руку та скорчив простацьку посмішку.

— Мішель Маріні. Радий знайомству.

Він глянув на мене, насупив брови. Міцно потис руку.

— Камілло, давай закругляйся! Тільки згаяв час на твій ідіотизм. Як ти можеш вірити в таку дурість? Краще б сходили в кіно! Що ми скажемо татові?

— Правду.

— Ти шо, з мозгамі посорілась?

Склалося відчуття «слухового дежавю». Жерар говорив з тягучим «чорноногим» акцетом, який би неодмінно потішив алжирських Делоне, та жестикулював. Відтак він загубився в натовпі. Камілла пішла слідом. Вона обернулась.

— Завтра я звільняюсь о п'ятій.

Всяка історія повинна мати продовження. Не знаю, завдяки чому чи то кому це відбулося. Либонь зірки посприяли, чи то випадковість, а може, наша на те воля чи бажання, можливо, десь хтось бавиться, посмикуючи мотузочки та сплутуючи нитки. Насправді ж мені однаково, яке тому пояснення. Щасливий, я розгулював між купками людей. А за півроку запитував себе, чи правильно було отак заповзято розшукувати її. Може, варто було прислухатися до розсудливих порад членів Клубу та не йти наперекір долі. Я би зберіг пам'ять про нашу зустріч на тротуарі вулиці Ульм. Камілла залишилася б однією з тих прекрасних перехожих, яких ми не наважуємось зупинити.

7

Один шанс, другого не буде. Інструкції я не мав. І під рукою нікого, спроможного відповісти на базові запитання: як поводитися? Що сказати? Що вона про мене подумає? Наступного дня, о сімнадцятій годині, я чекав на перехресті вулиці Сюжера, у ніші воріт. Сотні дівчат різного віку вринули з ліцею Фенелона. Ніколи не бачив їх так багато за раз. У Генріху IV щороку обіцяють трансформуватися в ліцей змішаного типу, але справа стоїть на місці. Я ступив на вулицю Л'Еперон. І відчув, як на мене дивиться тисяча дівочих очей. Довелось удати, що загубився, і рятуватися втечею у бік бульвару Сен-Жермен. Потік ліцеїстів розсіявся. Я помітив її перед дверима ліцею, вона роззиралася навсібіч. А коли повернула голову в мій бік, я сховався за рогом будівлі. Вона подумає, що я ідіот: мені нема чого їй розповісти. Підійти я не наважувався. Коли вона підійде сюди, я з'явлюся. Їй знадобиться час, щоб наблизитися. Я ризикнув виглянути. Вона рухалася в іншому напрямку. Я кинувся слідом, тричі швидко оббіг квартал по праву руку, майнув через Торговельний пасаж, піднявся вулицею Сен-Андре-диз-Ар. Я шукав її, але ніде не бачив. І почув її голос за спиною:

— Мішелю!

Вона спинилася перед вітриною магазину. Я задихався.

— Пізно вийшов.

— Рада тебе бачити.

Я не знав, що сказати. Вона мене випередила:

— Ти не зголоднів? Для мене пообідній перекус — то свято.

У хлібівні на вулиці Бюсі вона взяла равлик з родзинками. Схотіла, щоб я й собі купив. Це ж, напевне, найкращі у кварталі. Вона вкусила лише тричі — і булочки не стало.

Ми зайшли в «Бістро дю Марше», що на розі вулиці Сени. Прилаштувалися в залі. Замовили дві кави. Вона нахилилася і подала знак рукою. Я перехилився через столик.

— Помітив, хто сидить за прилавком?

— Не звернув уваги.

Я повернувся. Проглянув з десяток відвідувачів.

— В оксамитовій куртці та водолазці — це Антуан Блонден[1], — прошепотіла вона.

— Я його не знаю.

— А я думала, ти знавець французької літератури.

— Я такого не говорив, бо цікавлюся російськими авторами.

— І грецькими.

— Знаю Казандзакіса. Це все. З Блондена не читав нічого. Він хороший?

— Ти минулого року не дивився «Мавпу взимку»[2]?

— Я не особливо ходжу в кіно. Хіба до «Сінематеки». Мій товариш — кіномеханік на вулиці Шампольона. Я чекаю, доки фільми крутитимуть у його залі.

— А вчора тобі що найбільше сподобалось?

Капосне запитання. Варто було до нього підготуватися і приберегти хистку відповідь. Я увімкнув серйозну гримасу.

— Я ще не прочитав «Ранок». Ішов туди з російським другом, про якого згадував. Це він у тому тямить. Його цікавить, цікавлять... чаклуни, підозрюю.

— Алхімія, хочеш сказати.

— Так. Він цим захоплюється. Друкує фотографії. А ти, наче тебе це надихнуло?

— Тобі слід прочитати «Ранок» і журнал «Планета». Інакше ми не зможемо це обговорити.

— Я надзвичайно швидко читаю. До наступного тижня буде готово.

---

1 Антуан Блонден (1922—1991) — французький письменник.

2 «Мавпа взимку» («Un singe en hiver»; 1962) — французький фільм, знятий режисером Анрі Верneєм (1920—2002) за однойменним романом Антуана Блондена.

— Тобі знадобиться час, щоб її осмислити.

— Не хвилюйся, я читаю роман на 400 сторінок за два дні. І він залишається в пам'яті. Як підготовка до іспиту на бакалавра?

— Це табу.

— Та ну. Чому?

— Враження, що життя зводиться до атестату бакалавра, чи не так? Єдина й одностайна тема розмови, з ранку до вечора. Ненавиджу ровесників. Вони обмежені й нудні. Думають лише про батьків чи якесь там навчання. Здається, як прочиняться двері — їх винесе протягом.

— Ми однолітки.

— З тобою все інакше.

— Це правда, на бакалаврі я не схиблений.

— Мені він конче потрібний.

Вона помітила, що я не наважуюсь розпитати.

— Це обов'язково. Сімейні справи. Усе складно. А ти?

— З часу переходу до «А» класу все налагодилось. Обіцяю, більше про це не питатиму. Що ти тепер читаєш?

З кишені куртки вона вийняла зім'яту й пошарпану книжку. Простягнула мені.

— «На дорозі». Джек Керуак. Не знаю.

— Не може бути!

— Навіть не чув про неї.

— Тобі слід негайно його прочитати. Це Рембо нашого часу.

— Я не дуже добре розмовляю англійською. Ти можеш читати в оригіналі?

Вона навмання розгорнула книжку й переклала підкреслений уривок настільки природно, наче читала французькою:

— «Вони помчали разом вулицею, змітаючи все на початку свого шляху, все, що потім стало таким сумним і болісним, і марним. А потім вони витанцьовували на вулицях, мов подуріли, а я плентався за ними так само, як плентався решту життя за людьми, які мене цікавили, адже єдині люди для мене — божевільні, ті, хто божеволіє від життя, божеволіє від жаги розмов, божеволіє заради спасіння, прагне всього і одразу, ті, хто ніколи не позіхає, не каже банальних речей, і палає, палає, палає, немов розкішні жовті римські свічки, розриваючись, як зорі, павуками світла, і в середині видно синій вибух і всі кричать "Ого-о-о!"»[1]

Вона згорнула книжку. Мовчала, витала десь далеко.

— Як гарно. Мені дуже подобається. Ти... ти американка?

— Моя мама ірландка. Вона вчителька англійської. Приїхала до Парижа на навчання й зустріла мого батька.

— Тобі пощастило. Ти отримаєш найвищий бал на іспиті... Все, більше не буду.

— Це була її настільна книжка. Вона розповідала про неї з захопленням. Тільки слухай. Це маніфест нового світу, інакший стиль життя, поза умовностями, упередженнями, матеріалізмом і курсом на збагачення. Ми оточуємо себе непотрібними й фальшивими благами, яких не так просто зректися. Треба перестрахуватися ще до того, як втрапиш у пастку.

— Ти мене переконала. Мені почати з «Ранку» чи «На дорозі»?

— Керуак може й зачекати. Його непросто читати. Це, імовірніше, стан свідомості. «Ранок» — ось це невідкладно.

— Я за нього візьмусь. З якого американського автора порадила б почати?

— Чому б і не Хемінгуей? Він був його духовний батько.

— Шкода, що він заподіяв собі смерть.

— Жартуєш? Його вбили!

— Хто?

— ФБР.

— Ти впевнена?

— Убивця достеменно невідомий. Це може бути ЦРУ.

— Ніхто про це не говорив!

---

[1] Цит за: Керуак Джек. На дорозі / Джек Керуак; пер. з англ. Б. Павличко. — К.: Вид-во Соломії Павличко «Основи», 2010. — 304 с.

— Це нормально. «Змова мовчання». Його треба було позбутися.

— Навіщо вони його вбили?

— Він їм заважав. Після смерті пресі не надали доступу до протоколу розтину.

— Якщо так, то це справжній скандал!

— Про це говорили зовсім трохи, потім переключилися на інше. Цивільне населення таке не цікавило. Вони перемогли. Хто вбив Кеннеді? І Освальда? А решту? Хемінгуей писав книжку про Кубу, неугодну уряду. Він нею жив. Цей рукопис щез!

Вона була така переконлива, що я не наполягав.

— Мішелю, маю сказати тобі щось важливе.

— Я слухаю.

— Не знаю, які там у тебе наміри, але між нами нічого не буде.

— Я не зовсім розумію.

— Між тобою і мною можлива тільки дружба. Якщо в тебе інші плани, краще я тобі скажу це зараз, щоб уникнути ймовірних непорозумінь. Усе має бути зрозуміло. Не зношу брехні.

— Мені просто подобається бути з тобою.

— Мені також.

— Ти вичитала це у твоєму гороскопі?

— Ні. До речі, тобі треба буде сказати мені твої день і годину народження. Одна моя подруга складе нашу натальну карту.

— Я не знаю, о котрій народився.

— Спитай у мами.

— Я не хочу знати своє майбутнє. Я хочу дізнатися про тебе.

Моя наполегливість, здавалось, її розгубила. Вона поклала шматочок цукру до чашки.

— Я хочу, щоб ми залишилися друзями. Тільки друзями. Нічого більше. Згоден?

— Підозрюю, я не можу відповісти «ні»?.. Чи можу я поставити тобі незручне запитання?

— Спробуй.

— Ви «чорноногі»?

— Репатріювалися 62-го.

— Я зрозумів, хто ви, почувши твого брата. Як сталося, що в тебе немає акценту?

— Бо я не хочу, щоб був. Можу я попросити тебе про щось важливе?

— Давай.

— Я б хотіла, щоб ти пообіцяв мені більше ніколи не читати на ходу.

— Звісно. Якщо ти пообіцяєш те саме.

Це була перша наша обіцянка. І остання. Можливо, вона врятувала нам життя.

8

«Фоторама» була зачиненою. На дверях висіла табличка: «Ми працюємо для вас. Дзвоніть довго й майте терпіння». Я дзвонив п'ять хвилин. З'явився Саша в білому халаті. Помітив мене крізь шибку, скорчив невдоволену гримасу.

— Мішелю, у мене страх як багато роботи. Ви мене відриваєте! — процідив він крізь прочинені двері.

— Саша, прошу вас. Це серйозно.

— Ви захворіли?

— Мені потрібна ваша думка. Це важливо.

— На вечір я маю видрукувати триста фото. Приходьте іншим разом.

— Благаю, Саша, це стосується ФБР... чи ЦРУ.

Він насупив брови й кинув на мене прищурений, мов у кота, погляд. Глянув праворуч, потім ліворуч уздовж вулиці Сен-Сюльпіс.

— З чого ви взяли, що я зможу просвітити вас на цю тему?

— Я сказав собі: у Саші буде якась ідея. Якщо вам нічого не відомо, я піду до Клубу. Там мені точно хтось допоможе.

Він кивнув мені увійти. Неохоче. Зачинив двері й повернув табличку. Я пішов за ним до лабораторії у затильній кімнаті. Він запнув штори, вимкнув світло та став далі друкувати фото в померанцевій тіняві.

— Я вас слухаю.

Я переповів наш із Каміллою діалог і сказане нею про смерть Хемінгуея. Саша не прокоментував. Він і далі працював, рухи й далі були вивірені. Клав по три аркуші у ванночку з проявником. Виймав їх пінцетом. Чекав, доки проявиться зображення. За дві хвилини перекладав аркуші у стоп-ванну, потім, уже іншим пінцетом, — у фіксувальний бачок. За кількадесят секунд занурював їх у промивальний бак і починав усе знову.

— Мій милий Мішелю, якщо вам невідома причина нападу, раптової чи незрозумілої смерті, неочікуваного заколоту або доброї половини паскудств, скоєних на цій планеті, можете бути певним, що це творіння рук ФБР і ЦРУ.

— Це неможливо. Не п'ятдесят відсотків!

— Не будемо торгуватися. Бувають хороші й погані роки. Не переймайтесь, друга половина за КДБ. А щодо бідного Хемінгуея, боюсь, що він таки пустив собі кулю в чоло. Не те щоб вони не хотіли. Просто на цей раз вони невинуваті.

— Чому ж тоді вона так сказала?

Саша витяг аркуші з води, струсив їх та підвісив на прищепки до високо натягнутого шнура.

— Бо це логічне й переконливе пояснення суперечливим і тривожним фактам. На кшталт нашої недовіри смерті. Ми щоразу важко її переносимо. Факт неприродного сконання нас втішає. Можна зносити що завгодно, з рішучим виглядом, без ризику дорікань. Змови та конспірації привабливіші за реальність. Берж'є і Повель непомітно нажили на цьому капітал. Вона цим захоплюється — їй по віку.

— Я вам вдячний, Сашо. Облишу вас у спокої.

— Що вас тривожить, Мішелю?

— Я й так набрид вам своїми історіями.

— Не перебільшуйте. І все ж, любити «Ранок магів» не ганебно. Їй хочеться мріяти та втекти від буденності.

— Ваша правда. Її улюблений автор — Артюр Рембо.

— Мішелю, порозмисліть над усім, що вона сказала. Вона любить не Рембо, а поета. Не поезію, а бунтарство. Втечу. Станьте ідеалістом і бунтівником — вона погляне на вас з іншого боку. Таке часто буває з молодими мрійницями. Скористайтеся цим, згодом вони змінюються. Одного чудового дня їм захочеться дітей, дім, чоловіка, відпустки на морі й електропобутової техніки. А це вбиває поезію.

— Як же мені бути? Я ніколи не писав віршів. Я дійсно злегка бунтар, проте це не особливо помітно.

— Я подумаю. Ви теж спробуйте.

9

Отак і зароджуються покликання. Я переконаний, що біографи Рембо помиляються щодо природи його генія. Припускаю, він містив таїну. Молода дівчина з вищого класу Шарлевіля, яку він зустрічав на недільній месі у Сен-Ремі та з якою не наважувався заговорити, але хотів вразити її, підкидаючи до молитовника свої поеми. Ця дурепа знизувала плечима, зіжмакувала всіяний витонченим похилим почерком аркуш в кульку. Я намагався писати александрійським віршем. Поезія — це складно. Побутує думка, що її навіює споглядання нічного світила на березі невгамовного океану: коли погляд у небі, вірші спадають мимовільно. Свого роду бурхливий потік, що несе хміль слів і перороджує їх в алегорії та почуття. Де там! Немає нічого менш природного. Доводиться гарувати, мов столяр із рубанком над дерев'яним бруском. Упрівши і настраждавшись аж до світанку, породжуєш якихось чотири безбарвних рядочки. Я сидів на банкетці «Бальто» і переводив папір. Переводив —

то образно кажучи, бо натхнення не тішило мене своєю присутністю. Я годинами сидів навпроти чистого аркуша, на якому написав: «Поема № 1». У мене було два перших рядки. Вона починалася так:

Сьогодні гарна погода —
Дарує сонце світло і згоду...

Я застряг: ...світло... згода... Окрім цієї рими, що здалась мені гарною, я не знав, що ще робить сонце. Думав, у небі могло би бути пасмо хмаринок, а ще легкий вітерець. Я спинився. Скидається на метеопрогноз. Я відкинув хмаринки й теплий вітер. Небо спорожніло. Рембо може спати спокійно. «Бальто» не найзатишніше місце для написання поезії. Мене постійно відвертали друзі, які підходили потиснути руку, спитати, як справи та чи наважуся я на партію в кікер або шахи. Я вдавав не на жарт заклопотану людину.

— Вельми вдячний, однак не сьогодні.

Я мав щастя спостерігати беззмінний спектакль Павла Цибульки, що виявляв симптоми рукописної логореї[1] та своєю монументальною працею окупував три столи. Відколи я відвідую Клуб, другу половину дня він проводить у «Бальто». Надвечір він ішов на нічне чергування в елітному готелі, де цінували його витончені манери й талант поліглота. Над цією титанічною працею він потів уже чимало років. Попри утруднення, непередбачувані обставини й удари долі, він і далі виконує свою місію, не зважаючи на загальну байдужість.

— То такий жереб виняткових особистостей, які зберігають у собі щось, що ллється через край, що треба довести до кінця, що навіки увійдуть в історію роду людського, — пояснив мені Павло, як я одного разу поцікавився, чи це варте таких клопотів, бо компенсація незначна. —

---

[1] Логорея — симптом патології мовлення; багатослів'я, «мовленнєве нетримання».

Виходячи з твоїх міркувань пересічного торгаша, Кафка мав грати в більярд, замість гарувати, а Ван-Гог мав стати продавцем фарби.

Трьома роками раніше Кессель, з похмурим обличчям, віддав йому здоровецький рукопис, перев'язаний мотузкою.

— Я ж казав, Павле. Сьогодні жоден видавець не читатиме твір, написаний від руки, ще й такого обсягу. Тобі треба надрукувати його на машинці.

— Це неабияка робота. Я не друкарка. Друкую двома пальцями. Це займе до біса багато часу.

— Ти міг би його переробити. У тебе завжди є «Ремінґтон», що я тобі дав.

— Там відійшла стрічка. Друкує тільки червоним.

— Тобі треба купити іншу.

Кессель запхав руку до кишені куртки й витягнув гаманець.

— Дякую, Жеф. У мене є гроші на дві-три друкарські стрічки.

Три роки Павло передруковував аркуші один за одним. Він використовував мізинець лівої руки та середній палець правої. Текст був щільний. Він наполегливо рухався далі. Кожна сторінка, написана рукою дипломата, займала півтори сторінки Гарамоном[1]. Разом вийшло дві тисячі сто тридцять чотири сторінки: без змісту, алфавітного покажчика і бібліографії, що переважували за сто сторінок.

— От і все. Готово.

Павло полегшено зітхнув, глянув на купу рукописних аркушів перед собою. Він розглядав працю всього життя, що незабаром принесе йому всесвітню славу. Ми вірили йому на слово. «Берестейський мир: дипломатія і революція» після війни був виданий чеською та перекладений російською. У початковому варіанті то був фоліант на тисячу шістсот вісімдесят сім щільно задрукованих сторінок. Під час стажування

---

[1] Гарамон — друкований шрифт.

в чеському посольстві в Москві Павлові пощастило дістати доступ до секретних і досі не відомих архівів. Англійські й американські університети цитували його працю як посилання за темою. Павло відновив роботу над текстом, бо він видавався йому недовершеним, та додав параграфи, що вилучив під власною цензурою, не бажаючи ображати радянський народ. Павло невпинно нам нагадував про виключну вирішальність цього договору. Цінність, вищу за договір у Версалі, Відні чи будь-який інший договір за всю історію нашої планети. Кессель і Сартр познайомили його з паризькими видавцями. Ці двоє знали їх усіх. Їхніх рекомендацій виявилось недостатньо. Вони були ввічливі та люб'язні. Деякі навіть милі. Видавниче коло визнавало вагомість твору та його виняткову матеріальну базу, проте справа щоразу провалювалась. Ігор стверджував, що книжка понад тисячу сторінок «невидавана».

— Тим паче на яку всім начхати з високого дерева, — уточнював Томаш за відсутності Павла.

Після надлюдських зусиль, безкінечних дилем, докорів сумління, правок і років невпинної праці Павло заходився різати по живому, і в результаті лишилося лише тисяча двісті тридцять дві сторінки, які вже не можна було скоротити.

— Коротше неможливо. Я вилучив технічні деталі, юридичні уточнення, звіти і дипломатичні телеграми. Зберіг історичний і соціальний контекст, базові політичні цілі й військові завдання. Залишив сам кістяк. Далі вже історична оперетка. Або так, або ні.

Йому відмовили. Порадили спершу видатися англійською. Якщо це вигорить у Сполучених Штатах — ніяких проблем. Павло взявся за англійський переклад. Він досі чекав відповіді одного молодого видавця, якому Кессель вручив рукопис. Відчувалося, що йому це не до душі, тому ритм роботи сповільнювався. Коли ми нудьгували й розмова вщухала, варто було поцікавитися, на якому він зараз етапі, — і друкарська машинка починала вистукувати. Він був невичерпний.

— Ти трохи просунувся? — поцікавився я.

— Не хочеш прочитати й висловити свою думку?

Я не наважився зізнатися, що мушу проковтнути «Ранок магів», чотирнадцять номерів «Планети» та «На дорозі».

— Слухай, Павле. Мені треба готуватися до бакалавра. Там багато роботи. Я прочитаю її на канікулах.

— А тут ти що робиш? Готуєшся до іспиту?

— Це інше... нарис про поезію.

— Доповідь?

— Саме так.

— У випускному класі ви ж проходите Першу світову і Російську революцію.

— Чималий шмат.

— Залишається запропонувати доповідь про Берестейський мир.

Він підштовхнув стіс в тисячу двісті з чимось сторінок до мене.

— От і проконсультуєшся. Будь уважний, Мішелю, це мій єдиний екземпляр.

— Уяви, як я його загублю, якщо в мене станеться пожежа чи потоп. Ти до смерті мені цього не пробачиш. Я тут це прочитаю. Обіцяю.

Павло тріумфував. Нарешті його талант визнали. Йому написав молодий видавець. Твір привернув його увагу. Він зажадав зустрічі в найкоротший термін, щоб з ним побесідувати. Павло зателефонував з «Бальто». На подив привітна секретарка призначила йому зустріч та той самий день. Такого швидкого контакту ще ніколи не було. Ми були щасливі за нього. З такої нагоди він виставив пляшечку ігристого. Йому надавали силу-силенну порад: твердо наполягати на своїх умовах і не показувати, що чекаєш розв'язки, як приходу месії.

Я передумав домудровувати, що ж там відбувається із сонцем, і вирішив зачепитися за іншу тему, як-от весна з полохливими ластівками чи пекуче літо із золотавими пшеничними полями й червонястими маками, коли помітив прихід Павла, розгубленого та зблідлого. Пересувався мов сомнамбула. Завалився на банкетку так, що та аж рипнула під його вагою.

— Хочеш пива, Павле?

— Дуже.

Я передав замовлення Жакі. Павло залишався в прострації. Я не наважувався розпитати про розгром, що читався на його обличчі. Жакі поставив два пива на столик. Павло одним духом випив своє і, наче зовсім спраглий, проковтнув моє лимонадне. Він аж трохи відригнув.

— Йому не сподобалось?

— Навпаки. Він оцінив рукопис і привітав мене. Він ніколи не читав твір такого обсягу.

— У чому ж проблема?

— У війні 14-го. Що йому підходить — то це Алжирська війна.

— Чому він надіслав тобі того листа?

— Через Романа Сташкова.

— Хто це?

— Якби ти прочитав книжку, то знав би сам.

— Прошу, Павле.

— Це відбулося під кінець листопада 17-го. Темний період. На початку місяця більшовикам удалося здійснити славнозвісний переворот і скинути уряд Керенського. Влада трималася на волосині. Щоб революція здійснилася, вони були зобов'язані укласти мир із німцями. За будь-яку ціну. Заправляв усім Троцький. Пропозиція перемовин надійшла від нього. Для німців то була вдала нагода репатріювати війська, що загрузли на російському фронті, щоб реорганізувати їх на західному та виграти війну завдяки вирішальному підкріпленню. Перемовини мали розпочатись у Брест-Литовську, де перебував німецький генштаб. Російську делегацію під керівництвом Каменєва становили такі собі символічні взірці солдат, жінок і пролетаріїв. На вокзалі в момент від'їзду Каменєв усвідомив, що немає селян, а вони становлять 80 % російського населення. Позаяк більшовицькій владі страх як кортіло справити враження, що в неї за спиною весь народ, вирушили на пошуки селянина. У безлюдному й засніженому Петрограді вони натрапили на старого бородатого селюка, зі скуйовдженим волоссям, незрозуміло одягнутого, — він саме їв копчений оселедець, тримаючи його засмальцьованими пальцями. Його й залучили до делегації як представника революційного селянства. Роман Сташков — так його звали — відзначився на дипломатичних банкетах неотесаними манерами, запалом і недоречною веселістю. Він не був звиклий до шампанського і щедрих столів. Їв пальцями, утирався скатертиною, поплескував по плечу грізного генерала Макса Гофмана і розвеселив незворушного принца Ернста фон Гогенлое, запхавши столове срібло під свою куртку. Попервах німці сприйняли його за висококласного симулянта, який за макіавеллівською стратегією вивідував усі їхні секрети. Їм знадобилося два місяці на усвідомлення, що це не більше ніж випадковий селянин. Найкумедніше в тому, що він ще й вимагав у Каменєва грошей, погрожуючи втечею. Його цілковите незнання мети війни не завадило йому увійти до хронік посередником цього договору. Він хоче, щоб я написав його історію.

— Він має рацію. Вийшла б надзвичайна книжка.

— Думаєш?

— Якщо напишеш цю книжку, потім зможеш видати іншу.

— Справді?

— Я переконаний. Що ти йому відповів?

— Послав його до дідька!

10

Ми бачилися після уроків. Спершу хто звільнявся раніше, ішов за іншим. Вона уникала околиць Генріха IV, побоюючись перестріти брата. Порадила мені в жодному разі з ним не розмовляти й не довіряти його дружньому вигляду, за яким криється підступне лицемірство. Зі свого боку, я тримався на відстані від Фенелона, щоб уникнути кривих поглядів та кпинів. Ми зустрічались на півдорозі, у віденській кондитерській по вулиці Л'Еколь-де-Медсін. Замовляли каву з вершками та яблучний штрудель і розмовляли години зо дві. За гарної погоди гуляли бульваром Сен-Жермен чи набережними. З незрозумілих мотивів вона відмовлялася давати мені свій номер телефона. Я роздобув його через довідкову. Коли ж я запропонував її набрати, вона попросила ніколи їй не телефонувати. «Це складно», — пояснювала вона. Я не допитувався, чому. Коли Камілла відрубувала: «Це складно», — треба було це прийняти як постулат та не ставити жодного запитання. Нездоланні й нез'ясовні обставини. Я думав, що в неї суворі батьки, які сповідують мораль старого гарту. Я уявляв маму-ірландку, вимогливу пуританку, зациклену на принципах. Дещо застарілих принципах, але ж вікторіанського роману не існувало б, якби виховання молодих дівчат не становило б такої проблеми. Тоді я ще був наївний та сповнений ілюзій. За нагоди, а точніше, коли залишалася сама, Камілла телефонувала мені на домашній. Як завше, до телефону підбігала Жульєтт. Щоб вони познайомились, не знадобилося багато часу. Траплялося, вона розмовляла з нею довше, ніж зі мною. Часом Камілла різко обривала розмову: «Годі вже!» — та кидала слухавку. Мені доводилося відбиватися від щоденних допитів Жульєтт, якій кортіло дізнатись, яка вона, чим займається, куди ми ходимо. А що я ухилявся від відповіді, вона ставила ці запитання Каміллі. Хотіла з нею зустрітися. Мені довелось грубо їй відмовити.

Бачитися в інший час, крім вечорів, було проблематично. У четвер це було нелегко: завжди якийсь брат ошивався поруч — ніякої змоги про щось домовитися. У суботу було вкрай складно. У неділю — неможливо. Зі співставлення доступних фактів, здогадок та припущень, авторитетних думок Леоніда й Саші випливало, що вона росла в щасливій згуртованій родині, яка мала бути в курсі всього. У цьому найбільший недолік таких згуртованих сімей. Присутність усіх її членів є неодмінним доказом спільного щастя. Одного дня по обіді ми гуляли вулицею Бонапарта, коли вона шмигнула між двох машин. За мить зникла за ними. Я помітив, як нас обігнали трійко молодиків. Я впізнав її старшого брата, якого зустрів на конференції «Планети». Наймолодший кинув на мене запитальний погляд. Здається, він уже бачив мене в Генріху IV. Вони пішли собі далі, не обриваючи розмови. Визирнула Камілла, тремтлива і знервована.

— Вони мене помітили?

— Не думаю.

— А тебе?

— У чому проблема?

— Якщо нас побачать разом, буде скандал.

Мене обурила така позиція. Але не Сашу.

— Не варто хвилюватись. Вона ж не сказала, що не хоче більше вас бачити?

— Ні.

— Отже, життя триває. Час би вам уже знати, що стосунки між чоловіками й жінками йдуть у комплекті з ускладненнями. Показуйте ваші напрацювання.

Я витяг із кишені аркуша й простягнув йому. Він прочитав за три секунди.

— І це ви називаєте віршем?

— Я попереджав.

— Ви нездібний і до малювання. Ваше майбутнє в мистецькій сфері видається мені посереднім.

— А як я позичу текст в котрогось знаного поета?

— Якщо вона його впізнає, передчуваю, не оцінить. Виставите себе ідіотом. Можу запропонувати вам щось краще.

Отак Саша розробив поетичну стратегію. Він запропонував постачати мені вірші. Я би зміг зачитувати їх Каміллі. Мені навіть не доведеться брехати і стверджувати, що я автор. Що менше я про це говоритиму — то ліпше. Дати волю фантазії. Ніяких пояснень. Артист не мусить виправдовуватися.

— Як раптом вона поставить незручне запитання, не відповідайте. Усміхайтесь. А якщо вдасться, візьміть її за руку й міцно стисніть, дивлячись прямісінько в очі. Застосовуйте усмішку, Мішелю.

На обороті конверта він написав вірша. Надзвичайно швидко. Без вагань, не підводячи очей. Рядки лилися з-під його рук, наче вода з фонтану. Він простягнув мені конверта, нашвидкуруч списаного десятком рядків. Я мав вивчити напам'ять, залишати його мені він відмовлявся.

— Якщо на додачу до поетичної бездарності у вас ще й нікудишня пам'ять — ваші проблеми. Вийдете звідси, коли визубрите його. Не розраховуйте, що я вас перевірятиму. Ми не на уроці літератури.

— Я боюсь його забути.

— Думайте про неї і не забудете. Якщо вам це не під силу, то ви на неї не заслуговуєте. Маю єдину умову. Ви не повинні в ньому змінити жодної коми. Я вам довіряю. Як їй сподобається, я дам вам іще.

— Я можу вивчити за раз кілька.

— Надто плодючий поет — це підозріло. Поезія потребує часу. Вона не штампується на конвеєрі. Письменник може прокинутися вранці та сказати собі: сьогодні я напишу п'ятдесят рядків, чи п'ятсот, чи тисячу слів. Якщо поет так скаже — це брехун. То як діаманти. Коли їх гребуть лопатою, вони втрачають будь-яку цінність: це вже вугілля.

Я й на чверть секунди не розглядав можливості попросити час на роздуми, або на перевірку, або ж подивитися, чи подобається мені вірш. Він мене врятував. Я прийняв це за належне. Не поставивши жодного запитання. Я боявся, щоб він не відмахнувся і не облишив мене. Чи щоб вона не зустріла поета, справжнього.

До магазину зайшов клієнт. Доки Саша його обслуговував, я прочитав вірша. Мене вразила ясність стилю. Я перечитав. Заплющив очі й переказав про себе. Я бачив Каміллу. Усміхався. Її рука — в моїй.

— Ну як? — спитав Саша.

— Вірш дуже красивий.

Саша всміхнувся. Узяв конверт, порвав і викинув шматочки до смітника.

— Дякую за все, що ви робите, Сашо.

Ідучи Люксембурзьким садом, я вагався. А як я його забуду? Може, варто зробити копію, про всяк випадок. Я взяв аркуш, щоб записати вірша, бо ж не обіцяв не робити цього. Подумав про Сашу. Знову повторив рядки про себе. Я знав: він вкарбувався мені в голові.

11

Саме в той період я підібрав стиль, якого дотримувався роками: недбалість в одязі, сорочка навипуск, широкі велюрові штани, чорні теніски та кудлате волосся — про що сьогодні згадую з жалем. Тоді ж я натикався на мамину критику:

— Ти сьогодні мився? Щось я не чула, щоби ти приймав душ. Що це за грива? Негайно сходи до перукарні!

При ній я мав пристойний вигляд, намагався уникати сварок. Але ж перед виходом на вулицю скуйовджував волосся й додавав недбалості одягу. Відтворював образ людини, яка щойно вилізла з ліжка. І так аж до ліцею, де вахту ніс Шерлок.

— Де, на вашу думку, ви перебуваєте? Тут вам не цирк. Бачу, мосьє вважає себе за одного з бітлів? То я вам нагадую, що теніски створені для спорту, а тут усний іспит на бакалавра. Що за мода?

Доводилось хитрувати, виявляти фантазію та вдаватися до трюків, щоб обійти диктатуру британок і напівбоксів. Я був не один такий. Епідемія вразила й інших учнів. Ми були однодумці. Пішли на спротив. Відчуття було таке, що живеш у скороварці і тобі не дають дихати. Було гаряче, але кришка не піддавалась. Її утримувала незмінна залізна рука. Ми закріпили позиції. Кожен крок уперед ставав маленькою перемогою. Кожна поразка підсилювала нашу рішучість. Ми знали, що незабаром переможемо. Ми були молодші, нас більшало щодня. Врешті-решт вони мають поступитися.

— Маю для тебе подарунок.

Камілла здивовано на мене глянула.

— Що це?

Я не знав, яке місце підійде якнайкраще. Я не уявляв, як втілити образ поета перед чашкою гарячого шоколаду в дальньому залі гомінкої віденської кондитерської, де усі сиділи один в одного на головах. Я вагався між набережною і майданом Фюрстенберґ. Треба було обдумати це раніше. Я нічого не запланував. Нас щось привело туди мимоволі — до фонтану Медічі. Як закоханих. Ми опинилися біля водойми. Я перевів дух і.... пустота. Ніщо не спадало на думку. Голова була порожня й легка, ніби м'ячик для пінг-понгу. Я даремно намагався згадати цього триклятого вірша, але він вивітрився. Напевне, я його не заслужив. Зате в мене з'явилася йому назва: «Мольба за зниклою поемою». Залишалося одне — записати її. Може, так до мене приходить покликання поета. Вона помітила моє напруження.

— Що з тобою, Мішелю?

Я дивився їй просто в очі. Мої губи гарячково щось вимовляли:

...Тремтливе світло ллється на наші усмішки,
Вежі наших сердець стримлять в безкінечність,
На зруйнованих храмах згасають слова.
Рухи втрачають упевненість, і боязкими стають бажання.
Наші скривавлені тіні блякнуть,
Навіть відгомін обірваний спізнілими спогадами...
І сплутані віддалені дороги,
Бліді відблиски, сполохані візерунками танців,
Наше дихання важче за гору...

Вона поглядала на мене здивованими очима, з ледь розтуленим ротом, рука на парапеті. Легкий вітерець ніжив її волосся.

— Це прекрасно, Мішелю.

— Так.

— Твоє?

Цього разу я був готовий. Я поклав свою руку на її. Усміхнувся, думками весь у магічному фонтані. Ми пробули там до зачинення.

Отак розпочалася моя поетична кар'єра. Тут ні́чим пишатися, але найгіршого я уник. Я був тим, ким був. Нехай той, хто завжди говорить правду, ніколи не каже «так», про себе думаючи «ні», і ніколи не приховує анінайменшого прояву власної некомпетентності, неосвіченості чи промаху, перший кине в мене камінь. Це зрозуміють ті, хто насилу всміхався чи вдавав зацікавленість, якщо насправді чхати хотів на те, що їм розповідають. Шкода, що так вийшло. Чи був у мене вибір? Ця дволикість мене мало тішила. Я запевняв себе, що головне — відчута поезія та розділені емоції. Я дозволив собі ще кілька жалюгідних спроб. Відчуття, наче на пері моєї ручки ковадло. Мої каракулі полетіли до смітника. Чи треба приймати свою обмеженість за фатальність? Я маю виходити з доступного мені знаряддя, і багато воно не заважить. Тож слід боротися доступною зброєю та сподіватися, що мета виправдовує засоби.

— Справді, їй сподобалось?

— Дуже. І я кажу це не вам на втіху.

— Я такий радий, Мішелю. Ви навіть не уявляєте, наскільки. Це поезія з іншої епохи. Я злегка вагався. Не знав, чи вона оцінить.

Саша перервав друк фотографій, підвісив останні сохнути.

— Зараз це відсвяткуємо.

Ми перейшли в закуток, що правив за кухню. Він узяв пляшку «Патісу» і наповнив дві великих склянки.

— Мені цього забагато.

— Мій милий Мішелю, усі поети п'ють. Більше п'ють — краще пишуть.

— Думаєте? Це обов'язково?

— Мої улюблені поети багато пили. Або страждали. Якщо не буде болю чи бодай трохи не паморочитиметься в голові, поезія вийде прісною. Найкращі страждали, як мученики, та пили, скільки лізло. Винятки із цієї закономірності трапляються рідко.

Ми почаркувалися за поетів і поезію. Ніколи не бачив його таким веселим і життєрадісним.

— Був би радий отримати ще одного вірша.

— Я попереджав вас, Мішелю. Маленькими дозами. Має складатися враження, що кожен вірш виграний у битві. Ви ж не черевички їй даруєте. Трошки загадковості.

Саша взяв конверт, розгорнув та, як і першого разу, за хвилину написав вірша. Без утруднень, без вагань, без виправлень. Не може бути, що він вигадував на ходу. Скільки в нього їх на пам'яті? Він простягнув мені конверта.

— Я вже вчу його напам'ять.

Удома після вечері я провів експеримент, виходячи з теорії Саші. Налив собі віскі. Тато полюбляв його трохи випити суботніми вечорами. Йому це поліпшувало настрій. Але це пійло на смак виявилося схожим на медикаменти та обпекло мені горло. Я хотів допити до дна. Не зміг. Половину вилив у раковину. В животі палало. Я чекав, сидячи перед білосніжним аркушем. Голова йшла обертом, мене нудило. Нереальні відчуття. Відтак зачув сп'яніння та муки. Якусь частину ночі я почувався препаскудно. Саша, мабуть, мав на увазі конкретні реквізити. Правило не підтвердилось. Натхнення не спало на мене. Я чекав, що ручка звиватиметься аркушем та заповнюватиме його магічними рядками, але вона залишалась приліпленою до руки. Коли другою рукою я тримався за живіт. З власного досвіду заявляю, що віскі неефективне і користі моїй поезії з нього ніякої. Таїна творення має критися деінде.

Міст Мистецтв на присмерку дня, у світлі вуличних ліхтарів. Ми вже якийсь час милуємось мостом Пон-Неф, що пронизує острів Сіте, довгастими шпилями Нотр-Даму, пливкими відбитками платанів на сріблястій воді, тихими барками. Ми були наче за межами міста. У чарівному й захищеному місці. Ніхто перед ним не встоїть.

Що стало з птахами нашої душі?
Вони подалися в безкраю далину,
І безжально кричали,
І шаленіли нещадною дзиґою,
Засмучені через наші прагнення,
Дивилися жовтими й червоними очима,
Сповнені жаги забути про ненависть.
Стою серед тихих беріз
І знов розмовляю з ніччю
Й туманом, який щезає.
Вічність — один день...

Вона дивилася на мене небувало впевнено. Я бачив сяйво в її очах, навіть гарячковість. Чекав, коли почне розпитувати, але вона нічого не сказала. Узяла мою руку і стисла. Ми стояли мовчки. Слова були зайві.

Це називається фатальний збіг обставин. Якщо вже запхав пальця — долоня, рука, усе тіло пролізе. Нема куди відступати, задкувати. Попервах про це не думаєш. Згодом усвідомлюєш, що ти заручник. Визнати свою помилку, сказати: «Я тобі збрехав», — легко. Зізнатися: «Я лише ілюзія. У мені немає ніяких талантів, нічого особливого чи оригінального», — неможливо. Це наче відмовитися від себе самого. Тому ти стуляєш рота. І все триває далі. Того ж дня, о 18:45, я зрозумів, що таке замкнуте коло.

12

Одного разу ми вирішили сходити до «Сінематеки». Кілька секунд помовчали в пам'ять про наше зіткнення, схиливши голови над тротуаром. Хто засміється першим — купує квитки. Купив я. Лив дощ.

Ми сховалися в залі, не глянувши програми. Людей було мало. Згасло світло. Пішли титри. Мені знадобилося кілька хвилин на усвідомлення, що я знаю головну зірку картини. «Тібор Балаж», — промайнуло в голові. Він позбувся зморшок, кількох кілограмів і здавався на добрий десяток років молодшим. Той, кого величали угорським Марлоном Брандо, втілював відважного й героїчного партизана, що підривав потяги, зарізав офіцера гестапо, пожертвував собою задля порятунку побратимів зі своєї таємної організації, не зламався на тортурах. Його розстріляли, він устиг лише вигукнути: «Нехай живе вільна Угорщина!» Цензура це пропустила.

Я розповів Каміллі, звідки я його знав. Про його втечу додому. Вона вгледіла в ньому красу і «тваринну мужність». Кіно — мистецтво обману та ілюзії. Я не розповів їй про Імре, їхнє заборонене кохання і курча. Зірки необмежені в правах на жіночі серця.

— Як хочеш, якось сходимо до Клубу, познайомлю тебе з моїми товаришами.

— Шахи видаються мені нудними.

Виходячи із «Сінематеки», ми натрапили на Вільяма Делеза. З його кучерявої, як у баранця, шевелюри текла вода. Він обтрусився. Я не встиг ухилитися від його добрячого удару по спині: такий от прояв радощів від зустрічі.

— Ти зник. Куди подівся? Я не можу більше тримати тобі місце.

— Камілло, познайомся з Вільямом. Він кіношник.

— Ви знімаєте фільми?

Тут він не втримався. Бажання поговорити про кіно пересилило бажання побачити ще одну картину. Ми пішли на каву до сусіднього бістро.

— Мішель описав вашу зустріч. Початок нічогенький, але потім, на мою думку, злегка затягнуто. Потрібно кілька неочікуваних поворотів, інакше на такому фільмі можна буде заснути. У мене виникла ліпша ідея. Зав'язка та сама, але потім він зустрічає іншу дівчину, сплутавши її з першою. Вона голландка. Разом вони подорожують світом на велосипедах. Сценарій я написав за місяць. Зветься «Літні обіцянки». Усім, хто його прочитав, сподобалося. Я чекаю відповіді щодо авансу й фінансування. Дуже на це сподіваюся. Мій майбутній продюсер товаришує з членами комісії. Я хочу знати думку Жан-Клода Бріалі[1]. Він не може зніматися й читати водночас. Я спробую пробитися в асистенти на його наступний фільм, щоб мати змогу з ним поговорити. Тримай, це сценарій, скажеш потім, яке справив враження. Це сьомий варіант.

Він поклав брошуру в півтори сотні сторінок на стіл перед Каміллою. Я неодноразово просив дати мені прочитати сценарій — хотів побачити, що він там понаписував. Я погортав. Часом, між двома діалогами, вони злізали з велосипедів, але й далі розмовляли. Його ідея — революційна — полягала в зніманні одним епізодом, без обрізань, без склеювань, у реальному часі. Це був справжній технічний подвиг.

Коли вже Вільям заводився, спинити його було неможливо. Він знав усе про французьке кіно, комедіантів, продюсерів, режисерів. Розкрив нам безліч захопливих деталей, про які не прочитаєш у пресі. Ніколи б не подумав, що знімати фільм так складно. На наших очах творилася історія вітчизняного кінематографу. Він узяв Каміллу за руку й подивився їй просто у вічі.

— У житті ти набагато краща.

---

[1] Жан-Клод Бріалі (1933–2007) — французький актор театру та кіно, режисер, продюсер.

— З чого ти це взяв? — поцікавилася вона.

— Мішель намалював твій фоторобот. Ти там трохи чудернацька.

Я штовхнув його ногою під столом. Промазав.

— Ти написав мій портрет?

— Отака от ідея виникла. Щоб знайти тебе, — промимрив я.

— Хотіла б його побачити.

— Він був не зовсім точний. Я його порвав.

— Ти нічого не втратила, — вів далі Вільям. — То був кубізм.

Цього разу я не промазав.

— Шкода, — сказала Камілла. — Мені було би приємно.

Щоб розрядити атмосферу, Вільям заходився ловити удавану муху. Вона кружляла, а він вертів за нею голову, намагаючись упіймати її в польоті. Щойно він розмикав кулак, вона рятувалася, й усе починалося спочатку. Камілла насміялася досхочу.

— Їздиш на велосипеді? — спитав він у неї.

— Так.

— Чи хотіла б знятися в моєму фільмі? Ти була б неповторна.

— Не маю часу. Готуюся до бакалавра.

— Згодом. Улітку. Чудова роль.

— Це буде неможливо.

— Я залишу тобі телефон. Прочитай сценарій. Дзвони, коли схочеш, обговоримо це.

Він підвівся та зібрав свої газети.

— До речі, Мішелю, я приходив дивився твої фото на Сен-Сюльпіс. Недурно.

— Тобі сподобалось?

— А ти непогано впорався, як на початківця. Твій друг, фотограф, не зміг би мені проявити кілька плівок?

— Його і спитай.

— Він дорогий, я думаю.

— Я йому не платив. Він отримував відсоток від продажу.

Він квапливо пішов. Забув оплатити свої замовлення.

— Ти фотографуєш?

— Намагаюсь.

— А мені не розповідав. Можна їх побачити?

— Якщо хочеш.

— Вільям, твій приятель, він що, намагався зі мною флірувати?

— Не зважай. Він не може інакше.

Крізь шибку «Фоторами» я бачив патрона крамниці, що заповнював полиці плівками. У правій вітрині були виставлені чорно-білі фото: бурхливе морське узбережжя, де жмути піни билися об пірс, а перехожі змагалися зі штормовим вітром.

— Твої? — поцікавилася вона.

— Мої всередині. Вони місяць простояли у вітрині. Багато було продано.

Я штовхнув двері, і ми увійшли. Помітивши мене, власник начепив широку усмішку, наче був мені радий. Підійшов до нас.

— Як поживаєте?..

Він згадував моє ім'я, але не згадав.

— Я можу показати свої фото подрузі?

— Для цього тут усе й зроблено. Хочете побачити Сашу?

— У четвер він не працює.

— Тепер щодня. У нас добре замовлення від Міністерства культури. Перші фото плафона Шаґала[1]. Сашо, тут ваш улюблений фотограф, — гукнув він крізь двері.

Ми перейшли до виставкової зали. Камілла стала по центру та роззиралася довкола. Її погляд пробіг світлинами на стінах і спинився на правому кутку.

— Ото твої.

---

[1] Марк Шагал (1887–1985) 1964 року розписував плафон (стелю) в Ґранд-опера — Паризькій національній опері.

Це було не запитання. Вона наблизилася до п'яти фотографій фонтану Медічі. Уважно їх роздивилася.

— Вони неймовірні, Мішелю.

— Думаєш?

— Чесно. Лише ти міг їх зробити. Якби в мене були гроші, я б їх придбала.

— Це не проблема, мадемуазель.

З'явився Саша, у незмінному посірілому халаті. Вигляд мав змарнілий, червонуваті очі виказували людину, що не спала.

— Маю запасний комплект. Я вам подарую.

— Мені якось незручно.

— Вам не сподобались фото?

— Вони чарівні.

— Скористаємось присутністю фотографа. Він зараз їх підпише. Ви згодні, Мішелю?

Відповіді він не почув. Зайшов за стіл і вийняв із шухляди білого конверта. А звідти п'ять екземплярів, які розклав на прилавку. Я написав: «Каміллі», — підписав білий берег кожного.

— Ставтеся до них бережно. За двадцять чи тридцять років вони вартуватимуть шалених грошей.

— Мене б це не здивувало, — відповіла вона. — А знаєте, Мішель — справжній митець. Він також автор чарівних віршів.

— Ви мені ніколи не розповідали, — вигукнув він з півусмішкою. — Хотів би коли-небудь їх прочитати.

— Це неможливо, — вела далі вона. — Мішель категорично їх не записує. Він мені декламує.

— Його правда. Вони красивіші на слух.

Саша поклав підписані фото в конверт і простягнув Каміллі.

— З найкращими побажаннями від закладу.

— Дякую вам. Дуже зворушливий подарунок. Мішель сказав, що ви цікавились «Ранком магів».

— Він так сказав?

Я не знав, куди себе подіти. Дав йому знак головою.

— Ніколи не читав нічого схожого! — кинув він.

— Я також. От Мішель іще й досі не прочитав.

— Я ж тобі казав, Камілло, що читаю найпотрібніше — до бакалавра. Матиму час на канікулах.

— Скажіть йому, що вона захоплива.

— Ця книжка цікава тим, — пояснив Саша, — що навіть якщо ти не згоден з авторами, їхній нонконформізм — просто копняк по мурашнику.

— Ну ось бачиш!

— Ми більше вам не надокучатимемо, — устиг втрутитись я. — У вас робота.

— Мішелю, Камілла — прекрасний сюжет для фотографій. На що ви чекаєте?

— Вона не любить фотографуватися.

— Камілло, чи дозволите називати вас Каміллою?

— Звісно.

— Запропонуйте йому обмін. Фото від вас — вірш від нього. Ви не програєте, чи не так?

— Не знаю, чи він погодиться.

— Мішелю, вас влаштовує така угода?

Якби не її присутність, я б його обійняв.

Отак я зробив мої перші світлини Камілли. Вона схотіла, щоб я спершу записав вірші. Я написав усі. Не змінивши жодного рядка. Їх було дуже мало.

Досить швидко мені вже не було чим з нею мінятися. Саша постачав їх вельми ощадливо, зате друкував фото Камілли. Робив широкоформатні знімки з доволі зернистою фактурою та хорошим контрастом. Платити йому не дозволяв. Якось я йому сказав, що мені незручно приймати від нього вірші, коли сам не в змозі їх написати. Він відповів, що вірші належать тим, хто їх любить, і що він щасливий, бо знає, навіщо дає їх мені, — для цього вони і створюються.

Каміллі здавалося, що я роблю забагато фото і пишу замало віршів. Я пояснив їй, що це потребує часу, а один вірш рівноцінний кільком фото.

— ...Смерть думає, що мене вбила,
Але мого тіла не існує.
Я в трьох музичних нотах,
У зголоднілій усмішці,
У вимученому спогаді,
У дорогах на обрії,
Забутих цим химерним вітром.
Я в цих непорушних рядках,
Заякорених у споминах,
Рядках, що їх шепочуть приховано,
Повторюють і передають одне одному
Мої терзання, як фарандоли...

— Мішелю, це прекрасно.
— Знаю.
— Вони сумні, твої вірші.
— За цей вірш я хочу фото. Одне-єдине.

13

За нинішніх обставин, враховуючи акт судового виконавця про виїзд мосьє Маріні з подружньої оселі, нові свідчення, отримані від співробітників Вашої фірми та Ваших родичів, мені видаються достатніми для судової ухвали на Вашу користь. Станом на цю годину адвокат протилежної сторони не надав до судового процесу жодного документа. Брак свідчень на користь Вашого чоловіка стане ключовим фактором для ухвали розлучення за його одноосібної вини. Для нас тепер найголовніше — вийти на захисні промови в суді лише з нашими документами...

Лист був від сімейного адвоката Фурньє. Я натрапив на нього, риючись у пошті на килимку консьєржів. Я чекав кореспонденції про відпрацювання з Генріха IV за паління на території ліцею. І помітив його ім'я. Він не вперше писав на домашню адресу. Не знаю, чому саме того ранку я його взяв і прочитав. Мабуть, через тишу, що панувала в домі. Ми місяцями жили у ватній атмосфері, ніби не було ніяких проблем. Мама зверталася цілком природним, добре поставленим голосом, переконливим, як і її усмішка:

— Нічого не відбувається, любий. Усе добре. Не переймайся.

Тато телефонував недільними вечорами. Ми розмовляли з ним по черзі: я і Жульєтт. Мама сиділа в кріслі, уткнувши носа в «Парі Матч».

— Як справи в ліцеї?

— Добре.

— Я радий.

— А в тебе?

— Справи йдуть важко. Треба докладати чимало зусиль.

Попервах я цікавився погодою в Бар-ле-Дюк, він здебільшого відповідав: «Мерзнемо», часом: «Собачий холод». Розмови були короткими й завершувались одноманітно: «Цілую тебе, мій милий. До наступного тижня».

До Парижа приїздив «туди й назад» — на зустрічі з постачальниками. Прибував першим потягом і їхав останнім, щоб не витрачатися на готель. Призначав мені зустріч у бістро, запізнювався на годину. Одного разу ми розминулися: чекали одне одного в різних кав'ярнях на майдані Республіки. Я завжди проводжав його на метро до Східного вокзалу. Досить довго він сподівався, що це ще не кінець, що існує маленький шанс урятувати родину. Коли подружжя не ладнає, найкраще — це пожити окремо, щоб розібратися в собі.

Це як погода, розумієш? Ти перечікуєш бурю, бо потім на небі розвиднюється.

З огляду на результат, метод так собі. Одного дня мене охопило дивне неприємне відчуття. Він прибіг захеканий, лаючи пекельний вуличний рух, сморід вихлопних газів і забрудненість вулиць.

— Якесь дике божевілля. Не розумію, як я стільки років зносив це місто. Мені нема чим дихати.

Я дивився на нього, як на чужого.

Коли я прочитав того злощасного листа, моє серце обірвалось. Я хотів повернутися та виповісти мамі все, що думаю про її поведінку. Потрібно було попередити батька про змову, що затівалась проти нього, щоб він зміг належно відреагувати й захиститися. Мені вдалось зв'язатися із ним у магазині:

— Є одна проблема, тату. Нам треба побачитися, дуже терміново.

— Скажи, у чому річ.

— Я не можу говорити про це по телефону. Надто серйозно.

— Ти накоїв дурниць?

— Не я. Це стосується мами.

Він спробує якось приїхати. Скористається нагодою побачитися з новим постачальником у Булоні. Ми зустрілися в переповненій брасерії навпроти Східного вокзалу. Тато приніс згорток каталогів італійських освітлювальних приладів. Дав мені погортати один, щоб я оцінив якість. Він рекламуватиме їх у Лотаринґії.

— Що думаєш?

— Я не особливо тямлю в освітленні.

— Вони випередили нас на двадцять років. Це забезпечить мені приголомшливий успіх. Але жодного слова мамі. То ти тепер куриш?

— Віднедавна, тату.

— Візьму одну.

Я дав йому свою пачку «Голуаз» і коробку сірників.

— То що там сталося?

Я простягнув йому адвокатового листа. Він прочитав його, не поворухнувшись.

— Як згадаю всі ті гроші, якими нашпигував цього мерзотника...

— Вони ще не виграли. Ти захищатимешся?

Він знизав плечима, на якусь мить замислився.

— Доведеться шукати лжесвідків. Це не в моєму дусі. Просити людей, яких не бачив роками, обливати болотом твою матір — не горю бажанням.

— Вона вдалася саме до цього.

— Це моя провина, Мішелю. Я покинув подружнє гніздо — відтак усе втрачено. У нас була хороша сім'я. А потім щось зламалось. Я був переконаний, що ми переживали складний період, як це буває з подружжями. Коли ж я усвідомив, було надто пізно.

— Це через Франка?

— Правда в тому, що ми з різних соціальних прошарків. Цього не зміниш. Хоча декому вдається. Але ми не змогли.

— Ти можеш домогтися визнання обопільної вини.

— Як? У неї проти мене десять свідків і акт судового виконавця. Я марно надриватимусь. Умієш берегти секрети?

— Вдруге ти мене із цим не підставиш.

— Я міг нашкодити твоїй мамі щодо фірми. Але ми дійшли консенсусу.

— Якого саме?

— Ми вирішили не вплутувати вас у наші непорозуміння. Мені потрібне твоє слово чоловіка.

Альтернативи в мене не було. Я пообіцяв.

— Ми домовились, що я візьму одноосібну провину. Не подам на процес жодного документа. Ми розділимо батьківські права. За нею опіка, а за мною вихідні через тиждень, якщо встигатиму, і половина канікул. Вона отримуватиме на вас незначні аліменти й повертатиме мені фінансову компенсацію на підприємство.

— Це ж неправда? Ти покинув нас заради грошей!

— Мішелю, не мели дурниць! Інакше була б війна, у мене немає ресурсів!

— Ти не мав права! Ти мусив боротися!

— Це життя, таке, яке є, синку, і не інакше.

— Кінець кінцем, ти непогано влаштувався.

Я підвівся. Забрав цигарки. Відійшов на кілька кроків. Повернувся.

— Скажи мені, де Франк.

— Тобі ні до чого це знати.

Я залишив листа від адвоката на столику в передпокої. Маму це здивувало. Я сказав, що розпечатав його через неуважність. Недільного вечора зателефонував тато, Жульєтт зняла слухавку і проговорила п'ять хвилин. Відтак простягла слухавку мені.

— Скажи йому, що мене немає.

Не почути він не міг. Мама відірвала носа від «Парі Матч». Змовчала, усміхнулась та стала читати далі. Наступними тижнями я відмовлявся з ним розмовляти. Так тривало довго. Ця історія й сьогодні стоїть між нами.

Я ніколи не казав Каміллі про родину, не розповідав про Франка і Сесіль, їхнє зникнення, сімейний розкол і втечу батька до далекої провінції. Я думав про них щодня. Кажуть, час загоює рани. Якщо хочете стерти з пам'яті тих, хто пішов, не варто їх так сильно любити. Бо що вас переповнює, то це гнів, потреба кричати, вона душить вас, бо ви пручаєтесь, бо ви безсилі. Ненависть знайшла собі місце. Та й Камілла з незрозумілих причин відмовлялася говорити про свою сім'ю. Ми були квити. Дотримувалися сирітського умиротворення.

14

Я хотів цього уникнути. Доклав чималих зусиль. Опирався до останнього, як тільки міг. Однак існує межа, яку не здатен перетнути жоден чоловік. Наша воля безпорадна перед законами, що правлять цим світом. Моя доля була визначена десь там, у нетрях всесвіту, поруч із галактикою Андромеди, між Оріоном та Альдебараном. Камілла хотіла розрахувати мій гороскоп. Їй бракувало точної години мого народження. Мені це прохання видалося безглуздим, але я не міг сказати їй це в очі. Я звалив неможливість це з'ясувати на пологові муки, що стерли всі мамині спогади про моє народження, на те, що вона була сама в порожній лікарні, покинута родиною та чоловіком.

— Ти народився в лікарні Пор-Рояль, у серці Парижа!

Після роз'їзду батьків нічого не налагодилося. Як відомо, розлучення згубно впливає на пам'ять. Без знання точного часу неможливо скласти ні карту зоряного неба на момент мого народження, ні гороскоп, неможливо визначити ні вузол Місяця, ні дім гороскопу, ані висхідний знак. Я сподівався позбутися цих надокучливих запитань.

Мої стосунки з мамою помітно поліпшувались день від дня. Ми досягли певного балансу. Я дотримувався трьох правил, свого роду обумовлений мінімум. Мав слідкувати за своїм зовнішнім виглядом, триматися прохідного балу в ліцеї та бути присутнім на сімейних застіллях, особливо на недільному обіді з родиною Делоне, що відбувався в повному зборі в дідуся Філіппа. Натомість вона давала мені спокій щодо решти. Це стало можливим після відвідин мамою семінару «Успішно провести перемовини: переможець — переможець», що змінив її поведінку. Татові варто було б теж бути на таких заходах, натомість він з них насміхався. Можливо, вони врятували б його від цієї Березини[1]. Одного дня, за вечерею, мене заскочив неприємний сюрприз.

1 У Франції вислів «це Березина» свідчить про крах, цілковиту катастрофу. Походження вислову пов'язане з битвою біля річки Березини в листопаді 1812 року, у якій Наполеон I зазнав поразки.

— До речі, Камілла телефонувала, — сказала мама, передаючи мені терту моркву.

— Та невже?

— А вона мила дівчинка. Якщо хочеш, можеш привести її в гості, я була б рада з нею познайомитися.

— Ми попрощались десять хвилин тому. Чому вона дзвонила?

— Хотіла знати час твого народження.

— Що ти їй сказала?

— Рівно о сімнадцятій тридцять. Я не зрозуміла нічого з того, що вона розповіла. Пологи були спокійні. З твоєю сестрою — оце був жах. Дівчата матерям завжди важче даються. Я б хотіла, щоб вона склала мій гороскоп. Я народилася 28 січня, десять по четвертій ранку.

— А я о котрій народилася? — втрутилась Жульєтт.

Якщо в Камілли й були певні недоліки, то вже точно не злопам'ятність. Вона не сердилася на мене за брехню, бо була захоплена можливістю швидкого отримання мого гороскопу. Подруга її мами тримала салон віщувань у квартирі з виглядом на парк Монсурі. Вона зіставить наші гороскопи, і ми знатимемо, що на нас чекає.

— Ти в це не віриш? Я зараз тебе переконаю.

— Каміллo, майбутнього не передбачиш. Це було б надто просто.

— Існують люди, які знають, просвітлені, вони можуть нас направляти.

— Особисто я не хочу знати.

Кілька днів по тому вона повідомила про певну непередбачувану перешкоду, що заважає складанню моєї карти. Подолавши мільйони кілометрів, між сузір'ями Рака й Тільця, буквально нізвідки виникла комета Холмса: блискотлива цяточка з віялоподібним хвостом, і доки вона залишатиметься видимою, деяким людям не уникнути потрясінь у житті.

— Вона каже, що завдяки кометі люди закохуються і знаходять одне одного.

— Камілло, ти ж не віриш у ці нісенітниці?

— А ще вона каже, що тебе це зачепить.

— Ми не губились. Може, твоя знайома провидиця скаже нам, чи складемо іспити на бакалавра?

— Вона визначає траєкторії, а не відрізки шляху. Скоро сам переконаєшся.

Вона не виявляла й тіні сумніву чи вагання. Її ентузіазм розвіяв мою впевненість. Картезіанці — нудні люди. А в неї хороша фантазія.

Недільні побачення були вкрай рідкісними. У Камілли були сімейні обов'язки, проігнорувати які неможливо. Коли я запитував, вона відповідала:

— Не питай, чому! Якби я могла, ми бачились би. Я не можу!

Другу половину недільного дня я проводив у Клубі. З'являлися нові обличчя — з СРСР, Балкан, Югославії та Румунії; усі зі своїм акцентом, довоєнним одягом, обличчя їхні були запалими від недовіри й тривоги. Знову починалася корида з паперами, досьє, доказами, усе це доводилось заповнювати, аби довести, що ви біженець, який утік за нагальної потреби, щоб уникнути арешту та в'язниці. Ними опікувалися старожили, приймали їх у себе, зв'язували із постачальниками «справжніх» фальшивих документів. Коштували вони чимало, тому, щоб їх оплатити, ці люди тяжко гарували: у ресторанах, на будівництвах. Чимало вдавалися до альтернативної еміграції в куди гостиннішу за Францію Канаду. Неділя була залюдненим днем. Приміщення Клубу ставало затісним, тому потроху колонізували суміжну залу ресторану. Правило обов'язкової французької було забуте. Можна було почути всі мови — ну, майже всі. Змушені до того розмовляти пошепки, тепер вони розійшлися не на жарт. Стояв такий гамір, що відвідувачі в іншій частині «Бальто», які хотіли побути в тиші, зітхали й тільки згадували добрі часи, коли членів Клубу можна було перелічити на пальцях обох рук.

— Зважаючи на кількість та добру волю наших постачальників, брак клієнтів нам не загрожує, — підтримував Ігор. — Ми приречені розвиватися.

Саша навідувався епізодично. Я уважно за ним спостерігав. Ворожість членів Клубу його спокушала, отак він і бавився, провокуючи їх. З'являвся безшумно. Ми підводили голови. Він був поруч, спостерігав за нами. Зовсім як Великовухий. Решта себе стримували, виказували зневагу та ігнорували. А коли вчергове підводили голови — його вже не було. Зовсім не чули, коли він виходив. Я намагався поводитися відповідно та виявляв байдужість. Його це влаштовувало, він не хотів, щоб я виступав посередником чи вплутувався.

Я серйозно прогресував у шахах і став бажаним супротивником.

— Бути хорошим гравцем — поняття відносне, — пояснив мені Леонід, який погоджувався на партію, коли більше не було з ким. — Новачки дійсно нульові.

Я спостерігав нескінченний шаховий реванш Імре й Павла. Останній користався браком годинника, щоб узяти на замору. З'явився схвильований Ігор, очі в нього бігали.

— Друзі, ви нізащо не вгадаєте, з ким я щойно проговорив дві години.

З його зворушення ми здогадалися, що то була знаменитість, чиє ім'я було нам відоме. Ми взялися перебирати зірок естради і кіно, телекоментаторів, політичних діячів і відомих спортсменів. Ми назвали половину Парижа. Марно.

— Він француз? — спитав Грегоріос.

— Ні. Він спинив мене на бульварі Мальзерба. Я сказав собі: Ігоре, сьогодні твій щасливий день. Я дивився на нього в дзеркало заднього виду і не вірив своїм очам. Він, у моєму таксі! Я трохи вагався, а потім спробував. Звернувся до нього російською.

— Це Громико? — припустив Павло.

— Це живий бог!

Ми всі водночас вигукнули: «Нурєєв!»

— Спершу я не хотів кидатися банальностями на кшталт: «Я один із ваших шанувальників», — що їх він чує по двадцять разів на день. Він тримався дещо настороженο. Я згадав «Баядерку», якою ми з Леонідом і Володимиром насолодилися 61-го. Він пригадав той казковий вечір, і зал, що аплодував стоячи, і безупинні вигуки «Браво!». Йому передалось моє шалене збентеження. Його серце розтануло. Я підвіз його до входу для артистів в Оперу. Він поспішав, але й далі розмовляв і сміявся. Це найкрасивіший у світі чоловік і найвеличніший артист. Ми так і сиділи в машині. Згадували Кіров і Ленінград. Йому на очі навернулися сльози. Він спізнювався. Я подарував йому поїздку, натомість він запросив мене за собою всередину, на репетицію з Королівським балетом Британії. Я просидів там якийсь час. Надзвичайно. Люди спинялися, щоб подивитися на нього. Наче янгол зійшов на землю. Коли я збирався, він підійшов мені подякувати. Можете уявити? Він! Подякувати мені! За те, що нагадав йому батьківщину.

— Прекрасна зустріч, — сказав Імре.

Ці слова мене насторожили. Так мало статися. Я вагався, чи згадувати комету Холмса. Але не встиг.

— Друзі, — вів далі Ігор, — сьогодні винятковий день. Рудольф Нурєєв незабаром нас навідає!

То був хор вигуків, у якому змішалися подив і недовіра.

— Ще в таксі я розповів йому про Клуб. Він закидав мене запитаннями. Потис руку й поцікавився адресою. Він прийде цього вечора, після репетиції.

Зчинилась галаслива паніка, усі були збентежені, вертілися, мов мухи в окропі, вдягали куртки, защіпали комірі сорочок, поправляли краватки, струшували з одягу сигаретний попіл і лупу, причісувалися біля дзеркала. Влаштували справжню чергу біля кабінок і вмивальника.

— Не годиться його приймати в такому бедламі! — констатував Володимир.

Вони поприбирали зі столиків, витерли їх губками, спорожнили попільнички, поскладали ящики, які постійно скрізь валялися, протерли банкетки й позамітали. Усім керувала Мадлен, заодно скористалася нагодою помити шибки: зорганізувала Горана й Данила, двох новеньких. Раптом Ігор помітив, як Саша протирав барну стійку білою ганчіркою. Він поквапився до нього.

— Якого біса ти тут забув?

— Це мій внесок у...

Ігор не дав йому часу закінчити думку. Він штовхнув його й ухопив за відліг куртки. Вони були однакові на зріст, Саша дещо худіший. Він міг противитися, проте зовсім не опирався. Ігор дужо виштовхнув його на вулицю.

— Це востаннє! Я тебе попереджав!

Саша мовчки пішов. Ігор повернувся в зал. Розлючений.

— Чого чекаєте? До роботи!

«Бальто» скидалося на сяйливе нове бістро. Томаш позичив «Інстаматік» з новою плівкою в одного гравця у пінбол, що жив зверху. Усі вийшли. Нам було так добре! Ми вишикувалися почесною делегацією на тротуарі від бульвару Распай до краю майдану Данфер-Рошро. Підстерігали таксі, а ті проїжджали повз. Усі чекали, настрій був пречудовий. Через деякий час дехто зайшов досередини відпочити й випити по чарці.

— О котрій він приїде?

— Репетиція і так почалася із запізненням, — пояснив Ігор.

Володимир виявив рішучість. Через довідкову він дізнався номер телефону адміністрації Опери. Ми з'юрмилися довкола. Тієї травневої неділі ніхто не відповів. Надія на його прихід здулася, як охолоджене суфле. Усі розходилися, один за одним, проте ніхто не зробив жодного неприємного зауваження. Томаш віддав фотоапарат. Ми залишились у вузькому колі перших членів Клубу.

— Може статися, що він забув, — сказав Павло.

— Чи не зловив таксі, — додав Грегоріос. — У неділю таке можливо.

— Чи втомився й пішов додому спати, — запропонував Імре.

До нас приєдналася Мадлен.

— Як на мене, він уже не прийде. У будь-якому разі, дуже мило, що ви затіяли прибирання. Патрон вас пригощає.

Я залишився з Ігорем, він не здавався:

— Мабуть, йому щось завадило. Репетиції — це надовго. Він прийде.

Ми довго отак не залишалися удвох.

— Як з навчанням?

— Наче добре.

— З подругою?

— У неділю ми не можемо бачитись. Вона має бути з родиною.

— Постав себе на місце її батьків. Вони працюють увесь тиждень і, якщо не присвячуватимуть дітям неділю, не бачитимуть їх ніколи.

— Та доки вже? Вона ж не житиме з ними все життя.

— Усі ви молоді однакові.

— Я можу тебе про щось спитати? Чому ви так ставитеся до Саші?

— Це давня історія. Не вплутуйся. Він не заслуговує анінайменшої уваги... Ми ще чекаємо чи як?

— Уяви, як він прийде, а його ніхто не зустріне, що він подумає?

— Твоя правда. Ще зачекаємо. У артистів не існує часу. Він розмовляв зі мною як із другом. Він мене не забуде. Знаєш, яка в нього мрія?

— Ні.

— Пообіцяй мені нікому не розповідати? Він довірив мені свій секрет. Він хоче поставити «Ромео і Джульєтту» Прокоф'єва. Уявляєш? Це найпрекрасніша опера на світі. Знаєш її?

— Я не дуже знаюся на опері. Мій тато обожнює «Ріґолетто» Верді.

— Отже, йому сподобається. Попроси батьків купити тобі платівку. «Танок лицарів» — мій улюблений уривок. Ти слухаєш і підносишся до небес. Знаєш, чому Прокоф'єв — улюблений композитор росіян?

— Тому що він талановитий.

— Не тільки.

— Він створив видатні опери й гарну музику.

— Цього не достатньо.

— Він добрий і щедрий.

— Для нас це не важливі якості.

— Я здаюсь, Ігоре.

— Росіяни обожнюють Прокоф'єва за вбивство Сталіна.

— Що?

— 5 березня 53-го Сталіна розбудили, щоб повідомити про смерть Прокоф'єва. Тиран знищив мільйони людей, але ця звістка його підірвала. Скільки зла він завдав композиторові, як із ним поводився, як принижував! Уперше в житті Сталіна замучили докори сумління. У нього стався інсульт, і він помер того ж дня. Через Прокоф'єва.

— Я не знав.

— Мішелю, це такий московський жарт. Я впевнений, якби Прокоф'єв думав, що його смерть урятує нас від Сталіна, то із задоволенням наклав би на себе руки.

Ми чекали біля вхідних дверей з бульвару Распай. Сиділи на лавочці. Погода була гарна. Решта членів Клубу поверталися додому й махали на нас рукою, кажучи, що він не прийде, а ми тут пустимо коріння. Схилялося надвечір. Ми змирилися і вже викурювали по останній. Помітили, як ішов Леонід, розгублений, кожна рука замотана еластичним бинтом.

— Гей, друже, ми тут! — крикнув Ігор. — Що сталося?
Йому знадобилась якась мить, щоб вийти із заціпеніння.

— Проблеми?

— Хочу пити.

Ми зайшли за ним всередину. Здавалось, він от-от зомліє. Шморгав носом, кривив обличчя. Незграбними й занімілими руками вихопив із кишені флакончик, відкоркував і вдихнув кілька разів кожною ніздрею, відтак замовив «сто другий», долив на два сантиметри води, вихилив за один раз і замовив Жакі ще три.

— Мені «п'ятдесят перший», — додав я.

— Нізащо не здогадаєтесь, що зі мною сталося, — сказав Леонід тремтячим голосом. — Я знову її побачив.

— Кого це?

— Мілену.

15

— Я люблю працювати в неділю, — заходився Леонід. — Люди розслаблені. Чайові кращі. Я підібрав іспанське подружжя біля «Рітцу». Вони хотіли великий тур. Цілий день. Палаци Мальмезон, Овер-сюр-Уаз і Версаль. До біса вигідна поїздка. Щоб розминутися з мотоциклом біля воріт Майо, я вивернув кермо і виїхав на тротуар. Уперше за десять років таксування проколов шину. Іспанець виявився своїм хлопцем і сказав мені: «Не страшно, поміняємо колесо й поїдемо». Хочете вірте, хочете ні, мені так і не вдалося зняти колесо. Болти були загвинчені намертво. Намагався щосили. Іспанець, дужий, як бик, теж спробував і потягнув руки. Несила. Можна було подумати, вони запаяні. Пара взяла інше таксі. Я надривався із цим клятим балонним ключем. Вдалось аж за годину. З мене лилось. Долоні скривавлені. У мастилі. В синцях. У неділю аптеки зачинені. Я сказав собі, що повертаюсь, це невдалий день. Підійшла жінка зі здоровецькою валізою і попросила відвезти її в Орлі. Я відповів, що не хочу туди їхати. Вона летіла в Нью-Йорк. Попросила висадити її біля аеровокзалу Інвалідів[1], де можна пересісти на автобус. Це вже краще, ніж нічого. У мене залишилась горілка. Я продезинфікував руки. Жінка верещала. Здавалось, боліло їй, а не мені. Я обмотав хустинкою кожну руку, отак і поїхав. Доніс її валізи до стійки «Ер Франс». Вона сунула мені щедрі чайові й порадила поїхати до лікарні, зробити укол від правця. Я збирався іти, як хтось гукнув мене на ім'я. Я аж здригнувся. Обернувся. То була вона. Навпроти мене. Не змінилась. Досі схожа на ту красиву американську акторку. Як її звуть, Ігорю? Ти знаєш, з того фільму?

— Дебора Керр.

— Ті ж самі очі. Те саме волосся. Королева. Відчуття, наче ми розійшлись уранці. Не знаю, скільки ми отак простояли.

— Як ти, Мілено?

— Добре.

— Маєш гарний вигляд.

— Ти теж.

— Як завжди, прекрасна.

— Не довіряй зовнішності. Зморшки всередині.

— Ти більше не працюєш в Орлі?

— Перевели сюди. П'ять хвилин від дому. Ходжу пішки.

— Давно?

— Близько п'яти років.

— Неймовірно. Я не хотів їздити в Орлі, щоб не ризикувати зустріти тебе. Сюди я приїжджав десятки разів. І жодного разу тебе не бачив.

---

[1] Насправді це звичайний вокзал неподалік Дому Інвалідів. У 60—70-х роках поруч був розташований офіс «Ер Франс», там досі автобусний термінал авіакомпанії, де курсують рейсові автобуси до аеропорту Орлі. Через те що абсолютна більшість пасажирів прибували на вокзал, щоб дістатися саме Орлі, парижани стали називати вокзал аеровокзалом (бо він таким частково і став з 1948 року через автобусний термінал). (*Прим. пер.*)

— Ми мали перестрітися.

— Маю йти. Таксі погано припарковане. Зараз дістану штраф.

— Таксуєш?

— Так.

— Задоволений?

— Нема на що жалітись. Гаразд. Бувай. Надалі уникатиму Дому Інвалідів.

Я пішов. І був щасливий. Зустріч із нею стала неочікуваним подарунком. Просити більшого я не міг. Я почув: «Леоніде...» Обернувся.

— Рада тебе бачити.

— Я теж.

— Я часто запитувала себе, що з тобою стало.

— Сама бачиш. Нічого особливого. Зі мною завжди подарований тобою годинник.

— Зі мною також. Що з руками?

Хустинки стали геть червоними. Крізь них так і сочилася кров. Мілена попросила колегу її підмінити. Відвела мене в медпункт аеровокзалу. Витягла з аптечки вату і перекис водню. Промила рани. Я дивився, як вона про мене піклується, така заклопотана, така уважна. Ось воно — щастя. Вона пахла цими ніжними парфумами. Забув назву.

— Звідки це в тебе?

— Виникла проблема з... машиною.

Вона зробила перев'язування. Ми пішли до кафетерію вокзалу. Людей було мало. Узяли кави. Розмовляли, не знаю про що. Як колись. Часом сиділи мовчки. Дивилися одне на одного. Тяжко склеїти уламки втраченого часу.

— Ти не матимеш проблем на роботі?

— У неділю завжди спокійно. А твоя машина?

— Та мені начхати!

— Ти ніколи не намагався мене знайти?

— Мілено, я дав обіцянку. Тому типові.

— Ти єдиний відомий мені чоловік, що тримає слово.

— Не можна ж мати самі недоліки. Я думав про тебе щодня.

— Я часто собі повторювала: «Леонід мав би знайти собі місце пілота. Можливо, він у цьому самому літаку, в небі. Він щасливий». Я була в цьому переконана.

— Насправді, якби мені сказали, що я закінчу таксистом, я б не повірив.

— Ми ще побачимось?

— Не знаю. Як же моя обіцянка?

— У тебе хтось є?

— Вільний, наче птаха. А в тебе?

— Як думаєш, чому я працюю в неділю? Повечеряймо разом, якщо хочеш.

— За однієї умови. Я запрошую.

— Вуаля. Завтра ввечері в нас побачення. Я підійду до її будинку о восьмій. Життя починається знову.

— Радий за тебе, — сказав Ігор.

— Я наче хлопчак, що дрейфить перед першим побаченням. Що на це скажеш, Мішелю?

— Зможеш знову їздити в Орлі.

Ігор виставив пляшку ігристого, щоб відсвяткувати загадкову зустріч.

— То не загадка. Це через комету.

— Нонсенс! — вигукнув Ігор. — То удача.

— Цього разу все буде інакше, — сказав Леонід. — Я був уважний. Не ляпнув нічого поганого про Розенберґів.

— Леоніде, вони були невинні! — кинув я.

— Для мене — винні! Але зараз я заткнув пельку.

— І правильно, — підсумував Ігор. — У цьому криється запорука щастя.

Ми саме обговорювали випадковість, коловорот почуттів, вплив зірок на таксистів і містерію нашого життя, коли зайшов розсильний. Він тримав конверта. У середині містився доказ, що Ігор не просто вихвалявся. На знак вибачень Рудольф Нурєєв подарував йому два білети на «Лебедине озеро» з Марґо Фонтейн. Урочистості в Паризькій опері з нагоди відкриття плафона Шаґала за участі самого артиста, «Могогенерала»[1], Мальро та всього столичного бомонду. Ігор на радощах мало не збожеволів. Леонід залишався непорушним. Ігор зрозумів. З важким серцем він поступився білетами. Леонід запросив Мілену. Сказав їй, що Нурєєв надіслав йому два запрошення. Вона була вражена. Погодилась із задоволенням. Леоніду довелось взяти на прокат смокінг і купити лаковані мокасини. Він про це не пошкодував.

16

Покидаючи «Бальто», я сказав собі: якщо сьогодні день зустрічей, я маю побачитись із Сесіль. Мені хотілось би познайомити її з Каміллою. Я зателефонував додому попередити маму. Вона попросила не повертатись дуже пізно. Я вирушив на набережну Ґран-Оґюстен. Після мого останнього візиту минули місяці. Відтоді я здався. Консьєржки не було на місці. Поштова скринька без листів. Я пройшов три поверхи, не вмикаючи світла. Дзвонив у двері. Довго. Ніхто не відповів. На моє переконання, наші стосунки продовжаться від того місця, на якому спинились, ніби нічого й не сталось. Я почув якийсь шум. Нашорошився. Ніхто не відчинив. На зв'язці моїх ключів був і від її квартири. Якби вона хотіла, то попросила б віддати. Але залишила його мені. Я увійшов. Квартира була оповита темрявою. Знайомий безлад, пилюки ще більше. На кухні вимкнений і порожній холодильник. Кімната Сесіль, кімната П'єра. Усе як і раніше. Я повернувся до вітальні. Від мого останнього візиту нічого не змінилось. Мою увагу привернула картонна коробка на столі. На ній, притулена до купки кишенькових

---

[1] Слово, вигадане сатиричною газетою «Канар аншене» як прізвисько генерала де Ґолля. Так разом і пишеться «Mongénéral». (*Прим. пер.*)

книжок, стояла фоторамка. Останнього разу її тут не було. У рамці красувалось одне з моїх фото фонтану Медічі. Одне з п'яти, придбаних у «Фоторамі». Я закляк перед крупноплановими Акідом і Галатеєю. Сумнівів бути не могло. Для певності я перевернув рамку. На звороті торгова печатка «Фоторами». Таємничим покупцем була Сесіль. Тільки вона могла придбати ці фото. Чому вона залишила їх на видноті? Щоб засвідчити свій прихід сюди й залишити мені дружній знак? Щоб сказати, мовляв, я тебе не забула і мені сподобалися твої фото чи щось подібне? Вона знала, що я прийду. Вона виклала знімок, притуливши його до книжок, на коробці посеред столу, щоб переконатися, що я не пройду повз. А як вона десь сховала мені записочку? Я перегорнув книжки, перерив шухляди, перебрав купи документів, накиданих газет і журналів. Забувши про акуратність, я позначив свій прихід, як лягавий залишає сліди обшуку. У смітнику був попіл від спалених паперів і обривки обгорілих поштових листівок. Я висипав усе на килимок. Нічого корисного. У картонній коробці — речі П'єра. Пакет з листами від його коханок, більшість навіть не розпечатані; портфель з адресною книжкою; в гаманці кілька купюр і монет, у відділі на змійці — аркуш, вирваний із зошита на спіралі, складений увосьмеро, з рецептом коктейлю Молотова; якісь фото упереміш з військовим квитком, студентським, блокнотами, списаними нотатками і з приліпленими вирізками статей, його алжирськими зошитами, листами від і до Сесіль, шістьма першими частинами дипломної про Араґона, десятком її ж фотографій мого авторства, відзнятих у Люксембурзькому саду, скріплених гумкою. Я її знав. То не була випадковість. Це постановка. Я сів. Запалив цигарку. Спробував розшифрувати зоставлене нею послання. А потім збагнув. Вона залишає мені все, повіряє, дарує. Подарунок у компенсацію за її спокій та зникнення. Чи обмін. Намагання сказати мені, що, віднайшовши ці світлини фонтану, я віднайшов її саму, що решту вона зберігає як доказ нашого возз'єднання. Я взяв коробку та все, що всередині. Книжки залишив на столі, притуливши до них фото фонтану, тепер підписане: щоб вона дізналась про мій прихід і знала, що одного дня ми побачимося. Коли вона того забажає.

Хто сьогодні ще пам'ятає П'єра? Що від нього залишилось? Від його широченної посмішки, від його буремних ідей, від його бажання змінити цей світ, повбивавши всіх мерзотників? Його ефемерні коханки досі думають про нього, того, хто їх відштовхував, аби не прив'язувались? Він спочиває, забутий, на котромусь провінційному кладовищі. Я ніс у руках коробку на чотири чи п'ять кілограмів: тепер його напрацювання ніби дошка, витерта нашвидкуруч. Зненацька я почув його голос:

— Гей, дурнику!

Безумовно, то був він. Я обернувся. Я знав, що нікого немає, лише безіменні перехожі й моя вимучена пам'ять. Я поставив коробку на капот чиєсь машини.

— Але ти дійсно малий дурень! Чи цього я тебе навчив? Чини й далі в тому ж дусі — і перетворишся на шматок лайна. Як усі вони. Не придурюйся, що не розумієш. Глянь у дзеркало — і тебе знудить. Ти не маєш права. Не ти. Бо тоді з мене жодної користі.

Мені не треба було його розпитувати. Я знав. У французькій мові існують небезпечні слова. Наприклад: «промах», що означає «помилка/результат похибки». Промах — це кумедно. Бо то рушійна сила комедії. Лише коли він не трансформується й не стає дієсловом «зневажати». П'єр мав рацію. Я більше не можу брехати Каміллі й переконувати її, що я поет і артист, коли я звичайний ошуканець. Я вирішив відкрити їй правду. Із нею я живу в щирості, а не в брехні, у промаху чи у зневазі. Я зателефонував Каміллі. Було пізно. Відповів чоловік із сильним «чорноногим» акцентом.

— Доброго дня, мосьє, я хотів би поговорити з Каміллою. Це важливо.

Зачулося якесь буркотіння, а потім тривала тиша. Я почув у слухавці:

— Камілло, тут хтось хоче з тобою поговорити.

Мені почулось, як десь далеко голос Камілли питає, хто це.

— Не знаю. Вже не час для телефонних дзвінків, донечко.

— Алло?

— Це я. Я дзвоню тобі, бо...

— Здурів! На годинник дивився?

— Нам потрібно завтра побачитись.

— Завтра понеділок. У мене уроки до шостої. Я не можу.

— Це дуже важливо, Камілло. Я на тебе чекатиму...

Вона кинула слухавку. Мінус один камінь з моїх плечей.

Я повернувся з коробкою П'єра. Прилаштував її в кутку кімнати. Написав великими літерами зверху: «Не розкривати».

Я сидів поруч із фонтаном і чекав. Було пів на сьому. Від ліцею Фенелона до Люксембурзького саду менше ніж десять хвилин неквапливою ходою. Очевидно, вона не прийде. У неї якісь проблеми, або ж вона не оцінила мій запізній дзвінок і тепер на мене злиться. Мабуть, ми більше ніколи не побачимося. Серце шалено калатало, у горлі застряг клубок, на плечі тиснув тягар. Мій погляд спинився на Поліфемі та його зведеній руці — цей стриманий рух ламає перспективу. Тієї миті, я відчув щось досі не знане. Свого роду роздвоєння. Нечувана легкість. Немовби був я і ще хтось. Непередбачувано. Нізащо б не повірив, що одного дня це буде зі мною. Я вхопив аркуш паперу. Перевів дух. Спину пробив дріж — і це з'явилось. Наче потік. Без жодного запитання. Я написав вісім рядків. Гарячково. Як Саша. Часу перечитати не мав. Підвів голову, ручка в повітрі. Переді мною стояла Камілла.

— Мені шкода. Затримав учитель філософії.

Я простягнув їй аркуш. Вона взяла і прочитала.

...Нехай володар мармурового палацу,
Що згаслі люстри зрить і пломінкі свічки,
Мене самого спогляда і тінь окрилену мою.
Пристрасть, невільниця в'язничних веж,
Враз вирветься й окреслить мою душу,
Як хмільний птах зривається із віття.
Шукаю я тебе, втрачаю я тебе — так гине біль мій,
Чекаю я тебе, розгублений, під постаментом водограю.

— Мішелю, це прекрасно.

— Думаєш?

— Я в захваті. І він не такий сумний, як решта.

Я підвівся. Обійняв її. Вона заплющила очі. Я її поцілував. Вона не пручалась. Навпаки. Притислась іще міцніше. Ми так і стояли в полоні наших обіймів.

— Чому ти телефонував увечері?

Я завагався. Чи варто відкривати правду? Цілком очевидно, що жінки люблять поетів. Глянув їй у вічі й усміхнувся. Я так нічого й не розповів і змовчав про комету.

17

Почався зворотний відлік. До бакалавру тридцять днів. Але я плював. Анінайменшого проблиску хвилювання чи сумніву щодо результату. З переходом до літературного класу[1] я став устигати з математики. Якби ж у мене й раніше був такий учитель, як Перетті, усе було б інакше. Його незвичний педагогічний підхід зовсім не передбачав знущання з учнів. Він не був саркастичним, зневажливим,

---

[1] Загальний бакалаврат поділяється на секції з чотирьох напрямів. Зокрема гуманітарний «А» («А1» — філологія, математика; «А2» — лінгвістика; «А3» — філологія, предмети художнього циклу). Тут ідеться про «А3». (*Прим. пер.*)

самовдоволеним чи дратівливим. Ніхто не боявся зізнатись, що чогось не второпав: він усміхнено починав усе спочатку. Його це не турбувало. Навпаки, тішило. Він нікуди не квапився. Ось Каміллу це непокоїло. Я намагався її напоумити:

— Адже твоя провидиця сказала, що ти складеш іспит?

— Так.

— Якщо вона так упевнена, нема чого хвилюватися. Ти здобудеш бакалавра. А як ні, то що такого станеться? Нічого. Перескладеш. Не ти перша... Це не катастрофа.

— Батько видряпає мені очі.

— Що за дурний тиск. Він навпаки має підбадьорити тебе. Я поділюсь із ним своїм баченням ситуації.

— У жодному разі! Розкажи мені вірша, прошу.

— Наразі актуальніше повторення, розумієш?

Вона всміхалась і ствердно кивала головою. Я наче розплавився. Що то за поет, який не пише віршів? Мені здавалось, я викручусь, але щоразу, як я брав аркуша й ручку, нічого не спадало на думку. Ніякого виплеску. Я так старався, тряс головою, заплющував очі, наполегливо підсиджував фонтан і закликав на допомогу емоції та почуття, але так і лишався черствим і неплідним. Я спинився на думці, що моє твориво зводиться до єдиного вірша, тож знову був змушений звернутися за текстами до Саші, навіть якщо Каміллі вони видавалися темними й меланхолічними. Я метався між можливістю мого промаху та її подальшої зневаги. Було так огидно їй брехати, але я боявся розчаровувати дівчину. Після останньої мізерної спроби я вирішив відкрити їй правду — хай би яку ціну довелося заплатити.

Як і щовечора, ми зустрілися у віденській кондитерській по вулиці Л'Еколь-де-Медсін. Я замовив два гарячих шоколади.

— Каміло, я маю сказати тобі щось важливе.

— Я також. Мені треба з тобою поговорити.

— Ти ба! Хочеш, щоби почав я?

— Мої слова стануть вирішальними.

Я замислився, що ж може бути серйознішим за мою брехню. Мабуть, її провидиця анонсувала наближення нової комети.

— Я тебе слухаю.

Вона не говорила. Потупила очі. Як це робить той, у кого на совісті тягар і він не знає, як його позбутися. Я занепокоївся.

— Я не сказала тобі правди, Мішелю.

Вона спинилась. Я вчепився пальцями в банкетку. Готувався до гіршого. Ніколи б не повірив, що таке можливо. Доведеться це прийняти. У неї є інший.

— Маю дві погані новини.

— Може, вийдемо? Тут задушливо.

Ми спустилися до Сени. Пройшли вздовж набережної. Сіли на лавочку. Мабуть, вона добирала належні слова — зовсім як лікар, який повідомляє вас, що ви скоро помрете, що це сумно і що слід набратися мужності.

— Я не розкривала цього, бо не думала, що між нами все стане так вагомо... Я єврейка.

— Це не погана новина.

— Для моєї родини погана.

— Я не розумію.

— Між нами нічого не можливо, Мішелю.

— Тому, що ти єврейка? Та мені начхати. Ми не надто набожні.

— У нас усе геть інакше.

— Тепер не Середньовіччя.

— Ти не знаєш моєї родини.

— Нам добре разом. Ми готуємося до бакалавра. Ти перша дівчина, яку я зустрів і з якою у мене щось відбувається. Ти не зобов'язана викладати це батькам. Можна зачекати і подивитися, що з того буде.

— Нічого ми не подивимось, Мішелю. У липні ми їдемо з Франції.

— Що?

— Емігруємо до Ізраїлю.

— Цього не може бути!

— Їм тут не подобається. Тато каже, що наше місце саме там. Вони чекають, коли ми складемо бакалавра. Ось тобі справжня погана новина. Тому я й хотіла, щоб ми залишалися друзями.

— Ти не зобов'язана туди їхати. Вони не можуть тебе силувати.

— Мішелю, я неповнолітня.

— У тебе тут родичі. Можеш сказати, що маєш навчатися у Франції. Житимеш у одного з дядьків. Бачитимеш батьків на канікулах.

— Разом виїжджає вся родина. Білети вже зарезервовані.

— А як ти не складеш іспит? Ніхто не застрахований. Якщо так, то залишишся іще на рік.

— Я хочу його скласти заради батьків. Їхня давня мрія. До нашого знайомства я була щаслива туди поїхати. Зрештою, нова країна, де можливо все. Життя в кібуці — це ліквідація приватної власності, соціальних класів, зарплат, вихід дітей із сімейного кокону, робота на благо громади, спільне ухвалення рішень. Якраз ти мав би зрозуміти.

— Дурнуваті ідейки! Це ніколи не спрацює!

— Нам краще більше не бачитись, Мішелю.

— Що?

— Буде ліпше спинитися. Я не хочу... не бажаю...

— Треба було одразу сказати, що ти їдеш! Присмирити це негайно.

— Я хотіла потоваришувати, нічого більше.

— Якого чорта мені здалась твоя дружба! Я вірив у друге.

— Я не хотіла, щоб між нами щось було. Це твоя помилка.

— Та ну? І що ж я такого накоїв? А? Можеш мені пояснити?

— Я не передбачала, що зустріну поета.

Вона захлипала, а потім заплакала. Зірвалася. І побігла. Я спробував упорядкувати думки. У голові все скаламутилось. Вона помилялася. Це непорозуміння, квіпрокво,[1] промах. Я почувався, ніби в стані ґроґґі[2]. Відтак підвівся й закричав:

— Я не поет! Розумієш? Я не поет!

Вона була далеко. Навряд почула.

Я став розмовляти сам із собою. Роздавав копняки невидимим ворогам. Проклинав євреїв, кібуци, соціалізм, комети, поетів і жінок. Хотілося кричати. Повз пропливав річковий трамвай, переповнений туристами, які фотографували все довкола. Я їх вилаяв. Вони не зрозуміли. Сміялися й махали руками. Я поклявся змінитися: зі мною більше такого не станеться. То був останній погідний день. Із полюса прийшов циклон і повернув нам зиму. Небо затяглося грозовими хмарами. І принесло зливи. Погода пасувала мені якнайкраще.

18

Це повернулося само по собі. Сироти по спині. Легені шукали повітря. Я знайшов ті старі П'єрові шорти і трико для регбі Паризького університетського клубу. Повернувся до Люксембурзького саду зовсім не рюмсати перед цим триклятим фонтаном — я знову став бігати. Попервах приліпився до гурту пожежників, які там тренувалися. Встигати за ними було важко. Для мене стало справою честі — бігти з ними нога в ногу. Потім я залишив їх позаду, просто

---

[1] Квіпрокво (*латин.* quiproqu) — фразеологізм латинського походження, притаманний романським мовам. Означає «непорозуміння, плутанина». Не варто плутати з висловом quid pro quo — «послуга за послугу». (*Прим. пер.*)

[2] Ґроґґі (від *англ.* groggy — п'яний, нестійкий) — миттєве погіршення стану боксера, що стоїть на ногах, після отримання удару в підборіддя.

намотував кола в біговому темпі, а щойно помічав одного з них, пришвидшувався, щоб випередити. Із тим дощем біганина болотом скидалася на купання в басейні. Я обожнював цей звук барабанного дробу, таке собі «хлюп-хлюп» від кроків розмоклою землею. Я переплюнув свій давній рекорд. Кола я не рахував. Дві години без передиху. Спинявся, якщо зачиняли сад або ж я був на межі виснаження, коли серце калатало на повну, аж у скронях, а ноги тремтіли. Я повертався, вимоклий до кісток. Відповідав уривками слів. Мився під шпарким душем і зачинявся у своїй кімнаті. Зрідка приходила Жульєтт і сідала на ліжко. Говорила про все і ні про що, але не ставила жодного запитання про Каміллу. А дівчина не полишала моїх думок. Непросто керуватися здоровим глуздом, адже люди не владні над своїм мозком. Я неодноразово хотів піти до Фенелону. Побачити її. Поговорити з нею. Але щоразу відкидав геть такі думки. Це було ні до чого. Перебіг подій змінити неможливо. Як і перебороти долю. Коли ставало зовсім нестерпно, я пришвидшувався. До втрати дихання або до того, як голова врешті здасться, облишить мене в спокої. Чи можна зазнати серцевого нападу в сімнадцять? Що більше я налягав, то більше думав про неї. Я ридав. Потреби ховатися не було. Ніхто не помітить сльози під дощем. Скільки кіл дають забуття?

Я зігнувся вдвоє. Легені палали. У боці кололо. Я відсапувався. Плювався. Переводив дух. Накрапало. Відчуття листопада в розпал червня. Я був біля безлюдних тенісних кортів. Випростався. Там стояла вона. Навпроти мене.

— Що ти тут робиш?

— Тебе шукала.

— Чого тобі?

— Слухай... відтоді... я хотіла... я...

З її одягу й волосся стікав дощ, обличчя було напруженим, очі почервонілі. Нижня губа тремтіла.

— Мішелю, я більше так не можу.

— Повір, у мене теж не все чудово.

— Мішелю... поїхали.

Я не розумів, що вона мала на увазі. Розтулив рота спитати: «Що?» Не посилив жодного звуку.

— Їдьмо негайно. Лише удвох.

— Куди ти хочеш поїхати?

— Неважливо. Далеко.

— До прикладу?

— У країну, де ніхто нас не знайде, де ніхто й не шукатиме.

— Такої країни не існує.

— В одну із Індій[1]. До Америки. На край світу.

— Хочеш сказати: поїхати назавжди?

— Так. Саме так. Ми ніколи не повернемось.

— Не знаю, що сказати.

— Ми завжди будемо разом. Ти цього не хочеш?

— Звісно, хочу.

— Тоді поїхали.

— Це неможливо, Камілло. У нас іспит на бакалавра. Наступного тижня.

— Надто пізно. Я не зможу. Не стане духу. Їхати треба негайно.

— Так буває лише у мріях. Не в реальному житті.

— Якщо ти мене кохаєш, Мішелю, забери мене. Не дозволяй переїхати туди.

— Безрозсудна втеча — не найліпша ідея.

— Їдьмо до твого дідуся, в Італію. Ти розповідав, що він...

— Ми неповнолітні! Нас затримають на кордоні! Нам забракне грошей на квитки.

— Можемо спробувати автостоп. Декотрим так вдається здійснити навколосвітню подорож.

— Давай складемо іспит. Оце наразі важливо для нас обох. А потім знайдемо якесь рішення. На свіжу голову.

— Отже, це неможливо?

---

[1] До 1954 року частина Індії була французькою колонією. (*Прим. пер.*)

— Не думаю.

Вона довго кивала головою, наче хотіла позбутися цієї затії. Я спробував узяти її за руку. Вона вирвалась.

— Тобі не варто...

— Я пожартувала, Мішелю. Це щоб побачити реакцію.

— Я тебе проведу.

Вона заперечно хитнула головою та пішла.

— Камілло, ми щось придумаємо.

Кажуть, удача стукає у ваші двері лише один раз, тому потрібно перетягти її через поріг, бо ще втече деінде і більше не повернеться. Не шкодують тільки люди з амнезією. Я прокручував цю сцену мільйон разів. І щоразу доходив єдиного висновку. Я був королем придурків. Боягузом. Жалюгідним. Я належав до категорії тих, хто стоїть на причалі й дивиться вслід кораблям. На поїздку треба мати мужність. Що вона про мене подумала? Де б ми були сьогодні, скажи я тоді «так»? У якій африканській країні? В Адені? У Пудучеррі? На Маркізьких островах? У глибинці Монтани? Бунтівників вимірюють авантюрами.

Мені було вкрай потрібно поговорити із Сашею, дізнатися його думку, щоб він мене підбадьорив. Хазяїн «Фоторами» сказав, що він захворів. Важка форма грипу. Що не дивно з цією мерзенною погодою. Я пішов до Саші — у нього я не був близько року, уже й призабув брудні пожежні сходи, прогнилі щаблі, подерту фарбу на стінах, провислі проводи. На останньому поверсі через одну бракувало лампочок. Я не пам'ятав, де його двері. Припустив, що це ті, де не було прізвища чи ініціалів. Постукав кілька разів. Почув його голос ізсередини:

— Хто там?

— Це я, Сашо. Мішель.

За хвилину відсунули засув. Через прочинені двері я помітив Сашине око.

— Ви сам?

— Так.

Відчинив. Він був у синьому шерстяному домашньому халаті на голе тіло. Вигляд мав хворобливий, волосся було скуйовджене, на обличчі — тижнева щетина. Кинув погляд праворуч, потім ліворуч коридором.

— Що ви хотіли?

— Прийшов дізнатись, як ви.

— Ви єдина людина на весь Париж, хто пам'ятає про моє існування. Зайдете?

Він відступив. Я потрапив до кімнатки, яка до того призначалася для прислуги. Він зачинив двері на засув. Його аж трясло від сильного нападу кашлю. Попільничку переповнювали недопалки. Торшер розсіював тьмяне світло. Російськомовна книжка стояла на полиці над незастеленим ліжком. На стінах плямами проступала волога.

— Тут собачий холод!

— Тому я й підхопив недугу. Власник не хоче вмикати котельню в червні.

— Не завадило б мати невеликий допоміжний підігрівач.

— Так, не завадило б.

— Думаю, у нас стоїть один вдома. Я піду принесу вам.

— Не турбуйтесь. Негода не затягнеться. Чи можу попросити про послугу, Мішелю?

— Звісно, Сашо.

— Було б непогано, якби ви принесли мені ліків. Несила спускатися. Що-небудь від бронхіту і кашлю. Щось дієве.

— Я наберу вашого лікаря.

— У мене його немає! В аптеці на майдані Монжа звернетеся до чоловіка зі стрижкою йоржиком та англійською краваткою. Скажете, що від мене, — він мене знає. Завдяки мені матимете унікальне знайомство: аптекар, що видає в кредит!

— Може, мені сходити за покупками? Я можу зайти до бакалії. Ви помітно схудли. Треба набратися сил.

— Я не дуже голодний. Вельми люб'язно з вашого боку, Мішелю. Справді.

Зважаючи на його стан, я не наважився морочити йому голову своїми проблемами й повернувся додому. От у нас увімкнули централізоване опалення. У нас був масляний електрорадіатор, який усе одно валявся без діла у вбудованій шафі.

Але я постарався. Ніхто не помітив, як я поцупив його з квартири. Вулицею котив на коліщатках. Аптекар з майдану надавав мені купу ліків, написавши дозування на упаковках. Він записав вартість у блокнот. У бакалії я купив яблук, шинки та грюєру. Заледве дотягнув радіатор до восьмого поверху. Увімкнули. Температура швидко підвищилася. Відчуття льодовні щезло.

— Світло обійдеться дорого.

— Через це не переймайтесь.

Він просвердлив крихітну дірочку в електролічильнику, не більшу за головку шпильки. Крізь неї просунув розігнуту скріпку, яка й заблокувала рух зубчатки.

— Мені сусідка показала. На поверсі всі так роблять. У Росії я б нізащо не наважився. Там це шахрайство. Тут усе інакше. Скріпка виймається за тиждень до приходу працівника «Електрісіти де Франс». Лічильник потроху мотає. Здається, перевіряльник знає, але мовчить. Скажіть, чи вдалося зробити хороші фото Камілли?

— Наразі ми готуємося до бакалавра. Вам слід прийняти ліки та припинити курити.

— Саме забув вас попросити. Цигарки.

Наступного дня в нашому домі зламалося централізоване опалення. Температура впала до чотирнадцяти градусів. Зі своєї шафи зник масляний радіатор.

— Він же не міг випаруватися! — вигукнула мама із сумнівом у голосі.

— Минулого тижня він іще був. Я впевнена, — запротестувала Марія.

— Дуже дивно.

— Запевняю вас, мадам.

— Мішелю, ти брав радіатор?

— Для чого, по-вашому, він мені здався? — пожалівся я щиро, як міг.

Загадка того, як же випарувався радіатор, тривожила нас тижнями. Мама всій родині показувала шафу, в якій мав би стояти вірогідний пристрій. Шукали повсюди. Опитали сусідів і консьєржку. Вона грішила на мого батька, який, імовірно, стягнув його до своєї промерзлої провінції. Побутують загадки, що зчиняють шквал нерозуміння й підживлюють дискусії та полеміки, як-от бридка снігова людина, чудовисько озера Лох-Несс чи тарілки, що літають. Та не існує ніяких загадок. Лише брехуни, лицеміри й боягузи.

— Хотів би я бодай трохи зігрітися! — скаржився я. — У цій халупі неймовірний холод. Почуваєшся наче в Сибіру. Непридатні для роботи умови. Не варто потім дивуватися, якщо я завалю іспит на бакалавра!

19

Я прокинувся посеред глупої ночі. Це очевидно. Я маю сісти на корабель. Драпанути. І не дивитися, як віддаляється берег. Мужньо зіштовхнутися з незнаним океаном і переступити рубіж. Я вирішив: поїду з нею. Супроводжуватиму її. Ніхто не зможе мені завадити. Залишалося врегулювати кілька технічних моментів. Я роздумував, варто діяти до чи після іспиту. Я вагався. Треба було видалити нарив і не затягувати з цим. Від Камілли я знав, що її батько рано повертається з роботи. Домогтися свого буде нелегко. Щоб дістати згоду, доведеться вдатися до натиску й залишатись непохитним. Я прогуляв останній урок і пішов дзвонити у їхні двері, вирішивши нав'язати свою волю, використавши весь шаховий досвід. Відчинив чоловік років п'ятдесяти, доброзичливий на вигляд, атлетичної статури. Я впізнав його за глухим голосом.

— Доброго дня, мосьє Толедано, я Мішель Маріні.

— Здрастуйте, Мішелю, як справи?

Мене здивувало таке тепле вітання, простягнута рука та щира усмішка.

— А де ж Камілла? — спитав він.

Я не знав, що йому відомо.

— Власне, я прийшов до вас.

— Що ж, проходьте.

Я ступив до квартири. Передпокій заповнений картонними коробками. З наліпками, щоби їх розрізняти. Він саме збирав наступну в їдальні.

— Скоро їдете?

— Спершу поїдуть коробки. По каві?

— Красно дякую, мосьє. Не хочеться.

Він дивився на мене й чекав. Налив собі велику чашку.

— І даремно. У таку собачу погоду це зігріває. То в чому справа, мій хлопчику?

Він помітив, що мені було важко говорити.

— Ану сідай. Так легше. Любиш мигдальні бісквіти? Моя дружина сама їх пече.

Ми сіли за стіл. Він розкрив залізну коробочку, наповнену печивом.

— Пригощайся. Ти ще ніколи таких не куштував.

З ввічливості я взяв два.

— Смачні.

— Відчуваєш апельсинову цедру? Рецепт моєї матері, гарантія якості з Константіни.

Настає момент, коли доводиться стрибати. Навіть попри крижану воду чи невміння плавати. Перед тим як корабель піде на дно.

— Мосьє Толедано, я поїду з вами.

Він припинив жувати печиво, поставив чашку. Не видавався ні здивованим, ані розгніваним.

— З нами, до Ізраїлю?

— Так.

— Хочеш приїхати на канікули?

— Ні. Назавжди.

— Через Каміллу?

— Так.

— А що вона про це думає?

— Вона зі мною попрощалась, сказала, що всьому край.

— Її правда. Між вами нічого не може бути.

— Чому?

— Бо ти не еврей.

— Для мене це не проблема. Чхав я на релігію. Я не вірянин.

— Ти хороший хлопець, Мішелю. Мені подобаються поети.

— Звідки ви знаєте?

— Донька все мені розповідає. Коли я був молодим, також обожнював поезію. Особливо Аполлінера. Знаєш Аполлінера?

— Не дуже добре.

Він покопирсався в закутках пам'яті.

— Уже й не згадаю. Стільки часу спливло...

Він заплющив очі...

> — ...О, як люблю тебе, сезоне, шурхіт твій,
> Як фрукти падають: їх не збирають.
> Як плаче ліс і легковій,
> Всі їхні сльози восени лист за листочком опадають...

— Це десь там, усередині, — сказав він глумливо, тицьнувши пальцем у скроню. — Як подумати, неймовірно, що зберігається в нашій голові. Я нічого проти тебе не маю. Але хотів би, щоб моя донька вийшла заміж за еврея. Так буде краще.

— Чому?

— Через дітей! Про дітей ти подумав?

— Ще ні.

— У цьому й проблема. От ти б хотів, щоб твої діти відвідували синагогу?

— Можливо, мої діти нічого не відвідуватимуть.

— Зі своїми дітьми чини як хочеш. Діти ж моєї доньки не ходитимуть до церкви. Злагода — це залишатися серед своїх. Євреї з євреями, католики з католиками.

— Навіщо їхати? Ви можете бути євреями у Франції.

— Якби я був китайцем, то жив би в Китаї. Так було б нормально, хіба ні?

— Так.

— Я єврей, тому їду в Ізраїль. Це не складно. Ти от француз — ти живеш у Франції. Ти католик, тобі нічого робити в Ізраїлі. Проте ви могли б дружити. Але кожен у себе. Щодо моєї донечки: я радий, що вона з тобою більше не бачиться. Це було б не до пуття.

— Не думаю, що Камілла дуже рада туди переїжджати.

— Я нікого не силую. Мої діти вільні. Якби вона сказала, що хоче залишитись, я б відправив її до мого брата в Монтреї. Вона хоче в Ізраїль, бо це її батьківщина, бо це сімейна алія[1]. Ми єдині, як пальці однієї руки. І потім, скажи, твої батьки згодні? Вони дали тобі дозвіл на виїзд за кордон?

— Ні.

— У всякому разі, я б тебе все одно не взяв. Ти молодий, Мішелю, насолоджуйся життям. Дівчат тут вистачає. А моїй доньці дай спокій, гаразд? Я тебе не жену. Мені слід допакувати дві коробки. Ось, тримай бісквітиків. І не облишай писати, я тобі кажу: ти здібний.

Я опинився на тротуарі, пакет печива в руці. На замітку: він дуже спритний, цей дядечко Толедано. Ще й сказав йому на виході: «Дякую, мосьє». Мого арсеналу виявилося

---

[1] Алія — це повернення євреїв до країни предків.

недостатньо, щоб виступити проти чоловіка, який читає вірш з акцентом із Баб-ель-Уеду і пропонує вам каву з бісквітиками. Щоб аргументи мали бодай найменший шанс на успіх, потрібна неабияка вправність у діалектиці. Двадцять, ліпше тридцять років у компартії. Справжній. По той бік Стіни.

За дві години я відчинив двері «Бальто». Володимир роздавав нерозпродані харчі: чотири смажених курчати, які він розрізав, курка по-королівськи, листкові пиріжки, круглі пироги, пиріжки із сиром, заливні яйця, яловичі губи, кусені окосту і мортаделу[1]. Кожен щось виторговував і йшов з продуктами на два-три обіди.

– Хочеш чогось, Мішелю?

– Дякую, Володимире.

– Маю рисове тістечко.

– Я не голодний.

– Розіграємо партію? – спитав Ігор.

– Нема бажання.

– Що з тобою?

– Невеличка проблема. Хотів би з тобою порадитися.

Величезна помилка. На своє виправдання можу сказати, що в цій справі я дебютант. Слід було подумати, перш ніж щось казати. Озвучити публічне прохання про пораду Ігоря – означає дістати ще й думку Леоніда, Володимира, Павла, Імре, Томаша, Грегоріоса... Не могло й бути мови, щоб образити їх нашою усамітненою бесідою. Ми тут, щоб допомагати одне одному, чи не так? Тож усі повсідалися на банкетки. Леонід замовив дві пляшки кларету. Я поділився з ними своєю історією. Не всіма подробицями, звісно. Розповів лише останні епізоди. Вони слухали мене, запивали бісквіти ігристим. Під кінець вони замислилися.

[1] Мортадела – варена ковбаса з Болоньї.

— Ці бісквіти такі добрі, — сказав Грегоріос. — У нас таких не печуть.

— Жакі, повтори нам, — кинув Ігор.

— І в чому проблема? — спитав Павло.

— Я ж вам пояснив. Я не потрібен її батькові, бо я католик.

— Його правда, — відповів він.

— Це дискримінація!

— Він має право хотіти, щоби його донька вийшла заміж за єврея.

— Я її знаю. Родина її обдурила.

— Він не зобов'язує дівчину їхати з ними. Але їхнє місце справді там.

— Павле, ти єврей?

— Звичайно. Я вже сто років як не вірю в Бога, але я єврей до кінчиків пальців.

— Чому ти не їдеш до Ізраїлю?

— Особисто я хочу до Сполучених Штатів. Знаєш, Сланскі стратили, бо він був єврей. Як і більшість тих, кого повісили поруч із ним.

— А я говорю про батька, що забороняє мені бачитися з дочкою тому, що я не єврей!

— Це нормально, що ти йому не потрібен. Ненормально було б, якби був потрібен, — стверджував Володимир.

— Якщо він на таке погодиться, то не буде більше євреєм, — втрутився Ігор.

— І ти туди ж?

— Ти звідки взявся? З Марса звалився чи як? Думаєш, хто ми? Комуністи-втікачі? Вороги народу? У цьому Клубі всі євреї!

— Тільки не я! — вигукнув Грегоріос. — Я атеїст. Колись мене хрестили православним. Я відвідую церкву на втіху дружині.

— Я не дуже релігійний, — сказав Леонід.

— Бачиш, ми дотримуємося первинного процентного співвідношення, — вів далі Ігор. — Два до десяти.

— Я не знав, що тут у нас клуб святенників!

— Не забувай, Мішелю, якщо поодинокі євреї були революціонери, то більшість революціонерів були євреї. Але всі вони про це забули. 21-го сімнадцять із двадцяти двох народних комісарів Леніна були євреї. Сталін їм це нагадав. Ми теж, урешті, забули, що це означає. Ми більше й ногою до синагоги не ступали. Ця належність не несла в собі сенсу. Ми знову стали євреями проти власної волі.

— Я не бачу зв'язку зі мною та Камілою. У тебе син — мій ровесник і набагато молодша донька, якщо я правильно пам'ятаю?

— Їй було два, коли я поїхав. Тепер їй чотирнадцять.

— Якби твоя донька чи син сказали, що хочуть побратися з католиком, тебе б це розлютило?

— Я більше ніколи не побачу дітей. Навіть не знаю, чи вони досі живі. Досить довго мені здавалося, що це мене не обходить. То був спадок вимерлого світу, який варто було знищити. Я був антирелігійний. Як по той бік, так і тут нам освіжили пам'ять. Я знав медиків, яких замордували не через те, що вони були вірні, але через єврейську кров. Я розумію батька твоєї подруги. Ти не знаєш, чого він зазнав.

— Ти не відповів на моє запитання. Щодо твоєї дочки, сьогодні це становило б проблему?

— Частково. Більшою проблемою став би син. Через дітей.

— Ти забув про свої великі принципи? Це суперечить тому, що ти завжди стверджував!

— Мабуть, я змінився чи постарів.

— Вірогідно, було б ліпше переїхати до Ізраїлю, — сказав Володимир. — Там бодай можна б було спокійно працювати.

— Я вже теж про це думав, — підхопив Ігор. — Принаймні я б зміг там працювати за покликанням.

— Я думав, що релігія — опіум для народу.

— Сіонізм — не релігія, — зауважив Томаш.

— Та ви просто зграйка... зграйка...

Слова застрягли поперек горла. Не вихопилося жодне. Вони не зводили з мене очей, здивовані такою агресією.

— Не варто нервувати, Мішелю, — сказав Леонід. — Ми собі говоримо, аби побалакати.

Мені хотілося розридатись. Тієї миті між нами щось зламалося. Я більше не був частиною цієї групи. Вони мене виключили. Я шукав бодай якоїсь підтримки, а був нагороджений зіпсованим настроєм. Як же я міг бути до того сліпим і тупим, щоби нічого не помічати? Я не пробачу цього до смерті. Я вирішив покинути цей Клуб і більше не потикати туди й носа. Той, хто вирішив, що революціонери врешті стають гнобителями чи єретиками, помилявся. Він забув, що частина перетворюється на дурнуватих святенників.

У передвечір'я іспиту на бакалавра я пішов у кіно. Здавалось, то непоганий спосіб розслабитися. Уже кілька тижнів Вернер запрошував мене на фільм століття, якщо вірити запевненням Ігоря й Леоніда, які розповідали про нього ще з тим трепетом. Вернер знайшов мені місце в залі. Глядачів було небагато. «Летять журавлі» мене шокував: його довершена гармонія ліризму й емоційності, що закручує у вихорі, але ще дужче історія — така пересічна й така людська. Я впізнав історію моїх батьків, розлучених війною, правда вони врешті возз'єдналися. Іспит був формальністю. Нас натаскали, наче тварин для сільськогосподарської виставки. Скидалося, вчителі знали теми заздалегідь. Далі почався цей марудний і невизначений період очікування результатів, коли не знаєш, хвилюватися чи радіти. Я вагався між бажанням їй подзвонити і бажанням її побачити. Найліпше буде не виказувати мого занепокоєння. Я намотував пекельні кола Люксембурзьким садом. Нелегко викинути з голови ідею фікс. У мені ще жеврів промінчик надії, що Камілла завалить іспит. Якщо вона не хоче розлучатися, вона знає, що робити. Вибір у її руках. Батьки чи я. Усе стане зрозумілим за дванадцять днів. Я зовсім як засуджений на смерть, що вже стоїть навпроти карального взводу, але ще береже якусь надію: поки все добре.

20

Я заборонив собі заходити до Клубу, але не в «Бальто», тож повернувся до друзяк у кікері та давнішніх навичок. Принаймні вони не лізли до високих високостей філософії, не зважали на Історію — до них її наче й не було, — жили сьогоденням, не плекали надії змінити цей світ, але насолоджувались ним, а їхні душі не терзали доленосні прокляття. Суботніми вечорами розмови зводилися до дівчат, неділями — до футболу, а щодня — до рок-н-ролу. Добрячий ковток кисню. Я грав із Самі, досі грізним. І діставав глибоке задоволення, ігноруючи вітання членів Клубу. Удавав, що не чув їхніх «Добрий день» чи «Як справи, Мішелю?». Вони вже забули суперечку минулого тижня. Як завжди, горланили й лаялися, за десять хвилин уже реготали й пригощали одне одного випивкою. Я досі не міг позбутися тієї досади. Мені бракувало відповідної сили. Знизувати плечима й посміхатися, наче вони не проміняли мене на незнайомця. Якщо дружба не сильніша за переконання, то вона нічого не вартує. Адже я постав би за них проти всього світу. Я не так злився на батька Камілли, як на Ігоря та його утопічні принципи. Він підійшов до кікеру. Я зосереджено втупився в гравців.

— Знайдеш час на одну партію?

— Ігорю, не бачиш, що я граю? — відповів я, не підводячи очей.

— Як хочеш, можемо про це поговорити.

— Мені не потрібна твоя допомога. Краще займися своїми дітьми!

— Оце, що ти щойно сказав, — це низько.

Він повернувся назад до дверей Клубу. Мої щоки пашіли. Я вимістив злість на супротивниках. Ми виграли з десяток партій. Облишили гру, так і залишившись непереможеними. Геть виснажені та спітнілі. Ми перемістилися за барну стійку. Дядечко Маркюзо подав нам два лимонадних пива. Самі з Жакі лаяли непевну стратегію «Стад де Реймс». Я слухав їх краєм вуха.

— А як ти це поясниш, Мішелю?

— Проблема серйозна.

— Або ж їх підкупили.

— Хто?

— Чорт його знає.

Наш сусід, будівельник, був переконаний у помилці мадридського «Реалу». Вони зачали жваву дискусію з дядечком Маркюзо, який саме готував свої знані крок-месьє. Він не погоджувався:

— Насправді «Реймси» нульові! Дістали черговий наганяй від «Расінґу».

Я залишився осторонь цього технічного поєдинку: рівень уже не мій. Натомість схопив «Франс-Суар», що вилежувався без діла. Хотів прочитати сторінку коміксів. Але припустився помилки, ковзнувши поглядом по своєму гороскопу. У мене наразі нещаслива смуга. Якби ж я народився днем раніше — жив би в злагоді й блаженстві. Наступного ж дня — зірки кажуть, пропав. Дядечко Маркюзо пригостив нас ковбасками з Обраку, виробництва одного з його кузенів. Ми скуштували. Чудові ковбаски. Він порізав їх на скибочки та вчастувався чаркою бордо. Заходилися травити анекдоти. Такий собі конкурс, де за винагороду був лише сміх.

— А цей знаєш? — запитав товариш Самі. — Походжає собі кюре африканським бушем, аж раптом ніс у ніс натикається на хижого лева. «Господи, пошли цьому левові християнські думки», — молив кюре. «Господи, благослови цей обід!» — сказав лев.

Ми водночас вибухнули сміхом, який переріс у скажений регіт. Аж сльози до очей. Точно не пригадаю, що сталося далі. Я зігнувся вдвоє. Хтось на мене обіперся. Я почув крики. Коли я розігнувся, дядечко Маркюзо вчепився лівою рукою в нижню частину шиї, а праву притис до грудей. Щелепу перекосило, він задихався. За якісь кілька секунд почервоніло обличчя. Голову трясло. Він повалився. Жакі спробував підняти його з-за барної стійки. Він був худорлявий, а дядечко Маркюзо, певно, мав понад сотню. Ніяк не вдавалось його підвести. З кухні вискочила Мадлен, запанікувала. Маркюзо покашлював. Ми кинулися на допомогу. Усі пропхалися у вузький простір за стійкою. Самі вхопив його попід руки й потягнув до зали, розштовхуючи з'юрмлених людей. Усі розгубилися. Дядечко Маркюзо хрипів. Груди здіймалися якось уривчасто.

— Біжи за доктором! — гукнула Мадлен до Жакі.

Дядечко Маркюзо задихався. Самі намагався розщепити комір сорочки, але йому ніяк не вдавалось: заважав метелик. Я схопив кухонного ножа та враз його розрізав. Побіг до Клубу, де панував звичний спокій.

— Ігорю, мерщій! — покликав я. — У дядечка Маркюзо серцевий напад!

Ігор з Леонідом побігли. Він опустився навколішки біля дядечка Маркюзо, який тепер тільки обривисто хрипів. Він намацав пульс, приклавши два пальці до шиї.

— Викликайте швидку! — вигукнув Леонід. — Розступіться! І заткніться!

Він не зволікаючи відсторонив купку зівак. Мадлен стала навпочіпки й узяла чоловіка за руку.

— Не хвилюйся, — повторювала вона.

Ігор став проводити непрямий масаж серця. Сильно натиснув обома руками на грудну клітку над сонячним сплетінням. Якусь мить чекав і повторював. Сильними й регулярними поштовхами давив на груди. Дядечко Маркюзо двічі здригнувся. Ігор закинув йому голову, затулив ніздрі й, тримаючи підборіддя, став робити штучне дихання «рот у рот». Ми притислись один до одного, юрмою обступили тіло. Леонід розвів руки, щоби відсторонити людей. Обличчя виказували жах і співчуття. Я був переконаний, що Ігор зараз його врятує. Він вдував повітря в легені. Груди дядечка Маркюзо заледве здіймалися. Десять хвилин Ігор чергував тиск на груди з диханням «рот у рот». Було чути його подих. Він натискав з чималою енергією. Знову міряв пульс сонної артерії. Відтак нахилився, приклав вухо, а потім щоку до рота дядечка Маркюзо. Той не реагував. Ігор підвівся, захитав головою — тут безсилий.

— Думаю, це кінець.

Мадлен гладила чоловікове обличчя. Вона нахилилася й притисла його до себе.

— Альбере, все буде добре. Швидка зараз приїде. Тебе врятують.

— Ми більше нічим йому не допоможемо, Мадлен.

— Це неможливо, Ігорю! Де лікар?

— Знаєш, він не страждав. Він навіть нічого не зрозумів.

Вона не зводила погляду з чоловіка, простягнула тремтливу руку і склепила йому очі. Ігор з Леонідом допомогли їй підвестися. Вони кинулася в їхні обійми й заридала.

Деякі клієнти скористалися хаосом, аби втекти не заплативши. Як то трапляється в паризьких бістро: тільки патрон відвів погляд від каси, та зникла так само швидко, як і його друзі.

У середу «Бальто» не працював: день похорону Альбера Маркюзо, у нього вдома, у Сен-Флурі. Це був найспритніший чоловік, якого я знав. Він їв і пив надміру, випалював по пачці «Житан Маїс», ніхто не пригадував, щоб він навантажував себе бодай якимись фізичними вправами, хіба грав у пінбол. Усе життя він гарував як проклятий, бо просто обожнював свою роботу. А коли був у доброму гуморі, поплескував руками по чималому животу й виголошував фірмове: «А онде грошики, і ніхто в мене їх не відбере!» Він мав рацію: гроші пішли разом із ним.

21

У четвер, 2 липня, день був мерзенний. Оголошення результатів іспиту на бакалавра. Я навіть не пішов їх дізнатися. Один товариш передав, що я склав на «достатньо добре». Кожна нормальна людина на моєму місці була би щаслива, стрибала б на радощах та наверзла би повно дурниць. Мені було начхати. За два тижні я не дістав від Камілли жодної вісточки. Жодного дзвінка, жодного листа, жодної зустрічі. Після іспитів я чекав, що вона дасть про себе знати. Ми проведемо залишок часу разом. Кожен новий день віддаляв нас іще більше. Я намотував кола довкруж Люксембурзького саду — не ставало сил переводити дух. Після обіду я пішов до ліцею Фенелона. Там нікого не було. Списки тих, хто склав і провалився, висіли на стендах. Вона отримала оцінку «добре» — зробила свій вибір. Увечері мама з мого вигляду дійшла висновку, що я провалився, — довелося переконувати. Щоб відсвяткувати подію, вона відкоркувала шампанське. Пити я відмовився. Здавалося, я був тим самим кисляком, що псує свято. Вона поцікавилася, на кого я планую навчатися наступного року.

— На вчителя фіз-ри.

— Ти! Жартуєш?

— Я ще ніколи в житті не був таким серйозним.

Дощ не вщухав. Скільки часу можна набігати перед тим, як доведеться спинитися? Пожежники, які там тренувалися, уперто трималися, та варто було мені пришвидшитися, як я їх миттю обганяв. Чому б і не пожежник? Там потрібен диплом? Зараз їх спитаю. Це краще, ніж привчати до спорту зграйку слабаків. Пробігаючи повз статую Делакруа, я помітив її. Камілла притулилася до дерева. Через дощ нам довелося сховатися під грибком наглядачів.

— Я тобі телефонувала. Жульєтт сказала, що я знайду тебе тут. Ти змок.

— Люблю бігати під дощем.

— Вона розповіла, що ти хочеш стати вчителем фіз-ри. Це такий жарт?

— Я передумав. Наразі вирішив стати пожежником.

— З глузду з'їхав?

— А ти не знала, що це мрія всіх хлопців? Велика червона машина, яка видає «біп-біп», справжня. І чому це тебе цікавить моє майбутнє?

— Ти склав. Ти, мабуть, щасливий?

— Якщо починаєш розмовляти з Жульєтт, не припиниш ніколи.

— Я була у Генріху IV. Бачила результати. Рада за тебе... Мій брат завалив іспит.

Зненацька засуджений на смерть, стоячи перед стовпом для розстрілу, розплющує очі. Я зрозумів, що мав відчувати Достоєвський, коли йому повідомили про помилування. Він поводився, як я. Кілька разів глибоко вдихнув. Як чудово дихати! Цьому приділяють недостатньо уваги. Я обливався потом. Яка ж сьогодні незрівнянна погода! Яка ж чарівна сьогодні вона!

— Отже, йому доведеться перескладати?

— В Ізраїлі. Ми їдемо завтра.

Куля вилетіла. Мене аж труснуло. Скільки часу потрібно, щоб тебе зачепило? Чому я ще не вмер?

— Дідько, Камілло! Чому ти не залишаєшся?

— Я не можу, Мішелю.

— Твій батько сказав, що якби ти схотіла, то змогла б жити в дядька в Монтреї.

— Це він таке тобі наговорив?

— Присягаюся!

— Мій дядько мешкає в кібуці поруч йорданського кордону.

— Він узяв мене на кпини?

— Як тобі бісквіти моєї мами?

Я повалився на лавочку.

— Тобі не слід було приходити, Камілло. Треба було облишити мене тут бігати.

Вона сіла поруч. Узяла мене за руку. І так дивно на мене дивилась...

— Мішелю, я тебе кохаю. Лише тебе. Думаю про тебе день і ніч. Щомиті. Це нестерпно. Я так більше не можу. Хочу жити з тобою, залишатися поруч, ніколи більше тебе не полишати.

— Я також.

— Я така близька до тебе, розумієш?

— Чому ти не подала бодай знак за ці два тижні? Мені було зле.

— Я писала тобі по два листи на день.

— Я нічого не отримав.

— Я їх не надсилала.

— Чому ж повернулась?

— Це сильніше за мене.

— Камілло, не їдь. Ми щось вигадаємо.

— Я не можу, Мішелю. Мені шістнадцять. Я мушу слідувати за батьками. Я не можу так із ними. У мене зв'язані руки.

— Я готовий поїхати з тобою.

— Це неможливо. Наші батьки будуть проти.

— Тоді поїхали удвох. Неважливо куди. Ти вже пропонувала. Пригадуєш? Я знаю, куди нам можна втекти. Нас ніхто не знайде.

— Мішелю, слухай. Ти мене кохаєш?

— Як ти можеш таке питати? Сумніваєшся?

— Ти на мене чекатимеш, і я на тебе чекатиму.

— Скільки часу це триватиме?

— Я не знаю. Довго. Це буде випробування, і ми мусимо його здолати.

— То будуть тортури.

— Якщо все вийде, ми станемо сильніші. Більше ніщо не зможе нас розлучити. Ми все життя будемо разом. І взагалі, це не край світу. Може, вдасться бачитися на канікулах. Згоден?

— У мене є вибір?

— Клянуся, я чекатиму.

— Я також. Я чекатиму на тебе.

Вона всміхнулась, узяла сумку з-під ніг і вийняла книжку, простягнула мені.

— Віддаю її тобі.

Це був її примірник «Ранку магів», підписаний Берж'є і Повелем.

— Це мій найцінніший скарб. Читатимеш її та думатимеш про мене.

— Обіцяю тобі. Я ніколи з нею не розлучуся. А мені нема чого тобі подарувати.

— Не страшно. Писатимеш мені?

— Щодня. Стривай.

Я дістав гаманець. Там був аркуш паперу, складений увосьмеро. Я віддав його їй. Вона бережно розгорнула й побачила свій фоторобот.

— Я знала, що ти його не порвав.

— Він не зовсім схожий.

— Мені дуже подобається.

Ми так і сиділи мовчки. Хотілося, щоб ця мить тривала вічно. Підвелися. У неї почервоніли очі. Я обійняв її та притис до себе. Як тільки міг. Вона подарувала мені довгий поцілунок. З голови до ніг по мені пробіглися мурашки. Я заплющив очі. Коли розплющив, вона вже пішла. Періщила злива.

22

Мадлен Маркюзо повернулася вже в понеділок. Вона не зносила Овернь. Позаяк її діти облишили ресторанну справу, а «Бальто» був завеликою установою для самотньої жінки, вона вирішила продати його синові одного зі своїх кузенів. Торговець пивом допоміг їм підготувати всі папери й бухгалтерію. Вона представила нам Патріка Бонне. Він був молодий, навряд за тридцять. Віднині патрон він. Сповнений нових ідей: розширити терасу, розвинути вечірню ресторацію, підвищити комфортабельність. Планував, що замінить пінболи, але кікер не чіпатиме. Не зашкодить трохи підфарбувати стіни. Він пригостив усіх з нагоди свого приходу, і ми підняли келихи за упокій Альбера. Мадлен запевнила, що попервах йому допоможе. У жовтні вона відкриє ресторанчик у Леваллуа. Буде ближче до доньки.

Я чекав на свою чергу в кікер, коли зайшов Саша. Я тричі його навідував, щоб переконатись, чи йому чого не бракує. Його запалі щоки були вкриті двотижневою щетиною, під очима сірі кола.

— Чому ви вийшли на вулицю? З цією собачою погодою ви так ніколи не одужаєте.

— Скінчились цигарки.

— Вам це шкодить, Сашо. Треба кинути палити.

— Мішелю, це, звісно, люб'язно, але часом трохи дратує.

Він сходив за двома пачками «Голуаза». Мадлен саме готувала на кухні страву дня. Вона помітила його та підійшла. Вони обійнялись.

— Мадлен, мені шкода, що не зміг прийти раніше.

— Нічого страшного, Сашо. Маєте втомлений вигляд. Не переймайтеся.

— Хотів би висловити свої співчуття. Не передати, наскільки мене приголомшила звістка про смерть Альбера. Ви ж знаєте, як сильно я його любив.

— Він також вас дуже цінував.

— Він був справжній друг. Чудова людина. Це так несправедливо.

— Знаєте, я собі за це докоряю. Він був загладкий. Посадити його на дієту було неможливо. Мені треба було наполягти.

— Ви тут ні до чого. Він був щасливий.

Раптом позаду почулася чиясь лайка:

— Якого ти тут забув?

Ми обернулися. Ігор аж почервонів від гніву.

— Я тебе попередив: щоб ноги твоєї тут не було!

— Я прийшов до Мадлен.

— Тобі заборонено з'являтися в цьому бістро!

— Та чхав я на тебе!

Ігор на нього накинувся. Оскаженілий, зарядив йому ляпаса — того аж крутануло. Ухопив за комір та виволік назовні, на авеню Данфер-Рошро. І заходився духопелити. Ми заклякли й витріщились крізь шибку, дивилися, як він його дубасить. Саша зовсім не пручався. Не намагався затулитися. Просто впав на коліна. Ігор ухопив його за вилоги пальто й гатив по обличчю злісними ударами. З обличчя Саші сочилася кров. Він не захищався. Я кинувся на Ігоря. Схопив його зі спини за пояс. Він був більший і сильніший за мене, ще й відбивався. Я вчепився в його руки і змусив відпустити жертву. Саша впав обличчям на землю. Ігор чимдуж гамселив його ногами в бік.

— Припини! Здурів?

Мені вдалось відтягти його метри на два та тримати на відстані. Ніхто мені не допомагав. Ігор горланив, що зараз його вб'є. А мене відштовхував. Я засадив йому кулаком у живіт. З усієї дурі. Такого він не очікував. Втупив у мене ошелешений і недовірливий погляд, роззявив рота, щоб ухопити трохи повітря. Він позадкував, тримаючись за живіт. Я впав на коліна біля Саші, непритомного, зі скривавленим обличчям. Міг розчути лише уривки його голосу. Мадлен не давала Ігорю увійти до «Бальто».

— Забирайтеся від мене! — кричала вона. — Ви чули? Геть!

Вона обернулася до Патріка Бонне:

— Ось моя умова продажу: ця скотина більше сюди не сунеться!

— Я не хочу тебе більше бачити! — кинув він Ігорю, погрожуючи пальцем. — Або до добра це не доведе!

Ігор рушив у напрямку майдану Данфер-Рошро. Саша безсило й тихо стогнав. Я спробував своєю хустинкою зітерти кров з його чола. До мене підійшли Мадлен і Жакі.

— Треба викликати черговий патруль, — сказала Мадлен.

— Ні! — жалісно прохрипів Саша.

Він насилу підвівся. Розгублений, обличчя розпухло, око запливло, ніс скривився, губа тріснула. Увесь скривавлений.

— Відведіть мене до лікарні, тут поруч. Швидко!

Він зіперся рукою на моє плече, і ми рушили. Час од часу сили його покидали. Я заледве його втримував. Він кульгав і тримався за ребра. Мабуть, це були найпекельніші триста метрів у моєму житті. Ми минали перехожих, що нажахано на нас витріщалися. Сторонилися, наче прокажених. Він важко дихав. Кров скрапувала на землю, а я був так само скривавлений, як і він. На бульварі Пор-Рояль він повалився. Мені допоміг поліціянт, що регулював дорожній рух: ми вхопили Сашу попід руки й так дотягли до відділення невідкладної допомоги лікарні Кошена. Поліціянт пішов. Двоє медбратів поклали його на ноші.

— Що з вами сталося? — запитав старший.

— Упав зі сходів, — промимрив Саша.

Медбрат закопилив губи.

— Піду попередити чергового інтерна.

Він швидко кудись пішов. Я залишився із Сашею. Він розплющив очі.

Коротким рухом руки він подав знак наблизитися.

— Мішлю, не треба нічого розповідати. Ви підібрали мене на вулиці. Ми з вами незнайомі.

— Як скажете, Сашо.

— Так буде краще. Нехай вони мене підлатають, але не оперують.

— Треба дочекатися лікаря. Зараз побачимо, що він вирішить.

Підійшов лікар. Глянув на мене, насупивши брови. Пропальпував тіло.

Саша не стримав зойк. Лікар уважно обстежив його обличчя. Пальці пройшлися кожним сантиметром шкіри, з обережністю незрячого.

— Я не хочу, щоб мене оперували!

— Зараз зробимо вам рентген, мосьє, не хвилюйтесь. Це не боляче.

Медбрат штовхнув каталку. Саша зник за маятниковими дверима. Я сів. Звичний для цього місця парад покалічених і скривавлених тіл, вивантажених співчутливими поліціянтами чи швидкими, наче обридливий тягар, і цей запах страху, що вчепився за живих у черзі на той світ. Чотири роки тому я отак сидів у відділенні невідкладної допомоги після спроби самогубства Сесіль. Де вона тепер? Чи вона, бува, не думає про мене? Як же я хотів би бачити її поруч, щоб вона тримала мою руку! Чи ми ще колись побачимось? А раптом це той самий лікар, що тоді врятував її? Камілла сказала б, що моє перебування тут — то знак згори, це вже було визначено десь серед зірок. Якби вона була поруч, я б вигукнув, що не існує ніякого присуду долі. Просто це через те, що я живу в цьому клятому кварталі і мені так не щастить на друзів. Я зарюмсав. Як хлопчак чи як дурень. Єдиною перевагою перебування тут була абсолютна байдужість оточення.

Сашу вивезли трохи менше ніж за годину. Перевдягли в зелену піжаму та вкрили сірою ковдрою. Залишили його в коридорі, тому доводилось посувати його, щоб інші каталки змогли заїжджати й виїжджати.

— Що вони сказали?

— Відверніться, так і стійте.

Його обличчя промили розчином арніки. Він спробував випростатись. Скорчився від болю. Найменший рух видавлював з нього крик. Саша заледве неглибоко дихав. Голос пробивався із самого нутра:

— Мені треба вибратися звідси, Мішелю. І ви мені допоможете.

— Сашо, ви не можете піти в такому стані.

— Вони не мають права утримувати мене проти волі.

— Ви нездатні ходити. Що ви надумали?

— Я не хочу тут залишатись. Я хочу піти.

Він ухопив мене за руку і з неочікуваною силою потягнув до себе. Спробував підвестися, але колючий біль змусив його здатися. Він зчепив щелепи. Санітар завіз каталку в кабінет до лікаря, що вже нас чекав. Той вивчив знімки, почеплені на освітлений екран.

— У вас загнаний перелом носової перегородки на рівні лобової пазухи і решітчастої кістки. Вас обов'язково треба прооперувати.

— Я не хочу.

— Там уламки кістки. Сформується тромб. Ви будете сильно страждати. Дедалі буде важче і важче дихати, бо носове дихання вам більше не доступне. Носові раковини розтрощені. Є ризик зараження. Ми можемо прооперувати вас негайно. Під анестезією ви нічого не відчуєте. Це нескладна операція, але нагальна. За три дні будете вільні. У вас ще й два ребра зламані.

— Ви поправите мені ніс і все?

— На сьогодні стане. Щодо решти — побачимо потім. Домовились?

— Ви більше нічого не чіпатимете?

— Як вас звуть?

— Ґотьє. Франсуа Ґотьє.

Лікар занотував ім'я.

— Де ви проживаєте, мосьє Ґотьє?

— У Баньє. Авеню Гамбетта. Будинок 10.

Він записав фальшиву адресу Саші в історію хвороби.

— У мене більше немає документів. Він побив мене, щоб обікрасти.

— Не переймайтесь. Ми тут для того, щоб про вас подбати. Зараз до вас прийде анестезіолог.

Він вийшов зі знімками. Саша заплющив очі, наче спав. Розплющив. По щоці скотилася сльоза.

— А впертий цей доктор.

— Це задля вашого ж блага, Сашо.

— Мене звуть Франсуа Ґотьє. І ви мене не знаєте.

— Ви незнайомець, що я підібрав на вулиці, на вас напав якийсь хуліган і вкрав гаманець.

— Це правда.

— Вам не завадить розслабитися. Він же сказав, що операція дріб'язкова.

— Вас це потішить, Мішелю. Тепер я змушений кинути палити. Зробіть мені послугу. Я не можу рухати рукою. У правій кишені мого пальто є внутрішня кишенька з клапаном. Дайте мені те, що всередині.

Я виконав прохання. Витяг стофранкову купюру, складену вчетверо. Він узяв її лівою рукою та нею ж розгорнув.

— Візьміть цього «бонапарта», Мішелю.

— Що це ви робите, Сашо?

— Я вам її зовсім не віддаю. Ви потримаєте її, на збереженні. Коли ми знову побачимось, повернете. Це в нас там такий звичай. Щоб змусити того, кого оперуватимуть, повернутися назад. Якщо ви думаєте, що я залишу вам грошики, ви помиляєтесь.

— Я віддам їх завтра.

— Дуже сподіваюсь. Тепер маю вагому причину повернутися.

Він насилу всміхнувся.

Я взяв його за руку. За крижану.

— Відпочивайте, Сашо.

Він заплющив очі. За якусь мить я відчув його потеплілу руку: вона послабилась. Саша заснув. Увійшов чоловік у білому халаті, щоб забрати пацієнта на обстеження. Він відвіз каталку, навіть не розбудивши Сашу. Я поклав стофранкову купюру до гаманця.

Я вийшов з лікарні, дощ не вщухав. Повернувся до «Бальто» розповісти новини Мадлен. В бістро вирувало життя. Патрік Бонне замкнув двері Клубу на ключ, прокрутив його в добротному висячому замку та почепив вивіску: «Це приміщення зачинене назовсім. Азартні ігри заборонені. Замовлення в залі обов'язкові, поновлюються щогодини». Леонід, Володимир, Павло, Імре, Томаш і Грегоріос намагалися відмовити його від цього рішення. Новоспечений патрон залишився непоступливим.

— Ігорю, не слід було його бити. Неприємності з поліцією мені не потрібні.

— Він вчинив правильно! Єдине, про що я жалкую, що не зробив цього сам! — виголосив Леонід.

— Треба було розібратися з ним раніше. Він збиткувався з нас роками! — вів далі Володимир.

— Це кафе-ресторан для нормальних людей. Нарвані мені тут непотрібні. Шаховому клубу покладено край! І якщо Ігор повернеться, я викличу лягавих!

— Якщо Клубу більше не буде, а Ігор не має права приходити, ми підемо деінде! — сказав Павло.

— От і добре!

Вони так і пішли — гуртом, високо задерши носа. Ми чесно повірили, що Патрік Бонне закрив Клуб через сутичку Ігоря й Саші. Згодом Жакі розповів мені, що він так вирішив іще під час продажу в Сен-Флурі. До всього, він так розраховував підвищити клас і рентабельність. Ніхто не тримав зла на Ігоря. Він створив Клуб, через нього ж його і прикрили. Торохтії датують той понеділок, 6 липня, офіційною кончиною Клубу, його грандіозної епохи, яку дехто досі згадує дуже емоційно та з жалем у голосі. Ніби кажучи: «То були добрі старі часи». Вони шукали гостинну кав'ярню десь поблизу, але нічого так і не знайшли. З настанням ясних днів прилаштувалися поблизу оранжереї Люксембурзького саду. Призвичаїлися грати там улітку й узимку. Вони прибули з країв, де й без того полярні температури. Вони не переймалися через потребу годинами сидіти на чистому повітрі. Начебто це бадьорило тіло і розум. До слова, дехто досі грає там у шахи.

23

О третій ночі прокинувся від тривоги, що стискала груди. Жодного звуку. Дощ за вікном. Паршивий видався липень. Я запитував себе, як там Саша, чи операція на носі пройшла добре? Треба завтра його відвідати. Відтак згадав, з якою люттю бив його Ігор, а він не захищався. Як Ігор міг перетворитися на таку тварюку? Чому вони всі гуртом його ненавидять? Що за секрет їх пов'язує, чого вони не розкривають його ні за яких умов? Чому він видав себе за Франсуа Ґотьє? Що йому приховувати? Зненацька я усвідомив, що знаю лише його ім'я. Прізвище було мені невідоме. Може, він був син відомої чи сумнівної особи? Чи один із тих військових злочинців, яких переслідує поліція всього світу і які переховуються під фальшивими іменами? Чи жодного пояснення не існує, це все не більш ніж його вибрик. Як члени Клубу не втаємничують своїх прізвищ, так само бережно він приховує своє. Я вирішив розкрити цю загадку й пошукати відповідь у нього вдома. Десь там має бути сховане його прізвище.

Вранці я вирушив до нього, на вулицю Монжа. Перед віконечком консьєржки висів список пожильців будинку за поверхами. На восьмому — із десяток імен. Ані Саші, ані

Ґотьє — нічого з російським чи слов'янським звучанням. Я піднявся пожежними сходами на горішній майданчик. Його двері були непідписані. Прочинені, замок зірваний, вірогідно обценьками, через які тріснув дверний отвір. Кімнату пограбували. Вона була перевернута догори дриґом. Матрац спороли заразом із подушкою. Повсюди пір'я. Шафа порожня. Одяг купою. Обидві полиці зірвані. Книжки на підлозі. Посуд валявся там само. Я не знав, чи мені бігти в поліцію, чи попередити Сашу в лікарні. Я розчув якісь звуки. Зі своєї кімнати виходила молода жінка. Ми зустрілися минулої неділі, коли я приносив продукти. Я показав їй завдану шкоду.

— Це трапилося цієї ночі. Але я нічого не чула.

— Я прийшов за деякими Сашиними речами. Він у лікарні, — упевнено пояснив я.

— Нічого серйозного, сподіваюсь?

— Він вийде за три-чотири дні.

— Йому не щастить. Це його четверте чи п'яте пограбування. От у мене того року вкрали праску. Консьєржка ні за чим не слідкує.

— Ви знаєте, як пишеться Сашине прізвище?

— Прізвища я не знаю. Я завжди називала його на ім'я.

Я взяв поліетиленовий пакет, що валявся без діла, і склав у нього білизну.

— Я приберу кімнату та полагоджу замок, — сказала вона.

Я спустився, у кімнатці світилося. Я постукав у віконечко. Побачив, як з'явилася консьєржка.

— До кого ви? — спитала вона, прочинивши двері.

— Пригадуєте мене? Друг Саші. Я прийшов за його одежею. Його на кілька днів ушпиталили. Цієї ночі пограбували його кімнату.

— Знову! Та в тих кімнатках для прислуги і красти нема чого. За моїх часів злодії не виміщали злість на бідних.

— Ви часом не знаєте точного написання його прізвища?

— Він не розповідав мені, як його звуть.

— А на яке прізвище приходить пошта?

— Я працюю в цьому будинку сім років: він не отримав жодного листа.

— А світло?

— Лічильник залишився на прізвищі власника.

— Як тоді він сплачує за житло?

— Коли настає термін, він розраховується готівкою, щоквартально. Ще й за світло платить.

— Ви не виписуєте квитанції?

— Тут так не заведено. Коли він трохи запізнюється, його цим не діймають.

— Як він винайняв цю кімнату?

— Це було ще до мене. Гадаю, йому допоміг друг.

— У Саші немає друзів.

— Попередня консьєржка сказала, що то був хтось відомий. Тепер не згадаю, хто. До чого ви ставите мені ці всі запитання?

— Вам не здається підозрілим, що цей чоловік без прізвища і що лише його кімнату пограбували?

— Я не з поліції. Позаяк він платить за житло, не шумить і не смітить, решта — то не мій клопіт.

Я сподівався, що мені поталанить в аптекаря з майдану Монжа — того унікума зі стрижкою йоржиком та англійською краваткою. Відповідь я знав наперед.

— Саша? Я не знаю. Я завжди так його звав. Як він? Чи думає щось робити з боргом?

Я повернувся до лікарні Кошена, вирішивши домогтися відповіді від чоловіка, якого не існує. Зараз він зрозуміло й точно роз'яснить мені причини ненависті членів Клубу. Цього разу він не заховається ні за ухильною посмішкою, ані за якимось викрутасом. Я постановив собі, що ніхто більше мене не проведе.

У лікарняній приймальні я звернувся до жінки за віконцем.

— Не підкажете, у якому корпусі лежить мосьє Франсуа Ґотьє?

Вона глянула на мене, зняла слухавку, перекинулася кількома словами по телефону.

— Можете присісти. Зараз хтось підійде.

— Мені лише потрібен номер палати. Звичайний візит.

— Вам треба зачекати. Ви не можете піти туди сам.

Я сів у залі очікування. За десять хвилин я помітив лікаря, який оглядав Сашу напередодні. Він сказав слідувати за ним. Замість зайти до корпусу лікарні, ми пішли до кімнати біля приймальні. За столом сиділа огрядна жінка. Вона не назвалась.

— З якого приводу ви хочете бачити мосьє Франсуа Ґотьє? — спитала жінка.

— Йому прооперували ніс. Я хотів би дізнатись, як він.

— Ви знайомі?

Вона розмовляла із виваженою неквапливістю. Зважувала кожне слово.

— З ним щось сталося?

— Будьте ласкаві відповісти на моє запитання. Які стосунки вас пов'язують?

— Вчора я знайшов його, напівпритомного, на тротуарі. На нього напали й пограбували. Він був скривавлений. Я привів його сюди.

— Ви з мосьє Ґотьє не були раніше знайомі?

— Ні.

— Так чому ж ви ним цікавитесь?

— Я співчуваю цьому нещасному чоловікові. Це заборонено? Я живу в цьому кварталі, прийшов дізнатися, як він. У нього проблеми? Він помер?

— Він зник, — сказав лікар.

— Не може бути! Як так сталося?

— Операція пройшла успішно. Він прокинувся. Усе було добре. Ми помістили його до палати з іншим пацієнтом. Я прийшов до нього під кінець зміни. Ми поговорили.

Він мені подякував. Повечеряв. Медсестра приходила тричі за ніч. Він спав. О п'ятій ранку він покинув лікарню. Звітрився.

— Вийти звідси неважко. Ніякого контролю.

— Це лікарня, а не в'язниця.

— Ми були змушені повідомити про зникнення поліцію, — сказала жінка. — Така процедура. Проблема в тому, що за названою адресою не мешкає ніякий Ґотьє. Можете залишити мені свої дані? На випадок, якщо поліція захоче вас допитати...

Я дав їй посвідчення особи. Вона занотувала мої дані до його історії хвороби.

— Знаєте, мені більше нема чого їм розповісти.

Вона повернула моє посвідчення. Я підвівся й вийшов разом із лікарем.

— Не видам лікарської таємниці, — сказав він, — якщо запевню, що цей чоловік потребує післяопераційного догляду. Йому треба приймати ліки. У нього тимчасова шина й хірургічні шви. Існує ризик зараження. Як побачите його, передайте, щоб прийшов на процедури. Ми нічого не розпитуватимемо. Ми також отримали аналізи крові. Там є одна проблема. Йому потрібна консультація. Це невідкладно.

З манери його розмови я відчув, що він мені не вірить. Вірогідно, я не здався йому щирим. У будь-якому разі, їм нема чим це довести. Франсуа Ґотьє не існує.

Жодного старожила Клубу в «Бальто» не було, а нові його не знали. Неохоче, але я таки розпитав Жакі й Мадлен.

— Саша? — уточнив Жакі. — Чхав я на його прізвище. Он той — Самі. Сусідній п'яничка в барі — Жан. А ти от — Мішель. Хочеш знати, як звати мене?

— Саша? — видала Мадлен. — Це Саша. Він росіянин. З російським прізвищем, припускаю. Решту ми теж називали на ім'я. Усі їхні прізвища важко вимовляються.

Я попередив їх про його зникнення й потребу подальшого лікування. Вони пообіцяли передати йому під час зустрічі. Для очищення совісті я завершив опитування у «Фоторамі». Патрон не бачив його ось уже два тижні.

— Винятковий лаборант. За мою тридцятилітню кар'єру я ще не бачив талановитішого. З його приходом зріс торговельний обіг. Я б дуже хотів його найняти, якби він нарешті узаконив свій статус. Це він не хоче. Чому? Я не знаю. Його прізвище?.. Дивно, але я ніколи ним не цікавився.

Я не знав, як трактувати його зникнення. Вірогідно, він зачаївся в якомусь тихому місці, щоб відновити сили й побути в спокої. Повернеться, як сам схоче. Така вже його манера — неочікувано з'являтися й зникати, коли на це найменше сподіваєшся. Він не покине мене отак. Не сьогодні-завтра я дістану від нього звістку.

Одного дня постало запитання двотижневої поїздки у Бар-ле-Дюк. Але в тата досі була недостатньо простора квартира, щоб прийняти нас обох. У винагороду за успішний іспит мені надали право обрати місце відпочинку на канікулах.

— Куди б тобі хотілось, Мішелю? — спитала мама. — Англія? Іспанія? Може, Греція?

— Я б хотів відвідати Ізраїль.

— Яка чудернацька ідея! Навіщо?

— Хочу ознайомитися із життям у кібуцах. Було б так чудово зустріти людей, що вирощують помідори посеред пустелі. У наші дні не так багато піонерів.

— А це безпечно?

Я відчув, що справа починає ускладнюватися. Але я мав чим її переконати.

— Мені б хотілось відвідати Назарет і Віфлеєм. Був би радий побачити святі місця.

Моріс навів довідки і зрозумів, що це дорого обійдеться. Тепер не час, з огляду на те як скрутно йдуть справи. Урешті-решт, у серпні ми повернемось до Перро-Ґірек.

24

Патрік Бонне не зволікав. Ідей у нього — хоч греблю гати. Весь час він проводив за кресленням планів з архітектором у пошуках досконалого рішення. За останньою версією, він планував розділити бар і ресторан, зробити до них два окремі входи, розширити бістро та збільшити кількість місць, ліквідувавши стару кухню, а приміщення Клубу перетворити на нову, відкриту з двох сторін, замінити банкетки й декорувати ресторанну залу, як у брасерії на майдані Бастилії, власником якої був його кузен. Він тішився собою та поцікавився нашою думкою. Мадлен не виявляла невгамовного ентузіазму, вона розуміла, що доведеться покинути свою територію раніше від запланованого.

— Як усе тут переламаєш, влетиш у копієчку.

— Ми зможемо накривати урочисті вечері на сто персон.

— Тут вечеряють лише завсідники. Люди надають перевагу Монпарнасу. Ми непогано працюємо в полудень.

— Клієнтури не бракує, і ми її знайдемо. Ти зможеш взяти відпустку.

Патрік усіх пригостив на честь від'їзду Мадлен. Заразом відсвяткували початок робіт. Оце вперше «Бальто» не працюватиме в серпні — усе буде готово до вересневого відкриття. Зранку прибули робітники. Ми із Самі допомогли їм демонтувати старі банкетки й завантажити їх до машини. Бригадирові ніяк не вдавалося відімкнути двері Клубу: ключик не влазив у висячий замок. Я теж спробував — заблоковано. Він пішов за Патріком. Той стукнув по ключу ручкою викрутки — безуспішно.

— Його, певно, виламали. Тим гірше для замка.

Він узяв обценьки, обхопив ними гвинт, один круговий рух — і готово. Увійшов досередини, увімкнув світло й не втримав переляканого зойку. Ми зайшли слідом. У центрі кімнати висів Саша. Його тіло, що обертався довкола себе, утримував короткий шнур. Ноги були не більш як за тридцять сантиметрів від підлоги. Ми подумали, що він іще живий, кинулися його знімати. Твердий, як дерево. Я почув голос Патріка, він кричав, щоб викликали поліцію. Сашине обличчя посіріло, майже почорніло. Розплющені очі дивилися на стелю. Шия здавалася довжелезною. На носі була вшина, щелепа викривлена. Біля ніг перевернутий вертикально стілець. За якусь мить, кімнату заповнили робітники і клієнти: крики, шок. Жакі поклав руку на моє плече. А я стояв, учепившись за Сашині ноги й піднявши тіло. Відтак відступив. Тіло опустилося на кілька сантиметрів. Я ніяк не міг відірвати погляд від його судомно стиснутих пальців. Самі виштовхав з кімнати роззяв. Залишилися Жакі, Патрік і я.

— Хто цей тип? — спитав Патрік.

— Той, кому на днях натовкли пику, — відповів Жакі.

— Чому він вчинив це тут? Нам до біса не пощастило із цим ремонтом.

На очі навернулися сльози. Я не знав, чи то від гніву, чи болю. Усе повторював про себе: «Цього не може бути! Сашо, благаю. Тільки не це. Припини ці жарти!» Ми почули свист поліційної сирени, який дедалі гучнішав і ставав нестерпним. Сашо, чому? Ми б виплутались. Завжди існує якесь рішення. Чому ти мені нічого не розповів? Ти мені не довіряв? Я не був тобі другом? Агов, чому? Дідько, Сашо, навіщо ти це вчинив? Лягаві вивели нас із приміщення.

Смерть Саші перетворилася на «таємницю жовтої кімнати»[1]. Ніхто не розумів, як він потрапив до зали Клубу, коли обидва ключі, від вхідних дверей і висячого замка, були на зв'язці, що ніколи не покидала пояса Патріка Бонне. Хто відімкнув двері? Хто їх замкнув? Де використані ключі,

---

[1] Натяк на «Таємницю жовтої кімнати» («Le mystère de la chambre jaune»; 1908), детективний роман французького письменника Ґастона Леру (1868–1927), твір, у якому йдеться про розкриття «неможливого» злочину – убивства в замкненому приміщенні.

адже всередині їх не було? Поліції не вдалось розкрити цю загадку. Нас допитали. Ніхто нічого не бачив і не чув. За наваленими табуретками поліціянти знайшли п'ятдесятисантиметровий взуттєвий шнурок. Невідомо, чи він належав Саші, чи ще комусь, чи, може, роками вкривався там порохом. За словами одного зі слідчих, Саша відімкнув висячий замок дротом чи шпилькою для волосся (правда, їх не знайшли), а замкнув, затягнувши його шнурком, коли двері були прочинені. Здається, це трюк зі злодійського арсеналу. Усі ми спробували — не вдалось нікому. На тротуарі бульвару Распай, поруч із вікном, натрапили на зігнутий цвях. Припустили, що саме ним Саша відімкнув головний замок, потім зачинився ізсередини, викинув цвях у вікно і повісився. Ми й це спробували: не вдалося нікому, навіть Самі, а він замолоду знався з поганою компанією. Ніхто не повірив у цю постановку з дешевого детективу. Логічне пояснення будувалося на тому, що хтось допоміг Саші повіситися чи вбив його та вийшов, зачинивши замок іззовні. Цю гіпотезу не розвивали.

«Загадка вішальника Данфер-Рошро» — отак наступного дня внизу колонки на п'ятій шпальті подала справу «Франс-Суар». Чоловік, відоме лише вірогідне ім'я, нелегал. Ще за день про це вже не згадували. Забули. Як про хвилю, що розгладжує усякий слід на пляжі. Обставини Сашиної смерті так і не розкрили. Багато хто вважав, що не обійшлося без КДБ чи ще якої секретної служби. Поліція не змогла визначити походження гематом на тілі: чи були вони наслідком сутички з Ігорем, чи ж їх нанесли незадовго до смерті. Може, сталася ще одна бійка? У нього була якась рана на потилиці. Це він упав, тікаючи з лікарні Кошена? Чи його побили, перш ніж повісити? З'ясували, що смерть настала двома днями раніше, що співпадало зі зникненням з лікарні. У протоколі розтину зафіксували відсутність інших ушкоджень. Поліція занесла цю справу до нерозкритих. Скидалося, що ніхто й не хотів знати правди.

Я ж був переконаний, що Саші позбулися ті, від кого він увесь час тікав. Коли тіло зняли й поклали на зіставлені столи, поліціянт склепів йому повіки. Ключ, із яким Саша ніколи не розлучався, щез. Це слугувало мені доказом імітації суїциду, щоб викрасти ключ і вміст його схованки. Проте мені не було з ким про все це поговорити.

Три дні по тому я отримав конверта з бурого крафт-паперу, заліпленого ще й клейкою стрічкою. Я впізнав почерк Саші. Усередині, загорнений у білий аркуш, на тій самій мотузочці, лежав ключ. Жодного слова чи підпису. На клапані конверта проступав червоний відбиток пальця. Вірогідно, кров. Поштова печатка була нечитабельна, відповідно, визначити день відправлення неможливо, навіть із лупою. Якщо це Саша, на що натякає кривавий слід, лист мав прийти наступного ж дня, найпізніше за два дні. Чому на подолання одного кілометра знадобилось п'ять днів? Я поставив це запитання поштареві, але відповісти той не зміг.

Увечері я дочекався, коли всі поснуть. Близько одинадцятої вийшов з квартири, вирушив на вулицю Монж. У будинку було тихо та спокійно. Я не зронив жодного звуку. Наче кіт, перебіг двір й у цілковитій темряві скористався пожежними сходами, спираючись на перила. Проник у туалет на останньому поверсі, зачинив за собою двері й увімкнув світло. Видерся на стіну, скориставшись тим самим виступом, що й Саша. Узяв ключа і пропхав його в замок в отворі за трубою. Зсунувся важкий металевий люк. Я пропхав руку в заглибину та спробував усе повиймати. Її значний вміст мене здивував. Здоровенна тека для паперів зі старими світлинами; картонні досьє, переплетені ременем; три грубих зошити, списаних кирилицею; дві дюжини записників і щоденників усяких розмірів; книжечка Хемінгуея; дзеркальний фотоапарат «Лейка»; валізка з об'єктивами й пузатий білий конверт із приміткою зверху: «Для Мішеля

Маріні». Я переконався, що всередині більше нічого не залишилось, і повернув люк на місце. Для перенесення я склав усе в дерев'яний ящик з-під овочів, що його підібрав у дворі, і покинув будівлю. Повернувся додому й у себе в кімнаті став вивчати Сашині скарби. Розгорнув листа. Двадцять сторінок, списаних з обох сторін каліграфічним почерком...

Мішелю,
якщо ти читаєш цього листа, то я віднайшов жаданий спокій...

Ленінград 1952 року

1

Свічки, що мерехтіли у двох канделябрах на каміні, відбивалися в салонному дзеркалі. Ірина на мить уловила в ньому своє зморшкувате обличчя й сиве волосся та втомлено зітхнула. Цей вечір передує особливій ночі. Вона витягла розшиту угорською вишивкою скатертину, бокали з кришталю «Баккара» й посуд із лімозької порцеляни, придбаний її чоловіком іще до революції. У центрі розкладеного розсувного столу вона поставила величезну тацю з позолоченої кованої бронзи, привезену зі стамбульського базару за часів, коли туди можна було доїхати потягом з Одеси. П'ятнадцять вишикуваних приборів. Для кожного гостя два бокали, навіть дітям, що не п'ють вина. Колись у третій бокал вона ставила зрізані квіти. Але вже давно в цьому скованому кригою місті немає квіткарок. Тож вона вирізала квіточки з кольорового паперу та сплела в гірлянди й скрутила в букетики. Скидалися на живі. Ірина дістала із шаф забуті речі: їх придбали для втіхи очей, а нині вони стали непотрібними та небезпечними. Вона запитувала себе, чи цей, такий ризикований, клопіт бодай чогось вартий. Принаймні їй нічим буде дорікнути. Вона зробила те, що мусила зробити. Разом із сестрою, невісткою і кузинами вони спекли мацу, не зважаючи на заборону. То вже не вперше жінкам доводиться нехтувати цим вето. Бо неможливо святкувати втечу з Єгипту без цих пласких хлібців, яким не дають часу піднятися. Цього року вчергове довелося докласти уяви, переданої в генах із пітьми віків, щоб дістати муку, курчат, тра́ви, огірок, селеру, чорну редьку й телячу кістку. Вони зварили бульйон з кнейдлах[1], нафарширували коропа й підготували святкову вечерю з обачністю рівня секретної служби. Жоден сусід нічого не помітив, не почув і не внюхав. Їй пригадалося, що її чоловік Еміль розповів перед зникненням під час облоги, коли вони відзначали останній спільний Песах із черствим хлібом і крутими яйцями, яких ставало на одну вечерю: «За часів інквізиції севільські марани започаткували самовбивчу практику готувати розкішний Седер. Хоча їм слід було сидіти тихо, розчинитися та зачаїтися, вони говорили: "Най цей Седер стане найпрекраснішим у нашому житті, бо він може виявитися останнім, що ми святкуємо разом"»[2]. Відтоді святкувати його згідно з традицією стало для неї справою честі.

Її сестрі Валентині ходити було важко, тому вона лише поклала поліно в камін і розвела вогонь. Кузина Віра поставила на стіл тарілку з травами. Скидалося на будинок для людей похилого віку. Війна та чистки залишили самих старців глядіти дітей — ті гасали квартирою, ховалися під столом, за кріслами й щиро сміялися.

— Тихіше, діти, ви надто галасливі. Не бігайте. Нас помітять сусіди.

Ірина нашорошилась. Почула знайомий звук ключа в замку. Увійшли Ігор з Надією. Вона підійшла до них, але двійко дітей обігнали її в коридорі. Маленька Людмила кинулася до Ігоря, він підняв її, підкинув, упіймав і знову підкинув. Петро сховався в обіймах Надії.

— Як ти, любий?

---

[1] Кнейдлах — галушки з подрібненої маци, які відварюють у бульйоні; страва єврейської кухні.

[2] Марани — так в Іспанії та Португалії в XIV–XV століттях називали євреїв, яких навернули в християнство. Через те що марани потай і далі сповідували юдаїзм, на них полювала іспанська інквізиція. Седер — єврейська ритуальна трапеза — пасхальна вечеря, яку слід провести відповідно до традиції.

— Ми малювали, мамо.

— Вони були слухняні? — спитала Надія.

— Як завжди.

— У тебе так добре, мамо, — сказав Ігор Ірині, цілуючи її в чоло. Якась аварія в метро[1]. Ми йшли пішки дві години. На моїй пам'яті ще не було стільки снігу о цій порі.

— Ідіть погрійтесь.

— Ірино Вікторівно, — сказала Надія, тепер уже вона цілувала свекруху, — я залишила на тебе всі клопоти. Мені так незручно.

— Дурниці. У нас тут є час. Усе готово.

Ірина підійшла до Ігоря, що відігрівав руки біля каміна.

— На вечерю прийдуть Саша з Анною.

— Що? Ти мене не попередила.

— Він зателефонував два дні тому, дізнатися, як у мене справи. Я не могла інакше, залишалось запропонувати йому приєднатися до нас.

— Неймовірно! Він ніколи не приходив. Як тобі вдалося його запросити?

— Я була переконана, що він відмовить. Він погодився.

— Він зараз зіпсує нам свято.

— Ігорю, у нього важлива посада. Тобі слід бути дипломатичнішим.

— Він і пальцем не поворухнув для Лева. А що він зробив для Бориса?

— Це не він вирішує. Він як і ми. По змозі.

Ігор відкоркував пляшку кримського вина й примостив її біля срібної чарки. Нетерпляче глянув на свого годинника.

— Ми ж не чекатимемо їх усю ніч. Може, почнемо?

— Мабуть, у них проблеми через цю собачу погоду, — пояснила Ірина. — Канали знову замерзли.

---

[1] Автор помиляється. 1952 року метро в Ленінграді ще не було. Першу чергу ленінградського метрополітену запустили 1955 року.

У двері задзвонили. Діти замовкли й принишкли. Машинальним жестом Надія поправила заплетене на потилиці волосся, підійшла до Ігоря, дещо стурбована, поклала руку на його плече. Людмила кинулась Ігорю до ніг. Він узяв її на руки.

— Нічого страшного, люба. Надіє, чи не відчиниш?

Надія зникла в глибині коридора й відімкнула двері, сховані за цупкою брунатною тканиною.

— Ласкаво просимо, — сказала вона, цілуючи Сашу й Анну.

— Метро спинили. Нам довелося йти під снігом, — сказала Анна.

— А де діти?

— Ми залишили їх удома. Моя сестра за ними нагляне.

Надія допомогла їй зняти шаль і змоклу парку. Вагітна Анна була неповоротка у вузькому проході. Приєдналася Ірина.

— Як почуваєшся, Анно Анатоліївно?

— Якнайкраще. Щоправда, ноги болять. Задовго йшли пішки.

— З таким животом у тебе точно буде дівчинка, — зауважила Ірина. — Іди відпочинь.

Надія з Анною пішли. Ірина допомогла Саші зняти чорне шкіряне пальто та синього кашкета з червоним ремінцем, з якого стікав талий сніг. Він поцілував її в щоку та всміхнувся.

— Тут так добре! Здається, що на вулиці грудень. Як ти?

— Рада тебе бачити. Як добре, що ви прийшли. Ой, у тебе руки крижані.

— Тут усі?

— Лише на вас чекали.

Саша неквапливо увійшов до вітальні. Поцілував Валентину, Віру і дітей. Простягнув руки до вогню в каміні. Підійшов Ігор.

— Хоча б перевдягнувся! Що за ідея прийти на Седер в уніформі!

— Я приїхав з міністерства. Міг б й привітатися!

Саша зняв френч кольору хакі та подав Ігореві.

— Обережніше. Маю надію, у тебе чисті руки. На ньому не повинно бути плям чи зайвих складок.

Ігор узяв куртку. Саша затримав його та притягнув до себе.

— Мені треба поговорити з тобою віч-на-віч, — кинув він мимохідь. — Це важливо.

Надія винесла таріль з нарізаним пирогом із домашнього сиру.

Ігор відійшов і поклав куртку на стільця.

— Не уявляю, як тобі вдалося спекти настільки пухкий сирний пиріг. Анно, тобі слід узяти рецепт.

— Найважче було знайти сир, — відповіла Надія.

— І як же змінити цю країну з людьми, що жаліються без упину? Не вам тепер найгірше, — сказав Саша.

— А ти чув, щоб я протестувала? На тому тижні я відпрацювала в лікарні сімдесят чотири години. Ігор іще більше. За нелюдських умов. Нам не доплатили. Та ми й не просили. Оце перший вечір за місяць, що ми проводимо разом. Якщо люди кажуть, що нема чого їсти, — це не означає, що вони антикомуністи, просто ніхто не розуміє, що відбувається. Ніде неможливо нічого купити. Люди марно вистоюють годинні черги. До революції бідні могли купити собі сир. Сьогодні ж навіть із грошима його днем з вогнем не знайдеш. Усі втомилися, Сашо.

— Наразі проблеми з продовольчими запасами, уряд над цим працює. Ми впораємось.

— Може, сядемо за стіл? — кинула Ірина. — Діти схвильовані.

Надія за допомогою Петра й Людмили занесла три таці, кожна прикрита вишитою серветкою, й поклала на тацю посеред мисочки з крутими яйцями, блюдець із гілочками селери, чорною редькою, темнуватим яблучним компотом, смаженою телятиною на кісточці. У чашу з водою вона вкинула дрібку солі[1]. Усі сіли, три місця залишилися порожні[2].

— Скільки нас сьогодні? — поцікавився Саша, полічивши прибори.

— Двоє відсутні, — пояснив Ігор.

— Я думав, бідняку достатньо одного місця.

— Того року з нами були Борис і Лев.

— Вони там, де мають бути, — відповів Саша. — Якщо вони не винуваті — їх відпустять.

— Може, прочитаємо молитву? — втрутилась Ірина.

— Ці дві тарілки треба забрати.

— Але, Сашо, ця для Бориса і Лева! — наполягла Ірина. — Така вже традиція щодо відсутніх. Щоб вони повернулися до нас. Не думаю, що там, де вони тепер, можна відзначати Седер.

— Ви впертіші за віслюків чи дійсно дурні? Ми не маємо права збиратися цього вечора! Ці середньовічні практики заборонені! Ця маца заборонена! До всього, ви ще й солідарні з контрреволюціонерами!

— Можеш пояснити нам, за що їх арештували, їх обох? — спитав Ігор. — Педіатр та вчитель музики! Які такі страшні злочини вони скоїли? А сотні інших, безпідставно зниклих?

— Думаєш, я прийшов ризикувати власною шкурою і життям моєї дружини зі зграйкою печерних фанатиків, щоб вислуховувати тут повчання?

---

[1] Символи свята розкладають на блюді у певному порядку: по центру кладуть три маци, угорі праворуч кладуть м'ясо на кісточці — символ пасхальної жертви; ліворуч від неї — круте яйце, яке символізує звичайне святкове жертвоприношення; у центрі, під двома верхніми символами, викладають гірку зелень, під якою розташовують харосет (напій з мигдалю, горіхів, вина й води), поруч, лівіше, — карпас (овочі). У центрі внизу знову кладуть гірку зелень. Насамкінець у лівому нижньому кутку ставлять чашу з підсоленою водою — символом сліз, що євреї пролили в рабстві.

[2] Під час Седера в кожній оселі біля святкового стола залишали вільний стілець — для бідних і для тих, хто досі в рабстві. За певних часів виникла традиція ставити ще один стілець і прибор — для євреїв Радянського Союзу.

— Навіщо ти нас ображаєш, Сашо? Я знаю, чим ти займаєшся в міністерстві, і тут нема чим пишатися.

— Я працюю на благо батьківщини та тріумфу революції!

— Благаю, діти, прочитаймо молитву, — тремтливим голосом наполягала Ірина.

— Сховай ці дві тарілки, мамо.

— Та ти здурів!

— Борис зізнався. Його засудили!

— Це неможливо! Він же лікар! — кричав Ігор. — Він нічим, крім своєї роботи, не цікавився.

— Він винен. І Лев також!

— Забирайся з мого дому, негайно! — лютувала Ірина, підвівшись. — Мені соромно за такого сина! Щезни! Я більше ніколи не хочу тебе бачити! Гетьте!

Саша підвівся. Кивнув Анні, вона пішла слідом. Допоміг їй вдягти парку, а поверх шаль. Одягнувся сам і вийшов не обертаючись. Усі почули, як зачинилися двері.

— Зачитаймо Агаду[1], діти мої, — сказала Ірина. — Та помолімося за нашу родину.

2

Лікарня Тарновського доброю репутацією не славилася. Не лише через те, що тут примусово оздоровлювали повій — у лиховісному корпусі венеричних захворювань, а міліція тягала на нічний стаціонар волоцюг, хирних старців і підібраних на ленінградських вулицях п'яниць, але й через збудований тут здоровезний морг, здатний на п'ять-шість місяців прихистити тіла тих, кого неможливо закопати в заледенілу землю. Вона дійсно не видавалась гостинною — з усіма цими дерев'яними бараками ще тридцятих років, відкритими для протягів, оснащеними пічками, труби яких

[1] Пасхальна Агада — збірка молитов й пісень, пов'язаних із темою виходу євреїв з Єгипту. Її обов'язково читали в ніч свята Песах.

тяглися черепицею, відповідно, не могли підтримувати температуру, вищу від п'ятнадцяти градусів. Саме про неї ширилися найгірші чутки, хоча смертність тут не перевищувала показники інших лікарень міста. Була там ще свіженька триповерхова бетонна будівля, іменована Палацом, екстер'єр якого завдяки віконним ґраткам скидався на в'язницю. У цьому корпусі для сановників і членів їхніх сімей можна було насолодитися привілейованим режимом: індивідуальні палати, централізоване опалення й окрема від усієї лікарні кухня. Коли решта корпусів мали конкретні медичні профілі, цей був загальним і лікували тут чільних членів Партії. Ті, хто тут працював, мали низку помітних переваг, зокрема можливість ситно пообідати. Ігор Маркіш почав здобувати спеціалізацію кардіолога. Війна завадила йому отримати диплом, проте виник брак таких медиків, і його направили сюди.

Арешт професора Етінгера[1] посіяв потрясіння серед персоналу. Четвірка чоловіків в уніформі МВС пов'язала його на виході з операційної та вивела, не давши навіть часу перевдягтися. Тиждень родина нічого не знала про його долю. Головний лікар, Лариса Горшкова, не проковтнула таку наживку. Вона зателефонувала до міністерства, сподіваючись почути пояснення. І дістала найгіршу з відповідей:

— Яків Етінгер за нашими відділами не значиться.

Делегація лікарів, яких приголомшила звістка про арешт професора за звинуваченням у смертях багатьох пацієнтів під час його зміни, звернулася до одного із секретарів райкому Партії, якого Етінгер колись урятував після гострого інфаркту. Колеги даремно запевняли, що йшлося про природ-

---

[1] 13 січня 1953 року у газеті «Правда» було опубліковано повідомлення ТАРС про арешт групи лікарів-шкідників, де йшлося про викриття терористичної організації лікарів, які шляхом шкідливого лікування прагнули вкоротити віку активним діячам СРСР. Серед названих був і один з видатних кардіологів професор Яків Етингер. 2 березня 1951 року після допитів і тортур він помер у Лефортівській в'язниці.

ні смерті, деякі з яких сталися три, ба навіть чотири роки тому, — з професора вже вибили зізнання в злочині. Справу передали до рук прокурора. А потім «Правда» роз'яснила, що йдеться про викриття змови «лікарів-шкідників». Затримали десятки й десятки медиків, тільки єврейського походження. Їх звинуватили, маючи підготовлені докази, у винищенні кількох керівників і плануванні помсти самому товаришу Сталіну. Планувався грандіозний процес. Цілих дві сторінки «Правди» були присвячені обуреній реакції закордонних діячів і членів співдружніх партій зі всього світу, які аплодували арешту групи цих злочинців-сіоністів.

У Ігоря саме була перерва, тому він пив гарячий чай, коли повідомили, що якась жінка терміново просить його до телефону. Він спустився на перший поверх. Медсестра з приймальні передала слухавку.

— Алло, я слухаю.

— Ви Ігор Маркіш? — спитав безликий голос, гугнявий і пронизливий.

— Що вам потрібно?

— Хочу попередити, що вас незабаром заарештують.

— Що? Що ви таке кажете?

— Завтра. У лікарні.

— За що?

— Ви лікар, єврей і колега професора Етінгера.

— Я нічого не скоїв.

— Як і решта. Але їх затримали. Далі їх засудять і розстріляють. Кому не пощастить — поїде в Сибір.

— Чому ви мене попереджаєте?

— Неважливо. У вас незначна фора. Будьте обережні. Тікайте через Ладозьке озеро.

— Я не можу покинути дружину з дітьми.

— Ваш розстріл їм сильно допоможе?

— Хто ви?

— Немає значення.

— Звідки мені знати, що це не пастка?

— Для вашого арешту МВС не доведеться вдаватися до хитрощів, йому не потрібний навіть привід. Якщо залишитесь, будете просто ідіотом! Подумайте про свою родину!

Зв'язок обірвався. Ігоря аж перекосило. Він тремтів. Підійшла медсестра.

— Якісь проблеми, докторе Маркіш? Я можу вам допомогти?

— Мене скоро заарештують!

Ігор впав на стільця й обхопив голову руками.

У телефонній кабіні вітебського вокзалу Саша розімкнув ліву руку, якою стискав ніс. Витяг ложечку, запхану глибоко до рота, розмотав шарф з мікрофону й повісив слухавку. Кілька разів глибоко вдихнув, на мить закляк, замислився. Витягнув хустинку, протер телефон. Поправив уніформу та вийшов із громадської кабіни. Роздивився хол. Він ненавидів модерн, ці розцвічені волюти, позолочені закрутисті торшери, фрески холодних відтінків. Він удав, що милується цим кітчевим декором й заскленим дахом із перекладинами в дусі Ейфелевої вежі, та пройшовся так по колу. Нічого незвичайного не привернуло його уваги. Буревій на вулиці посилився вдвічі.

У той час Ігор покинув Палац. На ньому був лише білий халат, тому він затремтів від холоду, опинившись надворі. Падав лапатий сніг. Ігор пройшовся територією лікарні, шукаючи дружину. Надія працювала акушером пологового будинку. Вона була в родовій палаті. Ігор кілька хвилин постеріг біля дверей. Ізсередини вихоплювався жіночий крик. Ще якийсь час він вичікував, вагався, як вчинити далі. Надію його поява здивувала.

— Ігорю, ти занедужав? Так зблід.

— Мені треба з тобою поговорити, Надю.

Попри мороз, він таки витяг її на вулицю. Вони сховалися під навісом. Ігор переповів їй нещодавню телефонну розмову.

— Думаєш, це серйозно?

— Що ти хочеш сказати? Мене розіграли?

— Я така спантеличена, що... Ти не впізнав голос?

— Я навіть не скажу, це чоловік чи жінка. Вірогідно, якийсь із моїх пацієнтів попередив із вдячності.

— І як ти вчиниш?

— Як зостанусь, мене пов'яжуть. Треба тікати!

— Я з тобою, Ігорю.

— А діти?

— У них є бабуся. Вона за ними нагляне.

— Якщо ми зникнемо удвох, їх віддадуть до дитячого будинку. Знаєш, що це означає?

— Тікаймо з ними.

— Надю, з дітьми не пройдеш. Уночі на Карельській затоці нижче від тридцяти морозу. Вони не виживуть. Тільки чоловік, і то наодинці, зможе це здолати. Разом ми приречені на провал.

— Ти мене кидаєш?

— Запропонуй мені бодай якусь альтернативу. Якщо вдасться дістатися Фінляндії, зможу там трохи перечекати. Подивлюсь, як розвиватимуться події.

— Ми знаємо, чим все скінчиться. Я хочу піти з тобою.

— Ти не маєш права вчинити так із дітьми, Надю. Подумай про них. Якщо ти зостанешся тут, вони ще зрозуміють моє зникнення. Якщо ж поїдемо вдвох, вийде, наче ми їх покинули. Не можна втрачати матір у такому віці.

— Благаю, Ігорю, не кидай мене. Я тут загину. Ти мені так потрібен!

Вона кинулася до нього. Він стис її в обіймах. Вони так довго простояли. Обличчя Наді було мокрим від сліз.

— Ти повернешся до роботи, Надю. Як ніде нічого. Я зараз поїду додому. Візьму речі, сухарі, сушеного оселедця й негайно тікаю. Увечері скажеш сусідам, що я не повернувся додому і ти хвилюєшся. Коли вони завтра не знайдуть мене тут, прийдуть додому. Ти маєш мене зректися й виказати осуд, як ні — втратиш роботу. Не зволікай і здай мене квартальному комітету. Якщо не дістанеш від мене звістки, то за три місяці подавай на розлучення.

— Не проси такого. Мені не стане сил.

— Ти мусиш бути сильною, Надю. Подумай про себе. Про дітей. Вони — найважливіше.

— Мені начхати на дітей! Ігорю, молю тебе! — промугикала вона.

Він схопив її за передпліччя що було сил і приречено струсонув.

— Пообіцяй мені! Я тікаю задля вашого ж порятунку. Завтра Іван, медбрат з мого відділення, передасть повідомлення моїй матері. Він живе в п'яти хвилинах від неї. Надалі не намагайся з нею зустрітися чи їй допомогти. Спали всі мости. З усією моєю родиною. Це твій єдиний спосіб викрутитись, хоча буде нелегко. Ніколи б не подумав, що скінчу отак. Єдине, що я ще можу тобі сказати, що я кохав саму тебе. І ти це знаєш, любове моя, ти єдина жінка в моєму житті. Іншої я не матиму ніколи. Присягаюся: як виживу, одного дня ми побачимося.

У житті настають моменти, зіштовхнутися з якими не чекав жоден чоловік. Скажімо, довести до сліз кохану жінку, грубо її відштовхнути, відірвати від себе, коли вона так вбивається, і не обертатися, слухаючи її ридання та борсання в снігу. Ті крики і ті сльози розривають його нутро й вкарбовуються десь глибоко всередині. Саме вони переслідують його безсонними ночами.

3

Цей масивний комплекс безіменних триповерхових будівель ховався в північному передмісті Ленінграда, в десяти хвилинах від станції метро «Дев'яткіно». Металева табличка на вхідній стіні попереджала: «Муніципальна служба — стороннім вхід заборонено». Комплекс перебудували під кінець війни. Нікому й на думку не спадало туди проникнути чи поцікавитися, що там усередині. Хіба можна було помітити, як туди заходять і виходять звідти молоді люди. Вони не вирізнялися радістю чи експансивністю, притаманними студентам, що перегукуються біля факультетських дверей. Ці залишалися стриманими й мовчазними. Про адміністративний статус будівлі попереджав червоний стяг, що височів на жердині. З невідомих причин рівно по центру його роздвоювала біла смуга, яка й слугувала поштовхом до назви цієї місцини — «Червоний Прапор», бо надто вже було схоже на однойменний символ[1]. Прохід усередину пролягав через три контрольних тамбури. Аскетичний інтер'єр скидався на нутрощі бенедиктинського монастиря, а всюдисущі перегородки — на підвалини в'язниці. Суцільні ґрати. Службовці в уніформі Міністерства внутрішніх справ, сховані за сторожками з армованого бетону, звіряли пропуски зі здоровенним регістром, відчиняли й зачиняли ґрати на виході й на вході, натискаючи на електричні кнопки лише після подвійного звіряння документів. Деякі, нечисленні, новоприбулі дивувалися цим надлишковим заходам безпеки, зауважували вартовим, які приходили вранці й увечері, що ні до чого перевіряти їхні документи перед кожними дверима. Вартові не відповідали. Може, вони були глухі чи німі? Врешті студенти засвоювали: перше правило цього місця — тиша. Траплялися певні затримки, коли хтось не значився в списках. Тоді службовець телефонував невідомому співрозмовнику і той надавав чи не надавав допуск. Цьому правилу підкорялися вкрай швидко: воно відбирало час, проте гарантувало цілковиту безпеку. А час тут не мав жодного значення, тоді як безпека була ремеслом. Вхід до аудиторій теж відбувався незмінним чином: студенти входили через одні двері, викладач — через інші, із внутрішнього коридора,

[1] Ідеться про орден Червоного Прапора. (*Прим. пер.*)

що в глибині будівлі, і це наштовхувало на думку про наявність системи внутрішніх коридорів.

День стартував годиною гімнастики. Заняття починалися о сьомій і тривали до полудня, з п'ятнадцятихвилинною перервою о десятій. Їли студенти в напівпідвальній їдальні. Заняття, частіше практичні, відновлювалися о тринадцятій, а закінчувалися о дев'ятнадцятій. Після вечері — година фізичних навантажень. У неділю студенти мали повторювати вивчене. Правила, що панували в усій країні, на це місце не поширювалися. Незліченний персонал. Необмежені ресурси. Це був інститут МВС. Таких було ще два: у Москві та в Києві. Проте тільки Ленінградський викладав такі важливі предмети, як пропаганда, дезінформація та маніпуляція. Ними опікувалося знане друге управління КДБ, у віданні якого була боротьба з внутрішніми ворогами. Щоб потрапити на навчання за цією програмою, доводилося скласти жорсткі відбіркові іспити перших двох курсів. Саме тому «Червоний Прапор» зажив першокласної репутації. Тільки найкращі студенти діставали змогу вчитися в найпрофесійніших викладачів, які були не просто педагоги, але досвідчені практики, деякі з них працювали за основним місцем роботи в південному й західному корпусах. Кращим студентам кожного випуску було дозволено зазначити бажане місце призначення. Невеличка удача чи великі зв'язки відчиняли двері до третього чи другого відділків цього ж Другого управління. Найпрестижнішою вважали службу Пропаганди. Тобто такі щасливці ніколи не покидали цієї будівлі. Вони входили й виходили крізь ті, другі, двері та працювали під керівництвом викладачів, аж доки самі не обіймали їхню посаду.

Вісім військових, п'ятеро чоловіків і три жінки від двадцяти до тридцяти років, чекали на початок заняття з фотомонтажу. Відчинилися внутрішні двері. Увійшов майор Саша Маркіш. Дисципліновані студенти встали навитяжку й віддали честь. На екрані перемінювались діапозитиви. У глибині аудиторії старшина міняв слайди в діапроекторі в міру просування розповіді Саші, який стояв на підвищенні. Дерев'яною указкою він показував на екрані ілюстрацію до своєї оповіді та казав, що слід занотувати.

— ...Ваша робота полягатиме в усуненні ворогів народу з усіх фотографій, хай би де вони тільки з'являлись: світлини класу, групи, сімейних зустрічей чи світських банкетів. Одноосібні фотографії нас не цікавлять. Їх треба знищувати. Засуджений має геть щезнути. По ньому не повинно залишитись анінайменшого сліду. Сфальсифікувати фото можна, з'єднавши два негативи в один, а потім збільшивши зображення на позитиві. Ця тонка операція потребує негативів з однаковими експозицією та контрастом. Така собі гра в хованки й викриття внаслідок монтажу двох зображень. На першому негативі ви зафарбовуєте особу, яка підлягає вилученню, а на другому — протилежну частину. Ви експонуєте позитив з двох негативів один за одним: зафарбовані елементи не проявляються на негативі, він об'єднує дві частини в одне ціле. Це дозволяє вилучити з фото того, хто не повинен там відбиватися. Слід використовувати крупнозернистішу плівку, ніж в оригіналі. Вона замаскує дрібне зерно, і картинка вийде правдоподібнішою. Я навчу вас використовувати розчин сульфіту, що в деяких випадках полегшує роботу. Часто в нас немає негативів. Тут найпростіше працювати з проявленими фотографіями. Ви робите надріз гострим скальпелем і акуратно ведете лінію контуром людини, обличчя чи об'єкта, що підлягає вилученню. Щоб не тремтіла рука, можна покласти її на перпендикулярно виставлений до неї олівець. Закріпити вирізки допоможе тюбик клею. А далі достатньо злегка пройтися фарбою чи чорнилом по монтажному з'єднанню і звороту зображення. Перед склеюванням зафарбуйте вирізаний папір по всій товщині. Якщо об'єкт потрібно накласти на сірий чи чорний фон, вам доведеться замалювати зворот додаткового зображення в ідентичний колір, бо отримаєте помітний білий контур. Для довершеності роботи й маскування дефектів використовуйте аерограф. Компресор розпилює легку хмаринку чорнила за допомогою пульверизатора, що працює на циліндрі для стиснення повітря, подачу якого ви регулюєте самостійно. Фарбу слід розводити до максимуму, а тиск понижувати до мінімуму. Ще раз: рухаємось від найсвітлішого кольору до найтемнішого і не боїмося використовувати каше[1]. Що тонше розпилення, то кращий результат. Це дозволяє досягти ефекту зістарювання, забруднення, затінення, ефекту висвітлення чи руху. Рекомендовано накладати кілька шарів і вдаватися до напівтонів. Ви також можете елімінувати людину чи об'єкт безпосередньо з фото, однак тут знадобиться практичний досвід. На виході ви дістанете трохи ефірний ефект, далекий від реальності. Хоча в окремих випадках і таке застосовується. Щоб захиститися від випарів, потрібно надівати маску й захисні окуляри. Оздоблювальне підчищення контурів і з'єднувальних швів слід проводити пензликом вручну. Обов'язковим є перетворення ретушованого зображення на негатив. Тут подвійний інтерес: це дозволяє в подальшому безкінечно її репродукувати й доводить її існування. Якщо ви провели ретельну й майстерну роботу, довести підроблення негатива буде неможливо. Чому?..

Саша глянув на студентів. Переводив погляд з одного на іншого. Усі сиділи нерухомо, шукаючи відповідь. Вони потупили очі, заходилися безнадійно копирсатися в конспектах у пошуках відповіді.

— Чому?... Ви так нічого і не зрозуміли, стадо ідіотів! Бо негатив ніколи не бреше! Бо це видрукувано поверх виправленого. Завдяки вашому втручанню питання достовірності не поставатиме. Правдиве те, що можна побачити! А тепер спро-

---

[1] Каше (від *фр.* cacher — «ховати, затуляти») — картонний екран, що розташовується перед об'єктивом і затуляє частину поля зору фотоапарату, або металева пластина, що поміщається безпосередньо перед плівкою. Застосування таких затулок називають кашируванням (кашетируванням) світлового потоку.

буйте пояснити корисність цієї фотографії. Її політичну суть. Яке повідомлення ви хочете донести? Якщо треба затерти подвійне підборіддя, чи жирову складочку, чи зморшки — робота має бути невидимою, як у голлівудських ретушерів. Можна відтворити втрачене з віком волосся, зафарбувати сивину, згладити удари часу. Неприпустимо, щоб фото наших керівників, де вони не мають солідного вигляду, просочилися в газети. Ретушувати обличчя в зморшках, змарніле чи спухле, видалити прищі, стерти шрами — усе це потребує досвіду. Вихідне зображення має бути правдоподібним та переконливим. Суб'єкт не повинен молодшати, лише старіти повільніше за нас. В ідеалі варто додати усмішку чи блиск очей. Траплялося, нашій службі докоряли в показному ретушуванні, навіть грубому. Це технічне та практичне застосування історичного матеріалізму. Мене часто просили виправити досконале ретушування й зробити його видимим. Ми могли б стати справжніми митцями, як реальні фальсифікатори, — ніхто б нічого не запідозрив. Але йдеться про чітке повідомлення: ось що стає зі зрадниками! Вони зникають. Їх розпорошують. Наче їх не було ніколи. Ці підставні непрофесійні фото не випадкові — вони надихають родичів слідувати гарному прикладу, проявляти солідарність революції, власноруч псуючи фото зрадників, витягуючи їх із сімейних альбомів, знімаючи світлини зі стін вітальні. Скільки тисяч жінок знищили своїх затриманих чоловіків чи братів? Скільки синів зітерли назавжди батьків? Від них залишились самі тіні, діри, порожнечі, сліди від леза. У кращому випадку рука, плече чи взуття — це небагато. Цим люди ще й доводять нам, на чиєму вони боці, і таким чином рятують свої життя. А як інакше пробачити таким шлюб із ворогом народу? Як довіряти синові негідника? Ті ж, хто забув прибратися в домі, — мають зникнути. Зберігання фотографії ворога є доказом вини. Вчителі у школах навчають наших дітей вирізати ножицями тих злочинців, яких ми ще не вилучили зі шкільних підручників. У молодому віці все сприймається ліпше, тому наступне покоління буде працювати ефективніше. Урешті, єдиними слідами, що залишаться по ворогах народу, стануть тюремні знімки, зроблені в анфас і у профіль. Під час затримання ми проводимо чистку. Вилучаються фотографії, листи, щоденники, записники, зошити, посвідчення особи та спалюються в котельнях міністерства. Не можна вдовольнятися самим лише вбивством. Потрібно стерти їхні імена. Ніхто їх не згадає. Вони програють, а ми виграємо. Наслідки невідворотні. Їхні книжки вилучаються з бібліотек. Їхніх думок більше не існує. Не варто також нехтувати вилученням праць ворогів наших ворогів. Якби не було Троцького, не було б і антитроцькістів.

4

Коли полковник Яконов поклав слухавку, його рука тремтіла, він важко дихав. Нічний погрозливий дзвінок міністра завжди супроводжується шаленим серцебиттям. Як сталося, що ця справа доповзла до Москви, а його власні служби його ж не поінформували? Він був упевнений лише в одному. Це не випадковість — їх не трапляється ні МВС, ні в МДБ, тим більше їх не було за часів НКВС чи ОДПУ і не виникатиме в наступних міністерствах, якщо він проживе достатньо, щоб їх застати. Тридцятирічна кар'єра в радянських секретних службах, численні перевербування лав і об'єднань, незлічимі чистки та війни кланів змушують урешті засвоїти основоположні правила виживання. Дисфункціонуванням своїх кадрів він займеться пізніше. На часі правильно вирішити, а в нього лише кілька хвилин. Від цього рішення залежить його життя. Коли вже Абакумов, що дістає накази особисто від «батька народів», зглянувся на двадцятихвилинний дзвінок і посвятив вас у деталі, які мали бути вам відомі, а ви скидаєтеся на некомпетентного йолопа, — це не що інше, як гандикап, якщо хочеш вижити в цій установі. Цей крижаний і замогильний тон, ще й двозначна прощальна фраза: «Даю тобі сорок вісім годин на врегулювання цієї проблеми», — недобрий знак.

Тут не потрібен глибокий аналіз, щоб зрозуміти: почався зворотний відлік. Він узяв слухавку.

— Це Яконов. Майор Маркіш на території чи покинув службу?

— Хвилинку, полковнику, я перевірю... Майор Маркіш на посту.

Поклав слухавку. Він був не при собі. Яконов керувався інстинктами. Відчував і знав. Дипломів у нього не було. Він вийшов в офіцери з рядових і видерся по сходинках до самої вершини. Саме це шосте чуття стало його козирем. Він завдячував йому своїм сходженням й уникненням численних пасток, до яких втрапляли його начальники й колеги перед зникненням. Сашу Маркіша він знав давно. Вони не були друзями — у співробітників МВС чи МДБ їх не буває, лише давні знайомі, ті, кому пощастило вижити. Не надто багато службовців такого рангу могли похвалитися більш як двадцятип'ятилітньою вислугою. Маркіш зажив слави совісного й чесного агента. Яконов давав голову на відсіч, що він невинуватий, не припустився жодної помилки і що її пошуки — то гаяння часу. Можна було перелічити на пальцях однієї руки робітників, які за власним бажанням працювали до десятої вечора. Його думкою не цікавилися. Вимагали лише результату. Йому ж гірше. Маркіш не стане ані першим, ні останнім невинно засудженим. У нього є вибір? Його шкура за шкуру керівника фотомонтажу четвертого відділу Другого управління міністерства. Він має грати обережно. Маркіш надто досвідчений, щоб втрапити в шаблонну пастку. Він прихопив справу «Аерофлоту» як мотив свого приходу, а ще треба було відвернути увагу. Викликав двійко сержантів служби безпеки й наказав їм його супроводжувати. Вони могли б допомогти з арештом. Яконов не мав права на помилку.

Фотолабораторію освітлювала одна слабка жовта лампочка. Саша в сірому фартуху схилився над груповою світлиною. Близько п'ятнадцяти чоловіків і жінок у білих халатах вишикувалися на трьох парадних сходинках дерев'яної будівлі. Скидалося на зібрання лікарів і медсестер. Уявімо лікарню Тарнавського погожого червневого дня. Усі усміхнені й розслаблені, руки в кишенях. Дехто тримав у роті цигарку, інші поклали руку поверх плеча сусіди. Ігор Маркіш стояв на другій сходинці, третій ліворуч, стетоскоп на шиї, у правій руці сигарета, а ліва на плечі Надії, яка також усміхалась, волосся розвівав вітер. Саша начепив на праве око лупу-монокль. Перед ним постало збільшене обличчя Ігоря. Він узяв скальпель, перевірив вістря й устромив його в комір Ігоревого халату. Підняв його по шиї, обвів обличчя. Надріз був до того тонкий, що ставав невидимим. Лезо ковзало вздовж халату, аж до рукава, а звідти назад. Він підняв фото, натиснув на вирізану частину, і вона зникла під його пальцем. Силует Ігоря залишився на дошці. Саша розкрив взуттєву коробку. Занурив туди руку і вийняв із десяток вирізаних облич. Вибрав п'ять і приклав ззаду на місце Ігорового. Здавалось, невдоволений. Узяв кілька інших і спробував ще. Жодне його не влаштувало. Він повернув вирізки до коробки. Виклав фото на мармурову дошку й розрізав скальпелем за шириною. Спробував перегрупувати два шматки без Ігоря. Пошкрябав, зметнув порохи, видалив ногу, що виступала, та вирівняв дві грані. Склеїв за допомогою тонкого пензлика, підігнав до повного співпадіння та подув на місце склеювання. Узяв трохи товщий пензлик, занурив у баночку білої фарби. Покрив надрізи рівним мазком. Наступний пензлик встромив у тюбик чорної фарби й реконструював дерев'яну сходинку і стулку дверей на задньому плані. Коли він розігнувся, дві частини фотографії мали належний вигляд. Двері на правильній відстані. Відновлена сходинка. Надія тримала руку на плечі іншого лікаря. Він установив перекроєне фото на праву підставку, увімкнув декілька світильників, які розставив для контражуру. Виставив швидкість і відстань часового механізму «Роллейфлекса» та відзняв кілька кадрів. Забрав фото. Витягнув картонну теку та вклав туди обидва тиражі: оригінальний і редагований. Розгорнув товстезний чорний реєстр і під останнім іменем заповнив кирилицею з десяток граф на двох сторінках. Згорнув реєстр і повернув на місце архівного збереження, де дюжини металевих стелажів, близько трьох метрів заввишки, що відчинялися з обох сторін, зберігали сонми сірих картонних особових справ, перетягнутих ремінцями, кожна з наліпкою на ребрі. Він саме збирався повернути справу Ігоря, як почув чийсь стукіт у двері.

— Хто там? — спитав він.

— Це я, Яконов.

Він відімкнув замок. Яконов увійшов сам, з картонною текою під пахвою.

— Ви наче здивований, Олександре Емільовичу?

— Ви не часто сюди навідуєтесь, Антоне Миколайовичу. Тим більше о такій годині. У чому справа?

— А ви не здогадуєтесь?

— Про що?

— Про вашого брата.

— Ігоря?

Яконов кивнув головою, не відповівши.

— Що сталося?

— Ви не в курсі?

— У нас напружені відносини, і вам це відомо.

— Йому вдалось втекти напередодні арешту.

— Я цього не знав. Я більше не контактую з родиною.

— Справді?

— Ми вже не бачились роками. Якось випадково перестрілись на відкритті Кірова. Не обмінялися й трьома словами. Він так і не пробачив мені, що я захищаю свою країну та служу в НКВС.

— Він урятувався! Зник! Ви хоч розумієте, що це означає?

— Я не відповідаю за свого брата. Я порвав із ним дуже давно.

— Телефонний дзвінок попередив його про арешт.

— Я був не в курсі арешту. Та й звідки б мені знати? Вам добре відомо, що таке рішення не залежить від нашої служби. Навіть якби я знав, то не мав би ні причини, ні бажання, ані інтересу його попереджати. Ви ж знаєте мою відданість, Антоне Миколайовичу.

— Медсестра, що прийняла дзвінок, не змогла нам сказати, чи то був чоловік, чи жінка. Їй здалося, жінка.

— Ну от бачите.

— Ви б могли когось попросити.

— Хто б передав таке повідомлення?

— Ваша дружина.

— Моя дружина на шостому місяці вагітності. Думаєте, я наразив би її на такий ризик? Та це треба бути безумцем! Нехай їх арештують, його і всю його сім'ю, мене це не обходить.

— На момент дзвінка вас не було на території, могли спотворити свій голос.

— Якби я здійснив той дзвінок, ви ж мене знаєте, я би подбав про алібі.

— Виникла підозра. У нас підозра — це впевненість.

— Ви знаєте, хто я. Знаєте, як я вчинив. Я вступив на службу 27-го і встиг тисячу разів підтвердити свою вірність режиму.

— Доведеться ще раз, Олександре Емільовичу.

— Що ще я можу зробити?

— Свідчити на процесі у «Справі лікарів».

— Я не медик. Що я можу свідчити?

— Підтвердите провину вашого брата й інших підсудних. Що ці медики затіяли змову проти режиму та спробували усунути багатьох відповідальних осіб, які довіряли їм своє лікування. Їхній лідер узагалі поривався отруїти самого нашого першого секретаря. Можете сказати, що були свідком розмов, провели власне розслідування, а отримані результати донесли керівництву.

— Не маю жодного заперечення. Я вже вам сказав, що ми обірвали всякий зв'язок. Інакше кажучи, цей чоловік більше мені не брат. Ми не маємо права зраджувати нашу батьківщину.

— То ви готові свідчити? На процесі? У Москві?

— Звичайно, Антоне Миколайовичу. Це обов'язок кожного з нас: викривати зрадників.

— Ви впевнені?

— Ви часто повторювали, що ми солдати, ми боремося й підкоряємось наказам.

— Я негайно доповім верхам. Абакумов вважає, що ви не погодитесь. Наберу його завтра зранку. Він буде втішений. Це рішення полегшить нам життя. У цій справі не так багато доказів. Я радий, що ви сприйняли все саме так. Ви зняли мені камінь з душі.

— Той факт, що я майор Міністерства внутрішніх справ, часом, не зробить мої свідчення менш переконливими в очах суддів?

— Головне, що ви його брат. І що ви прийдете до суду інстинктивно. Добровільно. Поговоримо завтра. Ой, геть забув: справу «Аерофлоту» повернули. Знайшли недогляд.

Саша взяв особову справу та уважно вивчив додану записку.

— Я так розумію, справою займався Другий підрозділ. Такого більше не повториться. Я займусь цим негайно.

— Їм не горить.

— Я мушу виправити помилку відділу, тож негайно це зроблю.

— Ох, якби ж усім вашу професійну відданість, Олександре Еміловичу, усе в цій країні налагодилось би, — кинув Яконов, покидаючи лабораторію.

З нез'ясованих причин, унаслідок якогось втручання, чи фатальної плутанини, чи серії людських помилок, чи некомпетентності переможець турніру 48-го року серед працівників «Аерофлоту» досі фігурував на фотографії серед учасників змагання пілотів в уніформі, стюардів і цивільних. Ця особа мала щезнути з групового портрету ще багато років тому. Він стояв у першому ряду. Президент авіакомпанії вручав йому кубок переможця. Додана записка авторства начальника служби безпеки Міністерства цивільної авіації не містила жодної інформації щодо скоєної помилки чи вироку. Уточнювалося лише, що чинним переможцем був другий призер. Логічно, що першого слід було розпорошити з ідеологічних міркувань. Складна робота. Якби був час, Саша міг би вирізати силует цього Леоніда Кривошеїна канцелярським ножем та змістити ряд із двадцяти осіб зліва праворуч. Але час ішов на хвилини. Тому він просто обрізав профіль обличчя чоловіка по квадрату. Відтак перерив коробку зі взуттям у пошуках принагідного аноніма — жодне обличчя його не вдовольнило. Саша всміхнувся, узяв свій портфель, витяг партбілет. Віддер особисту фотокартку в анфас, з кашкетом МВС на голові, та приклеїв її на порожнє місце. Додав кілька мазків чорної фарби. Вийшло анахронічно і не підігнано, але це фото не стане ні першим, ані останнім явно підробленим. Поклав на записку червоний штемпель відділення, підписав і парафував: «Розглянуто, керівник фотомонтажу четвертого відділу», поклав теку в шафку «Повернути відправнику». Зняв сірий халат. Витяг із шухляди два десятки зошитів й блокнотів. Спакував їх до сумки, повісив її на плече, одягнув офіцерську гімнастерку та шинель. Буде непомітно, що під одягом щось сховано. Надів кашкет, вимкнув світло й назавжди покинув лабораторію.

З тих самих нез'ясовних причин ця фотографія продовжила свою подорож. Її надрукували в каталозі «Аерофлоту», який роздали на турнірі 52-го року. Ніхто не поставив жодного запитання про цього офіцера з непроникним обличчям, що тримав кубок 48-го. Саша хотів залишити маленький сувенірчик на прощання. Для нього це був скромний відчайдушний жарт, таке собі веселе підморгування. Він і уявити не міг, що це фото переслідуватиме його все життя та виллється йому незглибимою ненавистю Леоніда.

Париж,
липень 1964 року

1

...Я не хотів піти, не виправивши помилки. Віддаси Леонідові фотографію, справжню, вона належить йому. Передай, що я не тримаю на нього зла. Я все розумію. На його місці я вчинив би так само. Я б не пробачив. Я був на боці зла...

Я припинив читати Сашиного листа. У конверті лежало групове фото з турніру «Аерофлоту» 48-го, де Леонід отримував свій кубок. Визначити, оригінал це чи підробка, було неможливо. Провівши пальцем з обох боків, я не відчув слідів розрізу чи склеювання.

...Ідучи бездонними відлюдними коридорами, я ще не знав, чи вдасться вибратися з «Червоного Прапора». Я викрутився, погодившись свідчити. Це тимчасово. Щодо продовження — фінал однозначний. Мені доступні тільки два варіанти — і мені кінець за обох. Відмова давати свідчення рівноцінна співучасті у змові. Брат винуватий через те, що він брат. Свідчити — означає знати про змову, відповідно, визнати свою провину. Я надто добре знав, як вони мислять, щоб не мати жодної ілюзії щодо моєї перспективи. Вони не розмежовують невинних і винуватих. Після процесу я стану непотрібним, мене позбудуться. Свідки обтяжують і не мають права на трибунал. Достатньо кулі. На місці Яконова я б не ризикував. Мене слід було взяти під варту й доправити в Москву. Ґрати відчинилися. Я опинився на волі. В оковах крижаної ночі. Шанс випадає один-єдиний раз, Мішелю. Тоді не вагайся, а хапай його чимдуж. Я повернувся додому. До квартири не піднявся.

У мене була облаштована схованка в підвалі заарештованого сусіда. Вигріб звідти все, що свого часу насклaдав. Назбирав достатньо доказів з того, що виніс із «Червоного Прапора», ще й урятував певні матеріали. Поклав усе до торби і пішов.

Я не попрощався з дружиною. Анна Анатоліївна, мабуть, ще спала. Навіщо будити жінку, щоб сказати, що чоловік її покидає? Вона була на шостому місяці вагітності. Їй страшно боліли спина і ноги, тому вона постійно лежала. Я просунув прощальну записочку під двері. Не суди мене, Мішелю. Не думай, мовляв, він повівся як останній мерзотник, йому слід було поговорити з нею, усе пояснити. І ти, непевне, не помилився б, думаючи так сьогодні. Тільки якби ти жив у Ленінграді за тих чорних років, ти знав би, що іншого рішення не існувало. Я попередив її, що через мене в неї будуть проблеми і їй слід розлучитися зі мною якнайскоріше. У нас можна було одружитися за десять хвилин, а розлучитися за п'ять. Найважливіше було захистити дітей. Я написав їм якісь банальності, звичні для таких от ситуацій: що я мушу поїхати за кордон, що я думаю про них, що вони мають бути мужніми, аби пережити це випробування, та що я їх ніколи не забуду. Чи може зрозуміти дитина пояснення батька, що він ніколи не повернеться? Одного дня у тебе теж будуть діти і ти усвідомиш, як воно — чоловікові щезнути, не поцілувавши їх та не обійнявши востаннє. Я дременув, мов злодій. Мені здавалось, кваплива втеча зробить розлуку не такою болісною. Тоді я ще був сильним. Біль наздогнав мене потому, у безпеці. Там, де були вони, тепер діра в мені. Я так ніколи й не дізнався про їхню долю. Я не знаю, чи розлучилася вона, чи жива, чи розстріляна, у неї хлопчик чи дівчинка. Стіна обрушилась. Кожен покоїться на власному кладовищі, живцем.

Фінляндія за сімдесят кілометрів від Ленінграда. Ми з Ігорем добре знали цей регіон Карелії, бо лазили там молодими. До революції в нашого батька була дача на березі Ладозького озера. Ми рибалили там улітку. На всім світі не знайдеш іншого такого місця, де в червні, як сонце ховається за небосхилом, сяйво над озером таке ж чарівне, а ніч так і не настає. Багато років ми блукали дорогами, лісами та безліччю озер між Ладозьким озером та Фінською затокою. За тих часів ця територія ще не була анексованою. Кордон був лише на мапах. Того квітня лежав метр снігу і стояла полярна температура. Найкоротший шлях пролягав через місто Виборг, але його надто добре пильнували. Я обрав північні тропи, бо знав їх краще. Удень спав по закинутих фортифікаціях. Перші чотири ночі тримався стежки, що облямовувала верхів'я заледенілого озера. До Приозерська я ішов лісами. Прикордонники не виходять уночі. Свого часу я мав добру нагоду вивчити обхід патрулів та контрольні пункти. За тиждень я перебрався до Фінляндії. Припускаю, Ігор пройшов тим самим маршрутом.

Я прийняв мамине запрошення на Седер не через переконання, не через бажання її потішити (я зневажаю забобони), але щоб попередити Ігоря, що він безсумнівно у списку лікарів-євреїв і його незабаром арештують. Вони виставили мене за двері, перш ніж я встиг його перестерегти. Довелось йому телефонувати. Я так ніколи й не сказав Ігореві, що то я його врятував. Це б не втихомирило його злість. Переконаний, що він навіть ніколи про це не думав. Я б хотів його прощення не завдяки врятованому життю, а тому, що я його брат і він мене любив. І тут торг недоречний. Я чекав його пощади дванадцять років і зрозумів, що не дістану її ніколи. Я не тримаю на нього зла. Уся провина лише на мені. Я скоїв стільки злочинів і був співучасником стількох інших, що не заслуговую на милосердя. Платити за свої помилки закономірно. Так чи інакше, надовго моєї хоробрості не стало. Лікуватись я не хотів, бо від моєї хвороби ліків не існує.

Я роками був вірним слугою, переконаним у нашій правоті, потребі боротися й нищити ворогів. Або ми, або вони.

На війні ти не ставиш запитань — ти виконуєш накази. Ти воюєш. У кожного солдата своє місце. Ми творили революцію. Ми змінювали цей світ з його прогнилим устроєм. «Незабаром ми покінчимо з експлуатацією та експлуататорами». Спротив — це нормально. Хай наші вороги вдаються до всіх доступних засобів завадити творенню Історії, ми спрямовуватимемо нашу зброю на їх винищення. Коли не можна було більше ні говорити, ні поступитися, ані знайти компроміс і не відступити від переконань — ми були змушені вбивати. Альтернативи не було. Переможець той, хто вижив. Ненависть, що здіймалась проти нас, дорівнювала вірі в нас, породженій пролетарським «Інтернаціоналом». Нескінченний буревій. Ми просто захищалися й давали відсіч. Капіталісти всього світу змобілізувалися задля нашого усунення. Вони трусились за себе і свої гроші. Перша світова не скінчилась 18-го. Вона почалася того ж року, коли нашу батьківщину атакували ті, хто бажав придушити революцію. Вони розпалили громадянську війну. Вони її програли. А відтак і далі маніпулювали внутрішніми ворогами. Довелося їх перебити. Ми вбивали аристократів, кадетів, соціал-демократів, меншовиків, банкірів, промисловців, приватних підприємців, буржуа, священиків, тих, хто чіплявся за свої привілеї, та безліч інших, які виступили проти нас. Тоді ми ще в це вірили. Згодом нам оголосили, що вороги народу й серед нас. Ми їх винищили. Троцького та його банду. Козаків. Куркулів. Інженерів. І таких, як вони. Що більше ми розстрілювали, то більше їх з'являлось. Треба було викоренити їх усіх з наших лав. Їх скомпрометували їхні ж злочини. Але цьому не було краю.

Я стирав. Попервах мене не тривожила потреба прибирати живіт Леніна, його брудне взуття, м'яті та драні штани, заляпані сорочки, американські сигарети й жирові складки Сталіна, його мішки під очима, бляклий і зневажливий вираз обличчя, прояви буржуазії: краватку, жилет, годинник, картини та фонограф. Далі треба було стерти найближчих соратників: Каменєва, Зінов'єва, Бухаріна, Радека, Тухачевського, сестру Леніна й тисячі інших, не таких відомих, ба навіть Горького — всенародну ікону. Потроху-помалу ми почали усвідомлювати, що відбувається. Озвучити нічого не могли. Боялися. Хто дивувався — щезав одразу. Ми далі провадили свою діяльність. Якщо когось затримували, влаштовували тотальну чистку. Заповнювали сумки і ящики: книжками, листами, документами — усе потрапляло до печей. Якщо арештували художників, спалювали їхні полотна й малюнки. Щезали рукописи письменників, чернетки, записи, блокноти. Коли затримали Мандельштама й заслали його до Сибіру, де той одразу ж помер, я запитав себе: що можна було закинути поетові? Чим він міг зашкодити? За що нищити його вірші? Їх-бо не залишилось, а вони були чудові. На що перетворився би наш світ без художників і поетів? Тоді розстріляли сотні артистів, письменників, драматургів і поетів. Вони не були контрреволюціонерами. Єдиним злодіянням була їхня належність до євреїв, католиків, поляків, українців, прибалтів чи селян. Я не знав, як цьому протистояти. Як побороти вогонь, що спалює поезію? Знайшов єдиний вихід: завчати вірші напам'ять. Я вкарбовував їх у голову. Там їх не знайдеш, не вилучиш їх звідти, не зітреш. Коли привозили мішки з конфіскатом, я викрадав з полум'я кілька записників, фіксував їх у пам'яті — і так щоночі. Я знав, що и інші тоді вчиняли так само. Дружини рятували твори зниклих чоловіків, завчаючи їхні вірші. Допоки були живі, залишалася надія врятувати мертвих.

Поезія, яку я тобі дав і яку ти читав Каміллі, не мого авторства. Це творіння замордованих поетів. Я передав їх тобі. Тут у мене з'явився час. Один за одним, я занотував їх до своїх записників. Не змінивши жодного слова. Єдине обмеження накладала моя пам'ять. Ніколи б не уявив, що зможу стільки завчити. Там сотні. Жодного власного рядка. Ніколи не був спроможний писати вірші. Коли міг, зазначав ім'я автора. Я врятував поезію, але не поетів — багато з них залишились безіменними. Либонь, дослідники чи науковці зможуть відтворити цей надмірний пазл, і дітища знайдуть своїх творців. Знаю, що можу тобі довіряти. Я обрав тебе, бо ти представник покоління, яке не постраждало від пережитих нами терорів. Нам не вдалось уникнути жодного злочину. Усі їх скоїли ми самі. Нам нічим відкупитися. Ти знатимеш, як вчинити задля збереження пам'яті тих, хто заслуговує на порятунок від забуття. Лише пам'ять прекрасна. Решта — пил та вітер.

І хай тобі не говорять: «Я не знав». Велике колесо ярмаркових лотерей крутить їхній власник. Ти ставиш на цифру і виграєш лот. «Велика ставка — великий виграш», — репетує він для приваби перехожих. Десятки років ми дихали тільки страхом, що колесо спиниться на нас. Воно обирало сусіда. Ми казали: «Фух! Цього разу знов не я. Мене нема за що тримати на прицілі. Я безневинний. То він винуватий. У чому — невідомо. Якщо його арештували, отже, було за що». Ці жертви, ці вбивці — коли вони ще дихають, ніхто не звертає на них анінайменшої уваги, вони не важливіші за листочок на дереві. Ті ж, хто міг якось зарадити, не поворухнули й мізинцем, щоб їм допомогти. Тепер, коли вони загинули, про них не припиняють говорити. Постає хороше запитання, чому мертвими переймаються більше, ніж живими. Імовірно, вони вихоплюють нас зі сну, вимагаючи справедливості. Колись давно Горький написав Ромену Роллану: «У XX сторіччі не існує тільки одного "ошуканого народу"». Виголошувати: «Ми не знали» — не що інше, як колективна самозаспокійлива брехня. Росіяни, як і німці, французи, японці, турки й решта, знали, що коїться в них під боком. Обдурених не було. Арешти, заслання, репресії, катування, депортації, екзекуції, пропаганда, фальшиві фотографії. Протестуєш — щезаєш. Врешті, усі затикалися. Ігор, Леонід,

Володимир, Імре, Павло, я та решта: усі все знали. Одного фатального дня колесо спинилося на кожному з нас. Нам випав шанс урятувати свою шкуру. Ми так само невинуваті, як і структури, від яких утекли. Я визнаю свою провину, докори сумління терзають мене не менше за леді Макбет. Принаймні якщо ти вмер від розстрілу — зажив слави героя, врешті твоє прізвище увіковічує мармуровий монумент. Раз на рік люди приходять вшанувати пам'ять вінком або букетиком троянд чи гвоздик. Це потішає тих, хто кладе квіти. Я ж був на повідку переконань. Це треба бути справжнім королем придурків, правда? Я стер власного брата! Я стер друзів! Я стер невинних! Так само я стер і себе.

Я не бажаю ніяких молитов на похоронах. Мене мало хвилює, як зі мною вчинять. Не переймайся цим. Не має значення, якщо я опинюся в братській могилі. Підозрюю, крім тебе, ніхто не прийде покласти квіти на мій гріб. Будь обережний, Мішелю, у моїй кімнатці було шість пограбувань. Не забувай перший урок, що вбивають в голови новобранцям КДБ: випадковостей не буває. Не маю сил дописувати листа. Ще стільки хочеться тобі сказати! У смертний час запитую себе, чи варто було б залишитись і свідчити? Думаю, на цьому і спинюсь.

Заповідаю тобі мої нечисленні цінності. У моїй кімнаті є три книжки, які слід здати до бібліотеки. Віддаю тобі всі мої речі, «Лейку» з об'єктивами, книжки, платівки, архіви, фотографії, записники з віршами. Ти знайдеш три грубі чорні зошити, списані кирилицею. Незліченний список мною стертих і теку для паперів із чорно-білими фото. До і після. Це все, що мені вдалося врятувати. Роби з цим, що схочеш. Мої заощадження нараховують 1583 франки. Вони в брунатному конверті. Розрахуйся ними з власником за цей місяць, сплати рахунок за світло та борги бакалійнику з вулиці Монжа, пекарю на розі й аптекарю з майдану.

Поклади мені на могилу букет ромашок, а решту залиш собі. Зроби мені останню ласку: придбай «Ромео і Джульєтту» Прокоф'єва та слухай її, думаючи про мене. І знімай красиві фото. Справжні.

2

Сире літо. Липень як листопад. Було холодно й дощило.

Ігоря вдома не було. Залишати записку в поштовій скриньці не схотів. Пішов до Вернера, на вулицю Шампольона. Крім Ігоря, я міг довіритися лише йому. Він сидів на сходинці своєї кінопроекційної та курив цигарку, укрившись від дощу. Наче був радий мене бачити. Він крутив «Америка, Америка»[1] і запросив мене увійти. Мені не хотілося в кіно. Я розповів йому все.

— Кепська справа, — пробурмотів він. — Правильно вчинив, що мені розказав.

Вернер та Ігор зайнялися підготовкою. За три дні все було зроблено. Як я зрозумів, Даніель Маго допоміг залагодити ускладнення. Члени Клубу скинулися на похорон на кладовищі Монпарнас. Напевне, було б ліпше подати йому руку до того. Вважатимемо, що вибачити неможливо. Кожен залишився у власній западні. Пастка спрацювала на славу.

На ранок похорону я прокинувся під уже звичну зливу. Чи переносять похорон через повінь? Кожне перехрестя, кожне бістро оживляло кадри з моєї пам'яті, завзяті розмови, минулі часи. Виплили образи Камілли, Сесіль, П'єра і Франка. Я бачив їх маріонетками: їхні рухи були механічними. Мої спогади ожили і не збагнути — жахіття то були чи радощі, хтозна. Це триватиме. Ми мали бути разом цілу вічність,

---

[1] «Америка, Америка» («America America»; 1963) — фільм режисера Эліа Казана (1909–2003), знятий ним за власною книжкою. Картина нагороджена премією «Оскар» за кращу роботу художника-постановника.

закохуватися й розлучатися, народжувати дітей і прожити повноцінні життя. Усе щезло, як хвилинний спалах. Хоч я й не знав, де він, але вірив, що Франк у безпеці, а рано чи пізно тато розсекретить його схованку. І наша історія із Сесіль не могла на цьому урватися. Я часто згадував, що невтомно повторювали Ігор та Саша, кожен зі свого боку: «Ти живий, тож не жалійся — для тебе можливо все».

Ми опинилися в траурному залі бульвару Едґара Кіне. На похорон Саші на єврейському полі[1] кладовища зібралися всі члени Клубу. Старі й нові. Мадлен прийшла із Жакі, Самі та кількома клієнтами. Були його сусіди, консьєржка, торговці з вулиці Монжа, патрон «Фоторами» й інші люди, яких я не знав. Не уявляю, звідки вони були знайомі. Був навіть Лоньон. Трохи осторонь. Як зазвичай. Ми не знали, Великовухий на службі чи прийшов, бо врешті, проти власної та нашої волі, став членом цього Клубу. Усі такі дивні. Саша ні за що б не повірив, що на його прощальну церемонію прийде стільки людей. Вони примирилися, бо знали, що тут, в очах смерті, усі рівні. Кожен ховався як міг. Виріс ліс парасольок. Це мало допомагало. Шквал їх вивертав. Стічні труби пульсували бурхливою водою, яка затоплювала тротуар. З людей струїлося, усі хлюпали в калюжах і багнюці. Небо було захмареним, гуркотів грім. Ігор і Вернер попереду, Імре з Володимиром позаду, витягли гріб з похоронного фургону, перенесли на руках і поставили на землю. Працівники ритуальних послуг зачепили шнури за ручки та спустили його в могилу. Її заповнила вода. Гріб Саші засмоктала твань. Ігор підійшов до затопленої могили. Вітер здув його ярмулку. Вернер сховав його під величезною парасолею. Ігор витяг із кишені томик і став декламувати текст невідомою мовою, запинаючись через слово. Інші члени Клубу вишикувалися з обох боків і приєдналися до читання.

---

[1] На кладовищі Монпарнас поховані не тільки католики, але й протестанти, євреї та мусульмани. (*Прим. пер.*)

— Це «Кадиш». Заупокійна молитва, — мимохідь прошепотів мені Грегоріос.

Вони й далі читали відхідну низьким голосом, повільним і уривчастим, наголошуючи кожен рядок, не переймаючись, що мокли під дощем. Таке було вибачення перед Сашею. Забуті минуле, ненависть, помилки. То була обіцянка бути разом, бо більше ніщо ніколи їх не розлучить. Вони завершили водночас, ступили три кроки назад і вклонилися. Ігор плакав. Досі під парасолькою Вернера, він став біля могили вислухати співчуття. Усі вишикувалися одне за одним, тиснули йому руку, обіймали, казали теплі слова. Я був у черзі останнім. Я його не обійняв. Ми простояли кілька секунд один навпроти одного. У мене сльозилися очі. Я простягнув йому сумку. Всередині були три Сашині зошити, списані кирилицею, і тека з фотографіями. Він погортав. Сумно мені всміхнувся, скуйовдив рукою моє волосся та пробурмотів: «Дякую», що мені чується й досі. Це було востаннє, коли я бачив їх усіх разом.

Після похорону Саші вигодинилося й настало літо.

Ти кинеш все, чому віддав кохання,
До решти все, бо й решту розтягли б, —
Найперший це удар меча вигнання.
Ти звідаєш, який солоний хліб
Не свій, як важко сходить вниз чи вгору
По сходах не своїх без ліку діб[1].

Данте. «Рай», пісня XVII

[1] Цит. за: Данте. Божественна комедія / Данте; пер. з італ. Є. Дроб'язко. — Х.: Фоліо, 2001. — 608 с.

Літературно-художнє видання

ҐЕНАССІЯ Жан-Мішель

Клуб невиправних оптимістів

Роман

Головний редактор *О. С. Кандиба*
Провідний редактор *І. Г. Веремій*
Редактор *М. М. Бірченко*
Технічний редактор *І. В. Бойко*
Дизайнер і верстальник *В. О. Верхолаз*

Підписано до друку 20.07.2017.
Формат 84x108/32. Ум. друк. арк. 33,6.
Наклад 3100 прим. Зам № 6821.

Термін придатності необмежений

ТОВ «Видавництво "Віват"»,
61037, Україна, м. Харків, вул. Гомоненка, 10.
Свідоцтво ДК 4601 від 20.08.2013.

Придбати книжки за видавничими цінами
та подивитися детальну інформацію
про інші видання можна на сайті
www.vivat-book.com.ua
тел.: +38 (057) 717-52-17, +38 (073) 344-55-11,
+38 (067) 344-55-11, +38 (050) 344-55-11,
e-mail: ishop@vivat.factor.ua

Щодо гуртових постачань
і співробітництва звертатися:
тел.: +38 (057) 714-93-58,
e-mail: info@vivat.factor.ua

Адреса фірмової книгарні
видавництва «Віват»:
м. Харків, вул. Квітки-Основ'яненка, 2,
«Книгарня Vivat»,
тел.: +38 (057) 341-61-90,
e-mail: bookstorevivat@gmail.com

Видавництво «Віват» у соціальних мережах:
facebook.com/vivat.book.com.ua
instagram.com/vivat_publishing

Віддруковано згідно з наданим оригінал-макетом
у друкарні «Фактор-Друк»,
61030, Україна, м. Харків, вул. Саратовська, 51,
тел.: +38 (057) 717-53-55